Gustav Flober

Zonja Bovari

RL BOOKS
2022

Zonja Bovari
(Madame Bovary)
Gustav Flober
Përkth. nga origj. Viktor Kalemi
Ribotim, sipas botimit
të shtëpisë botuese "Naim Frashëri"

ISBN 978-2-39069-004-7

https://www.rlbooks.eu
admin@rlbooks.eu

Bruksel, mars 2022

MARI-ANTON-ZHYL SENARIT

Anëtar i rendit të avokatëve të Parisit, ish-kryetar i Asamblesë Kombëtare dhe ish-ministër i Brendshëm.

I dashur Mik i shquar!

Më lejoni tua shkruaj emrin në krye të këtij libri, edhe mbi kushtimin e tij, sepse botimin e tij jua detyroj në radhë të parë juve. Me përkrahjen tuaj, vepra ime mori një prestigj të paparashikuar. Pranoni pra shprehjen e mirënjohjes sime, që sado e madhe që të jetë, nuk do e arrijë kurrë lartësinë, gojëtarisë dhe përkushtimit tuaj.

Gustav Flober

Paris, 12 prill 1857

PJESA E PARË

I

Ishim në klasë kur hyri drejtori i ndjekur nga një i ri pa uniformën e shkollës dhe një shërbëtor i ngarkuar me një bankë të madhe. Kush flinte u zgjua, dhe të gjithë u ngritë si të ishin befasuar tek punonin.

Drejtori bëri shenjë të uleshim, pastaj u kthye nga kujdestari i klasës dhe foli me zë të ulët:

- Zoti Rozhe, po lë në kujdesin tuaj këtë nxënës; hyn në klasën e pestë, por po të punojë e të sillet siç duhet, do të kalojë *me të rriturit*, siç ka moshën.

I riu, fshehur në qoshe, prapa derës, mos dukej, ishte një djalë fshati rreth pesëmbëdhjetë vjeç por më shtatlartë se të gjithë ne. Balluket përmbi ballë i kishte prerë drejt si ndonjë korist fshati; dukej njeri i besueshëm por ama në siklet të madh. Ndonëse nuk ishte shpatullgjerë, xhaketa shkollore e gjelbër me kopsa të zeza, i rrinte ngushtë te krahët dhe nga të vrimat e kopsave binin në sy kyçet e skuqura që dukej se ishin mësuar zbuluar. Poshtë pantallonave të verdha dukeshin çorapet të gjata blu, të tërhequra fort nga tirandat. Në këmbë kishte një palë çizme të papastruara mirë e të mbathura me gozhdë.

Nisëm përsëritjen e mësimeve. Ai dëgjoi gjithë kohën me veshët pipëz, me vëmendjen që i jepet predikimin në kishë. Nuk guxoi as të kryqëzonte këmbët e as të mbështetej mbi bërryla dhe kur në orën dy ra zilja, kujdestari u detyruar t'i thoshte që të rreshtohej me ne.

Kur hynim në klasë, zakonisht i hidhnim kasketat përdhe, që t'i kishim duart më të lira; i vërvitnim poshtë tavolinave që nga dera, që të përplaseshin pas murit dhe të ngrinin sa më shumë pluhur; ishte si diçka...

Por i riu, që nuk e vuri re këtë, apo nuk guxoi të bënte si të tjerët, vazhdoi ta mbajë kasketën mbi gju edhe pasi mbaroi lutja. Ishte një nga ato kapelat e sajuara që s'kuptohet se ç'janë, ku mund të gjeje diçka nga kapela lëkurë-ariu e rojeve, kasketa ushtarake, tasi, kapela me lëkurë foke dhe kapuçi i pambuktë i gjumit. Me pak fjalë ishte nga ato sajimet kot më kot që me budallallëkun e shëmtuar të tyre shprehin shumë më tepër, si fytyra e një budallai. Ovale dhe e ngrirë me kockë balena, niste me tri nyje qark; pastaj vinin, njëra pas një ca copa kadife në formë diamanti dhe lëkure lepuri, të ndara nga një kordele e kuqe; pas saj një si qese që mbaronte me një shumëkëndësh kartoni, mbuluar cep më cep me një dizenjo të komplikuar gajtani dhe prej të cilit, në fund të një gjalmi të gjatë e të hollë, varej një xhufkë e thurur me fije të arta. Kapela ishte e re; i shkëlqente streha.

- Në këmbë! - tha kujdestari.

Djali u çua dhe kapela i ra në tokë. Gjithë klasa ia filloi të qeshte. Ndaloi ta merrte. Njëri nga djemtë që kishte pranë, ia rrëzoi prapë me bërryl; ai prapë e mori.

- Hiqeni qafe atë helmetë, - tha kujdestari, që ishte njeri me humor.

Nxënësit shkrepën në gazi, që e vuri djali e gjorë aq në siklet, sa që s'dinte më ç'të bënte: ta mbante kapelën në dorë, ta linte në tokë apo ta vinte në kokë. U ul përsëri dhe e vuri mbi gju.

- Ngrihuni, - përsëriti kujdestari, - dhe më thoni si quheni.

I riu shqiptoi me një zë belbëzues një emër të pakuptueshëm.

- Dhe një herë...

I njëjti belbëzim rrokjesh u dëgjua prapë, mbytur nga të qeshurat tallëse të klasës.

- Më fort, - ngriti zërin kujdestari, - më fort!

Më në fund *i riu* vendosi prerë, hapi gojën e pazakontë të madhe dhe thirri me sa i hante gryka, sikur po thërriste dikë, "Sharbovari".

Shpërtheu një potere që me kreshendo sa vinte e forcohej me klithma (ulërinë, lehën, përplasën këmbët e përsëritën: "Sharbovari! Sharbovari!"), pastaj u zgjat me ca britma të veçuara, që mezi rreshteshin, dhe herë pas here rifillonte përnjëherësh në një rresht të tërë banke ku plaste ende aty-këtu, si fishekzjarr i pashuar mirë, ndonjë e qeshur e mbajtur me zor.

Mirëpo nga frika e breshërive të detyrave ndëshkimore,

pak nga pak në klasë u rivendos rregull, dhe kujdestari, që arriti më në fund të merrte vesh emrin Sharl Bovari, pasi e bëri t'ia thoshte rrokje për rrokje, germë për germë dhe t'ia rilexonte, e urdhëroi menjëherë të gjorin djalë të ulej në bankën e përtacëve, ngjitur me katedrën. Ai u vu në lëvizje, por para se të dilte, pati një ngurrim.

- Çfarë po kërkoni! – e pyeti kujdestari.
- Kas..., - tha gjithë druajtje i riu, duke vështruar i shqetësuar rreth e përqark.
- Pesëqind vargje për dënim gjithë klasës, - urdhër i shqiptuar ky me një zë të xhindosur, që e ndali në vend si ajo *Quos ego*, një zallahi tjetër. – Mbani pra qetësi! – vazhdonte kujdestari i zemëruar dhe duke fshirë ballin me një shami që sa e kishte nxjerrë nga kapela e tij shtoi: - Ndërsa ju i riu, do të më shkruani pastër njëzet herë foljen *ridiculus sum*.

Pastaj me një zë më të butë, i tha:
- Kasketën keni për ta gjetur; s'jua ka vjedhur njeri!

Më në fund ra një qetësi e plotë. Kokat u përkulën mbi fletore, dhe i riu ndenji plot dy orë në mënyrë shembullore, ndonëse herë pas here e gjuanin me nga një topth letre që ia hidhnin me majë pene dhe që i stërkiste fytyrën. Mirëpo ai fshihej me dorë dhe rrinte pa lëvizur, me sy përdhe.

Në mbrëmje, në studim, nxori nga banka penat, vendosi në rregull sendet e veta, vizoi gjithë kujdes një copë letër. Ne vumë re që ai punonte me ndërgjegje, s'linte fjalë pa kërkuar në fjalor dhe mundohej shumë. Me siguri, në sajë të gjithë atij vullneti që tregoi, ai nuk zbriti në një klasë më të ulët, sepse në të vërtetë edhe pse i dinte njëfarësoj rregullat në ndërtimin e fjalive të tij s'kishte pikë bukurie.

Latinishten e kishte filluar me famullitarin e fshatit, meqë prindërit për arsye kursimi, ia kishin shtyrë sa kishin mundur regjistrimin në shkollë.

I ati, zoti Sharl-Dëni-Bartoleme Bovari, ish-ndihmës kirurg ushtarak, si u ngatërrua aty nga viti 1812 në një çështje rekrutimi dhe u detyrua në atë kohë të largohej nga shërbimi, nuk la t'i shpëtonte një rast martese me leverdi, që do t'i siguronte një shumë gjashtëdhjetëmijë frangëshe, të cilën e kishte në prikë e bija e një tregtari kapelash, e dashuruar pas hijeshisë së tij. Burrë i pashëm, fjalëshumë, që e ngiste kalin si ai, me ca favorite që i bashkoheshin me mustaqet, me gishtërinj të stolisur gjithmonë me unaza dhe veshur me rroba në ngjyra që të binin në sy, ai dukej burrë trim dhe i hedhur si ndonjë tregtar shëtitës. Si u martua, nja dy-tre vjet e shtyu mirë me pasurinë e së shoqes, hante bollshëm, çohej vonë në mëngjes, pinte duhan me llulla të mëdha porcelani, në mbrëmje kthehej pasi mbaronte shfaqja, shkonte dhe nëpër kafene. Një ditë të bukur i vdiq vjehrri dhe s'i la ndonjë gjë të madhe; u prek nga kjo humbje, investoi në industri, ku humbi një sasi parash, pastaj u tërhoq në fshat ku mendoi se do t'i shtonte të ardhurat. Mirëpo, meqë nga bujqësia s'merrte gjë vesh më shumë sesa nga basmat, kuajt në vend që t'i mprihte në parmendë, ua hipte për të shëtitur, mushtin e mollëve në vend që ta shiste me fuçi, e pinte për qejfin e tij, hante ajkën e shpendëve që mbante dhe këpucët e gjuetisë i lyente me dhjamin e derrave të shtëpisë, atij shumë shpejt do t'i mbushej mendja se ishte më e udhës të hiqte dorë nga çdo lloj spekulimi.

Me dyqind franga në vit, gjeti më në fund me qira në një fshat, diku aty në kufi midis Kosë dhe Pikardisë, një tip ndërtese, gjysmë shtëpi ferme, gjysmë vilë, dhe i pikëlluar e i sfilitur nga brejtjet e ndërgjegjes, ndërsa fajin ia hidhte zotit, tërë smirë ndaj të gjithëve, u mbyll brenda që dyzet e pesë vjeç, i neveritur nga njerëzit, siç thoshte vetë, dhe i vendosur të jetonte i qetë.

E shoqja dikur çmendej pas tij; e kishte dashur sa s'i kishte lënë përulje pa i bërë, gjë që atë e largonte akoma më tepër prej saj. Gazmore, zemërhapur e me shpirt në dorë në të kaluarën, duke u plakur, ajo u bë (si puna e verës të hapur që kthehet në uthull), e sertë, grindavece, nevrike. Sa kishte vuajtur ajo, në fillim pa u ankuar kur e shihte t'iu qepej pas gjithë kurvave të fshatit dhe kur kthehej në mbrëmje nga mejhanet e ndyra, i nginjur e i dehur që kundërmonte nga pija! Më në fund ajo u prek në sedër. Qysh atëherë e mbylli gojën, duke gëlltitur tërbimin me një stoicizëm të heshtur, që e mbajti deri sa vdiq. Vazhdimisht ajo bënte pazarin dhe punë të ndryshme. Shkonte te përfaqësuesit ligjorë, te kryetari, kujtohej për mbarimin e afateve të kambialeve, iu shtynte atyre datat; dhe në shtëpi hekuroste qepte, lante, mbikëqyrte punëtorët, shlyente dëftesat e borxheve, kurse zotëria, pa e prishur terezinë, i topitur si gjithmonë nga dremitja e rëndë, që edhe kur i dilte s'bënte gjë tjetër veç i thoshte asaj fjalë fyese, rrinte e pinte duhan pranë zjarrit, duke pështyrë në hi.

Kur ajo lindi, fëmijë, u desh t'ia linin një taje. Sa u kthye në shtëpi, vogëlushi u llastua si ndonjë princ. E ëma e ushqente me gliko, i ati e linte të vraponte zbathur, dhe, për t'u hequr si i ditur, shkonte deri aty sa thoshte që mund të dilte dhe krejt lakuriq, si këlyshët e kafshëve. Në kundërshtim me prirjet amënore, ai kishte në kokë njëfarë ideali mashkullor për fëmijërinë, me të cilin mundohej të edukonte të birin, duke dashur që ai të rritej në kushte të ashpra, si spartanët, me qëllim që të arrinte një zhvillim fizik të fuqishëm. E çonte të flinte në dhomë pa zjarr, e mësonte të pinte me gllënjka të mëdha rumin dhe të shante procesionet. Mirëpo vogëlushi, i qetë prej natyre, nuk u përgjigjej dot sa duhej përpjekjeve të tij. E ëma e mbante gjithmonë pranë vetes, i priste figura në karton, i tregonte përralla dhe pa marrë ndonjë përgjigje, i fliste e i fliste atij pa pushim, me gjithë atë gëzim të trishtë dhe me lloj-lloj përkëdhelish, si gojëpapërtuar. E ngujuar për së gjalli, ajo ia përkushtoi kësaj koke fëmije gjithë krenaritë e saj të hapërdara, të thyera. Ëndërronte për të pozita të larta, e përfytyronte të rritur, të bërë burrë, të pashëm, mendjehollë, me punë si inxhinier ose si gjykatës. I mësoi të lexonte, bile me një piano të vjetër që kishte, e ushtroi të këndonte nja dy-tri romanca të shkurtra. Mirëpo për të gjitha këto, zoti Bovari që s'e çante fort kokën për kulturën letrare, thoshte se nuk ia vlenin. Vallë do të kishin ndonjëherë ata mundësi ta mbanin të birin nëpër shkollat e qeverisë, t'i blinin të drejtën e ndonjë profesioni apo t'i hapnin ndonjë tregti? Në fund të fundit njeriu po qe i guximshëm e i pacipë di gjithmonë të çajë në shoqëri. Zonja Bovari kafshonte buzët, dhe fëmija bridhte andej-këndej nëpër fshat.

Ai shkonte mbrapa lëvruesve, dhe gjuante me plisa dheu korbat që fluturonin. Hante manaferra buzë hendeqeve, ruante gjelat e detit me shul në dorë, kthente kashtën për ta tharë në kohën e të korraveve, vraponte nëpër pyll, luante me peta nën portën e kishës, ditëve me shi dhe në festat e mëdha i lutej shërbyesit të kishës ta linte t'u binte kambanave, sepse kënaqej kur varej i tëri në litarin e madh dhe pastaj çohej peshë lart.

Kështu pra ai u rrit e hodhi shtat si lis. Duart erdhën e iu bënë të forta, fytyra i ndrinte nga shëndeti.

Kur mbushi dymbëdhjetë vjeç, e ëma arriti ta çonte të fillonte mësimet. Me këtë punë ngarkuan famullitarin. Mirëpo mësimet ishin aq të shkurtra dhe aq të rralla, saqë nuk sollën ndonjë dobi të madhe. Ai ia jepte ato në çastet e lira, në sakristi, në këmbë, shpejt e shpejt, gjatë kohës që kishte bosh midis një pagëzimi dhe një varrimi; ose kishte raste që famullitari çonte e thërriste nxënësin e tij pas *falemimarisë*, kur s'kishte për të shkuar vetë ndokund. Që të dy ngjiteshin në dhomën e tij dhe zinin vend: mushkonjat dhe fluturat e natës silleshin vërdallë qiriut. Bënte vapë, djalin e zinte gjumi; dhe xhaja, si dremiste, me duart vënë mbi bark, fillonte pas pak të gërhiste gojëhapur. Herë të tjera kur zoti famullitar, duke u kthyer nga kungimi që i kishte bërë ndonjë të sëmuri diku aty afër, shihte Sharlin që endej kot më kot nëpër fushë, e thërriste, i bënte moral një çerek ore dhe, duke përfituar nga rasti, i jepte për të zgjedhur ndonjë folje rrëzë ndonjë peme. Po ja që i ndërpriste shiu apo ndonjë i njohur që kalonte andej. Sidoqoftë ai ishte gjithmonë i kënaqur prej tij, bile thoshte se djaloshi kishte kujtesë të fortë.

Mirëpo Sharli nuk mund të ngelej me kaq. Zonja u tregua mjaft e gjallë. I turpëruar ose më mirë i lodhur, zotëria hapi rrugë pa kundërshtuar, pritën dhe një vit deri sa djali të merrte kungimin e parë.

Kaluan dhe gjashtë muaj të tjerë derisa vitin tjetër Sharlin e çuan më në fund në kolegjin e Ruanit, ku e solli vetë i ati, nga fundi i tetorit, në kohën e panairit Shën Romen.

Tani askush prej nesh s'do ishte në gjendje të kujtonte ndonjë gjë të veçantë prej tij. Ai ishte një djalë i matur, që luante në pushim, punonte seriozisht gjatë orëve të studimit, ishte i vëmendshëm në mësim, flinte i qetë në konvikt, hante si njeri në mensë. Si kujdestar kishte një shitës që bënte tregti enësh kuzhine me shumicë në rrugën Gantri, i cili e nxirrte një herë në muaj, ditën e diel, pasi mbyllte dyqanin, e shëtiste nëpër port që të shikonte anijet, pastaj e sillte përsëri në kolegj, që në orën shtatë, para vaktit të darkës. Çdo të enjte në mbrëmje, ai i shkruante një letër të gjatë të ëmës me bojë të kuqe dhe zarfin e vuloste me tri copa të vogla brumi; pastaj përsëriste shënimet e historisë ose lexonte një libër të vjetër të Anaharsisit që qarkullonte sa andej-këndej nëpër sallën e studimit.

Kur dilte shëtitje, bisedonte me shërbëtorin që ishte fshatar si ai.

Falë zellit që tregonte, ai radhitej vazhdimisht ndër mesatarët e klasës; bile një herë doli i treti në dituri natyre. Mirëpo kur mbaroi klasën e tretë , prindërit e hoqën nga kolegji dhe e futën të studionte për mjekësi, me bindjen se do të ecte vetë deri në provimet e maturës.

E ëma i gjeti një dhomë, në katin e pestë, me dritare nga O-dë-Robeku, në shtëpinë e një ngjyruesi rrobash, që njihte. Ra në ujdi me të për shumën e të hollave të ushqimit dhe të fjetjes së të birit, siguroi ca orendi, një tryezë dhe dy karrige, i solli nga shtëpia një shtrat të vjetër prej druri qershie të egër, bleu dhe një sobë të vogël prej gize me gjithë stivën e druve, me të cilat do t'i ngrohej djali i saj i gjorë. Pastaj u largua nga fundi i javës, mbasi s'i la porosi pa i dhënë që të sillej mirë tani që do të mbetej fillikat vetëm.

Kur pa programin e mësimeve në afishe, djali i shkretë e humbi fare: anatomi, patologji, fiziologji, farmaci, kimi, botanikë, klinikë, terapi, veç higjienës e mjekësisë së përgjithshme, me një fjalë gjithë ato lëndë që s'dinte nga u binte emri dhe që i dukeshin si dyer tempujsh të errët e hijerëndë.

S'ishte kurrkund; sado që tregohej i vëmendshëm, s'kuptonte asgjë. Megjithatë punonte pa përtim, fletoret e shënimeve i kishte të lidhura mirë e bukur, s'linte orë mësimi pa shkuar, s'linte t'i shpëtonte asnjë vizitë në spital. Punonte si kali në lëmë që vjen vërdallë me sy mbyllur pa marrë vesh se ç'bën.

E ëma, për ta ndihmuar nga ana ekonomike, i dërgonte çdo javë me postë një copë të madhe mishi të pjekur në furrë, me të cilën ai shtynte drekat, kur kthehej nga spitali, duke përplasur këmbët që t'i ngroheshin. Pastaj vraponte për të shkuar në mësim, në auditor, në spital dhe për t'u kthyer në dhomë, duke i rënë nga ç'rrugë i vinte për mbarë. Në mbrëmje, pasi hante atë farë darke, që i jepte i zoti i shtëpisë, ngjitej në dhomën e tij dhe i përvishej punës, ashtu siç ishte, i veshur me rrobat qull, që i nxirrnin avull nga nxehtësia e sobës së ndezur flakë.

Mbrëmjeve të bukura verore, atëherë kur rrugët ende të

nxehta boshatisen dhe shërbëtoret luajnë duke i hedhur njëra-tjetrës rrathë druri nëpër pragjet e dyerve, ai hapte dritaren dhe mbështetej në parvazin e saj. Lumi që e ktheu këtë lagje të Ruanit në surrogat të një Venecieje të vogël, rridhte dikur aty poshtë tij, i verdhë, ngjyrë vjollce apo i kaltër, urë pas ure e grilë pas grile. Punëtorët e ulur galiç në breg të tij, lanin duart me ujë. Varur nëpër purteka që dilnin nga pullazet thaheshin turra pambuku. Më tej, përmbi çati shtrihej qielli i pafundmë e i pastër me diellin e kuq që perëndonte. Sa mirë duhej të ishte aty! Sa freskët duhej të ishte në ahishte! I pushtuar nga ky mendim, ai hapte flegrat e hundës për të thithur erërat e mira të fushës, të cilat nuk arrinin deri tek ai.

U hollua, hodhi shtat dhe fytyra i mori një pamje të përvajshme, duke u bërë gati-gati tërheqëse.

Natyrisht, plogështia bëri të vetën tek ai: hoqi dorë nga të gjitha vendimet që kishte marrë dikur. Njëherë s'shkoi në spital, të nesërmen la mësimin dhe, si i pëlqeu dembelizmi, filloi pak nga pak mos të vente më fare në shkollë.

Iu bë zakon të shkonte në kabare dhe iu fut në gjak dominoja. Të mbyllej çdo mbrëmje në një lokal të ndyrë e aq, ku trokëlliste mbi tryezë mermeri ca copa të vogla kockash deleje me pika të zeza përsipër, atij i dukej si provë e çmuar e lirisë së tij, e cila ia shtonte më tepër vlerën që i jepte vetes. Kur filloi nga qejfet e ndaluara atij i dukej se po futej në jetë dhe, sa herë që hynte në ndonjë kabare, ndiente një kënaqësi thuajse epshore sa vendoste dorën mbi dorezën e derës.

Shumë gjëra që deri atëherë i kishte ndrydhur në brendësi të vetvetes, filluan t'i dilnin në sipërfaqe; mësoi përmendsh kuplete, të cilat ua këndonte femrave të lehta, u dha pas Beranzhesë, mësoi ponçin dhe më në fund mori vesh se ç'ishte dashuria.

I dhënë pas këtyre punëve, u rrëzua në gjithë provimet që dha për të dalë punonjës shëndetësie. Po që atë mbrëmje e prisnin dhe në shtëpi për të festuar suksesin e tij!

U nis më këmbë dhe u ndal aty në të hyrë të fshatit, ku dërgoi e thërriti të ëmën, të cilës ia tregoi të gjitha fill e për pe. Ajo ia fali, duke ia hedhur fajin, për dështimin e tij, komisionit që ishte treguar i padrejtë dhe i dha disi zemër, duke marrë përsipër se do t'i rregullonte vetë të gjitha.

Vetëm pas pesë vjetësh zoti Bovari do të merrte vesh të vërtetën; mirëpo qysh atëherë kishin kaluar shumë kohë, kështu që ai e pranoi pa mundur dot as vetë ta merrte me mend se pjella e tij ishte një copë budalla.

Sharli iu përvesh sërish punës dhe përgatiti njërën pas tjetrës lëndët e provimit, pyetjet e të cilit i mësoi paraprakisht të gjitha përmendsh. Ai kaloi në të tëra lëndët me nota të kënaqshme. Ç'ditë e lumtur për të ëmën! U dha një gosti e madhe.

Po profesionin ku do ta ushtronte vallë? Në Tot. Aty kishte vetëm një mjek të vjetër. Prej kohësh zonja Bovari mezi priste që ai të vdiste, dhe pa u larguar ende i gjori plak, Sharli zuri vend mu te turitë e tij, si pasardhës.

Megjithatë mirë që e rriti të birin, e nxori mjek, siguroi dhe një vend pune në Tot, por nuk mjaftonte me kaq; atij i duhej edhe një nuse. Ajo ia gjeti edhe këtë: vejushën e një nëpunësi përmbarimi nga Diega, e cila kishte mbi vete dyzet e pesë vjeç si dhe një mijë e dyqind franga të ardhura në muaj.

Ndonëse ishte e shëmtuar, e thatë si shkarpë dhe me një fytyrë gjithë lytha si pranvera me sytha, zonjës Dybyk nuk i kishin munguar rastet për martesë. Për t'ia arritur qëllimit të vet, nënë Bovarisë iu desh t'i hiqte qafe gjithë ata kandidatë, bile, me mjaft mjeshtëri, bëri të dështonin dhe intrigat e një kasapi, të cilin e përkrahnin priftërinjtë.

Sharli e kishte menduar martesën si një mjet që do t'i krijonte kushte më të mira, duke kujtuar se kishte për të qenë më i lirë dhe se do të mund të bënte ç'të donte si me veten dhe me paratë e tij. Mirëpo ja që frerët ia mori në dorë e shoqja; kur kishin njerëz në shtëpi ai duhej të thoshte këtë dhe jo atë, të premteve duhej të hante lehtë pa vënë mish e yndyrë në gojë, të vishej sipas shijes së saj, t'u merrte shpirtin, ashtu siç e urdhëronte ajo, pacientëve që nuk paguanin. Letrat e tij, e para i hapte ajo, e vëzhgonte në çdo hap që bënte, dhe, sa herë që kishte femra për të vizituar, e përgjonte nga mbrapa çatmës së dhomës se si u jepte këshilla.

Çdo mëngjes duhej t'i çonin kakaon, të tregonin për të përkujdesje pa mbarim. Ajo ankohej vazhdimisht nga nervat, nga gjoksi nga gjithë trupi. S'e duronte dot zhurmën e hapave; po të largohej i shoqi, vetmia i neveritej; po të kthehej ai pranë saj, ajo mendonte se, me siguri, e bënte këtë vetëm e vetëm që ta shikonte para se të vdiste. Në mbrëmje kur vinte Sharli, ajo nxirrte nga poshtë çarçafëve krahët e saj të gjatë e të thatë, ia hidhte në qafë dhe, si e ulte në anë të krevatit, zinte e i fliste për brengat e saj; jo ai s'e kishte mendjen fare tek ajo, jo donte një tjetër! Mirë i kishin thënë se kishte për të qenë fatzezë; dhe përfundonte duke i kërkuar ndonjë shurup për shëndetin dhe pak më tepër dashuri.

II

Një natë, rreth orës njëmbëdhjetë, ata u zgjuan nga rraptima e këmbëve të një kali që ndaloi mu para derës. Shërbëtorja hapi baxhën e pullazit dhe bisedoi një copë herë me një njeri që rrinte aty poshtë, në rrugë. Ai kishte ardhur për të kërkuar mjekun; me vete kishte një letër. Nastazia zbriti shkallët duke u dridhur nga të ftohtët dhe shkoi hapi bravën e hoqi shulet e derës njërin pas tjetrit. I porsaardhuri e la kalin dhe, duke shkuar mbrapa shërbëtores, hyri menjëherë pas saj drejt e në dhomë. Aty nxori nga kapuçi i tij i leshtë me tufa qimesh të përhirta një letër të mbështjellë me një leckë, dhe ia dha gjithë mirësjellje Sharlit, i cili u mbështet me bërryl mbi jastëk për ta lexuar. Nastazia që rrinte pranë shtratit, i bënte dritë. Zonja, nga turpi, ishte kthyer me fytyrë nga muri, kështu që i dukej vetëm kurrizi.

Me anën e kësaj letre, të vulosur me një vulë të vogël dylli të kaltër, i luteshin zotit Bovari të shkonte menjëherë në fermën e Bertosë, për të vënë në vend një këmbë të thyer. Mirëpo për të shkuar nga Toti në Berto duheshin bërë nja gjashtë lega të mira rrugë, duke kaluar nëpër Langëvilë e Shën Viktor. Nata ishte e errët pus. Nusja, zonja Bovari, kishte frikë se mos i ndodhte gjë të shoqit gjatë rrugës. Prandaj u vendos që kafshari të ikte përpara. Sharli do të nisej pas tri orësh, si të dilte hëna. Përpara do t'i dilte një çun që t'i tregonte udhën drejt fermës dhe t'i hapte trinat e gardheve.

Aty nga ora katër e mëngjesit, Sharli i mbështjellë mirë e mirë me qyrkun e vet, mori rrugën për në Berto. Ende si i kotur nga që s'i kishte dalë mirë gjumi, ai përkundej i tëri nga troku i qetë i kafshës. Kur kjo ndalonte vetë përpara gropave të rrethuara me gjemba që kishin hapur buzë brazdave. Sharli, si zgjohej befas, kujtonte këmbën e thyer, dhe mundohej të sillte nëpër mend gjithë thyerjet që dinte. Shiu kishte pushuar; dita filloi të agonte dhe, mbi degët e zhveshura të mollëve, rrinin pa lëvizur zogjtë të cilëve u ngriheshin përpjetë puplat e imëta nga thëllimi i mëngjesit. Fusha e rrafshët shtrihej pa fund, ndërsa tufat e pemëve rreth e rrotull fermave, dukeshin në largësi të mëdha, si ca njolla ngjyrëvjollce të thelë mbi atë sipërfaqe të madhe të errët, që fshihej në horizont mes përhimjes së qiellit. Herë pas here Sharli hapte sytë, pastaj, si i lodhej mendja i vinte një si dremitje, ku duke iu përzier ndjenjat e çastit me kujtimet, atij i dukej vetja e dyzuar, njëkohësisht edhe si student, edhe si burrë i martuar, edhe i shtrirë në krevat si pak më parë, edhe në sallën e të operuarve që e përshkonte si dikur. Era e ngrohtë e jakisë i ngatërrohej në mendje me erën e freskët të vesës; dëgjonte si lëviznin rreth shufrave metalike unazat e hekurta të shtretërve si dhe gruan që po flinte... Kur po kalonte nëpër Vasanvil, vuri re buzë një hendeku, një djalë të vogël të ulur në bar.

- Mos jeni mjeku ju? - e pyeti fëmija.

Dhe me t'u përgjigjur Sharli, ai mori këpucët prej druri në duar dhe u nis me vrap përpara tij.

Rrugës, mjeku mori vesh, sipas fjalëve të udhërrëfyesit se zoti Ruo duhej të ishte një nga fermerët më të pasur të asaj ane. Ai kishte thyer këmbën një natë më parë, kur po kthehej nga një fqinj tek i cili kishte festuar ujët e bekuar. E shoqja i kishte vdekur para dy vjetësh. Kishte ngelur vetëm pra, me zonjushën, e cila e ndihmonte për të mbajtur shtëpinë.

Vragat e rrotave të karrocave sa vinin e bëheshin më të thella. Ishin afër Bertosë. Djali i vogël si depërtoi nëpërmjet një vrime gardhi, u zhduk, pastaj doli përsëri në fund të një oborri për të hapur trinën. Kali rrëshqiste mbi barin e lagur, ndërsa Sharli ulte kokën që të mos përplasej me degët e pemëve. Qentë e rojës lehnin në kolibe, duke tërhequr zinxhirët. Kur hyri në Berto kali u tremb dhe kërceu shumë mënjanë.

Që aty dukej që ishte alamet ferme. Nga sipër dyerve të hapura të stallave, shiheshin ca kuaj të mëdhenj lërimi që hanin qetë-qetë nëpër grazhde të reja. Anës ndërtesave shtrihej një shtresë e gjerë plehu që nxirrte avull, dhe aty midis pulave dhe gjelave të detit, çukitnin nja pesë a gjashtë pallonj, salltanet i vërtet i oborreve të shpendëve të Kosë. Vatha ishte e gjatë, hambari i lartë me mure të lëmuara, si dorë njeriu. Në hangar kishte dy qerre të mëdha si dhe dy parmenda, me gjithë kamxhikët, qaforet dhe takëmet e tyre të plota, mbulesat e të cilave të bëra prej leshi të kaltër, i ndoste pluhuri i imët që binte nga hambarët. Oborri vinte në ngjitje dhe ishte i mbjellë me pemë në largësi të barabartë dhe diku aty pranë një pellgu me ujë ushtonte gagaritja gazmore e një tufe patash.

Mu te pragu i derës së shtëpisë doli një vajzë e re, veshur me një fustan të leshtë të kaltër, me tri pala, për të pritur zotin Bovari, të cilin e futi në kuzhinë ku flakërinte një zjarr bubulak. Pranë tij ziente nëpër ca tenxherka me përmasa të ndryshme mëngjesi për shërbëtorët. Në buhari po thaheshin disa rroba të lagura. Kacia, masha dhe sqepi i gjyrykut, që të tre jashtëzakonisht të mëdhenj, shkëlqenin si çelik i lëmuar, ndërsa nëpër mure ishte varur një arsenal i tërë me enë kuzhine, mbi të cilat vezullonte flaka e ndritshme e vatrës, bashkë me rrezet e para të diellit që hynin nga xhamat e dritareve.

Sharli u ngjit në kat të dytë për të parë të sëmurin. E gjeti shtrirë në krevat ku djersinte i mbuluar me kuverta dhe kapuçin e pambuktë e kishte hedhur diku larg vetes. Ai ishte një shkurtabiq trashaluq pesëdhjetëvjeçar, me një lëkurë të bardhë, me sy të kaltër, tullac në pjesën e përparme të kokës, dhe me vath varur në vesh. Pranë vetes mbante, mbi një karrige, një kanë të madhe me raki, të cilën e kthente herë pas here për t'i dhënë zemër vetes, mirëpo sa pa mjekun iu fashit dalldia dhe në vend që të shante siç po bënte qysh prej dymbëdhjetë orësh, zuri të rënkonte me zë të ulët.

Thyerja e kockës ishte e zakonshme, pa asnjë lloj ndërlikimi. Më të lehtë se ajo Sharli s'kishte për të gjetur. Atëherë, duke u kujtuar se si silleshin profesorët e tij me të plagosurit e shtruar, ai i dha zemër të sëmurit me gjithfarë fjalësh të mira, përkëdheljesh kirurgu që janë si ai vaji me të cilin lyhen bisturitë. Për të sajuar fortesa druri, shkuan kërkuan poshtë në bodrum një tufë me dërrasa. Sharli zgjodhi një prej tyre, e preu copa-copa dhe e lëmoi me një cifël xhami, sakaq shërbëtorja griste ca çarçafë për të bërë fasha dhe zonjushë

Ema përpiqej të qepte jastëçka të vogla. Meqë ajo u vonua shumë për të gjetur kutinë me veglat e qepjes, i ati e humbi durimin dhe nisi ta qortonte; ajo nuk e hapi gojën, mirëpo gjatë qepjes shponte gishtërinjtë, të cilët i fuste pastaj në gojë për t'i thithur.

Sharli u habit nga bardhësia e thonjve të saj. I kishte të shkëlqyeshëm, të hollë në majë, më të pastër sesa stolitë e fildishta të Diepës, dhe në trajtë bajamesh. Megjithatë duart nuk i kishte të bukura, ndoshta jo aq të zbehta sa duhet, dhe disi të thata nëpër nyja; i kishte tepër të gjata dhe linjat në përkulje, nuk vinin ëmbël rreth e rrotull tyre. Të bukur ajo kishte sytë ndonëse të errët si në gështenjë, ata dukeshin të zinj nga qerpikët, dhe vështrimin e kishte të drejtpërdrejtë e të patutur në çiltërsinë e tij.

Si mbaroi fashimi i këmbës, vetë zoti Ruo e ftoi mjekun të hante një kafshatë bukë, para se të ikte.

Sharli zbriti poshtë në sallën e ngrënies në katin e parë. Aty kishin shtruar për dy veta një tryezë të vogël me gota të argjendta, pranë një krevati të madh me një baldakin të veshur me një basme mbi të cilën ishin endur portrete turqish. Ndihej një erë luleshpatash dhe rraqesh të lagështa që vinte nga dollapi i lartë prej lisi, i vendosur përballë dritares. Përdhe, nëpër qoshe, ishin radhitur, në këmbë, thasë me grurë. Ishte teprica e grurit që nuk e nxinte hambari aty pranë, ku hipej nëpërmjet tri shkallëve të gurta. Për zbukurim, kishin varur në një gozhdë, në mes të një muri, boja e gjelbër e të cilit ciflosej nga nitrati i potasit, një kokë Minerve të vizatuar me laps të zi, futur në një kornizë të praruar, dhe poshtë të cilës ishte shkruar me germa gotike: "Babait tim të dashur".

Në fillim u bisedua për të sëmurin, pastaj për motin që po bënte, për acaret e mëdha, për ujqit që vinin natën vërdallë nëpër ara. Zonjusha Ruo mërzitej në fshat sidomos tani që i kishte rënë pothuajse vetëm asaj gjithë barra e fermës. Meqë salla e bukës ishte e ftohtë, ajo dridhej duke ngrënë e kështu i përvisheshin disi buzët e mishta, të cilat, kur heshtte, e kishte zakon t'i kafshonte nga pakëz.

Qafa i dilte nga një jakë e bardhë, e kthyer. Flokët, me dy jetulla të zeza aq të lëmuara sa dukeshin si të ishin një, ndaheshin në mes të kokës me një vijë të hollë, që thellohej lehtë sipas lakores së rrashtit; dhe si linin paksa zbuluar majën e veshëve pasi mbi tëmtha merrnin një të valëzuar, mblidheshin nga mbrapa në një topuz të madh, i pari që po shihte mjeku i fshatit në jetën e tij. Mollëzat e faqeve i kishte ngjyrë trëndafili. Ndërmjet dy kopsave të jelekut, mbante, si të qe burrë, një palë syze prej gualli nga ata që kapen te hunda me një sustë.

Sharli, pasi u ngjit lart t'i linte shëndenë xha Ruoit, u kthye në sallën e ngrënies para se të largohej dhe e gjeti atë në këmbë, me ballë mbështetur pas dritares, dhe me vështrim nga kopshti ku ishin rrëzuar përdhe nga era hunjtë e fasuleve.

- Mos kërkoni ndonjë gjë? – e pyeti ajo.
- Kamxhikun tim, ju lutem, - iu përgjigj ai.

Dhe zuri të rrëmonte në krevat, mbrapa dyerve poshtë karrigeve; ai kishte rënë për tokë midis thasëve dhe murit. Zonjushë Emës ia zunë sytë, ajo u përkul mbi thasët me grurë. Sharli, për mirësjellje, u turr, dhe, si zgjati shpinën e vajzës së re, që ishte përkulur nën të. Ajo u çua flakë e kuqe në fytyrë dhe e vështroi me bisht të syrit, duke i dhënë kamxhikun.

Në vend që të vinte në Berto pas tri ditësh, ashtu siç kishte dhënë fjalën, ai erdhi aty që të nesërmen, pastaj vinte rregullisht dy herë në javë, pa llogaritur vizitat e papritura që bënte herë pas here, gjoja si rastësisht.

Sidoqoftë gjithçka shkoi mbarë, shërimi u bë ashtu siç ishte parashikuar, dhe kur pas dyzet e gjashtë ditëve panë xha Ruoin që përpiqej të ecte vetëm në gërmadhën e tij, filluan ta mbanin zotin Bovari si njeri me aftësi të mëdha. Vetë xha Ruoi thoshte se as doktorët më të mëdhenj të Ivtotos, bile as ata të Ruenit s'kishin për ta shëruar më mirë.

Kurse Sharlit as që i shkoi mendja të pyeste veten se pse vinte me kënaqësi në Berto. Sikur ta kishte bërë këtë gjë, me siguri që zellin e tij kishte për ta shpjeguar me rëndësinë që kishte ky rast ose ndoshta me fitimin që priste prej tij. Mirëpo të ishte vallë kjo arsyeja që vizitat e tij në fermë përbënin, ndër ato punët e rëndomta të jetës së tij, një përjashtim të këndshëm? Ato ditë çohej herët, nisej revan, e ngiste kalin shpejt sa i hanin këmbët, pastaj zbriste për të fshirë këpucët në bar, dhe para se të hynte në shtëpi, vishte dorashkat e zeza. Donte ta shihnin kur futej në oborr, të ndiente nga mbrapa shpatullave trinën që mbyllej, dhe gjelin që këndonte mbi mur, djemtë që vinin ta takonin. E donte hambarin dhe stallat; e donte xha Ruoin, që i rrihte dorën duke e quajtur shpëtimtarin e tij; i donte ato këpucë të vogla prej druri të zonjushës Emës mbi pllakat e lara të kuzhinës, takat e saj të larta që e zgjatnin disi, dhe kur ajo ecte përpara tij, tabanet e drunjta që ngriheshin shpejt kërcisnin me një zhurmë të thatë duke u fërkuar pas lëkurës së këpucëve me qafa.

Ajo e shoqëronte gjithmonë deri në shkelzën e parë në krye të shkallës. Kur nuk ia kishin sjellë ende kalin, ajo qëndronte aty. Meqë ishin përshëndetur një herë, nuk flisnin më; aty jashtë në mes të shkulmeve të ajrit, era ia çonte lëmsh përpjetë fijëzat e pabindura të zverkut, ose i lëkundte mbi ije lidhëset e përpareses që përdridheshin si flamuj të vegjël. Një herë, kur u zbut koha, nga lëvorja e pemëve pikonte ujë, bora po shkrinte mbi çatitë e ndërtesave. Ajo ishte te pragu i derës; shkoi mori çadrën dhe e hapi. Çadra prej mëndafshi ngjyrë gushëpëllumbi, që e përshkonte dielli, ia ndriçonte lëkurën e bardhë të fytyrës me reflekse të lëvizshme. Ajo buzëqeshte nën të, në atë afsh të vakët, dhe mbi copën e mëndafshtë të tendosur dëgjoheshin pikat e ujit që binin një nga një.

Në fillim, kur Sharli shkonte në Berto, zonja Bovari, e reja, pyeste vazhdimisht për të sëmurin, bile ajo kishte zgjedhur edhe një alamet faqe të bardhë për zotin Ruo në librin ku mbante llogari të dyfishtë. Mirëpo kur mori vesh se ai kishte një vajzë, kërkoi të dhëna për të; dhe mësoi se zonjusha Ruo, e rritur në një manastir, tek Yrsylinat , kishte marrë, siç thonë, një arsim të mirë, për rrjedhim dinte vallëzim, gjeografi, vizatim, qëndisje si edhe t'i binte pianos. Ky ishte kulmi!

"Domethënë, prandaj, - thoshte ajo me vete, - çelet i tëri ai në fytyrë kur shkon ta takojë, më vesh edhe jelekun e ri pale; që t'ia zërë edhe shiu? Ah, ç'na gjeti me këtë femër!..."

Dhe e urreu vetvetiu. Në fillim, nisi ta nxirrte mllefin duke e sjellë fjalën rreth e rrotull. Sharli nuk e kuptonte ku e kishte hallin; pastaj i bënte vërejtje larg e larg të cilave ai nuk u përgjigjej nga frika se mos plaste tamam sherri, dhe së fundi iu përvesh mbarë me qortime të drejtpërdrejta, të cilave ai s'dinte si t'i kundërvihej. - Ç'punë kishte ai që vazhdonte të shkonte në Berto, në një kohë që zoti Ruo ishte shëruar dhe që akoma nuk e kishin paguar? Oh, po s'do mend, na ishte dikush atje, që dinte të bënte muhabet, një nga ato që ç'i sheh syri i bën dora, një mendjendritur. Ja se ç'na dashkësh ai: një nga ato zonjushat e qytetit! Dhe vazhdonte:

- E bija e xha Ruoit, zonjushë qyteti! Ç'të thotë mendja! Çoban e kanë pasur gjyshin, pale që një kushërinë e tyre qenë gati duke e hedhur në gjyq për rrahje, kur u zu me ca. Sido që të sajohet me gjithë atë salltanet e kapardiset të dielave në kishë me fustan mëndafshi, si ndonjë konteshë, kot e ka. I ziu xhaxha po mos t'i kishin bërë lakrat vitin e kaluar, do të hiqte të keq për të shlyer detyrimet e prapambetura!

Si u mërzit, Sharli nuk shkoi më në Berto. Heloiza, pas shumë e shumë ngashërimesh e të puthurash, në një shpërthim të fuqishëm dashurie, e bëri atë t'i betohej mbi librin e saj të meshës, se nuk do të shkonte më aty. Kështu pra ai u nënshtrua, mirëpo në brendësi të vetvetes, dëshira e papërmbajtur që kishte iu kundërvu qëndrimit të tij të përulur, dhe mendoi, me njëfarë hipokrizie naive, se ndalimi për ta takuar atë ishte për të si një e drejtë për ta dashur. Pastaj vejusha ishte e thatë; dhëmbët i kishte të gjatë; dimër verë mbante një shall të zi të vogël cepi i të cilit i varej midis shpatullave; vishte ngjitur pas trupit të saj gjithë kocka ca fustane të ngushta që i rrinin si këllëf shpate, pastaj ishin tepër të shkurtra, sa i dukeshin nyjat e këmbëve dhe lidhëset e këpucëve të mëdha që kryqëzoheshin mbi çorapet e përhirta.

E ëma e Sharlit vinte t'i shihte herë pas here; mirëpo s'kalonin shumë ditë dhe nusja e mprehte atë dhe e bënte brisk si vetja; fillonin pastaj, si dy thika, i merrnin atij shpirtin me vërejtje e qortime: jo pse hante kaq shumë, jo, pse i nxirrte raki kujtdo që vinte në shtëpi, jo, pse tregohej kaq kokëngjeshur sa s'pranonte të vishte fanellën!

Në fillim të pranverës ndodhi që një noter nga Inguvila, i cili mbante pasurinë e vejushës Dybyk, i hipi vaporit një ditë të bukur, duke marrë me vete të gjitha paratë që kishte në zyrë. Heloiza, ç'është e vërteta, përveç një pjese të një anijeje që llogaritej gjashtë mijë franga, kishte edhe shtëpinë e saj në rrugën Shën Fransua; mirëpo megjithatë, nga gjithë ajo kamje që e kishin fryrë aq shumë, në shtëpinë e të shoqit, nuk ishte dukur asgjë, me përjashtim të atyre pak mobilieve dhe disa leckave. Kështu lindi nevoja të sqarohej kjo çështje.

Doli se banesa në Diepë ishte krimbur deri në qerestenë e saj nëpër hipoteka; shumën që ia kishte besuar noterit, një zot e dinte sa kishte qenë, dhe pjesa që i takonte nga anija, nuk i kalonte të një mijë skudet. Paskësh gënjyer pra zonja! Në pezmatim e sipër, zoti Bovari, babai që theu dhe një karrige duke e përplasur mbi pllakat e dyshemesë, ia hodhi fajin të shoqes për fatin e zi të të birit që e kishte lidhur pas një gërdallë si ajo, të cilës pajimet nuk i vlenin më shumë sesa lëkura. Ata erdhën në Tot. Biseduan. Plasën sherre. Heloiza e mbytur në lot, iu hodh në krah të shoqit, iu lut ta mbronte nga prindërit e tij. Sharli deshi të fliste në emër të saj. Ata u zemëruan, dhe ikën.

Mirëpo goditja ishte dhënë. Pas tetë ditësh, kur po nderte ndërresat në oborr, asaj iu shkrepën të vjella gjaku, dhe të nesërmen, ndërsa Sharli i kishte kthyer shpinën për të mbyllur perden e dritares, ajo tha: "Oh! O zot!" nxori një psherëtimë dhe i ra të fikët. Kishte vdekur! Sa çudi!

Si përfundoi gjithçka në varrezë, Sharli u kthye në shtëpi. Poshtë në katin e parë s'gjeti njeri, u ngjit në të dytin, në dhomë, pa fustanin e saj ende të varur pranë alkovit, atëherë, si u mbështet mbi tryezë, ndenji deri në mbrëmje i zhytur në ëndërrime të dhimbshme. Në fund të fundit ajo e kishte dashur.

III

Një mëngjes, xha Ruoi erdhi e i solli Sharlit hakun për këmbën e tij të shëruar:

shtatëdhjetë e pesë franga kryesisht në monedha dy skudëshe si dhe një pulë deti. E kishte marrë vesh fatkeqësinë e tij, dhe e ngushëlloi me aq sa mundi.

- Jua qaj hallin! – i tha ai duke i rënë shpatullave; - e kam hequr vetë. Kur më vdiq e ndjera ime shoqe e gjorë, dilja fushave që të isha fillikat vetëm; lëshohesha përdhe rrëzë ndonjë peme, qaja, thërrisja zotin, i thosha marrëzira; doja të isha si urithët që shikoja nëpër degë dhe që iu lëvrijnë krimbat në bark, të ngordhja fare, me një fjalë. Dhe kur mendoja se të tjerët, në atë çast, ishin qafë për qafe me gratë e tyre të dashura, ia vishja tokës me shkop sa më hante krahu;

isha bërë si i luajtur mendsh, sa s'vija më gjë në gojë; mbase s'ju besohet, po mua, edhe vetëm kur mendoja të shkoja në kafene, më neveritej vetja. Mirëpo, dalëngadalë, ditë pas dite, pranverë pas pranvere dhe vjeshtë pas vere, më la pak nga pak, çikë e nga një çikë më iku, m'u largua, m'u ul, dua të them, sepse të ngelet gjithmonë një gjë thellë në shpirt, si të thuash, një si rëndesë mu këtu mbi kraharor! Po meqë e kemi të gjithë këtë fat, nuk duhet të tretemi për së gjalli sepse kanë vdekur të tjerët... Mblidheni veten, zoti Bovari, ka për t'ju kaluar! Dilni andej nga ne! Vajza ime mendon për ju herë pas here, e dini apo jo, dhe thotë se s'po ju bie më ndër mend për të.

Sharli ndoqi këshillën e tij. Shkoi përsëri në Berto; i gjeti të gjitha ashtu si t'i kishte lënë një ditë para, domethënë si pesë muaj më parë. Dardhat tashmë kishin lulëzuar, dhe xha Ruoi, që ishte ngritur tani në këmbë, vente e vinte andej-këndej, duke i dhënë kështu më gjallëri fermës.

Duke menduar se e kishte për detyrë të tregohej sa më i njerëzishëm me mjekun, për arsye të gjendjes së tij të pikëlluar, iu lut mos ta hiqte fare kapelën, i foli me zë të ulët, si të ishte i sëmurë, dhe bile bëri sikur mori inat që nuk kishin përgatitur për të ndonjë gjë si më të veçantë se të tjerat, si për shembull krem ose dardha të pjekura. I tregoi qyfyre. Sharli nisi të qeshte; mirëpo sapo iu kujtua papritmas e shoqja, u vrenjt në fytyrë. Sollën kafenë; ai s'mendoi më për të.

Sa më tepër mësohej të jetonte vetëm, aq më pak e kujtonte të ndierën. Kënaqësia e re që i vinte nga pavarësia ia bëri pas pak kohësh vetminë më të durueshme. Tani mund të hante kur të donte, të vinte në shtëpi a të dilte pa i dhënë llogari kujt, dhe kur ishte i lodhur shumë, të shtrihej sa gjatë gjerë në krevat. Kështu pra, filloi ta merrte veten me të mirë, ia bëri qejfet trupit e shpirtit dhe pranoi ngushëllimet që i bënin. Nga ana tjetër, vdekja e së shoqes e ndihmoi shumë dhe në profesionin e tij, sepse një muaj të tërë, njerëzit s'pushonin së thëni: "I shkreti djalë! Ç'e gjeti!" Fama i kishte dalë, klientët i ishin shtuar; dhe pastaj, në Berto shkonte kur t'i vinte për mbarë. Kishte një shpresë pa ndonjë qëllim, një lumturi të mjegullt; fytyra i dukej më tërheqëse kur lëmonte me furçë favoritet në pasqyrë.

Një ditë mbërriti në fermë aty nga ora tre, të gjithë ishin

në fushë; hyri në kuzhinë, mirëpo në fillim nuk ia zunë sytë Emën; kanatet e dritareve ishin mbyllur.

Nga të çarat e tyre, dielli lëshonte mbi pllakat e dyshemesë rreze të gjata e të holla, të cilat thyheshin nëpër qoshet e mobilieve dhe dridheshin nëpër tavan. Mbi gotat e lëna në tryezë ngjiteshin mizat, dhe pastaj zukatnin duke u mbytur në mushtin e ngelur në fund të tyre. Drita e ditës që depërtonte nga oxhaku, duke i dhënë blozës së pllakës metalike një shkëlqim të kadifenjtë, e kaltëronte disi hirin e ftohur. Diku aty midis vatrës dhe dritares, Ema po qëndiste; ajo s'kishte hedhur shall krahëve, kështu që mbi shpatullat e saj lakuriq dukeshin ca bulëza të vogla djerse.

Ajo e pyeti, siç është zakoni në fshat, në donte të pinte diçka. Ai nuk pranoi, ajo ngulmoi, dhe më në fund, e ftoi, duke qeshur, të pinte një gotë liker bashkë me të. Pastaj ajo mori në bufe një shishe me guraçao, nxori dy gota të vogla, njërën e mbushi deri në buzë, ndërsa te tjetra hodhi pak sa për të thënë, dhe, pasi e përpoqi me atë të tjetrit, e vuri në gojë. Meqenëse gota e saj ishte pothuajse bosh, ajo e theu trupin mbrapsht që ta pinte; dhe ashtu me kokë të varur mbrapa, me buzë të zgjatura e me qafë të tendosur, qeshte se s'ndiente gjë në gojë; ndërsa me majën e gjuhës, që e nxirrte midis dhëmbëve të saj të vegjël, lëpinte çikë e nga një çikë fundin e gotës.

Pastaj zuri sërish vend dhe rifilloi punën e saj, një çorape të gjatë prej pambuku të bardhë të cilën po e arnonte; ajo punonte kokulur; nuk fliste, po kështu dhe Sharli. Era që frynte nga jashtë derës, fuste pak pluhur mbi pllakat e dyshemesë; ai e shihte si rrëshqiste, dhe dëgjonte vetëm rrahjen e brendshme të kokës së vet, bashkë me kakarisjen e një pule, diku larg, që bënte vezë në oborr. Ema, herë pas here, freskonte faqet me pëllëmbët e duarve, të cilat i ftohte pastaj mbi mollën e hekurt të demiroxhakut të madh.

Nisi të ankohej se, qysh nga fillimi i stinës së re, ndiente një marrje mendsh; e pyeti atë se mos i bënin mirë banjat e detit; pastaj zuri të fliste për manastirin, ndërsa Sharli për kolegjin. Që të dyve u erdhi goja. U ngjitën në dhomën e saj. Ajo i tregoi fletoret e vjetra të muzikës, librat e vegjël që ia kishin dhuruar si shpërblim, si dhe kurorat me gjethe lisi të hedhura në fund të dollapit. I foli pastaj për të ëmën, për varrezën, i tregoi bile dhe lehën në kopsht ku të premten e parë të çdo muaji këpuste lule për t'ia vënë asaj mbi varr. Mirëpo kopshtari që kishin, s'merrte vesh fare nga zanati, sa keq punonte ai! Ajo kishte dëshirë të banonte në qytet, të paktën gjatë dimrit, ndonëse jeta në fshat i bëhej ndoshta më e mërzitshme gjatë verës me zgjatjen e ditëve të bukura; dhe zëri i saj, sipas atyre që thoshte, dilte herë i kthjellët, herë i mprehtë, ose, si molisej përnjëherë, i zvargte tonet që përfundonin gati në pëshpëritje, atëherë kur ajo fliste si me vete – pas pak ngazëllehej, hapte sytë e saj naivë, pastaj qepallat gjysmë të mbyllura, me një shikim të trishtë, ndërsa mendja i fluturonte gjetiu.

Në mbrëmje, duke u kthyer për në shtëpi, Sharli përsëriti një nga një fjalitë që kishte thënë ajo, duke u përpjekur t'i kujtonte fill e për pe, t'ua plotësonte kuptimin, me qëllim që të përfytyronte atë pjesë të jetës që kishte bërë ajo gjatë kohës që ai nuk e njihte akoma. Mirëpo asnjëherë nuk e shëmbëlleu dot në mendjen e tij ndryshe nga ç'e kishte parë për herë të parë, ose ashtu siç e kishte lënë para pak çastesh. Pastaj pyeti veten ç'do të bëhej ajo po të martohej, dhe me kë? Sa keq! Xha Ruoi ishte mjaft i pasur, dhe ajo... aq e bukur! Mirëpo ja që fytyra e Emës, nuk i shqitej nga sytë, dhe në vesh i zukaste diçka monotone si gërgërimë rraketakeje: "Po sikur të martohesha! Po sikur të martohesha!" Atë natë s'vuri gjumë në sy, i zihej fryma; kishte etje; u çua e piu ujë me kanë dhe hapi dritaren; qielli ishte plot me yje, frynte një fllad i ngrohtë, diku larg lehnin qentë. Ai ktheu kokën nga Bertoja.

Duke menduar që në fund të fundit s'kishte ç'të humbte, Sharli vendosi ta kërkonte për grua kur të paraqitej rasti; mirëpo sa herë që i paraqitej, i kyçej goja nga frika se mos nuk gjente dot fjalët e përshtatshme.

Xha Ruoit nuk kishte pse t'i vinte keq po t'i merrnin të bijën, të cilën veçse barrë, s'e kishte për gjë tjetër në shtëpi. Me vete ai nuk i hidhte faj, duke menduar se ajo ishte aq e zgjuar saqë nuk i shkonte të merrej me bujqësi, zanat i mallkuar ky nga zoti, përderisa s'qe parë kurrë ndonjë milioner të merrej me të. Dhe vetë ai i shkreti, jo vetëm që s'kish bërë ndonjë katandi në bujqësi, por dilte me humbje çdo vit; sepse edhe në i ecte fjollë në tregti, ku i pëlqenin dredhitë e zanatit, bujqësia e mirëfilltë, me qeverisjen brenda fermës, i përshtatej më pak se kujtdo tjetër. S'i bëhej t'i hiqte duart nga xhepat dhe nuk kursente asgjë për të jetuar, sepse donte të ushqehej mirë, të ngrohej mirë, të flinte mirë. I pëlqenin mushtet e forta të mollëve, kofshët e të imëtave paksa të pjekura, kafet e përziera mirë e mirë me raki. Hante në kuzhinë, vetëm, kundruall zjarrit, në një tryezë të vogël që ia sillnin me të gjitha gjërat si në teatër.

Kur vuri re pra, që Sharli sikur po i vinte rrotull së bijës, gjë që do të thoshte se një ditë të bukur do t'ia kërkonte për grua, ai e bloi paraprakisht gjithë çështjen me mendjen e vet. Vërtet që për të ai vinte pak si thatanik, dhe që nuk ishte dhëndër ashtu siç do t'ia kishte dashur zemra atij, mirëpo sidoqoftë flitej se ishte njeri i sjellshëm, kursimtar dhe pa dyshim s'kishte për të nxjerë shumë avaze për pajën. Sido që të vinte puna, xha Ruoi do t'i shiste se do t'i shiste njëzet e dy akra nga tokat e tij, sepse i kishte mjaft borxhe si muratorit dhe saraçit, boshti i shtypësit të frutave duhej riparuar, tha me vete: "Po ma kërkoi, do t'ia jap."

Gjatë festës së shën Mishelit, Sharli erdhi e ndenji tri ditë në Berto. Dhe dita e fundit kaloi si dy të tjerat, duke u shtyrë çerek ore pas çerek ore. Xha Ruoi e përcolli; që të dy ecnin nëpër një udhë si lug, dhe pas pak do të ndaheshin; ky ishte çasti i volitshëm. Sharli nuk e hapi gojën deri në fund të gardhit, dhe më në fund, pasi e kaluan, ai pëshpëriti:

- Zoti Ruo, doja t'ju thosha diçka.

Ata u ndalën. Sharli heshtte.

- Hë, pa më thoni si e keni hallin! S'i ditkam të gjitha unë kështu? – tha xha Ruoi duke qeshur me ëmbëlsi.

- Xha Ruo..., xha Ruo..., - belbëzoi Sharli.

- Unë, më mirë se kaq s'kam ç'të kërkoj, - vazhdoi fermeri. - Megjithëse ka mundësi që ime bijë të jetë në një mendje me mua, prapëseprapë duhet pyetur. Tani ikni, unë po kthehem në shtëpi. Po tha "po", s'keni pse të vini përsëri, mba vesh mua, se flasin dhe bota, pastaj dhe ajo do të prekej shumë. Mirëpo që edhe ju mos të rrini mendjengritur, do t'ju bëj unë shenjë duke përplasur pas murit kanatin e dritares: keni për ta parë nga mbrapa, po të përkuleni mbi gardh.

Dhe ai u largua.

Sharli e lidhi kalin te një pemë. Vrapoi drejt e te shtegu dhe priti. Kaloi një gjysmë ore, pastaj numëroi me sahatin e vet nëntëmbëdhjetë minuta. Papritmas u dëgjua një zhurmë në mur; Kanati ishte hapur, grepi luhatej ende mbi të.

Të nesërmen, që në orën nëntë, ai ishte në fermë. Kur hyri ai, Ema u skuq dhe u mundua të qeshte në njëfarë mënyre, sa për t'u treguar e përmbajtur. Xha Ruoi përqafoi dhëndrin e ardhshëm. Bisedën për punë parash e shtynë për më vonë; kohë kishin, sepse dasma nuk mund të bëhej para heqjes së zisë të Sharlit, domethënë aty nga pranvera e vitit të ardhshëm.

Dimri kaloi duke pritur atë ditë. Zonjusha Ruo u mor me pajën. Një pjesë e saj u porosit në Ruen, ndërsa këmishët dhe kapuçët e natës i qepi vetë, në bazë të modeleve të fundit, që mori hua. Gjatë vizitave që bënte Sharli në fermë, bisedonin për përgatitjet e dasmës, vrisnin mendjen se në ç'dhomë do të shtrohej darka; mendonin për sasinë e gjellëve që do të serviresshin dhe se çfarë do të nxirrej si e parë, pas antipastës.

Ema kishte dëshirë të martohej në mesnatë, nën dritën e pishtarëve; mirëpo xha Ruoi s'i binte fare asaj ane. Si përfundim u bë një dasmë ku erdhën dyzet e tre veta, të cilët ndenjën shtruar në tavolinë gjashtëmbëdhjetë orë pa lëvizur vendit, vazhduan bile dhe të nesërmen dhe në njëfarë mënyre, disa ditë të tjera më pas.

IV

Dasmorët mbërritën herët në mëngjes, hipur nëpër karroca të ndryshme, kaloshina, pajtone dyrrotëshe, karro të vjetra e të vogla pa mbulesë, të tjera të mbuluara nga sipër, anash të hapura dhe me perde prej lëkure, ndërsa të rinjtë e fshatrave më të afërme kishin hipur nëpër qerre dhe qëndronin në këmbë, njëri pas tjetrit, me duar mbështetur në anë të karrocerisë së të mos binin, se e ngisnin me revan dhe tundeshin shumë. Kishte nga ata që erdhën nga dhjetë lega larg, prej Godervilit, Normanvilit dhe Kanit. Ishin ftuar të gjithë të afërmit e të dy familjeve, ishin pajtuar me miqtë me të cilët qenë prishur, iu kishin shkruar të njohurve që s'i kishin parë prej kohësh.

Herë pas here dëgjoheshin mbrapa gardhit fshikullima

kamxhiku; atëherë hapej trina: hynte një karrocë. Kjo ecte me revan deri në shkelzën e parë të shkallës, ndalonte aty në vend, dhe pastaj boshatisej nga dasmorët, të cilët zbrisnin nga të gjitha anët, duke fshirë gjunjët dhe duke shtriqur krahët. Zonjat, me kapuçë në kokë, ishin veshur me fustane si ato të qytetit, mbanin zinxhirë sahati prej ari, pelerina me kinde të kryqëzuara në bel ose shalle të vogla me ngjyra, të ngjitura mbas shpinës me një paramane dhe që ua linin zverkun zbuluar. Çunat, të veshur njëlloj si baballarët e tyre, dukeshin në siklet nga rrobat e reja, (madje shumë prej tyre atë ditë kishin mbathur çizme për herë të parë në jetën e tyre) dhe pranë tyre, qëndronte gojëkyçur, veshur me fustanin e bardhë të kungimit të parë, të cilin e kishin zgjatur për këtë rast, ndonjë vajzë katërmbëdhjetë deri gjashtëmbëdhjetëvjeçare, pa dyshim ndonjë kushërirë apo motër e madhe e tyre, faqekuqe, e trallisur, flokëlyer me vaj erë trëndafili, duke u ruajtur se mos bënte pis dorashkat. Meqë stallierët s'mjaftonin për të zgjidhur kuajt nga të gjitha karrocat, zotërinjtë përveshnin mëngët dhe i futeshin vetë kësaj pune. Sipas pozitës shoqërore të ndryshme që kishin, ata ishin veshur kush me frak, kush me redingotë, kush me pallto të shkurtër, kush me frak-pallto; petka të mira këto që i vishte si për nder një familje e tërë dhe që dilnin nga dollapi vetëm në raste festash; këtu futeshin redingotat me shkëlqim të varura lirshëm, me qaforen cilindrike, me xhepa të gjerë si thasë; palltot e shkurtra prej cohe të trashë, që zakonisht shkonin me ndonjë kasketë me tegel bakri rreth strehës; fraqet-pallto shumë të shkurtër, që kishin në shpinë dy kopsa pranë njëra-tjetrës si dy sy, dhe kindet e të cilave dukeshin si të ishin prerë me një të rënë të vetme nga sëpata e karpentierit. Kishte dhe disa të tjerë (por këta me siguri do të zinin vend nga fundi i tryezës) që mbanin bluza feste, domethënë nga ato me jakë të kthyer mbrapa përmbi supe, të mbledhura në shpinë rrudha-rrudha dhe të shtrënguara më tej se poshtë belit me një brez të qepur.

Dhe këmishat mbi kraharor u rrinin të fryra si parzmore! Të qethur të gjithë taze, u dukeshin veshët e zbuluar si llapa. Kishin hequr gjithashtu dhe nga një brisk të fortë; disa prej tyre bile, që ishin çuar qëmenatë, duke mos parë mirë kur po rruheshin, kishin nga të prerat e briskut, shenja të gjata të tërthorta poshtë hundës ose gjatë nofullave, rrjepje të lëkurës sa një skudë trifrangëshe dhe që ishin acaruar më keq e ndezur flakë nga era e madhe gjatë rrugës, duke i laruar disi me pllanga të kuqe të gjitha ato fytyra të bëshme, të bardha dhe të ngazëllyera.

Meqë bashkia ndodhej një gjysmë lege larg fermës, shkuan dhe u kthyen në këmbë, sa mbaroi ceremonia në kishë. Vargu i dasmorëve, në fillim i bashkuar si një shall ngjyra-ngjyra, që valëzonte nëpër fushë, gjatë shtegut të ngushtë, i cili gjarpëronte nëpër grunajën e gjelbër, u zgjat pas pak dhe u nda grumbuj-grumbuj të ndryshëm, që duke biseduar, ngeleshin mbrapa njëri-tjetrit. Sazexhiu shkonte në krye, me violinën e tij të stolisur me shirita guaskash deti; pastaj vinin nusja me dhëndrin, të afërmit, miqtë pa kurrëfarë rregulli, ndërsa mbrapa rrinin fëmijët, të cilët argëtoheshin duke bërë camunza me fije tërshëre ose duke luajtur me njëritjetrin, pa i vënë re njeri. Fustani i Emës, tepër i gjatë, zvarritej pakëz nga poshtë; herë pas here ajo ndalej që ta ngrinte dhe niste, gjithë kujdes, të hiqte me gishtërinjtë e saj të mbuluar me dorashka, barërat e ashpra dhe gjembat e vegjël të rrodheve, sakaq Sharli, duarbosh, priste që ajo të mbaronte. Xha Ruoi me një kapelë të re mëndafshi në kokë dhe me frak të zi, mëngët e të cilit ia mbulonin duart deri në majë të gishtërinjve, i kishte dhënë krahun zonjës Bovari, nënës. Kurse zoti Bovari, babai, që i urrente në të vërtetë të gjithë ata njerëz, ishte veshur thjesht me një redingotë me prerje ushtarake e me një rresht kopsash, dhe i ishte qepur me lajka si ndonjë pijanec një fshatareje të re flokëverdhë. Kjo e përshëndeste, skuqej, pa ditur se ç't'i thoshte. Dasmorët e tjerë bisedonin për punët e tyre ose bënin shaka pas shpine me njëri-tjetrin, duke u ngazëllyer para kohe; dhe po të mbaje vesh, dëgjoje vazhdimisht xërr-vërin e violinës së sazexhiut, i cili vazhdonte t'i binte nëpër fushë. Kur vinte re që dasmorët kishin ngelur shumë mbrapa tij, ai ndalej të merrte frymë, lyente mirë e mirë harkun me kolofan, që të tingëllonin telat më shumë, dhe pastaj vazhdonte rrugën, duke ulur e ngritur bishtin e veglës së tij, që ta mbante mirë masën. Zhurma e instrumentit i bënte zogjtë e vegjël të fluturonin larg.

Tryeza ishte shtruar mu në mes të hangarit të qerreve. Mbi të ishin vendosur katër pjesë ijesh të pjekura kau, gjashtë pula frikase, mish viçi i fërguar, tri kofshë dashi dhe, në mes tyre, një alamet gici pirës i pjekur, rrethuar me katër suxhukë me uthullishte. Nëpër qoshe ishte vënë rakia, në poçe qelqi. Mushti i ëmbël i mollëve nëpër shishe nxirrte shkumën e tij të trashë rreth tapave, dhe të gjitha gotat ishin mbushur qysh më parë me verë deri në buzë. Pjatancat e mëdha me krem të verdhë, që me tundjen më të vogël të tryezës, luhateshin vetvetiu, kishin mbi sipërfaqen e tyre të lëmuar, gërmat e para të emrave të bashkëshortëve, të stolisura me ca lajle që se kishin shoqen. Për tortat dhe ëmbëlsirat me mjaltë e bajame kishin marrë një pasticier nga Ivtotoja. Meqë ky kishte pak kohë që e ushtronte zanatin në këtë vend, tregoi kujdes të madh në përgatitjen e gjërave; dhe pas të kripurave, solli vetë një tortë me kate që i mahniti të gjithë sa lëshuan dhe britma. Në themel ajo fillonte me një katror prej kartoni të kaltër, ku të binte në sy nga të gjitha anët një tempull me portikë, kolona dhe shtatore të vogla prej stukoje, futur nëpër zgavra gjithë yje prej letre të praruar; pastaj në katin e dytë ngrihej një kullë prej paste savoje, rrethuar me kala të vogla prej lëvoreje bimësh aromatike, bajamesh, stafidhesh, rriska portokallesh; dhe së fundi, në pjesën e sipërme, që ishte si një lëndinë e blertë ku kishte shkëmbinj dhe liqene reçeli si dhe anije me lëvozhga lajthish, shihej një Amur i vogël që lëkundej mbi një kolovajzë çokollate, të dy shtyllat e së cilës përfundonin në majë me dy gonxhe trëndafili të vërtetë, në vend të topthave.

Vazhduan të hanin deri në mbrëmje. Kur mpiheshin ulur, dilnin shëtitje nëpër oborr, luanin me tapa në hangar, pastaj ktheheshin përsëri në tryezë. Nga fundi disa i zuri gjumi mu aty dhe filluan të gërhisnin. Mirëpo kur erdhi kafeja, të gjithë u gjallëruan; ua morën këngëve, bënin ushtrime të vështira fizike, ngrinin pesha të rënda, luanin me duar, provonin të ngrinin qerret me supe, bënin shaka, përqafonin zonjat. Në mbrëmje kur do të niseshin, kuajt e dendur me tërshërë deri në fyt, mezi hynë midis biqeve; hidhnin vicka, ngriheshin në këmbët e mbrapme, iu këputeshin takëmet, të zotët e tyre shanin ose qeshnin; dhe gjithë natën e natës, në dritën e hënës, nëpër rrugët e fshatit kishte karroca që ia mbathnin me revan të madh, duke u hedhur përpjetë nëpër kanalet kulluese, duke kaluar përmbi grumbuj guriçkash, duke u përplasur nëpër shpatet e rrugës, ndërsa gratë përkuleshin jashtë derës për të kapur frerët.

Ata që ngelën në Berto e kaluan natën me të pira në kuzhinë. Fëmijët i kishte zënë gjumi nën stola.

Nusja i ishte lutur të atit që të mos t'i binin në qafë me ato shakatë që bëheshin në kësi rastesh. Mirëpo ja që një tregtar peshku, kushëriri i tyre (i cili si dhuratë për dasmë kishte sjellë nja dy gjuca) nisi t'i spërkaste me ujë nga vrimat e bravës, por pikërisht në atë çast erdhi xha Ruoi, i cili nuk e la duke i shpjeguar se këta numra ishin të pahijshëm për vetë pozitën e rëndësishme që kishte dhëndri i tij. Megjithatë kushëriri iu bind me zor këtyre arsyeve. Me veten e tij, ai e quajti xha Ruoin hundëpërpjetë dhe u bashkua në një qoshe me katër a pesë mysafirë të tjerë të cilët gjithashtu, meqë u kishin rënë rastësisht disa herë pjesë të këqija mishi ishin në një mendje se i kishin pritur keq, pëshpërisnin kundër të zotit të shtëpisë dhe i uronin gjithë të zezat me fjalë të tërthorta.

Zonja Bovari, nëna, s'kishte hapur gojën gjithë ditën e ditës. Asaj nuk i kishin kërkuar mendim as për tualetin e nuses, as për menunë e dasmës; u tërhoq mënjanë herët. Bashkëshorti i saj, në vend që t'i shkonte pas, çoi e bleu puro në Shën Viktor dhe tymosi deri sa u gdhi, duke pirë ponç me raki qershie, përzierjeje kjo që nuk e njihnin dasmorët dhe që i jepte atij akoma më shumë rëndësi në sytë e tyre.

Sharli nuk ishte aspak natyrë shakatari, gjatë dasmës nuk u shqua fare. Thumbave, lojëfjalëve, fjalëve me dy kuptime, furçave dhe rromuzeve me të cilat iu përveshën qysh sa erdhi supa, ai iu përgjigj kot më kot.

Ndërsa të nesërmen, ai dukej krejt tjetër. Gjatë darkës së dasmës më tepër mund të merrje atë për virgjëreshë sesa vetë nusen, të cilën s'kishe ku ta kapje. Dhe ata më të prapët nuk dinin ç'të thoshin, bile kur ajo kalonte pranë tyre, e shikonin me një vëmendje jashtëzakonisht të madhe. Mirëpo Sharli sillej si t'i vinte. E thërriste "grua". I fliste me "ti", pyeste këdo për të, e kërkonte gjithandej, dhe shpesh e nxirrte në oborr, ku e shihnin për së largu, midis pemëve, që i hidhte krahun për beli dhe ecte gjysmë i përkulur mbi të, duke i zhubravitur me kokë dantellën e jelekut.

Dy ditë pas dasmës, bashkëshortët ikën nga shtëpia:

Sharli nuk mund të qëndronte më gjatë se kishte hallin e të sëmurëve. Xha Ruoi u dha karrocën e tij, bile i shoqëroi dhe vetë deri në Vasonvil. Aty ai e puthi të bijën për herë të fundit, zbriti poshtë dhe u nis të kthehej. Pasi bëri njëqind hapa, u ndal, dhe, kur pa që po largohej karroca, rrotat e së cilës vërtiteshin nëpër pluhur, nxori një psherëtimë të thellë. Pastaj iu kujtua dasma e tij, jeta e tij e dikurshme, barra e parë e së shoqes. Dhe ai kishte qenë shumë i lumtur ditën që e kishte marrë nga i ati i saj në shtëpinë e vet, kur e mbante nga mbrapa në vithe të kalit, duke ecur me cak nëpër dëborë; sepse po afronin krishtlindjet dhe fusha ishte krejt e bardhë; ajo me njërën dorë mbahej tek ai, ndërsa në tjetrën kishte bohçen; era ia valëviste dantellat e gjata që ishin lidhur pas flokëve të saj, të bëra sipas modës së Kosë dhe që nganjëherë i binin mbi gojë, ndërsa ai, kur kthente kokën, shihte pranë vetes, mbi supin e tij, fytyrën e saj të imët, të skuqur që i buzëqeshte në heshtje, nën rrethin e artë të kapuçit. Që të ngrohte gishtat, herë pas here, ajo ia fuste atij në gji. Ah sa kohë kishte kaluar qysh atëherë! Tani djali i tyre do të ishte tridhjetë vjeç! Vështroi nga prapa, po s'pa asgjë në rrugë. E ndjeu veten të trishtuar si shtëpi e boshatisur nga mobiljet; dhe si u përzien në trurin e tij të turbulluar nga avujt e pijes të gjithë asaj darke kujtimet e përmallshme me mendimet e kobshme, iu shkrep për një çast, t'i binte njëherë verdallë kishës. Mirëpo meqë pati frikë se mos kjo shëtitje e hidhëronte akoma më shumë, u kthye drejt e në shtëpinë e vet.

Zoti dhe zonja Bovari mbërritën në Tot rreth orës gjashtë. Fqinjët dolën nëpër dritare që të shikonin gruan e re të mjekut të tyre.

Shërbëtorja e vjetër iu paraqit, e përshëndeti, kërkoi të falur që darka s'ishte gati dhe e ftoi të zonjën që, ndërkohë, të shihte shtëpinë.

V

Shtëpia me ballë prej tullash ndodhej mu në buzë të rrugës. Mbrapa derës ishin varur një pallto me jakë të vogël, një kapistall, një kasketë prej lëkure të zezë dhe, përtokë, gjendeshin një palë kallçina ende të papastruara nga balta e thatë. Në të djathtë ishte salla, domethënë dhoma ku hanin dhe rrinin. Mbi pëlhurën e shtendosur me të cilën ishin veshur muret, dridhej e tërë shtresa e letrës së verdhë, që në pjesën e sipërme të saj ishte e zbukuruar me një varg lulesh të zbehta; gjatë dritareve gërshetoheshin ca perde të bardha pambuku, qarkuar me një shirit të kuq në buzë, dhe mbi parvazin e ngushtë të oxhakut, midis dy shandanëve të larë me argjend, nën disa abazhurë prej qelqi me trajtë vezake, shkëlqente një sahat muri me kokën e Hipokratit. Në anën tjetër të korridorit ndodhej kabineti i punës i Sharlit, një dhomë e vogël kjo, rreth gjashtë hapa e gjerë, me një tryezë, tri karrige, si dhe një kolltuk zyre. Të gjashtë raftet e bibliotekës prej pishe ishin mbushur pothuajse vetëm me volumet e "Fjalorit të shkencave mjekësore" me fletë të paprera, po që u ishte dëmtuar shumë lidhja, ngaqë ishin shitur dorë pas dore. Era e rëndë e salcave të gjellëve depërtonte deri në këtë dhomë gjatë vizitave, po kështu që nga kuzhina dëgjoheshin të sëmurët që kolliteshin në klinikë dhe si e qysh e teket e sëmundjes së tyre. Pastaj vinte një kthinë e madhe e rrënuar që të çonte menjëherë në oborr: aty ishte stalla, kishte një furrë dhe shërbente tani si bodrum për dru, si qilar, si depo, plot me hekurishte, me fuçi boshe, me vegla bujqësore jashtë përdorimit, pa folur pastaj për gjithë ato pirgje me rrangulla të tjera të mbuluara nga pluhuri, të cilat një zot e dinte se përse hynin në punë.

Kopshti, më i gjatë sesa i gjerë, rrethuar me dy mure prej qerpiçi, mbuluar nga kajsitë e mbjella rrëzë tyre, shtrihej deri te një qark gjembash që e ndante nga fushat. Mu në mes të tij kishte një sahat diellor prej pllake guri, vendosur mbi një piedestal me mur; parcela më me vlerë e mbjellë me bimë të një rëndësie të veçantë, rrethohej në mënyrë simetrike nga katër lehe trëndafilash të egër të hajthëm. Në fund fare, nën ca bredha, ngrihej shtatorja prej allçie e një prifti që po lexonte librin e lutjeve.

Ema u ngjit lart te dhomat. E para s'ishte e mobiluar fare; ndërsa e dyta, që ishte dhoma bashkëshortore e gjumit, kishte një krevat prej mogani, vendosur në një alkovë e mbuluar rreth e përqark me perde të kuqe. Komoja ishte e stolisur me një kuti prej guaskash dhe, mbi tryezën e vogël, pranë dritares, në një poç, ishte një buqetë lulesh portokalli, të lidhura me kordele atllasi të bardhë. Ishte buqetë nuseje, buqeta e asaj të parës! Ajo e vështroi. Sharli e vuri re, e mori dhe e çoi në papafingo, ndërsa Ema, ulur në kolltuk (sakaq po i renditnin plaçkat aty pranë) mendonte për buqetën e saj të martesës, që ishte futur në një kuti, dhe pyeste veten, duke ëndërruar, se ç'do ta bënin atë, sikur papritur ajo të vdiste.

Ditët e para ajo i kaloi duke vrarë mendjen për ndryshimet që do të bënte në shtëpi. Hoqi globet prej qelqi nga shandanët, me urdhër të saj u veshën muret me letra të reja, u lye sërish shkalla dhe u vendosën stola në kopsht rreth e rrotull sahatit diellor, ajo pyeti bile se si i bëhej që të kishin dhe një shatërvan-hauz me peshq brenda. Më në fund i shoqi që, duke e ditur se asaj i pëlqenin shëtitjet me karrocë, gjeti një kaloshin të përdorur, i cili, si e pajisën me fenerë të rinj dhe me mbulesa rrotash prej lëkure të karfosur me qepje të dendura zbukuruese, u bë gatigati si ato karrocat dyvendëshe angleze.

Kështu pra, ai ishte i lumtur dhe s'donte t'ia dinte për gjë në botë. Për të ngrënë hante vetëm për vetëm me të, shëtitje po dilte mbrëmjeve në rrugën kryesore, ajo po dorën e endte gjithë hijeshi mbi gërshetat, po dhe kapelën e saj prej kashte ia kishte ënda kur e shihte të varur në dritare, e shumë e shumë gjëra të tjera që Sharlit s'i kishte shkuar mendja kurrë t'i shijonte, e bënin tani të lumtur pa mbarim. Shtrirë në krevat, në mëngjes, pranë e pranë njëri-tjetrit në jastëk, ai vështronte dritën e diellit që përshkonte pushin e faqeve të saj të çelëta, që ia mbulonin përgjysmë kandelet e kapuçit. Duke i parë nga aq afër, sytë e saj i dukeshin atij të zmadhuar, sidomos kur i hapte qepallat disa herë radhazi gjatë zgjimit; të zinj në hije dhe kaltëroshë në dritë të plotë, ata kishin ca si shtresa ngjyrash të njëpasnjëshme, të cilat ishin më të dendura nga fundi dhe vinin e rralloheshin duke iu afruar iridës. Sytë e tij përhumbnin nëpër këto thellësi, dhe ai e shihte veten aty të zvogëluar deri te supet, bashkë me shallin që mbante mbi kokë dhe me pjesën e sipërme të këmishës gjysmë të hapur. Pastaj ai ngrihej nga shtrati. Ajo dilte në dritare për ta parë kur ikte, dhe qëndronte aty, mbështetur me bërryla në parvaz, midis dy saksish me barbarozë, veshur me një peshtamall të gjatë e të lirshëm rreth trupit. Sharli përjashta, mbërthente mamuzet, ndërkaq ajo vazhdonte t'i fliste nga lart, duke këputur me gojë ndonjë copë luleje a flete, u frynte atyre drejt tij dhe ato, si valëviteshin, qëndronin një çast, bënin në ajër gjysmarrethësh si ndonjë zog dhe, para se të binin, ngjiteshin në krifën e shpupuritur të pelës së bardhë plakë, e cila qëndronte pa lëvizur përpara derës. Sharli, hipur përmbi të, i dërgonte një të puthur; ajo i përgjigjej duke i bërë shenjë me dorë, mbyllte dritaren dhe ai nisej. Dhe atëherë, ai, në rrugën kryesore me një shtresë të gjatë pluhuri që s'kishte të mbaruar, nëpër udhët me gropa ku pemët përkundeshin si djepe, nëpër shtigje ku gruri i ngjitej deri në gjunjë, nën diellin që i binte mbi shpatulla dhe në ajrin e freskët të mëngjesit që thithte, me zemër të mbushur plot me kënaqësitë e natës, mendjembledhur, me trup të nginjur, ikte duke bluar me vete lumturinë e tij, si ata që s'pushojnë së përtypuri edhe pas darke, shijen e kërpudhave që me kohë u kanë përfunduar në stomak.

Deri tani ç'të mirë kishte parë ai në jetën e vet? Mos vallë kohën që kaloi në kolegj, ku rrinte mbyllur brenda katër mureve, vetëm mes shokësh më të pasur ose më të zotë në mësime, të cilët qeshnin me të folurën e tij, talleshin me veshjen e tij, dhe që u vinin nënat në dhomën e pritjes me ëmbëlsira nën gëzofin ku mbanin duart? Apo më vonë, kur iu fut mjekësisë dhe që s'kishte pasur asnjëherë në qese aq para sa të shkonte të vallëzonte kadril me ndonjë copë punëtore e aq dhe pastaj ta bënte dashnore. Prandaj kishte jetuar katërmbëdhjetë muaj rresht me vejushën, që i kishte këmbët në krevat të ftohta, si copa akulli. Mirëpo ja që tani ai kishte për jetë të jetëve një grua të bukur, të cilën e adhuronte. Gjithësia, për të, nuk shkonte më tej sesa rrethi i mëndafshtë i fundit të saj; dhe qortonte veten që nuk e dashuronte si duhej, mezi priste ta shihte përsëri; kthehej shpejt, ngjiste shkallët, duke i gufuar zemra. Ema, në dhomën e saj bënte tualet para se të vishej, ai afrohej në majë të gishtave, e puthte në shpinë, dhe ajo lëshonte një britmë.

Ai s'rrinte dot pa ia prekur orë e pa kohë krehrin, unazat, shallin; nganjëherë e puthte në faqe sa i hante goja, ose e çukiste me të puthura të vogla radhazi, gjatë gjithë krahut lakuriq, duke filluar që nga majat e gishtërinjve deri lart në sup; dhe ajo e shtynte me të butë me buzën gjysmë në gaz dhe gjysëm e bezdisur, ashtu siç shtyhet fëmija që të varet në qafë.

Para se të martohej, ajo kishte kujtuar se ndiente dashuri; mirëpo, meqë lumturia që do t'i siguronte kjo dashuri nuk u duk asgjëkundi, ajo mendonte se do të ishte gabuar. Atëherë Ema filloi të vriste mendjen për të marrë vesh se ç'kuptohej tamam-tamam në jetë me fjalët lumturi, pasion dhe dehje, që i ishin dukur aq të bukura nëpër libra.

VI

Ajo kishte lexuar "Polin dhe Virgjinia" dhe kishte ëndërruar për shtëpizën me kallama bambuje, për zezakun Domingo, për qenin Fidel, por sidomos për miqësinë e dhembshur të ndonjë vëllaçkoje, që shkon të gjejë fruta të kuqe nëpër pemët e mëdha, më të larta sesa kambanoret e kishave, ose që vrapon këmbëzbathur mbi rërë, duke të sjellë një fole zogu.

Kur ajo mbushi trembëdhjetë vjeç, i ati e çoi vetë në qytet, për ta futur në manastir. Zunë vend në një han, në lagjen Shën Zherve, ku u shtruan darkën nëpër pjata të pikturuara që paraqitnin historinë e zonjushës Dë la Valierës. Shpjegimet e legjendave që jepeshin në to, të ndërprera aty-këtu nga gërvishtjet e thikave, i thurnin lavdi, të gjitha pa përjashtim fesë, ndjenjave fisnike të zemrës dhe salltaneteve të Oborrit.

Në fillim ajo jo vetëm që nuk u mërzit në manastir, por u kënaq me shoqërinë e murgeshave, të cilat, për ta zbavitur, e çonin në faltore, ku hynin nga mensa duke kaluar nëpër një korridor të gjatë. Ajo luante shumë pak gjatë pushimeve të mësimit, e kuptonte mirë katekizmin dhe pyetjeve të vështira që bënte zoti zëvendësfamullitar, gjithmonë ajo u përgjigjej. Mbyllur aty pra, pa u shkëputur asnjëherë nga ajo atmosferë e ngrohtë shkollore dhe duke jetuar mes atyre grave fytyrëbardha, që mbanin rruzare me kryqe bakri, ajo u shkri dalëngadalë me molisjen mistike që vjen nga parfumet e altarit, freskia e enëve të ujit të bekuar dhe ndriçimi i qirinjve. Në vend që të ndiqte meshën, shikonte fytyrat e shenjtorëve në librin e saj të lutjeve, lyer rreth e qark me një ngjyrë të kaltër, dhe i dhimbsej delja e sëmurë, zemra e shenjtë e shpuar tejetej me shigjeta majëmprehta, apo i gjori Jezu, i cili, duke ecur, rrëzohet nën kryqin e tij. Për pendesë, ajo provoi të rrinte një ditë të tërë pa ngrënë. Me mendje kërkonte ndonjë dëshirë që t'i plotësohej.

Kur shkonte të rrëfehej, trillonte mëkate të vogla, me qëllim që të rrinte aty më gjatë, ulur në gjunjë, në errësirë, me duar të bashkuara, me fytyrë ngjitur pas grilës, duke dëgjuar pëshpëritjen e priftit. Krahasimet midis të fejuarit, bashkëshortit, dashnorit qiellor dhe martesës së përjetshme që përsëriten vazhdimisht nëpër predikime, i ngjallnin thellë në shpirt ëndje të papritura.

Në mbrëmje, para lutjes, në sallën e studimit bëhej leximi fetar. Gjatë javës dëgjonin ndonjë përmbledhje të "Historisë së shenjtë" ose Ligjëratat e abat Fresnusit, dhe të dielave, si për çlodhje, pjesë nga "Fryma e kristianizmit." Sa me vëmendje e dëgjoi ajo në fillim vajtimin kumbues të melankolive romantike që jehonin nëpër gjithë skutat e dheut dhe të përjetësisë! Sikur ta kishte kaluar fëmijërinë në dyqanin e ndonjë lagjeje tregtarësh, ndoshta do të kishte lënë t'i zaptonte shpirtin lirizmi zaptues i natyrës, i cili, zakonisht, arrin deri te ne vetëm nëpërmjet krijimeve të shkrimtarëve. Mirëpo ajo e njihte më shumë seç duhej fshatin, e ndiente nga afër blegërimën e kopeve, bulmetrat, parmendat. E mësuar me pamjet e qeta, atë në të vërtetë më tepër e tërhiqnin ato të larmishmet. Deti i pëlqente vetëm për stuhitë e tij, dhe blerimi vetëm kur ishte i hapërdarë nëpër rrënoja. Si natyrë më tepër sentimentale, që kërkonte më shumë emocionet sesa peizazhet, ajo mjafton që të nxirrte njëfarë përfitimi vetjak nga të mundej, pa pastaj e hidhte poshtë si të padobishme gjithçka që nuk i shërbente për t'ia ushqyer drejtpërdrejt zemrën.

Në manastir kishte një lëneshë e cila, çdo muaj, vinte punonte tetë ditë si rrobalarëse. E përkrahur nga kryepeshkopata meqë ishte e bija e një familjeje të vjetër fisnikësh të rrënuar gjatë kohës së Revolucionit, ajo hante në mensë, në një tryezë me murgeshat, dhe mbas ngrënies, bënte me to pak muhabet, para se t'i përvishej punës. Shpesh herë konviktoret ia mbathnin nga studimi që të rrinin me të. Ajo dinte përmendsh këngë dashurie të shekullit të kaluar, të cilat i këndonte me gjysmë zëri, tek i jepte gjilpërës. U tregonte histori të ndryshme, u sillte lajme, u kryente porosi në qytet, dhe më të rriturave u jepte, fshehurazi, ndonjë roman që mbante vazhdimisht nëpër xhepat e përparëses, dhe që vetë zonjusha e lexonte duke përpirë me një frymë kapituj të tërë gjatë ndërprerjeve të punës. Aty bëhej fjalë për dashuri, dashnorë, dashnore, zonja të cilave u qepeshin e u merrnin shpirtin, u binte të fikët poshtë e lart nëpër shtëpi të vetmuara, korrierë që vriteshin në çdo ndalesë, kuaj që i telikosnin në çdo faqe, pyje të zymta, sfilitje zemre, betime, stërbetime, ngashërime, lot e të puthura, varka në dritë të hënës, bilbila nëpër korije, zotërinj trima si luanë, të butë si qengja, të virtytshëm si ata, gjithmonë të veshur mirë e bukur, dhe që i derdhnin lotët çurg. Kështu pra, Ema pesëmbëdhjetëvjeçare, brenda gjashtë muajve i mori mbarë gjithë këto fundërrina të sallave të vjetra të leximit. Më vonë kur filloi të lexonte Uollter Skotin, u dha e tëra pas ngjarjeve historike, ëndërronte për sëndukë të vjetër, për dhoma rojash dhe për këngëtarë mesjetarë. Do t'ia kishte ënda të jetonte në ndonjë kështjellë të vogël, si ato zonjat feudale jelekgjata, që kalonin kohën, nën triqemershen gotike, mbështetur me bërryla mbi parvazin e gurtë të dritares dhe me mjekër mbështetur në pëllëmbë të dorës, duke pritur ndonjë kalorës pendëbardhë hipur mbi kalë të zi, që vinte me revan nga fundi i fushës. Në atë kohë ajo vdiste për Maria Stuartën dhe përgjërohej për figurat e grave të shquara ose fatzeza. Zhan d'Arka, Heloiza, Anjes Soreli, Ferroniera e bukur, si dhe Klemans Izori shquheshin, në sytë e saj, si kometa në errësirën e pafundme të historisë, ku spikatnin aty-këtu, por më të mjegulluar dhe pa asnjë lidhje midis tyre, shën Luigji me lisin e tij, Bajardi duke dhënë shpirt, disa mizori të Luigjit XI, disi nata e shën Bartolomeut, xhufka e Bearneut, dhe kujtimi i përjetshëm i pjatave të pikturuara që mburrnin Luigjin XIV.

Në mësimin e muzikës, në romancat që këndonte, bëhej fjalë vetëm për engjëj të vegjël krahëartë, për shën Mëri, për laguna, për gondoliera, kompozime paqësore këto, që nëpërmjet naivitetit të stilit dhe shpërkujdesjes së notave, e ftonin të shihte vagullimthi fantazmagorinë tërheqëse të botës së dashurisë. Disa nga shoqet e saj sillnin në manastir albume me pjesë letrare të ilustruara që ua kishin falur si dhurata për Vitin e Ri. Mirëpo duhej t'i mbanin fshehur. Telash më vete edhe ky. Për të lexuar i lexonin në fjetore. Ema që i vërtiste gjithë kujdes nëpër duar kapakët e tyre të bukur, të veshur me atllas, i ngulte e magjepsur sytë tek emrat e autorëve të panjohur që kishin firmosur në fund të shkrimeve të tyre dhe që në shumicën e rasteve, ishin kontë ose viskontë.

Ajo dridhej e tëra, tek ngrinte me frymë letrën e mëndafshtë të gravurave, që çohej gjysmë e palosur dhe pastaj binte përsëri me ngadalë mbi faqen tjetër. Njëra prej tyre tregonte një djalosh me pallto të shkurtër, i cili shtrëngonte në krahë, prapa parmakut të një ballkoni, një vajzë të re veshur me fustan të bardhë, me një qese të vogël në brez; ose kishte dhe gravura të tjera me portret pa emër të zonjave fisnike angleze me kaçurrela të verdha, të cilat, nën kapelën e rrumbullakët prej kashte, të ngulin shikimin me ato sytë e tyre të mëdhenj e të kthjellët. Kishte prej tyre që zdërgjateshin nëpër karroca dhe shëtisnin përmes parqeve, ku kërcente një langua përpara kuajve të mbrehur të cilët i ngisnin me trok dy karrocierë të vegjël, veshur me pantallona të bardha. Të tjerat ëndërronin mbi kanape, pranë ndonjë pusulle letre të hapur, sodisnin hënën nga dritarja paksa e hapur, gjysmë e mbuluar me një perde të zezë. Naivet, me lot në faqe, çukisnin me buzë një turtulleshë nëpërmjet hekurave të një kafazi gotik, ose, duke buzëqeshur, me kokë varur mbi sup, këpusnin fletët e një luleshqerre me gishtërinjtë e tyre me majë, të kthyer përpjetë si këpucët e njëhershme. Aty ishit edhe ju, o sulltanë me çibukë të gjatë, që shkriheshit nga qejfi nën tenda, në krahët e valltareve të shenjta indiane, ju o kaurë, me kordha turke, me kësula greke, dhe sidomos ju o peizazhe të zbehta, të viseve lavdithurëse, që shpesh na tregoni njëkohësisht palma, bredha, në të djathtë tigra, një luan, në të majtë minare tartare, në horizont, rrënoja romake në pjesën e përparme pastaj më tej deve të ulura në bisht: të gjitha këto të rrethuara nga një pyll i pashkelur kurrë e i pastër qelibar, ndërsa një rreze e fortë dhe pingule dielli fërgëllonte në ujë, ku shquheshin larg e larg, si copa të shkëputura lëkure të bardhë, mbi një sfond të përhirtë, ca mjellma që notonin.

Dhe të gjitha këto tablo të botës i ndriçonte një llambë e

vjetër me abazhur, e varur në mur përmbi kokën e Emës, para syve të së cilës ato kalonin njëra pas tjetrës, në qetësinë e fjetores dhe mes zhurmës së largët të ndonjë karroce të vonuar, që ecte bulevardeve.

Kur i vdiq e ëma, ditët e para ajo qau shumë. Me flokët e së ndjerës porositi një kornizë të përmortshme, dhe me anën e një letre plot mendime të trishta për jetën, që e dërgoi në Berto, kërkonte ta futnin dhe atë, më vonë, në një varr me të ëmën. I ati i gjorë kujtoi se mos ishte gjë sëmurë dhe erdhi ta shihte. Ema në brendësi të vetvetes u kënaq ngaqë ndjeu se arriti përnjëherë atë ideal të rrallë të qenieve të zbehta, ku nuk ia mbërrijnë dot kurrë zemërngushtët. Kështu, pra, ajo rrëshqiti në kurthet shpirtzaptuese të poezive të Lamartinit, dëgjoi harpat nëpër liqene, gjithë këngët e mjellmave që po ngordhnin, gjithë rëniet e gjetheve, vashat e pastra e të papërlyera që ngjiten në qiell, dhe zërin e të amshuarit, që ligjëron nëpër lugina. Mirëpo u mërzit me këtë gjendje, nuk donte aspak të pajtohej me të, vazhdoi nga forca e zakonit, pastaj nga sedra e sëmurë, derisa më në fund u çudit dhe vetë që e ndjeu veten të çliruar dhe në zemër s'kishte më tepër trishtim sesa rrudha në ballë.

Murgeshat shpirtmira, që kishin aq shpresa në prirjet e saj për jetën fetare, vunë re me habi të madhe se zonjusha Ruo po u delte duarsh. Dhe vërtet, ato ç'nuk kishin bërë për të, shërbime, prehje vetmitare, lutje, ligjërata, sa shumë i kishin predikuar për ndërrimin e shenjtorëve dhe martirëve, dhe i kishin dhënë kaq e kaq këshilla për përvuajtjen e trupit dhe shpëtimin e shpirtit të saj, saqë ajo veproi si ata kuajt që i tërheq prej kapistre; ajo u ndal në vend dhe ngojëza i doli nga dhëmbët. Ky shpirt realist, pavarësisht nga entuziazmet e saj, që e kishte dashur kishën vetëm për lulet që kishte, muzikën për fjalët e romancave dhe letërsinë për nxitjen e pasioneve, ngrinte tani krye kundër mistereve të fesë, siç nuk duronte dot fare disiplinën, e cila s'i shkonte aspak për shtat natyrës së saj. Kur erdhi i ati dhe e hoqi nga manastiri, askujt nuk i erdhi keq që po largohej. Bile igumena thoshte se kohët e fundit ajo ishte bërë mospërfillëse ndaj gjithë murgeshave.

Si u kthye në shtëpi, Emës, në fillim, i pëlqeu t'u jepte urdhra shërbëtorëve pastaj iu neverit fshati dhe i erdhi keq që kishte ikur nga manastiri. Kur u shfaq Sharli për herë të parë në Berto, ajo e ndiente veten shumë të zhgënjyer, ngaqë s'kishte më ç'të mësonte as ç'të ndiente.

Mirëpo mjaft ankthi që i shkaktoi gjendja e saj e re, apo ndoshta turbullimi që i solli prania e këtij njeriu dhe asaj iu mbush mendja më në fund se nuk i mungonte ai pasion i mrekullueshëm, i cili deri atëherë kishte ndenjur si ndonjë zog i madh pendërozë që qëndron pezull në shkëlqimin e qiejve poetikë; dhe tani ajo as s'e merrte dot me mend që kjo jetë e qetë që po bënte të ishte vetë lumturia për të cilën kishte ëndërruar.

VII

Megjithatë ajo nganjëherë mendonte se ato ishin ditët më të bukura të jetës së saj, muaji i mjaltit, siç thuhet ndryshe. Që të shijonte nektarin e tyre, e mira ishte të shkonte nëpër ato vende me emra kumbues ku ditët e para pas martesës kalohen në një plogështi aq të këndshme! Hipur në ndonjë karrocë poste, me perde mëndafshi të kaltër nga brenda, ngjitesh dalëngadalë nëpër rrugët e rrëpirta, duke dëgjuar gurgullimën e shurdhët të ujëvarës. Kur perëndon dielli ngopesh me erën e këndshme të limonëve në breg të gjive të detit; pastaj në mbrëmje, duke ndenjur mbi tarracën e vilave, vetëm për vetëm e kapur dorë për dore vështron yjet dhe bën plane për të ardhmen. Ajo mendonte se në këtë rruzull tokësor disa vende duhej të krijonin lumturi, si ndonjë bimë e veçantë që çel mbarë në një vend dhe që s'bëhet dot askund tjetër. Përse të mos prehej edhe ajo, mbështetur mbi bërryla në ballkonin e ndonjë vile zvicerane a të mbyllej bashkë me trishtimin e saj në ndonjë shtëpizë fusharake skoceze, si bashkëshorte e një burri të veshur me frak kadifeje të zezë me kinda të gjatë dhe me çizme prej lëkure të butë, me kapelë me majë dhe me mansheta!

Ndoshta do të kishte dëshirë t'ia hapte zemrën dikujt për të gjitha këto ëndërrime. Po si mund të shprehte një siklet të pakapshëm, që ndërronte trajtë si retë, që vërtitej si vorbull ere? Nuk gjente dot fjalët, domethënë rastin, i mungonte guximi.

Megjithatë asaj i dukej se po ta donte Sharli një gjë të tillë, po ta kishte parandier, po të ishte puqur, qoftë dhe një herë të vetme, shikimi i tij me mendimet

e saj, zemra do t'i zbrazej përnjëherë nga gjithë ajo ngarkesë, ashtu siç bien frutat e pjekura të pemëve sa vë dorën në to. Mirëpo sa më shumë i lidhte jeta bashkëshortore, aq më tepër në brendësi të shpirtit ajo shkëputej prej tij.

Bisedat që bënte Sharli ishin të rrafshta, si trotuare rrugësh dhe në to qarkullonin mendime dosido të njerëzve e aq me veshje të përditshme që s'të ngjallnin asnjë emocion, s'të bënin as të qeshje, as të ëndërroje. Kur banonte në Ruan, i thoshte ai, s'ishte bërë asnjëherë kureshtar të shkonte të shihte ndonjë shfaqje në teatër me aktorë nga Parisi. S'dinte as të notonte, as të bënte skermë, as të gjuante me pistoletë, bile, një ditë s'ishte as në gjendje t'i shpjegonte asaj një term të të hipurit në kalë, të cilin ajo e kishte hasur në një roman.

Mirëpo a nuk është e domosdoshme vallë që burri të shkëlqejë në shumë drejtime, ta bëjë bashkëshorten të njohë forcën e pashtershme të dashurisë, shijet e stërholluara të jetës, të gjitha të fshehtat! Ndërsa ai s'i mësonte asaj asgjë, s'dinte kurrgjë, s'kishte asnjë dëshirë. Kujtonte se ajo ishte e lumtur; dhe ajo e kishte inat që ai s'e prishte fare terezinë, që s'dilte kurrë nga ajo plogështi e patrazuar, që e ndiente bile veten të lumtur prej saj.

Nganjëherë ajo vizatonte; dhe për Sharlin ishte kënaqësi e madhe t'i rrinte pranë në këmbë, duke e parë se si përkulej mbi copën e kartonit dhe picërronte sytë për ta parë më mirë veprën e saj, ose rrumbullakoste toptha me tul buke mbi thoin e gishtit të tij. Pastaj luante në piano, sa më shpejt lëviznin gishtat e saj nëpër tastierë, aq më tepër mrekullohej ai. Ajo u binte atyre me siguri të plotë dhe i kalonte gishtat nga një cep i pianos te tjetri pa asnjë ndërprerje. E shkundur në këtë mënyrë prej saj, vegla e vjetër muzikore, së cilës i përdridheshin kordat, dëgjohej deri në fund të fshatit, kur ishte hapur dritarja, dhe shpesh herë sekretari i gjykatësit, që kalonte nga rruga kryesore, kryezbuluar dhe me shapka, me një fije letre në dorë, ndalonte për ta dëgjuar.

Por Ema dinte të qeveriste dhe shtëpinë. Të sëmurëve u dërgonte llogarinë e vizitave me letra të qëndisura aq bukur sa nuk vinin aspak erë faturë. Kur u vinte të dielave ndonjë fqinj për drekë, ajo bënte ç'bënte dhe nxirrte ndonjë gatim të këndshëm, ujdiste mirë e bukur mbi fletë hardhie piramida të tëra me mollë, nxirrte glikora të ndryshme në pjatë, dhe bile thoshte se do të blinte ca gota të veçanta për të shpëlarë gojën me ujë të parfumuar para se të shtronin ëmbëlsirat. Të gjitha këto e ngrinin shumë lart Bovariun.

Sharli e çmonte veten akoma më tepër që kishte marrë një grua si ajo. Të gjithëve u tregonte me mburrje në sallën e ngrënies, dy skica të vogla që kishte bërë Ema me laps, të cilat ai i kishte vendosur me porosi në korniza tepër të mëdha dhe i kishte varur mbi letrën e murit me shirita të gjatë në ngjyrë të gjelbër. Kur dilnin nga kisha, pas meshës, i binin në sy, tek rrinte te pragu i derës, pantoflat e bukura të qëndisura.

Mbrëmjeve kthehej vonë, në orën dhjetë, nganjëherë dhe në mesnatë. Sa vinte, kërkonte të hante dhe, meqë shërbëtorja kishte rënë të flinte, i shërbente Ema. Hiqte redingotën që të hante më rehat. I fliste asaj për gjithë njerëzit që kishte takuar njërin pas tjetrit, për fshatrat ku kishte shkuar, për recetat që kishte dhënë dhe, i vetëkënaqur, hante jahninë që kishte tepruar, qëronte koren e djathit, përlante një mollë, pinte gjithë kanën me ujë, pastaj futej në shtrat, shtrihej në shpinë dhe gërhiste.

Meqë i ishte bërë zakon prej kohësh të mbante në kokë një kapuç të pambuktë nate, shalli nuk i rrinte mbi verstë; kjo ishte dhe arsyeja që të nesërmen në mëngjes flokët i binin lesheli mbi fytyrë dhe i zbardheshin nga pushi i puplave të jastëkut të cilit i zgjidheshin lidhëset gjatë natës. ai mbante vazhdimisht çizme të forta, që kishin te qafat dy pala të gjera që vinin duke u ngushtuar drejt syrit të këmbëve, ndërsa faqet e pjesës së poshtme vazhdonin drejt të shtrira si t'i kishte fundosur ndonjë këmbë prej druri. "S'ka si bëhen më të mira për në fshat", - thoshte ai.

E ëma ishte me të për këto kursime që bënte, sepse ajo vinte të rrinte tek ai si më parë, sa herë që në shtëpinë e saj plaste keq sherri, ndonëse zonja Bovari, nëna, sikur nuk e honepste dot nusen e të birit. I dukej që i zgjaste këmbët shumë më tepër se ç'kishte jorganin: drutë, sheqeri dhe qirinjtë harxhoheshin si në ndonjë shtëpi të madhe dhe, me gjithë atë prush që digjej në kuzhinë mund të bëheshin njëzet e pesë gjellë! Ajo ia vendoste ndërresat nëpër rafte dhe e porosiste t'i bënte sytë katër kur sillte kasapi mishin. E ëma i zbatonte këto këshilla; zonja Bovari ia jepte pa kursim, dhe gjithë ditën e ditës ngrinin e ulnin shprehjet bija ime dhe mama, të cilat u dilnin nga goja me një dridhje të lehtë të buzëve, ngaqë secila prej tyre i shqiptonte këto fjalë të ëmbla me një zë që i dridhej nga inati.

Sa qe gjallë zonja Dybyk, plaka e ndiente se zinte vendin e parë në zemrën e të birit, mirëpo tani, dashuria e Sharlit për Emën, i dukej si largim prej dhembshurisë së saj, si rrëmbim prej dikujt tjetër i asaj që i përkiste; dhe lumturinë e të birit e ndiqte me trishtim të heshtur si ndonjë i rrënuar që vështron nga dritarja njerëz të huaj, shtruar rreth tryezës, në shtëpinë e tij. Ajo i përmendte, si kujtimet, mundet dhe flijimet e saj, dhe, duke i krahasuar ato me moskokëçarjet e Emës, nxirrte si përfundim se s'kishte pikë kuptimi që ai ta adhuronte atë në atë farë feje.

Sharli s'dinte si t'i përgjigjej; e respektonte të ëmën, dhe të shoqen e donte sa s'bëhet; gjykimin e të parës e quante të pagabueshëm, dhe megjithatë për të e dyta s'kishte të sharë. Pasi ikte nga shtëpia zonja Bovari, ai përpiqej gjithë tutë dhe me të njëjtat fjalë, t'i bënte gruas një a dy vërejtje nga më të lehtat ndër ato që kishte dëgjuar nga e ëma; Ema, si i mbushte mendjen me dy fjalë që e kishte gabim, e niste te të sëmurët e tij.

Megjithatë, e frymëzuar nga teoritë që i mbante për të mira, ajo deshi të ndillte dashurinë. Në dritën e hënës, ajo i recitonte në kopsht të gjitha vargjet e dashurisë që dinte përmendsh dhe i këndonte, duke psherëtirë, adaxhio melankolike; por edhe paskësaj ajo e ndiente veten po aq të ftohtë sa më parë, dhe Sharli nuk i dukej gjë as më i dashuruar, as më i mallëngjyer, nga ç'ishte zakonisht.

Kështu pra, edhe kur përplasi paksa urorin me zemrën e saj, pa nxjerrë dot asnjë shkëndijë, duke mos qenë në gjendje as vetë të kuptonte se çfarë nuk po ndiente, ashtu siç e kishte të pamundur të besonte ato që nuk shfaqeshin në trajtë të zakonshme, u bind kollaj se dashuria e Sharlit s'kishte më asgjë të jashtëzakonshme. Vërshimet e ndjenjave të tij dashurore kishin njëfarë rregulli; kishte orën e caktuar kur e puthte. Kjo i ishte bërë një shprehi si shumë të tjera dhe si një ëmbëlsirë e parashikuar më parë mbas të njëjtës gjellë.

Zonjës i kishte falur një rojtar gjuetie një langua femër, racë italiane, të cilin e kishte shëruar zotëria nga një pneumoni; ajo e merrte qenin me vete kur dilte shëtitje, sepse shëtiste nganjëherë, që të rrinte vetëm për një çast dhe t'i hiqej nga sytë kopshti i përjetshëm me rrugën gjithë pluhur.

Ajo shkonte deri në ahishten e Banevilit, pranë shtëpisë së braktisur, në qoshe të murit, nga ana e fushës. Në hendek, midis barërave, rriteshin kallama të gjatë me fletë të holla si teh thike.

Së pari hidhte sytë rreth e rrotull, për të parë se mos kishte ndryshuar gjë qysh nga hera e fundit që kishte qenë atje. I gjente aty ku i kishte lënë luletogëzat dhe lulesbebojat, tufat e hithrave rreth e përqark gurëve të mëdhenj, si dhe pllangat e myshkut gjatë të tri dritareve, kanatet e të cilave gjithmonë të mbyllura, po shkërmoqeshin nga kalbëzimi, mbi hekurat e ndryshkur. Mendja, në fillim pa ndonjë qëllim të caktuar, i endej kuturu, si langoi i saj, që vinte vërdallë nëpër fushë, lehtë-lehtë mbas fluturave të verdha, ndiqte seragët ose kafshonte lulëkuqet në anë të ndonjë parcele të mbjellë me grurë. Pastaj, pak nga pak, mendimet i përqendroheshin dhe, ulur mbi bar, ku rrëmonte çikë e nga një çikë me majën e çadrës së saj, Ema përsëriste me vete: "Ç'dreqin pata, o zot, që u martova?"

Vriste mendjen nëse do të kishte qenë e mundur që me ca kombinime të tjera të rrethanave, të ishte njohur me një njeri tjetër; dhe përpiqej të përfytyronte se cilat do të kishin qenë ato ngjarje, që nuk kishin ndodhur, ajo jetë tjetër, ai bashkëshort që ajo nuk e njihte. Dhe në të vërtetë s'kishte burrë që t'i ngjante atij të sajit. Ai mund të kishte qenë i pashëm, i zgjuar, i ngritur, joshës, ashtu siç ishin pa dyshim, ata me të cilët ishin martuar shoqet e dikurshme të manastirit. Ç'bënin ato tani? Në qytet, mes zallahisë së rrugëve, gumëzhitjes së teatrove dhe ndriçimeve të ballove, ato bënin një jetë të tillë që ua mbushte zemrat me gëzim dhe i zhvillonte nga të gjitha anët. Ndërsa jeta e saj ishte e ftohtë si ndonjë pullaz me baxhë nga veriu, dhe mërzitja si ndonjë merimangë e heshtur, thurte rrjetën e vet në errësirë, në të gjitha skutat e zemrës së saj. Ajo kujtonte ditët e dhënies të çmimeve, kur hipte në tribunë për të marrë kurorat e vogla. Me flokët gërshet, fustanin e bardhë dhe këpucët e hapura prej cohe të leshtë, asaj i binte një nur dhe, kur kthehej në vendin e vet, zotërinjtë përkuleshin për ta përgëzuar; oborri ishte plot me karroca, nga dyert e tyre njerëzit i thoshin mirupafshim dhe mësuesi i muzikës kalonte duke e përshëndetur me kutinë e violinës në dorë. Ehu, sa kohë kishte kaluar qysh atëherë, sa shumë kohë!

Thërriste pastaj Xhalin, e merrte në gjunjë, i ledhatonte me gishtërinj kokën e gjatë, dhe i thoshte:

- Hajde, puthe zonjën tënde, ti që s'di se ç'janë brengat e shpirtit!

Pastaj, duke këqyrur fytyrën melankolike të kafshës që gogësinte me ngadalësi, ajo mallëngjehej dhe, si e krahasonte me veten e saj, i fliste me zë të lartë, si ndonjë të pikëlluari që e ngushëllojnë.

Nganjëherë, papritur frynte ndonjë shkaullinë, puhi nga deti, që duke e marrë mbarë njëherësh gjithë rrafshnaltën e krahinës së Kosë, sillte, deri aty larg nëpër fusha, një freski kripe. Kallamat fishkëllenin të përkulur përtokë dhe gjethet e aheve shushurisnin me një dridhje të shpejtë, sakaq majat e tyre që vazhdimisht shkonin sa andej-këndej, vazhdonin murmuritjen e tyre të gjatë. Ema shtrëngonte shallin e saj mbi shpatulla dhe ngrihej.

Në rrugë, myshkun e rrafshët që kërciste nën këmbët e saj e ndriçonte një dritë e gjelbër e zbehur nga gjethet e pemëve. Dielli po perëndonte; qielli dukej i përflakur midisi degëve dhe trungjet e njëllojta të drurëve, të mbjellë në vijë të drejtë, ngjanin si një rresht kolonash të murrme që spikaste në një sfond të artë; atë e kapte frika, thërriste Xhalin, kthehej me nxitim në Tot lëshohej e tëra në një kolltuk, dhe s'e hapte gojën gjithë mbrëmjen.

Mirëpo ja që aty nga fundi i shtatorit, në jetën e saj ndodhi diçka e jashtëzakonshme; e ftuan në Vobisar, te markezi i Andervilierit.

Sekretar shteti në kohën e Restaurimit, markezi, duke u përpjekur të futej në jetën politike, po përgatiste prej kohësh kandidaturën për deputet në parlament. Gjatë dimrit u shpërndante nevojtarëve sasi të mëdha drush, dhe, në këshillin e përgjithshëm, kërkonte me të madhe vazhdimisht të ndërtoheshin rrugë në zonën e tij. Në periudhën e vapës së madhe atij i qe bërë në gojë një lungë, të cilën ia hoqi qafe, si për mrekulli Sharli, duke ia plasur me një të rënë thike.

I dërguari i tij që shkoi në Tot për të paguar operacionin, i tregoi në mbrëmje se kishte parë në kopshtin e mjekut qershi të mrekullueshme. Mirëpo, meqë qershitë nuk para bëheshin në Vobisar, zoti markez i kërkoi disa filiza Bovarisë, e ndjeu për detyrë ta falënderonte vetë për gatishmërinë që tregoi, pa Emën, që iu duk se kishte një trup të bukur dhe nuk përshëndeste si fshatare; kështu, pra në kështjellë menduan se po të ftohej çifti i ri, nuk kaloheshin gjë caqet e begenisjes dhe se, nga ana tjetër, nuk ishte ndonjë gafë.

Një të mërkurë, në orën tre, zoti dhe zonja Bovari, hipur në kaloshinin e tyre, u nisën për në Vobisar, me një baule të madhe të lidhur nga mbrapa si dhe me një kuti kapelash që e vendosën në pjesën e përparme të karrocës. Për më tepër, Sharli mbante një kuti kartoni në mes të këmbëve.

Mbërritën në buzëmbrëmje kur po fillonin të ndiznin fenerët në park, për të ndriçuar karrocat.

VIII

Kështjella, e ndërtuar sipas stilit modern italian, me dy krahë të dalë përpara dhe tri palë shkallë, ngrihej në pjesën e poshtme të një lëndine mjaft të gjerë ku, në pyllësinë e rrallë me pemë të larta, kullosnin disa lopë, ndërsa grumbujt me shkurre, beronja, trëndafila të egër dhe me butina të kuqe shtrinin tufat e tyre të blerta të pabarabarta mbi rrugën dredha-dredha të shtruar me rërë. Poshtë një ure rridhte një lumë; nëpër mjegull shquheshin ca shtëpi me pullaze prej kashte, të hapërdara, nëpër livadh i cili kishte përreth dy kodrina të pyllëzuara me pjerrësi të lehtë dhe, nga mbrapa, në korije, ndodheshin, në dy rreshta paralelë, hauret dhe stallat, mbeturina këto të ngelura nga kështjella e vjetër e rrënuar.

Karroca e Sharlit u ndal para hyrjes së mesit; u dukën disa shërbëtorë, markezi u doli përpara dhe, si i dha krahun të shoqes së mjekut, e futi atë në hajat.

Ky ishte shtruar me pllaka mermeri, muret i kishte shumë të larta, dhe zhurmat e hapave me kumbimin e zërave oshëtinin aty si në kishë. Përballë kishte shkallë të drejta, dhe në të majtë, një galeri me faqe nga kopshti, e cila të çonte në sallën e bilardos, prej nga dëgjoheshin, që nga dera, përplasjet e topave prej fildishi. Kur po kalonte aty për të shkuar në sallonin e pritjes, Ema, pa rreth bilardos ca burra fytyrëngrysur, me kravata të larta poshtë mjekrës, të gjithë me dekorata, dhe që vinin buzën në gaz në heshtje, kur godisnin gurët me stekë. Mbi muret e veshura me dru të errët të gdhendur, ishin vendosur ca korniza të mëdha të praruara, në të cilat ishin shkruar me gërma të zeza një sërë emrash. Ajo lexoi: "Zhan-Antuan d'Andervilie d'Herbanvil, Kont i Vobisarit dhe baron i Frenezit, vrarë në betejën e Kutras më 20 tetor 1587". Dhe mbi një tjetër: "Zhan-Antuan-Anri-Gi d'Andervilie dë Vobisar, admiral i Francës dhe Kalorës i Urdhrit të Shën Mishelit, i plagosur në luftën e Ug-shën Vastit më 29 maj 1692, vdekur në Vobisar më 23 janar 1693". Pastaj mbishkrimet e tjera mezi shquheshin, sepse drita e llambave që binte vetëm mbi cohën e blertë të fushës së bilardos, i linte disi në errësirë pjesët e tjera të dhomës. Si i linin në hije tablotë horizontale, ajo thyhej mbi to në vija të holla, sipas plasaritjeve të vernikut; dhe nga të gjitha këto korniza të mëdha të zeza, me rreth prej ari të binin në sy, atyketu, ndonjë pjesë më e qartë e pikturës, një ballë i zbehtë, një palë sy që të shikonin, paruka që vareshin mbi supet e pluhurosura të frakëve të kuq, ose kopsa e llastikut të çorapeve mbi ndonjë pulpë të kërcyer.

Markezi hapi derën e sallonit të pritjes; njëra nga zonjat u ngrit (vetë markeza) i doli përpara Emës dhe e uli pranë saj, në një divan, ku nisi t'i fliste miqësisht, sikur ta njihte prej kohësh. Ajo ishte një grua rreth të dyzetave, me supe të bukura, me hundë me samar, me zë të zvargur dhe mbi flokët e saj gështenjë kishte vënë atë mbrëmje një shami koke të thjeshtë me dantella të mëndafshta, që i binte nga mbrapa në trajtë trekëndëshi. Në krah të saj, ulur në një karrige me shpinë të lartë, rrinte një flokëverdhë e re; dhe rreth e rrotull oxhakut po bisedonin me zonjat ca zotërinj të cilët mbanin nga një lule të vogël në thilenë e petkut të tyre.

Në orën shtatë u shtrua darka. Burrat që ishin më të shumtë në numër, u ulën në tryezën e parë, në hajat, ndërsa gratë në të dytën, në sallën e ngrënies, së bashku me markezin dhe markezën.

Ema, kur hyri, ndjeu rreth e përqark vetes një afsh të

ngrohtë, një përzierje e erës së këndshme të luleve me atë të këmishave të bukura, të aromës së mishrave të pjekura me atë të kërpudhave. Flakët e qirinjve të shandanëve zgjateshin mbi kambanat e argjendta; kristalet shumëfaqëshe, të veshura me avull të dendur, reflektonin nga të gjitha anët rreze të zbehta; gjatë gjithë tryezës ishin vendosur në një rresht buqeta me lule, dhe, nëpër pjatat me rreth të gjerë, pecetat, e ujdisura si kësula peshkopi, kishin secila në hapësirën midis dy palëve, nga një çyrek buke në formë vezake. Këmbët e kuqe të karkalecave të mëdhenj të detit dilnin nga buzët e pjatave; nëpër shporta me vrima ishin radhitur mbi myshk fruta kokërrmëdha; shkurtat ishin me gjithë pupla, nga të gjitha pjatat dilnin avuj me erë të këndshme; dhe kryekamerieri, veshur me çorape të gjata të mëndafshta, me pantallona mbi kërcinj, me kravatë të bardhë, me grykore, hijerëndë si ndonjë gjykatës, nderte midis supeve të të ftuarve gjellët me mish të prerë copa-copa, dhe shkëpuste përnjëherë me lugë, pjesën që zgjidhte secili. Mbi sobën e madhe prej porcelani me shufra bakri, qëndronte një shtatore gruaje, e mbuluar deri në fyt, e cila shikonte pa lëvizur sallën plot për plot me njerëz.

Zonja Bovari vuri re se disa zonja nuk kishin kapur gotat me dorashkat e tyre.

Ndërkaq në krye të tryezës, një plak, i vetmi mashkull midis gjithë atyre femrave, i përkulur i tëri mbi pjatën e mbushur dengëza dhe me një pecetë të lidhur lart nga mbrapa qafës si ndonjë foshnjë, po shembej së ngrëni, ndërsa nga goja i shpëtonin pikëla salce. Sytë i kishte të kuq dhe flokët të lidhur bishtalec të shkurtër nga mbrapa kokës me një kordele. Ai ishte vjehrri i markezit, duka i vjetër i Laverdierit; dikur miku më i afërt i kont D'Artuait, atëherë kur dilnin për gjueti në

Vadrej, në tokat e markez Konflanit dhe kishte qenë, siç thoshin, dashnori i MariAntuanetës, pasi këtë e la zoti Dë Kuanjit dhe para se ta zinte zoti Dë Lozën. Kishte bërë jetë të stuhishme dhe të shthurur, plot me duele, me baste, me rrëmbime grash; e kishte rrafshuar gjithë pasurinë duke i kallur datën tërë familjes së vet. Mbrapa karriges së tij rrinte një shërbëtor, i cili i shqiptonte me zë të lartë në vesh emrat e gjellëve, që tregonte ai me gisht, duke belbëzuar;

dhe Emës, vazhdimisht i shkonin vetvetiu sytë te ky burrë plak me buzë të varura, si mbi diçka të jashtëzakonshme dhe madhështore. Ai kishte jetuar në Oborr dhe kishte fjetur në krevatin e mbretëreshave!

U shtinë shampanjë të ftohur në akull. Emës i shkuan mornica në të gjithë trupin kur ndjeu atë të ftohtë në gojë. Ajo s'kishte parë kurrë me sy shegë, as kishte ngrënë ndonjëherë ananas. Bile dhe sheqeri pluhur aty iu duk më i bardhë dhe më i imët se kudo gjetkë.

Pastaj, zonjat u ngjitën lart nëpër dhomat e tyre që të gatiteshin për ballo.

Tualetin e saj Ema e bëri me merakun e një aktoreje, që del për herë të parë në skenë. Flokët i rregulloi sipas porosive të floktarit, dhe veshi fustanin prej leshi të hollë; që e kishte hapur mbi krevat. Sharlin e shtrëngonin pantallonat në mes.

- Kanë për të më penguar takat kur të vallëzoj, - i tha ai.
- Kur të vallëzosh? - e pyeti Ema. - Po, tamam!
- More, po ti s'qenke në vete! Do të bëhesh gazi i botës. Prandaj rri aty, mba vendin. Bile kështu i ka hije një mjeku, - shtoi ajo.

Sharli nuk foli më. I binte dhomës kryq e tërthor, duke pritur që të vishej Ema.

Ai e shikonte këtë nga mbrapa, në pasqyrë, midis dy shandanësh. Sytë e saj të zinj dukeshin akoma më të zinj. Flokët që vinin pak më të fryrë afër veshëve, i ndrisnin me një shkëlqim të kaltër; në topuz i dridhej një trëndafil i kapur pas një kërcelli të lëvizshëm, me pika artificiale uji në majë të fletëve. Ajo kishte një fustan të verdhemë, të stolisur me tri buqeta me trëndafila të vegjël të përzier me gjethe të blerta.

Sharli shkoi ta puthte në shpatull.
- Lëmë tani! Po më rrudh fustanin, - i tha ajo.

U dëgjua një motiv violine dhe tingujt e një briri sinjalizues. Ajo zbriti shkallët pa u nxituar.

Kadrili kishte filluar. Po vinin të ftuar të tjerë. Nisën të shtyheshin. Ajo zuri vend në një fron, pranë derës.

Kur mbaroi vallëzimi, në parketin e boshatisur ngelën vetëm burrat që po bisedonin në këmbë si dhe shërbëtorët me uniformën e tyre që sillnin tabaka të mëdha. Në radhën e grave të ulura fërfërinin freskoret e pikturave, buqetat i fshihnin përgjysmë fytyrat e tyre buzagaze dhe nëpër duart paksa të hapura, me dorashka të bardha që nxirrnin në pah formën e gishtërinjve dhe që shtrëngonin mishin në kyç, ktheheshin shishëzat e parfumit me mbyllëse të arta. Mbi jelekë u fërgëllonin fluturat me dantella, mbi kraharor u xixëllonin karficat me diamante, mbi krahët lakuriq u tringëllinin byzylykët me medaljone. Flokët, të ngjitura fort pas ballit dhe të përdredhura mbi zverk, kishin trajtë kurorash, bistakësh rrushi dhe degëzash, lule mos më harro, jaseminë, lule shege, kallinj ose lule gruri. Nënat fytyrëngrysura me çallma të kuqe në kokë, rrinin të qeta në vendet e tyre.

Emës i rrahu pak zemra kur, së bashku me kavalierin e saj që e mbante nga maja e gishtërinjve, u vu në radhë dhe priti të rënën e harkut të violinës që të niste vallëzimin. Mirëpo pas pak i ikën emocionet dhe, duke u lëkundur me ritmin e orkestrës, ajo rrëshqiste përpara, duke lëvizur lehtë qafën. Buzën e vinte në gaz nën ca tinguj të lehtë e gjithë ëmbëlsi, që nganjëherë i luante vetëm violina kur veglat e tjera muzikore pushonin; aty pranë dëgjohej qartë tringëllima e monedhave që hidheshin mbi cohën e tryezave; pastaj të gjitha rifillonin njëherësh, si orkestra dhe vallëzimi, trompa buçiste kumbueshëm, këmbët ngriheshin e uleshin sipas ritmit të muzikës, fundet e fustaneve fryheshin dhe fshiknin të tjerët, duart kapeshin dhe shqiteshin; po ata sy që uleshin para jush, u nguleshin përsëri mbi ata tuajt.

Disa burra (nja pesëmbëdhjetë veta) njëzet e pesë deri në dyzetvjeçarë, të shpërndarë midis vallëzuesve ose të zënë me biseda në hyrje të dyerve, dalloheshin ndër të tjerët se dukeshin si të shtëpisë, pavarësisht nga mosha, veshja apo tiparet e ndryshme.

Petkat e tyre, të qepura më mirë, kuptohej që ishin bërë me një stof më të butë dhe flokët që i kishin kaçurrelë-kaçurrelë mbi tëmtha, ishin të lyer me brilantinën më të çmuar. Dukeshin që ishin të kamur që nga ngjyra e fytyrës, një çehre e bardhë kjo, që e nxjerrin më në pah zbehtësia e porcelaneve, afat e atllasit, lustra e mobilieve të bukura dhe që e mban gjithmonë të freskët regjimi i rregullt me ushqime të shkëlqyera. Qafa u vërtitej lirshëm mbi kravatat e ulëta; favoritet e gjata u binin mbi jakat e kthyera; buzët i fshinin me shami të qëndisura me nga një gërmë të madhe, e para e emrit të tyre dhe që kundërmonin një erë të këndshme.

Ata që kishin filluar të plakeshin dukeshin si të rinj, ndërsa në fytyrat e të rinjve spikaste njëfarë pjekurie. Në vështrimet e tyre mospërfillëse lexohej ajo prehje që vjen nga nginja e përditshme e pasioneve dhe në sjelljet e tyre të ëmbla vihej re ajo egërsi e veçantë që ndjell zotërimi i gjërave gjysmë të kollajta, mbi të cilat ushtrohet forca dhe kënaqet sedra, siç ndodh me përdorimin e kuajve të racës dhe me shoqërinë e femrave të shthurura.

Tri hapa larg Emës, po bisedonte për Italinë një kavalier me frak të kaltër me një vajzë të re fytyrëzbehtë, që kishte një komplet me margaritarë. Ata vlerësonin trashësinë e kolonave të kishës së shën Pjetrit, Tivolin, Vezuvin, Kastelmaren dhe Kasinën, trëndafilat e Gjenovës, Koloseun në dritë të hënës. Emës veshi tjetër i zinte një bisedë plot me fjalë që nuk i kuptonte. Kishin vënë në mes një djalosh, i cili para një jave kishte mundur Mis Arabelën dhe Kamulusin dhe kishte fituar dy mijë monedha ari për një të kapërcyer hendeku. Dikush ankohej për kuajt e tij të garave që majmeshin; një tjetër për gabimet e shtypit që ia kishin ndërruar fare emrin kalit të tij.

Ajri i sallës së ballos u bë i rëndë; llambat po veniteshin. Të pranishmit vërshuan në sallën e bilardos. Një shërbëtor hipi mbi një karrige dhe theu dy xhama; zhurma e ciflave të xhamit e bëri zonjën Bovari të kthente kokën dhe vuri re në kopsht, mbështetur mbrapa dritareve, fytyrat e fshatarëve që po shikonin. Atëherë iu kujtua Bertoja. Iu shfaq para syve ferma, këneta gjithë llucë, i ati i veshur me bluzë, poshtë mollëve, dhe iu kujtua sërish vetja, si dikur, duke hequr me gisht ajkën e qumështit nëpër enët prej balte në baxhë. Mirëpo në ato çaste plot shkëlqim, jeta e saj e kaluar, aq e qartë deri atëherë, po i fashitej krejt nga mendja, dhe bile po e vinte në dyshim që ta kishte bërë ajo atë jetë. Tani ajo ishte aty; matanë sallës së ballos, gjithçka e kishte përlarë errësira. Nisi të hante një akullore me lëng vishnje, të cilën e mbante me dorën e majtë në një guaskë deti të larë me argjend e flori, dhe sytë i mbyllte përgjysmë, sa herë që çonte lugën në gojë.

Pranë saj, një zonjë lëshoi freskoren përtokë. Në atë çast kaloi një vallëzues.

- Kini mirësinë zotëri, - i tha zonja, - të më merrni pak freskoren që më ra mbrapa kësaj kanapeje!

Zotëria u përkul, dhe, ndërkohë që ai po nderte krahun, Ema vuri re dorën e zonjës së re që hodhi në kapelën e tij diçka të bardhë, të palosur më tresh. Si e mori freskoren, zotëria ia dha zonjës gjithë respekt; kjo e falënderoi me një lëvizje të kokës dhe nisi t'i merrte erë buqetës së saj.

Pas darkës, ku u dhanë shumë verëra spanjolle dhe nga të Rinit, supëra me gaforre e karkaleca deti dhe me qumësht bajamesh, budingje Trafalgari dhe gjithfarë mishrash të ftohta me xhelatinë përreth që dridhej mbi pjatanca, karrocat filluan të largoheshin njëra pas tjetrës. Po t'i largoje pak nga cepi i dritareve perdet prej byrynxhyku, mund të shihje sesi rrëshqiste nëpër errësirë drita e fenerëve të tyre. Fronet u rralluan, kishin ngelur akoma disa bixhozçinj; instrumentistët njomnin majërat e gishtërinjve me gjuhë; Sharli dremiste, me shpinë mbështetur mbrapa një dere.

Në orën tre të mëngjesit filloi vallëzimi. Ema nuk dinte të kërcente vals. Të gjithë vallëzonin, bile edhe vetë zonjusha D'Andervilier e markeza; kishin ngelur vetëm të ftuarit e kështjellës, gjithsej rreth dymbëdhjetë veta.

Ndërkohë, njëri nga vallëzuesit që e thërrisnin për kollaj viskont, veshur me një jelek tepër të hapur që i dukej si i derdhur pas kraharorit, erdhi për herë të dytë të ftonte zonjën Bovari, duke e siguruar se do ta drejtonte ai dhe ajo do t'ia dilte mbanë.

Filluan me ngadalë, pastaj vallëzuan më me të shpejtë. Nisën të rrotulloheshin: gjithçka vinte vërdallë rreth tyre, llambat, mobiliet, muret e veshura me dru dhe parketi, si ndonjë disk mbi boshtin e vet. Kur kalonin pranë dyerve, cepi i fustanit të Emës fshikullonte pantallonat e tij; këmbët e tyre plekseshin me njëra-tjetrën; ai ulte sytë drejt saj, ajo i ngrinte të sajtë drejt tij; këtë po e kapte një topitje dhe u ndal në vend. Ia nisën përsëri; dhe viskonti, duke lëvizur më shpejt, e tërhoqi dhe fluturuan që të dy deri në fund të galerisë, ku ajo, duke gulçuar, gati sa s'ra përtokë, dhe, për një çast, mbështeti kokën te gjoksi i tij. Pastaj, duke u rrotulluar vazhdimisht, por këtë radhë më ngadalë, ai e çoi në vendin e saj; ajo u mbështet pas murit dhe mbuloi sytë me duar.

Kur i hapi, pa në mes të sallës, një zonjë të ulur në një fron dhe tre vallëzues në gjunjë përpara saj. Ajo zgjodhi viskontin,

dhe violina filloi të binte përsëri.
 Të gjithë i kishin sytë nga ata. Çifti vente e vinte, ajo me trup të palëvizur dhe me kokë të ulur, ndërsa ai gjithmonë në të njëjtën pozë, me shtat paksa të përkulur, bërrylin të mbledhur, gojën përpara. E qante valsin ajo! Ata vazhduan gjatë sa lodhën edhe gjithë të tjerët.
 Bisedat vazhduan edhe disa minuta dhe, pasi u përshëndetën duke i thënë njëri-tjetrit "natën e mirë" ose më tepër "mirëmëngjes" të ftuarit e kështjellës shkuan të flinin.
 Sharli mezi ngjitej duke u mbajtur pas parmakut, këmbët nuk i ndiente fare. Kishte ndenjur pesë orë resht, në këmbë, pranë tryezave, duke parë të tjerët që luanin pesëkatësh, pa kuptuar asgjë. Prandaj kur hoqi çizmet, lëshoi një psherëtimë të thellë kënaqësie.
 Ema hodhi një shall krahëve, hapi dritaren dhe u mbështet mbi bërryla në parvaz.
 Nata ishte e errët. Binin disa pika shiu. Ajo thithi erën e largët që i freskonte kapakët e syve. Në veshë i gumëzhinte akoma muzika e ballos, dhe ajo po përpiqej që të rrinte zgjuar, për të zgjatur iluzionin e kësaj jete luksoze, të cilën, pas pak, ishte e detyruar ta braktiste.
 Dita agoi. Ajo pa një copë herë dritaret e kështjellës, duke u munduar të gjente se cilat ishin dhomat e të gjithë atyre që i kishin rënë në sy gjatë mbrëmjes. Sa dëshirë kishte të njihej nga afër me jetën e tyre, të depërtonte në të, të shkrihej me të.
 Po dridhej nga të ftohtët. U zhvesh dhe u mblodh kruspull në shtrat pas Sharlit që po flinte.
 Pati shumë njerëz për mëngjes. Vakti zgjati gjithë-gjithë dhjetë minuta; nuk nxorën asnjë pije, gjë që e habiti mjekun. Pastaj zonjusha D'Andervilier mblodhi në një shportë të vogël copat e ngelura të simiteve që t'ua çonte mjellmave në hauz dhe të gjithë shkuan të shëtisnin në serrën e ngrohtë, ku radhiteshin njëra mbi tjetrën, në formë piramidash, bimë me push, të papara ndonjëherë, nëpër voza të varura, të cilat, njëlloj si ato foletë e zvarranikëve të mbushura plotpërplot me gjarpërinj, kishin lëshuar anëve, shirita të gjelbër të pleksur me njëri-tjetrin. Portokallishtja, që ndodhej në fund, ishte e zbuluar dhe vazhdonte deri te ndërtesat e anekse të kështjellës. Duke dashur ta zbaviste nusen e re, markezi e

çoi të shihte stallat. Përmbi grazhdet në trajtë shportash, ishin vendosur pllaka porcelani mbi të cilat ishin shkruar me gërma të zeza emrat e kuajve. Secila kafshë vërtitej brenda grazhdit të vet, kur i kalonin pranë njerëzit, duke përplasur gjuhën. Dyshemeja e depos së shalave shkëlqente si parketi i ndonjë salloni. Takëmet e karrocave ishin vënë stivë në mes, mbi dy shtylla rrotulluese, ndërsa ngojëzat, kamxhikët, yzengjitë, zinxhirët e frerit ishin vënë me radhë gjatë murit.

Ndërkaq Sharli shkoi iu lut një shërbëtori t'i mbrehte kalin në karrocë. Si ia nxorën para hyrjes, dhe pasi kishin rrasur në të të gjitha plaçkat, bashkëshortët Bovari përshëndetën gjithë mirësjellje markezin dhe markezën, dhe u nisën për Tot.

Ema e heshtur, shikonte rrotat që rrotulloheshin. Sharli, ulur në cep të ndenjëses, e ngiste karrocën me të dy krahët hapur, dhe kali i vogël vraponte trok, duke kërcyer me këmbët e para sa andej-këndej midis bigave që ishin tepër të gjera për të. Frerët e lëshuar i binin mbi vithe, duke u njomur aty me shkumë, dhe kutia e lidhur mbrapa kaloshinit, godiste fort pareshtur kabinën.

Kishin arritur te kodrat e Tiburvilit, kur papritur, u dolën përpara, disa kalorës duke qeshur, me puro në gojë. Emës iu duk sikur dalloi viskontin; u kthye andej dhe pa në horizont vetëm lëvizjen e kokave që uleshin e ngriheshin, sipas ritmit të çrregullt të trokut dhe revanit.

Një çerek lege më larg, iu desh të ndalonin që të lidhnin me litar rripin e bigës që ishte këputur.

Sharli duke u hedhur një sy për herë të fundit takëmeve të kalit, pa diçka përdhé, mu te këmbët e tij; dhe e mori; ishte një kuti purosh e qëndisur cep më cep me fije mëndafshi të gjelbër dhe me një stemë në mes, si ndonjë deriçkë karroce.

- Paska dhe dy puro brenda, - tha ai, - do t'i ruaj për sonte, pas darkës.

- Pse e pike duhanin ti? - e pyeti ajo.

- Nganjëherë, me raste.

Ai e futi në xhep plaçkën e porsagjetur dhe i ra me kamxhik kalit të vogël.

Kur mbërritën në shtëpi, darka nuk ishte gati. Zonja u nxeh. Nastazia ia ktheu si pa të keq.

- Shporru! - i tha Ema. - Me kë tallesh ti. Ik, mbathja që

tani.

Për darkë kishin supë me qepë dhe një copë mishi me uthullishte. Sharli, ulur përballë Emës, duke fërkuar duart i lumturuar, i tha:

- S'ka si shtëpia jote!

Dëgjoheshin të qarat e Nastazisë. Sharli e donte në njëfarë mënyre atë vajzë të gjorë. Sa herë i kishte bërë shoqëri ajo mbrëmjeve, atëherë kur ngeli i ve dhe s'kishte ç'të bënte. Tek ajo e kishte ushtruar për herë të parë profesionin e tij, atë kishte njohur të parën në këtë krahinë.

- E dëbove me gjithë mend? - e pyeti ai më në fund.
- Po. Kush ma ndalon? - iu përgjigj ajo.

Pastaj ata u ngrohën në kuzhinë, gjatë kohës që po gatitej dhoma e gjumit; Sharli nisi të pinte puro, të tymoste duke nxjerrë buzët përpara, duke pështyrë në çdo çast dhe sa herë e nxirrte tymin nga goja, kokën e largonte mbrapa.

- Ka për të të bërë dëm, - i tha ajo me përçmim.

Ai e la puron dhe vrapoi në pus të pinte një gotë ujë të ftohtë. Ema rrëmbeu kutinë e purove dhe e plasi në fund të dollapit.

Të nesërmen dita iu duk e gjatë! Shëtiti nëpër kopsht, shko e hajde nëpër të njëjtat rrugica, duke u ndalur para leheve, para pemëve të mbjella rrëzë murit, para famullitarit prej allçie, duke i soditur me habi gjithë këto gjëra të vjetra që i njihte aq mirë. Sa e largët i dukej tani balloja! Çfarë e shtynte vallë aq larg mëngjesin e pardjeshëm nga mbrëmja e sotme? Udhëtimi që bëri në Vobisar krijoi në jetën e saj një boshllëk, si ato të çarat e mëdha që hap nganjëherë stuhia brenda një nate nëpër male. Megjithatë e mblodhi mendjen; futi gjithë përgjërim në komodinë takëmin e saj të bukur si dhe këpucët prej sateni, tabani i të cilave ishte zverdhur nga dylli i parketit. Edhe zemra e saj ishte si ato gjatë fërkimit me kamjen, mbi të kishte zënë vend diçka që nuk do të fshihej më.

Tani kishte me se ta kalonte kohën; kujtonte ballon. Çdo të mërkurë në mëngjes, kur zgjohej, ajo thoshte: "Oh! U bënë tetë ditë... u bënë pesëmbëdhjetë ditë, u bënë tri javë, që isha aty!" Dhe pak nga pak, fizionomitë u ngatërruan në kujtesën e saj, harroi melodinë e kadrilit, nuk i përfytyronte dot më me aq saktësi uniformat e shërbëtorëve dhe mjediset; disa hollësi i dolën nga mendja, por marazi i mbeti.

IX

Shpeshherë, kur dilte Sharli nga shtëpia, ajo shkonte e nxirrte nga dollapi, nga palat e ndërresave ku e kishte lënë, kutinë e purove prej mëndafshi të blertë.

E sodiste, e hapte, dhe bile nuhaste erën e astarit, të përzier me aromë lulemine dhe duhani. E kujt të kishte qenë vallë?... E viskontit. Ndoshta ia kishte dhuruar dashnorja. E kishin qëndisur mbi ndonjë vegjë prej druri palisandre, vegël e lezetshme kjo që s'e shihte njeri me sy, ku kishin punuar për kutinë me orë të tëra e mbi të cilën kishin rënë kaçurrelat e buta të endëses ëndërrimtare. Thiletë e pëlhurës i kishte përshkuar afshi i dashurisë; çdo majë gjilpëre kishte ngulur aty një shpresë a një kujtim, dhe gjithë ato fije mëndafshi të ndërthurura nuk ishin gjë tjetër veçse vazhdimi i të njëjtit pasion të heshtur. Dhe pastaj, viskonti, një mëngjes të bukur e kishte marrë me vete. Çfarë kishin biseduar vallë, kur kutia rrinte mbi oxhakun me kornizë të gjerë, midis vazove me lule dhe sahatëve të murit të stilit Pompadur ? Ajo ishte këtu në Tot, ndërsa ai ishte tani, në Paris; atje larg! Si ishte Parisi? Ç'emër i madh! Ajo e përsëriste me vete me gjysmë zëri për të ndier kënaqësi; ai i buçiste në vesh si oshëtimë katedraleje, i vetëtinte para syve deri mbi etiketën e kutive të kremit.

Natën, kur poshtë dritareve të saj kalonin me qerre peshkshitësit duke kënduar

"Marzholenën", ajo zgjohej nga gjumi dhe, si dëgjonte zhurmën e rrotave të hekurta që, në të dalë të fshatit, shuhej përnjëherë mbi dhé, thoshte me vete:

"Nesër do të jenë në Paris!"

Dhe ajo i ndiqte me mend, se si hipnin e zbrisnin kodrat, përshkonin fshatrat, ecnin nëpër rrugën kryesore nën dritën e yjeve. Pas njëfarë largësie të papërcaktuar, vinte gjithmonë një vend i errët ku fikej ëndrra e saj.

Ajo bleu një plan të Parisit, dhe, me majë të gishtit mbi hartë, shëtiste nëpër kryeqytet. Shkonte bulevardeve, duke u ndalur në çdo qoshe, nëpër udhëkryqe, përpara katrorëve të bardhë që përfaqësonin shtëpitë. Më në fund si i lodheshin sytë, ajo mbyllte qepallat, dhe ashtu në errësirë shihte se si përdridhte era flakët e fenerëve të rrugëve, se si hapeshin gjithë zhurmë shkallaret e karrocave mu para kolonave të teatrove.

Ajo u pajtua në gazetën e grave "La Corbeille" dhe në "Sylphe des salons" . Ajo përpinte e s'linte gërmë pa lexuar, gjithë përmbledhjet e premierave, të garave dhe të mbrëmjeve të vallëzimit ndiqte fillimet e ndonjë këngëtareje, hapjen e dyqaneve të reja. Ndiqte modat e fundit, adresën e rrobaqepësve të mirë, ditët e shëtitjeve në Pyllin e Bulonjës dhe të shfaqjeve të Operës. Studioi në romanet e Ëzhen Susë përshkrimet e mobilimeve të apartamenteve; lexoi Balzakun dhe Zhorzh Sandin, duke kërkuar të ngopte me mendje lakmitë e saj. Edhe në tryezë vinte me libër në dorë, dhe e shfletonte, ndërkohë që Sharli hante duke i folur. Gjatë leximit i kujtohej vazhdimisht viskonti. Ajo e krahasonte atë me personazhet e trilluar. Mirëpo pak nga pak rrethi i njerëzve, që e rrethonin erdhi e u zgjerua, dhe brerorja e tij, duke iu larguar nga fytyra, u shtri më tej, për të ndriçuar ëndrra të tjera.

Parisi, më i paanë se oqeani, vezullonte në sytë e Emës në një atmosferë të kuqërremtë. Megjithatë dhe aty jeta e shumëfishtë që gëlonte në gjithë atë zallahi, ishte e ndarë pjesë-pjesë dhe e klasifikuar në tablo të veçanta. Midis tyre Ema shquante vetëm dy ose tri, të cilat ia fshihnin gjithë të tjerat, dhe përfaqësonin për të mbarë njerëzimin. Bota e ambasadorëve ecte mbi parkete të shndritshme, nëpër sallone të veshura me pasqyra, rreth tryezave vezake me mbulesa të kadifenjta me thekë të artë. Aty kishte fustane kindegjata, mistere të mëdha, ankthe të fshehura mbrapa buzëqeshjeve. Pastaj vinte shoqëria e dukeshave; aty fytyrat ishin të zbehta; ngriheshin në orën katër mbasdite; gratë, engjëllushet e gjora, që mbanin zhupone me dantella Anglie, dhe burrat,q ë, me atë pamje kot më kot, nga e cila s'merrej vesh se sa të zotët qenë, i sfilitnin kuajt e tyre nëpër gara qejfi, stinën e verës e kalonin në Baden të Prusisë, dhe, më në fund, kur arrinin të dyzetat, martoheshin me trashëgimtare të pasura. Nëpër salla të veçanta restorantesh, ku darka hahet pas mesnate, shkrihej gazit, nën dritën e qirinjve, moria laramane e letrarëve dhe e aktorëve. Ata ishin dorëlëshuar si mbretërit, plot pikësynime të paarritshme dhe marrëzira fantastike. Bënin një jetë jo si gjithë të tjerët, as në qiell e as në tokë, mes tallazesh, pra diçka të madhërishme. Përsa i përket pjesës tjetër të njerëzve, ajo ishte e humbur, pa ndonjë vend të përcaktuar, sikur s'ekzistonte fare. Nga ana tjetër, sa më shumë gjërat përngjanin me njëra-tjetrën, aq më pak mendonte ajo për to. Të gjitha ato që e rrethonin nga afër, fshati i mërzitshëm, provincialët budallenj, të rëndomtat e jetës, asaj i dukeshin një përjashtim në këtë botë, një rastësi e veçantë ku kishte ngecur ajo, ndërsa më tej, shtrihej në pafundësi vendi i pakufishëm i lumturive dhe i pasioneve. Në dëshirat e saj, ajo i përziente ëndjet epshore të luksit me gëzimet e zemrës, hijeshinë e shprehive me fisnikërinë e ndjenjave. Nuk kishte vallë nevojë dashuria, ashtu si dhe bimët indiane, për terrene të përgatitura, për temperaturë të veçantë? Psherëtimat nën dritën e hënës, përqafimet e gjata, lotët që rrjedhin mbi duart që braktisen, të gjitha ethet e trupit dhe molisjet e dashurisë i parafytyronte si të pandara të ballkoneve të kështjellave të mëdha plot dëfrime, të sallonit të vogël të zonjës së ujdisur gjithë hijeshi, me perde të mëndafshta dhe qilim të trashë, të saksive plot me lule, të një shtrati të ngritur mbi dysheme, të shkëlqimit të gurëve të çmuar si dhe brezave të uniformave të shërbyesve.

Mirëmbajtësi i karrocës së postës, i cili vinte çdo mëngjes për të kashaisur kafshën, po kalonte mes për mes korridorit me ato këpucët e tij të rënda prej druri; bluzën e kishte gjithë vrima, këmbët pa çorape, futur drejt e në patiqe. I mirë, i keq, ky ishte stallieri i tyre me pantallona të shkurtra! Si mbaronte punë, ai s'dukej më gjithë ditën; sepse Sharli, kur kthehej në shtëpi, e fuste vetë kalin në stallë, i hiqte shalën dhe i vinte kapistrën, sakaq shërbëtorja sillte një krah kashtë dhe ia hidhte, si i vinte për mbarë, në grazhd.

Në vend të Nastazisë (e cila më në fund u largua nga Toti, duke derdhur lotët rrëke), Ema mori në shërbim të saj, një vajzë të re katërmbëdhjetëvjeçare, bonjake dhe fytyrëmbël. Nuk e la të mbante kapuç prej pambuku, i mësoi t'u drejtohej të tjerëve në vetën e tretë, të sillte ujë në tabaka, të trokiste në derë para se të hynte, dhe të hekuroste, të kollariste këmishët, t'i vishte asaj rrobat, donte pra ta bënte shërbëtore vetjake. Yzmeqarja e re i bindej pa bërë zë, që të mos e përzinte; dhe, meqë zonja zakonisht e linte çelësin te dera e bufesë, Felisiteja, merrte çdo darkë një sasi të vogël sheqeri, që e hante vetëm, në shtrat, pasi kishte bërë lutjen.

Nganjëherë mbasditeve, dilte bënte muhabet me karrocierët. Zonja rrinte lart në dhomën e saj.

Ajo mbante një petk dhome krejt të hapur, poshtë të cilit, në pjesën midis të kthyerave të jakës, i dukej këmisha e vogël pala-pala me tri kopsa të arta. Si brez mbante një litar të mëndafshtë nyja-nyja me thekë të mëdhenj, dhe pantoflat e saj të vogla ngjyrë shege kishin përsipër nga një tufë kordelesh të gjera, që shtriheshin mbi samarin e këmbës. Kishte blerë letërthithëse, letra të bardha, penë dhe zarfe, ndonëse s'kishte se kujt t'i shkruante; merrte pluhurat e bibliotekës, shikohej në pasqyrë, merrte një libër, pastaj, si binte në ëndërrime gjatë leximit, e lëshonte në prehër. Ia kishte ënda të udhëtonte ose të kthehej të jetonte në manastir. Dëshironte njëkohësisht edhe të vdiste, edhe të jetonte në Paris.

Sharli, në borë e në shi i binte me kalë monopateve. Hante omëleta nëpër tryezat e femrave, fuste krahun nëpër shtretër të lagësht, i spërkatej fytyra nga currilat e gjakut të ngrohtë që u merrte të sëmurëve, dëgjonte grahmat e atyre që jepnin shpirt, këqyrte uturaqet, përvishte gjithë ato ndërresa të fëlliqura; ndërsa darkë për darkë, gjente zjarrin të ndezur flakë, tryezën të shtruar, kolltukë të rehatshëm, dhe gruan të veshur e të ngjeshur gjithë shije, të këndshme dhe me erë të mirë, pa e ditur as vetë nga i vinte, veç në mos ishte lëkura që ia parfumonte këmishën.

Ajo e magjepste me gjithfarë imtësirash të lezetshme; herë u jepte formë të re mbulesave prej letre të qirinjve, herë ndërronte ndonjë frutë të fustanit, ose i vinte ndonjë emër të allasojshëm një gjelle e aq, të cilën shërbëtorja s'e kishte goditur dot, por megjithatë Sharli e gëlltiste të tërën me qejf. Në Ruan ajo pa zonja që mbanin në zinxhirin e sahatit një tufë me stringla; dhe ajo bleu stringla. Mbi oxhak kërkoi të vendoseshin dy vazo të mëdha prej qelqi të kaltër, dhe, pas pak kohësh, një kuti fildishi me takëme qepjeje dhe një gishtëz të larë në ar e argjend. Sa më pak që Sharli merrte vesh nga këto hollësi hijeshije, aq më tepër joshej prej tyre. Ato ia endnin diçka më tepër shqisat dhe ia bënin më të dashur vatrën familjare. Ato ishin si një pluhur i artë me të cilin ia shtronin mbarë shtegun e ngushtë të jetës.

Mbahej mirë me shëndet, sa i ndriste gjithë fytyra; fama si mjek i mirë kishte marrë dhenë. E fshatarët e kishin për zemër, sepse nuk ishin kapadai. Fëmijët i përkëdhelte, në pijetore, s'hynte kurrë dhe, për më tepër, të ngjallte besim me ndershmërinë e tij. Më shumë dinte të shëronte rrufat dhe sëmundjet e kraharorit. Meqë ruhej mjaft se mos i vdiste të sëmurët, u këshillonte vetëm qetësues, herë pas here ndonjë ilaç për të vjellë, banja me ujë të ngrohtë për këmbët ose shushunja. Por kjo nuk donte të thoshte se i trembej kirurgjisë; gjak u merrte njerëzve sa s'bëhet, si kafshëve, dhe për të shkulur dhëmbët kishte një dorë llahtar.

Erdhi një kohë që për të qenë në dijeni të zhvillimeve të fundit të mjekësisë, u pajtua në "Ruche medicale", gazetë e re kjo, fletë-reklamën e së cilës e kishte marrë më parë. E lexonte nga pak pas darke; mirëpo pas pesë minutash i vinte gjumi nga ngrohtësia e dhomës dhe nga tretja e ushqimit në stomak; dhe rrinte mu aty, me mjekër mbështetur mbi duar, dhe me flokë të shpupuritur, që i vareshin si krifë deri te mbajtësja e llambës. Ema e shikonte duke ngritur supet. Të paktën, të kishte pasur më mirë për bashkëshort ndonjë nga ata burrat fjalëpakë e punëshumë, që rropaten natën mbi libra, dhe që, kur i mbushin të gjashtëdhjetat, në moshën e reumatizmës, mbajnë më në fund dekoratën me kryq mbi frakun e tyre të zi, të qepur kot më kot! Ajo do të kishte dashur që emri Bovari, që ishte dhe i saj, të bëhej i famshëm, të gjendej kudo nëpër librari, të përmendej vazhdimisht nëpër gazeta, ta njihte e tërë Franca. Mirëpo Sharli ishte njeri pa pikë pikësynimi në jetë! Një herë një mjek nga Ivtotoja, me të cilin para pak kohësh po bënte konsultë, e kishte poshtëruar disi mu pranë shtratit të të sëmurit, në prani të të afërmve që ishin mbledhur aty. Kur ia tregoi Sharli këtë ndodhi në darkë, Ema u nxeh shumë me kolegun e tij. Sharli u prek nga reagimi i të shoqes. E puthi në ballë me lot ndër sy. Mirëpo ajo ishte e pezmatuar nga turpi, i vinte ta rrihte, doli në korridor të hapte dritaren dhe thithi ajrin e freskët për t'u qetësuar.

- Sa i humbur që është! Sa i humbur që është! - thoshte ajo me zë të ulët, duke kafshuar buzët.

Dhe sa vinte, e më tepër e merrte inat. Me kalimin e moshës, ai fitonte gjithmonë e më shumë shprehi prej të pagdhenduri; mbas darke priste me thikë tapat e shisheve bosh; pasi hante, lëpinte dhëmbët me gjuhë; kur rrufiste supën, kuaçiste si klloçkë në çdo gllënjkë, dhe, ngaqë dhjamosja po e zaptonte gjithandej, sytë, tashmë të vecërr, dukeshin sikur po i ngjiteshin drejt tëmthave prej mbufatjes së mollëzave.

Ema, nganjëherë ia fuste nën jelek fundin e kuq të trikos, i drejtonte kravatën, ose ia hidhte tej dorashkat bojëdala që ai ishte gati t'i vishte; dhe këtë ajo nuk e bënte, siç kujtonte ai, për të; e bënte për veten e saj, si shprehje egoizmi të shfrenuar, acarimi nervor. Bile ndonjëherë i tregonte gjëra nga ato që kishte lexuar, si për shembull, ndonjë pjesë romani, ndonjë dramë, ose ngjarjen e fundit tëshoqërisë së lartë, që përshkruhej në fejtonin e gazetës; sepse, në fund të fundit, dhe Sharli njeri i gjallë ishte, gjithmonë e dëgjonte me vëmendje, gjithmonë ia miratonte ato që i thoshte. Shpesh herë ajo ia hapte zemrën zagarit të saj të vogël! Po kështu do të kishte bërë edhe me kërcunjtë e oxhakut dhe me lavjerrësin e sahatit.

Ndërkaq, thellë në shpirt, ajo priste të ndodhte diçka. Ashtu si detarët në rrezik për t'u mbytur, ajo shikonte vetminë e jetës së vet me sy të dëshpëruar, duke kërkuar diku larg ndonjë velë të bardhë në mjegullnajën e horizontit. Nuk e dinte cili do të ishte ai rast, as se në ç'breg do ta nxirrte, i shtyrë nga era deri tek ajo, as në do të ishte barkë a anije me tri kuverta, ngarkuar me vuajtje, apo mbushur deng me lumturi. Mirëpo çdo mëngjes, sa zgjohej, ajo shpresonte se do t'i vinte gjatë ditës, dhe dëgjonte të gjitha zhurmat, brofte befas, çuditej që nuk i vinte, pastaj, si perëndonte dielli, më e trishtuar se kurrë, dëshironte që të gdhihej në çast e nesërmja.

Pranvera erdhi përsëri. Ditët e para të motit të ngrohtë, atëherë kur çelën dardhat, ajo pati marrje fryme.

Qysh në fillim të korrikut, ajo numëroi në majë të gishtërinjve javët që mbeteshin deri në muajin tetor, duke shpresuar se ndoshta markezi i Andervilierit, do të jepte dhe një ballo tjetër në Vobisar. Mirëpo gjithë shtatori iku pa letra, pa vizita.

Pas mërzisë që i shkaktoi ai zhgënjim, zemra e saj mbeti

e zbrazët përsëri dhe atëherë filloi sërish vargu i ditëve të njëllojta.

Ato do të pasonin pra kështu njëra-tjetrën, gjithmonë të njëjta, të panumërta dhe pa sjellë asgjë! Të tjerët sado të rëndomtë ta kishin jetën, prapëseprapë shpresonin të paktën se do t'u ndodhte diçka. Nganjëherë një aventurë mund të të sjellë të papritura pambarim, bile edhe mjedisi sikur ndërrohet. Mirëpo për të nuk ndodhte asgjë; kështu e kishte thënë zoti! E ardhmja e saj ishte si një korridor krejtësisht i errët, dhe që përfundonte me një derë të pahapshme.

Ajo e braktisi muzikën. Përse të merrej me të? Kush do ta dëgjonte? Përderisa s'kishte për të ndodhur kurrë që, para ndonjë pianoje "Erard", për të dhënë koncert, duke i rënë me gishtërinjtë e saj të lehtë, tastierës së fildishtë, të ndiente t'i frynte si ndonjë fllad rreth vetes gumëzhitja e të mahniturve, ishte e kotë të lodhej duke studiuar. I plasi në dollap edhe kartonët e vizatimit edhe qëndismat. Ç'i duheshin?

Ç'i hynin në punë? Qëndisja i ngrinte nervat përpjetë.

- S'kam ç'të lexoj më, - thoshte ajo me vete.

Dhe kohën e kalonte duke skuqur mashën në zjarr ose duke parë shiun që binte.

Sa e trishtuar që ishte të dielave, kur binte kambana për lutjet e mbrëmjes! E topitur, ajo dëgjonte me vëmendje si ushtonin një nga një tingujt e krisur të kambanës. Mbi çati kalonte ndonjë maçok që ecte ngadalë dhe ngrinte kurrizin për t'u ngrohur në rrezet e zbehta të diellit. Në rrugën kryesore, era ngrinte re pluhuri. Diku larg, lehte herë pas here një qen, dhe kambana në intervale të barabarta, vazhdonte tingëllimën e saj monotone që fashitej në hapësirën e fushës.

Ndërkaq njerëzit dilnin nga kisha. Gratë me këpucë prej druri të lustruara, fshatarët me bluza të reja, fëmijët e vegjël kokëzbathur që hidheshin e përdridheshin para tyr, të gjithë ktheheshin në shtëpitë e veta. Dhe vetëm gjashtë a shtatë burra, vazhdimisht të njëjtët, rrinin luanin me tapa shishesh deri sa errej, mu përpara derës së hanit.

Dimri qe i ashpër. Çdo mëngjes xhamat e dritareve zinin brymë, dhe nganjëherë, drita e zbardhët që depërtonte nëpërmjet tyre, si nëpër xhama akulli, nuk ndryshonte gjithë ditën e ditës. Duhej ndezur llamba që në orën katër të mbasdites.

Ditët me kohë të bukur, ajo dilte në kopsht. Mbi lakra ngeleshin nga vesa dantella të argjendta me fije të gjata të shndritshme që shtriheshin nga njëra te tjetra. Nuk dëgjohej asnjë cicërimë zogu, gjithçka dukej e zhytur në gjumë, si pemët rrëzë muri të mbuluara me kashtë dhe hardhia si ndonjë gjarpër vigan i sëmurë nën strehën e murit, ku po të afroheshe, shihje dyzetkëmbësha që hiqeshin zvarrë. Mes bredhave, pranë gardhit, famullitari me kapelë trecepëshe që lexonte librin e lutjeve kishte ngelur pa këmbën e djathtë dhe vetë allçia, duke u ciflosur nga ngrica, i kishte lënë pllanga të bardha krome mbi fytyrë.

Pastaj ajo ngjitej përsëri në dhomë, mbyllte derën, dhe, si molisej nga nxehtësia e vatrës, i hipte një mërzi më e padurueshme. I vinte të zbriste poshtë të bënte muhabet me shërbëtoren, por e mbante turpi.

Çdo ditë, në të njëjtën orë, mësuesi, me kapuç mëndafshi të zi në kokë, hapte qepenat e dritareve të shtëpisë dhe bekçiu kalonte me kordhën mbi këmishë. Në mbrëmje dhe në mëngjes, kuajt e postës përshkonin rrugën tre e nga tre për në kënetë që të pinin ujë. Herë pas here, tringëllonte zilja e derës të ndonjë pijetoreje, dhe, kur frynte erë, kërcisnin mbi shufrat e hekurit pllakat e vogla të bakërta të berberanës, që i shërbenin si stemë. Të vetmet zbukurime të saj ishin një gravurë e vjetër modash, e ngjitur pas një xhami si dhe një bust femre prej dylli, me flokë të verdhë. Dhe berberi qahej që i shkoi zanati dëm, që s'kishte të ardhme, dhe, duke ëndërruar për ndonjë dyqan në një qytet të madh, si në Ruan, për shembull, në port, afër teatrit, shkonte e vinte gjithë ditën që nga bashkia deri në kishë, fytyrëngrysur dhe duke pritur klientët. Sa herë që zonja Bovari ngrinte sytë, aty e shihte gjithmonë, si ndonjë rojë në krye të detyrës, me atë kapuçin e rrafshët mbi veshë dhe me një jelek stofi të hollë prej leshi.

Nganjëherë, mbasditeve, shfaqej mbrapa xhamave të sallës së ballos, ndonjë kokë burri, i nxirë nga dielli, me favorite pis të zeza, dhe me një buzëqeshje të bollshme e të ëmbël që ia nxirrte në pah dhëmbët e bardhë e i çelte fytyrën. Dhe atëherë fillonte menjëherë valsi e nën tingujt e organos, në një sallon të vogël, vallëzuesit e shkurtër si gishta, femrat me çallma ngjyrë trëndafili, tirolezët me xhaketa, majmunët me frakë të zinj, zotërinjtë me pantallona të shkurtra, dridheshin e përdridheshin midis kolltukëve, kanapeve, tryezave, që shumëfishoheshin nëpër copat e pasqyrave të ngjitura në qoshet e tyre me një rrjetë letre të praruar. Organisti e rrotullonte manivelën duke parë, djathtas, majtas dhe nga dritaret. Herë pas here, duke hedhur në cep të murit ndonjë fiskajë të gjatë pështyme të murrme, ngrinte me gju veglën e tij, rripi i fortë i të cilës ia këpuste supin; dhe muzika, herë e përvajshme dhe e zvargur, ose e gëzueshme dhe e shpejtë, dilte nga kasa duke ushtuar nëpërmjet një perdeje taftaje ngjyrë trëndafili, nën grilën prej bakri tërë arabeska. Ato ishin melodi që luheshin gjetkë, nëpër teatro, që këndoheshin nëpër sallone, që kërceheshin mbrëmjeve nën llambadarët e ndriçuar, ishin jehona të shoqërisë së lartë që arrinin deri tek Ema. Në kokë i ushtonin lloj-lloj vallesh të gjalla që s'kishin të mbaruar dhe, mendja, si ndonjë valltare e shenjtë indiane mbi qilimin lule-lule, i kërcente bashkë me notat, duke u endur sa nga një ëndërr në tjetrën, sa nga një trishtim në tjetrin. Pasi e merrte lëmoshën në kasketën e tij, burri hidhte një batanije të vjetër prej leshi të kaltër, pastaj edhe organon në shpinë dhe largohej me hap të rëndë. Ajo e shikonte kur ikte.

Mirëpo më tepër nuk duronte dot më gjatë ngrënies në atë sallë të vogël të katit përdhes, me sobën që nxirrte tym, me derën që kërciste, me muret që djersinin, me dyshemenë e lagësht; i dukej sikur ia shtronin aty përpara, në pjatë, gjithë hidhërimin e jetës, dhe sikur nëpërmjet avullit të mishit të zier, i ngjiteshin nga thellësia e shpirtit afshe të tjera neverie. Sharli vonohej mjaft në të ngrënë, kështu që ajo përtypte lajthi, ose, mbështetur mbi bërryl, zbavitej duke bërë vija me majën e thikës mbi mushama.

Punëve të shtëpisë ua vari fare, aq sa kur erdhi zonja Bovari, nëna, të kalonte në Tot disa ditë të kreshmëve, u habit shumë nga gjithë ai ndryshim. Dhe me të vërtetë, ajo që dikur kishte qenë aq e përkujdesur dhe shijehollë, rrinte tani me ditë të tëra pa u veshur e ngjeshur, mbante çorape të gjata prej pambuku të përhirtë, për ndriçim përdorte qirinj të thjeshtë. Ngrinte e ulte të njëjtin avaz se, përderisa nuk ishin të pasur, duhej të bënin kursime dhe shtonte se ajo vetë ishte shumë e kënaqur, shumë e lumtur, që Toti i pëlqente boll, si dhe ligjërata të tjera të reja që ia mbyllnin gojën vjehrrës. Pastaj

Ema dukej që s'ia kish ngenë të ndiqte këshillat e saj; bile një herë kur zonjës Bovari i ra ndër mend të thoshte se të zotët e shtëpisë e kanë për detyrë të ushtrojnë kontroll mbi besimin fetar të shërbëtorëve të tyre, ajo ia ktheu me një shikim aq të xhindosur dhe me një buzëqeshje aq qesëndisëse, saqë e gjora grua nuk u kruajt më.

Ema sa vente e bëhej më e sertë, më tekanjoze. Porosiste gjellë të veçanta për veten e saj dhe, kur vinte puna, s'i prekte me dorë, një ditë pinte vetëm qumësht të parrahur, dhe, të nesërmen, filxhana me çaj pa hesap. Shpesh herë i shkrepej në kokë të mbyllej brenda pa dalë fare, pastaj, si i zihej fryma, hapte dritaret, vishej me fustane të holla. Pasi e qortonte shërbëtoren e s'i linte gjë pa thënë, i jepte dhurata ose e lejonte të shëtiste me shoqet e lagjes, po kështu, nganjëherë u hidhte të varfërve gjithë të hollat e argjendta që kishte në qese, ndonëse nuk ishte aspak e dhembshur dhe nuk prekej kollaj nga hallet e të tjerëve, sikurse shumica e njerëzve me prejardhje fshatare, të cilët ruajnë në shpirt diçka nga ashpërsia e duarve me kallo të prindërve të tyre.

Aty nga fundi i shkurtit, xha Ruoi, në shenjë kujtimi për këmbën e shëruar, i solli dhëndrit një alamet pule deti, dhe ndenji tri ditë në Tot. Meqë Sharli ishte i zënë me të sëmurët, i bëri shoqëri Ema. Ai pinte duhan në dhomë, pështynte mbi demiroxhak, i fliste asaj për bujqësinë, për viçat, lopët, shpendët dhe për këshillin bashkiak, kështu që kur iku, ajo e mbylli derën me një ndjenjë kënaqësie sa u çudit edhe vetë. Nga ana tjetër ajo nuk e fshihte më përbuzjen ndaj gjithçkaje, ndaj kujtdo; dhe nganjëherë zinte e shprehte mendime të çuditshme, duke sharë ato që i pranonin të gjithë, dhe duke pranuar gjëra të mbrapshta ose të pamoralshme, aq sa i shoqi shqyente sytë nga habia.

A do të zgjaste vallë gjithmonë kjo lemeri? Nuk do të shpëtonte ajo kurrë prej saj? Se mos ishin më të mira ato që jetonin të lumtura! I kishte parë me sytë e saj dukeshat në Vobisar që as shtatin se kishin më të zhdërvjellët dhe as sjelljet më fisnike, dhe këtë padrejtësi të zotit e urrente me gjithë shpirt; mbështeste kokën në mur dhe ia shkrepte të qarit: digjej për jetën plot tallaze, për ballot me maska, për qejfet e shthurura me gjithë trallisjet shpirtërore që ajo nuk i njihte dhe që duhej t'i shkaktonin ato.

Po i ikte ngjyra në fytyrë dhe kishte të rrahura të forta zemre. Sharli i jepte valerian dhe e fërkonte me kamfur. Çfarëdo që i bënte, asaj i ngriheshin nervat përpjetë më keq.

Kishte ditë që fliste e s'i pushonte goja; pas kësaj dalldisjeje binte menjëherë në topitje, rrinte pa folur, pa lëvizur. E vetmja gjë që e gjallëronte në këto raste ishte kolonja të cilën e hidhte me shishe nëpër duar.

Meqë ajo ankohej vazhdimisht për Totin, Sharlit i shkoi mendja se shkaku i sëmundjes së saj vinte pa dyshim si pasojë e ndonjë ndikimi të atyshëm, dhe, si u ndal në këtë çështje, mendoi seriozisht të shkonin të vendoseshin gjetkë.

Qysh atëherë, ajo filloi të pinte uthull që të dobësohej, iu shpif një kollë e lehtë dhe e thatë dhe i iku fare oreksi.

Sharli e kishte të vështirë të largohej nga Toti, pasi kishte banuar aty katër vjet dhe aq më tepër tani që kishte filluar t'i ecte mbarë. Por po të ishte nevoja! E çoi të shoqen në Ruan, t'ia vizitonte profesori i tij i vjetër. Ajo vuante nga një sëmundje nervash: duhej të ndërronte klimë.

Pasi u end sa në një vend në tjetrin, Sharli mori vesh më në fund se në rrethin e Nëfshatelit kishte një alamet fshati i quajtur Jonvil-l'Abe, mjeku i të cilit, një refugjat polak, sapo ia kishte mbathur para një jave. Atëherë i shkroi një letër farmacistit të atyshëm që të merrte vesh se sa banorë kishte, sa larg ishte mjeku më i afërt, sa para në vit fitonte ai që kishte qenë para tij, etj. Dhe, si mori përgjigje të kënaqshme, e ndau mendjen që nga pranvera të shpërngulej, në rast se shëndeti i Emës nuk përmirësohej.

Një ditë kur po rregullonte teshat në një sirtar, si parapërgatitje për transferimin, ajo shpoi gishtat me diçka. Ishte teli i buqetës së saj të martesës. Sythet e portokallit ishin zverdhur nga pluhuri dhe kordelet prej atllasi me thekë të argjendtë ishin bërë fije-fije anash. E hodhi në zjarr. U dogj më shpejt se një fije kashte e thatë. Pastaj u bë si ndonjë kaçubë e kuqe mbi hi, që po shkrumbohej me ngadalë. Ajo e shihte si po digjej. Kokrrizat prej kartoni plasnin, fijet metalike përdridheshin, gajtani shkrihej dhe kurorat prej letre, të rreshkura, luhateshin nëpër pllakë si flutura të zeza deri sa më në fund u zhdukën fluturimthi në brendësi të oxhakut.

Kur u largua nga Toti, në muajin mars, zonja Bovari ishte shtatzënë.

PJESA E DYTË

I

Jonvil-l'Abe (i quajtur kështu për hir të një abacis të vjetër murgjish që s'i kanë mbetur më as rrënojat) është një fshat i madh tetë lega larg Ruanit, midis rrugës të Abvilit dhe asaj të Bovesë, në fund të një lugine ku kalon Riëla, lumi i vogël i cili para se të derdhet në Andelë, në afërsi të grykës së tij mban tre mullinj me ujë dhe me troftat që ka, zbavitet të dielave djemuria duke i zënë me grep.
 Si shkëputesh nga rruga e madhe në Buasier, vazhdon pastaj drejt e në majë të kodrës. Lë, poshtë së cilës shtrihet lugina. Lumi që e përshkon këtë e ndan në dy pjesë të veçanta nga njëra-tjetra, në të majtë ka vetëm livadhe, në të djathtë vetëm ara. Lëndinat shtrihen gjatë një sërë kodrinash të ulëta dhe bashkohen pastaj mbrapa tyre me kullotat e krahinës të Breit, ndërsa, nga lindja, fusha vjen duke u ngjitur pak nga pak dhe gjithmonë duke u zgjeruar, e mbuluar e tëra me ara të arta gruri që s'kanë të mbaruar aq sa të ha syri, uji rrjedh buzë barit dhe ndan me një vijë të bardhë ngjyrën e livadheve nga ajo e brazdave, kështu që fusha ngjan si një pallto e madhe e shpalosur, me jakë prej kadifeje të blertë, me një shirit të argjendtë rreth e rrotull.
 Kur mbërrin në fund të horizontit, të dalin mu para syve lisat e pyllit të Argëjit si dhe rrëpirat e kodrës Shën-Zhan, të gërryera nga lart-poshtë prej ca vragave të kuqe, të pabarabarta: ato janë gjurmët e shiut, kurse nuancat në ngjyrën e tullave, që spikasin si rrjeta të holla mes të përhimtës së malit, vijnë nga burimet e shumta me ujë që përmban hekur, të cilat rrjedhin matanë, në krahinën fqinje.
 Në këtë truall të ngatërruar, rrethuar nga Normandia, Pikardia dhe Ilë dë Fransë, flitet një dialekt pa ngjyrë ashtu siç është edhe peizazhi, i shpëlarë. Aty bëhen djathërat më të këqija të Nëfshatelit në gjithë krahinën dhe, bile, bujqësia

del me kosto të lartë, sepse për ta bërë pjellore atë tokë gjithë rërë e gurë, duhet plehëruar shumë.

Deri në vitin 1835 s'kishte rrugë për të shkuar në Jonvil; por pak a shumë në atë kohë u hap një monopat që lidh rrugën e Abvilit me atë të Amiensit dhe që u hyn në punë nganjëherë karrocierëve kur shkojnë nga Ruani në Flandër. Megjithatë Jonvil-l'Abé ka mbetur në vend, ndonëse i janë hapur rrugëdalje të reja. Në vend që të përmirësojnë prodhimin e kulturave bujqësore, aty vazhdojnë me ngulm t'i përkushtohen kullotave, sado që janë vlerë, dhe fshati i dembelëve, duke u larguar nga fusha, erdh e u zgjerua, natyrisht, në drejtim të lumit. Ai duket që nga larg, i shtrirë gjatë bregut të lumit, si ndonjë lopçar që e kalon me gjumë kohën e vapës buzë ujit.

Rrëzë shpatit, matanë urës, fillon xhadja e mbjellë anash me plepa, që të çon drejt e te shtëpitë e para të fshatit. Këto janë të rrethuara me gardhe, midis oborresh plot me ndërtesa të hapërdara, si shtypëse frutash, plevica dhe distileri, që zënë vend aty-këtu poshtë pemëve të dendura mbi të cilat mbështeten shkallë, purteka ose u varen nëpër degë kosa. Pullazet prej kashte, që ngjajnë si kapuçë gëzofi të rrasur mbi sy, zbresin gati në një të tretën e dritareve të ulëta, të cilat i kanë xhamat të trashë dhe të dalë përpara, me një ngjyrë mu në mes, si funde shishesh.

Mbi muret e bardha të përforcuara nga një skaj te tjetri me trarë të zinj, mbështetet aty-këtu ndonjë dru imcak dardhe, ndërsa katet e para kanë në dyert e tyre ndonjë trinë për të mos lënë të hyjnë zogjtë e pulave, të cilët vijnë të qëmtojnë mbi prag thërrime buke të stërqullura me musht molle. Më tej oborret vijnë e ngushtohen, banesat afrohen më tepër me njëra-tjetrën, gardhet fillojnë e zhduken; poshtë një dritareje luhatet, varur mbi një bisht fshese, një tufë fieri; aty është një nallban dhe më tej një qerraxhi me dy-tri qerre të reja, që kanë zënë rrugën. Pastaj, mbrapa një gardhi të thurur rrallë, duket një shtëpi e bardhë dhe para saj një lehë e rrumbullakët bari me një statujë. Kupidoni, që mban gishtin në gojë; në krye të shkallëve, në të dy anët ka nga një vazo prej gize; mbi derë shkëlqejnë tabelat metalike; kjo është banesa e noterit, më e bukura e fshatit.

Kisha ndodhet në krahun tjetër të rrugës, njëzet çapa

më larg, në hyrje të sheshit. Varreza e vogël përreth saj, e mbyllur me një mur lart deri në bërryla, është aq plot e përplot me varre, saqë gurët e vjetër të shtrirë rrafsh me tokën, duken si pllaka të njëpasnjëshme dyshemeje, mbi të cilat bari ka vizatuar vetvetiu katrorë të gjelbër të rregullt. Kisha u rindërtua nga e para vitet e fundit të sundimit të Karlit X. Kubeja prej druri ka filluar të kalbet nga lart dhe, vende-vende, mes ngjyrës së saj të kaltër spikatin zgavra të zeza. Përmbi derë, aty ku duhet të ishin vendosur organot, është ndërtuar tribuna për korin e burrave, e pajisur me një shkallë të përdredhur që ushton kur hipën me këpucë druri.

Drita e diellit që depërton nëpërmjet xhamave të njëtrajtshëm, bie pjerrtas mbi stolat e rreshtuar skiç murit, të veshur aty-këtu me nga një copë rrogoz të mbërthyer me gozhdë, dhe mbi secilin prej tyre janë shkruar me gërma të mëdha këto fjalë: "Vendi i zotit filan". Pak më tej, aty ku anijata vjen duke u ngushtuar, zë vend rrëfyestorja ballë për ballë me një shtatorkë të shën Mërisë, veshur me një fustan atllasi, mbuluar me një vello tyli yje-yje argjendi, dhe me mollëza flakë të kuqe si ndonjë idhull nga ishujt Sanduiç.

Së fundi, gjithë kjo pamje përfundon me një kopje të familjes së shenjtë, dhuratë e ministrit të Punëve të Brendshme, vendosur përmbi altarin kryesor, midis katër shandanëve. Stolat e korit prej druri pishe, kanë mbetur pa u lyer me bojë.

Pazari, domethënë ai vend i mbuluar me një çati tjetër tullash, që e mbajnë nja njëzet trarë, zë gati gjysmën e sheshit të madh të Jonvilit. Bashkia e ndërtuar sipas projektit të një arkitekti nga Parisi i përngjan në njëfarë mënyre një tempulli grek dhe ndodhet në qoshe të rrugës, afër shtëpisë së farmacistit. Ajo ka një kat përdhe, tri kolona jonike dhe, në katin e dytë, një galeri me kube të plotë, ndërsa mbi qemerin me të cilin përfundon ajo, është skalitur një gjel gal, i cili një këmbë e mban të mbështetur mbi kushtetutë dhe tjetrën mbi peshore, simbol i drejtësisë.

Mirëpo ajo që të bie më tepër në sy, është farmacia e zotit Ome, përballë hanit Luani i artë. Në mbrëmje sidomos, kur e ka të ndezur llambën dhe kavanozët e kuq e të gjelbër që zbukurojnë vitrinën i hedhin deri larg, përdhe ndriçimet me ngjyra, shquhet, nëpërmjet tyre, si në zjarrin e Bengalit, hija e farmacistit, mbështetur mbi bërryla në tryezën e tij të punës.

Shtëpinë e ka të mbushur nga lart-poshtë me mbishkrime me gërma kursive, të rrumbullakëta, shtypi: "Ujë Vishije, Selce dhe Barezhi, barna spastruese, mjekësi e Raspajit, rakau arabësh, pastilje Darse astilje Renjo, fasha, banja, çokollata shëndeti, etj." Ndërsa mbi tabelën që shtrihet në gjithë gjerësinë e dyqanit, është shkruar me gërma të arta: Ome, farmacist. Pastaj, në fund mbrapa peshoreve të mëdha të mbërthyera mbi banak, është shkruar përsëgjeri fjala laborator sipër një dere me xham, mu në mes të së cilës, përsëritet edhe një herë emri Ome i shkruar me gërma të arta, në një sfond të zi.

Veç kësaj s'ke ç'të shohësh më në Jonvil, Rruga (e vetmja), e gjatë aq sa mund të hajë plumbi i një pushke dhe me ca shitore anash, ndërpritet menjëherë në kthesën e një udhe. Po të kthehesh në të djathtë të saj dhe të vazhdosh të ecësh rrëzë kodrës shën Zhan, pas pak do të mbërrish në varrezë.

Për të zgjeruar, kur ra kolera, rrëzuan një pjesë të murit dhe blenë aty pranë tri akra tokë; megjithatë gjithë shtesa e re është pothuajse bosh, sepse varret, ashtu si edhe në të kaluarën, vazhdojnë të ngjishen njëri pas tjetrit aty rreth derës. Roja që është njëkohësisht varrmihës dhe shërbyes i kishës (duke nxjerrë kështu nga kufomat e famullisë një fitim të dyfishtë), pjesën e papërdorur e ka shfrytëzuar për të mbjellë patate. Sidoqoftë ara e tij e vogël ngushtohet nga viti në vit dhe, kur bie ndonjë epidemi, ai s'di ç'të bëjë, të gëzohet me vdekjen e të tjerëve, apo të pikëllohet nga hapja e varreve të tyre.

- Ju ushqeheni me të vdekur, Letibudua! - i tha më në fund një ditë, zoti famullitar.

Këto fjalë të rënda e futën keq në mendime dhe për njëfarë kohe e bënë të hiqte dorë; megjithatë, sot e kësaj dite, ai vazhdon të mbjellë patate, bile shkon deri aty sa thotë pa pikë turpi se ato mbijnë vetë.

Qysh nga koha kur kanë ndodhur ngjarjet që do të tregojmë, asgjë nuk ka ndryshuar në të vërtetë në Jonvil. Flamuri tringjyrësh prej llamarine rrotullohet edhe sot e kësaj dite majë kambanës së kishës; në dyqanin e modës valëviten akoma dy banderola basme; në vitrinën e farmacisë po kalben dita-ditës fetuset, si ca copa eshke në alkoolin e turbullt, dhe, përmbi derën e madhe të hanit, luani i vjetër i artë, i zbërdhylët nga shirat u bie në sy kalimtarëve me atë leshnajën e tij rrela-rrela si të ndonjë bubi kaçurrel.

Atë mbrëmje që bashkëshortët Bovari do të mbërrinin në Jonvil, vejusha, zonja Lëfransua, pronarja e këtij hani, ishte aq e zënë me punë, saqë i kullonin bulëza të mëdha djerse, duke trazuar tenxheret. Të nesërmen në fshat ishte ditë pazari. Prandaj duhej që më përpara të priteshin mishrat, të pastroheshin pulat, të përgatitej supa dhe kafeja. Veç këtyre, ajo duhej të gatuante edhe për klientët e strehuar aty, për mjekun, të shoqen e tij dhe shërbëtoren e tyre; salla e bilardos ushtonte nga të qeshurat; në restorantin e vogël tre mullisë kërkonin me zë të lartë raki; drutë digjeshin flakë, prushi kërciste dhe mbi tryezën e gjatë të kuzhinës, midis copave të mishit të paberë të deles, ngriheshin pirgje me pjata të cilat tundeshin nga lëkundjet e dërrasës ku prisnin spinaqin. Në kotec dëgjohej kakaritja e shpendëve që donte t'i kapte shërbëtorja për t'u prerë kokën.

Pranë oxhakut po ngrohte shpinën një burrë pakëz i vrarëlije, që mbante një kapuç kadifeje me xhufkë të artë dhe pantofla prej lëkure jeshile. Veç vetëkënaqësisë, fytyra e tij nuk shprehte gjë tjetër, dhe dukej po aq i rehatuar nga jeta sa edhe gardalina që ishte varur përmbi kokë të tij, futur në një kafaz shelgjishtre: ky ishte farmacisti.

- Artemizë! - bërtiste e zonja e hanit, bëj një krah shkarpa, mbush shishet, sill raki, nxito! S'di as se çfarë ëmbëlsirash do t'u jap atyre që do të vijnë! O zot i madh! Filluan prapë të bëjnë zallahi hamenjtë në bilardo! Po qerren që e kanë lënë mu te dera kryesore! Ka për ta shkallmuar fare Dallëndyshja kur të vijë! Thirr Hipolitin që ta çojë në plevicë!...). Pale këta, zoti Ome, që nga mëngjesi e deri tani do t'i kenë bërë nja pesëmbëdhjetë lojë dhe i kanë tharë nja tetë kana me musht molle!... Kanë për të ma shqyer fare cohën e bilardos, - vazhdonte ajo, - duke i parë nga larg, me qepshe në dorë.

- S'është ndonjë dëm i madh, - ia ktheu zoti Ome, - ju mund të blini një tjetër. - Të blej bilardo tjetër! - bërtiti vejusha e habitur.

- Përderisa kjo që keni s'bën më, zonja Lëfransua, po jua përsëris, gabim e keni! Shumë gabim bile! Le njëherë që tani amatorët e kësaj loje duan vrima të ngushta dhe steka të rënda. Ka ikur koha e karambolit; ka ndryshuar gjithçka!

Duhet të ecësh me ritmin e shekullit! Mos shko më tej, po shih Telienë... Hanxhesha u bë spec nga inati. Farmacisti vazhdoi:
- Thoni ç'të doni, po ai e ka bilardon më të lezetshme se ju; dhe ja, po t'i shkojë mendja ndokujt, për shembull, të organizojë ndeshje patriotike në ndihmë të Polonisë a të të përmbyturve të Lionit...
- Nuk më frikësojnë dot mua, leckamanët si puna e atij! - e ndërpreu hanxhesha, duke ngritur supet e saj të bëshme. - Mos u bëni merak, zoti Ome, sa të jetë gjallë Luani i artë do të ketë klientë. Jemi të zënë mirë me para ne, ç'kujtoni ju! Dale pa keni për ta gjetur mbyllur një mëngjes të bukur Kafen franceze, me ndonjë derr shpalljeje mbi qepena! Të ndërroj bilardon, - vazhdonte ajo duke folur me vete, - që është aq e volitshme për të nderuar rrobat, pale që në kohën e gjuetisë kam pasur raste që kam vënë për të fjetur mbi të edhe gjashtë udhëtarë!... Si s'po e sjell kokën edhe ky vulëhumburi Iver!
- Mos e prisni gjë për darkën me zotërinjtë e tjerë? - e pyeti farmacisti. - Ta pres unë atë? Po zoti Bine, akoma s'po duket! Keni për ta parë vetë, në orën gjashtë fiks e keni këtu, se sa për të përpiktë, s'e ka shokun ai në botë. E do gjithmonë një vend në sallën e vogël! Më mirë ta vrasësh sesa të hajë darkë gjetiu! Po sa tekanjos që është! Dhe sa naze bën për mushtin e mollës! S'është si zoti Leon, që vjen nganjëherë në orën shtatë, bile ka raste edhe në shtatë e gjysmë; por ama ha ç't'i vësh përpara. Sa djalë i mirë që është! S'i ndihet zëri kurrë.
- Këtu është gjithë puna, e kuptoni vetë ju se ç'ndryshim të madh ka midis një njeriu me shkollë dhe një copë ish-karabinieri që është bërë tagrambledhës.
Ra ora gjashtë. Hyri Bineu.
Ishte veshur me një redingotë blu, që i varej poshtë rreth trupit të thatë, ndërsa nën strehën e ngritur të kasketës prej lëkure, me veshë të lidhur me gjalmë mu në majë të kokës, i dukej tulla përmbi ballë, që i ishte shtypur nga mbajtja e helmetës. - Mbante një jelek prej cohe të zezë, jakë të ngrirë, pantallona të përhirta, dhe, gjatë gjithë vitit, çizme të lustruara xixë që kishte dy xhunga paralele, të cilat ia kishin bërë dy gishtat e mëdhenj që i kish të kërcyer. As një qime s'i dilte mbi qaforen e tij të verdhë, e cila, si i vinte rreth nofullave, ishte ashtu si parvazi i ndonjë lehe, kornize për

fytyrën e tij të gjatë e të zbehtë, me ca sy të vecërr dhe me një hundë të kërrusur. Ishte i hatashëm në të gjitha lojërat me letra bixhozi, gjuetar i mirë, shkrimin e kishte të bukur, në shtëpi kishte dhe një torno me të cilën zbavitej duke sajuar unaza për të mbajtur pecetat të mbështjella dhe lakmitar si ndonjë artist e egoist si ndonjë borgjez, mbushi me të gjithë shtëpinë.

Ai shkoi drejt e në sallën e vogël; mirëpo më parë duheshin nxjerrë prej andej tre mullisët; dhe sa i shtruan tryezën, Bineu qëndroi i heshtur në vendin e tij, pranë sobës, pastaj, s zakonisht mbylli derën dhe hoqi kasketën.

- S'do t'i hahet gjuha po të thotë një fjalë mirësjelljeje si njeri! - u shpreh farmacisti sa ngeli vetëm me hanxheshën.

- Kaq e ka ai, s'flet kurrë më shumë, - iu përgjigj ajo, - javën e kaluar erdhën këtu dy udhëtarë që shisnin cohëra, ishin dy goxha djem, në mbrëmje bënë gjithë ato shaka sa unë qeshja me lot, mirëpo ai rrinte aty si guhak, pa thënë asnjë gjysmë fjale.

- E besoj, - i tha farmacisti. - Ç'mund të presësh nga një njeri që s'ka pikë fantazie, pikë zgjuarsie, s'e ke as për shoqëri, as për gjë tjetër!

- Megjithatë thonë që ka të ardhura, - e kundërshtoi hanxhesha.

- Të ardhura? - u përgjigj zoti Ome, - ai! Të ardhura ai? Ka mundësi, me atë zanatin e vet, - shtoi me zë më të qetë.

Dhe vazhdoi:

- Oh! E kuptoj që një tregtar që ka të bëjë me gjithë ata njerëz, një avokat, një mjek e një farmacist zhyten aq shumë në punën e tyre sa bëhen tuhafë bile dhe nopranë; tregojnë për ta edhe meselera! Por ata, të paktën, e vrasin mendjen për diçka! Ja, ta zëmë, unë vetë, sa herë më ka ndodhur të kërkoj penën në tryezë për të shkruar ndonjë etiketë, dhe në fund fare e kam gjetur në vesh!

Ndërkaq, zonja Lëfransua doli te pragu i derës për të parë se mos vinte Dallëndyshja. Aty ajo u drodh e tëra. Papritmas hyri në kuzhinë një burrë i veshur në të zeza. Në dritëzën e vobektë të muzgut dallohej se ai ishte faqekuq dhe me trup atleti.

- Ç'dëshironi, zoti famullitar, - e pyeti e zonja e hanit, duke marrë në të njëjtën kohë nga oxhaku një nga shandanët e bakërt që ishin vënë aty radhë-radhë si kolona, bashkë me qirinjtë e tyre, - doni të pini diçka, një gotë verë?

Kleriku i tha "jo" gjithë mirësjellje. Kishte ardhur të merte çadrën, që e kishte harruar një ditë më parë në manastirin e Ernëmontit dhe, pasi i ishte lutur zonjës Lëfransua t'ia çonte në mbrëmje me dikë në banesën e tij, doli për të shkuar në kishë, ku binin kambanat për lutjen e darkës.

Si nuk i dëgjoi më hapat e tij në rrugë, farmacisti nisi nga vërejtjet për sjelljen krejt të pahijshme që tregoi famullitari pak më parë. I dukej hipokrizi nga më të neveritshmet që ai s'kish pranuar të pinte gjë; për të, gjithë priftërinjtë shemben e bëhen tapë me të pira, pa i parë njeri, dhe kërkojnë të kthehet prapë koha e të dhjetave.

Hanxhesha mori anën e famullitarit:

- Ai ka për borxh t'i shtrijë përtokë katër veta si puna juaj. Vitin e kaluar i ndihmoi njerëzit tanë të fusnin kashtën në plevicë; mbante gjashtë krahë njëherësh, kaq i fortë është!

- Bukur fort! - tha farmacisti. - Hë pra ç'prisni, çojani vajzat tuaja të rrëfehen nëpër doçër si ai! Të isha unë si qeveria, do të jepja urdhër t'u merrnin gjithë klerikëve gjak një herë në muaj. Ja kështu, si them unë, zonja Lëfransua, një herë në muaj t'u bëjnë nga një flebotomi të mirë, në dobi të rregullit dhe të moralit!

- Mjaft më, zoti Ome! Se mos keni din e iman ju! Pa fe jeni!

Dhe farmacisti iu përgjigj:

- Kam që ç'ke me të, kam fenë time unë, dhe bile kam më shumë se të gjithë ata që bëjnë mashtrime dhe palaçollëqe. Përkundrazi, unë e adhuroj zotin! Besoj te qenia eprore, te një krijues kushdo qoftë ky, pak rëndësi ka, që na ka vendosur këtu mbi tokë, për të përmbushur detyrat tona si qytetarë dhe si prindër; por ama s'kam nevojë të shkoj në kishë, të puth pjatat e argjendta, dhe të majm me paratë e mia një tufë mashtruesish që hanë më mirë sesa ne! Sepse zotin mund ta nderosh edhe në pyll, edhe në arë, bile edhe duke soditur kupën qiellore, siç bënin të vjetrit! Zoti im është zoti i Sokratit, i Franklinit, i Volterit dhe i Beranzhesë! Unë jam për Fenë e famullitarit savojas dhe për parimet e pavdekshme të '89-s!

Prandaj nuk e pranoj unë zotin si një qenie që shëtit nëpër kopshtin e tij me bastun në dorë, miqtë i fut në barkun e balenave, vetë vdes duke lëshuar një klithmë dhe pastaj na ngjallet pas tri ditësh: gjëra absurde këto në vetvete dhe krejt në kundërshtim me njëra-tjetrën, bile dhe me ligjet e fizikës; kjo na vërteton, sa për dijeni, edhe atë që, priftërinjtë janë mykur gjithmonë në një padituri të përjetshme ku përpiqen të zhysin si veten edhe popujt.

Farmacisti heshti pastaj, duke kërkuar me sy ndonjë publik rreth e rrotull, sepse, si mori kot, iu duk vetja, për një çast, se ishte në mbledhjen e këshillit bashkiak. Mirëpo e zonja e hanit nuk e dëgjonte më; ajo mbante vesh një zhurmë të largët rrotash. Pas pak, kjo u dëgjua e përzier me trokëllimën e patkonjve të liruar që përplaseshin me dheun, dhe më në fund Dallëndyshja u ndal para portës.

Ishte si një sënduk i verdhë, i mbajtur nga dy rrota të mëdha të cilat, meqë arrinin deri në lartësinë e mbulesës prej mushamaje, jo vetëm që i pengonin udhëtarët të shikonin rrugën, por i stërkitnin edhe në shpatulla. Kur karroca ishte mbyllur, xhamat e vegjël të dritarezave, të saj të ngushta dridheshin brenda parvazeve, dhe vende-vende kishin njolla balte mbi shtresën e vjetër të pluhurit që s'e lanin dot plotësisht as shirat e stuhishme. Në të ishin mbrehur tre kuaj, njëri prej të cilëve përpara dhe, kur zbriste nëpër tatëpjeta, karroca takonte tokën me fundin e saj, duke u tallandisur.

Te sheshi u avitën disa banorë jonvilas; flisnin që të gjithë në të njëjtën kohë, pyesnin për lajmet e reja, kërkonin shpjegime dhe dërgesa; Iveri nuk dinte kujt t'i përgjigjej më parë. Ai i kryente në qytet porositë jonvilasve. Shkonte nëpër dyqane, sillte topa me lëkurë për këpucarin, hekurishte për nallbanin, një kade me saraga për të zonjën e hanit, kapuçë nga modistja e kapelave për gra, flokë nga parrukieri; gjatë rrugës, kur kthehej, pakot i shpërndante ngritur në këmbë mbi ndenjëse, duke i hedhur përmbi gardhet e shtëpive, dhe bërtiste sa i hante fyti, ndërsa kuajt ecnin vetë, pa i ngarë ai.

Këtë radhë e kishte vonuar një ndodhi e papritur; langorja e zonjës Bovari ia kishte mbathur nëpër fusha. E thirrën një çerek ore të mirë me fërshëllima. Bile Iveri e ktheu karrocën një gjysmë lege mbrapa, duke kujtuar se do t'ia kapnin sytë nga minuta në minutë; mirëpo duhej të vazhdonin rrugën. Ema kishte qarë, ishte zemëruar; fajin për këtë fatkeqësi ia kishte hedhur Karlit. Zoti Lërë, tregtar stofrash, që ndodhej bashkë me të në karrocë, ishte munduar ta ngushëllonte duke i treguar gjithë ata shembuj me qen të humbur, që e kishin gjetur të zotin pas shumë vitesh. Tregonin për njërin, i thoshte ai, që ishte kthyer nga Stambolli në Paris. Një tjetër ishte larguar pesëdhjetë lega në vijë të drejtë dhe kishte kaluar katër lumenj me not; dhe babai i tij kishte pasur njëherë një kone leshdredhur, i cili, pasi ishte zhdukur pa lënë gjurmë dymbëdhjetë vjet me radhë, i kërceu në shpinë, mu në rrugë, një mbrëmje kur po shkonte të hante darkë në një restorant në qytet.

II

Ema zbriti e para, pastaj Felisiteja, zoti Lërë, një tajë, dhe më në fund Karli, të cilin u detyruan ta zgjonin aty në qoshen e tij, ku e kishte zënë gjumi, porsa ishte ngrysur.

Omeja iu paraqit të porsaardhurve; i bëri nderimet e veta zonjës, u përshëndet me zotërinë, tha që ishte jashtëzakonisht i kënaqur që kishte pasur mundësinë t'u bënte ndonjë shërbim dhe shtoi si me përzemërsi se kishte guxuar të vinte me kokën e tij, meqë gruan nuk e kishte në shtëpi.

Kur u fut në kuzhinë, zonja Bovari iu afrua oxhakut. Me majën e dy gishtave e kapi fustanin mbi gjunjë dhe, si e ngriti deri te syri i këmbëve, nderi nga flaka, përmbi kofshën e mishit që po rrotullohej në hell, këmbë e mbathur me këpucë të zeza me qafa. Zjarri e ndriçonte të tërën, duke depërtuar me një dritë të fortë nëpër vrimat e thurjes së copës të fustanit, nëpër poret e njëtrajtshme të lëkurës së saj të bardhë bile dhe nëpër kapakët e syve që i piçërronte herë pas here. Atë e lëpinte një ngjyrë e bollshme e kuqe, andej nga frynte era, nga dera gjysmë e hapur.

Nga ana tjetër e oxhakut po e vështronte në heshtje një djalë i ri flokëverdhë.

Meqë mërzitej shumë në Jonvil, ku punonte si sekretar pranë zotit Gijomen, zoti Leon Dypyi (klienti i dytë i rregullt ky i Luanit të artë) e shtynte darkën për më vonë, me shpresë se do të vinte në han ndonjë udhëtar me të cilin të bisedonte në mbrëmje. Ditët që mbaronte punë herët detyrohej, ngaqë s'dinte ç'të bënte, të vinte të hante në kohë, dhe të duronte, që sa vinte supa e deri sa mbaronte së ngrëni djathin, të ndenjurit kokë më kokë me Bineun. Prandaj e priti me gëzim propozimin që i bëri hanxhesha për të ngrënë darkë së bashku me të porsaardhurit, dhe kaluan nga salla e madhe ku, me urdhër të zonjës Lëfransua, ishte shtruar, për nder, një tryezë për katër veta.

Omeu, kërkoi leje ta mbante kapuçin e tij të rrafshët, se kishte frikë mos e zinte rrufa.

Pastaj, duke u kthyer nga ajo që kishte pranë, i tha:

- Zonja, pa dyshim, është pak e lodhur? Dallëndyshja jonë të tund e të shkund sa ta merr shpirtin fare!

- Ashtu është, - u përgjigj Ema, - por mua më pëlqejnë gjithmonë këto lloj shqetësimesh; kam qejf të ndërroj vend.

- S'ka gjë më të mërzitshme, - psherëtiu sekretari, - sesa të jetosh i gozhduar në një vend.

- Po sikur të ishit si unë, - tha Sharli, - i detyruar të rrini vazhdimisht majë kalit...

- Sidoqoftë, ndërhyri përsëri Leoni duke iu drejtuar zonjës Bovari, - mua më duket se s'ka gjë më të këndshme: kur ke mundësi, - shtoi ai.

- Veç kësaj, - tha farmacisti; - ushtrimi i profesionit të mjekut nuk është edhe aq i lodhshëm këndej nga anët tona; sepse me rrugët që kemi, përdoret karroca dhe, në përgjithësi, paguhet goxha mirë, ngaqë bujqit janë në gjendje. Përsa i përket pastaj mjekësisë, përveç rasteve të rëndomta të enteritit, bronkitit, të shqetësimeve biliare, etj., kemi herë pas here disa ethe, me ndërprerje, gjatë të korrave, por, me një fjalë, asgjë me rëndësi, asgjë të veçantë për t'u përmendur, me përjashtim të gjëndrave limfatike të mahisura që janë me shumicë; dhe që vijnë, pa dyshim, si pasojë e kushteve të vajtueshme higjienike ku banojnë fshatarët tanë! Oh! Keni për ta parë edhe vetë zoti Bovari që duhen luftuar gjithë ato paragjykime, gjithë ato zakone të rrënjosura thellë, me të cilat do të ndeshesh përditë gjatë tërë përpjekjeve tuaja shkencore si mjek; sepse këtu te ne vazhdojnë akoma ta presin shpëtimin nga lutjet, nga reliket, nga famullitari, në vend që t'i drejtohen, siç është e udhës, mjekut a farmacistit. Megjithatë, klima, me thënë të vërtetën, nuk është aspak e keqe, bile kemi dhe disa nëntëdhjetëvjeçarë këtu në komunën tonë. Termometri (i kam bërë vetë vrojtimet) në dimër zbret

deri në katër gradë, dhe në stinën e ngrohtë shkon njëzet e
pesë, e shumta deri në tridhjetë gradë, të cilat sipas shkallës
Reomyr nuk e kalojnë njëzet e katrën, ose pesëdhjetë e katrën
sipas shkallës Farenhait! (Masë angleze) Dhe, në fakt, jemi të
mbrojtur nga erërat e veriut në një anë prej pyllit të Argëjit,
dhe nga erërat e perëndimit, prej bregut Shën Zhan në anën
tjetër; dhe gjithë ajo zagushi, sidoqoftë, e cila, për shkak të
avujve të ujit që çlirohen nga lumenjtë dhe të kafshëve që
janë goxha shumë nëpër lëndina, që, siç e dini, nxjerrin mjaft
amoniak, domethënë azot, hidrogjen dhe oksigjen (jo vetëm
azot dhe hidrogjen), dhe që thith për vete humusin nga dheu,
i përzien gjithë këta avuj të ndryshëm, i shkrin si të thuash në
një tufë të vetme, dhe që bashkohet vetvetiu me elektricitetin
e përhapur në atmosferë, atëherë kur është i pranishëm në të,
me kalimin e kohës, mundet që, ashtu si në vendet tropikale,
të krijojnë afshe të ndyra sëmundjesh; - dhe kjo nxehtësi,
them, zbutet pikërisht andej nga vjen, ose më saktë andej
nga duhet të vijë, domethënë nga ana e jugut, prej erërave të
juglindjes, të cilat, si freskohen vetë duke fryrë gjatë Senës,
arrijnë ndonjëherë papritur deri te ne, si puhi nga Rusia!

- A keni të paktën vende për shëtitje këndej rreth e rrotull?
- vazhdonte zonja Bovari duke biseduar me djaloshin.

- Oh! Shumë pak, - u përgjigj ai. - Është një pikë që e quajnë
kullotë, në majë të bregut, buzë pyllit. Nganjëherë të dielave
shkoj aty, dhe rri me ndonjë libër në dorë, duke soditur
perëndimin e diellit.

- Për mua s'ka gjë më të mrekullueshme sesa perëndimet e
diellit, - shtoi ajo, - po sidomos kur jam në breg të detit.

- Oh! Unë vdes për detin, - tha zoti Leon.

-E pra, nuk ju duket, - ndërhyri zonja Bovari, - se mendja
endet më lirisht mbi atë hapësirë të pakufishme, që kur e
sodisni ju ngrihet shpirti peshë dhe ju lindin mendime për
pafundësinë, për idealen?

- Po kështu ndodh dhe kur sodit peizazhet e maleve, -
vazhdoi Leoni. - Kam një kushëri që udhëtoi vjet nëpër
Zvicër, dhe më thoshte se s'mund të përfytyrohet dot gjithë
ajo poezi e liqeneve, bukuria magjepsëse e ujëvarave, mbresa
e pashlyeshme që të lënë akullnajat. Aty ka pisha të larta sa
s'ta merr dot mendja, që ngrihen skiç me përrenjtë, kasolle
buzë humnerave, dhe, një mijë hapa poshtë jush, lugina

të tëra, që shfaqen kur përhapen retë. Këto pamje doemos që ia çojnë peshë zemrën njeriut, e përgatisin shpirtërisht atë për lutje, për ekstazë. Prandaj nuk çuditem më me atë muzikantin e famshëm, i cili, për të ngjallur më tej fantazinë e tij, e kishte zakon t'i binte pianos përpara ndonjë peizazhi madhështor.

- Merreni me muzikë ju? - e pyeti ajo.
- Jo, po më pëlqen shumë, - u përgjigj ai.
- Ah! Mos ia vini veshin, zonja Bovari, - ua preu fjalën Omeu, duke u përkulur mbi pjatën e tij, - e ka thjesht nga modestia. - Pse flet kështu, i dashur! Eeh! Ju e këndonit një ditë për mrekulli të zotit "Engjëllin rojtar" në dhomën tuaj. Po ju dëgjoja që nga laboratori, e përdridhnit zërin porsi këngëtar opere.

Leoni banonte pikërisht në shtëpinë e farmacistit, ku kishte një dhomë të vogël në kat të tretë, nga ana e sheshit. Ai u skuq nga ky lavdërim që i bëri qiradhënësi i tij, i cili ishte kthyer tashmë nga mjeku dhe po i numëronte me radhë banorët kryesorë të Jonvilit. I tregonte anekdota, i jepte të dhëna. Nuk dihej me saktësi se ç'pasuri kishte noteri, ndërsa familja Tyvazh mbahej më të madh.

Ema vazhdoi:
- Po çfarë muzike ju pëlqen më shumë?
- Oh! Muzika gjermane, ajo të bën të ëndërrosh. - A i njihni autorët italianë?
- Jo akoma; por kam për t'i parë veprat e tyre vitin që vjen, kur të shkoj të banoj në Paris për të mbaruar studimet e drejtësisë.
- Siç pata nderin, - tha farmacisti, t'i tregoj dhe bashkëshortit tuaj, për të gjorin Janodë që ia ka mbathur prej këndej, falë marrëzive që bëri ai, ju keni për të marrë një nga shtëpitë më të rehatshme të Jonvilit. Gjëja më e volitshme që ka ajo në radhë të parë për një mjek, është dera nga ana e Shëtitores, nëpër të cilën mund të hysh e të dalësh pa të vënë re njeri. Pastaj ajo i ka të gjitha ato që duhen për të plotësuar dëshirat e një familjeje: vend për larje e tharje teshash, kuzhinë me aneks, sallon pritjeje, qilar për të mbajtur frutat etj. Ishte njeri që s'i dridhej dora për shpenzimet! Ndërtoi, mu në fund të kopshtit, pranë ujit, një tendë vetëm e vetëm për të pirë birrë në fresk gjatë verës, dhe bile, nëse zonjës i pëlqen

kopshtaria, ka mundësi ta ushtrojë...

- Ime shoqe s'merret fare me të, - tha Sharli, - megjithëse i këshillojnë lëvizjet fizike, asaj i pëlqen më shumë të rrijë, gjithë kohën mbyllur në dhomën e vet, duke lexuar.

- Qenka si unë, - ndërhyri Leoni, - s'ka gjë më të mirë, në fakt, sesa të rrish në mbrëmje me një libër në duar pranë zjarrit, ndërkohë që era përplaset në xhamat e dritares, dhe llamba ndrit!...

- Tamam kështu, apo jo? - i tha ajo, duke ia ngulur sytë e saj të mëdhenj e të zinj të hapur plotësisht.

- S'të bie ndër mend për asgjë, - vazhdoi ai, - orët ikin pa i ndier. Pa lëvizur fare nga vendi, endesh nëpër vise që të duket sikur i sheh me sy dhe mendimi, duke u gërshetuar me trillin harbohet nëpër hollësira ose ndjek zigzaget e aventurave. Përzihet me personazhet; të duket sikur dridhesh vetë, veshur me rrobat e tyre.

- Ashtu është! Ashtu është! - pohonte ajo.

- Ju ka rastisur ndonjëherë, - vazhdoi Leoni, - të ndeshni në ndonjë libër ndonjë mendim të turbullt që keni pasur më përpara në mend, ndonjë figurë të errësuar që ju vjen nga larg, dhe aty ju del si shfaqje e plotë e ndjenjave tuaja më të holla.

- E kam provuar këtë, - iu përgjigj ajo.

- Prandaj mua, - tha ai, - në radhë të parë më pëlqejnë poetët. Vargjet më duken më prekëse sesa proza, dhe të bëjnë më shumë për të qarë.

- Megjithatë të lodhin po e zgjate shumë me to, - ia bëri Ema, - ndërsa mua, përkundrazi, tani më magjepsin më shumë veprat që lexohen me një frymë dhe që të ngjallin frikë. I urrej heronjtë e rëndomtë dhe ndjenjat e buta, siç gjenden edhe në natyrë.

- Ashtu është, - vërejti sekretari, - ato vepra që nuk e prekin zemrën, largohen, më duket mua, nga qëllimi i mirëfilltë i artit. Sa mirë të vjen kur, mes gjithë atyre zhgënjimeve të jetës, përhumbesh pas tipareve fisnike, ndjenjave të kulluara të dashurisë dhe tablove të lumturisë! Dhe unë që jetoj këtu, larg nga bota, e kam këtë të vetmin argëtim; mirëpo sa të pakta janë mundësitë në Jonvil!

- Si në Tot, besoj, - vazhdoi Ema; - prandaj unë aty isha anëtare e rregullt e një biblioteke.

- Po të dojë zonja të më nderojë, - tha farmacisti që dëgjoi fjalët e fundit, - unë kam për të një bibliotekë me veprat e autorëve më të mirë: Volterin, Rusoin, Delilin, Uollter Skotin, Jehonën e fejtoneve etj., dhe përveç kësaj, marr organe shtypi të ndryshme, si "Fenerin e Ruanit", i cili më vjen përditë, meqë kam privilegjin të jem korrespondent i tij për zonat e Byshit Farzhës, Nëfshatelit, Jonvilit dhe rrethinat.

Po bëheshin dy orë e gjysmë që ishin ulur në tryezë, sepse shërbëtorja Artemizë që i tërhiqte zvarrë shapkat e saj prej cohe të rëndomtë mbi pllakat e dyshemesë, sillte një pjatë tani e një pastaj, i harronte të gjitha, nuk i merrte vesh porositë dhe vazhdimisht e linte hapur derën e bilardos, e cila i binte murit me majën e rrezes së saj.

Gjatë bisedës Leoni, pa e vënë re as vetë, kishte vendosur këmbën mbi një nga shkallëzat e karriges ku ishte ulur zonja Bovari. Kjo kishte vënë një kravatë të vogël prej mëndafshi blu, që ia mbante drejt, si luleshtrydhe, jakën pala-pala prej pëlhure të hollë; dhe, sipas lëvizjeve të kokës që bënte, pjesa e poshtme e fytyrës, herë i futej nën gushore, herë i dilte gjithë hijeshi. Kështu pra, gjatë kohës që Sharli bënte muhabet me farmacistin; ata, duke ndenjur pranë e pranë, hynë në një nga ato bisedat e turbullta ku sido që të vërtiten mendimet e shprehura, në epiqendër të tyre mbetet simpatia e ndërsjelltë. Shfaqjet në Paris, titujt e romaneve, kadrilet e reja, dhe shoqërinë e lartë të cilët nuk e njihnin, Totin ku kishte jetuar ajo, Jonvilin ku ishin tani, i morën të gjitha me radhë, folën për gjithçka deri sa mbaroi darka.

Kur erdhi kafeja, Felisiteja shkoi të përgatiste dhomën në shtëpinë e re, dhe pas pak, të ftuarit u ngritën e ikën. Zonja Lëfransua flinte pranë vatrës, sakaq stallieri, me pishtar në dorë, priste zotin dhe zonjën Bovari për t'i përcjellë në banesën e tyre. Flokët e kuq i ishin mbushur me fije kashte, dhe çalonte nga këmba e majtë. Si mori me dorën tjetër çadrën e zotit famullitar, u nisën që të tre.

Fshati kishte rënë në gjumë. Shtyllat e pazarit shtrinin hijet e tyre të mëdha. Toka ishte krejt e përhirtë, si në një natë vere.

Mirëpo, meqë shtëpia e mjekut ishte pesëdhjetë hapa larg hanit, u desh pothuajse menjëherë, të thoshin natën e mirë, dhe u ndanë.

Që në korridor, Ema ndjeu ftohtësinë e suvasë që i ra mbi shpatulla si ndonjë leckë e lagur. Muret ishin të reja, dhe shkallët prej druri kërcitën nga këmbët. Në dhomën e katit të dytë depërtonte nëpërmjet dritareve pa perde një dritë e zbardhët. Shquheshin ca maja pemësh dhe, pak më larg, një lëndinë e zhytur përgjysmë në mjegull, që dilte si shtëllunga-shtëllunga tymi në dritën e hënës, gjatë rrjedhës së lumit. Në mes të dhomës ishin vendosur rrëmujë sirtarë komoje, shishe, hekura perdesh, shufra të praruara, dyshekë të hedhur mbi karrige dhe legenë mbi dysheme, sepse dy hamenjtë që sollën plaçkat, i kishin lëshuar të gjitha aty pa pikë meraku.

Ishte hera e katërt që ajo flinte në një vend të panjohur. Hera e parë kishte qenë atë ditë kur hyri në manastir, e dyta kur kishte ardhur në Tot, e treta në Vobisar, dhe e katërta kjo tani; po secili prej tyre kishte zënë vend në jetën e saj si fillimi i një faze të re. Ajo nuk besonte se gjërat mund të paraqiteshin njëlloj në vende të ndryshme, dhe, përderisa pjesa e parë kishte qenë e keqe, ajo që i ngelej për të kaluar, pa dyshim, do të ishte më e mirë.

III

Të nesërmen, kur u zgjua, pa sekretarin tek sheshi. Ajo ishte me penjuar. Ai ngriti kokën dhe e përshëndeti. Ajo u përkul shpejt e shpejt dhe mbylli dritaren.

Gjithë ditën e ditës Leoni priti të vinte ora gjashtë e mbrëmjes, mirëpo, kur hyri në han, veç zotit Bine, që kishte zënë vend në tryezë, nuk gjeti njeri tjetër.

Darka e djeshme ishte për të si një ngjarje me rëndësi; deri atëherë ai s'kishte biseduar kurrë dy orë rresht me një zonjë. Si kishte mundur vallë t'i tregonte, bile me një gjuhë të ngritur, gjithë ato gjëra të cilat, më përpara s'do t'i kishte shprehur dot aq mirë? Zakonisht ishte i druajtur dhe ruante një natyrë të përmbajtur, shprehje kjo njëkohësisht turpi dhe tinëzie. Në Jonvil e mbanin për njeri të sjellshëm e për së mbari. Dëgjonte me vëmendje si arsyetonin njerëzit e pjekur, dhe nuk dukej fare i rrëmbyer në politikë, gjë e rrallë kjo për një djalë të ri. Pa kishte dhe talent në disa fusha, pikturonte me bojëra uji, merrte vesh nga muzika dhe lexonte me gjithë dëshirë letërsi pas darke, kur nuk luante letra. Zoti Ome e vlerësonte për kulturën që kishte; zonja Ome e donte për dashamirësinë që tregonte, sepse shpesh herë rrinte në kopsht me fëmijët e saj, kalamaj vazhdimisht të fëlliqur, pa pikë edukate dhe disi ngalakeqë si e ëma. Për ta kujdesej përveç shërbëtores, dhe Justini, çirak në farmaci, kushëri i largët i zotit Ome, që e kishin marrë në shtëpi për bamirësi, dhe punonte njëkohësisht si shërbëtor.

Farmacisti u tregua më i mirë nga të gjithë fqinjët e tjerë. Ai i foli zonjës Bovari për furnitorët, thërriti posaçërisht shitësin e tij të mushtit të mollëve, e provoi pijen vetë, dhe u përkujdes që fuçia të vendosej mirë në bodrum; pastaj u tregoi rrugën se si mund të blinin gjalpë me çmim të lirë, dhe ra në ujdi me Letibuduain, kujdestarin e kishës, i cili përveç detyrave të tij kishtare dhe të përmortshme, merrej edhe me mirëmbajtjen e kopshteve kryesore të Jonvilit, duke u paguar me orë ose për gjithë vitin, siç u vinte më për mbarë të interesuarve.

Farmacistin nuk e shtynte vetëm dëshira t'u bënte nder të tjerëve, mbrapa gjithë asaj përzemërsie të tepruar që tregonte ai, fshihej një plan i caktuar.

Ai kishte shkelur ligjin e datës 9 të muajit vantoz të vitit XI, që i ndalon ushtrimin e profesionit të mjekësisë çdo njeriu që nuk ka diplomë; për pasojë, Omeu, i denoncuar fshehurazi, ishte thirrur në Ruan, nga zoti prokuror i mbretit, në kabinetin e tij të veçantë. Zyrtari i lartë e kishte pritur në këmbë, veshur me togë, supet mbuluar me lëkurë hermine dhe kokën me kapelë gjykatësi. Ishte mëngjes, para fillimit të seancës gjyqësore. Në korridor dëgjoheshin çizmet e rënda të xhandarëve dhe, si ndonjë kumbim i largët, bravat e mëdha që mbylleshin. Farmacistit i ushtonin veshët aq shumë sa kujtoi se do t'i binte pika; përfytyroi birucat e nëndheshme, familjen duke u shkrirë në vaj, farmacinë të shitur, gjithë kavanozët të hapërdarë; dhe e ndjeu më se të nevojshme të hynte në një kafene ku piu një gotë rum me ujë Selci, për të marrë veten.

Pak nga pak, kujtimi i këtij paralajmërimi të rreptë iu fashit dhe vazhdoi, si më parë, të jepte këshilla të kota mjekësore në dhomën mbrapa dyqanit të tij. Mirëpo pikërisht për këtë arsye kryetari i bashkisë e kishte inat, kolegët e tij ishin ziliqarë, pra duhej të ruhej nga të gjithë; po t'i ngjitej pas zotit Bovari me servilizma, do të fitonte mirënjohjen e tij, dhe kështu ai nuk do ta bënte të gjatë në rast se vinte re gjë. Prandaj, çdo mëngjes, Omeu, i sillte atij gazetën, dhe shpesh herë, mbasditeve, shkëputej një çast nga farmacia që të shkonte të bënte muhabet me mjekun.

Sharli ishte i mërzitur: nuk po i vinin paciente. Rrinte ulur me orë të tëra, pa folur, shkonte e flinte në dhomën e vizitave ose shikonte të shoqen që qepte. Për t'u argëtuar, rropatej nëpër shtëpi si ndonjë punëtor krahu, madje u mundua të lyente hambarin me atë pak bojë që kishin lënë bojaxhinjtë. Mirëpo puna e parave e shqetësonte. Kishte shpenzuar aq shumë për rregullimet që kishte bërë në Tot, për veshjet e zonjës dhe për shpërnguljen, saqë gjithë prika, e cila shkonte më shumë se tre mijë skude, ishte rrafshuar brenda dy vjetëve. Pastaj, sa gjëra u dëmtuan ose humbën fare gjatë rrugës nga Toti në Jonvil, pa llogaritur famullitarin prej allçie, i cili, u rrëzua nga qerrja pas një tronditjeje të fortë, u bë copë e çikë mbi kalldrëmin e Kenkampuasë!

Mërzitja iu përhap nga një shqetësim më i këndshëm, shtatzania e gruas. Sa më shumë afrohej afati i lindjes, aq më tepër e donte ai atë. Midis tyre krijohej një lidhje tjetër organike, dhe një si ndjenjë e pandërprerë e një bashkimi më të ndërlikuar. Kur e shihte së largu tek ecte gjithë plogështi dhe lëvizte shtatin me ngadalë mbi ijet e saj pa korse, kur e kishte ballë për ballë dhe e sodiste më me nge, kur lëshohej e kapitur në kolltuk, ai fluturonte nga lumturia, ngrihej, e puthte, i ledhatonte fytyrën me duar, e thërriste mamakë, e ftonte të vallëzonte, dhe, nxirrte nga goja, gjysmë me të qeshur, gjysmë me të qarë, gjithfarë shakash përkëdhelëse që i vinin në mend. Shkrihej i tëri nga ëndja me mendimin që do të bëhej baba. Tani nuk i mungonte më asgjë. E njihte jetën mbarë e prapë dhe ishte shtruar në të këmbëkryq, pa e prishur terezinë fare.

Në fillim Emës i erdhi çudi e madhe, pastaj e pushtoi dëshira të çlirohej nga ajo barrë që të merrte vesh se ç'donte të thoshte të jesh nënë. Mirëpo, në pamundësi për të bërë aq shpenzime sa donte ajo, të kishte një djep si varkë, me perde të mëndafshta ngjyrëtrëndafili dhe kapuç të qëndisur, e pushtuar nga një valë hidhërimi, hoqi dorë fare nga takëmet e kalamanit, dhe i ra shkurt, duke i porositur ato te një rrobaqepëse e fshatit, pa i zgjedhur dhe pa bërë fjalë rreth tyre. Nuk u argëtua pra, me këto parapërgatitje që shtojnë dhembshurinë e nënave, dhe qysh në fillim, dashurinë për foshnjën, sikur ia zbehu diçka.

Megjithatë, meqë Sharli, sa herë që ulej e ngrihej buka, i fliste për fëmijën, s'kaloi shumë dhe ajo filloi ta kishte mendjen vazhdimisht aty.

Ajo e donte djalë; të ish i fortë e zeshkan dhe emrin ta kishte Zhorzh; dhe mendimi që të lindte një mashkull ishte për të si një shpresë për hakmarrje për gjithçka që s'kishte mundur të arrinte vetë në të kaluarën. Djali, të paktën, është i lirë; ai mund të kënaqë pasionet e veta e të bredhë nëpër vende të ndryshme, të kapërcejë pengesat, të shijojë lumturitë më të paarritshme. Ndërsa vajza s'ka nga t'ia mbajë gjithë jetën. E ngordhur dhe delikate njëkohësisht, ajo duhet të përballojë edhe dobësitë e trupit të vet edhe nënshtrimin ndaj ligjit. Vullneti, ashtu si velloja e kapelës të saj që mbahet me një copë lidhëze, i lëkundet nga të fryjë era, gjithmonë e tërheq ndonjë dëshirë, gjithmonë e mban në vend ndonjë normë. Lindi një ditë të diel, rreth orës gjashtë, kur po dilte dielli.

- Vajzë! - tha Sharli.

Ajo ktheu kokën nga ana tjetër dhe i ra të fikët.

Pothuajse në çast mbërriti me vrap zonja Ome që e puthi, si dhe zonja

Lëfransua nga Luani i artë. Farmacisti si njeri i matur, vetëm sa e përgëzoi aty për aty, që nga dera gjysmë e hapur. Deshi të shihte foshnjën dhe tha se kishte lindur shumë e mbarë.

Gjatë kohës së lehonisë, ajo e vrau shumë mendjen për t'i gjetur një emër së bijës. Në fillim kujtoi gjithë emrat me mbaresa italisht, si Klara, Luiza, Armanda, Atala; i pëlqente mjaft emri Galsenda dhe më shumë akoma Izelta apo Leokadi. Sharli kishte dëshirë të quhej si e ëma; Ema nuk pranonte. Shfletuan kalendarin nga fillimi në fund, bile panë dhe ata të huajt.

- Zoti Leon, - thoshte farmacisti, - me të cilin bisedoja një ditë për këtë çështje, çuditet se si nuk ia vini emrin Madlenë, që tani është jashtëzakonisht në modë.

Mirëpo e ëma e Sharlit u ngrit me të madhe kundër këtij emri mëkatareje. Ndërsa zotit Ome i pëlqenin më shumë gjithë ata emra që të kujtonin ndonjë njeri të shquar, ndonjë vepër të rrallë ose ndonjë mendim fisnik, bile dhe fëmijët e vet i kishte pagëzuar duke iu përmbajtur këtij parimi. Kështu për shembull Napoleoni simbolizonte lavdinë dhe Franklini lirinë; Irma ishte ndoshta një lëshim ndaj romantizmit; kurse Atalia ishte për nder të kryeveprës më të pavdekshme të skenës franceze. Sepse atij, bindjet filozofike që kishte, nuk i bëheshin pengesë për dobësinë që ndiente ndaj artit, mendimi nuk ia ndrydhte aspak ndjeshmërinë; ai dinte ta bënte dallimin midis tyre, të merrte parasysh si imagjinatën edhe fanatizmin. Idetë e kësaj tragjedie, për shembull, i dënonte, por stili i saj e linte pa mend; i urrente konceptimin, por i çmonte të gjitha hollësitë, dhe i kishte inat personazhet, në një kohë që ligjëratat e tyre e bënin për vete. Kur lexonte pjesët e përmendura të saj, ngazëllehej i tëri, por kur mendonte se klerikët i shfrytëzonin pozitat që kishin vetëm e vetëm për interesat e tyre, e pushtonte trishtimi, dhe në këtë lëmsh ndjenjash që e ngatërronin më keq, i vinte njëkohësisht edhe ta kurorëzonte Rasinin me duart e tij edhe të bisedonte shtruar me të një copë herë të mirë.

Emës, më në fund, i ra ndër mend se kur kishte qenë në kështjellën e Vobisarit, kishte dëgjuar markezën që thërriste një të re me emrin Berta; qysh nga ai çast u vendos ta quanin të bijën me këtë emër dhe, meqë xha Ruoi s'vinte dot, iu lutën zotit Ome të bëhej nun. Si dhurata, ai solli nga të gjitha prodhimet e farmacisë së tij, domethënë: gjashtë kuti me hide, një kavanoz plot me hasude, tri kofina me brumë mullage dhe, përveç këtyre, gjashtë shufra sheqeri të kristalizuara që i kishte gjetur në një dollap. Në mbrëmjen e ceremonisë së pagëzimit u shtrua një darkë e madhe; aty ishte edhe famullitari; që të gjithë u ndezën mirë. Kur erdhi koha e pijeve tretëse, zoti Ome ia mori këngës "Zoti i njerëzve të mirë". Zoti Leon këndoi një këngë lundërtarësh venecianë, dhe zonja Bovari, nëna, që ishte edhe kumbarë - një romancë të kohës së Perandorisë; më në fund, zoti Bovari, babai, kërkoi ta zbrisnin poshtë foshnjën, dhe nisi ta pagëzonte me një gotë shampanjë që ia hidhte nga lart mbi kokë. Abat Burnizieni u skandalizua nga kjo e tallur me sakrementin më të rëndësishëm; xha Bovariu iu përgjigj me një citat nga poema "Lufta e perëndisë" , famullitari deshi të ikte, mirëpo zonjat iu lutën shumë që të rrinte, ndërhyri dhe Omeu, e kështu arritën ta ulnin klerikun, i cili e mori përsëri qetë-qetë nga pjata filxhanin me kafe që e kishte lënë përgjysmë.

Zoti Bovari, babai, ndenji edhe një muaj në Jonvil, banorët e të cilit i mahniti me një kapelë policësh shumë të bukur me shirita të argjendtë, që e vinte në mëngjes kur shkonte të pinte duhan me llullë te sheshi. Meqë i ishte bërë zakon gjithashtu të pinte shumë raki, shpesh herë dërgonte shërbëtoren te Luani i artë t'i blinte një shishe, që e vinin për llogari të të birit; dhe harxhoi gjithë kolonjën e nuses për të parfumuar shallet e tij.

Ajo nuk mërzitej fare me të. Ai ishte njeri i bredhur: i fliste për Berlinin, Vjenën, Strasburgun, për kohën kur kishte qenë oficer, për dashnoret që kishte pasur, për drekat e rënda ku kishte marrë pjesë, pastaj tregohej i dashur me të, bile nganjëherë në shkallë a në kopsht, e kapte për beli duke bërtitur:

- Ki mendjen, Sharl!

Atëherë nëna Bovari u tremb për lumturinë e të birit, dhe nga frika se mos i shoqi, me kalimin e kohës ushtronte ndikimin e tij imoral në mendimet e nuses, nxitoi ta shpejtonte nisjen. Ndoshta shqetësohej dhe nga diçka më e rëndë se kaq. Prej zotit Bovari mund të pritej gjithçka.

Një ditë Emës se si i hipi përnjëherësh ta shihte vogëlushen e saj, që e kishte çuar ta mbante me gji e shoqja e zdrukthëtarit, dhe pa e parë fare kalendarin në vazhdonin akoma gjashtë javët e shën Mërisë, u nis drejt e te banesa e Rolesë, që ndodhej në fund të fshatit, rrëzë kodrës, midis rrugës kryesore dhe lëndinave.

Ishte mesditë; shtëpitë i kishin kanatet të mbyllura, dhe çatitë e mbuluara me rrasa, që shkëlqenin nga drita e fortë e qiellit të kaltër, dukeshin sikur nxirrnin shkëndija nga majat e kulmeve të tyre. Frynte një erë e rëndë. Emën e lanë fuqitë nga të ecurit; e vrisnin guriçkat e trotuarit; një mendje i thoshte të kthehej në shtëpi, a të hynte gjëkundi për t'u ulur.

Në atë çast doli nga një derë aty afër zoti Leon, me një tufë letrash nën sqetull. Ai u afrua ta përshëndeste dhe u fut në hije, para dyqanit të Lëresë, poshtë tendës së përhirtë që shtrihej përpara.

Zonja Bovari i tha se po shkonte të shikonte fëmijën, mirëpo e ndiente veten të këputur.

- Po sikur..., - nisi të thoshte Leoni pa guxuar të vazhdonte më tej. - Keni gjë punë në ndonjë vend? - e pyeti ajo.

Dhe me t'iu përgjigjur sekretari se ishte i lirë, ajo iu lut ta shoqëronte. Që atë mbrëmje këtë e mori vesh gjithë Jonvili, dhe zonja Tyvazh, e shoqja e noterit, tha në prani të shërbëtores së saj se zonja Bovari po e njolloste veten.

Për të shkuar deri te taja, duhej të ktheheshe në fund të rrugës majtas, në drejtim të varrezave, dhe pastaj, midis shtëpive të vogla dhe oborreve, të vazhdoje nëpër një shteg të ngushtë, i mbjellë në të dy anët me voshtra. Këto kishin çelur lule, po kështu dhe veronikat, trëndafilat e egër, hithrat si dhe manaferrat e vogla që ngriheshin përmbi shkurre. Nga vrimat e gardheve, të zinin sytë, para karakatinave, ndonjë derr mbi pleh, ose lopë të lidhura, që fërkonin brirët pas trungut të pemëve. Ata që të dy ecnin krah për krah me ngadalë, ajo mbështetej tek ai, dhe ai e ndalonte hapin duke e llogaritur me të sajin; para tyre fluturonte një luzmë mizash, duke zukatur nëpër ajrin e nxehtë.

E njohën shtëpinë nga një arrë e vjetër që i bënte hije. E ulët dhe e mbuluar me tjegulla të murrme, ajo kishte poshtë baxhës së papafingos një varg qepësh të varura përjashta. Leha katrore e mbjellë me sallatë të njomë, me ca rrënjë trumze të butë, si dhe me bizele të çelura të mbështetura mbi hunj, ishte e rrethuar me thupra, të ngulura në këmbë, që qëndronin pas gardhit me ferra. Uji i pistë rridhte duke u përhapur mbi bar, dhe rreth e rrotull kishte lecka që s'merreshin vesh se ç'ishin: çorape të thurura, një këmishë basme e kuqe dhe një çarçaf i madh prej pëlhure të trashë i nderur për së gjati mbi gardh. Si dëgjoi zhurmën e trinës, taja doli, me një foshnjë në krah që pinte sisë. Me dorën tjetër mbante një kalama të mjerë e të dobët, me një fytyrë gjithë puçrra, i biri i një shitësi trikotazhesh nga Ruani, të cilin prindërit e vet tepër të zënë me punë, e linin në fshat.

- Hyni, - tha ajo, - vogëlushja juaj po fle aty.

Në fund të dhomës përdhese, e vetmja në gjithë banesën,

ishte mbështetur pas murit një shtrat i gjerë pa perde, ndërsa një magje zinte njërën anë të dritares, e cila një xham e kishte të ngjitur me letër të kaltër të tejdukshme. Në qoshe, mbrapa derës, ishin vënë rresht poshtë gurit të govatës, këpucë me qafa me gozhdë të shndritshme, pranë një shisheje plot me vaj që kishte në grykë një pendë; mbi oxhakun gjithë pluhur, midis saçmave, fundërrinave të qirinjve dhe copave të eshkës, ishte hedhur një kalendar i Matjë Lensbergut. Dhe salltaneti i fundit i kësaj strehe ishte një Famë që u binte borive, figurë e prerë kjo me sa duket nga ndonjë reklamë parfumesh dhe që ishte mbërthyer në mur me gjashtë thumba këpucësh.

Fëmija e Emës flinte në një djep të thurur me thupra shelgu, i vendosur përdhe. Ajo e mori me gjithë batanijen me të cilën ishte mbështjellë dhe filloi t'i këndonte me ngadalë duke u lëkundur sa andej-këndej.

Leoni shëtiste nëpër dhomë; atij i vinte çudi tek shihte këtë zonjë të bukur, veshur me fustan nankini në mes gjithë këtij mjerimi. Zonja Bovari u skuq në fytyrë; ai ktheu kokën nga ana tjetër, duke menduar se mos shikimi i tij e bëri me turp. Pastaj ajo e shtriu përsëri në djep vogëlushen, që sapo kishte vjellë mbi grykashkën e saj. Taja erdhi menjëherë ta fshinte, duke e siguruar se nuk do të mbetej njollë.

- Sa herë më fëlliqet kjo mua kështu e më keq akoma, - tha ajo, - dhe unë s'bëj gjë tjetër veçse e laj e shpëlaj orë e pa kohë! Ju lutem pra, kini mirësinë të porositni Kamynë, bakallin, që të më japë pak sapun kur të kem nevojë. Do të ishte më e volitshme edhe për ju, sepse s'kam për t'ju shqetësuar më. - Mirë, mirë! - tha Ema. - Mirupafshim zonja Role.

Dhe ajo doli duke fshirë këmbët mbi pragun e derës.

Gruaja e shkretë e përcolli deri në fund të oborrit, duke i thënë se sa vështirë e kishte të çohej natën.

- Jam aq e dërrmuar nganjëherë sa më zë gjumi mbi karrige; prandaj të paktën duhet të më jepni ca kafe të bluar, sa për një muaj që ta pi çdo mëngjes me qumësht.

Pasi duroi gjithë ato të falënderuara që s'kishin të mbaruar, zonja Bovari u largua; por, sa bëri disa hapa nëpër shteg, dëgjoi një zhurmë nallanesh dhe ktheu kokën: ishte taja!

- Si është puna?

Atëherë fshatarja, si e hoqi mënjanë mbrapa një vidhi, zuri t'i fliste për të shoqin, i cili, me zanatin që kish dhe me

gjashtë franga në vit që kapiteni...
- Soseni më shpejt, - i tha Ema.
- Po ja! - vazhdoi taja duke psherëtirë pas çdo fjale, - kam frikë se mos mërzitet kur të më shohë që pi kafe vetëm; ju e dini si janë burrat...
- Përderisa do t'ju siguroj juve, - përsëriti Ema, - do t'ju jap edhe për të!... Po më bezdisni!
- Për fat të keq, moj zonjë e dashur, atë e zënë në gjoks edhe ca ngërçe të tmerrshme nga plagët që ka marrë. Thotë bile se e dobëson edhe mushti i mollëve.
- Po nxirreni të shkretën, zonja Role!
- Ja, si të them, vazhoi kjo duke u përkulur në shenjë nderimi, - po qe se nuk e teproj që t'ju kërkoj..., - ajo e përshëndeti dhe një herë, - kur t'ju vijë për mbarë, - dhe shikimi i saj mori një pamje lutëse, - një brokë të vogël me raki, - i tha ajo më në fund, - do t'i fërkoj dhe vogëlushes suaj këmbët, që i ka të njoma si gjuha.

Si u shqit nga taja, Ema ia futi përsëri krahun zotit Leon. Një copë herë eci me të shpejtë, pastaj e ngadalësoi hapin dhe shikimi, që e kishte drejtuar përpara, ndeshi papritur te supi i djaloshit, i cili e kishte redingotën me jakë kadifeje të zezë. Përsipër saj binin flokët gështenjë, të lëpirë dhe krehur mirë. Asaj i ranë në sy thonjtë e tij, që ishin më të gjatë nga ç'i mbanin në Jonvil. Sekretari, ndër të tjera, kujdesej për to me merak të madh dhe për këtë qëllim kishte një sojak të posaçëm që e ruante në kutinë e penave.

U kthyen në Jonvil duke ecur buzë lumit. Gjatë stinës së nxehtë, bregu i pjerrët zgjerohej më shumë duke nxjerrë në pah, deri në themele, muret e kopshteve, të cilët kishin nga një shkallë me disa shkelëzë që zbrisnin deri poshtë në lumë. Ky rridhte pa zhurmë, i shpejtë dhe i ftohtë me sa shihej me sy; mbi të përkuleshin fije të gjata e të holla bari të përziera së bashku, sipas rrymës të ujit që i shtynte, dhe shtriheshin në kthjelltësinë e tij si floknaja të gjelbra të braktisura. Nganjëherë, ecte ose qëndronte në majë të xunkthave ose mbi fletën e zambakëve të ujit ndonjë insekt këmbëhollë. Dielli i përshkonte tejpërtej me rrezet e tij flluskat e kaltra të valëve që vinin njëra pas tjetrës duke plasur; shelgjeve të vjetra të krasitura u pasqyrohej në ujë lëvozhga ngjyrë hiri; përtej lumit, rreth e përqark, livadhi dukej i shkretë. Ishte ora kur nëpër ferma hanin drekë dhe nusja e re me shokun e saj s'dëgjonin gjë tjetër veçse zhurmën ritmike të hapave të tyre mbi dheun e shtegut, fjalët që shkëmbenin me njëri-tjetrin si dhe fërfëritjen e fustanit të Emës që frushullonte përreth saj.

Muret e kopshteve, gjithë copa shishesh gjatë tërë pjesës së sipërme, përvëlonin si xhama sere. Midis tullave kishin mbirë rrepa të egra dhe, zonja Bovari, tek ecte, u shkërmoqte me cepin e çadrës së saj të hapur lulet e vyshkura që shkundin pluhurin e tyre të verdhë, ose ndonjë degë luleje blete dhe kulpre që varej, përjashta, e cila zvarritej një çast mbi copën e mëndafshtë, ngjitur pas thekëve të saj.

Ata po bisedonin për një trupë valltarësh spanjollë, që pritej të vinte së shpejti në teatrin e Ruanit.

- Do të shkoni ta shihni? - e pyeti ajo. - Po munda, - u përgjigj ai.

Vallë s'kishin gjë tjetër për t'i thënë njëri-tjetrit?

Sidoqoftë sytë e tyre flisnin për një bisedë më të rëndësishme; dhe, ndërsa përpiqeshin të gjenin fjalë të rëndomta, e ndienin se po i pushtonte e njëjta topitje që të dy; ajo ishte si një pëshpëritje e shpirtit, e thellë, e vazhdueshme, që dilte mbi atë të zërave të tyre. Të befasuar nga habia që u shkaktonte kjo ëndje e re, atyre as që u shkonte mendja t'i tregonin njëri-tjetrit atë që ndienin apo të zbulonin arsyen e saj. Lumturitë e ardhshme, ashtu si brigjet tropikale, e hedhin në hapësirën e pafundme që shtrihet përpara, plogështinë e tyre të lindur, si një fllad erëkëndshëm, dhe zhytesh në këtë dehje përgjumësh pa e vrarë mendjen për horizontin që nuk duket fare.

Toka, në një vend, ishte shembur nga këmbët e bagëtive; atyre iu desh të ecnin mbi gurë të mëdhenj, që kishin zënë vend aty-këtu nëpër baltë. Shpesh, ajo ndalej një çast për të parë se ku do ta vinte këmbën e mbathur me këpucë me qafa, dhe, duke u luhatur mbi gurin që lëkundej nga pesha e saj, ajo, me bërryla të ngritur përpjetë, me shtat të përkulur, me shikim të turbullt, qeshte nga frika se mos binte në pellgjet me ujë.

Kur mbërritën para kopshtit të saj, zonja Bovari shtyu derën e vogël, ngjiti shkallët me nxitim dhe nuk u pa më.

Leoni u kthye në zyrë. Noteri nuk ishte aty; ai u hodhi një

sy dosjeve, pastaj mprehu penën, mori kapelën dhe doli.

Shkoi në kullotë, majë kodrës së Argëlit, në të hyrë të pyllit; u shtri përtokë nën bredha dhe vështroi qiellin nëpërmjet hapësirës midis gishtërinjve të tij. - Sa i mërzitur që jam! - thoshte ai me vete, - sa i mërzitur që jam!

I dukej se ishte katandisur për t'i qarë hallin në këtë fshat, ku gjithë-gjithë kishte mik Omeun dhe mjeshtër Gijomenin. Ky i fundit, vazhdimisht i zënë me punë, me syza me bishta të artë dhe me favorite të kuqe dhe kravatë të bardhë, s'ia thoshte fare nga ndjeshmëritë e shpirtit, ndonëse mbahej si kreko sipas stilit anglez, aq sa në fillim sekretari u mahnit. Sa për të shoqen e farmacistit, s'gjeje bashkëshorte më të mirë në Normandi, e butë si dele, përgjërohej për fëmijët, për të atin, për të ëmën, për kushërinjtë, vajtonte fatkeqësitë e të tjerëve, duke i lënë pas dore punët e shtëpisë, dhe i urrente korsetë; - mirëpo ishte aq e plogësht në lëvizje, aq e mërzitshme kur e dëgjoje, me tipare aq të rëndomta dhe po me të njëjtat biseda, saqë edhe pse ishte tridhjetë vjeçe, dhe ai njëzet, edhe pse i kishin ngjitur dyert e dhomave ku flinin, dhe fliste me të ditë për ditë, atij as i kishte shkuar mendja ndonjëherë se ajo mund të ishte grua për burrë, as të kish nga seksi i saj gjë tjetër veç fustanit.

Pastaj, kush ishte tjetër aty? Bineu, disa tregtarë, dy a tre banakierë, famullitari, dhe së fundi zoti Tyvazh, kryetari i bashkisë, me dy djemtë e tij, njerëz të kamur, nopranë, kokëtrashë, që i lëronin vetë arat e tyre, dendeshin me të ngrëna e të pira brenda familjes, madje ishin besimtarë dhe të padurueshëm në shoqëri.

Mirëpo mes këtyre fytyrave me tipare të rëndomta spikaste ajo e Emës që, ndërkaq, shkëputej e vetmuar dhe më e largët; sepse ai ndiente se midis asaj dhe vetes së tij kishte humnera të errëta.

Në fillim, ai shkoi në shtëpinë e saj disa herë bashkë me farmacistin. Sharli nuk e kishte pritur me ndonjë interesim të veçantë dhe Leoni nuk dinte nga t'ia mbante, nga një anë kishte frikë se mos linte përshtypjen e një njeriu të bezdisshëm, nga ana tjetër dëshironte të kishte një miqësi të ngushtë, e cila i dukej pothuaj e paarritshme.

IV

Që në ditët e para të të ftohtës, Ema iku nga dhoma e vet dhe u vendos në sallonin e ndenjjes, që ishte një odë e gjatë me tavan të ulët, me një skelet të dendur polipi mbi oxhak, i nderur pranë një pasqyre. Ulur në kolltuk afër dritares, ajo shikonte banorët e fshatit që ecnin në trotuar.

Leoni shkonte dy herë në ditë nga zyra te Luani i artë. Ema që së largu e dëgjonte kur vinte; ajo përkulej duke mbajtur vesh; ndërsa djaloshi futej shkarazi pas perdes, gjithmonë i veshur njëlloj dhe pa e kthyer kokën fare. Mirëpo, në buzëmbrëmje, kur ajo, me mjekër mbështetur mbi pëllëmbën e dorës së majtë, e kishte hedhur mbi preher qëndisjen që kishte filluar, shpesh herë dridhej e tëra sa shihte atë hije që rrëshqiste. Menjëherë çohej dhe urdhëronte që të shtronin tryezën.

Zoti Ome vinte në kohën e darkës. Me kapuçin e tij të rrafshët në dorë, ai hynte pa u ndier që të mos shqetësonte njeri dhe duke përsëritur gjithmonë të njëjtat fjalë: "Mirëmbrëma të gjithëve!" Pastaj, si ulej në vendin e tij, pranë tryezës, në mes të dy bashkëshortëve, e pyeste mjekun për të sëmurët, dhe ky këshillohej me të për shpërblimin që mund të merrte. Pas kësaj, bisedonin për ato që kishte gazeta. Në atë orë Omeu e dinte pothuajse përmendsh dhe tregonte të plotë gjithë përmbajtjen e saj pa i shpëtuar vërejtjet e redaksisë dhe përshkrimet e fatkeqësive që kishin ndodhur në Francë apo në vende të tjera. Mirëpo si shteronte tema e bisedës, ai nuk vononte të bënte ndonjë vërejtje për gjellët e shtruara. Nganjëherë bile, duke u ngritur përgjysmë, i tregonte gjithë kujdes zonjës pjesën më të butë të mishit, ose, duke u kthyer nga shërbëtorja, i jepte këshilla për gatimin e raguve dhe për përdorimin e erëzave e salcave; për aromën, për nënproduktet e mishit, lëngjet dhe xhelatinën, fliste aq bukur sa të mahniste. Madje Omeu, që e kishte kokën më të mbushur me receta nga ç'ishte farmacia e tij me kavanoza, s'e kishte shokun në përgatitjen e lloj-lloj recetave, uthullave dhe likereve të ëmbla, dhe njihte gjithashtu shpikjet e fundit të sobave ekonomike si dhe mjeshtërinë e ruajtjes së djathërave dhe të trajtimit të verërave të dobëta.

Në orën tetë vinte Justini që e kërkonte për të mbyllur

farmacinë. Zoti Ome e shikonte me një sy qesëndisës, sidomos po të ndodhej aty Felisiteja, sepse e kishte vënë re që çirakut të tij i pëlqente të dukej në shtëpinë e mjekut.

- Këtij qerratait tim, - thoshte ai, - çoç ka filluar t'i pjellë mendja dhe më duket se, dreqi ta marrë, ka rënë në dashuri me shërbëtoren tuaj.

Mirëpo e meta më e madhe e tij, për të cilin ai e qortonte, ishte se dëgjonte vazhdimisht bisedat. Të dielave për shembull, ishte e pamundur ta nxirrje nga salloni, kur e thërriste zonja Ome për t'i marrë fëmijët, që i kishte zënë gjumi nëpër kolltukë dhe që tërhiqnin me shpinë mbulesat tepër të gjera prej kambriku.

Këtyre mbrëmjeve që organizonte farmacisti nuk vinin shumë veta, sepse mjaft njerëz të ndryshëm të nderuar i ishin larguar njëri pas tjetrit prej shpifjeve që bënte dhe mendimeve politike që kishte. Sekretari ishte gjithmonë i pranishëm aty. Sa dëgjonte zilen, vraponte t'i dilte përpara zonjës Bovari, i merrte shallin, dhe pantoflat e mëdha me thekë që i vinte mbi këpucë, kur binte dëborë, ia vinte mënjanë, poshtë tryezës së farmacistit.

Në fillim bënin ca duar tridhjetë e njësh; pastaj zoti Ome luante me Emën ekarte, Leoni që rrinte mbrapa saj, i jepte këshilla. Ashtu në këmbë dhe me duar mbështetur mbi shpinën e karriges së saj, ai i vështronte dhëmbët e krehrit që ishin ngulur në topuz. Në çdo lëvizje që bënte për të hedhur letrat, i ngrihej fustani nga ana e djathtë. Nga flokët e saj të mbledhur i zbriste një si ngjyrë e murrme mbi shpinë, që vinte duke u zbehur shkallë-shkallë derisa shuhej krejtësisht në errësirë. Ndërsa fustani i varej nga të dy anët mbi ndenjëse, i fryrë, plot me pala dhe shtrihej deri përtokë. Nganjëherë kur Leoni e ndiente se po ia vinte përsipër fustanit tabanin e çizmes, mënjanohej rrëmbimthi sikur t'i kishte shkelur këmbët ndokujt.

Si mbaronte loja me letra, farmacisti dhe mjeku luanin domino, kurse Ema, pasi ndërronte vend, mbështetej me bërryla mbi tryezë që të shfletonte Ilustrimin. E sillte me vete këtë revistë mode. Leoni ulej pranë saj; shikonin së bashku riprodhimet dhe prisnin njëri-tjetrin në fund të çdo faqeje para se ta kthente ajo. Shpesh herë ajo i lutej t'i recitonte vargje; Leoni ia deklamonte me një zë të zvargur që e veniste qëllimisht gjithë kujdes gjatë strofave të dashurisë. Mirëpo e bezdiste zhurma e dominove; zoti Ome ishte i fortë në këtë lojë, Sharlin e mundte gjithmonë me dopjo gjashtë. Pastaj, si mbylleshin të treqind pikët, shtriheshin që të dy pranë vatrës dhe pas pak i zinte gjumi. Zjarri fikej në hi, çajniku ishte bosh; Leoni vazhdonte të lexonte. Ema e dëgjonte duke rrotulluar, pa e pasur mendjen aty, abazhurin e llambës, mbi tubin e të cilit ishin pikturuar palaço hipur mbi karroca dhe pehlivanë mbi litarë me shkopinj ekuilibri në duar. Pastaj Leoni pushonte, duke i treguar asaj me shenjë spektatorët që ia kishin futur gjumit; atëherë ata flisnin me zë të ulët, dhe biseda që bënin u dukej edhe më e ëmbël, sepse nuk i dëgjonte njeri tjetër.

Kështu u vendos midis tyre njëfarë ortakërie, një shkëmbim i vazhdueshëm librash dhe romancash; zotit Bovari që s'ishte aq xheloz, nuk i bënte përshtypje.

Kur kishte ditëlindjen, atij i dërguan një kokë të bukur frenologjike, të shënuar cep më cep deri në kraharor me shifra dhe të lyer me bojë të kaltër. Për këtë kishte pasur merak sekretari dhe s'e kishte të vetmin. Ai kishte shumë të tjera, aq sa shkonte e i kryente porositë në Ruan; dhe kur romani i ndonjë shkrimtari nxirrte në modë kaktuset, Leoni blinte nga to për zonjën dhe i sillte meDallëndyshen duke e mbajtur vetë mbi gjunjë dhe duke shpuar gishtërinjtë me gjembat e tyre të ashpër.

Ajo kërkoi t'i vendosnin në parvazin e jashtëm të dritares një dërrasë me listela për të mbajtur vazot që i kishte dhuruar ai. Po edhe sekretari sajoi kopshtin e tij të vogël varur në dritare dhe duke u kujdesur për lulet që kishin shkëmbyer, ata shikonin njëri-tjetrin.

Ndër dritaret e shtëpive të fshatit, kishte një që ishte e zënë edhe më shpesh; sepse, çdo të diel, nga mëngjesi deri në darkë, dhe çdo mbasdite po të ishte koha e mirë, dukej në baxhën e papafingos profili thatim i zotit Bine, i përkulur mbi torno Laruo, gërgërima monotone e së cilës dëgjohej deri tek Luani i artë.

Një mbrëmje, kur u kthye në shtëpi, Leoni gjeti në dhomën e tij një qilim prej pellushi dhe leshi, me gjethe të endura mbi një fushë të zbehtë; thirri zonjën Ome, zotin Ome, Justinin, fëmijët, kuzhinieren, i tha edhe mjeshtrit të tij; të gjithë patën dëshirë ta shihnin këtë qilim; përse vallë e shoqja e mjekut tregohej kaq bujare ndaj sekretarit? U çuditën të gjithë, dhe më në fund menduan se ajo duhej të ishte thjesht mikja e tij e ngushtë.

Ai vetë u jepte shkas ta merrnin si të tillë, sepse vazhdimisht fliste hapur aq shumë për nurin dhe zgjuarsinë e saj saqë një herë Bineu ia ktheu shumë ashpër: - Ç'më hyn në hesap mua, kur s'rri me të!

Ai vuante shpirtërisht duke vrarë mendjen se si t'ia shfaqte dashurinë; dhe gjithmonë i pavendosur nga frika se mos e fyente dhe nga turpi që tregohej aq i dobët, qante i dëshpëruar dhe zemërzhuritur. Pastaj merrte vendime të vrullshme; shkruante letra që i griste, caktonte ditë që i shtynte e matanshtynte. Shpesh nisej me mendje se nuk do të tutej nga asgjë; mirëpo kjo vendosmëri i binte shumë shpejt në prani të Emës, dhe, kur Sharli, që vinte papritur, e ftonte të hypte në kaloshinin e tij, për të vizituar ndonjë të sëmurë në rrethina, ai pranonte menjëherë, përshëndeste zonjën dhe dilte jashtë. A s'ishte vallë i shoqi një pjesë e saj?

Përsa i përket Emës, ajo as që ia bënte pyetjen vetes për të ditur në e donte apo jo. Dashuria, mendonte ajo, duhej të vinte përnjëherësh, me shpërthime të fuqishme e me shkreptima - si stuhi qiellore që bie mbi jetë, që e trondit atë, i shkul dëshirat si gjethet e pemëve dhe i vërvit zemrat në humnerë. Ajo nuk e dinte që ullukët ishin të zënë, shiu bënte pellgje të mëdhenj me ujë mbi tarracat e shtëpive, dhe kështu rrinte e qetë derisa, papritur, i zunë sytë një plasaritje në mur.

V

Ishte një e diel shkurti, një mbasdite që binte dëborë. Që të gjithë, zoti dhe zonja Bovari, Omeu dhe Leoni kishin shkuar, në një luginë, një gjysmë lege nga Jonvili, për të parë një fabrikë për tjerrjen e lirit, në ndërtim e sipër. Farmacisti kishte marrë me vete Napoleonin dhe Atalinë, që të stërviteshin në ecje, ndërsa Justini i shoqëronte, duke mbajtur çadrat mbi sup.

Në të vërtetë, s'kishte gjë më të rëndomtë se ky objekt

kureshtjeje. Ishte një godinë e gjatë katërkëndëshe me shumë dritare të vogla që ngrihej mes një hapësire të madhe toke të zbrazët, ku midis ca pirgjeve rëre e zhavori, ndodheshin ca rrota ingranazhi të stivuara lëmsh dhe të ndryshkura para kohe. Ajo s'kishte mbaruar akoma së ndërtuari dhe ndërmjet trarëve të pullazit shihej qielli. Kordelet tringjyrëshe të një tufe kashte të përzier me kallinj, lidhur pas shtyllës kryesore të kulmit, valëviteshin nga era.

Omeut s'i pushonte goja. Ai i shpjegonte shoqërisë se ç'rëndësi do të kishte në të ardhmen kjo fabrikë, llogariste rezistencën e dyshemeve, trashësinë e mureve, dhe i vinte shumë keq që s'i ndodhej një metër si ai që përdorte zoti Bine për nevojat e veta.

Ema që ishte kapur pas krahut të tij, i mbështetej nga pak në sup, dhe shikonte diskun e diellit që rrezatonte diku larg, në mjegull, prarimin e tij mahitës; pastaj ajo ktheu kokën: Sharli ishte mu aty. Kasketën e kishte rrasur mbi sy, dhe buzët e trasha i dridheshin lehtë, duke i dhënë fytyrës një pamje prej budallai, as shpina e tij e qetë s'i shihej me sy, dhe aty mbi redingotë, asaj i shfaqej gjithë bajatia e qenies së tij.

Ndërsa ajo e këqyrte me një lloj kënaqësie të zvetënuar që i vinte nga mllefi, Leoni iu afrua. I zbehur nga të ftohtët, fytyra i ngjante më e hijshme në molitjen e saj; nga jaka e këmishës, paksa e çlirët, aty midis kravatës dhe qafës, i shihej lëkura; përmbi një tufë flokësh i dilte maja e veshit, dhe Emës syri i tij i madh i kaltër, ngritur nga retë, iu duk më i kthjellët dhe më i bukur sesa liqenet malore, pasqyra të qiellit.

- O, i shkreti ti! - Bërtiti papritmas farmacisti:

Dhe vrapoi tek i biri, i cili sapo ishte hedhur me këmbë mbi një tog gëlqereje për të lyer këpucët me të bardhë. Qortimeve të pareshtura, Napoleoni nisi t'u përgjigjej me ulërima, ndërkohë që Justini i fshinte këpucët me një copë qerpiç. Mirëpo vetëm thika mund të bënte punë, Sharli nxori të vetën.

- Obobo! - tha ajo me vete, - na mbaka dhe thikë në xhep, si ndonjë copë katundar.

Po binte bryma, dhe ata u kthyen në Jonvil.

Në mbrëmje, zonja Bovari, nuk shkoi te fqinjët dhe, si iku Sharli, dhe e ndjeu veten vetëm, iu shfaq përsëri krahasimi me gjithë qartësinë e një ndjenje pothuajse të befasishme dhe me atë pamje të përzgjatur që marrin objektet kur i sjell ndër mend. Duke soditur nga krevati i saj zjarrin e ndezur flakë, asaj i dilte ende para syve Leoni, si të qe aty, në këmbë, duke përkulur me një dorë shkopin e vogël elastik dhe duke mbajtur me dorën tjetër Atalinë, e cila thithte qetë-qetë një copë akulli. Ai i dukej asaj mrekullia vetë; s'i hiqej mendja prej tij; iu kujtuan sjelljet e tij ditët e tjera, fjalët që kishte thënë, tingulli i zërit, gjithë qenia e tij dhe, duke i nxjerrë buzët përpara si për puthje, përsëriste:

"Po, po, mrekullia vetë! Mrekullia vetë!... Nuk dashuron njeri"? - pyeti ajo veten. - "Cilën pra?... Po ja, mua?"

Të gjitha iu shfaqën parasysh njëkohësisht dhe zemra i kërceu në kraharor. Mbi tavan vallëzonte një ndriçim i ngazëllyer që vinte nga flaka e oxhakut; ajo u kthye mbi shpinë duke shtrirë krahët.

Dhe filloi vajtimin e përjetshëm: "Oh! Sikur të kishte dashur zoti! Pse jo, xhanëm? Ç'dreq fati që s'..."

Kur u kthye Sharli, në mesnatë, ajo bëri sikur u zgjua nga gjumi, dhe u ankua nga dhimbja e kokës ngaqë ai bënte zhurmë duke hequr rrobat; pastaj e pyeti si pa ndonjë interes të veçantë se si e kishin kaluar mbrëmjen.

- Zoti Leon, - i tha ai, - u ngjit herët në dhomën e tij.

Ajo vuri vetvetiu buzën në gaz dhe e zuri gjumi me shpirtin të pushtuar nga një magjepsje e re.

Të nesërmen, në buzëmbrëmje, priti për vizitë zotin Lërë, një tregtar artikujsh mode. Ç'njeri i hedhur që ishte ky shitës!

I lindur në Baskanjë, por i bërë normand me banim, ai dinte ta gërshetonte llafazanërinë mesdhetare me dinakërinë e Kosë. Fytyra e tij e dhjamur, e flashkët dhe pa qime dukej sikur e kishte lyer me lëng jamballi të çelët, dhe flokët e bardhë ia bënin edhe më të gjallë shkëlqimin e ashpër të syve të vegjël të zinj. Nuk dihej se ç'kishte qenë më përpara: pramatar thoshin disa, bankier në Ruto, disa të tjerë. Vetëm një gjë ishte e sigurt: ai bënte me mend llogaritje të ndërlikuara sa mahniste dhe vetë Bineun. I sjellshëm deri në përulje, ai qëndronte vazhdimisht gjysmë i përkulur, si ai që përshëndet e fton njeri.

Pasi vari prapa derës kapelën me një copë tyli zie, vendosi mbi tryezë një kuti kartoni të gjelbër dhe nisi gjithë mirësjellje t'i qahej zonjës që s'kishte mundur dot deri atëherë të fitonte besimin e saj. Një dyqan i rëndomtë si ai i tij s'kishte sesi të tërhiqte një krijesë elegante si ajo; ai i theksoi më me forcë këto fjalë. Megjithatë ajo vetëm ta hapte gojën të porosiste, pa ai do t'i sillte ç'të dëshironte qoftë kinkalerira dhe ndërresa, qoftë kapela e artikuj mode; sepse ai shkonte rregullisht në qytet katër herë në muaj. Kishte marrëdhënie pune me ndërmarrjet tregtare më të mëdha. Për të mund të pyesje të Tre vëllezërit, te Mjekra e artë apo te I egri i madh, të gjithë zotërinjtë e tyre e njihnin si jo më mirë! Atë ditë kishte ardhur pra, t'i tregonte zonjës sa për të krijuar një ide, artikuj të ndryshëm, që i kishte siguruar në një rast tepër të rrallë. Dhe nxori nga kutia një gjysmë dyzinë jakash të qëndisura.

Zonja Bovari i pa me vëmendje.

S'më hyjnë në punë, - tha ajo.

Atëherë zoti Lërë i paraqiti gjithë kujdes tri shalle algjeriane, disa pako me gjilpëra angleze, një palë pantofla prej kashte dhe së fundi katër kupa, për të mbajtur vezë rrufka, prej dru kokosi, të gdhendura me vrima nga të burgosurit e dënuar me punë të detyruar. Pastaj, me të dy duart mbi tryezë, me qafë të tendosur, me trup të përkulur, ai ndiqte gojëhapur shikimin e Emës që endej i pavendosur sa në një plaçkë në tjetrën. Herë pas here si për të hequr pluhurin, ai i binte me thua mëndafshit të shalleve të shpalosura plotësisht për së gjati, ndërsa ata fërgëllonin lehtë në dritën gjelbëroshe të muzgut, duke i xixëlluar si ca yje të vegjël ato fijet e arta të copës.

- Sa kushtojnë?

- Hiç, asgjë, - iu përgjigj ai. - Pastaj, s'ka ndonjë ngut, mund të paguani kur t'ju vijë për mbarë, s'jemi çifutë ne!

Ajo u mendua ca dhe më në fund falënderoi edhe një herë zotin Lërë i cili, pa e prishur terezinë, iu përgjigj;

- Mirë pra! Këtu jemi, do të merremi vesh më vonë; me zonjat gjithnjë jam marrë vesh, me përjashtim të asaj times!

Ema buzëqeshi.

- Me këtë doja t'ju thosha, - vazhdoi ai duke marrë një pamje babaxhani, pas shakasë që bëri, - se nuk e kam hallin te paratë... unë mund t'ju jepja edhe vetë po qe se kishit nevojë.

Ajo bëri një gjest habie nga kjo e papritur.

- Ouuu! - ia bëri ai me gjithë shpirt dhe me zë të ulët, - mos kujtoni se duhet të shkoj larg për t'jua gjetur; të më besoni!

Dhe pastaj filloi ta pyeste për xha Telienë, të zotin e Kafes franceze të cilin e mjekonte në atë kohë zoti Bovari.

- S'po marrim vesh çfarë ka xha Telieji?... Kollitet sa tund gjithë shtëpinë, dhe kam frikë se s'e ka të gjatë, në vend të fanellës së leshtë ka për të veshur pallton e madhe fare prej bredhi. Sa ka abuzuar ai në të ri! Njerëzit si ai, zonjë, s'kanë kurrfarë rregulli në jetë. E zhuriti rakia! Sidoqoftë të vjen keq kur ikën nga kjo botë një njeri që njeh.

Dhe, ndërsa po mbyllte kutinë prej kartoni, vazhdonte të fliste sa për këtë e për atë pacient të mjekut.

- Ma do mendja se shkaktohen nga koha gjithë këto sëmundje, - tha ai duke parë xhamat e dritares fytyrëvrerët. As unë nuk ndihem mirë, bile kam për të ardhur ndonjë ditë të më vizitojë zotnia, se kam një dhembje në shpinë. Mirupafshim, pra, zonja Bovari; jam gati t'ju shërbej kurdoherë, si shërbëtor i përulur!

Dhe e mbylli derën me ngadalë.

Ema kërkoi t'ia sillnin darkën me tabaka në dhomën e saj, pranë zjarrit; e zgjati shumë të ngrënën; i shijuan të gjitha. "Sa e mençme që u tregova!" - thoshte ajo me vete, duke menduar për shallet.

Dëgjoi hapa në shkallë: ishte Leoni. Ajo u ngrit dhe rrëmbeu mbi komo një teshë që i zuri dora nga pirgu i rrobave që prisnin për t'u qepur. Dukej sikur ishte shumë e zënë me punë, kur u shfaq ai.

Biseda nuk kishte gjallëri, ngaqë zonja Bovari rrinte pa folur fare, ndërsa ai dukej sikur ishte vënë në një siklet të madh. Ulur në një karrige të ulët, pranë oxhakut, ai rrotullonte me gishtërinj kutinë e fildishtë të gjilpërave; ajo i jepte gjilpërës, ose rrudhte, herë pas here, me thua, palat e pëlhurës. Nuk e hapte gojën; ai nuk fliste, i magjepsur nga heshtja e saj, si të kishte qenë prej fjalëve të saj.

"I gjori djalë!" - mendonte ajo. "Nga ç'anë nuk i pëlqej xhanëm?" - pyeste ai veten.

Megjithatë Leoni më në fund i tha se kishte për të shkuar një ditë në Ruan për një punë zyre.

- Pajtimit tuaj në revistën e muzikës i kaloi afati, a doni t'jua përsëris? - Jo, - iu përgjigj ajo.

- Përse?
- Sepse...
Dhe duke shtrënguar buzët, ajo tërhoqi me ngadalë një fije të gjatë peri të hirtë për ta shkuar në gjilpërë.
Leonit i ngriheshin nervat përpjetë nga kjo lloj punëdore. Gishtërinjtë e Emës dukeshin sikur po i rripeshin në maja; atij i erdhi ndër mend një fjali e goditur dashurie, por nuk ia mbajti t'ia thoshte.
- Domethënë po hiqni dorë? - vazhdoi ai.
- Nga çfarë? - iu përgjigj ajo me rrëmbim, - nga muzika? Aaa, për fat të keq, po! Pse pak detyra kam unë që janë më të ngutshme se muzika, jo duhet të mbaj shtëpinë, jo duhet të kujdesem për tim shoq, me një fjalë janë gjithë këto gjëra!
Ajo pa sahatin e murit. Sharli po vonohej. Atëherë u shtir sikur u bë merak, bile përsëriti nja dy a tri herë:
-Sa i mirë që është!
Sekretari e donte zotin Bovari. Mirëpo dhembshuria e saj ndaj tij i erdhi si një çudi e pakëndshme; megjithatë vazhdoi ta lëvdonte ashtu siç mund të bënin të gjithë ata që e njihnin, thoshte ai, dhe në mënyrë të veçantë farmacisti.
- Oh! Është njeri për së mbari, - vazhdoi Ema.
- Sigurisht, - tha sekretari.
Dhe nisi të fliste për zonjën Ome, veshja e shkujdesur e së cilës i bënte zakonisht për të qeshur.
- S'ke ç'i bën, - ia preu fjalën Ema. - Një nënë e mirë nuk e vret mendjen për të mbajtur veten.
Pastaj përsëri heshti.
Kështu ndodhi edhe ditët e tjera; ajo ndryshoi të folurën, sjelljet, gjithçka.
Filloi t'i merrte me qejf punët e shtëpisë, të shkonte rregullisht në kishë dhe të tregohej më e rreptë ndaj shërbëtores.
E hoqi Bertën nga taja. Felisiteja e sillte kur kishte njerëz për vizitë dhe zonja Bovari e zhvishte që t'u tregonte këmbët e duart e saj. Thoshte se i adhuronte fëmijët; e bija ishte ngushëllimi, gëzimi, pasioni i saj dhe, duke e përkëdhelur kalonte në shfrime lirike, të cilat, të tjerëve, por jo jonvilasve, kishin për t'ju kujtuar Saketën e Shën Mërisë së Parisit.
Kur kthehej në shtëpi, Sharli i gjente pantoflat e tij pranë vatrës ku ishin vënë për t'u ngrohur. Jelekët tani nuk i kishte

më pa astar, as këmishët pa kopsa, bile ta kishte ënda kur shihje në dollap të gjitha kapuçët prej pambuku të vënë radhëradhë në turra të barabarta. Ajo nuk i thartonte më turinjtë, si më përpara, kur ishte fjala për të dalë shëtitje në kopsht; pranonte gjithçka që i propozonte ai, megjithëse as vetë s'i kuptonte tekat e tij të cilave ajo u nënshtrohej pa bërë zë; dhe kur Leoni e shihte Sharlin pranë zjarrit, pas darkës, me duart lidhur mbi bark, me këmbët mbi demiroxhak, me fytyrë të skuqur nga tretja e ushqimit, me sytë e përlotur nga lumturia, me fëmijën që hiqej zvarrë mbi qilim, dhe me gruan shtathollë që vinte e puthte në ballë duke u mbështetur mbi shpinën e kolltukut, thoshte me vete:

"Sa i marë që jam! E si mund ta bëj unë atë për vete?"

Ajo iu duk pra aq e virtytshme dhe aq e paarritshme, saqë iu fik çdo lloj shprese.

Mirëpo duke lexuar kështu dorë, ai e vinte atë aty ku s'arrin dot çdo njeri. Në sytë e tij ajo u zhvesh nga cilësitë trupore për të cilat ai nuk mund të shpresonte fare, dhe erdhi në zemrën e tij duke u ngjitur lart e më lart dhe duke u larguar madhërisht si ndonjë apoteozë që humbet në hapësirë. Kjo ishte një nga ato ndjenja të pastra që nuk e pengojnë rrjedhën e jetës, që lëvrohen sepse janë të rralla, por që më tepër të hidhërojnë kur s'i ke më, sesa të gëzojnë gjatë kohës që të pushtojnë. Ema u dobësua, në faqe i hipi një zbehtësi, fytyra erdhi e iu zgjat.

Me flokët e saj të zinj të ndarë ne mes, me ata sy të mëdhenj, me atë hundë të drejtë, me atë të ecur si zog nuk dukej vallë sikur po e përshkonte jetën pothuajse pa e cikur fare dhe sikur po mbante në ballë shenjën e lehtë të ndonjë fati të mrekullueshëm? Ajo ishte aq e trishtë dhe aq e qetë, aq e ëmbël njëkohësisht dhe aq e përmbajtur saqë kur ndodheshe pranë saj të dukej sikur të rrëmbente një magji e akullt, ashtu siç të hynin të ngjethurat në kishë nga era e këndshme e luleve e përzier me të ftohtët e mermertë. As të tjerët madje nuk i shpëtonin dot kësaj joshjeje. Farmacisti thoshte:

- Është grua me aftësira të mëdha që do ta kishte hak edhe vendin e nënprefektit.

Gratë e Jonvilit ia kishin zili nikoqirllëkun, të sëmurët, mirësjelljen, të varfrit zemërgjerësinë.

Mirëpo ajo ishte një njeri gjithë lakmi, inat, urrejtje. Nën atë

fustan me pala të drejta fshihej një zemër e tronditur dhe ato buzë aq të hirshme nuk e shprehnin trazirën e brendshme. Ajo kishte rënë në dashuri me Leonin dhe kërkonte vetminë, që të prehej më me nge duke sjellë ndër mend fytyrën e tij. Kur e shihte atë, i
turbullohej ëndja që ndiente nga ai përfytyrim. Ema dridhej sa dëgjonte hapat e tij; pastaj kur ndodhej me të, emocioni i fashitej, duke ia lënë vendin një habie të pafundme që i kthehej në trishtim.

Leoni nuk e dinte që, kur dilte nga shtëpia e saj i dëshpëruar ajo ngrihej mbrapa tij që ta shikonte në rrugë. Ajo shqetësohej për gjithçka që bënte ai; e vërente në fytyrë për të zbuluar ndonjë gjë; ajo sajoi një histori të tërë për të gjetur një shkak që të vizitonte dhomën e tij. Gruaja e farmacistit i dukej shumë e lumtur që flinte nën një çati me të; dhe mendimet e saj suleshin vazhdimisht mbi këtë shtëpi, ashtu si pëllumbat e Luanit të artë që vinin aty të lagnin nëpër ullukë këmbët e tyre ngjyrë trëndafili dhe krahët e bardhë. Mirëpo Ema sa më tepër e ndiente dashurinë, aq më shumë e ndrydhte me qëllim që të mos i shfaqej dhe t'i zvogëlohej. Ia donte zemra që Leoni ta merrte me mend; dhe përfytyronte ca rastësira, hatara që do t'ia bënin më të lehtë këtë gjë. Me sa dukej, atë e mbante mefshtësia ose frika e tmerrshme, po gjithashtu dhe turpi. Ajo mendonte se e kishte larguar sa s'bëhet se s'ishte më koha për gjëra të tilla, se gjithçka kishte marrë fund. Pastaj krenaria, kënaqësia që ndiente kur thoshte me vete: "Jam grua e virtytshme unë", dhe kur shihej në pasqyrë duke marrë poza si e nënshtruar ndaj fatit të saj, e ngushëllonin disi për sakrificën që kujtonte se po bënte.

Atëherë orekset epshore, lakmitë për para dhe melankolitë dashurore shkriheshin në një të vetme; dhe, në vend që ta largonte mendjen prej andej, e mbante më keq aty, duke e lënduar plagën dhe duke mos lënë rast pa kërkuar për të ndier vuajtjen. Merrte inat për hiç gjë, për një gjellë që nuk ia shërbenin mirë në tryezë apo për një derë të pambyllur mirë, qahej që s'kishte rroba kadifeje, që nuk gjente lumturi, që ushqente ëndrra tepër të mëdha në një shtëpi aq të vogël.

Mbushej e tëra me pezm ngaqë i dukej se Sharli as që e vinte re fare torturën që hiqte ajo. Bindjen e tij se ajo ishte e lumtur me të, e merrte për fyerje trashanike dhe mendjen e fjetur të tij nga kjo anë, për mosmirënjohje. Kujt, pra, t'i qëndronte besnike? A nuk bëhej vetë ai pengesë për çdo lumturi; shkak për çdo mërzi dhe si ajo maja e tokëzës e futur në një rrip të ndërlikuar që e shtrëngonte nga të gjitha anët?

Kështu pra e hodhi mbi të gjithë urrejtjen e thellë që i vinte nga mërzitjet, dhe çdo përpjekje që bënte për ta zbutur, ia shtonte akoma më keq; sepse ai mundim i kotë u shtohej arsyeve të tjera të dëshpërimit dhe e bënte të largohej edhe më tepër prej tij. Revoltohej me veten që tregohej e butë. Jeta e rëndomtë shtëpiake i ngjallte teka për salltanete, kurse dhembshuria bashkëshortore, dëshira për të tradhtuar të shoqin. Ia kishte ënda që Sharli ta rrihte, që të kishte më të drejtë për ta urryer, për t'u hakmarrë kundër tij. Nganjëherë çuditej edhe vetë me gjasat e llahtarshme që i vinin në mend dhe për më tepër duhej të buzëqeshte vazhdimisht, të dëgjonte orë e pa kohë fjalë se ishte e lumtur, të hiqej sikur ishte me të vërtetë, të krijonte këtë përshtypje.

Megjithatë kjo hipokrizi i neveritej. I vinte të zhdukej me Leonin, diku, shumë larg, për të provuar një fat të ri; mirëpo i hapej përnjëherë në shpirt një humnerë e turbullt, e zhytur në errësirë.

"Le njëherë që ai s'më do më, - mendonte ajo. - Si do të më vejë filli? Kush do të më ndihmojë, kush do të më ngushëllojë, kush do të më lehtësojë dhimbjen?"

Rrinte si e dërrmuar shpirtërisht, duke gulçuar, pa lëvizur, ngashërehej me zë të ulët dhe lotët i rridhnin nga sytë.

- Përse mos t'i themi zotërisë? - e pyeste shërbëtorja, kur hynte në dhomë dhe e gjente në këto kriza.

- E kam nga nervat, - i përgjigjej Ema, - mos i thuaj gjë. Ka për t'u pikëlluar.

- Oh, po, - vazhdonte Felisiteja, - ju jeni tamam si Gerina, e bija e xha Gerinit, peshkatari nga Poleti, që kam njohur në Diepë, para se të vija këtu te ju. - Ajo ishte aq e trishtuar, aq e trishtuar, sa kur e shihje ashtu në këmbë te pragu i shtëpisë së saj, të dukej si ndonjë qefin i nderur para derës. Me sa dukej, ajo vuante nga një si mjegullnajë që i kishte zaptuar kokën, dhe mjekët s'kishin ç't'i bënin, as famullitari. Kur e zinte keq fare, shkonte fill vetëm në breg të detit, dhe kur bënte kontroll doganieri e gjente më të shumtat e herëve të shtrirë përmbys aty mbi zallishte duke qarë. Pastaj, pas martesës thonë që i kaloi. - Kurse mua, - i shpjegonte Ema, - m'u shfaq pikërisht pas martesës.

VI

Një mbrëmje kur dritarja ishte e hapur, dhe ajo, ulur pranë saj, sapo kishte parë Letibuduain, shërbyesin e kishës, që krasiste bushin, papritmas dëgjoi kambanat, të cilat binin për falemimërinë.

Sapo kishte hyrë prilli, koha kur çelnin aguliçet; mbi lehet e punuara frynte një erë e ngrohtë dhe kopshtet ashtu si dhe gratë dukeshin sikur po stoliseshin për festat e verës. Nga kangjellat e tendës dhe më tej rreth e rrotull, dukej në livadh lumi që bënte nëpër bar dredha gjarpërore. Midis plepave gjetherënë ngrihej afshi i mbrëmjes, duke i veshur rreth e rrotull me një vjollcë, më të zbehtë dhe më të tejpashme sesa tyli i hollë që varej mbi degët e tyre. Diku larg kalonin bagëtia, që s'u dëgjoheshin as hapat, as pëllitjet; dhe kambana që binte pa pushim, vazhdonte në hapësirë vajtimin e saj të qetë.

Nën këtë tringëllimë të pareshtur, nusja e re humbiste mendjen nëpër kujtimet e vjetra të rinisë dhe të jetës në manastir. Solli parasysh shandanët e mëdhenj, që ngriheshin mbi altar më lart sesa vazot plot me lule dhe dollapi i naforës me shtyllëza. Sa dëshirë kishte të zinte ende vend, si dikur, në rreshtin e gjatë me vela të bardha, i laruar aty-këtu nga kapuçët e zinj e të ngrirë të murgeshave, përkulur mbi stolat e lutjeve; të dielave në meshë, sa herë që ngrinte kokën, ajo shihte fytyrën e shën Mërisë me shtjellave kaltëroshe të temjanit që ngriheshin përpjetë.

Atëherë e pushtoi një mallëngjim; e ndjeu veten të pafuqi dhe krejt të braktisur, si pendë zogu që vërtitet në stuhi; dhe ashtu, pa e ditur as vetë, mori rrugën drejt kishës, e gatshme t'i futej çdo lloj përkushtimi, vetëm e vetëm që t'i përhumbte shpirti dhe që t'i shkrihej tërë jeta në të.

Te sheshi takoi Letibuduain, që po kthehej nga kisha; sepse atij, për të mos e humbur kohën kot, i pëlqente më shumë ta ndërpriste punën, pastaj ta fillonte përsëri, kështu që i binte kambanës për lutjen e falemimërisë, kur i vinte për mbarë.

Veç kësaj duke i rënë më herët, fëmijët e merrnin vesh se kishte ardhur ora e katekizmit.

Disa prej tyre kishin ardhur tashmë, luanin me zare mbi pllakat e varrezës. Të tjerët, hipur kalakiç mbi mur, lëviznin këmbët sa andej-këndej, duke kositur me këpucët e tyre të drunjta hithrat e mëdha që kishin mbirë midis ledhit të vogël dhe varreve të fundit. Ishte i vetmi vend i gjelbëruar, gjithë pjesën tjetër e zinin gurët, dhe ishte vazhdimisht i mbuluar me një shtresë pluhuri të imët, që s'donte t'ia dinte për fshesën e sakristisë.

Fëmijët me këpucë cohe vraponin aty si mbi ndonjë parket të bërë posaçërisht për ta, dhe mes oshtimës të kambanës dëgjoheshin britmat e tyre. Ajo fashitej pak nga pak sipas luhatjeve të litarit të trashë, bishti i të cilit zvarritej përtokë. Dallëndyshet kalonin duke cicëruar, çanin ajrin me krahët e tyre të mprehtë dhe ktheheshin shpejt në foletë e tyre të verdha, poshtë tjegullave të strehës. Në fund të kishës, ndriste një llambë, më saktë një fitil futur në një gotë të varur. Nga larg, drita që bënte ai dukej si një njollë e bardheme, e cila dridhej mbi vaj. Gjithë navata përshkohej nga një rreze e gjatë dielli, duke ia errësuar akoma më tepër pjesët anësore dhe qoshet.

- Ku është famullitari? - pyeti zonja Bovari një djalosh që zbavitej duke tundur deriçkën në formë kryqi, boshti i së cilës qëndronte i lirë në vrimë.

- Tani do të vijë, - iu përgjigj ai.

Dhe me të vërtetë, dera e banesës së tij kërciti dhe doli abat Burnizieni; fëmijët morën arratinë tufa-tufa, të ngatërruar nëpër kishë.

- Këta çamarrokë! - tha nëpër dhëmbë kleriku, - s'ndryshojnë kurrë!

Dhe duke ngritur nga toka një libër katekizmi të bërë copë e çikë, të cilit sa i kishte rënë me këmbë, shtoi:

- S'kanë pikë respekti për gjë.

Mirëpo sa pa zonjën Bovari, tha:

- Më falni, nuk po ju njihja.

Rrasi librin e katekizmit në xhep dhe u ndal në vend, duke vërtitur midis dy gishtërinjve çelësin e rëndë të sakristisë.

Drita e vobektë e diellit perëndues i binte mu në fytyrë dhe i jepte një zbehtësirë stofit të leshtë të veladonit të tij, i cili i shkëlqente në bërryla, ndërsa poshtë i ishte bërë fije-fije. Mbi kraharorin e tij të gjerë, gjatë rreshtit të kopsave të vogla, kishte njolla yndyre dhe duhani, që vinin duke u shtuar në pjesët më të largme të qafores, sipër të cilës binin palat e majme të lëkurës së tij të kuqe e vula-vula të verdha të cilat i zhdukeshin nën qimet e ashpra të mjekrës së thinjur. Sapo kishte ngrënë bukë dhe merrte frymë rëndë.

- Si mbaheni me shëndet? - shtoi ai.
- Keq, - iu përgjigj Ema. - P vuaj.
- Edhe unë ashtu jam, - vazhdoi kleriku. - Këto ditët e para të vapës të kapitin sa s'ka, apo s'është kështu? Po ç'të bëjmë! Kemi lindur për të vuajtur, siç thotë shën Poli. Po, zoti Bovari, ç'mendim ka?
- Ai! - tha Ema me një gjest përçmimi.
- Si kështu! - ia ktheu ai i shkreti i habitur. - Nuk ju jep ndonjë ilaç
- Ah! - tha Ema. - S'më bëjnë dobi ilaçet e dheut mua.

Mirëpo famullitari i hidhte sytë herë pas here nga kisha ku të gjithë kalamanët, të ulur në gjunjë shtynin njëri-tjetrin me sup dhe rrëzoheshin si kala prej letre.

- Doja të dija..., - vazhdoi ajo.
- Prit, prit, Rikude, - bërtiti kleriku me një zë të nevrikosur, - do të t'i ndreq mirë veshët, more shejtan!

Pastaj, si u kthye nga Ema, tha:
- Është i biri i Budeit, karpentierit; prindërit e tij janë rehat dhe e lënë atë të bëjë sipas qejfit. Megjithatë, po të donte do t'i mësonte shpejt, se është shumë i zgjuar. Dhe unë, nganjëherë, e thërras me shaka Ribude (siç quhet kodra nga kalohet për të shkuar në Maramë) dhe bile i them Ribudeja im. Ah, ah! Mali Ribude! Një ditë ia thashë këtë fjalë peshkopit, që qeshi... që begenisi të qeshte. Po zoti Bovari, si ia çon? Ajo bënte sikur s'dëgjonte. Ai shtoi:
- Vazhdimisht i mbytur në punë, ma do mendja, se ai dhe unë jemi sigurisht dy njerëzit e famullisë që kemi më tepër ngarkesë. Mirëpo ai mjekon trupat, - vërejti ai duke qeshur rëndë-rëndë, - ndërsa unë, mjekoj shpirtrat!

Ajo ia nguli sytë priftit me një shikim lutës:
- Po..., - tha ajo, - ju ia lehtësoni barrën të gjitha halleve.
- OH! Mos e zini në gojë, zonja Bovari! Bile dhe sot në mëngjes m'u desh të shkoja në Ba-Diovil për punë të një lope

që ishte fryrë, ata kujtonin se i kishin bërë magji. S'e marr vesh po tërë lopëve të tyre... oh, më falni. Ej, Langmar dhe ti Bude! Çfarë dreqërish! Do të pushoni, apo jo?

Dhe, me një kërcim, u turr në kishë.

Atëherë kalamanët nisën të shtyheshin rreth tryezës së madhe, të ngjiteshin mbi stolin e psaltit, të hapnin librin e meshës; dhe disa të tjerë, duke ecur në majë të gishtave, po shkonin të futeshin në rrëfyestore. Mirëpo famullitari, papritmas, ua veshi të tërëve me flakurima turinjve. Si i kapte nga jaka e xhaketës, i ngrinte nga toka dhe i ulte me forcë në gjunjë mbi pllakat e podiumit të korit, sikur donte t'i gozhdonte në vend.

- Epo, - tha ai kur u kthye tek Ema, dhe duke shpalosur shaminë e madhe prej basme, një cep të së cilës e kapi me dhëmbë, - bujqit një për t'u qarë hallin.

- Se mos janë vetëm ata, - u përgjigj Ema.

- Sigurisht! Punëtorët e qyteteve, për shembull.

- Jo, ata...

- Më falni! Po unë kam njohur aty nëna të mjera, gra të virtytshme, të më besoni, shenjtore të vërteta, që s'kishin as bukë të hanin. - Zjarr në dimër, - tha prifti.

- Eh! Ç'rëndësi ka?

- Si! Ç'rëndësi ka? Nuk e di, po mua më duket se kur ngrohesh mirë, ushqehesh mirë..., se në fund të fundit...

- O zot! O zot! - psherëtinte ajo.

- Mos jeni gjë pa qejf? - e pyeti ai, duke iu afruar i shqetësuar; - mos e keni gjë nga ushqimi? Duhet të ktheheni në shtëpi, zonja Bovari, të pini pak çaj; ka për t'ju dhënë fuqi, ose një gotë ujë të ftohtë me sheqer. - Përse?

Dhe ajo dukej sikur ishte zgjuar nga ndonjë ëndërr.

- Ju pashë, që vutë dorën mbi ballë. Kujtova se po ju merreshin mendtë.

Pastaj, duke u kujtuar:

Po ju sikur më kërkonit diçka? Çfarë pra? Nuk po më bie më ndër mend.

- Unë? Asgjë... asgjë..., - përsëriste Ema.

Dhe shikimi, që e vërtiti rreth vetes, u ul me ngadalë drejt plakut me rasë. Që të dy vështronin njëri-tjetrin, sy më sy, pa folur.

- Atëherë, zonja Bovari, - tha ai më në fund, - ju kërkoj

ndjesë, po ju e dini, detyra mbi të gjitha; më duhet të mbaroj punë me këta çamarrokët e mi. Së shpejti do të bëhen kungimet e para. Kam frikë se mos na ndodhë ndonjë e papritur. Prandaj duke filluar që nga Shërbimi, i mbaj rregullisht çdo të mërkurë një orë më tepër. S'mund t'i vësh dot kaq herët këta fëmijë të gjorë në rrugën e zotit, ashtu siç na ka porositur në fund të fundit dhe vetë ai me gojën e të birit të tij të shenjtë... Ju uroj shëndet, zonjë; nderimet e mia zotit, burrit tuaj!

Dhe hyri në kishë, duke përthyer gjunjët në shenjë nderimi që te dera.

Ema e pa tek po zhdukej midis dy rreshtave të stolave, duke ecur me hapa të rëndë, me kokë të përkulur paksa anash dhe me duar jo krejtësisht të hapura, por të shtrira përpara.

Pastaj ajo u kthye mbrapsht, përnjëherësh, si ndonjë shtatore mbi boshtin e vet, dhe u nis për në shtëpi. Por zëri i trashë i famullitarit, zëri i hollë i fëmijëve i vinin në vesh dhe e ndiqnin nga pas.

- A jeni i krishterë?
- Po, i krishterë jam.
- Ç'është një i krishterë?
- Është ai që, pasi është pagëzuar..., pagëzuar..., pagëzuar...

Ajo iu ngjit shkallëve duke u mbajtur pas parmakut dhe, sa hyri në dhomën e saj, u lëshua e tëra mbi një kolltuk.

Drita e bardheme që hynte nga xhamat e dritareve po fashitej me ngadalë, duke u dridhur. Mobiliet, në vendin e tyre, dukeshin sikur ishin bërë më të palëvizshme dhe sikur zhdukeshin në mugëtirë si në ndonjë oqean të errët. Zjarri i oxhakut ishte fikur, sahati i murit vazhdonte të trokiste pa pushim, dhe Ema, pa e kuptuar as vetë, habitej me këtë qetësi të sendeve, në një kohë kur shpirti i saj ishte aq i tronditur. Ndërsa, në hapësirën midis dritares dhe tryezës së punës ndodhej Berta e vogël që luhatej mbi këmbët e saj të mbathura me papuçe prej leshi, dhe përpiqej t'i afrohej së ëmës që t'i kapte cepat e kordeleve të përparëses. - Lërmë! - i tha kjo duke e larguar me dorë.

Vajza e vogël i erdhi pas pak edhe më pranë gjunjëve dhe duke u mbështetur aty me duar, ngriti drejt saj sytë e mëdhenj të kaltër, ndërsa nga buzët i kullonte një vilar jarge e pastër mbi përparësen e mëndafshtë.

- Lërmë! - përsëriti nusja e re gjithë inat.
Fytyra e saj e tmerroi fëmijën, që nisi të bërtiste.
- Epo lërmë pra! - i tha ajo duke e shtyrë me bërryl.
Berta u rrëzua rrëzë komosë, duke u përplasur pas kornizës prej bakri; aty iu gërvisht faqja dhe i doli pak gjak. Zonja Bovari u turr ta ngrinte, i ra ziles aq fort sa gati e këputi spangon, thërriti shërbëtoren me sa fuqi që kishte, dhe po fillonte të mallkonte veten, kur hyri Sharli. Ishte koha e darkës, ai po kthehej në shtëpi.
- Pa shiko, i dashur, - i tha Ema me zë të qetë. - Vajza ishte duke luajtur dhe u vra përdhe.
Karli e qetësoi, se s'ishte ndonjë gjë kushedi se çfarë, dhe shkoi të merrte pomadën.
Zonja Bovari nuk zbriti në sallën e ngrënies; deshi të rrinte vetëm që të ruante fëmijën. Dhe atëherë duke e parë si flinte, i kaloi pak nga pak gjithë shqetësimi që kishte, dhe iu duk vetja tepër budallaqe dhe shumë shpirtmirë, që u trondit pak më parë për një gjë aq të vogël. Berta në të vërtetë, nuk ngashërehej më. Tani, duke marrë frymë, ajo e ngrinte dhe e ulte, pa u vënë re, mbulesën e pambuktë. Në cepat e qepallave gjysmë të mbyllura, nga ku dukeshin midis qerpikëve dy bebet e syrit të zbehta, të futura thellë, kishin ngecur pika të mëdha loti; leukoplasti, i ngjitur mbi faqe, ia tërhiqte pjerrtazi lëkurën e tendosur.
- Çudi e madhe, - mendonte Ema me vete, - sa e shëmtuar është kjo fëmijë!
Kur u kthye Sharli në orën njëmbëdhjetë të mbrëmjes nga farmacia (ku kishte shkuar të çonte, pas darkës, pomadën që i kishte tepruar), e gjeti të shoqen në këmbë pranë djepit.
- Përderisa të siguroj unë që s'ka për t'i ndodhur gjë, - i tha ai duke e puthur në ballë, - mos vër merak, shpirt i dashur, se do të sëmuresh!
Ai kishte ndenjur një copë herë të mirë te farmacisti. Edhe pse nuk ishte treguar fort i tronditur, megjithatë, zoti Ome, ishte munduar ta qetësonte, t'i jepte zemër. Kishin biseduar pastaj për rreziqet e ndryshme që kërcënojnë fëmijët dhe për pakujdesinë e shërbëtorëve. Zonja Ome e dinte mirë këtë gjë, sepse i kishte akoma mbi kraharor shenjat e prushit që dikur ia kishte hedhur me kaci një kuzhiniere mbi bluzë. Prandaj ata si prindër të mirë merrnin gjithfarë masash. Thikat nuk

i mprehnin kurrë, dhe dyshemetë e dhomave nuk i lustronin me dyll. Në dritare kishin vënë grila prej hekuri dhe rreth e rrotull oxhakut shufra të forta metalike. Me gjithë pavarësinë që gëzonin, fëmijët e Omeut nuk mund të luanin venditpa kujdestar nga mbrapa; dhe rrufa më e vogël t'i zinte, i ati i dendte me ilaçe për mushkëritë, dhe deri në moshën katër vjeç e ca, të gjithë pa përjashtim, detyroheshin të mbanin me pahir kokore të mbushura me lesh. Kjo ishte vërtet një mani e zonjës Ome; të shoqit vetë nuk i vinte hiç mirë, ngaqë kishte frikë se mos një shtypje e tillë ishte me pasoja për pjesët e ndryshme të trurit, dhe shkonte deri aty sa i thoshte: - Mos do t'i bësh gjë karaibë apo botokudas ?

Ndërkaq Sharli ishte orvatur disa herë ta ndërpriste bisedën.

- Kisha diçka për t'ju thënë, - i pëshpëriti ai në vesh sekretarit, që u nis të zbriste para tij nëpër shkallë.

- Mos dyshon për ndonjë gjë? - pyeste veten Leoni. Zemra filloi t'i rrihte fort dhe mendja i humbi nëpër lloj-lloj gjasash.

Më në fund, pasi mbylli derën, Sharli iu lut të shihte në Ruan se sa kushtonte një fotografi e bukur; donte t'i bënte të shoqes një surprizë me ndjenjë, të tregonte kujdesin plot shije që kishte për të, duke i dhuruar një portret të vetin, veshur me frak të zi. Mirëpo paraprakisht donte të dinte se deri ku shkonte çmimi. Këto porosi s'kishin pse ta bezdisnin zotin Leon, përderisa ai shkonte në qytet pothuajse çdo javë.

Për ç'qëllim? Omeu dyshonte se mos fshihej mbrapa këtyre ecejakeve ndonjë aventurë djaloshare, ndonjë dashuri. Mirëpo gabohej; Leoni nuk merrej me dashuriçka. Ai ishte i trishtuar më shumë se kurrë, dhe zonjës Lëfransua i kishte rënë mirë kjo në sy nga sasia e ushqimit që ai linte tani në pjatë. Për të marrë vesh më tej, ajo pyeti tagrambledhësin: Bineu iu përgjigj me ton të ashpër, se s'ishte spiun.

Megjithatë, shoku i tij, i dukej tepër i çuditshëm, sepse shpesh herë Leoni lëshohej i tëri në karrige duke shtrirë krahët dhe ankohej përçart për jetën.

- E keni ngaqë nuk zbaviteni sa ç'duhet, - i thoshte tagrambledhësi. - Si të zbavitem?

- Unë, po të isha në vendin tuaj, do të gjeja një torno.

- Po unë s'di ta përdor, - i përgjigjej sekretari.

- Oh! Keni të drejtë! - i thoshte ai duke fërkuar mjekrën, me

një shprehje përçmimi të përzier me kënaqësi.
 Leoni u lodh së dashuruari më kot, pastaj kishte filluar të ndiente atë dërrmim shpirtëror që të vjen nga përsëritja e së njëjtës jetë, që nuk priret nga asnjë interes dhe që nuk e mban asnjë shpresë. Jonvili dhe jonvilasit i kishin ardhur aq keq në majë të hundës saqë kur shihte disa njerëz, disa shtëpi pezmatohej aq sa s'i mbanin më nervat; dhe farmacisti, sado që ishte njeri baballëk, i dukej fare i padurueshëm. Megjithatë perspektiva për një gjendje të re e tmerronte po aq sa edhe e joshte. Kjo ndjenjë frike e pakuptueshme iu kthye shpejt në padurim, dhe atëherë nga Parisi i largët arrinin deri në veshët e tij meloditë e orkestrave frymore të ballove me maska dhe të qeshurat e të rejave punëtore lozonjare. Përderisa kishte për t'i përfunduar aty studimet e drejtësisë, përse nuk ia mbathte? Kush e pengonte? Dhe filloi të parapërgatitej shpirtërisht; bëri paraprakisht një ndarje të punëve. Me mendje mobiloi apartamentin. Kishte për të bërë aty një jetë artisti! Do të merrte mësime kitare! Do të mbante petk dhome, një beretë baske, pantofla prej kadifeje të kaltër. Dhe qysh tani shihte me ëndje mbi oxhak dy shapta të kryqëzuara, me një kafkë njeriu dhe kitarën përsipër.
 Megjithëse s'kishte gjë më të arsyeshme se kjo që donte të bënte, e kishte të vështirë të merrte pëlqimin e së ëmës. Madje mjeshtri i tij e shtynte të shkonte në një zyrë tjetër avokatësh, ku mund të ecte më tepër. Leoni, si zgjodhi një rrugë të mesme, kërkoi ndonjë vend sekretari të dytë në Ruan, por nuk gjeti; më në fund i shkroi së ëmës gjerë e gjatë një letër me anë të së cilës i parashtronte arsyet që duhej të shkonte menjëherë të banonte në Paris. E ëma ia dha pëlqimin.
 Ai nuk e mori aspak me ngut. Çdo ditë, gjatë një muaji rresht Iveri mbarti për hesap të tij nga Jonvili në Ruan dhe nga Ruani në Jonvil sëndukë, valixhe, pako; dhe, pasi iu plotësua gardëroba, iu bë tapiceri e re tre kolltukëve, bleu një dorë të mirë shallesh, me një fjalë, mori masa më tepër sesa po të bënte një udhëtim rreth botës, Leoni e shtynte javë pas jave nisjen, derisa i erdhi letra e dytë nga e ëma, me anë të së cilës e shtrëngonte të nisej, përderisa kishte vetë dëshirë të jepte provimin para pushimeve shkollore.
 Kur erdhi çasti i përqafimeve para largimit, zonja Ome ia

plasi të qarit; Justini ngashërehej, Omeu, si burrë që qe, e fshehu mallëngjimin, ai deshi ta çonte vetë pallton e mikut të tij deri te dera e noterit, i cili do të shkonte bashkë me Leonin në Ruan me karrocën e tij. Sekretarit i ngelej vetëm kohë sa për t'i dhënë lamtumirën zotit Bovari.

Kur arriti në krye të shkallës, iu zu fryma aq shumë sa u ndal në vend. Sa hyri, zonja Bovari u çua menjëherë.

- Erdha përsëri! - i tha Leoni.
- Isha e sigurt që do të vinit!

Ajo kafshoi buzët, dhe një valë gjaku i kaloi nën lëkurë, e cila iu skuq e tëra, që nga rrënjët e flokëve deri poshtë copave të jakës së vogël të bluzës. Ajo rrinte në këmbë duke u mbështetur me sup mbi murin e veshur me dru.

- Domethënë zotëria s'qenka këtu? - vazhdoi ai. - Jo, nuk është këtu. Ajo përsëriti:
- Jo, nuk është këtu.

Atëherë heshtën që të dy. Ata shikonin njëri-tjetrin; dhe mendimet e tyre, të pushtuara nga i njëjti ankth, zgjesheshin gjithnjë e më fort, si dy kraharorë që regëtijnë.

- Kisha dëshirë ta puthja Bertën, - tha Leoni.
Ema zbriti disa shkallë, dhe thirri Felisitenë.

Ai hodhi me të shpejtë një shikim mbi muret, raftet, oxhakun, duke i shqyer sytë sikur donte të depërtonte në gjithçka, t'i merrte të gjitha me vete.

Mirëpo ja që ajo u kthye, dhe shërbëtorja solli Bertën, e cila tundte, varur në një spango, një mulli me erë të kthyer kokëposhtë.

Leoni e puthi disa herë rresht në gushë.

- Lamtumirë, fëmijë e dashur, lamtumirë e dashur vogëlushe!
Dhe pastaj e la në duar të së ëmës.
- Hiqeni këndej, - urdhëroi kjo.
Ata mbetën të dy vetëm.

Zonja Bovari, me shpinë kthyer, mbështeste fytyrën mbi xhamin e dritares, Leoni mbante kasketën në dorë dhe i binte lehtë me të kofshës së këmbës.

- Ka për të rënë shi, - tha Ema.
- Kam pallto, - u përgjigj ai.
- Ah!

Ajo u kthye sërish nga ai, me mjekër të ulur drejt kraharorit

dhe me ballë të nxjerrë përpara. Drita rrëshqiste mbi të si mbi mermer, deri në harkun e vetullave, pa u kuptuar se çfarë shikonte në horizont dhe çfarë mendonte thellë në shpirt.
- Atëherë, lamtumirë! - psherëtiu ai.
Ajo ngriti kokën me një lëvizje të rrufeshme.
- Po, lamtumirë..., ikni!
Ata iu afruan njëri-tjetrit, ai nderi dorën, ajo ngurroi.
- Po ikni pra, vjedhurazi, - i tha ajo, duke i lëshuar dorën e saj dhe njëkohësisht duke e bërë të qeshte.
Leoni e ndjeu atë midis gishtërinjve të vet dhe në shuplakën e lagët të saj i dukej se po i shkrihej gjithë qenia e tij.
Pastaj ai hapi dorën, sytë e tyre u ndeshën përsëri dhe ai u largua.
Kur arriti te pazari, u ndal, dhe u fsheh mbrapa një shtylle që ta sodiste për herë të fundit atë shtëpi të bardhë me katër grila të gjelbra. Iu duk sikur pa një hije mbrapa dritares, brenda në dhomë; mirëpo perdes, duke iu shqitur unazat mbi varëse sikur s'e prekte njeri me dorë, i luajtën me ngadalë palat e gjata të pjerrëta, të cilat me një lëvizje u shtendosën të gjitha, dhe ajo mbeti e shtrirë, pa luajtur më vendit, më keq se një mur allçie. Leoni ia nisi vrapit.
Që për së largu atij i zunë sytë, në rrugë, karrocën e mjeshtrit të tij dhe aty pranë, një njeri me përparëse që mbante kalin.
Omeu dhe Gijomeni po bisedonin me njëri-tjetrin. Ishin duke pritur atë.
- Përqafomëni, - i tha farmacisti me lot ndër sy. - Merreni pallton, mik i dashur; ruhuni nga të ftohtët! Kujdesuni për veten. Ruajeni shëndetin!
- Eja Leon, hipni në karrocë! - i tha noteri.
Omeu u përkul mbi parafango, dhe me zë të ndërprerë nga ngashërimet, nxori këto dy fjalë të trishtuara:
Ata u nisën, dhe Omeu u kthye në shtëpi.

Zonja Bovari kishte hapur dritaren nga ana e kopshtit dhe po shikonte retë.
Ato po mblidheshin në perëndim të diellit, nga ana e Ruanit, dhe rrotullonin me të shpejtë shtëllungat e tyre të zeza, mbrapa të cilave dilnin rrezet e gjata të diellit, si shigjeta të arta të ndonjë trofeje të ngelur pezull në ajër, ndërsa gjithë pjesa tjetër e qiellit të zbrazët kishte një bardhësi

porcelani. Mirëpo ja që plepat u përkulën nga një stuhi ere, dhe papritur ia plasi shiu; pikat e tij kërcisnin mbi gjethet e gjelbra. Pastaj doli përsëri dielli, kakarisnin pulat, trumcakët përplasnin krahët nëpër kaçubat e lagura, dhe rrëketë duke rrjedhur mbi rërë, merrnin me vete lulet ngjyrë trëndafili të një akacieje. "Oh! Sa larg duhet të jetë ai tani!" - mendoi ajo.

Zoti Ome, si zakonisht, erdhi në orën gjashtë e gjysmë, gjatë darkës.

- Eh, po! - tha ai duke u ulur, - e përcollëm edhe djaloshin, mikun tonë.

- Kështu duket! - u përgjigj mjeku.

Pastaj, duke u vërtitur mbi karrige pyeti:

- Po ç'kemi ndonjë gjë të re nga ju?

- S'ka ndonjë gjë kushedi se çfarë. Vetëm se gruaja ime sot mbasdite ishte pakëz e mallëngjyer. Ju e dini, grave u prishet gjaku për hiçgjë! Sidomos asaj times! Dhe do të ishte gabim të merrje inat me to, sepse sistemi i tyre nervor është shumë më i ndjeshëm sesa yni.

- I shkreti Leon! - thoshte Sharli, - po si do të jetojë në Paris?... Do të mësohet dot vallë aty?

Zonja Bovari psherëtiu.

- Mos u bëni merak! - tha farmacisti, duke kërcitur gjuhën, - gostitë e lezetshme me gatime të porositura, gosti; ballot me maska, ballo; shampanja, shampanjë! S'ka për t'i munguar gjë, dëgjomëni mua.

- S'ma do mendja të bëjë jetë të çrregullt, - vërejti Bovariu.

- As mua! - vazhdoi gjithë gjallëri zoti Ome, - megjithëse, do të detyrohet të bëjë si të tjerët, nëse do që të mos e mbajnë për jezuit. Po ju s'e merrni dot me mend se ç'jetë bëjnë ata qerratenj në lagjen latine, me artistet! Le pastaj që studentët i shohin me sy shumë të mirë në Paris. Mjafton të dinë sado pak të tregohen të këndshëm dhe i pranojnë në rrethet më të mira shoqërore, bile ka zonja nga ato të lagjes periferike të Shën Zhermenit që bien në dashuri me ta, gjë që u krijon mandej, raste për martesë me shumë leverdi.

- Por unë, - tha mjeku, - ia kam frikën atij se mos... aty.

- Keni të drejtë, - e ndërpreu farmacisti, - ajo është ana tjetër e medaljes! S'ka aty, duhet ta fusësh dorën vazhdimisht në xhep. Ja, të zëmë për shembull, ju jeni ulur në një lulishte publike; vjen një njeri e aq, veshur, ngjeshur e stolisur, dhe që mund ta merrni për diplomat; ju drejtohet juve; ia nisni bisedës; ju bën për vete, ju jep një pisk burnot ose ju ngre kapelën nga toka. Pastaj lidheni më tej me të; ai ju çon në kafene, ju fton të shkoni me të në shtëpinë e tij në fshat, ju njeh - sa mbaron gotën e verës në pritje të tjetrës - me lloj-lloj njerëzish, dhe, më të shumtën e rasteve i bën të gjitha këto vetëm e vetëm për t'ju qëruar paratë ose për t'ju futur në rrugë të gabuar.

- Ashtu është, - u përgjigj Sharli. - Por unë e kisha në radhë të parë te sëmundjet, si ethet e tifos, për shembull, që zënë studentët provincialë.

Ema u drodh e tëra.

- Ngaqë ndërrojnë jetesë, - shtoi farmacisti, - dhe për pasojë, u çrregullohet gjithë organizmi. Pale pastaj, që ta dini ju, uji i Parisit, gjellët e restoranteve, gjithë ato ushqime me erëza vjen një ditë e ta ndezin gjakun flakë dhe le të thonë sa të duan, po s'kanë të krahasuar me një mish turli të mirë që gatuhet në shtëpi. Sa për vete, mua më kanë pëlqyer më tepër gatimet e thjeshta dhe të mira, ato janë më të shëndetshmet! Prandaj, kur isha student në degën e farmacisë në Ruan, kisha hyrë në një pension dhe haja me profesorët.

Dhe vazhdoi kështu të shprehte mendimet e tij të përgjithshme dhe simpatitë vetjake derisa erdhi e kërkoi Justini se duhej të gatiste një preparat me të verdhë veze të rrahur me qumësht dhe ujë të ngrohtë me aromë.

- S'më lënë të marr frymë, xhanëm, - bërtiti ai, - gjithmonë lidhur me zinxhir! S'dal dot një minutë. Duhet të bëhem copë si kalë parmende! Ç'zgjedhë mjerimi! Pastaj, kur doli te dera, tha:

- Për pak se harrova, e dini të renë e fundit?

- Hë de, çfarë?

- Ka shumë të ngjarë, - vazhdoi Omeu, duke ngritur vetullat dhe duke marrë një pamje tepër serioze, - që panairi bujqësor i Senës së Poshtme të bëhet sivjet në Jonvil-l'Abe. Kështu flitet të paktën. Sot në mëngjes e përmendte shkarazi edhe gazeta. Për rrethin tonë kjo do të ishte gjë me shumë rëndësi! Sidoqoftë do të bisedojmë më vonë. Shoh, shoh, faleminderit, ka fener Justini.

VII

E nesërmja ishte për Emën një ditë e kobshme. Gjithçka iu duk e mbështjellë në një atmosferë të zymtë që ashtu, turbull, qëndronte pezull jashtë gjërave dhe në shpirt i futej lirshëm hidhërimi me ca ulërima të ëmbla si ato të erës së dimrit në kështjellat e braktisura. Ishte për të një nga ato ëndërrime për atë që nuk të kthehet më, një mërzitje që të pushton pas çdo fakti të kryer, ajo dhimbje, pra, që të shkakton ndërprerja e çdo lëvizjeje që është bërë shprehi, ndalimi i befasishëm i një fërgëllime të zgjatur.

Ashtu si atëherë që pasi u kthye nga Vobisari, i vinin vërdallë kadrilet në kokë, ajo ndiente tani një melankoli të zymtë, një dëshpërim të mpirë. Leoni i shfaqej para syve më shtatlartë, më i hijshëm, më i këndshëm, më i pakapshëm se kurrë ndonjëherë; edhe pse ishte ndarë prej saj, ai nuk ishte larguar nga ajo, ishte aty, dhe muret e shtëpisë dukeshin sikur ruanin hijen e tij. Ajo s'mund ta shqiste shikimin nga ai qilim mbi të cilin kishte ecur ai, nga ato kolltukë të zbrazët ku ishte ulur ai. Lumi rridhte pa pushim, dhe i shtynte dalëngadalë valëzat e tij gjatë bregut të pjerrët. Shumë herë kishin shëtitur ata të dy aty, pranë po kësaj gurgullime që bëjnë valët duke kaluar mbi zallin e mbuluar me myshk. Sa ditë të bukura me diell, sa mbasdite të këndshme kishin kaluar ata, të dy vetëm, në hije, në fund të kopshtit! Ai lexonte me zë të lartë, kokëzbuluar, ulur mbi një stol shpurash të thata, fletët e librit dhe gjethet e luleve zbukuruese të tendës dridheshin nga era e freskët e livadhit... Ah! I iku dhe ai, i vetmi gëzim i jetës së saj, e vetmja shpresë e lumturisë që mund të kish. Si nuk e kishte rrokur atë lumturi kur i doli përpara!

Përse nuk e mbajti me të dy duart, me të dy gjunjët, kur donte t'i ikte? Dhe mallkoi veten që nuk e kishte dashuruar Leonin: tani zhuritej për buzët e tij. I erdhi t'ia mbathte që ta takonte, t'i hidhej në krahë, t'i thoshte: "Ja ku më ke, jam jotja!" Mirëpo Emën e pengonin që përpara vështirësitë e kësaj ndërmarrjeje dhe dëshirat, të cilave u shtohej keqardhja, i bëheshin akoma më të gjalla.

Qysh atëherë, kujtimi i Leonit u bë si strumbullari i mërzisë së saj, ai flakëronte aty më tepër se zjarri që lënë ndezur mbi dëborë udhëtarët në ndonjë stepë të Rusisë. Ajo sulej drejt tij, tulatej pranë tij, e trazonte gjithë kujdes këtë vatër zjarri gati duke u shuar, kërkonte rreth e rrotull vetes gjithçka që mund ta ushqente më tepër; dhe si kujtimet e turbullta më të largëta edhe rastet më të freskëta, si ato që ndiente dhe ato që parafytyronte, si afshet epshore që po i shuheshin, planet për lumturi që kërcisnin si degët e thata nga era, virtytet shterpa, shpresat e fikura, dhe kashtën e shtrojës së stallës të shtëpisë, i qëmtonte të gjitha, i merrte të gjitha, dhe i përdorte të gjitha për të ngrohur trishtimin e saj.

Megjithatë flakët u fashitën, ose ngaqë lënda djegëse shteroi vetvetiu, ose ngaqë u rras me shumicë mbi to. Dashuria pak nga pak iu shua sepse ai s'ishte më aty, brenga iu mbyt sepse u mësua me të; dhe atë dritë të vobektë zjarri që i përskuqte qiellin e zbehtë e përpiu më keq errësira dhe u fik dalëngadalë. Në ndërgjegjen e saj të përgjumur, neverinë që i ndillte i shoqi e shpjegoi me ndjenjën e zjarrtë që kishte ndaj dashnorit, përvëlimet e shpirtit nga urrejtja si ndezje të dashurisë; mirëpo, meqë stuhia vazhdonte pareshtur, dhe zjarri i dashurisë u bë shkrumb e hi, dhe meqë nuk i erdhi asnjë ndihmë, nuk doli asnjë diell, ra nata e plotë anembanë, dhe ajo mbeti e pashpresë mes të ftohtës të llahtarshme që i përshkonte trupin.

Atëherë për të filluan përsëri ato ditët e këqija të Totit. Tani e ndiente veten shumë më fatzezë, sepse e kishte provuar se ç'është mërzitja dhe ishte e bindur se s'kishte për t'i kaluar më kurrë.

Një grua si ajo që i kishte imponuar vetes gjithë ato sakrifica të mëdha, i lejohej me të drejtë të plotësonte disa teka. Ajo bleu një fron gotik për lutje dhe brenda një muaji shpenzoi katërmbëdhjetë franga vetëm për limonët që siguronte për të pastruar thonjtë; porositi në Ruan një fustan me copë kashmiri blu; zgjodhi te Lërëi, brezin më të bukur, e lidhte atë rreth belit, mbi petkun e dhomës; dhe me kanate të dritareve mbyllur, e veshur ashtu në mënyrë qesharake, rrinte shtrirë mbi kanape, me një libër në dorë.

Shpesh herë e ndryshonte mënyrën e mbajtjes së flokëve; i bënte sipas modës kineze, me kaçurrela të buta, gërshet, i ndante me vijë anash i mblidhte poshtë, si burrë.

Deshi të mësonte italishten: bleu fjalorë, një gramatikë, një sasi letre të bardhë. U përpoq të lexonte libra seriozë, historie

dhe filozofie. Nganjëherë, natën, Sharli zgjohej befas, duke kujtuar se po e thërrisnin për ndonjë të sëmurë.
- Erdha, - belbëzonte ai.
Dhe ishte zhurma e shkrepëses që e fërkonte Ema për ta ndezur llambën. Mirëpo librat e saj ishin si puna e qëndismave, të cilat si i kishte filluar një herë të gjitha, i kishte hedhur shuk në dollap; i merrte, i linte, kalonte në të tjera.
Kur e kapnin krizat, fare lehtë mund të bënte edhe marrëzira. Një ditë deklaroi, me gjithë kundërshtimet e të shoqit, se ishte në gjendje të pinte një gjysmë gote të madhe me raki, dhe, meqë Sharli u tregua mendjelehtë duke e ngacmuar më tej, ajo e piu rakinë me fund.
Megjithëse dukej firifiu nga mendja (kështu e kishin cilësuar zonjat e Jonvilit), Ema në pamje të jashtme, nuk ishte e gëzuar, dhe, zakonisht, në cepat e buzëve ruante atë ngërdheshje të palëvizshme që u rrudh fytyrën lëneshave dhe ambiciozëve të rënë nga vakti. Ishte shumë e zbehtë, e bardhë si çarçaf; lëkura e hundës vinte e tendosur drejt vrimave, sytë i kishin një shikim të turbullt. Si gjeti tri thinja mbi tëmtha, s'pushonte së thëni se po i vinte pleqëria.
Shpesh herë i binte të fikët. Një ditë bile pështyu gjak, dhe kur Sharli nxitoi drejt saj, duke shfaqur shqetësimin e tij, ajo i tha:
- Ehu! Ç'rëndësi ka?
Sharli shkoi u mbyll në dhomën e vizitave dhe, i mbështetur me bërryla mbi tryezë, ulur në kolltukun e tij të punës, poshtë kafkës frenologjike, ia plasi të qarit.
Pas kësaj që ndodhi, i shkroi së ëmës një letër me anë të të cilës i lutej të vinte, dhe biseduan së bashku gjerë e gjatë për Emën. Ç'të vendosnin! Ç'të bënin, përderisa ajo nuk pranonte asnjë lloj mjekimi?
- E di ti se ç'i vinte hakut sat shoqeje? - vazhdonte nëna Bovari. - T'u hynte punëve të detyruara, punëve të krahut! Pa të detyrohej edhe ajo, si shumë e shumë të tjera, ta nxirrte vetë kafshatën e gojës, s'kishte për të pasur gjithë këto teka, që i lindin nga turlilloj mendimesh me të cilat ka mbushur radaken dhe nga të ndenjurit pa punë e pa zanat.
- Sidoqoftë me punë merret, - i thoshte Sharli.
- Posi, posi! U merrka me punë! Po me ç'punë pa? Që lexon

romane, libra, libra koti, vepra antifetare, nga ato që tallin priftërinjtë me citate nga të Volterit. Po të gjitha këto të çojnë larg, djalë i dashur, dhe një njeri i pafe, në mos sot, nesër, keq ka për të përfunduar.

Kështu pra, u vendos që Emën s'do ta linin më të lexonte romane. Mirëpo kjo punë s'dukej aspak e lehtë. Përsipër e mori zonja e madhe; kur të kalonte nga Ruani, ajo do të shkonte vetë te libradhënësi me qira dhe do t'i thoshte që Ema nuk do të bënte më pajtime. Pse a s'kishin edhe të drejtë të njoftonin policinë, në raste se librashitësi ngulmonte në të tijën si i zanatit që qe për të helmatisur mendjen e njerëzve?

Vjehrra me nusen u ndanë ftohtë. Gjatë tri javëve që kishin ndenjur bashkë, përveç pyetjeve dhe përshëndetjeve të rastit, kur takoheshin në tryezën e ngrënies, dhe, në mbrëmje, para se të shkonin të flinin, ato s'shkëmbyen as tri-katër fjalë me njëra-tjetrën.

Zonja Bovari, nëna iku një të mërkurë, që ishte ditë pazari në Jonvil.

Qysh në mëngjes, sheshi ishte i zënë nga një varg qerresh të cilat, me pjesën e mbrapme të mbështetur përdhe dhe me bigat ngritur përpjetë, ishin renditur anës shtëpive, që nga kisha e deri te hani. Në anën tjetër, ishin barakat prej bezeje ku shiteshin të pambukta, batanije dhe çorape leshi; kapistra dhe tufa shiritash të kaltër, majat e të cilëve valëviteshin nga era. Përtokë, midis pirgjeve me vezë dhe shportave me djathë, prej të cilave dilnin fije kashte veshtullore, ishin vënë radhëradhë enë të mëdha kuzhine; pranë makinave të grurit kuaçisnin nëpër kafaze të ulëta pula që nxirrnin qafën nga vrimat e tyre. Turma, duke u ngjeshur e tëra në një vend, pa dashur të luante prej andej, herë-herë rrezik ta thyente vitrinën e farmacisë. Të mërkurave, kjo nuk boshatisej asnjëherë dhe njerëzit shtyheshin, jo aq për të blerë ilaçe sesa për të kërkuar këshilla, kaq shumë i kishte dalë nami zotit Ome, në fshatrat rreth e përqark. Ai sillej me aq torua, saqë fshatarët linin mendtë pas tij. Ata e mbanin për mjek përmbi të gjithë mjekët.

Ema ishte mbështetur me bërryla në parvazin e dritares (aty rrinte shpesh: në provincë dritarja zëvendëson teatrot dhe shëtitoren) dhe po zbavitej duke soditur turmën e katundarëve, kur, papritur, i zunë sytë një zotëri të veshur

me një redingotë kadifeje të gjelbër. Mbante dorashka të verdha, ndonëse ishte mbathur me tirqe të mëdha, dhe po drejtohej për nga shtëpia e mjekut, i ndjekur nga një fshatar që ecte kokulur dhe që dukej i zhytur i tëri në mendime.
- A mund ta takoj zotërinë? - e pyeti ai Justinin, që po bisedonte me Felisitenë te pragu i derës.
Dhe, si e mori atë për shërbëtorin e shtëpisë, shtoi:
- Thuajeni që ka ardhur zoti Rodolf Bulanzhe dë la Yshet.

I porsaardhuri nuk e kishte fare për mburrje krahine, që i shtoi emrit të tij pjesëzën "dë" dhe La Yshet, por këtë e bëri vetëm që ta merrnin vesh më mirë se kush ishte. La Yshet ishte me të vërtet një çiflig afër Jonvilit, ku ai kishte blerë kështjellën si dhe dy ferma që i punonte vetë, por pa u vrarë shumë. Bënte jetë beqari, dhe e mbanin si pasanik që kishte të paktën pesëmbëdhjetë mijë franga të ardhura!

Sharli hyri në sallë. Zoti Bulanzhe i paraqiti atë që e shoqëronte, i cili donte t'i hiqnin gjak, sepse ndiente miza nëpër trup!
- Kjo ka për të më pastruar, - iu kundërpërgjigj ai të gjitha arsyetimeve të bëra. Kështu Bovariu kërkoi t'i sillnin fasha dhe një legen, dhe iu lut Justinit që t'ia mbante. Pastaj iu drejtua fshatarit që tashmë i kishte ikur ngjyra nga fytyra:
- Mos kini fare frikë, or trim.
- Jo, jo, - iu përgjigj ai, - shikoni punën ju!
Dhe gjithë mburrje, shtriu krahun e tij të trashë. Sa iu hap një vrimë në venë me majën e thikëzës, shpërtheu gjaku e spërkati pasqyrën. - Afroje legenin! - bërtiti Sharli.
- Dreqo, punë! - ia pati fshatari, - hajde thuaj po deshe që s'rrjedh si krua! Sa të kuq e paskam gjakun! Shenjë e mirë kjo, apo jo?
- Ka raste, - vazhdoi mjeku, - që në fillim nuk ndiejnë asgjë, pastaj u bie të fikët, dhe në mënyrë të veçantë njerëzve me trup të formuar, si ky.

Sa dëgjoi këto fjalë fshatari e lëshoi kutinë që vërtiste nëpër gishta. Shpina e karriges kërciti nga shpatullat e tij që ranë përnjëherë mbi të. Kapela iu rrëzua përdhé.
- E prisja një gjë të tillë, - tha Bovariu, - duke ia shtrënguar venën me gisht.

Legeni po dridhej në duart e Justinit; këtij i merreshin këmbët, fytyra iu zbeh.

- Moj grua! Moj grua! - thirri Sharli. Ajo zbriti njëherësh shkallët.
- Uthull! - bërtiti ai, - Ah! O zot, ç'më gjeti dy në një kohë! Dhe nga emocioni mezi po i vinte kompresën.
- S'ka gjë, - thoshte fare i qetë zoti Bulanzhe, ndërsa po merrte në krahët e tij Justinin.
Dhe e uli mbi tryezë, duke ia mbështetur shpinën në mur.
Zonja Bovari nisi t'i zgjidhte kravatën. Kishte një nyjë në lidhësat e këmishës; ajo ndenji disa minuta duke i vërtitur gjithandej gishtat e saj të shkathët në gushën e djaloshit; pastaj hodhi uthull në shaminë e saj prej linoje; i njomte me të tëmthat duke ia vënë disa herë dhe duke i fryrë përsipër, gjithë merak.
Fshatari erdhi në vete, ndërsa Justini vazhdonte të ishte pa ndjenja, dhe bebet e syve po zhyteshin në të bardhën e zbehtë, si ca lule të kaltra në qumësht.
- Hiqja nga sytë këtë, - tha Sharli.
Zonja Bovari mori legenin. Kur deshi ta vendoste poshtë tryezës, gjatë lëvizjes që bëri, duke u përkulur fustani i saj, (ishte një fustan veror me katër fruta, i verdhë, i gjatë, me fund të gjerë) fustani, pra, iu hap rreth vetes mbi pllakat e dyshemesë dhe, ngaqë Ema, e kërrusur, lëkundej paksa duke shtrirë krahët, pjesa e fryrë e stofit hapej vende-vende sipas përkuljeve të bustit. Pastaj, shkoi e mori një kanë me ujë dhe kur nisi të shkrinte në të ca copa sheqeri, mbërriti farmacisti. Mes asaj rrëmuje e kishin çuar shërbëtoren që ta merrte; kur pa që çiraku i tij i kishte hapur sytë, mori frymë i lehtësuar. Pastaj, duke u sjellë rrotull tij, e këqyrte nga koka te këmbët.
- Budalla! - thoshte ai. - Hej, budalla i shkretë! Koqe budallai! Gjë e madhe, lëre mos e nga ç'është flebotomia! Është dhe trim pale, s'tutet nga asgjë! Ky farë ketri, siç e shihni dhe vetë, që ngjitet në majat më të larta për të shkundur arra! Po, po, fol po deshe, mburru, sa të duash! Lëre ç'farmacist paske për t'u bërë; se nesër mund të thirresh në rrethana të rënda para gjyqit, që të sqarosh gjykatësit; po s'ka aty, ose do të ruash gjakftohtësinë, të arsyetosh si njeri, të tregohesh burrë, ose pastaj të të marrin për hajvan!
Justini nuk përgjigjej. Farmacisti vazhdonte:
- Kush iu lut zotërisë sate të vijë këtu? Ngele duke i bezdisur si zotërinë dhe zonjën! Le pastaj që të mërkurave

ti më duhesh aty më tepër se ditët e tjera. Njëzet veta presin në shtëpi tani që flas me ty. I lashë të gjithë për hatrin tënd. Hajde, mbathja! Vrap! Më prit mua, dhe ki mendjen te kavanozët!

Kur Justini, pasi u vesh, doli jashtë, ata folën pak për të fiktit. Zonjës Bovari nuk i kishte rënë asnjëherë.

- Është gjë e jashtëzakonshme për një zonjë! - tha zoti Bulanzhe. - Ke pastaj dhe njerëz shumë të dobët. Kështu për shembull kam parë me sytë e mi, në një dyluftim, një dëshmitar të cilit i ra të fikët, vetëm sa dëgjoi zhurmën e pistoletave kur i mbushnin.

- Mua, - tha farmacisti, - kur shoh gjakun e të tjerëve, s'më bën asnjë përshtypje; por, ama po të vijë puna për timin, mjafton të mendoj që më rrjedh dhe më vjen vilani, natyrisht po ta mbaj mendjen aty.

Ndërkaq zoti Bulanzhe i tha shërbëtorit të tij të ikte, duke e porositur ta mblidhte veten, meqë i qe plotësuar teka që kishte.

- Teka e tij më dha rastin të njihesha me ju, - shtoi ai.

Dhe duke shqiptuar këto fjalë, nuk ia shqiste sytë Emës.

Pastaj la në cep të tavolinës tri franga, bëri sikur përshëndeti dhe u largua. Pas pak ai u hodh matanë lumit (andej i binte për t'u kthyer në La Yshet); dhe Ema e pa që po ecte në livadh, nën plepa, duke e ngadalësuar hapin herë pas here si njeri i zhytur në mendime.

"Qenka shumë e pashme! - thoshte ai me vete; - Qenka shumë e pashme gruaja e mjekut! Dhëmbët xixë, sytë pis të zinj, këmbët të bukura, dhe një trup të zhdërvjellët si pariziane. Nga dreqin të jetë vallë? Po ai trashaluq ku e ka psonisur xhanëm?"

Zoti Rodolf Bulanzhe ishte tridhjetë e katër vjeç; ishte njeri i ashpër dhe mendjemprehtë; për më tepër kishte ndenjur shumë me femra dhe ua njihte mirë mendjen; filloi pra të analizonte me vete atë, si edhe të shoqin e saj.

"Ma do mendja se ai është një koqe budallai. Asaj duhet t'i ketë ardhur shpirti në majë të hundës me të. Thonjtë i ka të pisët dhe mjekrën e rruan një herë në tri ditë! Ai vërdalloset pas të sëmurëve, ndërsa ajo rri e arnon çorape. Dhe mërzitet, s'ka faj! Qejfi ia ka të banojë në qytet, të kërcejë polka çdo mbrëmje! E shkreta grua! Digjet për dashuri, si peshku për ujë mbi tryezën e kuzhinës. Mjafton t'i bësh dy-tri komplimente dhe ia fitove zemrën, jam i sigurt! Duhet të jetë e ngrohtë! E mrekullueshme!... Deri aty mirë, po pastaj si ta heqësh qafe?"

Atëherë duke parashikuar që kjo kënaqësi do të haste në pengesa, i shkoi mendja vetvetiu në të kundërt, për atë që ishte e gatshme, dashnoren e tij. Kjo ishte një aktore nga Ruani, të cilën e mbante me paret e veta; dhe, kur e solli parasysh fytyrën e saj, me të cilën ishte i stërngopur aq sa dhe duke e kujtuar s'e duronte dot më, tha me vete:

"Ah! Zonja Bovari, është shumë më e bukur se ajo, më e njomë në radhë të parë. Virxhinia ka filluar me gjithë mend të vërë tërë ato tule. Sa s'e duroj dot me ato ngazëllimet e saj. Pale pastaj që më çmendi fare me maninë që ka për qaforet!" fusha ishte e shkretë dhe Rodolfi dëgjonte rreth tij vetëm shushurimën e rregullt të barërave që i fshikullonin këpucët, si dhe këngën e gjinkallave të struktura dikur larg në tërshërë; ai parafytyronte Emën në sallë, të veshur ashtu siç e kishte parë, dhe që pastaj fillonte ta zhvishte.

- Oh! Kam për ta rregulluar! - bërtiti ai, duke copëtuar me një të goditur shkopi, një plis dheu që kishte përpara.

Dhe, menjëherë, nisi të shqyrtonte strategjinë sesi do ta arrinte këtë pikësynim.

Pyeste veten:

"Ku do të takohemi? Në ç'mënyrë? Kanë për të na nxjerrë vazhdimisht pengesa, jo kalamani, jo shërbëtorja, jo fqinjët, jo i shoqi, gjithfarë telashesh të mëdha. Uuf! - Ia bëri ai, ç'po e humb kohën kot!" Pastaj ia nisi nga e para:

"Ka ata sy që të futen në zemër si dy turjela. Pale atë çehre të zbehtë!... A sa i adhuroj unë femrat me fytyrë të zbehtë".

Kur mbërriti majë kodrës së Argëjit, e kishte marrë vendimin.

"Tani më duhet vetëm të gjurmoj rastet e përshtatshme. Epo ja! Do të kaloj ndonjëherë nga ata; do t'u dërgoj mish gjahu, shpendë shtëpiakë; do të shkoj të më heqin gjak, po të jetë nevoja; do të miqësohemi, do t'i ftoj në shtëpinë time... ah! Me gjithë mend! - shtoi ai, - së shpejti do të hapet ekspozita bujqësore; ajo ka për të ardhur, do ta takoj. Do t'i futemi kësaj valleje, dhe me guxim, se ashtu ka më tepër siguri."

VIII

Dhe me të vërtetë erdhi dita e hapjes së atij panairit të famshëm. Që në mëngjes të festës së madhe, gjithë banorët, te dyert e shtëpive, bisedonin me njëritjetrin për përgatitjet; ballina e bashkisë ishte stolisur me urth; në një livadh të vogël kishin ngritur një tendë për gostinë, dhe, mu në mes të sheshit, përpara kishës, rrinte një njeri me një si top, i cili do të njoftonte mbërritjen e zotit prefekt dhe emrat e bujqve çmim fitues. Nga Byshia i kishte ardhur për ndihmë grupit të zjarrfikëseve me në krye Bineton, garda kombëtare (Jonvili nuk kishte). Kapiten Bineu kishte vënë atë ditë një qafore më të lartë se zakonisht, dhe, i karfosur në uniformën e tij, e mbante trupin aq të ngrirë dhe pa lëvizur, saqë dukej sikur vetëm këmbët, të cilat ngriheshin ritmikisht me hap të prerë me një lëvizje të vetme i kishte të gjalla. Tagrambledhësi dhe koloneli, duke qenë vazhdimisht në rivalitet midis tyre, si njëri dhe tjetri, për të treguar aftësitë e tyre, i drejtonin veçmas, secili për hesap të vet, njerëzit e tyre. Spaletat e kuqe dhe gjoksoret e zeza kalonin gjithnjë këmbyerazi. Kjo s'kishte të mbaruar dhe përsëritej pareshtur! S'ishte parë kurrë salltanet i tillë! Shumë banorë i kishin pastruar që pa gdhirë shtëpitë e tyre; në dritaret gjysmë të hapura vareshin flamuj tringjyrësh; kafenetë ishin plot e përplot me njerëz; dhe, në atë ditë të bukur, skufjet e kollarisura, kryqet e arta dhe shallet ngjyra-ngjyra që dukeshin më të bardha se bora, vezullonin nga dielli i qartë, dhe me larminë e tyre të përhapur gjithandej nxirrnin në pah monotoninë e zymtë të redingotave dhe të bluzave të zeza. Gratë e fermerëve të krahinës, kur zbrisnin nga kuajt, hiqnin paramanën me të cilën kishin kapur rreth trupit fustanin e përveshur, ndërsa bashkëshortët e tyre, ndryshe nga ato, për të ruajtur kapelat, i kishin mbuluar me shamitë e xhepit, që i mbanin vazhdimisht me dhëmbë nga njëri cep.

Turma vinte në rrugën kryesore nga të dy anët e fshatit. Ajo vërshonte nga sokakët, udhëkalimet, nga shtëpitë, dhe herë pas here dëgjohej të binte çoku i dyerve që mbylleshin mbrapa, amvisave me dorashka të thurura me pe, të cilat dilnin për të parë festën. Të gjithë soditnin, me ëndje në fillim, dy trekëndësha të lartë mbushur me llamba, të vendosur në të dy anët e tribunës ku do të rrinin autoritetet dhe, përveç këtyre, pranë katër kolonave të bashkisë, ishin ngulur katër shkopinj, secili me nga një flamur të vogël pëlhure gjelbëroshe, të stolisur me mbishkrime me shkronja të arta. Mbi njërin prej tyre lexohej: "Për tregtinë"; mbi një tjetër "Për bujqësinë"; mbi të tretin:"Për industrinë"; dhe mbi të katërtin: "Për artet e bukura".

Mirëpo ngazëllimi që çelte fytyrat e të gjithëve dukej sikur e bënte pikë e vrer zonjën Lëfransua, hanxheshën. Në këmbë, në shkallët e kuzhinës, ajo murmuriste nëpër dhëmbë:

- Ç'marrëzi! Ç'marrëzi që është ajo barakë prej bezeje! Kaq të jenë, sa të kujtojnë se prefekti ka qejf të hajë drekë aty, nën atë farë tende, si ndonjë copë palaço? Me këto budallallëqe që bëjnë, mendojnë se punojnë për të mirën e fshatit? Po të qe kështu, ç'ishte nevoja, atëherë që vanë e kërkuan kuzhinier në Nëshatel! Dhe për kë pa? Për lopçarët, për këmbëzbathurit!...

Në këto fjalë e sipër kaloi farmacisti. Kishte veshur një frak të zi, pantallona prej nankini në ngjyrë të verdhë të çelët, këpucët i kishte prej kastori, dhe në kokë kishte vënë, për këtë rast të jashtëzakonshëm, një kapelë të ulët.

- Nderimet e mia, - i tha ai, - më falni, po nxitoj.

Dhe kur e pyeti vejusha trashaluqe se ku po shkonte, ai u përgjigj:

- S'po ju besoni syve, apo jo? Se unë rri gjithë kohën mbyllur në laborator tamam si miu në djathë.

- Ç'djathë? - e pyeti hanxhesha.

- Jo, asgjë! S'ka gjë! - vazhdoi Omeu. - Vetëm sa doja t'ju thosha, zonja Lëfransua, që zakonisht unë s'dal fare nga shtëpia. Megjithatë sot, në një rast si ky, duhet që...

- Ah! Po shkoni aty, - i tha ajo me njëfarë përçmimi.

- Po, aty po shkoj, - iu përgjigj farmacisti me habi, - a s'jam dhe unë autor i komisionit konsultativ?

Teto Lëfransuai e këqyri një copë herë, dhe më në fund tha duke vënë buzën në gaz:

- Tjetër punë ajo! Ç'ju lidh ju me bujqësinë? Ku keni haber ju nga ajo?

- Sigurisht që kam, derisa jam farmacist, domethënë kimist. Dhe kimia, zonja Lëfransua, meqë ka për qëllim njohjen e veprimit reciprok dhe molekular të të gjithë trupave fizikë, vetëkuptohet që edhe bujqësia përfshihet brenda fushës së saj! Dhe me të vërtetë, si përbërja e plehrave, si fermentimi i lëngjeve, si analiza e gazrave dhe ndikimi i erërave të qelbura, të kalbësirave a nuk janë, të gjitha këto, po ju pyes ju, veçse punë kimie, në kuptimin e thjeshtë të fjalës?

Hanxhesha nuk i ktheu asnjë përgjigje. Omeu vazhdoi:

- Mos kujtoni ju se për të qenë agronom, duhet ta kesh punuar vetë tokën apo të kesh ushqyer shpendët shtëpiakë? Jo, moj, jo, duhet të njohësh në radhë të parë strukturën e lëndëve për të cilat bëhet fjalë, shtresat e dheut, veprimet atmosferike, cilësitë e tokave, të mineraleve, të ujërave, dendësinë e trupave të ndryshëm dhe kapilaritetin e tyre! E ku ta di unë! Dhe pastaj duhet të zotërosh me rrënjë gjithë parimet e higjienës, që të drejtosh ndërtimin e godinave, mbarështimin e bagëtive, ushqyerjen e shërbëtorëve dhe të bësh vërejtje për to! Duhet gjithashtu, zonja Lëfransua, të zotërosh botanikën, të dish të dallosh bimët, më kuptoni, apo jo? cilat janë të dobishme dhe cilat të dëmshme, cilat janë joprodhuese dhe cilat ushqyese; në ia vlen t'i shkulësh që këtu dhe t'i mbjellësh aty, t'i shumëfishosh ca e ca të tjera t'i zhdukësh fare nga faqja e dheut; me një fjalë, duhet të jesh në dijeni të shkencës nëpërmjet broshurave dhe gazetave, të jesh gjithmonë në gjendje për të treguar rrugën për përmirësimin...

Hanxhesha nuk i hiqte sytë nga hyrja e Kafes franceze, ndërsa farmacisti shkonte më tej:

- Dhëntë zoti që bujqit tanë të jenë kimistë, ose të paktën të dëgjojnë më tepër këshillat e shkencës! Ja, unë për shembull, kohët e fundit shkrova një broshurë të fortë, një punim shkencor që ka mbi shtatëdhjetë e dy faqe, me titull: "Mbi mushtin e mollëve, prodhimin dhe efektet e tij, si dhe disa mendime të reja reth kësaj çështjeje" dhe ia dërgova Shoqatës së agronomëve të Ruanit; si rrjedhim pata nderin të pranohem në radhët e saj, në seksionin e bujqësisë, në degën e mollikulturës; ama, sikur vepra ime të ishte botuar për publikun e gjerë...

Mirëpo farmacisti nuk e çoi dot fjalën deri në fund, sepse zonja Lëfransua s'e kishte fare mendjen aty.

- Pa shikoni ata! - i thoshte ajo, - s'merret vesh ç'bëhet! Hajde mejhane, hajde!

Dhe, duke ngritur vatat që ia tërhiqnin mbi kraharor thiletë e trikos, ajo i tregonte me të dy duart pijetoren e rivalit të saj, prej nga dëgjoheshin në ato çaste këngë.

- Le njëherë që s'e ka të gjatë, - shtoi ajo, - shumë-shumë për tetë ditë ka për ta marrë ferra uratën.

Omeu u zmbraps nga habia. Ajo zbriti të tri shkelëzat e shkallëve dhe, i pëshpëriti në vesh:

- Si! S'ditkeni gjë ju? Kanë për t'ia marrë brenda kësaj jave. E detyroi Lërëi ta shiste. E mbyti me kambiale.

- Ç'katastrofë e tmerrshme! - bërtiti farmacisti, i cili gjente gjithmonë fjalën e përshtatshme për çdo rrethanë që merrej me mend.

Kështu pra, hanxhesha nisi t'i tregonte këtë histori, të cilën e dinte nga Teodori, shërbëtori i zotit Gijomen, dhe, ndonëse e urrente për vdekje Teliené, nuk ndenji pa e sharë Lërëin. Për të ai ishte mashtrues, servil i ndyrë.

- Ah! Pa shikoni, - i tha ajo, - ja ku është te pazari, po përshëndet zonjën Bovari, që na paska vënë kapelë të gjelbër. I paska futur madje krahun zotit Bulanzhe.

- Zonja Bovari! - thirri Omeu. - Po shkoj në çast ta përshëndes. Mbase ia ka qejfi të zërë vend brenda, poshtë kolonave.

Dhe pa ia vënë veshin teto Lëfransuasë, që e thërriste për t'ia shtjelluar çështjen më gjatë, farmacisti u largua me hap të shpejtë, buzagaz dhe i ngrefosur, duke përshëndetur majtas-djathtas, shumë njerëz dhe duke zënë gjithë atë hapësirë me palat e gjata të frakut të zi, që i valëvitej nga mbrapa.

Si e vuri re që për së largu, Rudolfi nxitoi hapin; mirëpo zonjës Bovari iu mor fryma, prandaj ai eci më me ngadalë dhe, duke buzëqeshur, i tha asaj me një ton të ashpër:

- Kam hall t'i shmangemi atij trashaluqit, e dini kujt, farmacistit. Ajo i ra me bërryl. "Ç'domethënë kjo?" - pyeti ai veten.

Dhe nisi ta këqyrte me bisht të syrit, pa ndaluar së ecuri.

- Shihni ç'luledele të bukura, - i tha ai, - paska kaq shumë sa mund të provojnë fatin gjithë të dashuruarat e krahinës.

Dhe shtoi:

- Të këput ca. Si thoni?

- Mos kini rënë gjë në dashuri? - e pyeti ajo duke u kollitur lehtë.

- Eh! Eh! Kush e di? - u përgjigj Rodolfi.
Livadhi filloi të mbushej me njerëz, dhe ngado që të shkoje ndeshje amvisa me çadra të mëdha, shporta dhe kolopuçë. Shpesh herë duhej t'i hapje rrugë ndonjë vargani të gjatë me fshatare, shërbëtore me çorape të kaltra, me këpucë sheshka, me unaza argjendi, dhe që kundërmonin erë bulmet, kur u kaloje pranë. Ato ecnin duke u mbajtur për dore, dhe zinin kështu gjithë livadhin për së gjati, që nga rreshti i plepave të egër deri te tenda e banketit. Më në fund erdhi çasti i kontrollit, dhe bujqit, njëri pas tjetrit, hynin në një si punë hipodromi të sajuar me një litar të gjatë, ngritur mbi shkopinj.
Kafshët ishin aty, me turi të kthyer nga kordoni, duke i mbajtur vithet, ca të mëdha e ca më të vogla, në atë drejtim që u vinte për mbarë. Derrat që po dremisnin, i fusnin feçkat për dhe; viçat pëllisnin; delet blegërimin; lopët me një gju të mbledhur nën vete, ishin shtrirë mbi bar dhe, duke u përtypur me ngadalë, kapisnin qepallat e tyre të mëdha, për t'u mbrojtur nga mushkonjat që zukatnin rreth tyre. Kafsharët llërëpërveshur mbanin nga kapistra hamshorët të ngritur mbi këmbët e prapme, që hingëllinin gjithë epsh me sytë nga pelat. Këto nuk e prishnin terezinë, ndernin kokën dhe krifën që u varej, sakaq mëzat e tyre pushonin në hijen që bënin ato, ose nganjëherë pinin sisë; dhe mbi valëzimin e gjatë të gjithë këtyre trupave të ngjeshur njëri pas tjetrit, ngrihej nga era, si valë, ndonjë jale e bardhë, ose dilnin brirë me majë, dhe dukeshin koka njerëzish që vraponin. Mënjanë, jashtë vendit të rethuar, njëqind hapa më tej, ishte një dem i madh i zi, me turizë të vënë, me një unazë hekuri shkuar në vrimat e hundës, i cili nuk lëvizte vendit sikur të ishte prej bronzi. E mbante për litari një fëmijë i veshur me zhele.
Ndërkaq, midis dy rrathëve të bagëtive, kalonin me hap të ngadaltë, disa zotërinj, të cilët këshilloheshin me njëri-tjetrin. Njëri prej tyre, që dukej më me rëndësi, mbante, duke ecur, shënime në një album. Ai ishte kryetari i jurisë, zoti Dërozëre dë la Panvil. Sapo e njohu Rodolfin, ai iu afrua me të shpejtë dhe, duke buzëqeshur miqësisht, i tha:
-Pse na keni braktisur kështu, zoti Bulanzhe?
Rodolfi nisi t'i mbushte mendjen se do të vinte me ta. Mirëpo me t'u larguar kryetari, plotësoi:
- Jo, besa, s'kam për të shkuar; më shumë ma ka ënda të rri

me ju sesa me ta.

Dhe, duke u tallur me panairin, Rodolfi, për të qarkulluar më lirisht, i tregonte xhandarit lejekalimin e tij të kaltër, dhe bile nganjëherë ndalej para ndonjë alamet gjedhi, të cilit zonja Bovari s'ia hidhte fare sytë. Ai e vuri re këtë gjë, dhe atëherë filloi të bënte shaka me veshjet dhe stolisjet e zonjave të Jonvilit, pastaj i kërkoi të falur që për vete ishte veshur si kish mundur. Rrobat e tij vuanin nga një mospërputhje e gjërave të rëndomta dhe të spitulluara, ku njerëzit e thjeshtë, zakonisht kujtojnë se dallojnë tiparet e një jete tjetërsoj, çrregullimin e ndjenjave, tiranitë e artit, dhe gjithmonë njëfarë përbuzje ndaj rregullave shoqërore, gjë që ose i mahnit, ose i pezmaton. Kështu pra, këmisha e tij prej lini të hollë me mëngë të rrudhura fryhej nga frynte era, që hynte nga e çara e jelekut prej doku të përhirtë, dhe pantallonat me vija të gjera nuk ia mbulonin këpucët me qafa prej nankini, me shpinë meshini të lyer me vernik. Ato ishin të lustruara aq mirë saqë mbi to pasqyrohej bari. Ai shkelte me to mbi bajgat e kuajve, duke mbajtur njërën dorë në xhepin e xhaketës dhe kapelën prej kashte mbi njërin sy.

- S'ke ç't'i bësh, - shtoi ai, - kur banon në fshat...
- Gjithçka është e kotë, - tha Ema.
- Po, ashtu është! - u përgjigj Rodolfi. - Kur mendon që ndër gjithë këta njerëz të mirë s'ke qoftë dhe një të vetëm që të jetë në gjendje të vlerësojë prerjen me shije të një fraku!

Atëherë folën për jetën e varfër që bëhej në provincë, për njerëzit që ndrydheshin, për ëndërrimet e bukura që shuheshin aty.

- Prandaj, - thoshte Rodolfi, - më hipën një trishtim...
- Juve! - i tha ajo me habi. - Kurse unë kujtoja se ishit shumë i gëzuar?
- Ah, po, në pamje të jashtme, sepse kur jam mes njerëzve di t'i vesh fytyrës një maskë shakaxhiu; dhe megjithatë sa herë që shoh një varrezë, nën dritën e hënës, pyes veten se mos do të bëja më mirë të bashkohesha edhe unë me ata që flenë të madhin...
- Oh! Po miqtë tuaj! - i tha ajo. - Nuk mendoni për ta!
- Miqtë e mi? Kush janë ata? Kam miq unë? Kush e vret mendjen për mua? Dhe këto fjalët e fundit i shoqëroi me një si fishkëllimë të lehtë.

Mirëpo u detyruan për një çast të ndaheshin nga njëri-tjetri për t'i liruar rrugën dikujt që vinte mbrapa tyre, duke mbartur një mal me karrige. Ishte aq i ngarkuar saqë i dukeshin vetëm majat e këpucëve të drunjta dhe gishtat e duarve të shtrira përpara drejt. Ishte Letibuduai, varrmihësi që çante mes turmës karriget e kishës me qerre. Si i shkathët që qe e që i pillte mendja për gjithçka kur ishte fjala për interesat e tij, ai kishte gjetur këtë mënyrë për të përfituar nga panairi dhe i shkonte aq mbarë saqë s'dinte kujt t'ia prishte e kujt t'ia ndreqte. Dhe me të vërtetë, fshatarët, të cilët kishin vapë, ziheshin kush e kush të merrte karrige, kashta e të cilave kundërmonte erë temjan, dhe mbështeteshin me njëfarë përkushtimi mbi shpinën e tyre të bollshme të fëlliqur me dyll qirinjsh.

Zonja Bovari e zuri përsëri për krahu Rodolfin; ai vazhdoi sikur fliste me vete:

- Po! Sa gjëra më kanë munguar! Gjithmonë i vetmuar kam qenë. Ah1 sikur të kisha pasur një qëllim në jetë, të kisha gjetur një njeri që të më donte, një njeri që... Oh! Do t'ia kisha kushtuar gjithë fuqinë që kam, do të kisha përballuar gjithçka, do të kisha mposhtur gjithçka!

- Megjithatë, mua më duket, - i tha Ema, - se s'jeni fare për t'ju qarë hallin.

- Ah! Kështu mendoni ju? - ia bëri Rodolfi.

- Sepse në fund të fundit..., - vazhdoi ajo, - ju jeni i lirë.

Pastaj ngurroi një çast para se të thoshte:

- I pasur.

- Mos u tallni me mua, - iu përgjigj ai.

Dhe ndërsa ajo i betohej se nuk po tallej, papritmas ushtoi një e shtënë topi; turma u turr përnjëherë rrëmujshëm drejt fshatit.

Ishte një alarm i rremë. Zoti prefekt nuk po vinte, dhe anëtarët ishin në hall të madh, se s'dinin ç'të bënin, ta hapnin mbledhjen apo të prisnin akoma.

Më në fund, në krye të sheshit, u duk një karrocë katërrotëshe nga ato me qira, që e tërhiqnin dy kuaj ngordhalaqë, të cilët i fshikullonte sa i hante krahu, një karrocier me kapelë të bardhë. Bineu mezi pati kohë të jepte urdhrin "Sup armë!", dhe menjëherë pas tij, po kështu bëri dhe koloneli. Ushtarët e tyre u sulën drejt togjeve me armë të vëna në këmbë. Të

gjithë nxituan. Disa bile harruan edhe qaforet. Mirëpo karroca e prefektit sikur ta kishte nuhatur këtë katrahurë,d he që të dy gërdallat, duke u tundur sa andej-këndej lidhur me zinxhir, mbërritën me hap të ngadalshëm përpara kolonave të bashkisë, tamam në çastin kur garda kombëtare dhe zjarrfikësit po hapeshin në rresht në pozicion nderimi sipas ritmit të daulles, dhe duke përplasur këmbët.
- Në vend numëro! - bërtiti Bineu.
- Ndal! - bërtiti koloneli. - Majtas ktheu!

Dhe pas një "Për nder armë!" gjatë të cilit vringëllima e hallkave të rripave që u hapën, zhauriti si kazan bakri që rrokulliset nëpër shkallë, të gjitha pushkët u lëshuan me qytë përtokë.

Atëherë zbriti nga karroca një zotëri me frak të shkurtër me qëndisje të argjendtë, tullac mbi ballë, me një tufë flokësh mbi zverk, me një çehre të zbehtë dhe shumë babaxhan në dukje. Sytë, tepër të mëdhenj dhe me një palë qepalla të trasha, i mbyllte përgjysmë për të soditur turmën, duke ngritur njëkohësisht hundën me majë përpjetë dhe duke buzëqeshur nën hundë. Kryetarin e bashkisë ai e njohu nga shiriti që kishte vënë krahëqafë, dhe i njoftoi se zoti prefekt nuk kishte mundësi të vinte. Pasi i tha se ai vetë ishte këshilltari i prefekturës, i kërkoi ndjesë. Tyvazhi iu përgjigj me ca fjalë të bukura, aq sa tjetri u hutua fare, duke mos ditur ç't'i thoshte; dhe kështu qëndronin të dy, ballë për ballë dhe gati sa s'puqeshin, ndërsa anëtarët e jurisë rreth e rrotull, këshilli i bashkisë, paria e vendit, garda kombëtare dhe turma e njerëzve ishin kthyer nga ta. Zoti këshilltar përsëriste përshëndetjet, duke shtrënguar kapelën e vogël tricepëshe të zezë, kurse Tyvazhi i përkulur si hark, buzëqeshte gjithashtu, belbëzonte, i zgjidhte fjalët, shprehte besnikërinë e tij ndaj monarkisë dhe fliste për nderin që po i bëhej Jonvilit.

Hipoliti, shërbyesi i hanit, erdhi e ia mori kuajt karrocierit për freri, dhe duke çaluar nga këmba e tij shtrembaluqe, i çoi nën portën eLuanit të artë, ku u grumbulluan shumë fshatarë për të parë karrocën. Ra daullja, gjëmoi topi, dhe zotërinjtë njëri pas tjetrit hipën dhe zunë vend në tribunë, nëpër kolltukët me kadife të kuqe, që i kishte dhënë hua zonja Tyvazh.

Të gjithë këta njerëz ngjanin me njëri-tjetrin. Fytyrat e

tyre të flashkëta e të zbehta, paksa të nxira nga dielli, kishin ngjyrën e mushtit të ëmbël të mollëve, dhe favoritet e gufuara u dilnin përmbi jakat e larta të ngrira, që i mbanin kravatat e bardha me nyjë të tendosura. Të gjithë i kishin jelekët prej kadifeje, jakat të kthyera; tërë sahatëve u varej në fund të një kordeleje të gjatë nga një vulë vezake agati, kurse duart ata i mbështetnin mbi të dy kofshët e tyre, duke hapur me kujdes këmbët për të ruajtur pantallonat, stofi i lëmuar i të cilave shkëlqente edhe më shndritshëm se lëkura e çizmeve të gjata.

Zonjat e shoqërisë së lartë qëndronin mbrapa, në korridorin midis kolonave, ndërsa turma e njerëzve të zakonshëm ishte përballë në këmbë ose ulur në karrige. Letibudui i kishte sjellë pra aty të gjitha karriget që kishte mbartur nga livadhi dhe vazhdonte pareshtur me vrap të merrte të tjera në kishë, duke sjellë me veprimtarinë e tij tregtare aq pengesa, saqë për të shkuar deri te shkalla e vogël e tribunës çahej me zor të madh.

- Për mendimin tim, - tha Lërëi, duke iu drejtuar farmacistit, që po kalonte aty për të zënë vend, do të kishin bërë mirë të kishin ngulur, si diçka të re, dy shtylla, si në Venecie, të stolisura me ndonjë gjë më hijerëndë dhe me shije. Kjo pastaj do të kishte qenë me të vërtetë diçka që do ta kënaqte fort syrin.

- Sigurisht, - u përgjigj Omeu. - Po s'ke ç'të bësh! Ja që i mori të gjitha në dorë kryetari i bashkisë. Se mos ka shije i shkreti Tyvazh, bile s'ka haber fare nga ai që quhet talenti për artet.

Ndërkohë Rodolfi me zonjën Bovari ishin ngjitur në katin e dytë të bashkisë, në sallën e debateve dhe, meqë ajo ishte bosh, ai i kishte thënë asaj se prej andej kishin për ta soditur më me ëndje mitingun. Ai mori tri stola që rreth tryezës vezake nën bustin e monarkut dhe, si i afroi te njëra nga dritaret, u ulën të dy pranë njëri-tjetrit.

Poshtë, mbi tribunë u dëgjuan gumëzhitje, pëshpëritje të gjata, bisedime. Më në fund, zoti këshilltar u ngrit në këmbë. Ishte marrë vesh tashmë që ai quhej Liëven, dhe në turmë përsërisnin gojë më gojë emrin e tij. Pasi vuri një mbi një disa fletë dhe i nguli sytë mbi to për t'i parë më mirë, ai ia filloi:

"Zotërinj. Më lejoni, pikë së pari, (përpara se t'ju flas për qëllimin e mbledhjes së sotme, dhe, shpreh bindjen se dhe ju të gjithë do të jeni në një mendje me mua) më lejoni pra, t'i shpreh mirënjohjen administratës së lartë, qeverisë, monarkut, zotërinj, sovranit tonë, mbretit tonë shumë të dashur, që nuk nënvleftëson asnjërën nga fushat e begatisë së përgjithshme apo të individëve të veçantë, dhe që drejton njëkohësisht me një dorë kaq të fuqishme dhe kaq të urtë anijen e shtetit përmes rreziqesh të vazhdueshme në detin e stuhishëm, duke ditur bile të mbajë gjallë respektin si për paqen dhe për luftën, industrinë, tregtinë, bujqësinë e artet figurative".

- Unë duhet të zmbrapsem një çikë, - tha Rodolfi.
- Përse? - e pyeti Ema.

Mirëpo pikërisht në atë çast, zëri i këshilltarit u ngrit jashtë mase. Ai thoshte gjithë afsh:

"Tani, zotërinj ka ikur ajo kohë kur sheshet tona publike përgjakeshin nga grindjet civile, kur pronari, tregtari, punëtori vetë, që duke fjetur natën të qetë, dridheshin kur i zgjonin kambanat që jepnin alarmin për zjarr, ajo kohë kur parullat më armiqësore i vinin me tërbim kazmën themeleve..."

- E kam hallin, - vazhdoi Rodolfi, - se mos më shohin nga poshtë; pastaj do të më gjente belaja, se do të më duhej të kërkoja të falur pesëmbëdhjetë ditë resht, apo s'e kam dhe namin të keq...
- Oh! Po ia vishni vetes kot, - i tha Ema.
- Jo, jo, s'keni idenë se sa të fëlliqur e kam, ju betohem!

"Mirëpo, zotërinj, - vazhdonte këshilltari, - kur i heqim nga mendja këto tablo të errëta dhe ua hedhim sytë gjendjes së sotshme të atdheut tonë të bukur, çfarë shohim? Anembanë lulëzojnë tregtia dhe artet; anembanë rrugë të reja ndërlidhëse, si damarë të rinj në trupin e shtetit, që vendosin marrëdhënie të reja, qendrat tona të mëdha manifakturore kanë nisur përsëri veprimtarinë e tyre; feja që është bërë akoma më e fortë, mbush gjithë zemrat me gëzim; portet tona janë plot e përplot, besimi u ringjall, dhe më në fund Franca merr frymë lirisht!..."

- Nga një anë, - shtoi Rodolfi, - mbase me kutin e saj njerëzia ka të drejtë, apo jo?

- Si kështu? - e pyeti Ema.
- Çudi e madhe! - i tha ai. - Po pse s'e dini ju se ka shpirtra që vuajnë pareshtur? Ata kanë nevojë herë për ëndrra, herë për veprim, herë për pasionet më të kulluara, herë për kënaqësitë më të rrëmbyera, dhe kështu jepen pas gjithfarë tekash, marrëzish.

Atëherë ajo e vështroi me atë shikim që soditet ndonjë udhëtar, i cili ka kaluar nëpër vende ku s'ka qenë njeri, dhe i tha:
- Po ne të shkretat gra, që s'e kemi as këtë argëtim!
- I bukur argëtim, kur s'të jep pikë lumturie.
- Po mund të gjendet ndonjëherë? - e pyeti ajo. - Posi, e gjen një ditë, - iu përgjigj ai.

"Dhe këtu ju e kuptuat vetë, - thoshte këshilltari. - Ju bujq e argatë! Ju, pionierët e urtë të veprës së madhe që është qytetërim i gjallë! Ju, njerëz të përparimit dhe të moralit të lartë! Ju e kuptuat, e përsëris, se stuhitë politike janë në të vërtetë më të rrezikshme sesa tufanet e natyrës..."

- E gjen një ditë, - tha përsëri Rodolfi, - një ditë, papritur e pa kujtuar, dhe pikërisht atëherë kur i ke humbur të gjitha shpresat. Dhe horizonti fillon të hapet e dëgjohet një si zë që thërret: "Ja ku është!" Ju e ndieni të nevojshme t'i flisni me zemër të hapur këtij njeriu, t'i falni gjithçka, të flijoni gjithçka për të! Shpjegimet janë të tepërta, të gjitha ia merrni vesh njëri-tjetrit në heshtje, pa folur. E keni parë shoku-shokun në ëndërr. - Dhe ai i mbante sytë nga ajo. - Kur ja, më në fund, para jush, ai shkëlqen, xixëllon. Megjithatë, s'jeni i bindur, s'guxoni ta besoni; jeni i verbuar, sikur të dilnit nga errësira menjëherë në dritë.

Dhe, duke shqiptuar këto fjalë të fundit, Rodolfi i shoqëroi edhe me gjeste që shprehnin të njëjtën gjë. E vuri dorën mbi fytyrë, si ai që po i bie të fikët; pastaj e lëshoi mbi atë të Emës. Kjo e tërhoqi të vetën. Ndërsa këshilltari vazhdonte të lexonte:

"Dhe kujt do t'i vinte habi, zotërinj? Vetëm atyre që iu janë zënë aq shumë sytë, që i kanë mbytur aq keq (dhe e them pa frikë), që i kanë mbytur aq keq paragjykimet e kohëve të perënduara, saqë e mohojnë akoma shpirtin e masave fshatare. Dhe me të vërtetë, ku e gjen dot gjetkë më shumë se këtu, gjithë këtë atdhedashuri, gjithë këtë besnikëri ndaj kauzës së përgjithshme, me një fjalë gjithë këtë zgjuarsi si këtu në fshat? Dhe nuk e kam, zotërinj, për atë zgjuarsinë e sipërfaqshme, stoli pa vlerë e mendjeve të ngeshme, por për atë zgjuarsi të thellë e të matur, e cila, para së gjithash, përpiqet të arrijë qëllime të dobishme, duke ndihmuar kështu për të mirën e secilit, për përmirësimin e gjendjes së përgjithshme dhe për mbështetjen e shtetit, që është frut i respektimit të ligjeve dhe i kryerjes së detyrave..."

- Ah! Dhe ky prapë me detyrat e ka, - tha Rodolfi. - Detyrat, detyrat. Më çmendin fare këto fjalë. Se ç'janë një tufë pleqsh e tuafësh që veshin fanella të leshta në mish dhe që mbajnë borsa me ujë të ngrohtë dhe tespie, që na çanë veshët, ngre e ul një avaz! "Detyra! Detyra!" Eh! Dreqi ta marrë! Detyra është të ndiesh atë që është madhështore, të duash me gjithë mend atë që është e bukur, dhe jo të pranosh kot më kot gjithë rregullat konvencionale të shoqërisë, me tërë ato maskaralllëqe që na imponon.

- Sidoqoftë... sidoqoftë... - kundërshtonte zonja Bovari.

- Jo, s'ka sidoqoftë! Pse u dashka të çirremi kundër pasioneve? A nuk janë ato e vetmja gjë e bukur që ka mbi tokë; burim i heroizmit, i entuziazmit, i poezisë, i muzikës, i arteve, me një fjalë i gjithçkaje!

- Por, megjithatë, - tha Ema, - duhet të bësh një çikë siç mendon njerëzia dhe t'i nënshtrohesh moralit të saj.

- Ah! Puna është se ka dy lloje, - e kundërshtoi ai. - Njëri është morali i vockël, konvencionali, i njerëzve e aq, ai që si është tani s'është pastaj dhe që gërthet aq fort, lëvrin rëndom përdhe, si ajo turma e budallenjve që shihni aty. Ndërsa ai tjetri, i përjetshmi, është kudo rreth nesh e përmbi ne, si peizazhi që na rrethon dhe qielli i kaltër që na ndriçon.

Zoti Liëven sapo kishte fshirë gojën me shami. Pastaj vazhdoi:

"Dhe ç't'ju them unë, zotërinj, për të vërtetuar këtu se ç'dobi na sjell bujqësia? Kush na i plotëson nevojat tona? Kush po na mban gjallë? Kush tjetër veç bujqësisë? Bujku, zotërinj, bujku që me dorën e tij punëtore na mbjell brazdat pjellore të arave dhe na prodhon grurin, i cili, si bluhet me anë veglash të përsosura, na del miell dhe, prej andej, mbartet nëpër qytete dhe menjëherë u shpërndahet furrtarëve që e bëjnë bukë si për fukaranë dhe për zengjinë. Kush tjetër veç bujkut rrit, që të vishemi ne, kopetë e mëdha nëpër kullota? Sepse si do të siguronim veshmbathjen, si do të siguronim ushqimin po mos të ishte bujku?

Dhe pastaj, zotërinj, a është nevoja t'i kërkojmë shembujt aq larg? A ka njeri që të mos mendojë shpesh herë për gjithë atë rëndësi të madhe që ka ajo kafshë pa pretendime, stoli e oborreve tona, që na jep njëkohësisht edhe jastëkë të butë për dyshekët tanë, edhe mishin e saj të shijshëm e të ushqyeshëm për tryezat tona, edhe vezë! Por s'kisha për të mbaruar kurrë po të filloja të numëroja me radhë gjithë prodhimet e ndryshme që një tokë e mbarsur mirë, porsi një nënë bujare, u jep pa kursim fëmijëve të vet. Këtu, ke hardhinë, më tej ke mollët për musht; atje ke rrepat, më tutje, ke djathërat dhe lirin; mos të harrojmë lirin, zotërinj, që ka marrë këto vitet e fundit një zhvillim aq të madh dhe për të cilin do t'ju tërheq vëmendjen në mënyrë të veçantë."

Ai s'kishte pse t'ua tërhiqte vëmendjen: të gjithë e mbanin gojën hapur, sikur t'ia përpinin fjalët. Tyvazhi, ngjitur me të, e dëgjonte duke zgurdulluar sytë; zoti Dërozëre, i mbyllte herë pas here qepallat; dhe, më tej, farmacisti, që mbante të birin, Napoleonin në mes të shalëve, vinte dorën si hinkë mbi vesh që mos t'i shpëtonte asnjë rrokje pa dëgjuar. Anëtarët e tjerë të jurisë tundnin me ngadalë mjekrën përmbi jelek, në shenjë miratimi. Zjarrfikësit, poshtë tribunës, çlodheshin duke u mbështetur mbi bajonetat e pushkëve të tyre; edhe Bineu qëndronte pa lëvizur, bërrylin e kishte nxjerrë jashtë dhe majën e shpatës ngritur përpjetë. Për të dëgjuar ndoshta dëgjonte, por nuk duhej të shihte asgjë, sepse e pengonte streha e helmetës që i binte mbi hundë. Togerit, djalit të vogël të zotit Tyvazh, i rrinte akoma më keq, sepse ishte tepër e madhe dhe i tundej sa andej-këndej mbi kokë, sa i varej edhe një cep i shallit laraman. Ai buzëqeshte nën të ëmbël, si fëmijë, dhe fytyra e imët dhe e zbehtë, ku i kullonte djersa rrëke, i kishte marrë një shprehje kënaqësie, rraskapitjeje dhe dremitjeje.

Deri te shtëpitë sheshi ishte plot e përplot me njerëz. Kishte që ishin mbështetur nëpër të gjitha dritaret me radhë, disa të tjerë kishin zënë vend poshtë, në çdo prag dere, duke qëndruar më këmbë, dhe Justini, përpara vitrinës së farmacisë, dukej krejtësisht i magjepsur nga ato që sodiste.

Megjithëse mbahej qetësi, zëri i zotit Liëven humbiste në hapësirë. Njerëzve në vesh u vinin fjalë-fjalë të shkëputura, që i ndërpriste aty-këtu zhurma e karrigeve të turmës; pastaj, papritmas dëgjohej mbrapa pjesëmarrësve pëllitja e zgjatur e ndonjë kau, ose blegërimat e qengjave që i përgjigjeshin njëri-tjetrit në cepat e rrugëve. Dhe me të vërtetë, lopçarët dhe barinjtë i kishin shtyrë deri aty bagëtitë e tyre, dhe ato herë pas here bulurinin, duke kapur me gjuhë ndonjë copë gjetheje që u ngjitej pas turinjve.

Rodolfi i ishte afruar Emës dhe, duke folur shpejt, i thoshte me zë të ulët:

- Nuk ju revolton ky komplot që bën shoqëria mbarë? Më thoni një ndjenjë të vetme që s'e dënon ajo? Shkelen me këmbë e poshtërohen instinktet më fisnike, simpatitë më të çiltra, dhe tek e fundit po të puqen dy shpirtra të gjora, bëhet nami që të mos bashkohen. Prapëseprapë ata do të bëjnë të tyren, do të rrahin krahët, do të thërrasin njëri-tjetrin. Oh! Sido që të vijë puna, shpejt ose vonë, pas gjashtë muajsh, dhjetë vjetësh, ata kanë për t'u bashkuar, për t'u dashuruar, sepse ashtu është thënë dhe janë krijuar për njëri-tjetrin.

Ai i mbante duart të kryqëzuara mbi gjunjë, dhe, në këtë pozicion, duke ngritur fytyrën nga Ema, e shihte nga afër, ngultas. Ajo shquante në sytë e tij rreze të vogla të arta që shkëndijonin rreth e rrotull bebeve të zeza, dhe ndiente bile erën e këndshme të brilantinës, prej të cilës i shkëlqenin flokët. Atëherë ndjeu që e pushtoi të tërën një molisje, iu kujtua viskonti me të cilin kishte kërcyer vals në Vobisar, ndërsa mjekra, sikurse dhe këta flokë, kundërmonin atë erë vanilje dhe limoni, dhe, vetvetiu mbylli pakëz qepallat që ta thithte më mirë. Mirëpo gjatë lëvizjes që bëri duke përkulur trupin nga mbrapa mbi karrige, asaj i zunë sytë diku larg, në fund fare të horizontit, karrocën e vjetër të udhëtarëve, Dallëndyshen, që po zbriste ngadalë kodrës së Lësë, duke lënë mbrapa saj një shtëllungë pluhuri. Pikërisht me këtë karrocë të verdhë Leoni kishte ardhur gjithë ato herë pranë saj; dhe nga ajo rrugë kishte ikur përgjithmonë. Iu duk sikur e pa përballë, në dritaren e tij; pastaj gjithçka u turbullua; kaluan re; kujtoi se po vërtitej duke kërcyer vals, nën dritat e llambadarëve, në krahët e viskontit, dhe se Leoni nuk ishte larg, se do të vinte... po, megjithatë, ndiente vazhdimisht kokën e Rodolfit pranë saj. Ëndja e këtij ndikimi i ngjallte asaj dëshirat e dikurshme, dhe këto, tamam si kokrriza rëre kur fryn erë, vërtiteshin në afshin e lehtë të parfumit që përhapej në shpirtin e saj. Ajo i hapi fort disa herë me radhë vrimat e hundës, për të thithur freskinë e lertheve rreth e qark kapiteleve. Hoqi dorashkat, fshiu duart, pastaj, i bënte fresk fytyrës me shami, kurse, mes të rrahurave të tëmthave, dëgjonte gumëzhitjen e shurdhër të turmës si dhe zërin e këshilltarit që i lexonte në mënyrë monotone fjalitë e tij.

Ai thoshte:

"Vazhdoni! Nguluni në punë! Mos ua vini veshin as sugjerimeve që vijnë nga rutina dhe as këshillave tepër të nxituara që i dikton empirizmi i tërbuar! Kushtojuni në radhë të parë përmirësimit të tokës, plehërimit të mirë, zhvillimit të racës së kuajve, të gjedhit, të të imëtave dhe të derrave! Le të jetë ky panair për ju arenë paqësore ku fituesi kur të dalë së këndejmi, do t'i japë dorën të mundurit dhe do të vallëzohet me të, me shpresën që do të arrijë një sukses më të madhe! Dhe ju, shërbyes të nderuar, punëtorë të përvuajtur, që deri më sot as një qeveri nuk jua ka marrë parasysh punën e mundimshme, ejani të merrni shpërblimin e virtyteve tuaja të heshtura, dhe të jeni të bindur se shteti, që sot e tutje, nga ju i ka sytë, se ai ju jep zemër, ju mbron, se do t'i plotësojë kërkesat tuaja të drejta, dhe do t'jua lehtësojë, aq sa të mundet, barrën e sakrificave tuaja të mëdha!"

Pastaj zoti Liëven u ul; zoti Dërozëre u ngrit dhe ia nisi një fjalimi tjetër. Ky i tij, ndoshta nuk ishte me aq lajlelule sa ai i këshilltarit, por ama dallohej nga një frymë më konkrete në stil, domethënë nga njohja më e gjerë e çështjeve dhe shqyrtimi më i thellë i tyre. Kështu, lëvdatat ndaj qeverisë në të zinin më pak vend; feja dhe bujqësia më tepër. Aty dilte qartë lidhja midis njërës dhe tjetrës, dhe sesi kishin ndihmuar vazhdimisht që të dyja në zhvillimin e qytetërimit. Sakaq Rodolfi fliste me zonjën Bovari për ëndrrat, parandjenjat, magnetizmin. Oratori, duke filluar që nga djepi i shoqërive, përshkruante ato kohë mizore kur njerëzit e mbanin frymën gjallë me lende, futur thellë nëpër pyje të dendura. Pastaj ata e hoqën nga trupi lëkurën e shtazëve, u veshën me cohë, hapën brazda, mbollën hardhi. A ishte vallë kjo një e mirë, dhe ky zbulim sillte më shumë të këqija apo të mira? Zoti

Dërozëre ia shtronte vetes këtë pyetje. Nga magnetizmi. Rodolfi, kishte kaluar pak nga pak në afritë, dhe, ndërsa zoti kryetar përmendte Cincinatin që punonte me parmendë, Dioklicianin , që mbillte lakra, si dhe perandorët e Kinës që e përuronin vitin me mbjellje, djali i ri i shpjegonte gruas së re se kjo forcë tërheqëse e papërballueshme vinte nga ndonjë jetë e mëparshme.

- Ja, ne për shembull, - i thoshte ai, - përse u njohëm bashkë? Ç'rastësi e krijoi këtë mundësi? Me sa duket, nëpërmjet largësisë që na ndante, si dy lumenj që rrjedhin për t'u bashkuar, na shtynë drejt njëri-tjetrit prirjet tona vetjake. - Dhe ai i kapi dorën, ajo nuk e tërhoqi. "Shpërblim për rritjen e bimëve me vlerë!" - bërtiti kryetari.

- Pak më parë, për shembull, kur erdha te ju...
"Zoti Bizet nga Kenkampuaj"
- Pse mos e dija gjë që do t'ju shoqëroja?
"Shtatëdhjetë franga!"
- Bile u mata njëqind herë të largohesha, po ja që erdha pas jush dhe ndenja me ju. "Për plehra".
- Ashtu si do të rrija sonte, nesër, ditët e tjera, gjithë jetën time!
"Zotit Karan nga Argëji, medalje ari!"
- Sepse nuk më ka joshur kurrë njeri në mënyrë kaq të plotë.
"Zotit Ben nga Zhivri - Shën Marten!" - Prandaj kujtimin tuaj do ta ruaj me vete.
"Për një dash merinos..."
- Por keni për të më harruar, në jetën tuaj unë do të jem si një hije kalimtare.
"Zotit Bëlo nga Shën-Mëria..."
- Oh! jo, s'ka sesi, a nuk do të zë unë njëfarë vendi në mendjen tuaj, në jetën tuaj?
"Për racën e derrave, shpërblim ex oequo ; zotërinjve Lëherise dhe Kylambur; nga gjashtëdhjetë franga!"

Rodolfi i shtrëngonte dorën, dhe e ndiente që ishte plotësisht e ngrohtë dhe që dridhej si ndonjë turtulleshë e kapur, që do të fluturojë përsëri; mirëpo ajo, o ngaqë provoi ta çlironte, o ngaqë iu përgjigj këtij shtrëngimi, bëri një lëvizje me gishta, ai bërtiti:
- Oh! falemnderit! Mos më përbuzni! Ju jeni shpirtmirë!

E kuptoni vetë që jam krejtësisht juaji! Më lejoni t'ju shikoj, t'ju sodis!

Nga dritaret fryu një erë që e rrudhi mbulesën e tryezës, dhe, poshtë, te sheshi, të gjitha skufjet e mëdha të fshatarëve u ngritën përpjetë, si krahë fluturash të bardha që valëviten në ajër.

"Për përdorimin e bërsive të farërave vajore", - vazhdoi kryetari. Pastaj më me të shpejtë:

"Për plehërimin flamand - për rritjen e lirit, - për kullim tokash, për marrje tokash me qira me afat të gjatë, - për shërbime të mira shtëpiake."

Rodolfi nuk fliste më. Ata vështronin njëri-tjetrin. Buzët e zhuritura u dridheshin nga një epsh i papërmbajtur; dhe gishtërinjtë e tyre u pleksën me ngadalë, pa hasur ndonjë pengesë.

"Katrin-Nikez-Elizabet Lëruit nga Sasto-la Gorrjer, i jepet medalje argjendi, me vlerë njëzet e pesë franga, për pesëdhjetë vjet shërbim në të njëjtën fermë! Ku është Katrin Lëruia?" - përsëriti këshilltari.

Ajo nuk po paraqitej, dhe ndërkohë dëgjoheshin zëra që pëshpërisnin: - Shko, shko!

- Jo, jo.
- Majtas!
- Mos ki frikë!
- Ah! ç'budallaqe!
- Ta marrim vesh, është këtu apo jo? - bërtiti Tyvazhi.
- Po, po!... ja ku është!
- Le të afrohet pra!

Atëherë u drejtua nga tribuna një plakë trupvogël, e druajtur dhe që dukej sikur rrëgjohej në rrobat e saj varfanjake. Kishte mbathur një palë këpucë të mëdha druri, dhe në mes kishte lidhur një futë të gjatë, të kaltër. Fytyrën thatime rrethuar me një kapuç pa anë të kthyera, e kishte më me rrudha sesa një mollë të fishkur, dhe nga mëngët e këmishës së kuqe i dilnin duart e gjata, gjithë nyja. I kishin zënë kërce, i ishin plasaritur dhe ashpërsuar aq shumë nga pluhuri i plevicave, nga finja e rrobave dhe nga zhuli i leshit të bagëtive, saqë, edhe pse i kishte larë e shpëlarë me ujë të pastër, ato dukeshin të ndyta; dhe, ngaqë kishin shërbyer gjatë, i rrinin gjysmë të hapura, sikur donin të dëshmonin vetvetiu, ashtu përvuajtshëm, për gjithë ato që kishin hequr. Në fytyrë i lexohej njëfarë ashpërsie jete manastiri. Shikimin e mekur s'kishte gjë të trishtueshme a mallëngjyese që t'ia zbuste. Ngaqë jetonte vazhdimisht me kafshët shtëpiake, ajo ishte bërë si ato, e heshtur dhe e qetë. Ishte hera e parë që e shihte veten mes kaq shumë njerëzish; dhe, e tmerruar përbrenda saj prej flamujve, daulleve, zotërinjve frakëzinj dhe prej kryqit të nderit të këshilltarit, ajo rrinte e ngrirë, pa ditur ç'të bënte, të ecte përpara apo t'ia mbathte, as përse e shtynte turma dhe i buzëqeshnin anëtarët e jurisë. Kështu qëndronte përpara këtyre zotërinjve të lumtur, ky gjysmëshekulli skllavërie.

— Afrohuni, - e nderuar Katrin-Nikez-Elizabet Lëru! - i tha zoti këshilltar, i cili ia kishte marrë nga duart kryetarit listën e fituesve.

Dhe duke vërejtur me radhë emrat në fletën e letrës, pastaj plakën, ai përsëriste me një ton atëror:

— Afrohuni, afrohuni!

— Mos jeni gjë shurdhe? - i tha Tyvazhi, duke kërcyer mbi kolltuk. Dhe nisi t'i thërriste në vesh:

— Pesëdhjetë e katër vjet shërbim! Medalje argjendi! Njëzet e pesë franga! Këto janë tuajat.

Pastaj, si mori medaljen, ajo nisi ta këqyrte. Atëherë iu çel fytyra me një buzëqeshje lumturie dhe u dëgjua tek murmuriste duke u larguar. - Kam për t'ia dhënë famullitarit tonë, që të më këndojë një meshë.

— Ç'fanatizëm! - thërriti farmacisti, duke u përkulur nga noteri.

Mitingu kishte mbaruar; turma u shpërnda dhe, tani që ishin mbajtur fjalimet, secili zinte atë rang që kishte në shoqëri dhe gjithçka shkonte sipas zakonit të mëparshëm; zotërinjtë keqtrajtonin shërbëtorët dhe këta, për të nxjerrë inatin, rrihnin bagëtitë, ngadhënjimtare të squllëta, që ktheheshin në stallë, me kurorë të gjelbër midis brirëve.

Ndërkohë ushtarët e gardës kombëtare ishin ngjitur në katin e dytë të bashkisë, me pasta të ngulura në bajonetat e tyre, dhe bashkë me ta dhe daullexhiu që mbante një shportë me shishe. Zonja Bovari u mbështet pas krahut të Rodolfit; ky e përcolli deri në shtëpi; u ndanë para derës; pastaj ai shëtiti vetëm nëpër lëndinë, duke pritur të vinte koha e banketit.

Gostia zgjati shumë, gjatë saj u bë zhurmë dhe shërbimi ishte i keq; njerëzit ishin ngjeshur aq tepër sa mezi lëviznin bërrylat, dhe dërrasat e ngushta që shërbenin si stola gati sa s'u thyen nga pesha e të ftuarve. Të gjithë hanin si të babëzitur. Çdonjëri prej tyre përpiqej ta konsumonte kuotën që kishte paguar. Të tërëve u kullonte balli djersë; dhe përmbi tryezë, midis llambave të varura në tavan, rrinte pezull, si ai avulli i lumit një mëngjes vjeshte, një mjegullinë e bardheme. Rodolfi, mbështetur me shpinë mbi bezen e tendës, ishte zhytur aq thellë në mendime për Emën, saqë s'dëgjonte asgjë. Mbrapa tij, në bar, shërbëtorët vinin stivë pjatat e palara; ata që kishte pranë i flisnin, ai nuk u përgjigjej, i mbushnin gotën, por mendja e tij kishte rënë në qetësi, megjithëse gumëzhitja e zërave sa vinte e shtohej. Ai ra në dalldi pas atyre që i kishte thënë ajo dhe trajtës së buzëve të saj; fytyra e saj, i shkëlqente mbi strehën e kapelave ushtarake, si në ndonjë pasqyrë magjike; palat e fustanit, vareshin përgjatë murit, dhe ditët e dashurisë pasonin njëra-tjetrën gjer në pafundësi drejt perspektivave të së ardhmes.

Ai e pa përsëri në mbrëmje, kur u hodhën fishekzjarret, mirëpo ajo ishte me të shoqin, zonjën Ome dhe farmacistin, të cilin e shqetësonte shumë rreziku i raketave të humbura; prandaj orë e pa kohë, largohej nga shoqëria dhe porosiste Bineun të kishte mendjen.

Zoti Tyvazh, nga kujdesi i tepërt që kishte, predhat piroteknike të dërguara në emrin e tij, i kishte mbyllur në bodrumin e vet; prandaj baruti që kishte marrë lagështirë nuk ndizej, fare, dhe pjesa kryesore, që do të paraqiste një dragua duke kafshuar bishtin e tij, dështoi fund e krye. Herë pas here ndizej ndonjë fishekzjarr i vobektë, atëherë turma e shtangur nga habia lëshonte një gumëzhitje me të cilën përziheshin klithmat e femrave që i gudulisnin në errësirë. Ema, e heshtur, tulatej me ngadalë pas supit të Sharlit, pastaj, me sytë përpjetë, ndiqte në qiellin e errët trajektoret e ndritura të fishekzjarrëve. Rodolfi e sodiste në dritën e fenerëve të ndezur.

Ata filluan të shuhen me ngadalë. Dolën yjet. Nisën të binin disa pika shiu. Ajo lidhi shallin mbi kokën e saj të zbuluar.

Në atë çast doli nga hani karroca e këshilltarit. Karrocieri, që ishte dehur, dremiti menjëherë; dhe që për së largu, dukej nga sipër mbulesës së karrocës, midis dy fenerëve, trupi i tij që lëkundej djathtas-majtas, sipas tronditjeve të karrocerisë.

Me të vërtetë, - tha farmacisti, - dehja duhet ndëshkuar rëndë! Po të isha unë të gjithë atyre që intoksikohen me pije alkoolike ditëve të javës, do t'ua nxirrja emrin javë për javë te dera e bashkisë, në një tabelë ad hoc . Bile dhe nga pikëpamja statistikore, do të kishim anale të qarta, që sipas nevojës... Por, më falni.

Dhe vrapoi përsëri drejt kapitenit.

Ky po kthehej në shtëpi. Shkonte të shihte tornon.

- Ndofta s'do të bënit keq, - i tha Omeu, të dërgonit ndonjë nga vartësit tuaj ose të shkonit vetë...

- Lëmni rehat tani, - iu përgjigj tagrambledhësi, - përderisa s'ka asgjë!

- Mos u bëni merak, - tha farmacisti, kur u kthye te miqtë e tij. - Më siguroi zoti Bine se janë marrë të gjitha masat. S'ka për të rënë asnjë shkëndijë. Pompat janë plot. Ejani të shkojmë të flemë.

- Po besa! Mua më flihet, tha zonja Ome, që gogësiu duke e hapur mjaft gojën; po, s'ka gjë, kaluam një ditë shumë të bukur feste.

Rodolfi përsëriti me zë të ulët dhe me një shikim të ngrohtë:

- Oh! Po, po, me gjithë mend, shumë të bukur! Dhe, pasi u përshëndetën, u shpërndanë.

Pas dy ditësh, në gazetën "Feneri i Ruanit", u botua një artikull mbi panairin bujqësor. E kishte shkruar Omeu gjithë afsh frymëzimi, që të nesërmen e asaj dite: "Ç'ishin vallë ato kurora, ato lule, ato vargje të stolisura blerimi? Për ku vraponte ajo mori njerëzish, si dallgët e detit të tërbuar, nën rrezet e pandalshme të një dielli tropikal që përhapte nxehtësinë e tij nëpër ugaret tona?"

Pastaj, ai ndalej mbi gjendjen e fshatarëve. Sigurisht, qeveria bënte në këtë drejtim shumë përpjekje, por jo aq sa duhet! "Duhet guxim! I bënte ai thirrje asaj; një mijë reforma janë më se të nevojshme, le t'i zbatojmë ato." Më poshtë, duke folur për ardhjen e këshilltarit, nuk linte pa përmendur "pamjen luftarake të milicisë sonë', as "fshataret tona shpuzë", as pleqtë tullacë, këta lloj patriarkësh që ishin të pranishëm, dhe disa prej tyre, "mbeturina të aradheve tona të pavdekshme, të cilët ndienin akoma zemrën që u rrihte kur dëgjonin buçimën luftarake të daulleve." Emrin e vet e vinte ndër anëtarët e parë të jurisë, dhe theksonte bile, në një shënim të veçantë, se zoti Ome, farmacist, i kishte dërguar Shoqatës së Bujqësisë një Studim mbi mushtin e mollës. Kur arrinte te dhënia e shpërblimeve, ai e përshkruante gëzimin e fituesve me thekse ditirambe. "Babai përqafonte të birin, vëllai vëllanë, bashkëshorti bashkëshorten". S'ishin të paktë ata që e tregonin me krenari medaljen e tyre modeste, dhe ka mundësi që me t'u kthyer në shtëpi, pranë zonjave të mira shtëpiake, ta kenë varur me lot ndër sy në një nga muret e thjeshtë të kasolleve të tyre të varfra.

"Aty rreth orës gjashtë, u mblodhën në një gosti të shtruar në livadhin e zotit LieZhar, pjesëmarrësit më të rëndësishëm të kësaj feste. Darka kaloi në një atmosferë më se të përzemërt. U ngritën dolli të ndryshme: Zoti Liëven e çoi për shëndetin e mbretit! Zoti Tyvazh, për atë të prefektit! Zoti Dërozëre, për bujqësinë! Zoti Ome, për industrinë dhe artet figurative, për këto dy simotra! Zoti Lepleshi, për zhvillimin e mëtejshëm! Në mbrëmje, papritmas gjithë qielli u bë dritë nga fishekzjarret e shkëlqyera. Të dukej si kaleidoskop i vërtetë, si dekor i gjallë opere dhe, për një çast, lokaliteti ynë i vogël, kujtoi se ishte në një ëndërr të "Një mijë e një netëve."

Le të vëmë në dukje se nuk pati asnjë ndodhi të papëlqyer gjatë kësaj feste familjare."

Dhe shtonte:

"Ra në sy vetëm mungesa e klerit. Me sa dukej sakristitë e kuptojnë ndryshe përparimin. Bëni si t'ju vijë për mbarë, o zotërinj të Luajolës.

IX

Kaluan gjashtë javë. Rodolfi nuk erdhi. Një mbrëmje, më në fund, u duk.

Të nesërmen e panairit bujqësor, ai kishte thënë me vete:
- Do të bëja gabim, po të shkoja andej kaq shpejt.

Dhe nga fundi i javës, doli për gjah. Pas gjahut, mendoi se ishte tepër vonë, pastaj bëri këtë arsyetim:
- Në fund të fundit, në më dashuroi që ditën e parë, duhet të më dojë akoma më shumë, nga padurimi që të më shohë

përsëri. Le të vazhdojmë, pra, atë që kemi nisur!
Dhe e kuptoi se i kishte bërë mirë llogaritjet kur vuri re se Ema u zbeh në fytyrë, ndërkohë që ai po hynte në dhomë. Ajo ishte vetëm. Dita po perëndonte. Perdet e vogla prej byrynxhyku, përmbi xhama, e meknin më tej dritën e vobektë të muzgut, dhe prarimi i barometrit, mbi të cilin binte një rreze dielli, përhapte vezullime në pasqyrë, midis copave të prera të polipit.
Rodolfi ndenji në këmbë; dhe Ema mezi iu përgjigj përshëndetjeve të tij të para.
- Kam pasur shumë punë, - i tha ai. - Kam qenë edhe i sëmurë.
- Rëndë? - bërtiti ajo.
- Po ja, si të them! - u përgjigj ai duke u ulur në krah të saj mbi një stol, jo tamam... Në fakt s'kam dashur të vij. - Pse?
- S'e kuptoni pse?
Dhe e vështroi edhe një herë, po aq rreptë saqë ajo uli kokën e skuqur. Ndërsa ai u drejtua përsëri:
Ema....
- Zotëri! - ia bëri ajo, duke u larguar paksa prej tij.
- Ah! E shikoni edhe vetë, - reagoi ai me një zë të trishtueshëm, - se kisha të drejtë që s'doja të vija; sepse këtë emër, këtë emër që më ngop shpirtin dhe që më del vetvetiu nga goja, ju nuk ma lejoni! Zonja Bovari!... Eh! Dhe të gjithë ju quajnë kështu!... S'është emri juaj. Ky është emri i dikujt tjetër! Ai përsëriti:
- I dikujt tjetër!
Dhe mbuloi fytyrën me duar.
- Po, vazhdimisht te ju e kam mendjen!... Sa herë ju kujtoj, më hipën një dëshpërim! Ah! Më falni!... Po largohem... Lamtumirë!... Do të shkoj larg..., aq larg sa s'do të ma dëgjoni më zënë!... Mirëpo..., sot..., as vetë s'e di se çfarë force më shtyu përsëri drejt jush! Sepse nuk lufton dot me qiellin, nuk e përballon dot buzëqeshjen e engjëjve! Rrëmbehesh pas së bukurës, të mrekullueshmes, së adhurueshmes!
Ishte hera e parë që Ema dëgjonte t'i thuheshin këto fjalë; dhe krenaria e saj, si ai që çlodhet në një banjë me avull, shtrihej dalëngadalë dhe fund e krye nga ngrohtësia e këtyre fjalëve.
- Por ama edhe pse nuk kam ardhur, - vazhdoi ai, - edhe pse

nuk kam mundur t'ju shoh, ah! prapëseprapë kam soditur të paktën sa e sa herë gjithçka që ju rrethon ju. Natën, çdo natë, ngrihesha, vija deri këtu, vështroja shtëpinë tuaj, çatinë që shkëlqente nën dritën e hënës, pemët e kopshtit që lëkundeshin para dritares suaj, dhe një llambë të vogël, një dritë të vobektë, që vezullonte nëpërmjet xhamave, në errësirë. Ah! Juve as që ju shkonte mendja fare se aty, aq afër dhe aq larg ndodhej një fatkeq i mjerë...

Ajo u kthye nga ai e ngashëryer.

- Oh! Sa i mirë që jeni! - i tha.
- Jo, unë ju dua, kjo është e gjitha. Ju këtë nuk e vini në dyshim apo jo! Ma thoni! Një fjalë! Një fjalë të vetme!

Dhe Rodolfi, rrëshqiti, pa u ndier, prej stolit në tokë, mirëpo në kuzhinë u dëgjua një zhurmë nallanesh, dhe ai vuri re se dera e dhomës nuk ishte mbyllur.

- Sa e mirë do të ishit, - vazhdoi ai, duke u çuar, - po të më plotësonit një dëshirë!

Donte që ajo të vizitonte shtëpinë e tij; kishte dëshirë t'ia tregonte; dhe, meqë zonja Bovari nuk shihte asnjë të keqe në këtë mes, ata po çoheshin që të dy, kur hyri Sharli.

- Tungjatjeta, doktor, - i tha Rodolfi.

Mjeku, i përkëdhelur në sedër nga ky titull i papritur, u tregua jashtë mase i sjellshëm, ndërsa ai përfitoi nga rasti për ta përmbledhur disi veten.

- Zonja po më fliste, - i tha ai, - për shëndetin e saj...

Sharli ia preu fjalën; ai kishte rënë me gjithë mend në hall të madh; së shoqes kishte filluar përsëri t'i merrej fryma. Atëherë Rodolfi pyeti nëse i bënte mirë shëtitja me kalë.

- Sigurisht! Mendim i shkëlqyer, i përsosur!... Ja ç'ide! Kështu është e mira të bësh.

Dhe, meqë ajo kundërshtonte duke thënë se s'kishte kalë, zoti Rodolf i premtoi t'i jepte një, ajo nuk pranoi; ai nuk ngulmoi; pastaj, për të përligjur ardhjen aty, tha se karrocieri i tij, që i kishin hequr gjak, ndiente vazhdimisht marrje mendsh.

- Kam për të ardhur ta shoh, - u përgjigj Bovariu.
- Jo, jo, po jua dërgoj unë këtu; do të vimë bashkë që të dy, është më e volitshme për ju.
- Ah! Bukur fort. Falemnderit.

Dhe, sa ngelën vetëm, ai e pyeti të shoqen:

- Përse nuk e pranon propozimin e zotit Bulanzhe, që është me të vërtetë i shkëlqyer!

Ajo vari turinjtë, u mundua të gjente gjithfarë arsyesh justifikuese, dhe më në fund tha se mbase kjo mund të dukej si gjë e çuditshme.

- Ah! As e çaj kokën nga ajo anë! - tha Sharli duke bërë një rrotullim të plotë rreth vetes mbi majën e një këmbe. Shëndeti mbi të gjitha! E ke gabim!

- Eh! Po si thua ti t'ia hipi kalit, kur s'kam një kostum amazone. - Të të porosisim një! - iu përgjigj ai.

Me kostumin e amazonës iu mbush mendja.

Kur ky ishte gati, Sharli i shkroi zotit Bulanzhe se e kishte të shoqen në dispozicion të tij, dhe se kishte besim te dashamirësia e tij.

Të nesërmen, në mesditë, Rodolfi mbërriti para portës të Sharlit me dy kuaj shale. Njëri kishte xhufkat ngjyrë trëndafili mbi veshë dhe shalë grash prej lëkurë dreri.

Rodofli kishte mbathur një palë çizme të gjata lëkurëbuta, duke menduar se me siguri ajo s'kishte parë ndonjëherë si ato; dhe me të vërtetë, Ema u mahnit me pamjen e tij, kur ai u shfaq në shkallë veshur me frak të madh kadifeje dhe pantallona të bardha të trokitura. Ajo ishte gati, vetëm atë priste.

Justini ia mbathi nga farmacia që të shikonte atë, dhe farmacisti e ndërpreu punën. Nisi t'i jepte porosia zotit Bulanzhe.

- Bëhet në vend e keqja! Kini kujdes! Mos i keni gjë kuajt të hazdisur?

Ajo dëgjoi sipër një zhurmë: ishte Felisiteja që iu binte xhamave të dritares për të zbavitur Bertën e vogël. Fëmija i dërgoi nga larg një të puthur; e ëma iu përgjigj duke i bërë shenjë me mollëzën e kamxhikut.

Shëtitje të mbarë! - bërtiti zoti Ome. - Dhe para së gjithash, me mend e me mend!

Dhe ai bëri shenjë me gazetë, duke i ndjekur me sy tek largoheshin.

Kali i Emës ia nisi me revan që në hapin e parë. Po ashtu vraponte dhe Rodolfi me të vetin krah saj. Herë pas here ata shkëmbenin ndonjë fjalë. Me fytyrë paksa të ulur, me dorë të ngritur lart dhe me krahun e djathtë të shtrirë drejt përpara, ajo lëshohej e tëra sipas ritmit të lëvizjes që e përkundte mbi shalë.

Rrëzë kodrës, Rodolfi i lëshoi frerët; rendën së bashku me të njëjtin vrull:

pastaj, kur mbërritën lart, papritmas, kuajt u ndalën, dhe asaj i ra veli i madh i kaltër.

Ishin ditët e para të tetorit. Mbi fushë kishte mjegull. Ca avuj shtriheshin deri në horizont, përreth kodrave; ca të tjerë që vinin duke u shpërndarë, ngjiteshin lart, zhdukeshin. Nganjëherë, kur përhapeshin retë, shiheshin larg në një rreze dielli, çatitë e shtëpive të Jonvilit, me kopshtet buzë lumit, oborret, muret, dhe kambana e kishës. Ema i mbyllte përgjysmë qepallat që të dallonte shtëpinë e saj, dhe ai fshat i mjerë ku jetonte ajo nuk i ishte dukur kurrë ndonjëherë aq i vogël. Nga lartësia ku ndodheshin ata, gjithë lugina ngjante si ndonjë liqen i pafund dhe i zverdhët, që avullohej në ajër. Vende-vende shfaqeshin tufat e pemëve si shkëmbinj të zinj; dhe rreshtat e lartë të plepave, që dilnin përmbi mjegull, dukeshin si brigje që i tundte era.

Anash, mbi bar, midis bredhave, endej nëpër ajrin e ngrohtë një si dritë e murrme. Toka e kuqërremtë, e shkrifët si pluhur duhani, e zbuste zhurmën e hapave; dhe kuajt, duke ecur, shtynin me majën e patkonjve boçet e pishave që kishin rënë përdhé.

Rodolfi me Emën shkuan rrëzës e rrëzës pyllit. Herë pas here ajo kthehej nga ana tjetër, që t'i shmangej vështrimit të tij dhe atëherë, shikonte vetëm trungjet e bredhave që, duke ardhur njëri pas tjetrit pa mbarim e trullosnin disi atë. Kuajt turfullonin. Meshini i shalave kërciste.

Në çastin kur po hynin në pyll, doli dielli.

- Zoti na ruajtë! - tha Rodolfi.
- Besoni kështu? - ia bëri ajo.
- Ejani të shkojmë më tutje! - vazhdoi ai.

Ai kërciti gjuhën. Të dyja kafshët filluan të vraponin. Fieri i gjatë buzë rrugës kapej pas yzengjive të Emës. Rodolfi, në ecje e sipër, përkulej dhe ia hiqte një nga një. Herë-herë ai kalonte pranë saj që t'i largonte degët, dhe Ema ndiente gjurin e tij që i fshikte këmbën. Qielli ishte bërë i kaltër. Gjethet nuk lëviznin. Kishte sipërfaqe të mëdha plot me shqopa gjithë lulëzim; dhe mbas çdo shtrese manushaqesh vinin korije me pemë ngjyrë hiri, të kuqërremta ose ngjyrë ari, sipas larmisë së gjethnajave. Shpesh dëgjohej nëpër kaçube, ndonjë e rrahur e lehtë krahësh, ose klithma e cjerrë dhe e butë e korbave, që fluturonin nëpër dushqe.

Ua zbritën kuajve, të cilët i lidhi Rodolfi. Ajo ecte përpara, nëpër myshk, në pjesën midis vragave.

Mirëpo e pengonte fustani tepër i gjatë, megjithëse e mbante ngritur nga fundi,d he Rodolfi, që i vinte nga mbrapa, sodiste midis asaj cope të zezë dhe këpucëve të zezë me qafa, bukurinë e çorapes së bardhë, që i dukej si pjesë e lakuriqësisë të saj.

Ajo u ndal.

- Jam e lodhur, - tha.
- Mundohuni të ecni edhe pak! - vazhdoi ai. - Kurajë!

Pastaj njëqind hapa më tej, ajo u ndal përsëri dhe, nëpërmjet velit, i cili nga kapela e saj prej burrash i binte pjerrtas mbi ije, i shquhej fytyra me një tejdukshmëri kaltëroshe sikur të kishte notuar nëpër valë kaltërsie.

- Ku po shkojmë kështu?

Ai nuk i dha asnjë përgjigje. Ajo dihaste. Rodolfi i hidhte sytë rreth e përqark tij dhe kafshonte mustaqet.

Arritën në një vend më të gjerë, ku kishin prerë lisa. Ata u ulën mbi një trung të shtrirë peme, dhe Rodolfi nisi t'i fliste për dashurinë e vet.

Në fillim nuk e trembi aspak me komplimente. Ishte i qetë, serioz, melankolik.

Ema e dëgjonte kokulur, duke trazuar me majën e këmbës ashklat që ishin përdhe.

Mirëpo ai tha fjalët:

- A nuk janë tani njësh fatet tona?
- Ja që jo! - iu përgjigj ajo. - Ju e dini mirë. Është e pamundur.

Ajo u ngrit të ikte. Ai e kapi nga kyçi i dorës. Ajo u ndal. Pastaj, si e soditi një copë herë me ca sy dashurie dhe krejt të përlotur, ajo i tha me rrëmbim:

- Ah! Dëgjoni këtu, të mos e zëmë më në gojë atë... Ku janë kuajt? Ejani të kthehemi.

Ai bëri një gjest zemërimi dhe mërzitjeje. Ajo përsëriti:

- Ku janë kuajt? Ku janë kuajt?

Atëherë duke bërë një buzëqeshje të çuditshme dhe me

shikim të ngulur, me dhëmbë të shtrënguar, ai iu afrua duke hapur krahët. Ajo u zmbraps duke u dridhur, dhe belbëzoi këto fjalë:
- Oh! Ju po më frikësoni! Më brengosni! Ejani të ikim prej këndej.
- Po si jo, derisa duhet të ikim, - tha ai duke u ndryshuar në fytyrë.
Dhe u bë menjëherë respektues, përkëdhelës, i druajtur. Ajo i dha krahun. U kthyen. Ai i thoshte:
Ç'patët ashtu? Përse? S'e mora vesh. Mos më keqkuptuat? Ju jeni në shpirtin tim si trupore shën Mërie mbi piedestal, në një vend të lartë, të fortë dhe të papërlyer. Por që të jetoj kam nevojë për ju! Kam nevojë për sytë tuaj, për zërin tuaj, mendimin tuaj. Bëhuni mikesha ime, motra ime, engjëlli im!
Dhe ai zgjaste krahun dhe e pushtonte prej beli. Ajo përpiqej t'i shqitej me të butë. Ai vazhdonte ta mbante ashtu, duke ecur.
Mirëpo dëgjuan të dy kuajt që hanin gjethurina.
- Oh! Edhe pak! - i tha Rodolfi. - të mos ikim! Qëndroni!
Ai e çoi më larg, rreth një pellgu të vogël, që e kishte sipërfaqen të mbuluar me thjerrëza uji. Midis kallamave rrinin pa lëvizur ca zambakë të fishkur.
Bretkosat kërcenin të fshiheshin sa dëgjonin zhurmën e hapave të tyre në bar.
- Vetë e kam fajin, vetë, - i thoshte ajo. - Jam e marrë që rri e ju dëgjoj ju.
- Përse?... Ema! Ema!
- Oh, Rodolf!... - ia bëri me të butë nusja e re, duke u mbështetur mbi supin e tij.
Coha e fustanit të saj ngjitej pas kadifes së frakut të tij. Ajo nxori gushën e bardhë, që i fryhej nga një psherëtimë dhe, e sfilitur fare, tërë lot, duke u dridhur pa pushim dhe duke mbuluar fytyrën me duar, e lëshoi veten.
Qielli po muzgej; dielli ndaj të perënduar, duke përshkuar degët e pemëve, ia verbonte sytë. Aty-këtu, rreth e rrotull saj, mbi gjethe ose mbi tokë, fërgëllonin ca si njolla drite, sikur të kishin shpërndarë, duke fluturuar, pendët e tyre kolibrat. Qetësia mbretëronte gjithandej; nga pemët dukej sikur dilte njëfarë ëmbëlsie; ajo ndiente zemrën që filloi përsëri t'i rrihte, dhe gjakun që i rridhte nëpër trup si ndonjë lumë

qumështi. Atëherë, dëgjoi diku, shumë larg, matanë pyllit, në kodrat e tjera, një si britmë të paqartë dhe të zgjatur, një zë që zvargej, dhe e ndiente me veshë në heshtje, që përzihej si ndonjë melodi me dridhjet e fundit të nervave të saj të tronditura, Rodolfi, me puro shtrënguar midis dhëmbëve, ndreqte me bixhak njërin nga frerët që ishte këputur.

Ata u kthyen në Jonvil nga e njëjta rrugë. Panë mbi baltë gjurmët e kuajve pranë njëri-tjetrit, si dhe po ato kaçuba, po ato gurë mbi bar. Asgjë nuk kishte ndryshuar rreth tyre; por megjithatë, për Emën kishte ndodhur diçka më me rëndësi sesa të kishin luajtur vendit malet. Rodolfi, herë pas here, përkulej dhe i merrte dorën për t'ia puthur.

Ajo dukej një mrekulli ashtu e hipur mbi kalë. E drejtë, belhollë, me gju përkulur mbi krifën e kafshës dhe me fytyrë paksa të skuqur nga ajri i freskët, në muzgun e purpurt.

Kur hynë në Jonvil, ajo filloi të lodronte me kalë sa andej-këndej mbi kalldrëm. Njerëzit e shikonin nga dritaret.

Në darkë i shoqi i tha se i kishte hipur një nur në fytyrë; por kur ai e pyeti se si ia kishte kaluar gjatë shëtitjes ajo bëri sikur nuk e dëgjoi; dhe rrinte me bërryl mbështetur pranë pjatës, midis dy qirinjve të ndezur.

- Ema! - i tha ai.
- Çfarë ke?
- Po ja, sot e kalova mbasditen te zoti Aleksandër; ai ka një pelë të moshuar, që është akoma goxha e bukur, e vrarë pak në gju, dhe që mund t'ia blinim, jam i sigurt, për nja njëqind skude...

dhe shtoi:

- Bile duke menduar se ty do të të bëhej qejfi, e mbajta..., e bleva... Mirë bëra?

Hë de më thuaj pra!

Ajo tundi kokën në shenjë miratimi; pastaj, pas një çerek ore, e pyeti: - Do të dalësh sonte?

- Po. Pse?
- Jo, hiç, kot, i dashur.

Dhe, sa e hoqi qafe Sharlin, ajo u ngjit dhe u mbyll në dhomën e saj.

Në fillim pati një si trullosje, i dilnin para syve pemët, rrugët, hendeqet, Rodolfi, dhe e ndiente akoma se si e shtrëngonte ai në krahët e tij, ndërkohë që gjethnaja dridhej dhe kallamat fishkëllenin.

Mirëpo, kur pa veten në pasqyrë, u çudit me fytyrën e saj. Kurrë ndonjëherë nuk i kishte pasur sytë aq të mëdhenj, aq të zinj, as aq të thellë. I kishte rënë një si vesk i lehtë që e shndërronte të tërën.

Me vete përsëriste: "Kam një të dashur! Kam një të dashur!" dhe shkrihej fare me këtë mendim, sikur t'i kishte ardhur, papritur e pa kujtuar, një rini e dytë. Kështu pra, më në fund, ajo do të shijonte ato gëzime të dashurisë, ato ethe të lumturisë, për të cilat kishte humbur çdo shpresë. Po hynte në një si botë të mrekullueshme ku gjithçka do të ishte pasion, mahnitje, kllapi, ishte e rrethuar nga një pafundësi kaltëroshe, majat më të larta të ndjenjës i xixëllonin në mendje dhe ndërmjet këtyre lartësive jeta e rëndomtë i dukej tashmë larg, poshtë fare në errësirë.

Atëherë iu kujtuan heroinat e librave që kishte lexuar dhe legjioni lirik i grave kurorëshkelëse nisi t'i këndonte në mendje me ca zëra motrash që e magjepsnin. Ajo vetë po bëhej si një pjesë e pandarë e këtyre përfytyrimeve dhe po vinte në jetë ëndërrimin e gjatë të rinisë së saj, duke e mbajtur veten për atë lloj dashnoreje siç e kishte pasur aq shumë zili. Bile Ema ndiente një kënaqësi shpagimi. Pse pak kishte vuajtur ajo! Mirëpo tani doli ngadhënjimtare, dhe dashuria, e ndrydhur për një kohë aq të gjatë, gufonte e tëra me gul të gëzueshme. Ajo e shijonte pa e brejtur ndërgjegjja, pa u shqetësuar, pa e prishur gjakun.

Dita e nesërme kaloi me një ëndje të re. Iu betuan njëri-tjetrit. Ajo i rrëfeu brengat e saj. Rodolfi e ndërpriste me të puthura; dhe ajo i kërkonte, duke e soditur me sy gjysmë të mbyllur ta thërriste akoma me emrin e saj dhe t'i thoshte vazhdimisht që e donte. Kjo ndodhte në pyll, si një ditë më parë, në një kasolle këpucëdrurëbërësish; muret i kishte prej kashte dhe çatia ishte aq e ulët, saqë duhet të rrije i përkulur. Ata ishin ulur njëri pranë tjetrit, mbi një shtrat gjethesh të thata.

Qysh nga ajo ditë, ata i shkruanin njëri-tjetrit rregullisht çdo mbrëmje. Ema e çonte letrën në fund të kopshtit të saj, pranë lumit, në një të çarë të tarracës. Rodolfi vinte e merrte dhe linte aty të tijën, për të cilën ajo ankohej se ishte gjithmonë tepër e shkurtër.

Një mëngjes që Sharli kishte dalë pa aguar dita, asaj i shkrepi të takonte në çast Rodolfin. Mund të mbërrinte menjëherë në La Yshet, të qëndronte aty një orë dhe të kthehej në Jonvil kur të gjithë të ishin akoma në gjumë. Ky mendim e bëri të gulçonte nga epshi, dhe pas pak u ndodh në mes të livadhit, ku ecte me hapa të shpejtë, pa parë nga mbrapa.

Dita filloi të agonte. Ema dalloi që nga larg shtëpinë e dashnorit të saj, dy flugerët e së cilës, me bishta të hapur, nxinin në agimin e zbehtë.

Pas oborrit të fermës, kishte një godinë banimi që duhej të ishte kështjella. Ajo hyri brenda, sikur muret para saj të ishin hapur vetvetiu. Ca shkallë të mëdha të drejta të çonin në një korridor. Ema hoqi rrezen e një dere, dhe vuri re, përnjëherësh, në fund të dhomës, një njeri që po flinte. Ishte Rodolfi. Ajo lëshoi një britmë.

- Ua ti qenke! Ti qenke! - përsëriti ai. - Si munde të vije?... Ah! Fustani të qenka bërë qull!

- Të dua! - i tha ajo duke i hedhur krahët në qafë.

Meqë i eci me guximin që tregoi herën e parë, tani në çdo rast kur Sharli dilte herët nga shtëpia, Ema vishej shpejt e shpejt dhe, pa u ndierë, zbriste shkallët që të çonin buzë lumit.

Mirëpo, kur e hiqnin dërrasën mbi të cilën kalonin bagëtia, i duhej të kalonte anës mureve gjatë buzës së lumit, bregu ishte i rrëshqitshëm; që të mos rrëzohej, ajo mbahej me dorë pas tufave të rrepave të egra, të fishkura. Pastaj i binte përmes arave të punuara, ku fundosej, i merreshin këmbët dhe i ngecnin këpucët e holla me qafa. Shalli që kishte lidhur mbi kokë, valëvitej në erë mes livadhit. Kishte frikë nga qetë, dhe ia niste vrapit; mbërrinte pa frymë, me faqe të skuqura, dhe nga i tërë trupi i dilte një afsh i freskët e i këndshëm jete, blerimi dhe ajri të pastër. Në atë orë, Rodolfi vazhdonte të flinte. Ajo ishte si një mëngjes pranvere që hynte në dhomën e tij.

Nga perdet e verdha të varura në dritare, depërtonte lehtë-lehtë një dritë e rëndë e verdheme. Ema ecte verbazi duke picërruar sytë, ndërsa bulëzat e vesës që i kishin mbetur mbi flokët e ndarë në mes, krijonin një si kurorë topazesh rreth e përqark fytyrës së saj. Rodolfi, duke qeshur e tërhiqte nga vetja dhe e shtrëngonte në kraharor.

Pastaj, ajo këqyrte dhomën, hapte sirtarët e komove, krihej me krehrin e tij dhe shihej në pasqyrën e rrojës. Bile shpesh herë, mbante me dhëmbë bishtin e një llulle të madhe që ishte mbi tryezën e natës, midis limonëve dhe copave të sheqerit, pranë kanës së ujit.

U duhej një çerek ore e mirë për t'i lënë lamtumirën njëri-tjetrit. Në atë çast Emës i shkrepeshin të qarat; asaj dëshira ia kishte të mos ndahej kurrë nga Rodolfi. Diçka më e fortë se vetja e shtynte drejt tij, aq sa një ditë, kur ajo i erdhi befas, ai u ngrys në fytyrë, si njeri qejfprishur.

- Ç'ke kështu? - e pyeti ajo. - Mos je gjë sëmurë? Fol pra.

Më në fund ai i tha, fytyrëngrysur, se vizitat e saj kishin filluar të binin në sy dhe ajo rrezikohej në këtë mënyrë.

X

Pak nga pak frika e Rodolfit iu ngjit dhe asaj. Në fillim e dehu dashuria, dhe veç kësaj nuk mendonte për asgjë tjetër. Mirëpo, tani që ajo i ishte bërë një domosdoshmëri për jetën, kishte frikë se mos humbiste diçka prej saj, ose bile se mos i trazohej. Kur kthehej prej tij, shikonte rreth e rrotull e shqetësuar, duke përgjuar gjithçka që dukej edhe larg në horizont dhe çdo baxhë shtëpie në fshat prej nga mund ta vinin re. Mbante vesh hapat, brimat, zhurmën e parmendave; dhe ndalej më e zbehtë e duke u dridhur më keq sesa gjethet e plepave që fërfëritnin mbi kokën e saj.

Një mëngjes, kur po kthehej në këtë mënyrë, pandehu sikur shqoi befas tytën e gjatë të një karabine që dukej sikur e kishte marrë në shenjë. Ajo dilte pjerrtas përmbi buzët e një fuçie të vogël, gjysmë të fshehur në bar, në anë të një hendeku. Ema, që gati sa s'i ra të fikët nga tmerri, bëri si bëri dhe eci përpara, sakaq nga fuçia doli një njeri, si ata djajtë me sustë që kërcejnë nga fundi i sëndukëve. Ai mbante dollakë të mbërthyer deri në gjunj, një kasketë të rrasur deri mbi sy, buzët i dridheshin dhe hunda i qe skuqur. Ishte kapiten Bineu, që u kishte zënë pritë rosave të egra.

- Duhej të kishit folur që për së largu! - i bërtiti ai, - kur sheh njeriu pushkë, duhet gjithmonë të bëjë zë.

Tagrambledhësi, me këtë mënyrë, mundohej të fshihte

frikën që ndjeu pak më parë; sepse, duke qenë se gjuetia e rosave përveçse në anije, kudo gjetkë ishte e ndaluar, në bazë të një urdhërese të prefekturës, zoti Bine, ndonëse i respektonte ligjet, ndodhej në kundërvajtje. Kështu që në çdo çast i dukej sikur dëgjonte të vinte bekçiu. Mirëpo ky shqetësim ia shtonte edhe më kënaqësinë, dhe, duke ndenjur fillikat vetëm në fuçi, shkrihej fare me lumturinë dhe hilen e tij.

Kur pa Emën, sikur u lehtësua nga një barrë e rëndë dhe menjëherë ia nisi bisedës:

- Bën ftohtë, të thahen turinjtë!

Ema nuk i dha asnjë përgjigje. Ai vazhdoi:

- Edhe ju paskeni dalë kaq herët?

- Po, - i tha ajo duke belbëzuar, - po vij nga taja që më mban fëmijën.

- Aha! Shumë mirë! Shumë mirë! Ndërsa unë, siç më shihni, kam ardhur këtu qëmenatë; mirëpo koha është kaq e zymtë saqë veç në më ardhtë gjahu përpara hundës...

- Natën e mirë, zoti Bine, - e ndërpreu ajo duke i kthyer shpinën.

- Nderimet e mia, zonjë! - iu përgjigj ai ftohtë.

Dhe u fut përsëri në fuçi.

Ema u pendua, që u nda aq rrëmbimthi me tagrambledhësin. Me siguri që ai do të thurte hamendje të dëmshme për të. Justifikim më të dobët sesa ai që sajoi ajo për tajën nuk bëhej, sepse të gjithë e dinin mirë në Jonvil se vajza e vogël Bovari kishte një vit që ishte kthyer te prindërit e saj. Veç kësaj rreth e rrotull s'banonte njeri; ajo rrugë të çonte vetëm në La Yshet; domethënë Bineu e kishte marrë me mend se ku kishte qenë ajo, dhe ai s'kishte për të heshtur, do të llapte, patjetër. Ajo ndenji deri në mbrëmje duke shtrydhur trutë për të trilluar gjithfarë lloj gënjeshtrash të pranueshme; dhe vazhdimisht i dilte para syve ai budallai me çantë gjuetie.

Sharli, pas darke, si e pa të brengosur, e çoi te farmacisti, për ta zbavitur, dhe njeriu i parë që pa ajo në farmaci, ishte përsëri ai, tagrambledhësi! Ky rrinte në këmbë, para banakut, i ndriçuar nga drita e kavanozit të kuq, dhe thoshte:

- Më jepni, ju lutem, gjysmë onsi vitriol.

- Justin, - bërtiti farmacisti, - na sill acidin sulfurik.

Pastaj, duke iu drejtuar Emës që donte të ngjitej në dhomën

e zonjës Ome, i tha:
- Jo, jo, rrini këtu, mos u mundoni kot, ajo do të zbresë. Sa të vijë ajo, ngrohuni te soba... Më falni... Tungjatjeta, doktor (se farmacistit i pëlqente shumë të shqiptonte fjalën doktor, tamam sikur edhe ai, duke ia thënë dikujt tjetër, kishte për të përfituar diçka nga madhështia që ajo përmbante, sipas tij)... Po ki mendjen se mos rrëzosh havanët! Shko më mirë sill karriget nga dhoma e vogël; ti e di vetë që kolltukët e sallonit nuk lëvizen.

Dhe, Omeu, për të vënë përsëri në vend kolltukun e tij, doli nxitimthi nga banaku, në çastin kur Bineu i kërkoi një gjysmë onsi acid sheqeri.
- Acid sheqeri? - ia bëri farmacisti me përçmim. - S'e di, s'kam idenë ç'është! Mos doni gjë acid oksalik? Oksalik, apo jo?

Bineu i shpjegoi se i nevojitej një gërryes, që të përgatiste vetë ujë bakri me të cilin të pastronte nga ndryshku pajisjet e gjuetisë. Ema u drodh. Farmacisti nisi të thoshte:
- S'është kohë për gjueti kjo, ka edhe lagështirë.
- Po megjithatë, - vazhdoi tagrambledhësi, gjithë dinakëri, - ka dhe nga ata që s'duan t'ia dinë për të.

Asaj po i zihej fryma.
- Më jepni edhe ca... "Ky s'paska ndër mend të shkulet!" - mendonte ajo me vete.
- Gjysmë onsi rrëshirë dhe terebentinë, katër onsë dyllë të verdhë dhe tri gjysmë onsë çngjyrosës, ju lutem, për të pastruar rripat e lyer me vernik të takëmit tim.

Farmacisti filloi të priste dyllë në kohën kur zonja Ome doli me Irmën në krah, me Napoleonin përbri dhe Atalinë që e ndiqte nga pas. Ajo shkoi u ul mbi minderin me kadife, pranë dritares dhe kalamani u mblodh kruspull mbi një stol, ndërsa e motra e tij e madhe vinte vërdallë kutisë me hide, afër babait të saj. Ky mbushte hinka dhe taposte shishka, ngjiste etiketa, bënte pako. Rreth tij të gjithë heshtnin dhe herë pas here dëgjoheshin peshat që tringëllinin mbi peshore si dhe disa fjalë me zë të ulët të farmacistit që i jepte këshilla çirakut të tij.
- Si e keni çupën? - pyeti papritmas zonja Ome.
- Qetësi! - bërtiti i shoqi, që shkruante shifra në fletoren e shënimeve.

- Përse nuk e morët me vete? - vazhdoi ajo me gjysmë zëri.
- Shëët! Shëët! - ia bëri Ema duke treguar me gisht farmacistin.

Mirëpo Bineu, zhytur i tëri në llogaritë e faturës, kishte mundësi të mos i kishin kapur veshët asgjë. Më në fund ai doli. Atëherë Ema, si u çlirua prej tij, nxori një psherëtimë të thellë.

- Sa rëndë merrni frymë! - i tha zonja Ome.
- Ah! Është ca nxehtë këtu, - iu përgjigj ajo.

Që të nesërmen ata vranë mendjen se si të organizonin takimet midis tyre; Ema donte të korruptonte shërbëtoren e vet me ndonjë dhuratë; mirëpo e mira e të mirave ishte të gjenin në Jonvil ndonjë shtëpi që s'binte në sy. Rodolfi premtoi se do të vihej në kërkim të saj.

Gjithë dimrit, ai vinte tri ose katër herë në javë në kopsht, kur nata ishte e zezë pus. Ema e kishte hequr qëllimisht çelësin nga trina, kurse Sharli kujtonte se kishte humbur.

Rodolfi, që ta lajmëronte, i hidhte një grusht rërë mbi grilat e dritares. Ajo ngrihej përnjëherë; mirëpo kishte raste që duhej të priste, sepse Sharli kishte maninë që kur fillonte të llomotiste në qoshe të zjarrit, s'dinte të pushonte. Ajo hante veten me dhëmbë nga padurimi; po të ishte e mundur, vetëm me vështrim kishte për ta flakur të shoqin nga dritarja. Më në fund ajo fillonte të vishej me takëmet e natës dhe pa e prishur fare terezinë, vazhdonte të lexonte, sikur po zbavitej me lexime. Mirëpo, Sharli që ishte tashmë në shtrat, e thërriste të shkonte të flinte.

- Hajde pra, Ema, - i thoshte ai, - është koha të biem.
- Po, po, ja erdha! - i përgjigjej ajo.

Sakaq, meqë e verbonin qirinjtë, ai kthehej nga ana e murit dhe e zinte gjumi. Ndërsa ajo, ia mbathte, duke mbajtur frymën, me buzëqeshje në fytyrë, me të dridhura të forta në trup, e veshur vetëm me petkun e dhomës.

Rodolfi mbante një pallto të madhe; e pështillte me të të tërën, dhe, duke i hedhur krahun për beli, e çonte deri në fund të kopshtit pa folur asnjë gjysmë fjale.

Shkonin nën tendë, mbi po atë stol me shkopinj të kalbur ku dikur Leoni e shikonte me aq dashuri, mbrëmjeve verore. Tani asaj as që i shkonte më mendja për të!

Yjet e shndritshme dukeshin nëpërmjet degëve të jaseminit

pa gjethe. Mbrapa tyre, ata dëgjonin rrjedhjen e lumit, dhe, herë pas here, në breg të tij, kërcitjet e kallamave të thatë. Aty-këtu zmadhoheshin në errësirë ca si grumbuj hijesh, dhe nganjëherë, duke u dridhur të tërë përnjëherësh, ngriheshin përpjetë e përkuleshin si dallgë të zeza pa anë e fund që vinin deri aty për të mbuluar ata të dy. Të ftohtët e natës i bënte të shtrëngoheshin edhe më fort me njëri-tjetrin; ofshamat që u dilnin nga buzët u dukeshin dhe më të fuqishme; sytë e njëri-tjetrit që mezi i shquanin, u

ngjanin edhe më të mëdhenj, dhe, në atë qetësi të plotë, kishte fjalë që i shqiptonin me zë fare të ulur dhe që u binin në shpirt me një kumbim kristalor dhe ushtonin me dridhje të shumëfishuara.

Netëve me shi, strehoheshin në dhomën e vizitave të të sëmurëve, ndërmjet depos dhe stallës. Ajo ndizte një nga shandanët e kuzhinës, që e mbante fshehur mbrapa librave. Rodolfi zinte aty vend si në shtëpinë e tij. Kur shihte bibliotekën dhe tryezën e punës, me një fjalë dhomën mbarë, e kapte një gaz i marrë; dhe s'rrinte dot pa bërë në kurriz të Sharlit gjithë ato shaka, të cilat e vinin në siklet Emën. Asaj ia donte zemra që ai të ishte më serioz dhe bile-bile më dramatik, po të vinte puna, si atëherë që iu duk se dëgjoi në udhën e kopshtit një zhurmë hapash që afroheshin.

- Dikush po vjen! - i tha ajo.

Ai fiku dritën.

- I ke me vete pisqollat? - Përse?
- Po... për t'u mbrojtur, - vazhdoi Ema.
- Nga yt shoq? Ah! i ziu ai!

Dhe Rodolfi e përfundoi fjalinë me një gjest që donte të thonte: "Do ta bëja përshesh me një çokë."

Ajo u habit me trimërinë e tij, megjithëse ndjeu në të njëfarë vrazhdësie dhe harbutërie të rëndomtë që e skandalizoi.

Rodolfi e shoshiti gjatë e gjerë atë çështjen e pisqollave. Po ta kishte pasur ajo me gjithë mend, kjo i dukej tepër qesharake, thoshte me vete, bile e ndyrë, sepse ai vetë nuk kishte asnjë arsye të urrente Sharlin që ishte njeri dede dhe që s'ishte nga ata që i gërryen xhelozia; pastaj lidhur me këtë, Ema i kishte bërë një betim të madh, që ai nuk e honepste dot.

Veç kësaj ajo po bëhej shumë sentimentale. Prandaj u desh

të shkëmbenin portrete në miniaturë, morën nga njëri-tjetri tufa flokësh të prera, dhe tani ajo na i kërkonte një unazë, një unazë të vërtetë martese, si shenjë lidhjeje të përjetshme. Shpesh herë i fliste për kambanat e mbrëmjes dhe për zërat e natyrës; pastaj i fliste për të ëmën e saj, dhe për të ëmën e tij. Rudolfit e veta i kishte vdekur qysh prej njëzet vjetësh. Megjithatë Ema e ngushëllonte me fjalë përkëdhelëse të shpëlara, sikur të kishte përpara ndonjë kalama jetim, dhe bile nganjëherë, duke vështruar hënën, i thoshte:

- Jam e sigurt se ato të dyja atje sipër e miratojnë dashurinë tonë.

Mirëpo ja që ajo ishte aq e bukur! Rrallë herë kishte pasur ai femër kaq të dëlirë! Kjo dashuri e zhveshur nga do lloj shthurjeje ishte për të diçka e re dhe që, duke e shkëputur nga zakonet e shfrenuara, i përkëdhelte njëkohësisht si sedrën edhe epshërinë. Dalldisja e Emës, që arsyeja e tij e shëndoshë prej borgjezi e përbuzte, atij i dukej, thellë në shpirt joshëse, sepse i kushtohej vetes së tij. Dhe atëherë, duke qenë i sigurt se e dashuronin, u çlirua nga paragjykimet, dhe pa u vënë re, ndryshoi sjellje.

Ai nuk i thoshte më, si dikur, nga ato fjalë aq të ëmbla që ia mbushnin sytë me lot, as nuk i bënte më nga ato ledhatimet gjithë afsh që ia merrnin mendtë fare, kështu që dashuria e tyre e thellë, në të cilën ajo jetonte i zhytur, vinte duke shteruar, si ai uji i një lumi që e përpin shtrati i vet, dhe ajo ia pa tinën në fund. Nuk deshi ta besonte një gjë të tillë; ajo e shtoi dhembshurinë, ndërsa Rodolfi e fshihte gjithmonë e më pak mospërfilljen e tij.

Ajo nuk dinte si të bënte, të pendohej që i ishte dhënë atij apo përkundrazi, dëshironte të përgjërohej edhe më tepër për të. Poshtërimi i saj, ngaqë e ndiente veten të dobët, i kthehej në mllef të cilin ia zbusnin epshet. Mes tyre nuk kishte lidhje dashurore, por një lloj joshjeje të përhershme. Ai e kishte vënë përfund. Ajo pothuajse e kishte frikë.

Megjithatë, në pamje të jashtme gjithçka dukej më e qetë se kurrë, për arsye se Rodolfi ia arriti të bënte me këtë grua që tradhtonte të shoqin, siç i tekej atij, dhe, pas gjashtë muajsh, kur erdhi pranvera, ata u gjendën njëri përballë tjetrit si burrë e grua që mbajnë gjallë qetë-qetë flakën e vatrës familjare.

Ishte koha kur xha Ruoi dërgonte pulën e detit në shenjë

kujtimi për këmbën e tij të shëruar. Dhurata vinte gjithmonë bashkë me një letër. Ema preu fijen që e mbante pas shporte, dhe lexoi këta rreshta:

"Të dashur fëmijët e mi,
Shpresoj se kjo letër do t'ju gjejë shëndoshë e mirë dhe se kjo pulë do t'ju pëlqejë më shumë sesa të mëparshmet, sepse më duket pak më e njomë, si të them, dhe më e bëshme. Por herën tjetër, për të nderuar gojën kam për t'ju dërguar një gjel fushe, veç në daçi më tepër ato të flamosurat, dhe më ktheni, ju lutem, shportën, bashkë me ato dy të parat. Më polli belaja me hangarin, që iu vërvit çatia mbi pemë një natë kur frynte një erë e tërbuar. As të vjelat nuk më prinë aq mbarë. Nejse, nuk di se kur do të vi t'ju shoh. Sa të vështirë e kam të largohem tani nga shtëpia, qysh se kam ngelur vetëm, e dashura Ema ime!"

Dhe këtu kishte një hapësirë boshe midis rreshtave, sikur plaku i shkretë ta kishte lënë pendën dhe të ishte zhytur në mendime një copë herë.

"Në pyeçi për mua, mirë jam, me përjashtim të një rrufe që më zuri para ca ditësh në panairin e Ivtotos, ku kisha shkuar për të zgjedhur një bari, pasi, atë që kisha, e dëbova, se na ishte buzëpërdredhur. Ne e dimë ç'heqim me këta derdimenë! Le që ishte edhe maskara.

Mora vesh nga një pramatar që kaloi këtë dimër nga fshati juaj dhe hoqi një dhëmbë, se Bovariu punon shumë pa reshtur. E marr me mend, bile ai më tregoi edhe dhëmbin; pimë nga një kafe bashkë. E pyeta në të kish parë, më tha që jo, por që kishte parë në stallë dy kafshë, nga kjo arrij në përfundimin se punët ju shkojnë fjollë. Më bëhet qejfi, fëmijët e mi të dashur, dhe i madhi zot ju dërgoftë ç't'ju dojë zemra!

Shpirti ma di sa keq më vjen që s'e njoh akoma mbesën time të dashur, Berta Bovarinë. Kam mbjellë për të, në kopsht, poshtë dhomës tënde, një kumbull dhe s'lë njeri t'i prekë kokrrat me dorë, se dua t'i bëj më vonë komposto, që do ta ruaj në dollap për të, kur të vijë.

Mbeçi me shëndet, fëmijë të dashur. Të puth bija ime, ju gjithashtu dhëndri im, dhe vogëlushen, në të dy faqet.

Mbetem, me shumë nderime, Babai juaj i dashur."

Teodor Ruo

Ajo ndenji disa minuta duke mbajtur mes gishtërinjve këtë copë letër të rëndomtë. Aty gabimet e drejtshkrimit plekseshin me njëri-tjetrin, dhe Ema ndiqte mendimin e urtë që kakariste nëpër to si ndonjë pulë gjysmë e fshehur në një gardh ferrash. Bojën e shkrimit e kishte tharë me hi vatre, sepse asaj i ra pak pluhur ngjyrë hiri nga letra mbi fustan, dhe iu duk gati-gati sikur po shihte të atin duke u përkulur mbi vatër për të marrë mashën. Sa kohë kishte kaluar, që s'ishte më pranë tij, aty mbi stol, afër vatrës, kur ajo ndizte majën e ndonjë shkopi në flakën e madhe të xunkthave të detit që kërcisnin!... Iu kujtuan mbasditet verore plot diell. Mëzat hingëllinin kur kalonte njeri pranë tyre, dhe vraponin me të katra... Poshtë dritares së saj kishte një koshere, dhe nganjëherë bletët, duke u vërtitur nëpër dritë, përplaseshin, e kërcenin mbi xhama si toptha të artë. Eh, ç'kohëra të lumtura! Çfarë lirie! Çfarë shpresash! Sa shumë ëndërrime! Tani s'kish ngelur asnjë prej tyre! Ajo i kishte konsumuar në tëra ato aventura të shpirtit, në të gjitha kushtet me radhë, në vashëri, martesë dhe dashuri, duke i humbur kështu vazhdimisht gjatë jetës, si ai udhëtari që lë diçka nga pasuria e tij rrugës në çdo han që futet.

Po kush vallë e bënte kaq fatkeqe? Ç'ishte ajo gjëmë e madhe që e kishte katandisur në tjetër njeri? Dhe ajo ngriti kokën duke vështruar rreth e përqark, si të kërkonte shkakun që e bënte të vuante.

Mbi porcelanet e raftit vezullonte një rreze prilli; zjarri digjej; ajo ndiente nën pantofla butësinë e qilimit; dita ishte e kthjellët, ajri i ngrohtë dhe ajo dëgjoi fëmijën e saj që shkrihej gazit.

Dhe me të vërtetë, vajza e vogël po rrokullisej në ato çaste në lëndinë, mbi barin që kishin mbledhur grumbull për ta tharë. Ishte shtrirë barkas majë një mullari. Shërbëtorja e mbante nga fustani. Letibuduai mblidhte me grabujë të kositurat aty pranë, dhe, sa herë që i afrohej, ajo përkulej duke përplasur krahët në ajër.

- Ma sillni mua! - tha e ëma që vrapoi ta puthte. - Sa të dua, moj fëmijë! Sa të dua!

Pastaj, si vuri re që ajo i kishte majat e veshëve pak të pisët, i ra menjëherë ziles që t'i binin ujë të ngrohtë dhe e lau, i ndërroi ndërresat, çorapet, këpucët, s'la pyetje pa bërë për shëndetin, si të ishte kthyer nga ndonjë udhëtim, dhe më në fund, pasi e puthi përsëri dhe u ngashërye paksa e la në duart e shërbëtores, e cila ngeli pa mend, nga kjo dhembshuri e tepruar.

Në mbrëmje Rodolfit iu duk më fytyrëngrysur se herët e tjera.

"Ka për t'u çelur, - mendoi ai, - kush e di ç'i ka shkrepur në mendje."

Dhe nuk i doli në tri takime rresht. Kur erdhi sërish, ajo u tregua e ftohtë dhe gati-gati mospërfillëse.

- Aha! Kot e ke, bukuroshja ime...

Dhe bëri sikur nuk i vuri re fare psherëtimat e saj të trishtuara, as shaminë që nxirrte.

Pikërisht atëherë ajo u pendua!

Bile pyeti veten se përse nuk e shihte dot Sharlin me sy, dhe se mos do të bënte më mirë po të mundohej ta donte. Mirëpo ai nuk i përgjigjej sa duhej këtyre reagimeve ndjenjësore të saj, kështu që ajo vihej në siklet të madh nga ajo dëshirë e zbehtë për të bërë sakrifica, kur papritur farmacisti, si me porosi, i dha një rast të mirë.

XI

Kohët e fundit ai kishte lexuar për një metodë të re që e lavdëronin shumë, për kurimin e këmbëve të shtrembra; dhe, meqë ishte ithtar i përparimit, i lindi ideja patriotike që edhe Jonvili, të ishte në nivelin e duhur; duhej të bëheshin edhe aty operacione strefopodie.

- Sepse, - i thoshte ai Emës, - ç'humbasim? Mendojeni këtë çështje (dhe i numëronte një nga një me gishta, dobitë e kësaj orvatjeje); sukses pothuajse i padiskutueshëm, shërbim dhe zbukurim i të sëmurit, famë e shpejtë për kirurgun. Përse, burri juaj për shembull, nuk do të kishte dëshirë ta shpëtonte atë Hipolitin e gjorë, të Luanit të artë? Mos harroni që ai s'ka për të lënë udhëtar pa i treguar për shërimin e tij dhe pastaj (Omeu ulte zërin dhe vështronte rreth e rrotull vetes) kush do të më mbante mua, më thoni, t'i dërgoja gazetës një copë shënim për këtë arritje? Po, për zotin! Artikulli qarkullon dorë më dorë..., njerëzit ngre e ul atë muhabet do të kenë..., fama ka për t'u bërë e madhe si ai topi i borës që rrokulliset! Dhe kushedi? Kushedi?

Në fakt, Bovariu mund t'ia dilte mbanë; Ema s'kishte asnjë arsye të vinte në dyshim zotësinë e tij, dhe ç'kënaqësi do të ishte për të, pasi ta kishte futur në një orvatje që do t'ia shtonte si famën edhe pasurinë? Ajo s'kërkonte gjë tjetër veçse të mbështetej te diçka më të fortë sesa dashuria.

I nxitur si nga farmacisti dhe ajo, Sharlit iu mbush mendja. Pasi i erdhi nga Ruani, me porosi të tij, libri i doktor Dyvalit, ai çdo mbrëmje, duke mbajtur kokën me duar, zhytej i tëri në lexim.

Ndërsa ai po studionte ekuinuset, varuset dhe valguset, domethënë strefokatopodinë, strefendopodinë dhe strefeksopodinë (ose, më mirë të themi, shtrembërimet e ndryshme të këmbës, qoftë nga poshtë, përbrenda apo nga jashtë), si dhe strefipodinë e strefanopodinë (me fjalë të tjera përdredhjen e këmbës nga poshtë dhe të drejtuarit e saj nga lart), zoti Ome, duke përdorur gjithfarë arsyetimesh, e shtynte shërbyesin e hanit të operohej.

-S'ke për ta ndier fare, vetëm një pickim i thjeshtë sikur të marrin pakëz gjak, më pak bile se sa të shkulin kallo nga gishtërinjtë e këmbës.

Hipoliti, duke vrarë mendjen, zgurdullonte sytë andej-këndej si i lajthitur.

- Në fund të fundit, - vazhdonte farmacisti, - se mos më hyn mua gjë në hesap! Kjo është punë për ty! Ta them vetëm për njerëzillëk! Do të më vinte mirë edhe mua, or mik, të shpëtoje njëherë e mirë nga ai çalim i shëmtuar, nga ajo lëkundje e mesit si varkë, që lëre se ç'thua ti, po ajo kushedi sa të pengon në ushtrimin e zanatit.

Më tej, Omeu i tregonte se sa të fuqishëm e të shkathët do ta ndiente veten pas asaj, dhe bile i linte të kuptonte se kishte për t'u bërë më tërheqës për femra, ndërsa stallieri fillonte të buzëqeshte si hajvan. Pastaj e prekte në sedër:

- Dreqi ta hajë, i thua vetes burrë ti apo jo? Ç'do të bëje ti po të ishe i detyruar të shkoje ushtar e të luftoje?... Ah! Hipolit!

Dhe Omeu largohej, duke thënë se nuk e merrte vesh këtë kokëfortësi, se si i qenë zënë sytë e nuk pranonte të përfitonte nga të mirat e shkencës.

Më në fund, i gjori ai, u dorëzua, sepse ia punuan si me

komplot. Bineu, që nuk përzihej kurrë në punët e të tjerëve, zonja Lëfransua, Artemiza, fqinjët, dhe bile deri kryetari i bashkisë, zoti Tyvazh, të gjithë pa përjashtim, iu qepën, e shanë e s'i lanë llaf e bënin me turp; mirëpo ajo që e bëri me të vërtetë të vendoste ishte se ndërhyrja kirurgjikale nuk do t'i kushtonte asgjë. Bile Bovariu mori përsipër se do ta siguronte vetë mjetin e nevojshëm për operacionin. Mendimi për këtë bujari i lindi Emës dhe Sharli pranoi, duke menduar thelë në shpirt, se e shoqja ishte një engjëll.

Sipas këshillave të farmacistit, dhe pasi e filloi tri herë rresht, ai sajoi me porosi te zdrukthëtari, të cilin e ndihmoi dhe riparuesi i bravave, një si punë kutie që peshonte rreth katër kile, dhe në të cilën u vunë pa hesap hekur, dru, llamarinë, lëkurë, vidha e dado.

Mirëpo, para se të përcaktohej se cili tendin do t'i pritej Hipolitit, duhej marrë vesh njëherë se çfarë lloj shtrembërimi kishte ai në këmbë.

Njërën shputë e kishte pothuajse në vijë të drejtë me këmbën, prandaj i vinte e përdredhur nga brenda, kështu që vuante nga një ekuinus i ndërlikuar me pak varus, ose nga një varus i lehtë me ekuinus tepër të theksuar. Mirëpo dhe me këtë ekuinus, të mbledhur grusht sa një këmbë kali, me lëkurë të ashpër, me deje të thata, me gishta të trashë, dhe ku thonjtë e zinj dukeshin si gozhdë patkoi, uloku, vraponte, që nga mëngjesi deri në mbrëmje, porsi ndonjë dre. Vazhdimisht te sheshi e shihje, tek kërcente hop aty e hop këtu rreth e përqark qerreve, duke hedhur përpara gjymtyrën më të shkurtër. Bile dukej se e kishte më të fuqishme këtë sesa të saktën. Ajo, ngaqë e kishte përdorur pareshtur, kishte fituar ca si veti morale durimi dhe force, dhe kur atij i jepnin ndonjë punë të rëndë, i vinte më për mbarë të mbështetej mbi të.

Mirëpo, meqë ishte fjala për një ekuinus, duhej prerë delli i Akilit, me kusht që për të zhdukur varusin, muskuli i përparmë tibial, të operohej më vonë, sepse mjekut nuk ia mbante të ndërmerrte dy operacione njëherësh, dhe bile dridhej i tëri para se të fillonte, nga frika se mos fuste dorë në ndonjë zonë delikate nervash që nuk e njihte.

As Ambruaz Paresë , kur kreu për herë të parë, pesëmbëdhjetë vjet pas Selsit , lidhjen e menjëhershme të një arteri, as Dypytrenit , kur donte të shpërthente një qeskë me qelb nën një shtresë të trashë truri, as Zhansulit, kur bëri ablacionin e parë të nofullës së sipërme, nuk u kishte rrahur zemra aq fort, nuk u ishte dridhur dora aq shumë, nuk u kishte hipur gjithë ai tension në kokë sa zotit Bovari kur u afrua pranë Hipolitit, me tenotam në dorë. Dhe, tamam si nëpër spitale, aty afër, mbi një tryezë, kishte një grumbull leckash, penj të lyer me dyllë, gjithë ato fasha, një pirg i tërë me fasha, tërë sasia e fashave që kishte farmacisti. Gjithë këto përgatitje i kishte bërë që në mëngjes vetë zoti Ome, si për të mahnitur të tjerët dhe për të gënjyer veten e tij. Sharli e shpoi lëkurën, u dëgjua një kërcitje e thatë. Delli u pre, operacioni mbaroi. Hipoliti s'e mblidhte dot veten nga habia; ai përkulej mbi duart e Bovariut, që t'ia mbulonte me të puthura.

- Eja tani, qetësohu, - i thoshte farmacisti, - ke për t'ia treguar më vonë mirënjohjen bamirësit tënd!

Dhe zbriti poshtë t'u njoftonte rezultatin nja pesë a gjashtë kureshtarëve që prisnin në oborr dhe që kujtonin se Hipoliti do t'u dilte duke ecur drejt. Pastaj Sharli, si e lidhi të sëmurin e tij me aparatin mekanik u kthye në shtëpi, ku e priste gjithë ankth Ema te pragu i derës. Ajo iu hodh në qafë; u shtruan në tryezë; ai u shqep në të ngrënë, bile, kur erdhën ëmbëlsirat, kërkoi dhe një filxhan kafe, salltanet i tepruar ky që ia lejonte vetes vetëm të dielave kur kishte të ftuar.

Mbrëmjen e kaluan për mrekulli, me gjithë ato biseda e ëndërrime. Folën për pasurimin që i priste, për një rregullim akoma më të mirë të shtëpisë; ai parafytyronte sesi do t'i përhapej fama se si do t'i rritej mirëqenia, se si do ta donte gjithmonë e shoqja; ndërsa ajo e ndiente veten të lumtur që po ripërtërihej me një ndjenjë të re, më të shëndoshë, më të mirë, që kishte në fund të fundit njëfarë dhembshurie për atë njeri të shkretë, i cili e donte aq shumë. Për një çast i ra nëpër mend Rodolfi; mirëpo sytë i ktheu përsëri nga Sharli; bile vuri re me habi që ai s'i kishte aspak dhëmbët të shëmtuar.

Ata kishin rënë në shtrat kur zoti Ome, pa pyetur për kuzhinieren që s'e linte, hyri papritmas në dhomë, duke mbajtur në dorë një fije letër të porsashkruar. Ishte një artikull i shkurtër lavdërues që do t'ia dërgonte për ta botuar "Fenerit të Ruanit" e po ua sillte ta lexonin.

- Na e lexoni ju vetë, - i tha Bovariu.

Ai ia filloi:

"Me gjithë paragjykimet që, mbulojnë si rrjetë një pjesë të faqes së Evropës, drita po nis tashmë të depërtojë edhe nëpër fshatrat tona. Ja, kështu për shembull, të martën, qyteza jonë e vogël Jonvil, jetoi një eksperiment kirurgjik që përbën njëkohësisht dhe një akt filantropik të lartë. Zoti Bovari, një nga mjekët tanë më të shquar..."

- Oh! Kjo është e tepërt! Kjo është e tepërt! - i thoshte Sharli, që mezi mirrte frymë nga emocionet.

- Po jo, s'është fare ashtu! Si qenka e tepërt!... "i operoi shputën e këmbës sakate..." Nuk e kam vënë termin shkencor, sepse, ju e dini, në një gazetë..., rrezik s'kishin për ta kuptuar të gjithë; duhet që masat...

- Po, tamam ashtu është, - i tha Bovariu. - Vazhdoni.

- Po e filloj aty ku e lashë, tha farmacisti. "Zoti Bovari, një nga mjekët tanë më të shquar, i operoi shputën e këmbës sakate të ashtuquajturit Hipolit Toten, stallier qysh prej njëzet e pesë vjetësh pranë hotelit Luani i artë, që e mban vejushë, zonja Lëfransua, nëSheshin e Armëve. Ishin grumbulluar aq shumë njerëz nga kureshtja për këtë përçapje si diçka e re dhe nga interesimi për të sëmurin, saqë me të vërtetë përpara godinës mjekësore nuk kaloje dot. Përveç kësaj, operacioni u krye si me magji dhe mezi doli ndonjë pikë gjak mbi lëkurë, si dëshmi e asaj që delli i pabindur iu nënshtrua më në fund përpjekjeve të mjeshtërisë kirurgjike. I sëmuri, për çudi, (e pohojmë këtë de visu), nuk pati asnjë dhimbje. Gjendja e tij, deri tani është si jo më mirë. Gjithçka të bën të besosh që ka për t'u shëruar shpejt; dhe kushedi, ndoshta në festën e ardhshme të fshatit, pse të mos e shohim Hipolitin tonë të dashur në vallet e verës, mes grupit të djemve të gëzuar, dhe t'u tregojë kështu me tempin dhe kërcimet e tij, të gjithëve atyre që i kanë sytë në ballë se ai është shëruar plotësisht? Të nderuar qofshin pra, dijetarët bujarë! Të nderuar qofshin këto mendje të palodhura që ua kushtojnë netët e tyre pa gjumë përmirësimit të shëndetit apo lehtësimit të dhimbjeve të species së tyre. Të nderuar qofshin! Tri herë të nderuar qofshin! A s'është pra rasti ta themi me zë të lartë se të verbërve do t'u vijë drita e syve dhe çalamanët do të ecin për së mbari me këmbët e tyre! Por atë që dikur fanatizmi ua premtonte vetëm të bindurve të tij, sot shkenca po e kryen për të gjithë njerëzit! Lexuesit tanë do t'i mbajmë në dijeni të fazave të njëpasnjëshme të këtij mjekimi kaq të rrallë."

Mirëpo, pas pesë ditësh, teto Lëfransuai erdhi e lemerisur duke bërtitur:

- Ndihmë! Ai po vdes!... Po luaj mendsh!

Sharli u sul drejt Luanit të artë, dhe farmacisti që e vuri re kur kalonte nëpër shesh, pa kapelë në kokë, e la në çast farmacinë. Ia behu dhe ai vetë, duke gulçuar, i skuqur në fytyrë, dhe duke pyetur të gjithë ata që po ngjisnin shkallët:

- Po ç'ka vallë strefopodi ynë interesant?

Strefopodi që e kishin kapur dhimbje të tmerrshme përpëlitej e përdridhej aq shumë saqë aparatin mekanik ku ia kishin mbyllur këmbën, e përplaste fort pas murit sa nuk e shkallmonte.

Si përfundim ia hoqën kutinë me shumë kujdes që të mos ia lëviznin gjymtyrën nga pozicioni që kishte, dhe ç'të shihnin, një llahtari të vërtetë. Format e këmbës ishin zhdukur nga një enjte e tillë saqë krejt lëkura dukej sikur do të plaste, dhe ishte mbuluar gjithë njolla të irnuara, të shkaktuara nga aparati i famshëm. Hipoliti ishte ankuar qysh më parë se ai i jepte dhimbje, po nuk ia kishte vënë njeri veshin; sidoqoftë u detyruan të pranonin se ai nuk bënte kot, dhe e lanë të lirë disa orë. Mirëpo sa iu ul paksa të ënjturit, të dy dijetarët e panë me vend që t'ia vendosnin përsëri këmbën në aparat, dhe t'ia shtrëngonin më fort, për të shpejtuar procesin. Më në fund, pas tri ditësh, meqë Hipoliti s'mund të duronte më, ata ia hoqën edhe një herë tjetër mekanizmin, duke u habitur shumë nga rezultati që vunë re. Mbi gjithë këmbën shtrihej një e ënjtur e mavijosur, dhe vende-vende kishte fshikëza nga të cilat kullonte një lëng i zi. Pisk po shkonte kjo çështje. Hipoliti filloi të mërzitej, dhe teto Lëfransuai e vendosi në dhomën e vogël, pranë kuzhinës, që të kishte të paktën ndonjëfarë zbavitje.

Mirëpo tagrambledhësi, që hante darkë atje përditë, ankohej që e kishte atë aty afër. Atëherë Hipolitin e çuan në sallën e bilardos.

Ai rrinte shtrirë, duke rënkuar, nën batanijet e trasha, i zbehur, i parruar, me sy të futur thellë në zgavra, dhe, herë pas here, kthente kokën qull në djersë mbi jastëkun e pistë mbi të cilin suleshin mizat. Zonja Bovari vinte e shihte.

Ajo i sillte lecka për jaki, dhe e ngushëllonte, i jepte zemër. Atij i bënin shoqëri të tjerë, sidomos ditëve të pazarit, kur fshatarët, rreth e rrotull tij, u binin gurëve të bilardos, bënin shpatë me steka, tymosnin duhan, pinin, këndonin, ulërinin e sokëllinin.
 - Si po ia çon? - i thoshin ata duke i rënë supeve. - Aha! S'qenke në formë me sa duket! Po e ke fajin vetë. Duhej të kishe bërë ashtu e kështu.
 Dhe ata i tregonin si i kishte ndodhur filanit e fistekut që ishin shëruar pa përjashtim me rrugë të tjera, ndryshe nga ai; pastaj, si për ta ngushëlluar, shtonin:
 - Si shumë e ruan veten! Pa ngrihu njëherë! Po e merr veten me të mirë si ndonjë mbret! Boll tani, qerrata! Pastaj kundërmon edhe një erë!
 Dhe me të vërtetë, gangrena sa vinte e i përhapej më shumë. Bovariu ishte për vete në hall të madh prej saj. Ai vinte e shihte orë e çast. Hipoliti e vështronte me sy të llahtarisur dhe belbëzonte duke ngashëryer:
 - Kur do të shërohem unë?... Ah! Shpëtomëni!... Ç'më gjeti! Ç'më gjeti! Dhe mjeku largohej, gjithmonë duke e porositur të mbante dietë.
 - Mos ia vër veshin ç'thotë ai, biri im, - e këshilloi teto Lëfransuai. - Boll të meruan! Do të telikosesh më keq. Na, ha tani!
 Dhe i jepte ndonjë lëng mishi të mirë, ndonjë blanjë kofshe dashi, ndonjë copë sallo, dhe nganjëherë ndonjë teke raki, që atij s'ia mbante ta afronte as te buzët.
 Abat Burnizieni, si mori vesh që gjendja e tij po rëndohej, kërkoi të shkonte ta shihte. Filloi t'i qante hallin për atë të keqe që e kishte zënë, duke thënë se duhej të gëzohej prej saj, meqë kështu e kishte dashur zoti, dhe të përfitonte, pa humbur kohë nga ky rast, për t'u pajtuar me qiellin.
 - Sepse, - e sqaronte prifti, me një ton atëror, - ti e lije disi pas dore detyrat e tua; rrallë herë të shihnim në meshë; sa vite u bënë që nuk je kunguar? E kuptoj që punët, vorbulla e kohës së sotme, mund të mos të kenë lënë të kujdesesh për shpëtimin tënd. Mirëpo tani erdhi vakti të mendohesh. Megjithatë mos i humb shpresat, kam njohur mëkatarë të mëdhenj unë që, pak kohë para se të dilnin para zotit (ti s'ke shkuar akoma deri aty, e di mirë unë) kërkuan me lutje

mëshirën e tij, dhe që me siguri vdiqën si s'ka më mirë. Le të shpresojmë, se edhe ti, ke për të na dhënë shembull të mirë! Kështu pra, për t'i dalë të keqes përpara, s'të pengon njeri të recitosh mëngjes për mëngjes e mbrëmje për mbrëmje "Ju përshëndes, Mari hirplote", dhe një "Ati ynë, që jeni në qiell"! Po, bëje këtë! Për mua, që të të detyrohem. Ç'të kushton?... Ma jep fjalën?

I ziu djalë ia dha fjalën. Prifti erdhi edhe ditët e tjera. Ai bisedonte me hanxheshën, tregonte bile dhe anekdota të përziera me shakara, dhe lojëra fjalësh të cilat Hipoliti nuk i merrte vesh. Pastaj me t'iu krijuar mundësia, ai u kthehej çështjeve fetare, duke marrë një pamje solemne siç ia donte rasti.

U duk sikur ia doli mbanë me zellin që tregoi, sepse s'kaloi shumë kohë dhe strefopodi shfaqi dëshirën të shkonte në pelegrinazh në Bon-Skur , po të shërohej: gjë që zoti Burnizien iu përgjigj duke thënë se s'kishte ndonjë kundërshtim; dy masa ia vlenin më tepër se sa një e vetme. S'kishin ç'humbnin. Farmacisti u revoltua me "manovrat e priftit", siç i quante ai; ato nuk i bënin mirë, sipas tij, shërimit të Hipolitit, dhe vazhdimisht i përsëriste zonjës Lëfransua:

- Lëreni rehat! Lëreni rehat! I turbulloni shpirtin me atë misticizmin tuaj!

Mirëpo gruaja zemërmirë nuk donte më ta dëgjonte. Ai ishte shkaktari i të gjithave. Si njeri që kishte shpirtin e kundërshtimit ajo vuri bile në kokën e shtratit të të sëmurit një enë plot me ujë të bekuar, me një degë bushi.

Megjithatë feja nuk dukej se po i bënte ndonjë gjë më shumë se sa kirurgjia dhe gangrena e papërmbajtur vinte duke iu ngjitur gjithmonë e më tepër nga gjymtyrët në bark. Sado që ia ndryshonin ilaçet dhe ia ndërronin jakitë, muskujt po i shprisheshin përditë e më shumë, dhe më në fund Sharli i pohoi me kokë teto Lëfransuait kur kjo e pyeti se po të humbnin çdo shpresë, a mund të kërkonte të vinte nga Nëfshateli zoti Kanive, që ishte i famshëm.

Doktor me titull në mjekësi, pesëdhjetëvjeçar, me nam të mirë dhe i sigurt në vetvete, kolegu si pa të keq nënqeshi me përçmim kur zbuloi atë këmbë të gangrenizuar deri në gju. Pastaj, pasi e tha troç se ajo duhej prerë, shkoi te farmacisti dhe s'la gjë pa thënë për hajvanët që e kishin katandisur atë qyqar në atë gjendje. Duke tundur zotin Ome që e kishte kapur nga kopsa e redingotës, ai sokëllinte nëpër farmaci:

- Janë shpikjet e Parisit këto! Ja ç'idera kanë ata zotërinjtë e kryeqytetit! Tamam si puna e strabizmit, e kloroformit, dhe e litotripisë , gjithë këto lemeri që qeveria duhej t'i ndalonte. O po duan të shesin mend dhe të fusin ilaçe pa e çarë kokën më pas për pasojat e tyre. Ne të tjerët s'qenkemi aq të zotët; s'qenkemi shkencëtarë ne, bandillë, zemërxhevahirë; ne jemi mjekë të thjeshtë, që shërojmë të sëmurë, por që s'do të na shkonte kurrë nëpër mend të operonim një njeri që është shëndoshë e mirë. Të drejtosh këmbë të shtrembra! Po a bëhet kjo? Është njësoj sikur të dojë ta zëmë, të drejtosh një gungaç.

Omeu e dinte ç'hiqte kur dëgjonte këto fjalë, dhe e fshihte sikletin e tij me një buzëqeshje oborrtari, sepse s'i leverdiste të prishej me zotin Kanive, recetat e të cilit nganjëherë vinin deri në Jonvil, prandaj dhe nuk e mbrojti fare Bovariun, nuk bëri bile asnjë vërejtje, dhe, duke hequr dorë nga parimet vetjake, për hir të interesave më të rëndësishme të tregtisë, e shumëzoi me zero dinjitetin e tij.

Prerja e këmbës që do të kryente doktor Kanivei ishte një ngjarje e madhe për gjithë fshatin. Atë ditë, të tërë banorët, ishin ngritur më herët, dhe rruga e madhe, ndonëse plot me njerëz, kishte diçka të kobshme, sikur do të ekzekutohej ndonjë i dënuar me vdekje. Te bakalli bisedonin për sëmundjen e Hipolitit; dyqanet nuk shisnin asgjë, dhe zonja Tyvazh, e shoqja e kryetarit të bashkisë, s'shqitej nga dritarja, sa mezi priste të shikonte kirurgun kur të vinte.

Ai erdhi me kaloshinin e tij, të cilin e ngiste vetë. Mirëpo, meqë susta nga ana e djathtë, me kalimin e kohës, kishte rënë nga pesha e trupit të tij të rëndë, karroca anonte paksa gjatë ecjes dhe mbi ndenjësen tjetër pranë tij, dukej një kuti tepër e madhe e mbuluar me lëkurë të kuqe, mbërtheskat prej bakri të së cilës shkëlqenin si jo më bukur.

Kur hyri si shakullinë, në portën e Luanit të artë, doktori, duke bërtitur me zë të lartë, urdhëroi t'i zgjidhnin kalin, pastaj shkoi në stallë të shihte në po e hante me oreks tërshërën sepse, kur shkonte te të sëmurët, e kishte zakon të kujdesej njëherë për kafshën dhe kaloshinin e tij. Bile, lidhur me këtë gjë, njerëzit thoshin:

"Ah! Zoti Kanive është tip më vete!" Dhe e çmonin edhe më tepër që s'e prishte kurrë terezinë. Edhe sikur të shuhej bota deri te më i fundit, ai s'kishte për të hequr dorë as nga zakoni më i rëndomtë i tij.

Omeu i doli përpara.

- Kam besim te ju, - i tha doktori. - A jemi gati? Le të fillojmë!

Mirëpo farmacisti, duke u skuqur në fytyrë, i tregoi haptazi se duke qenë njeri tepër i ndjeshëm, nuk mund të merrte pjesë në një operacion të tillë.

- Kur rri thjesht si shikues, - i tha ai, - të tronditet, ju e dini, imagjinata! Le pastaj që e kam sistemin nervor aq të...

- Eeuu! - ia preu fjalën Kanivei, - mua më duket se, përkundrazi mund ta pësoni nga damllaja. Bile s'më vjen fare çudi; sepse ju, zotërinjtë farmacistë, e keni kokën vazhdimisht te kuzhina, gjë që me kalimin e kohës ua prish temperamentin. Ja shikomëni mua më mirë: çdo ditë çohem në orën katër të mëngjesit, rruhem me ujë të ftohtë (s'mërdhij kurrë unë), dhe nuk mbaj fanellë në mish, s'më zë rrufa asnjëherë, top e kam trupin! Herë rroj ashtu, herë rroj kështu, si filozof, ushqehem me ç'të më dalë përpara. Prandaj dhe nuk jam i prekshëm si ju, kam për borxh ta pres copë e çikë një të krishter si të qe ndonjë pulë e aq. Ju do të thoshit se jam mësuar!... Jam mësuar!...

Dhe atëherë, pa u bërë merak fare për Hipolitin, që ishte bërë, i mbuluar në shtrat, qull në djersë nga frika e tmerrshme, këta zotërinj ia nisën një bisede, gjatë së cilës farmacisti e krahasoi gjakftohtësinë e një kirurgu me atë të një gjenerali; dhe kjo përqasje i pëlqeu Kaniveit, i cili foli gjatë e gjerë për kërkesat e mjeshtërisë së tij. Ai e quante këtë si mision të vërtetë fetar, ndonëse mjekët pa titull hidhnin baltë mbi të. Më në fund, kur u kujtua për të sëmurin, këqyri fashat që kishte sjellë Omeu, pa ato që ishin edhe kur u operua këmba shtrembaluqe, dhe kërkoi një njeri për t'i mbajtur gjymtyrën. Dërguan të thërrisnin Letibuduain dhe zoti Kanibe, pasi përveshi mëngët, kaloi në sallën e bilardos, ndërsa farmacisti rrinte me Artemizën dhe hanxheshën, që të dyja më të zbehta sesa përpareset e tyre dhe përgjonin me vesh prapa derës.

Gjatë kësaj kohe, Bovariu s'guxonte të kapërcente pragun

e shtëpisë. Ai rrinte poshtë, në dhomën e ngrënies, ulur në qoshe të oxhakut pa zjarr, me kokë të varur mbi kraharor, duarlidhur syngulur në një vend. "Ç'tersllëk! - mendonte me vete, - Ç'zhgënjim!" Se mos kishte lënë masë pa marrë i ziu ai. Po ç't'i bënte, ashtu e donte fati. Ç'rëndësi kishte! Në rast se Hipoliti vdiste më vonë, ai do të quhej vrasës. Dhe pastaj, si do të justifikohej para të sëmurëve kur ta pyesnin? Po mos ndoshta kishte bërë ndonjë gabim? Vriste mendjen, po s'gjente gjë. Sidoqoftë dhe kirurgët më të shquar gaboheshin që ç'ke me të. Po hajde mbushua mendjen njerëzve. Do të talleshin me të, bile do ta mbanin nëpër gojë. Fjala do të merrte dhenë deri në Forzh! Deri në Nëfshatel! Deri në Ruan! Gjithandej. Kushedi do të kishte edhe kolegë që do të shkruanin kundër tij! Pastaj do të ndizej polemika, duhej dhënë përgjigje nëpër gazeta. Hipoliti ndoshta mund ta hidhte në gjyq. E përfytyronte veten të mbuluar me turp, të rrënuar, të humbur! Dhe imagjinata e tij e kapluar nga një mori hamendjesh, përplasej sa me njërën ide, sa me tjetrën si ndonjë fuçi e zbrazët mes detit që e rrëmbejnë dallgët.

Ema, përballë tij, e vështronte; ajo nuk ndiente të njëjtin poshtërim si ai, por një tjetër: atë që kishte pandehur se një njeri si ai mund të vlente diçka, sikur të mos e kishin mjaftuar ato dhjetëra raste për të vënë re se sa mediokër ishte.

Sharli i binte dhomës kryq e tërthor, çizmet i kërcisnin mbi parket. - Ulu, - i tha ajo, - po më ngre nervat përpjetë!

Ai u ul.

Si ishte e mundur që ajo (ajo që ishte aq e zgjuar!) të kishte gabuar përsëri? Përveç kësaj, ç'dreq manie e shtyu që prishi gjithë jetën e saj duke bërë vazhdimisht sakrifica? Iu kujtuan kërkesat e veta për luks, të gjitha mungesat shpirtërore, poshtërimet e martesës, të jetës shtëpiake, ëndrrat që i binin në baltë si dallëndyshe të plagosura, gjithçka që kishte dëshiruar, gjithçka që ia kishte mohuar vetes, gjithçka që mund të kishte siguruar! E përse? E përse?

Në mes të qetësisë që kishte rënë anembanë fshatit, përshkoi ajrin një klithmë rrëqethëse. Bovariut i iku ngjyra e fytyrës aq sa s'i ra të fikët. Ajo vrenjti vetullat me nervozizëm, pastaj vazhdoi me mendimet e saj. E të gjitha këto për faj të tij, të kësaj qenieje, të këtij njeriu që as kuptonte dhe as ndiente gjë prej gjëje. Sepse ja, rrinte aty, më se i qetë, dhe pa

i shkuar mendja fare bile se ai me emrin e tij që do të bëhej gazi i botës do të fëlliqte si atë edhe veten. Ai ishte munduar shumë që ta donte, dhe pastaj ishte penduar duke kulluar në lot që kishte rënë pre e një tjetri.
- Po, ndofta ishte valgus? - bërtiti befas Bovariu, që ishte futur në të thella.

Ema, nga goditja e papritur e kësaj fjalie, që i ra në mendje si ndonjë plumb mbi një pjatë argjendi, duke u dridhur e tëra, ngriti kokën për të gjetur kuptimin e asaj që donte të thoshte ai; dhe që të dy vështruan njëri-tjetrin në heshtje, gati-gati të habitur që po shiheshin, aq larg njëri-tjetrit qëndruan nga pikëpamja e vetëdijes. Sharli e këqyrte me një vështrim të turbullt si ndonjë i dehur, duke dëgjuar, pa lëvizur aspak, britmat e fundit të këmbëprerit, të cilat pasonin njëra-tjetrën me dredhule të zvargura, të ndërprera nga klithma të mprehta, si ulërimë e largët e ndonjë kafshe që therin. Ema kafshonte buzët e saj gjakikura, dhe, duke përdredhur nëpër gishtërinj një fije nga të polipit që kishte thyer, ia ngulte Sharlit bebet e syve të ndezur flakë, porsi dy shigjeta me zjarr gati për t'u lëshuar. Gjithçka e tij e tërbonte tani, fytyra, kostumi, heshtja që mbante, gjithë personi, deri te të qenit e tij gjallë. Për ruajtjen e nderit të saj në të kaluarën pendohej sikur të kishte bërë ndonjë krim dhe ajo që i ngelej ende prej tij shembej nga goditjet e furishme të krenarisë të saj. Ajo shkrihej e tëra nga kënaqësia që mund të tallej mbarë e mbrapsht si burrëtradhtare ngadhënjimtare që qe. Kujtimi i dashnorit i vinte sërish në mend me një forcë tërheqëse të jashtëzakonshme; shpirtin ia dorëzonte atij; e rrëmbyer nga ajo fytyrë me një entuziazëm të ri; dhe Sharli i dukej aq i shkëputur nga jeta e saj, aq i papranishëm përgjithmonë, aq i papranueshëm e aq zero sikur do të vdiste dhe do të jepte shpirt mu aty para syve të saj.

Në trotuar u dëgjua një zhurmë hapash. Sharli vështroi andej dhe, nëpërmjet grilës së ulur, vuri re në anë të pazarit, në pikë të diellit, doktor Kanivein që po fshinte ballin me shami. Omeu, mbrapa tij, mbante në dorë një kuti të madhe të kuqe, dhe që të dy shkonin drejt farmacisë.

Aherë, si i hipi papritmas një dhembshuri dhe një dëshpërim, Sharli u kthye nga e shoqja duke i thënë:
- Më puth njëherë, e dashur!

- Më lër rehat! - i tha ajo, e bërë flakë e kuqe në fytyrë nga inati.
- Ç'ke kështu? Ç'ke kështu? - përsëriste ai i shtangur nga habia. - Qetësohu! Eja në vete!... Ti e di mirë që unë të dua!... Hajde!
- Mjaft më! - i bërtiti ajo si e tmerruar.

Dhe duke u larguar gjithë nxitim nga dhoma, Ema e mbylli derën me aq fuqi, saqë barometri u shqit nga muri dhe u bë copë e çikë përtokë.

Sharli u lëshua në kolltuk, i tronditur, vriste mendjen për të kuptuar se ç'hall kishte ajo, me vete thoshte se mos kishte ndonjë sëmundje nervash, qante dhe ndiente turbull se rreth tij po vërtitej diçka e kobshme dhe e pakuptueshme.

Kur, në mbrëmje, erdhi Rodolfi në kopsht, e gjeti dashnoren që po e priste në fund të shkallëve, në shkelzën e parë. U puthën dhe gjithë mëria e tyre u shkri si flokë bore nga afshi i asaj puthjeje.

XII

Filluan të duheshin përsëri. Shpesh herë bile, në mes të ditës, papritmas Emës i shkrepej t'i shkruante atij, pastaj, nga xhami i dritares, ajo ia bënte me shenjë Justinit, i cili, si zgjidhte shpejt e shpejt përparësen, ia mbathte vrap e në La Yshet. Rodolfi vinte; ajo e donte t'i thoshte që po mërzitej, që s'e shihte dot burrin me sy dhe që po i bëhej jeta lemeri!
- E çfarë mund të bëj unë? - i bërtiti një ditë ai, si e humbi durimin.
- Ah! po të doje ti!...

ajo ishte ulur përtokë, mes gjunjëve të tij, me flokë të lëshuar, me shikim të
përhumbur.
- Hë de, pra? - ia priti Rodolfi.

Ajo psherëtiu.
- Të shkonim gjetkë të jetonim... diku...
- Ti qenke fare, me gjithë mend! - i tha ai duke qeshur. - A është e mundur?

Ajo e solli përsëri fjalën aty; ai bëri sikur nuk kuptonte dhe e ndërroi bisedën.

Ai nuk kuptonte pikërisht gjithë atë turbullim që i shkaktonte një gjë aq e thjeshtë siç ishte dashuria. Ajo e kishte një shkak, një arsye dhe një lloj mbështetjeje të ndjenjave të saj dashurore.

Dhe me të vërtetë, kjo dashuri i shtohej çdo ditë e më shumë nga neveria që i

ngjallte i shoqi. Sa më tepër jepej pas njërit, aq më tepër s'e shihte dot me sy tjetrin; pas këtyre takimeve me Rodolfin, kur rrinte së bashku me Sharlin, ky i dukej më i padurueshëm, me ca gishtërinj aq trashaluqë, aq kokëgdhe, me sjellje aq të rëndomta si kurrë ndonjëherë. Dhe ndërsa hiqej edhe si bashkëshorte, edhe si e virtytshme, ajo ndizej e tëra flakë duke sjellë ndër mend atë kokë me flokë të zinj që merrnin trajtën e një kaçurreli të vetëm mbi ballin e nxirë nga dielli, atë shtat aq të fuqishëm sa edhe të hijshëm, atë mashkull me aq përvojë në të gjykuar, me aq afsh në epshe! Enkas për të ajo i lëmonte thonjtë me kujdesin e një argjendari, dhe s'vinte kurrë më tepër se ç'duhej cold cream në fytyrë, as paçuli nëpër shami. Ajo ngarkohej e tëra me byzylykë, me unaza, me gjerdanë. Kur kishte për të ardhur ai, mbushte me trëndafila dy vazot e saj të mëdha prej qelqi të kaltër, dhe përgatiste si dhomën edhe veten si ndonjë kurtizane që pret një princ. Shërbëtorja detyrohej të lante e të shpëlante pareshtur rroba; dhe, gjithë ditën e ditës, Felisiteja nuk lëvizte nga kuzhina, ku shpesh herë Justini i vogël që i bënte shoqëri, e shikonte tek punonte.

Me bërryl mbështetur në dërrasën e gjatë mbi të cilën ajo hekuroste, ai këqyrte si i paparë gjithë ato tesha grash të hapura reth tij. Këmishët e pambukta, shallet, jakat e vogla, të mbathurat me lidhëse, të cilat vinin të gjera lart në mes dhe duke u ngushtuar poshtë.

- Po këto pse duhen? - pyeti djaloshi duke vënë dorën mbi krinolinën ose mbi kapëset.

- S'të kanë zënë sytë ndonjëherë? - iu përgjigj me të qeshur Felisiteja. - Sikur s'mban kësi gjërash padronia jote, zonja Ome. - Oh, posi, posi! Zonja Ome!

Dhe shtonte me një zë të mendueshëm:

- Të jetë vallë dhe ajo një zonjë si jotja?

Mirëpo Felisitesë i vinte shpirti në majë të hundës që ai s'i shqitej. Megjithëse ajo ishte gjashtë vjeç më e madhe

se Teodori, shërbëtori i zotit Gijomen, ky kishte filluar t'i vardisej.
- Lërmë rehat! - i thoshte ajo duke i ndërruar vendin pjatës së mbushur me kollë.
- Shko më mirë shtyp bajame; ngele mbrapa fustaneve të grave; prit njëherë, mor dreq picirruk, të të dalin qimet në mjekër, pastaj merru me këto gjëra.
- Lërini ato, mos u zemëroni, pa i pastroj unë potinat e saj.

Dhe menjëherë merrte mbi oxhak këpucët me qafa të Emës, tërë baltë-baltë nga takimet - që shkërmoqej në grimca të imëta nën gishtërinjtë e tij, dhe shihte se si ngjitej lart me ngadalë pluhuri nën një rreze dielli.
- Sa frikë paska se mos i prishësh! - i thoshte kuzhinierja, e cila nuk tregohej edhe aq e kujdesshme kur i pastronte vetë, sepse zonja, sa fillonte t'u zhubrosej lëkura, ia linte asaj.

Ema kishte një pirg të tërë nga ato në dollap, dhe si pa të keq i nxirrte jashtë përdorimit njërën palë pas tjetrës, ndërsa Sharli s'guxonte asnjëherë t'i bënte as vërejtjen më të vogël.

Po kështu shpenzoi edhe një treqind frangësh të mirë për një këmbë druri, që ajo e pa të arsyeshme t'i jepej si dhuratë Hipolitit. Proteza ishte e mbushur me tapë në pjesën e fundit, dhe kishte kyçe me susta, një mekanikë të tërë të ndërlikuar të mbuluar me një pantallona të zi, e që përfundonte me një këpucë të lyer me vernik.

Mirëpo Hipoliti, të cilit iu duk luks i tepruar të mbante ditë për ditë një këmbë kaq të hatashme, iu lut zonjës Bovari t'i gjente një tjetër, më të përshtatshme. Vetëkuptohet, mjeku i bëri edhe këto shpenzime.

Kështu pra, stallieri pak nga pak, ia nisi përsëri zanatit të tij. Ai i binte fshatit kryq e tërthor si dikur, dhe kur Sharli dëgjonte që për së largu, mbi kalldrëm trokitjen e thatë të bastunit të tij, ndërronte menjëherë rrugë.

Porosinë e mori përsipër ta kryente zoti Lërë, tregtari; kjo i krijoi mundësinë të takonte shpeshherë Emën. Ai bisedonte me të për sendet e reja që i kishin ardhur nga Parisi, për gjithfarë kuriozitetesh femërore, tregohej tepër i gjindshëm, dhe nuk kërkonte asnjëherë para. Ema i mirëpriste pa rezervë këto lehtësira për të kënaqur gjithë tekat e saj. Kështu për shembull, ajo deshi të shtinte në dorë, një kamxhik shumë të bukur, që gjendej në Ruan, në një shitore çadrash, për t'ia dhuruar Rodolfit. Pas një jave, zoti Lërë ia vuri mbi tryezë.

Mirëpo të nesërmen i erdhi asaj me një faturë dyqind e shtatëdhjetë frangëshe, pa llogaritur qindarkat. Ema u zu shumë ngushtë: gjithë raftet e tryezës së punës ishin trokë; Letibuduait duhej t'i shlyenin më tepër se pesëmbëdhjetë ditë pune, shërbëtores dy tremujorë, veç gjithë atyre borxheve të tjera, dhe Bovariu priste me padurim dërgesën e zotit Dërozëre, i cili e kishte zakon, ta paguante çdo vit kur afrohej festa e shën Pjetrit.

Në fillim ajo bëri si bëri dhe e përcolli Lërëin, mirëpo, më në fund ai e humbi durimin: s'i shqiteshin huadhënësit, gjithë kapitalet i kishte investuar; dhe në rast se nuk i rifitonte disa prej tyre, do të detyrohej t'ia merrte përsipër asaj gjithë plaçkat që i kishte dhënë.

- Epo mirë, merrini, po deshët! - i tha Ema.
- Oh! Jo, e them me të qeshur! - iu përgjigj ai. - Vetëm për kamxhikun më vjen keq. Besa! Kam për t'ia kërkuar prapë zotërisë. - Jo, jo! - ia bëri ajo.
- Ah! Tani s'më shpëton dot! - mendoi Lërëi me vete.

Dhe, i sigurt në zbulimin që bëri, doli duke përsëritur me gjysmë zëri dhe me fërshëllimën e tij të lehtë si zakonisht:
- Kështu qoftë! Të shohim! Të shohim!

Ajo po vriste mendjen sesi të dilte nga ai hall, kur hyri kuzhinierja dhe vuri mbi oxhak një rrotullame prej letre të kaltër, dërguar nga zoti Dërozëre. Ema u sul mbi të, e hapi. Aty kishte pesëmbëdhjetë napolona. Ishte pagesa e llogarisë. Ajo dëgjoi hapat e Sharlit që po ngjitej nëpër shkallë; e hodhi arin në fund të sirtarit dhe mori çelësin.

Pas tri ditësh Lërëi erdhi përsëri.

- Do t'ju propozoj një pazar, - i tha ai, - po qe se në vend të shumës që më detyroheni, pranoni të merrni...
- Ja shumën, - ia pati ajo, duke i vënë në dorë katërmbëdhjetë napolona. Tregtari shtangu në vend. Dhe atëherë, për të fshehur zhgënjimin e tij, s'la falje pa i kërkuar dhe propozime për shërbime pa i bërë, të cilat Ema i ktheu të gjitha mbrapsht; pastaj ajo ndenji një copë herë duke vërtitur nëpër gishtërinj në xhepin e përparëses dy monedhat njëqindfrangëshe që i kishte kthyer ai. Me vete zotohej se do të bënte kursime, që t'ia kthente më vonë Sharlit.

- Ehu! - ia bëri ajo me vete, - atij as që ka për t'i rënë fare ndër mend për to.

Përveç kamxhikut me dorëz argjendi, Rodolfi kishte marrë edhe një vulë me këto fjalë: Amor nel cor ; si edhe një shall, një kuti purosh tamam si ajo e viskontit, që kishte gjetur dikur Sharli në rrugë dhe që e ruante Ema. Sidoqoftë, këto dhurata e përulnin. Disa prej tyre nuk i pranoi; ajo ngulmoi, dhe Rodolfi më në fund u bind, ngaqë ajo iu duk tiranike dhe tepër e bezdisshme.
Pastaj kishte ca mendime të çuditshme:
- Kur të bjerë sahati dymbëdhjetë e natës, - i thoshte ajo, - mendo për mua!
Dhe, në rast se ai i pohonte se nuk e kishte bërë një gjë të tillë, ajo e mbyste me qortime, që përfundonin gjithmonë me pyetjen e përjetshme: - Më do ti mua?
- Po si s'të dua! - i përgjigjej ai.
- Shumë?
- Sigurisht!
- S'ke dashur të tjera, apo jo?
- Mos kujton se më ke gjetur të virgjër? - thërriste ai duke qeshur.
Ema ia plaste të qarit, dhe ai përpiqej ta ngushëllonte, duke ia lezetuar kundërshtimet me ca lodra fjalësh.
- Oh! E kam ngaqë të dua! - vazhdonte ajo. - Të dua sa s'bëj dot pa ty, e di mirë apo jo? Nganjëherë më vjen të të shoh kur më sfilitet më keq shpirti nga gjithë tërbimet e dashurisë. Pyes veten: "Ku është ai? Mos bisedon gjë me femra të tjera? Ato i buzëqeshin, ai u afrohet..." Oh! Jo, ty s'të pëlqen asnjë tjetër, apo jo? Ka edhe më të bukura se unë; mirëpo unë di të dashuroj më mirë! Unë jam skllavja jote, gruaja jote pa kurorë! Ti je mbreti im, idhulli im! Ti je i mirë! Ti je i pashëm! Ti je i zgjuar! Ti je i fortë!
Kaq herë kishte dëgjuar t'ia thoshin këto fjalë, saqë për të ato s'kishin më asgjë të veçantë. Ema ngjante me gjithë dashnoret e tjera; dhe joshja e gjësë së re, duke rënë pak nga pak si ndonjë rrobë, e nxirrte lakuriq monotoninë e përjetshme të pasionit dashuror, i cili ka gjithmonë të njëjtat trajta dhe shprehet me të njëjtën gjuhë. Ky njeri me kaq përvojë, nuk arrinte dot të dallonte larminë e ndjenjave, të shfaqura me të njëjtat shprehje. Meqë ai kishte dëgjuar buzë të shthurura ose të shitura t'i pëshpërisnin të tilla fjalë, tani pothuajse s'besonte fare as në çiltërsinë e këtyre; ato

nuk duhej të merreshin të gjitha kallëp, mendonte ai me vete, sepse mbrapa ligjëratave të tepruara fshihen ndjenja dashurore të rëndomta; sikurse dhe nga shpirti i mbushur plot e përplot derdhen nganjëherë metaforat më boshe, përderisa s'ka njeri që të jetë në gjendje të japë ndonjëherë masën e saktë as të nevojave, as të mendimeve dhe as të dhimbjeve të tij, dhe përderisa fjala e njeriut është si një kazan i shpuar ku u biem melodive me të cilat vetëm arinjtë mund të kërcejnë, ndërsa do të donim të mallëngjenim yjet.

Mirëpo, Rodolfi, me atë epërsinë e kritikut që e kanë vetëm ata të cilët në çdo lloj polemike rrinë të tërhequr, vuri re në atë dashuri kënaqësi të tjera për t'i shfrytëzuar. Ai e gjykoi si të tepërt çdo turp. Atë e trajtoi si i tekej. E bëri të butë dhe të korruptuar. Kjo ishte një lloj lidhje dashurore idiote gjithë adhurim për Rodolfin dhe gjithë epshe për atë, ishte një lumturi e plotë që e mpinte dhe shpirti i saj zhytej në atë dehje dhe mbytej fare në të, i rrëgjuar, si duka e Klarencës në fuçinë me malvuazi.

Si pasojë e shprehive të saj dashurore, zonja Bovari ndryshoi sjelljet. Shikimi iu bë më i guximshëm, të folurit më i lirë; bile i plasi cipa fare aq sa shëtiste me zotin Rodolf me cigare në gojë, si për të sfiduar të tjerët; më në fund, dhe ata që dyshonin nuk dyshuan më kur e panë një ditë që po zbriste nga Dallëndyshja, shtatshtrënguar me një jelek si ndonjë burrë, dhe zonja Bovari, nëna, e cila, pas një sherri të tmerrshëm me të shoqin, kishte ardhur të strehohej tek i biri, nuk u skandalizua më pak se gratë e tjera. Asaj nuk i pëlqyen shumë gjëra të tjera; pikësëpari Sharli nuk i kishte vënë veshin fare këshillave të saj të mos e linte të lexonte romane; pastaj, mënyrën e mbajtjes së shtëpisë nuk e honepste dot; pati guximin të bënte vërejtje dhe u inatos, sidomos një herë, lidhur me Felisitenë.

Zonja Bovari, nëna, një ditë më parë, në mbrëmje, kur po kalonte nëpër korridor, e kishte kapur të shoqëruar me një burrë, me një burrë me jakë të murrme, rreth të dyzetave, i cili, sapo dëgjoi zhurmën e hapave të saj, doli nxitimthi nga kuzhina. Këtu Emës iu shkrep të qeshurit; mirëpo e shkreta plakë u nxeh, duke thënë se duhej të mbikëqyrej qëndrimi moral i shërbëtorëve, nëse donin të ruanin zakonet e mira.

- Nga ç'botë vini ju? - i tha nusja, me një shikim aq fyes

saqë zonja Bovari e pyeti se mos po mbronte gjë veten e saj
kështu.
- Dilni jashtë! - i tha e reja duke brofur një këmbë.
- Ema!... Mama!... - bërtiste Sharli për t'i pajtuar.
Mirëpo që të dyjave u kishte hipur një tërbim i madh. Ema
përplaste këmbët duke përsëritur:
- Hajde, hajde, ç'edukatë! Ç'katundare!
Ai vrapoi tek e ëma; ajo ishte xhindosur fare dhe belbëzonte:
- E pacipa, mendjelehta, e më keq akoma ndofta!
Dhe donte të ikte menjëherë, në qoftë se ajo nuk vinte t'i
kërkonte të falur.
Sharli u kthye pra nga e shoqja dhe iu lut me gjithë shpirt
t'i hapte rrugë; ai i ra në gjunjë; ajo më në fund iu përgjigj:
- Mirë, pra, po shkoj.
Dhe me të vërtetë, ajo i nderi dorën vjehrrës me një dinjitet
markeze, duke i thënë:
- Më falni, zonjë!
Pastaj, si u ngjit në dhomën e saj, Ema u hodh përmbys
mbi krevat dhe qau aty si ndonjë foshnjë, me kokë të kredhur
në jastëk.
Ajo me Rodolfin ishin marrë vesh që po të ndodhte ndonjë
ngjarje e jashtëzakonshme, ajo do të ngjiste mbi grilë një copë
letre të bardhë, me qëllim që, në qoftë se ai ndodhej rastësisht
në Jonvil, të vinte vrap në rrugicën mbrapa shtëpisë. Ema e
dha shenjën; kishte treçerek ore që po priste, kur papritur i
zunë sytë Rodolfin në cep të pazarit. Deshi të hapte dritaren,
ta thërriste, mirëpo tashmë ai ishte zhdukur. Ajo u ul përsëri
duke u lëshuar e tëra, e dëshpëruar.
Megjithatë pas pak asaj iu duk se dikush po ecte në trotuar.
Ai duhej të ishte, pa dyshim; ajo zbriti shkallët, kaloi oborrin.
Ai rrinte aty, jashtë. Ajo iu hodh në krahë.
- Ki kujdes! - i tha ai.
- Ah! Ta dish ti! - ia bëri ajo.
Dhe zuri t'ia tregonte të gjitha nxitimthi, pa lidhje, duke
i zmadhuar faktet, duke nxjerrë të tjera nga mendja, dhe
hapte aq shumë paranteza saqë ai s'kuptonte asgjë.
- Mblidhe veten, o engjëll i shkretë, kurajë, ngushëllohu,
durim!
- Po ja, u bënë katër vjet që po duroj e po vuaj!... Një dashuri
si kjo jona duhej të shfaqej hapur, në dritën e diellit! Ata po

ma marrin shpirtin. S'duroj dot më! Më shpëto!

Shtrëngohej pas Rodolfit. Sytë e saj, të mbushur me lot xixëllonin si drita mbi valët e ujit; fyti i gulçonte me të rrahura të shpejta; ai kurrë ndonjëherë nuk e kishte dashur aq shumë, sa e humbi fare dhe i tha:

- Ç'të bëjmë? Si thua ti?
- Merrmë me vete! - bërtiti ajo. Rrëmbemë!... Oh! Të lutem shumë!

Dhe ajo iu sul gojës së tij, sikur do të rrëmbente pëlqimin e papritur që u përhap nëpër një të puthur.

- Po... - vazhdoi më tej Rodolfi.
- Hë, pra, çfarë?
- Po vajza jote?

Ajo u mendua një copë herë, pastaj u përgjigj: - Do ta marrim me vete, s'kemi ç'të bëjmë!

"Çfarë gruaje!" - tha ai me vete duke e shikuar tek po largohej.

Ajo u nis me vrap nëpër kopsht. E thërrisnin.

Nëna e Bovariut, ditët e tjera, u çudit shumë me metamorfozën e nuses. Me të vërtetë, Ema u tregua më e bindur, bile mirësjelljen ndaj saj e çoi deri aty sa i kërkoi një recetë për të përgatitur kastraveca turshi.

Ta bënte vallë këtë për t'i mashtruar më mirë si njërin edhe tjetrën? Apo mos donte që, me një lloj stoicizmi epshor, ta ndiente më thellë hidhërimin e gjërave që do t'i braktiste! Mirëpo ajo as që donte t'ia dinte për to, përkundrazi, ajo jetonte si e përhumbur, duke shijuar para kohe lumturinë e saj të afërme. Kjo ishte një temë e përhershme bisedimesh midis saj dhe Rodolfit. Ajo i mbështetej atij mbi sup dhe i pëshpëriste:

- Hë pra! Kur do t'ia hipim karrocës së postës?... A e mendon këtë? Është gjë që bëhet? Në çastin kur do ta ndiej se karroca po niset, më duket që tani sikur do të ngjitemi me ballon, sikur do të shkojmë drejt reve. E di ti që unë i numëroj ditët një nga një?... Po ti?

Zonja nuk kishte qenë kurrë ndonjëherë aq e bukur si në atë kohë; asaj i kishte hipur ai nur i papërcaktueshëm që vjen nga gëzimi, nga entuziazmi, nga suksesi dhe që s'është gjë tjetër veçse harmonia e temperamentit me rrethanat. Dëshirat, brengat, përvoja e fituar nga qejfet dhe iluzionet e saj gjithmonë të reja ashtu si dhe plehu, shiu, erërat dhe dielli që u bëjnë mirë luleve, e zhvilluan atë pak nga pak dhe më në fund ajo lulëzonte në tërësinë e natyrës së saj. Qepallat i dukeshin sikur të ishin prerë posaçërisht për vështrimet e saj: të gjata, dashurore, gjatë të cilave bebja e syve përhumbej, ndërsa afshi frymor i zgjeronte flegrat e holla të hundës dhe ia ngrinte më lart cepat e buzëve mishtore që në dritë i hijezonte një push i lehtë i zi. Dukej sikur gërshetat ia kishte ujdisur mbi zverk ndonjë artist i shkathët për të çoroditur njerëzit, ato i mbështilleshin në një masë të rëndë, gjithë shkujdesje, dhe sipas rasteve që tradhtonte të shoqin, i zgjidheshin ditë për ditë. Tani zëri po i merrte një lakueshmëri më të butë, po kështu edhe shtati, bile edhe nga palat e fustanit dhe nga harkimi i tabanit të këmbës dilte diçka e hollë që të depërtonte thellë në shpirt. Sharlit, ashtu si në kohët e para të martesës, i dukej po aq e hatashme dhe magjepsëse fund e krye.

Kur kthehej në shtëpi nga mesi i natës, nuk guxonte ta zgjonte. Llamba prej porcelani hidhte mbi tavan një rreth drite të dridhshëm, dhe perdet e mbyllura të djepit formonin një si kasolle të bardhë që fryhej në errësirë, në anë të krevatit. Sharli i vështronte që të dyja. Atij i dukej sikur dëgjonte frymëmarrjen e lehtë të fëmijës. Ajo do të rritej tani, çdo stinë do të sillte shpejt një zhvillim të ri. Ai e përfytyronte tashmë duke u kthyer nga shkolla, ndaj të ngrysur, gjithë gaz, me përparësen të njollosur me bojë shkrimi, dhe duke mbajtur në dorë shportën; pastaj do t'u duhej ta fusnin në pension; ky do të kushtonte shumë; si do t'ia bënin? Atëherë ai zhytej në mendime. Parashikonte të merrte me qira një fermë të vogël diku aty rrotull, të cilën do ta mbikëqyrte vetë, mëngjes për mëngjes, kur të shkonte të vizitonte të sëmurët. Do të mblidhte të ardhurat që do të nxirrte prej saj, do t'i vinte në arkë të kursimit; pastaj do të blinte aksione, gjëkundi, kudo që të qe e mundur; bile edhe klientët kishin për t'iu shtuar; aty e mbështeste shpresën, sepse donte që Berta të edukohej për së mbari, të ishte me talente, të mësonte t'i binte pianos. Oh! Sa e bukur kishte për t'u bërë ajo më vonë, në moshën pesëmbëdhjetëvjeçare, atëherë kur, duke i ngjarë së ëmës, do të mbante si ajo, gjatë verës, kapela të mëdha kashte! Nga larg kishin për t'i marrë për motra. Ai e përfytyronte duke punuar në mbrëmje pranë tyre, në dritën e llambës; ajo do t'i qëndiste pantofla; do të bënte punë shtëpie; do ta mbushte gjithë banesën me sjelljen e saj të hijshme dhe me gëzimin e saj. Së fundi, do të mendonin për të ardhmen e saj: do t'i gjenin ndonjë djalë të mirë, në gjendje; ai do ta bënte të lumtur; kështu do të vazhdonte gjithmonë.

Ema nuk flinte, ajo bënte sikur e kishte zënë gjumi; dhe, ndërsa ai dremiste pranë saj, ajo fluturonte nëpër ëndrra të tjera.

Kishte tetë ditë që po e çonin me revan katër kuaj në një vend tjetër, prej nga nuk do të ktheheshin më. Ata të dy iknin e iknin kapur prej beli, pa folur. Shpesh, nga maja e ndonjë mali, u zinin sytë papritmas ndonjë qytet madhështor me kube, me ura, me anije, me limonishta, dhe me katedrale mermeri të bardhë, në kubetë me majë të të cilave kishin ndërtuar folenë lejlekët. Aty ecnin me ngadalë, sepse pllakat ishin të mëdha, dhe përtokë kishte buqeta me lule që ua dhuronin femra të veshura me jelekë të kuq. Dëgjoheshin kambanat që binin, mushkat që hingëllinin, si dhe muzika e kitarave dhe gurgullima e çezmave, që me stërkalat e ftohta që ngriheshin përpjetë, freskonin pirgje frutash të vendosura në formë piramidash rrëzë shtatoreve të zbehta, që buzëqeshnin nën shatrivane. Pastaj, ata mbërrinin, një mbrëmje, në një fshat peshkatarësh, ku thaheshin në erë rrjeta të murrme të nderura anës shkëmbishtave dhe kasolleve. Aty do të ndalonin të jetonin: do të banonin në një shtëpi të ulët, me tarracë, nën hijen e një palme, në fund të një gjiri, buzë detit. Do të shëtisnin me gondolë, do të lëkundeshin në një shtrat të varur prej pëlhure; dhe jeta do t'u bëhej e lehtë dhe e gjerë si veshjet e tyre të mëndafshta, e ngrohtë fund e krye dhe e yjëzuar si netët e këndshme që do të sodisnin. Megjithatë, në pafundësinë e kësaj të ardhmeje që ajo sillte para syve, nuk shquhej asgjë e veçantë; ditët, të gjitha të mrekullueshme, ngjanin si valë, dhe ky përfytyrim luhatej në horizontin e pambarim, të harmonishëm, kaltërosh dhe plot diell. Mirëpo fëmija fillonte të kollitej në djep, ose Bovariu gërhiste edhe më keq, dhe Emën e zinte gjumi vetëm ndaj të gdhirë, atëherë kur agimi zbardhte xhamat e dritareve dhe Justini i vogël hapte, në shesh, qepenat e farmacisë.

Ajo e kishte thirrur zotin Lërë dhe i kishte thënë:

- Më nevojitet një pallto, një pallto e madhe, me jakë të ngritur, me astar.
- Keni për të bërë ndonjë udhëtim? - e pyeti ai.
- Jo! Por..., sidoqoftë, këtë e dua nga ju, si thoni? Dhe sa më parë!

Ai u përkul në shenjë përshëndetjeje.

- Kam nevojë gjithashtu, - vazhdoi ajo, - edhe për një arkë... jo shumë të rëndë..., të përshtatshme.
- Po, po, e kuptoj, nga ato nëntëdhjetë e dy centimetra e gjatë dhe pesëdhjetë e gjerë, siç i bëjnë tani.
- Me një çantë udhëtimi.

"Patjetër, - mendoi Lërëi, - do të ketë plasur ndonjë sherr".

- Dhe ja, merreni këtë, - i tha zonja Bovari, duke nxjerrë nga brezi sahatin e saj, - me këtë do të paguheni.

Mirëpo tregtari u hodh përpjetë duke i thënë se e kishte gabim: ata njiheshin kaq me njëri-tjetrin; a mund të dyshonte ai tek ajo? Ç'ishte ajo fjalë kalamajsh! Megjithatë ajo nguli këmbë që ai të merrte të paktën zinxhirin, dhe Lërëi e kishte futur tashmë në xhep dhe po largohej, kur ajo e thërriti përsëri.

- Të gjitha do t'i lini në shtëpinë tuaj. Sa për pallton, - mori një pamje si të menduar, - as atë mos e sillni këtu, vetëm do të më jepni adresën e rrobaqepësit dhe do ta njoftoni që ta ruajë për mua.

Ata kishin për t'ia mbathur muajin e ardhshëm. Ajo do të nisej nga Jonvili gjoja sikur do të blinte ca gjëra në Ruan. Sakaq, Rodolfi vendet do t'i kishte zënë, pasaportat do t'i kishte marrë, bile do të kishte dërguar porosi me shkrim në Paris, që t'i merrnin me vete të gjitha bagazhet deri në Marsejë, ku do të blinin një kaloshin dhe, prej andej, do të vazhdonin pa ndaluar, rrugën për në Gjenovë. Ajo do të kish kujdes t'i dërgonte te Lërëi plaçkat e saj, që do të çoheshin drejt e te Dallëndyshja, kështu që s'kishte për të dyshuar asnjeri; dhe gjatë gjithë këtyre përpjekjeve përgatitore asnjëherë nuk u zu në gojë fëmija i saj. Rodolfi i shmangej bisedës për të; ndoshta edhe asaj vetë as që i binte ndër mend për të bijën.

Ai deshi të qëndronte akoma edhe dy javë, për të përfunduar disa punë; pastaj, në krye të tetë ditëve, kërkoi dhe pesëmbëdhjetë të tjera, pastaj u bë i sëmurë; pas kësaj, bëri një udhëtim, kështu kaloi muaji gusht, pas gjithë këtyre shtyrjeve, vendosën të niseshin pa një pa dy në ditën 4 shtator, që binte e hënë.

Më në fund erdhi e shtuna, dy ditë i ndanin nga nisja. Rodolfi erdhi në mbrëmje, më herët se zakonisht.

- Janë gati të gjitha? - e pyeti ajo.
- Po.

Atëherë u sollën rreth një lehe dhe shkuan u ulën afër tarracës, majë murit. - Ti më dukesh i trishtuar, - i tha Ema.

- Jo, përse?

Dhe, ndërkaq, ai e vështronte në një mënyrë të çuditshme, me dhembshuri.

- Mos të vjen keq që po largohesh? - e pyeti pastaj ajo, - që po braktis gjërat që ke dashur, vetë jetën tënde? Ah! E kuptoj... Mirëpo ja që unë s'kam asgjë në këtë botë! Ti je gjithçka për mua. Prandaj dhe unë për ty kam për të qenë gjithçka, familje, atdhe; do të kujdesem për ty, do të të dua ty.

- Sa e mirë që je! - i tha ai duke e rrokur me krahët e tij.
- Me gjithë mend e ke? - e pyeti ajo me një të qeshur plot epsh. - A më do?

Betomu pra!

- Që të dua! Unë që të dua! Po unë të adhuroj, e dashura ime!

Hëna, e plotë dhe e përflakur, po ngrihej buzë tokës, në fund të livadhit. Ajo ngjitej me të shpejtë lart midis degëve të plepave, që e mbulonin aty-këtu si ndonjë perde e zezë, vrima-vrima. Pastaj ajo u duk verbuese nga bardhësia, në qiellin e zbrazët që ndriçonte; dhe atëherë, duke u ngadalësuar, hodhi mbi lumë një njollë të madhe, që copëzohej në yje të panumërta, dhe kjo dritë e argjendtë dukej sikur përdridhej deri në fund të ujit si ndonjë gjarpër pa kokë i mbuluar me luspa të shndritshme. E gjitha kjo ngjante gjithashtu si ndonjë shandan gjigant, nga i cili derdheshin rrëke pika diamanti të shkrirë. Rreth atyre të dyve shtrihej nata e qetë; gjethnajat mbështilleshin me napa hijesh. Ema, me sytë gjysmë të mbyllur, thithte me psherëtima të thella erën e freskët që frynte. Mendimet ëndërrimtare i kishin pushtuar aq keq saqë ata nuk flisnin fare. Zemrat po ua mbushte dhembshuria e ditëve të shkuara, e cila u vinte e bollshme dhe e qetë si lumi që rridhte, po me ëmbëlsi që sillte aroma e jaseminëve, dhe hidhte në kujtimet e tyre hije më të mëdha dhe më melankolike sesa ato të shelgjeve të palëvizshme që shtriheshin mbi bar. Shpesh ndonjë kafshë nate, iriq a nuselalë, që dilte për gjah, lëkundte gjethet, ose nganjëherë dëgjohej që binte vetvetiu ndonjë pjeshkë e pjekur nga dega.

- Ah! sa natë e bukur! - tha Rodolfi.
- Kemi për të kaluar dhe të tjera si kjo! - vazhdoi Ema.

Dhe, si të fliste me vete, shtoi:

- Po, sa mirë do të na bëjë udhëtimi... Po megjithatë përse e kam zemrën të trishtuar? Mos e kam nga frika e së panjohurës..., ose si pasojë e braktisjes së zakoneve të mëparshme..., ose më tepër?... Jo, e kam nga lumturia e tepërt! Sa e dobët që jam, apo jo? Më fal!

-Ende s'është vonë! - bërtiti ai. - mendohu! Mendohu, ndofta do të pendohesh për këtë që bën.

- Kurrë! - iu përgjigj ajo me rrëmbim. Dhe duke iu afruar atij shtoi:

- Ç'e keqe do të më gjejë pra? S'ka shkretëtirë, humnerë e as oqean që të mos e kaloj dot me ty. Sa më shumë që të jetojmë bashkë, aq më tepër do ta ndiejmë veten si në një përqafim gjithmonë e më të fortë, e më të plotë! S'ka për të pasur gjë që të na shqetësojë, asnjë kokëçarje, asnjë pengesë. Do të jemi vetëm, me njëritjetrin, përgjithmonë... Hë pra, fol, më thuaj diçka.

Ai i përgjigjej me intervale të rregullta: "Po... po..."

Ajo ia kishte futur duart mes flokëve dhe, ndonëse i rridhnin pika të mëdha lotësh, përsëriste me një zë fëmijëror:

Rodolf! Rodolf!... Ah! Rodolf, i dashuri im, Rodolf!

Ra ora dymbëdhjetë e natës.

- Mesnatë! - tha ajo. - Hajde tani, kaloi dhe një ditë! Vetëm një ka ngelur!

Ai u ngrit për të ikur; dhe, sikur kjo lëvizje që po bënte ai të ishte sinjal i arratisë së tyre, Ema, papritmas, duke marrë një pamje gazmore, e pyeti: - I ke pasaportat? - Po.

- S'ke harruar gjë? - Jo.
- Je i sigurt?
- Posi jo.
- Në hotelin e Provansës do të më presësh, apo jo?... Në mesditë?

Ai bëri një shenjë me kokë.
- Mirupafshim nesër, pra! - i tha Ema duke e ledhatuar edhe një herë.
Dhe e pa të largohej.
Ai nuk po e kthente kokën mbrapa. Ajo vrapoi pas tij, dhe, duke u përkulur në buzë të lumit midis shkurreve, i tha:
- Mirupafshim nesër! - i thërriti ajo.
Ai kishte kaluar tashmë në bregun tjetër dhe ecte shpejt nëpër livadh.
Pas një copë here, Rodolfi u ndal; dhe, kur e pa që ashtu e veshur me të bardha po zhdukej në errësirë si ndonjë fantazmë, atij nisi t'i rrihte zemra aq fort, saqë u mbështet në një pemë, që të mos binte.
"Sa budalla që jam! - ia bëri ai duke sharë si mos më keq. - E megjithatë, ishte dashnore e bukur!"
Dhe i doli përnjëherësh, para syve bukuria e Emës me gjithë kënaqësinë që i kishte dhënë dashuria me të. Në fillim u mallëngjye, pastaj e mori inat.
"Në fund të fundit, - bërtiste ai duke dhënë e marrë me duar, - s'kam përse të mërgohem, të kem barrë një fëmijë!" këto i thoshte me vete që ta mblidhte mendjen më mirë në vendimin e tij.
"Le pastaj, telashet, shpenzimet... Ah! Jo, jo, një mijë herë jo! Kishte për të qenë një budallallëk i pafalshëm!"

XIII

Sa mbërriti në shtëpi, Rodolfi u ul menjëherë në tryezën e shkrimit, poshtë kokës së drerit të varur në mur si ndonjë trofe. Mirëpo, kur mori penën në dorë, s'gjente dot gjë për të shkruar. Kështu që u mbështet mbi bërryla dhe nisi të mendohej. Ema i dukej e degdisur në një të kaluar të largët, sikur vendimi i marrë prej tij t'i kishte ndarë papritmas ata nga njëri-tjetri me një hapësirë të pamatur.

Që të rikujtonte diçka prej saj, ai kërkoi në dollap, në krye të krevatit të tij, një kuti të vjetër biskotash Reimsi ku fuste zakonisht letrat që merrte nga femrat dhe prej saj doli një erë pluhuri të lagësht dhe trëndafilash të fishkur. Në fillim i zunë sytë një shami xhepi, me pikëla të zverdhëta. Ishte një shami e saj, që ajo e kishte njollosur njëherë që i kishte dalë gjak nga hundët gjatë shëtitjes; atij nuk i kujtohej më. Aty pranë kishte një portret, të zhubrosur nëpër cepa, që ia kishte dhënë Ema; fustani iu duk me shumë salltanet dhe vështrimi i saj i hedhur tinës, më se i neveritshëm; pastaj, duke soditur këtë figurë dhe duke sjellë ndër mend kujtimin e modelit, pak nga pak tiparet e Emës iu ngatërruan në kujtesë, sikur fytyra e vërtetë dhe ajo e pikturuara, duke u fërkuar mes tyre, të kishin fshirë njëra-tjetrën. Më në fund, lexoi letrat e saj; ato ishin mbushur me shpjegime rreth udhëtimit të tyre, të shkurtra, teknike dhe ngulmuese si pusulla tregtarësh. Deshi të shihte dhe njëherë ato të gjatat, të dikurshmet; për t'i gjetur ato në fund të kutisë, Rodolfi i përzjeu gjithë të tjerat; dhe nisi të rrëmonte kuturu në gjithë atë pirg letrurinash e sendesh, dhe gjeti aty të ngatërruara lëmsh buqeta, një llastik çorapesh, një maskë të zezë, karfica dhe fije floku - flokë gështenjë, të verdhë; disa prej tyre, bile, që i kishin kapur buzët metalike të kutisë, këputeshin kur hapej ajo.

Kështu, duke u endur nëpër kujtimet e tij, ai shikonte me vëmendje shkrimet dhe stilin e letrave, që ndryshonin sa dhe vetë drejtshkrimi i tyre. Ato ishin të përzemërta ose gazmore, argëtuese, ose melankolike; kish disa prej tyre që kërkonin dashuri dhe të tjera që kërkonin para. Qoftë dhe një fjalë e vetme atij i kujtonte fytyra, gjeste të ndryshme, ndonjë tingull zëri; megjithatë nganjëherë nuk i vinte asgjë ndër mend.

Në të vërtetë, këto femra që vërshonin të gjitha njëherësh në mendjen e tij, pengonin njëra-tjetrën dhe zvogëloheshin, sikur të ishin nën të njëjtin nivel dashurie që i bënte ato të barabarta midis tyre. Duke mbushur pra grushtin me letrat e trazuara, ai u zbavit një copë herë duke i hedhur si ujëvarë nga dora e djathtë në të majtën. Më në fund, si u mërzit dhe po e zinte gjumi, Rodolfi shkoi e çoi kutinë në dollap duke thënë me vete:

- Ç'mall me gënjeshtra!...

Kjo shprehje përmblidhte gjithë mendimin e tij; sepse kënaqësitë ia kishin shkelur aq shumë zemrën, si nxënësit oborrin e shkollës, saqë aty s'i mbinte më asgjë e blertë, dhe gjithçka që kalonte mbi të, më e hutuar sesa fëmijët, nuk

linte, bile, si ata, as emrin të gdhendur në mur. "Epo, le t'ia nisim!" - tha ai me vete. Ai shkroi:
"Kurajë, Ema, Kurajë! Nuk dua të mbjell fatkeqësi në jetën tuaj..."
- Në fund të fundit, kjo është e vërtetë, - mendoi Rodolfi; - unë po veproj për të mirën e saj; unë jam i ndershëm.
"E keni peshuar me pjekuri vendimin që keni marrë! A e dini se në ç'humnerë po ju çoja, engjëll i shkretë? Jo, a s'është e vërtetë? Ju ishit me mendje të mbledhur dhe si e marrë, ngaqë kishit besim te lumturia, e ardhmja... Ah! Sa fatkeq që jemi! S'jemi në vete fare!"
Rodolfi u ndal këtu për të gjetur ndonjë ndjesë të përshtatshme.
- Po sikur t'i thosha që e kam humbur gjithë pasurinë?... Ah! Jo bile-bile kjo s'do të përbënte ndonjë pengesë për asgjë. Kjo do të thoshte ta filloja edhe një herë tjetër më vonë. E ku hanë arsye gra të tilla!
Ai vrau mendjen, pastaj shtoi:
"S'kam për t'ju harruar, të më besoni tamam dhe, do të ushqej vazhdimisht ndaj jush një përkushtim të thellë, mirëpo, një ditë, shpejt ose vonë, ky afsh (ky është fati i gjërave njerëzore) do të vijë duke u shuar, pa dyshim! Do të na pushtojë kapitja, dhe kushedi bile se ç'dhimbje të tmerrshme do të ndieja duke ndjekur nga afër brejtjet e ndërgjegjes suaj dhe, duke marrë pjesë vetë unë në to, sepse do të isha shkaktari i tyre! Vetëm mendimi për brengat që më presin po më mundon pa masë, Ema! Harromëni! Pse duhej t'ju njihja? Pse ishit kaq e bukur? A është faji im? O zot! Jo, jo, vetëm fatit t'ia vini fajin!"
"Ja, pra, një fjalë që zë gjithmonë vend", - tha ai me vete.
"Ah! Sikur të kishit qenë një nga ato gratë mendjelehta, siç ka plot, sigurisht, do të kisha bërë, për egoizëm, një provë pa rrezik për ju. Mirëpo kjo dalldi e këndshme, që ju sjell njëkohësisht gjithë hijeshinë dhe vuajtjen, nuk ju la të kuptoni, që ju jeni një femër aq e adhurueshme, falsitetin e pozitës sonë të ardhshme. Në fillim as mua nuk më kishte shkuar mendja, dhe po prehesha në hijen e kësaj lumturie ideale, si në hije të mansenilies, pa i parashikuar pasojat."
"Ndofta do të kujtojë se po heq dorë ngaqë jam koprac... Oh! punë e madhe! Le të mendojë si të dojë, rëndësi ka t'i jap

fund kësaj pune njëherë e mirë!
"Bota është mizore, Ema. Kudo që të shkonim, do të na ndiqnin nga pas. Kishe për t'u detyruar të duroje pyetjet e pamatura, shpifjet, përbuzjen, ndofta dhe fyerjen. T'ju fyenin ju! Oh!... Ndërsa unë doja t'ju ulja në një fron! Unë që e ruaj me vete kujtimin tuaj si një hajmali! Sepse e ndëshkoj veten me mërgim për gjithë atë të keqe që iu bëra. Po nisem. Ku? As e kam idenë, jam i marrosur. Lamtumirë! Qofshi gjithmonë e mirë! Mos e harroni fatkeqin që ju humbi. Mësojani emrin tim fëmijës tuaj, që ta përsërisë gjatë lutjeve të veta."

Fitili i të dy qirinjve po dridhej. Rodolfi u çua të mbyllte dritaren, dhe, kur u ul përsëri tha me vete:
"Më duket se mjafton me kaq. Ah! Po shtoj dhe këtë se mos më vjen e më qepet nga mbrapa".

"Unë do të jem larg kur t'i lexoni këto rreshta të trishtuara, sepse desha të ikja sa më shpejt që t'i shmangesha tundimit për t'ju parë përsëri. S'ka pse të tregoheni e dobët! Do të kthehem prapë; dhe ndofta më vonë, do të bisedojmë së bashku shumë ftohtë, për dashurinë tonë të njëhershme. Lamtumirë!"

Dhe shtoi një lamtumirë, të ndarë në dy fjalë: A Dieu! gjë që atij i dukej e shkëlqyer si shije.

"Si do ta nënshkruaj tani? - tha me vete. - Besniku juaj i përjetshëm?.. Jo. Miku juaj?... Po tamam Miku juaj...

Ai e rilexoi letrën. Iu duk e mirë.

"E shkreta grua! - mendoi i mallëngjyer. - Ka për të kujtuar se jam më i pandjeshëm se shkëmbi; mirë do të ishte të derdhja ca pika loti mbi këtë letër; mirëpo ja që unë s'mund të qaj, s'është faji im. - Atëherë Rodolfi, pasi hodhi ca ujë në një gotë, e lagu gishtin në të dhe lëshoi nga lart një pikë të madhe, që bëri një njollë të zbehtë mbi bojë; pastaj, duke kërkuar ta vuloste letrën, i zuri dora vulën. Amor nel cor. - Kjo s'shkon fare për këtë rast... Ehu! Punë e madhe!" Pastaj, piu tri llulla duhan dhe shkoi të flinte.

Të nesërmen, kur u çua (rreth orës dy, sepse fjeti vonë) Rodolfi kërkoi t'i mblidhnin një shportë me kajsi. E vuri letrën në fund, nën ca fletë hardhie, dhe urdhëroi menjëherë Zhiranin, stallierin e tij, ta çonte atë gjithë kujdes te zonja Bovari. Ai e përdorte këtë mënyrë për të shkëmbyer letra me të, duke i dërguar sipas stinës, fruta ose mish gjahu. - Po të të pyesë për mua, - i tha ai, - do t'i thuash se jam nisur për rrugë. Shportën duhet t'ia japësh asaj vetë, në dorë... Ik tani dhe ki mendjen!

Zhironi veshi bluzën e re, lidhi shaminë e tij rreth kajsive dhe, duke ecur me hapa të mëdhenj dhe të rëndë, me këpucët e tij të mëdha me gozhdë, mori qetë-qetë rrugën për në Jonvil.

Kur mbërriti te zonja Bovari, kjo po rregullonte së bashku me Felisitenë, mbi tryezën e kuzhinës, një pako me ndërresa.

- Këtë jua dërgon im zot, - i tha shërbëtori.

Atë e pushtoi një parandjenjë e keqe dhe, duke kërkuar nëpër xhep ndonjë monedhë, e këqyrte fshatarin me sy të lebetitur, ndërsa ai vetë e vështronte me habi, ngaqë nuk e kuptonte se si ishte e mundur që një dhuratë e tillë të trondiste aq shumë një njeri. Më në fund ai doli, Felisiteja ndenji aty. Zonjën s'e mbante vendi, vrapoi drejt e në sallën e ngrënies, sikur do t'i çonte aty kajsitë, përmbysi shportën, hoqi fletët, gjeti letrën, e hapi, dhe, sikur të kishte nga mbrapa ndonjë zjarr të llahtarshëm, nisi të ikte me vrap, e tmerruar pa masë, drejt dhomës së saj.

Sharli ndodhej aty, ajo e pa; ai i foli, ajo nuk dëgjoi asgjë, dhe vazhdoi me vrull të ngjiste shkallët, duke gulçuar, e hutuar, e dalldisur, dhe pa e lëshuar nga dora atë fije letre të tmerrshme, që i kërciste midis gishtërinjve si ndonjë pllakë llamarine. Në katin e tretë, ajo u ndal para derës së papafingos që ishte e mbyllur.

Atëherë u përpoq të qetësohej; solli ndër mend letrën; duhej ta mbaronte së lexuari, po nuk guxonte. Pastaj, ku? Si? Kishin për ta parë.

"Ah! Jo, - mendoi ajo, - këtu jam mirë." Ema shtyu derën dhe hyri brenda.

Rrasat lëshonin pingul një nxehtësi të rëndë, që ia shtrëngonte asaj tëmthat dhe i merrte frymën; ajo u tërhoq deri te baxha e mbyllur, ia hoqi rezen dhe përnjëherë vërsheu drita verbuese.

Përballë, përmbi çatitë e shtëpive, shtrihej pafundësisht sa të hante syri, fusha e hapur. Përposhtë, nën të, dukej sheshi i fshatit që ishte i zbrazët; guriçkat e trotuarit shndrinin, flugerët e shtëpive nuk lëviznin fare; në cepin e rrugës, nga një kat më i ulët doli një si gërhitje me të dridhura cjerrëse.

Bineu po punonte me torno.
Ajo ishte mbështetur mbi baxhë dhe po rilexonte letrën me zgërdheshje inati. Mirëpo sa e përqendronte aty vëmendjen aq më keq i ngatërroheshin mendimet. E sillte atë para syve, e dëgjonte, e pushtonte me krahët e saj; dhe rrahjet e zemrës, që e godisnin nën kraharor si rënie të forta brirësh dashi, vinin duke u shpeshtuar njëra pas tjetrës me ndërprerje të pabarabarta. Hidhte sytë rreth e rrotull saj e përvëluar nga dëshira që të përmbysej dheu. Përse mos t'i jepte fund jetës? Kush e mbante para? Ajo ishte e lirë. Dhe u përkul përpara, vështroi kalldrëmin duke thënë me vete:
"Hajde, hajde hidhu!"
Rezja e derës që ngjitej drejtpërdrejt nga poshtë ia tërhiqte në humnerë peshën e trupit. Asaj i dukej se tabani i sheshit luhatës ngrihej përpjetë gjatë mureve, dhe dyshemeja përkulej nga pjesa e përparme si ndonjë anije që lëkundet bash e kiç. Ajo qëndronte në buzë të dritares, pothuajse e varur, në mes të një hapësire të madhe. Kaltërsia e qiellit po e zaptonte të gjithën, ajri qarkullonte në kokën e saj të zbrazët, i ngelej vetëm të lëshohej, ta rrëmbente dheu; dhe gumëzhima e tornos nuk pushonte, si një zë i xhindosur që e thërriste.
- Ema! Ema! - bërtiti Sharli.
Ajo u frenua.
- Ku je, pra? Eja!
Mendimi që sapo i shpëtoi vdekjes gati sa s'e bëri t'i binte të fikët nga tmerri; ajo mbylli sytë; pastaj u drodh e tëra, ndjeu që e zuri një dorë për mënge: ishte Felisiteja.
- Zotëria po ju pret, zonjë; supa është shtruar.
Duhej të zbriste poshtë! Duhej të ulej në tryezë!
Ajo u mundua të hante. Kafshatat i ngeleshin në fyt. Atëherë ajo shpalosi pecetën, sikur të kërkonte të shikonte sesi ishte endur dhe me të vërtetë deshi t'i futej kësaj pune, të numëronte fijet e pëlhurës. Papritmas iu kujtua përsëri letra. Mos e kishte humbur gjë? Ku ta gjente? Mirëpo mendërisht ndihej aq e sfilitur saqë nuk mund të trillonte ndonjë shkak për t'u larguar nga tryeza. Pastaj ishte bërë frikacake; ajo i trembej Sharlit; ai i dinte të gjitha, sigurisht! Dhe me të vërtetë, si për çudi, ai shqiptoi këto fjalë:
- Me sa duket s'keni për ta parë tani shpejt zotin Rodolf! -

Kush të tha? - e pyeti ajo duke u dridhur.
- Kush më tha? - u përgjigj ai paksa i befasuar nga ky ton i ashpër; - Zhironi që takova qëparë te dera e Kafes franceze. Është nisur për rrugë, ose ka për t'u nisur.
Ajo u ngashërye.
- Pse po çuditesh? Herë pas here ai largohet që të zbavitet, dhe, për mua, mirë e ka. Kur je i pasur dhe beqar!... Le pastaj që miku ynë, dëfrehet për bukuri! Është tip shakatari. Zoti Langlua më ka thënë se...
Ai e ndërpreu fjalën, sepse sikur nuk shkonte të fliste në sytë e shërbëtores që po hynte.
Kjo i futi prapë në shportë kajsitë e hapërdara në raft. Sharli, pa e vënë re skuqjen që i hipi në fytyrë së shoqes, kërkoi t'i sillnin, mori një dhe i nguli dhëmbët.
- Oh! Qenkan shumë të mira! Na, provoji!
Dhe i zgjati shportën, të cilën ajo e shtyu me ngadalë.
- Pa shiko çfarë ere! - i tha ai duke ia vënë nën hundë disa here.
- Po më zihet fryma! - bërtiti ajo duke kërcyer përpjetë.
- Mirëpo, me forcën e vullnetit, e mposhti këtë siklet, pastaj shtoi me vete:
- S'ka gjë, s'ka gjë! E kam nervore! Ulu, ha!
I tha kështu ngaqë kishte frikë se mos ai fillonte ta pyeste, të përkujdesej për të, e nuk i shqitej më.
Sharli, për t'i bërë qejfin, ishte ulur përsëri, dhe nga goja i hidhte në dorë bërthamat e kajsive, që i vinte pastaj në pjatën e tij.
Papritmas nëpër shesh kaloi me shpejtësi një karrocë dyvendëshe e kaltër. Ema lëshoi një britmë dhe ra shakull përdhé, mbi shpinë.
Dhe me të vërtetë Rodolfi, pasi ishte menduar mirë e mirë, kishte vendosur të nisej për Ruan. Mirëpo, meqë prej La Yshetit në Byshi shkohet vetëm nëpërmjet Jonvilit, atij iu desh të kalonte nëpër fshat, dhe Ema e kishte njohur nga drita e fenerëve që e prisnin muzgun si ndonjë vetëtimë.
Farmacisti, sa dëgjoi zallahinë që bëhej në shtëpi, u turr drejt e aty. Tryeza, me gjithë pjatat që kishte përsipër, ishte përmbysur; nëpër dyshemenë e sallës së ngrënies ishin shkapërderdhur salca, mishi, thikat, kriporja dhe vajniku; Sharli kërkonte ndihmë; Berta, e tmerruar, po bërtiste;

ndërsa Felisiteja, që i dridheshin duart, po i zbërthente rrobat zonjës; trupi i së cilës përpëlitej i tëri.

- Po shkoj vrap, - tha farmacisti, - të marr në laborator pak uthull aromatike.

Pastaj kur ajo po hapte sytë si i vunë shishen nën hundë, ai tha:

- E dija me siguri unë; kjo ngre të vdekurin nga varri.
- Na thuaj një fjalë! - i thoshte Sharli, - na thuaj një fjalë! Eja në vete! Jam unë Sharli yt, që të do! A më njeh? Ja, shiko vajzën tënde të vogël; na përqafoje!

Fëmija shtrinte krahët drejt së ëmës që t'i varej në qafë. Mirëpo Ema, duke kthyer kokën nga ana tjetër, tha me një zë të këputur:

- Jo, jo... asnjeri!

Dhe i ra të fikët përsëri. E çuan në krevatin e saj.

Ajo rrinte e shtrirë, gojëhapur, me sy të mbyllur, me duar lëshuar, pa lëvizur dhe pa ngjyrë në fytyrë si ndonjë shtatore dylli. Nga sytë i dilnin dy rrëke lotësh që rridhnin me ngadalë mbi jastëk.

Sharli qëndronte në këmbë në fund të dhomës së gjumit, dhe farmacisti, aty pranë tij, mbante atë heshtje të thellë plot mendime që i ka hije njeriut në rast serioze të jetës.

- Mos u bëni merak, - i tha ai, duke i rënë në bërryl, - besoj se kriza kaloi.
- Ashtu është, po qetësohet pak tani! - iu përgjigj Sharli që e vështronte tek flinte. - E gjora grua! E gjora grua!... Ja u sëmur përsëri!

Atëherë Omeu e pyeti se si e zuri ajo e keqe. Sharli i tha se e kishte kapur, papritmas tek po hante kajsi.

- Çudi e madhe!... - vazhdoi farmacisti. - Ka mundësi që t'ia kenë shkaktuar kajsitë sinkopin! Ka njerëz që janë shumë të ndjeshëm ndaj disa erërave, dhe bile kjo do të ishte një çështje shumë interesante për ta studiuar, si nga ana patologjike edhe nga ajo fiziologjike. Rëndësinë ua dinë priftërinjtë që përziejnë vazhdimisht erëza në ceremonitë e tyre. Këtë e bëjnë për të trullosur mendjen e njerëzve dhe për t'i futur në dalldi, gjë që, bile, arrihet më kollaj te personat e seksit tjetër, që janë më të dobëta se ne të tjerët. Tregojnë se ka nga ato që u bie të fikët nga era e bririt të djegur, e bukës së ngrohtë...

- Kini kujdes se mos e zgjoni! - i tha me zë të ulët Bovariu.

- Dhe nuk janë vetëm njerëzit objekt i këtyre anomalive, - vazhdoi farmacisti, - por edhe kafshët. Ja, ta zëmë, ju besoj se e dini se nepeta cataria, e quajtur në mënyrë të rëndomtë bar macesh, jep gjithë atë efekt afrodiziak, në gjininë e maceve, dhe nga ana tjetër, për të dhënë një shembull që e kam të saktë, Briduja (një nga shokët e mi të vjetër, që banon tani në rrugën Malpaly) ka një qen që e kapin konvulsionet sa i nxjerrin përpara kutinë me burnot. Shpesh herë bile e bën këtë provë në sytë e miqve, në pavijonin e tij në Bua-Gijom. Kush do ta besonte që një teshtimndjellës i thjeshtë të shkaktonte kaq dëmtime në organizmin e një katërkëmbëshi? Është shumë e çuditshme, apo jo?

- Po, - i tha Sharli, që nuk e dëgjonte.

- Kjo na vërteton, - tha pastaj ai buzagaz, duke marrë një pamje vetëkënaqësie dashamirëse, - çrregullimet e panumërta të sistemit nervor. Përsa i përket zonjës, më është dukur gjithmonë, po e them hapur, shumë e ndjeshme. Prandaj, nuk do t'ju këshilloja, mik i dashur, asnjë nga ato të ashtuquajturat ilaçe, të cilat gjoja luftojnë simptomat, por në fakt dëmtojnë organizmin. Jo, në asnjë mënyrë, barna të kota! Dietë, kjo është e gjitha! Qetësues, zbutës, ëmbëlsues. Pastaj, nuk mendoni që do të duhej ndoshta, t'i nxitej imagjinata?

- Në ç'mënyrë? Si? - i tha Bovariu.

- Ah! Kjo është çështja! Kjo është me të vërtetë çështja: That is the question sikurse lexoja tani së fundi në gazetë Mirëpo, Ema, duke u zgjuar, bërtiti:

"Po letra Po letra?"

Ata kujtuan se po binte në kllapi; pas mesnate ra me vërtetë në një gjendje të tillë: e kapën ethet cerebrale.

Dyzet e tri ditë me radhë Sharli nuk u largua një çast prej saj. Ai i la fare mbas dore gjithë të sëmurët; nuk binte më të flinte, vazhdimisht i maste asaj pulsin, i vinte llapa me sinap, kompresa me ujë të ftohtë. Dërgonte Justinin deri në Nefshatel të merrte akull; ky shkrihej rrugës, ai e dërgonte përsëri. Thërriti zotin Kanive për konsultë; solli nga Ruani doktor Larivierin, mësuesin e tij të vjetër; i kishte humbur shpresat. Më shumë nga të gjitha e tmerronte rraskapitja e Emës, sepse kjo nuk fliste fare, nuk dëgjonte asgjë dhe bile dukej sikur nuk vuante aspak, - njësoj sikur trupi bashkë me shpirtin të kishin shpëtuar nga të gjitha trazirat e tyre.

Nga mesi i tetorit, ajo mundi të qëndronte ulur mbi krevat, me jastëkë mbrapa shpinës. Sharlit iu shkrep të qarët kur e pa të hante riskën e parë të bukës së lyer me reçel. Asaj i erdhën fuqitë; ngrihej disa orë mbas dreke, dhe, një ditë që ajo e ndiente veten më mirë, ai u përpoq t'i bënte një shëtitje nëpër kopsht duke e mbajtur nga krahu. Rërën e udhëkalimeve e kishin mbuluar gjethet e thata; ajo ecte hap pas hapi, duke tërhequr zvarrë pantoflat, dhe, duke u mbajtur me sup mbi Sharlin, vazhdonte të buzëqeshte.

Kështu shkuan deri në fund të kopshtit, afër tarracës. Ajo e drejtoi trupin me ngadalë, vuri dorën mbi sy për të parë; vështroi larg, e më larg sa s'kish më, mirëpo në horizont shqoi vetëm zjarre të mëdha bari, që nxirrnin tym mbi kodra.

- Do të lodhesh, e dashur, - it ha Bovariu.

Dhe, duke e shtyrë dalëngadalë për ta futur nën tendë, e këshilloi:

- Ulu, pra, në stol, do të jesh rehat!

- Oh! Jo, jo aty, jo aty! - ia pati ajo me një zë të këputur.

Asaj iu morën mendtë dhe, që atë mbrëmje, iu kthye përsëri sëmundja me një rrjedhë akoma më të paparashikueshme dhe me shenja më të ndërlikuara. Tani i dhimbte zemra, pastaj gjoksi, koka, gjymtyrët; iu shkrepën dhe të vjellat, të cilat Sharlit iu dukën si shenjat e para të ndonjë lloj kanceri.

Dhe i shkreti burrë, sikur mos të mjaftonin të gjitha këto, kishte edhe telashe financiare!

XIV

Në radhë të parë s'dinte si të vepronte që të shlyhej me zotin Ome për të gjitha barnat që kishte marrë tek ai; dhe, ndonëse si mjek që qe, mund të mos ia paguante, prapëseprapë ky detyrim e bënte disi me turp. Pastaj shpenzimet brendapërbrenda, tani që kuzhinierja kishte kaluar kryeshërbëtore, po bëheshin të tmerrshme; faturat e llogarive të papaguara vërshonin lumë në shtëpi; furnizuesit pëshpërisnin; po më keq i qe qepur zoti Lërë. Dhe me të vërtetë, në kulmin e sëmundjes së Emës, ky, duke përfituar nga rasti për ta shtuar faturën, kishte sjellë menjëherë pallton, çantën e udhëtimit, dy arka, në vend të njërës, dhe shumë gjëra të tjera. Sido që Sharli tha se nuk kishte nevojë për to, tregtari iu përgjigj rëndë-rëndë se të gjithë këta artikuj ia kishin kërkuar me porosi dhe se nuk do t'i merrte mbrapsht; pastaj kështu kishte për t'u mërzitur zonja kur të fillonte të shërohej; zotëria le të mendohej; me një fjalë, ai ishte më tepër i vendosur ta hidhte në gjyq se sa të hiqte dorë nga të drejtat e tij dhe të merrte me vete plaçkat e porositura. Pas kësaj Sharli urdhëroi t'ia kthenin këto në dyqan. Felisitesë i doli nga mendja kjo porosi; kurse ai kishte edhe halle të tjera; s'u ra më ndër mend për to; zoti Lërë ngulmoi përsëri në të tijën dhe, herë me kërcënime, herë me ofshama, manovroi në mënyrë të tillë që Bovariu u detyrua më në fund të nënshkruante një kambial me afat prej gjashtë muajsh.

Mirëpo sa e firmosi atë, i lindi një mendim i guximshëm: t'i merrte hua një mijë franga zotit Lërë. Kështu pra, e pyeti, i zënë ngushtë, nëse kishte mundësi t'ia jepte ato, duke shtuar se do t'ia kthente pas një viti dhe me kamatën që do të kërkonte ai. Lërëi vrapoi drejt e në dyqanin e tij, solli skudet dhe diktoi një kambial tjetër, me anë të të cilit Bovariu deklaronte se detyrohej të paguante në emrin e tij, në 1 shtatorin e ardhshëm, shumën prej një mijë e shtatëdhjetë frangash; kjo bashkë me njëqind e tetëdhjetë të tjerat, të vendosura tashmë në kontratë, bëhej rrumbullak një mijë e dyqind e pesëdhjetë. Kështu, duke dhënë hua me gjashtë për qind interes, të cilit i shtohej dhe një çerek si shlyerje shërbimi, dhe duke siguruar të paktën një të tretë të mirë nga furnizimet, ai, për dymbëdhjetë muaj, do të merrte një fitim prej njëqind e tridhjetë frangash; dhe shpresonte bile se puna nuk do të ngelej kaq, se

Bovariu nuk do të mundte dot t'ia shlyente kambialet, se do t'i përsëriste, dhe e shkreta para e tij pasi të ishte ushqyer te mjeku si në ndonjë shtëpi pushimi, do t'i kthehej një ditë, akoma më buçkë dhe e bëshme sa t'i plaste qesen.

Madje atij gjithçka i shkonte mbarë. Ai ishte sipërmarrës furnizimi me musht molle i spitalit të Nëfshatelit; zoti Gijomen i premtonte aksione në turboret e Grymenilit, dhe ëndërronte të vendoste një linjë të re me karroca për udhëtarë ndërmjet Argëjit dhe Ruanit që, pa dyshim, nuk do të vononte t'i jepte dërrmën rrangallës të Luanit të artë, dhe që, duke qenë më e shpejtë, më e lirë dhe me kapacitet më të madh në mbartjen e plaçkave, do t'i krijonte kështu atij mundësinë të shtinte në dorë gjithë tregtinë e Jonvilit.

Sharli vrau mendjen disa herë se si do të bënte për të shlyer, vitin e ardhshëm gjithë ato para; dhe kërkonte, përfytyronte rrugëdalje të ndryshme, si për shembull t'i drejtohej të atit ose të shiste ndonjë gjë. Mirëpo i ati nuk kishte për t'ia vënë veshin, dhe ai vetë s'kishte ç'të shiste. Atëherë parashikonte aq telashe, sa e largonte menjëherë nga ndërgjegjja një temë të menduari aq të pakëndshme. Qortonte veten që për faj të tyre, po harronte Emën; meqenëse gjithë mendimet e tij lidheshin me këtë grua, atij i dukej se i rrëmbente asaj diçka, po mos të mendonte për të orë e çast.

Dimri qe i ashpër. Shërimi i zonjës zgjati shumë. Kur ishte kohë e mirë, e shtynin ulur në kolltukun e saj pranë dritares, që ishte nga ana e sheshit; sepse tani ajo e kishte zët kopshtin, ndaj nga ky krah, grilat ishin gjithmonë të mbyllura. Kërkoi ta shisnin kalin; ato që kishte dashur dikur, tani nuk i pëlqenin më. Dukej se gjithë mendimet e saj ia kushtonte vetëm kujdesit ndaj vetvetes. Hante lehtshëm zemër në krevat, thërriste me zile shërbyesen që ta pyeste për çajrat, e luleblirit ose për të biseduar me të. Ndërkaq bora mbi çatitë e pazarit hidhte në dhomën e saj një refleks të bardhë, të ngrirë; pastaj ia nisi shiu. Dhe Ema priste përditë, me njëfarë ankthi, përsëritjen e pashmangshme të ngjarjeve të parëndësishme, të cilat, në fund të fundit, nuk i interesonin pothuajse fare. Më e madhja ishte, në mbrëmje, mbërritja e Dallëndyshes. Atëherë hanxhesha thërriste dhe i përgjigjeshin zëra të tjerë, ndërsa feneri i Hipolitit, që kërkonte arkat mbi karrocë dukej si një yll në errësirë. Në mesditë kthehej Sharli në shtëpi; pastaj dilte; më vonë ajo hante supë me lëng mishi, dhe, aty nga ora pesë, në të ngrysur, fëmijët që vinin nga shkolla, duke hequr zvarrë këpucët e tyre të drunjta, godisnin të gjithë pa përjashtim njëri pas tjetrit me vizoret e tyre dorezat e qepenave.

Pikërisht në atë orë vinte e shikonte zoti Burnizien. E pyeste për shëndetin, i sillte lajme dhe e mëkonte me dashurinë për fenë, duke i dërdëllitur fjalë të bukura përkëdhelëse që kishin lezetin e tyre. Vetëm pamja e rasës së tij ia ngrohte asaj zemrën.

Një ditë që u rëndua në kulm, kujtoi se po jepte shpirt, kërkoi ta kungonin, dhe, gjatë kohës që po bënin në dhomën e saj përgatitjet për sarkamenin, që po kthenin në altar komonë e mbushur deng me shurupe dhe Felisiteja mbillte në tokë lulepate, Ema ndiente diçka të fuqishme që i kalonte përsipër, e cila e çlironte nga dhimbjet, nga çdo perceptim, nga çdo ndjenjë. Mishi i saj i lehtësuar nuk mendonte më, një jetë tjetër po fillonte për të; i dukej se qenia e saj, duke u ngjitur drejt zotit, do të asgjësohej në atë dashuri si temjani i ndezur që shpërndahet si tym. Çarçafët e shtratit ia spërkatën me ujë të bekuar, prifti nxori nga potiri i shenjtë bukë të bardhë dhe, duke i rënë zali nga gëzimi qiellor, ajo zgjati buzët për të pritur shpëtimtarin që po i shfaqej. Perdet mbi shtrat po fryheshin me ngadalë rreth saj, si re, dhe rrezet e të dy qirinjve që digjeshin mbi komo, iu dukën si aureola verbuese. Atëherë ajo lëshoi kokën, duke pandehur se po dëgjonte në hapësirë tingujt e harpave engjëllore dhe se po shquante në një qiell të kaltër, mbi një fron të artë, mes shenjtorësh që mbanin palma të blerta, atin e shenjtë, gjithë shkëlqim nga madhështia, dhe që me një shenjë zbriste në tokë engjëj me flatra të flakta që ta merrnin atë me vete në krahët e tyre.

Ky vegim i shkëlqyer i mbeti në kujtesë si gjëja më e bukur që mund të ëndërronte njeriu; kështu që tani ajo përpiqej ta kapte përsëri ndijimin e tij, i cili ndërkaq vazhdonte, mirëpo në mënyrë jo aq të plotë dhe me një ëmbëlsi po aq të thellë. Shpirti i saj i dërrmuar nga sedra, prehej më në fund në përvujtërinë e krishterë; dhe, duke shijuar kënaqësinë që ishte e dobët, Ema sodiste në vetvete shuarjen e vullnetit që do t'ia hapte gjerësisht shtegun zaptimeve të hirit. Në vend të lumturisë së zakonshme kishte pra prehje më të mëdha, një dashuri tjetër përmbi të gjitha dashuritë, pa ndërprerje e fund, dhe që do të rritej përjetësisht! Ndër iluzionet e shpresës së vet, ajo shqoi një gjendje kthjelltësie që lundronte mbi tokë, shkrihej me qiellin dhe aty ku asaj ia kishte ënda të ndodhej vetë. Deshi të bëhej shenjtore. Bleu rruzare, mbajti hajmali; donte të kishte në dhomë, në krye të shtratit, një kuti relikesh me smeralde të ngërthyera, që ta puthte çdo mbrëmje.

Famullitari mrekullohej nga këto prirje të saj, ndonëse feja e Emës, si e gjykonte ai, nga zelli i tepërt mund të puqej gati-gati më në fund me herezinë bile dhe me marrëzinë. Mirëpo, meqë nuk i zotëronte mirë këto çështje, që e kalonin cakun e njohurive të tij, ai i shkroi zotit Burar, librar i arkipeshkvit, që t'i dërgonte diçka të famshme për dikë të seksit të dobët, që ishte gjithë mend. Librari, po me atë mospërfillje sikur t'u niste çikërrima zezakëve, mbështolli lëmsh si i erdhi për mbarë gjithçka që shkonte atëherë në tregtinë e librave të shenjtë. Ishin manualë të vegjël me pyetje-përgjigje, me pamflete me ton të ashpër në gjininë e zotit Dë Mestër , si dhe ca lloj romanesh me kapakë ngjyrëtrëndafili dhe me stil të sheqerosur, të sajuar nga seminaristë trubadurë ose nga pseudoletrarë të penduar. Ndër to ishte: "Mendohuni mirë; Njeriu nga shoqëria e lartë në këmbët e
Mrisë", shkruar nga Zoti dë***, i dekoruar me urdhra të ndryshëm; "Mbi gabimet e Volterit, për të rinjtë', etj.

Zonja Bovari nuk e kishte ende mendjen aq të kthjellët sa t'i kushtohej si duhet çdo gjëje; bile këto tekste i kaloi nxitimthi. Mori inat me rregullat e ceremonitë kishtare; arroganca e shkrimeve polemizuese nuk i pëlqeu prej tërbimit që tregonin në ndjekjen e njerëzve të panjohur për të; dhe tregimet profane të zbukuruara me fe iu dukën të shkruara me një padituri aq të madhe për botën, saqë e larguan, pa e ndier as vetë, nga të vërtetat për të cilat ajo priste prova. Megjithatë ajo ngulmoi dhe, kur i binte libri nga duart, i dukej vetja sikur ishte zaptuar nga melankolia katolike më e hollë që mund të ndiejë një shpirt qiellor.

Për sa i përket kujtimit të Rodolfit, ajo e kishte fshehur në thellësi të zemrës, dhe ai qëndronte aty, më i madhërishëm e më i palëvizshëm se sa mumia e një mbreti në një galeri të nëndheshme. Nga kjo dashuri e madhe e balsamosur dilte një erë, e cila, duke përshkuar gjithçka, mbushte me aromë dhembshurie atmosferën e papërlyer ku donte të jetonte ajo. Kur binte në gjunjë, mbi fronin gotik të lutjeve, ajo i drejtohej zotit me të njëjtat fjalë të ëmbla që i pëshpëriste dikur dashnorit të saj, gjatë marrëdhënieve jashtëmartesore. Këtë e bënte që të ngjallte besimin, mirëpo nga qielli nuk i zbriste asnjë ëndje hyjnore, dhe ajo ngrihej me gjymtyrë të lodhura, me ndjenjën e papërcaktuar të një mashtrimi të madh. Ky kërkim që bënte, mendonte ajo, s'ishte gjë tjetër veçse një meritë më tepër; dhe, krenare për devotshmërinë që tregonte, Ema e krahasonte veten me ato zonjat e mëdha të njëhershme, për lavdinë e të cilave ajo kishte ëndërruar duke soditur një portret të La Valierës të cilat, duke tërhequr gjithë atë madhështi bishtin e sërstolisur të fustaneve të tyre të gjata, mbylleshin në vetmi për të derdhur te këmbët e Krishtit gjithë lotët e zemrës, të plagosur nga jeta.

Atëherë, iu kushtua bamirësive të tepruara. Qepte rroba për të varfrit, u dërgonte dru grave lehona; dhe një ditë Sharli, kur u kthye nga jashtë, gjeti në kuzhinë, ulur në tryezë tri kopukë që hanin supë. Ajo e solli përsëri në shtëpi vajzën e saj të vogël, të cilën, i shoqi gjatë kohës që ajo ishte sëmurë, e kishte çuar te taja. Deshi ta mësonte të lexonte; sado që Berta qante e sokëllinte, ajo nuk e prishte gjakun. Kishte vendosur të tregohej e durueshme, e butë me të gjithë.

Tashmë përdorte në çdo rast një gjuhë plot shprehje ideale. Fëmijës i thoshte:

- Të kaloi dhimbja e barkut, moj engjëll?

Zonja Bovari, nëna, s'i gjente gjë për ta qortuar, përveç ndoshta manisë që kishte për të thurur jelekë për jetimë në vend që të arnonte leckat e saj. Mirëpo e dërrmuar nga sherret në familjen e saj, gruaja e shkretë prehej në këtë shtëpi të qetë, dhe bile ndenji aty deri sa kaluan pashkët e më pas, që t'u shmangej sarkazmave të plakut Bovari i cili çdo të premte të madhe s'rrinte pa porositur për vete suxhuk.

Përveç së vjehrrës, që i jepte zemër me saktësinë e gjykimit dhe me sjelljen serioze, Emës i bënin shoqëri edhe gra të tjera. Ndër to ishin zonja Langlua, zonja Karon, zonja Dybrëj, zonja Tyvazh, dhe, rregullisht prej orës dy deri në orën pesë, zonja e shkëlqyer Ome, që s'kishte dashur kurrë të besonte asnjë nga thashethemet që llapnin për fqinjën e saj. Vinin për ta parë gjithashtu edhe fëmijët e Omeut; këta i shoqëronte Justini. Ai ngjitej bashkë me ta në dhomë, dhe rrinte më këmbë pranë derës, pa lëvizur, pa e hapur gojën. Bile shpesh herë, zonja Bovari, pa u ruajtur fare nga ai, bënte tualetin. Ia niste me heqjen e krehrit, duke tundur kokën me një lëvizje të menjëhershme; dhe, kur ai pa për herë të parë gjithë atë floknajë që varej deri në gjunjë, duke shpështjellë buklet e zeza, të shkretit djalë iu duk sikur hyri përnjëherësh në diçka të jashtëzakonshme dhe të re, shkëlqimi i së cilës e tmerroi.

Ema, pa dyshim, nuk vinte re as vëmendjet e heshtura dhe as druajtjet e tij. Asaj as që i shkonte mendja se dashuria, që qe fshirë nga jeta e saj, regëtinte aty, pranë saj, nën atë këmishë prej pëlhure të trashë, në atë zemër djaloshare të hapur ndaj shfaqjeve të bukurisë së saj. Për më tepër mospërfilljen kundrejt gjithçkaje ajo e çonte deri aty, sa nxirrte nga goja fjalë aq të ngrohta, hidhte shikime aq krenare, ndryshonte sjellje aq shumë, saqë tek ajo nuk mund të dalloje dot më egoizmin nga shpirtmirësia, shthurjen nga virtyti. Kështu për shembull, një mbrëmje ajo u nxeh me shërbëtoren, që i kërkonte leje të dilte dhe që belbëzonte duke kërkuar ndonjë arsye, pastaj papritmas ajo e pyeti:

- Pra ti e do?

Dhe, pa pritur përgjigjen e Felisitesë, së cilës po i hypte të skuqurit në fytyrë, ajo shtoi me trishtim:

- Hajde, mbathja, bëj qejf!

Me të hyrë pranvera, ia bënë kopshtin qilizmë cep më cep, siç kishte urdhëruar vetë, pa marrë parasysh vërejtjet e Bovariut; megjithatë ky qe i lumtur, që ajo në fund të fundit shfaqte një vullnet e aq. Këtë, ajo sa më tepër e merrte veten, aq më shumë e tregonte. Në fillim, e gjeti mënyrën se si ta shporrte nga shtëpia, teto Rolenë, tajën, e cila, gjatë kohës që ajo nuk ishte shëruar ende plotësisht, e kishte bërë zakon të vinte një e dy në kuzhinë me dy fëmijët në gji dhe me një qiraxhi, që kishte më shumë dhëmbë sesa një kanibal. Pastaj u shkëput nga familja Ome, ua mbylli rrugën me radhë gjithë vizitave të tjera dhe vetë bile filloi të shkonte në kishë jo aq rregullisht si më parë, gjë për të cilën e mbështeti me të madhe farmacisti, që me këtë rast i tha miqësisht.

- Po binit disi në kurthin e klerit!

Zoti Burnizien, ashtu si përpara, i vinte papritmas çdo ditë sa dilte nga mësimi i katekizmit. Kishte më tepër qejf të rrinte jashtë që të merrte ajër të pastër në mes të pyllit të vogël, siç e quante ai tendën e bleruar. Në atë orë Sharli kthehej në shtëpi. Ata kishin vapë; u sillnin musht molle të ëmbël, dhe ata pinin së bashku për shërimin e plotë të zonjës.

Bineu ndodhej po aty, domethënë pak më poshtë, pranë murit të tarracës, ku kapte gaforre. Bovariu e ftonte të pinte ndonjë freskuese, po ama dhe ai ishte usta për të hapur shishet.

- Duhet, - thoshte ai, duke hedhur rreth tij e deri në skajet e peizazhit një vështrim të kënaqur, - të mbahet kështu shishja pingul mbi tryezë dhe, pasi të priten fijet, ta nxjerrësh tapën pak nga pak, me ngadalë e me ngadalë, siç bëjnë madje dhe me ujin e Selcit, nëpër restorante.

Mirëpo shpesh herë mushti, gjatë kohës që ai bënte këto veprime, u shpërthente mu në fytyrë dhe, sa herë që ndodhte kështu, prifti, me një të qeshur të thellë thoshte me shaka gjithmonë po këto fjalë:

- Duket sheshit që është babaxhan!

Ai ishte me të vërtetë njeri babaxhan, dhe bile, një ditë, nuk u prek fare nga farmacisti, i cili e këshillonte Sharlin ta çonte zonjën për ta zbavitur në teatrin e Ruanit për të parë tenorin e shquar Lagardi. Omeu, si u çudit nga ajo heshtje, deshi të dinte mendimin e tij dhe prifti tha shkoqur se muzikën e mbante më pak të rrezikshme për moralin se sa letërsinë.

Mirëpo farmacisti mori në mbrojtje letrat. Teatri, sipas tij shërbente për të luftuar paragjykimet dhe nën maskën e argëtimit të mësonte virtytin.

-Castigat ridendo mores , zoti Burnizien! Mos shkoni më tej, shikoni vetëm shumicën e tragjedive të Volterit; ato janë të ndërthurura gjithë mjeshtëri me mundime filozofike që i bëjnë ato për popullin shkollë të vërtetë morali dhe diplomacie.

- Unë, - tha Bineu, - kam parë njëherë një pjesë teatri me të vërtetë të goditur me titull "Rrugaçi i vogël i Parisit" , ku spikat karakteri i një gjenerali të vjetër! Ai shtyn e pështyn një djalë nga shtresa e lartë që kishte mashtruar një punëtore, e cila në fund...

- Sigurisht, - vazhdonte Omeu, - ka letërsi të keqe siç ka dhe farmaci të keqe; mirëpo, të dënosh të tërë njëherësh pjesën më të rëndësishme të arteve, mua më duket një budallallëk trashanik, një mendim mesjetar që u shkon për shtat atyre kohërave të urryera kur rrasnin brenda Galileun.

- E di mirë dhe unë, - vërejti famullitari, - që ka vepra të mira, autorë të mirë, por ama le të marrim vetëm ata njerëz të sekseve të ndryshme që mblidhen në një dhomë të mahnitshme, të zbukuruar me salltanete mondane, pa le pastaj ato veshje maskuese pagane, ato makijazhe, ato drita, ato zëra të përfemëruar, të gjitha këto, si përfundim, çojnë në një shthurje shpirtërore dhe të ndjellin mendime të fëlliqura, tundime imorale. Këtë mendim kanë të paktën gjithë etërit. Në fund të fundit, - shtoi ai duke i dhënë përnjëherësh zërit një ton mistik, ndërsa mbi gishtin e madh pështillte një pisk burnot, në rast se kisha ka dënuar shfaqjet teatrale, të drejtë ka pasur; ne duhet t'u bindemi urdhëresave të saj.

- Përse, - shtroi pyetjen farmacisti, - i shkishëron ajo aktorët? Sepse, dikur, ata i bënin konkurrencë haptas ceremonive fetare. Po, kështu është, më përpara luheshin, shfaqeshin mu në mes të korit disa lloje farsash të quajtura mistere, në të cilat shpesh herë cenoheshin rregullat e mirësjelljes.

Prifti u mjaftua me një ofshamë, kurse farmacisti vazhdoi:
- Kështu është dhe në Bibël; aty ka..., ju e dini..., më se një hollësi... therëse, gjëra... me të vërtetë... të shthurura!

Dhe, në një gjest zemërimi që bëri zoti Burnizien, ai shtoi:
- Ah! Ju duhet ta pranoni edhe vetë që s'është libër për t'u vënë në duart e të rinjve, bile mua s'do më vinte hiç mirë që Atalia...

- Po Biblën e rekomandojnë protestantët dhe jo ne! - bërtiti prifti që e humbi durimin.

- Ç'rëndësi ka! - tha Omeu. - Mua më vjen çudi që në ditët tona, në shekullin e diturisë, ngulmohet akoma që të ndalohet një çlodhje intelektuale që është jo vetëm e padëmshme, moralizuese, por bile dhe higjienike nganjëherë, apo jo, doktor?

- S'ka dyshim, - u përgjigj mjeku plogësht, ose ngaqë duke pasur po ato mendime, nuk donte të fyente njeri, ose ngaqë s'kishte mendime fare.

Bisedës dukej se po i vinte fundi, kur farmacisti e pa me vend të hidhte dhe shkelmin e fundit.

- Kam njohur unë priftërinj, që visheshin me rroba si qytetarë të zakonshëm që të shkonin të shihnin lirshëm si i hidhnin e përdridhnin këmbët valltaret.

- Lëri këto! - ia pati famullitari.
- Ah! Kam njohur unë!

Dhe, duke ndarë rrokjet e fjalisë së tij, Omeu përsëriti.
- Kam njo-hur u-në!
- Epo mirë atëherë! Faj bënin, - i tha Burnizieni, i vendosur

ta dëgjonte deri në fund.
- Po besa! Bëjnë edhe shumë faje të tjera! - bërtiti farmacisti.
- Zotni!... - e mori përsëri fjalën prifti me sy aq të egërsuar saqë farmacistit i hyri frika.
- Dua të them vetëm këtë, - u përgjigj ai me një ton më të butë, - që toleranca është mjeti më i sigurt për t'i tërhequr shpirtrat drejt fesë.
- Ashtu është! Ashtu është! - miratoi i shkreti prift, duke u ulur përsëri në karrige.

Mirëpo vetëm dy minuta ndenji ashtu. Pastaj, me t'u larguar famullitari, zoti Ome i tha mjekut:
- Kësaj i thonë zënkë! Ia punova, e patë vetë sa bukur!... Me një fjalë, dëgjomëni mua, çojeni zonjën në shfaqje, në mos për gjë tjetër, qoftë edhe për të tërbuar një herë në jetën tuaj një nga ata korbzinjtë, dreqi e mori! Të kisha njeri të më zëvendësonte, do t'ju shoqëroja vetë. Ç'rrini e prisni! Vetëm një shfaqje ka për të dhënë Lagardi. Është i zënë në Angli me paga të majme. Është me sa thonë, skile i madh, i mbytur me flori. Mban me vete tri dashnore dhe kuzhinierin e tij personal. Gjithë këta artistët e mëdhenj i bëjnë paret tym; jeta e shthurur u duhet për të nxitur disi imagjinatën. Mirëpo vdesin në spital, sepse nuk kanë mend, në të ri të bëjnë kursime. Epo ju bëftë mirë, mirupafshim nesër!

Ideja për të shkuar në shfaqje hodhi rrënjë shpejt në mendjen e Bovariut; sepse ia tregoi menjëherë së shoqes, e cila në fillim nuk e pranoi, duke nxjerrë si shkak jo lodhjen, jo bezdisjen, jo shpenzimet; mirëpo, për çudi, Sharli nuk u zmbraps, aq keq i ishte tiposur që ky argëtim kishte për t'i bërë mirë asaj. Ai nuk shihte asnjë pengesë; e ëma u kishte dërguar treqind franga që nuk i priste, borxhet e zakonshme nuk arrinin ndonjë shumë të madhe, dhe afati i kambialeve që kishte për t'i kthyer zotit Lërë ishte aq i gjatë, saqë as duhej vrarë fare mendja për to. Pastaj duke menduar se ajo nuk pranonte për një mirësjellje të hollë, Sharli ngulmoi akoma më shumë; kështu që ajo, meqë ai iu qep keq, më në fund vendosi të shkonte. Dhe, të nesërmen, në orën tetë, ata ia hipën Dallëndyshes.

XV

Turma qëndronte pranë murit, e radhitur simetrikisht midis parmakëve. Në qoshe të rrugëve fqinje, ishin vendosur disa shpallje jashtëzakonisht të mëdha që kishin të njëjtat lajmërime me shkronja të lajluara: "Luçia e Lamermurit... Lagardi... Opera...etj." Ishte kohë e bukur, bënte vapë; djersa u kullonte njerëzve nëpër flokë; secili prej tyre fshinte ballin e skuqur dhe nganjëherë era e vakët, që frynte nga lumi, valëviste lehtë anët e tendave prej doku, të varura mbi dyert e kafeneve të vogla. Pak më poshtë, ndihej ndërkaq freskia e një rryme ajri të akullt që vinte erë dhjamë, lëkurë dhe vaj. Ishte duhma që dilte nga rruga e karrocave, plot me depo të errëta të mbushura me fuçi.

Ema, nga frika se mos dukej qesharake, deshi, para se të hynte brenda, të bënte një shëtitje në port, dhe Bovariu, nga meraku, i mbajti biletat në dorë, në xhepin e pantallonave, që e shtrëngonte pas barkut.

Asaj i rrahu zemra me të hyrë në korridor. Ajo vuri buzën në gaz pa dashje me mburrje, duke parë turmën që sulej nga e djathta nëpër korridorin tjetër, ndërsa ajo ngjitej shkallëve për në lozhat e para. U gëzua si fëmijë që i shtyu me një gisht dyert e gjera të veshura me tapiceri; thithi me gjithë mushkëritë erën e pluhurit të korridoreve, dhe, kur u ul në lozhë, e ngrehu trupin me një lirshmëri dukeshe.

Salla filloi të mbushej, spektatorët po nxirrnin dylbitë e tyre të vogla nga kutitë, dhe ata të përhershëm, si e dallonin njëri-tjetrin për së largu, përshëndeteshin. Vinin të çlodheshin në teatër nga andrallat e tregtisë; mirëpo, meqë nuk u dilnin asnjëherë nga mendja çështjet tregtare, bisedonin dhe atje për punë pambuqesh, alkooli e çiviti. Aty shiheshin koka pleqsh, pa pikë shprehjeje dhe të qeta, dhe që, të zbardhura si nga flokët dhe çehrja, u ngjanin medaljeve të argjenda që u ka ikur shkëlqimi prej avulli të plumbit. Të rinjtë e pashëm kapardiseshin në sallë, duke vënë në dukje, në pjesën e hapur të jelekut, kravatat e tyre ngjyrë trëndafili ose në të blertë të çelur; ndërsa zonja Bovari i sodiste gjithë me ëndje që nga lart, tek mbështesnin mbi kokat e arta të shkopinjve të vegjël pëllëmbën e tendosur nga dorashkat e tyre të verdha.

Ndërkaq u ndezën qirinjtë e orkestrës; nga tavani zbriti

llambadari, duke përhapur në sallë, me rrezatimin e faqezave të tij të kristalta, një gëzim të papritur; pastaj hynë njëri pas tjetrit instrumentistët, dhe në fillim nisi një gërvër e gjatë e basave që gërhisnin, e violinave që gërvishtnin, e veglave frymore që buçisnin, e flauteve dhe klarinetave që cingëronin. Mirëpo në skenë u dëgjuan tri goditje; zunë të binin tamburet, të shoqëruara nga akordet e veglave prej tunxhi, dhe, prapa perdes që po ngrihej, u duk një peizazh.

Ishte një udhëkryq në një pyll, me një burim në të majtë, nën hijen e një lisi. Fshatarë e zotërinj me qyrk mbi sup, këndonin të gjithë së bashku, një këngë gjuetie; pastaj ia behu një kapiten që thërriste engjëllin e së keqes duke ngritur duart nga qielli, u duk edhe një tjetër; ata u larguan, dhe gjuetarët ia morën këngës përsëri.

Ajo u gjend sërish në botën e librave të rinisë, në thellësitë e Uollter Skotit. I dukej sikur dëgjonte, nëpërmjet mjegullës, tingujt e gajdeve skoceze që përsëriteshin nëpër shqopë. Madje, duke e ndjekur me lehtësi libretin, sepse i kujtohej romani, ajo e ndiqte dramën fjalë për fjalë, ndërsa ca mendime të pakuptueshme që i vinin ndër mend, shpërndaheshin menjëherë, nga shkulme muzikore. Lëshohej e tëra pas përkujdesjes së melodive dhe e ndiente se dridhej e tëra, sikur harqet e violinave t'i binin nervave të saj. Nuk ngopej dot së sodituri kostumet, dekoret, artistët, pemët e pikturuara që dridheshin kur ecnin artistët, si dhe kësulat prej kadifeje, palltot, shpatat, të gjitha këto fantazira që lëviznin gjithandej në harmoni të plotë si në atmosferën e një bote tjetër. Mirëpo befas doli një grua që i hodhi një qese një shqytari të veshur në të blerta. Ajo ndenji vetëm dhe atëherë u dëgjua një flaut që nxirrte tingujt të ngjashëm me gurgullimën e burimit ose me cicërimat e zogjve. Luçia hijerëndë ia mori kavatinës së saj në sol maxhor; ankohej për dashurinë, kërkonte krahë të fluturonte. Po kështu edhe Emës ia kishte qejfi të largohej dhe të përfundonte, duke fluturuar në krahët e dikujt. Papritmas u duk Edgar Lagardi.

Në fytyrë i spikaste një nga ato zbehtësitë e shkëlqyeshme që u jep popujve të zjarrtë të jugut diçka nga madhështia e shtatoreve të mermerta. Trupin e fuqishëm ia shtrëngonte një jelek, në ngjyrë të murrme; mbi kofshën e majtë i varej një kamë e gdhendur, dhe hidhte rreth e rrotull shikime të molisura duke nxjerrë në pah dhëmbët e tij të bardhë. Flitej se një princeshë polake, si e dëgjoi një mbrëmje kur këndonte në plazhin e Biaricit, ku ai meremetonte barka, ra në dashuri me të. Për shkak të tij ajo u rrënua fare. Ai e la aty për hir të femrave të tjera, dhe gjithë ai nam i ndjenjave e ndihmonte t'i rritej fama si artist. Komediani endacak, si finok që qe, kujdesohej bile të fuste gjithmonë nëpër reklama ndonjë fjali poetike për veten si njeri magjepsës dhe me shpirt të ndjeshëm. Këtë natyrë të mahnitshme sharlatani, që mishëronte pjesërisht edhe berberin, edhe toreadorin e ngrinte si përfundim zëri i bukur, siguria e plotë në vetvete, temperamenti më tepër sesa zgjuarsia dhe deklamimi i tepruar, më tepër sesa lirizmi.

Ai ngjalli entuziazëm që në skenën e parë. Luçien e shtrëngonte në krahët e tij, e lëshonte, kthehej përsëri, dukej i dëshpëruar; kishte shpërthime inati, pastaj nxirrte psherëtima të thella pikëllimi me një ëmbëlsi të pafundme dhe notat i dilnin nga fyti i zbuluar, gjithë ngashërima e puthje. Ema përkulej ta shihte duke gërvishtur me thonj kadifen e lozhës. Zemra i mbushej me këto vajtime melodioze që zgjateshin me shoqërimin e kontrabaseve, si klithma të mbyturish në zhaurimën e një stuhie. Ajo i njihte tashmë të gjitha dehjet dhe ankthet, të cilat për pak e bënë të vdiste. Zëri i këngëtares i dukej tamam si jehonë e ndërgjegjes të saj, dhe ai iluzion që e magjepste, si pjesë e vetë jetës së saj. Mirëpo askush mbi tokë nuk i ishte përkushtuar me një dashuri të tillë. Ai nuk qante si Edgari, mbrëmjen e fundit, në dritën e hënës, kur ata po i thoshin njëri-tjetrit: "Mirupafshim nesër; mirupafshim nesër!..." Salla ushtonte nga brohoritjet; e filluan edhe njëherë gjithë pjesën e fundit; dashnorët flisnin për lulet e varrit të tyre, për betime, për mërgim, për fat, për shpresa dhe, kur kënduan lamtumirën e fundit, Ema nxori një klithmë të mprehtë, që u përzie me dridhjen e akordeve përfundimtare.

- Po pse ky zotnia, - e pyeti Bovariu, - i është qepur e i merr shpirtin?

- Jo, nuk është ashtu, iu përgjigj ajo, - ai është dashnori i saj.

- Sidoqoftë, ai betohet se do të marrë hak në familjen e saj, ndërsa ai tjetri, ai që doli pak më parë, thoshte: "E dua

Luçien dhe besoj se dhe ajo më do." Le që ai iku bashkë me babain e saj, krah për krah. Se ai shkurtabiqi i shëmtuar që mban një pupël në kapelë, babai i saj është, apo jo?

Me gjithë sqarimet që i bëri Ema, qysh në duon recitative, kur Zhilberi i parashtron zotërisë së tij Ashton manovrat e veta të fëlliqura, Sharli, kur pa unazën e rreme të fejesës me anën e së cilës duhet të martohet Luçia, kujtoi se ishte një kujtim dashurie që ia dërgonte Edgari. Madje e pranoi dhe vetë se nuk e kuptonte ngjarjen, për faj të muzikës, që i mbyste keqas fjalët.

- Po ç'rëndësi ka? - i tha Ema; - pusho tani!
- Ja që kam dëshirë, ti e di, - vazhdoi ai duke u përkulur mbi supin e saj, - të marr vesh se ç'bëhet.
- Pusho, të thashë! - ia preu ajo nga padurimi.

Luçia bënte përpara, gjysmë e mbështetur mbi gratë që e shoqëronin, me kurorë portokalli mbi flokë, dhe me fytyrë më të zbehtë sesa atllasi i bardhë i fustanit që kishte veshur. Ema sillte ndër mend ditën e martesës; dhe përfytyronte veten aty, mes grurit, në shtegun e vogël, kur ecnin drejt kishës. Përse pra nuk kishte rezistuar, nuk ishte lutur e stërlutur si ajo? Jo vetëm që s'e bëri këtë, por përkundrazi, ajo fluturonte nga gëzimi, pa e vënë re as vetë humnerën drejt së cilës po turrej... Ah! Sikur, atëherë kur ruante freskinë e bukurisë së saj, para cenimit që i silli martesa dhe zhgënjimi që pësoi nga dashuria jashtëmartesore, të kishte mundur t'ia kishte besuar jetën ndonjë zemre fisnike, duke iu shkrirë në një të vetme virtyti, dashuria, epshet dhe detyra bashkëshortore, nuk kishte për të rënë kurrë nga një lumturi aq e lartë. Mirëpo ajo lumturi ishte, pa dyshim, një gënjeshtër e sajuar për të venitur çdo dëshirë. Ajo e dinte tani vogëlsinë e pasioneve, që arti e zmadhonte jashtë mase. Duke u përpjekur, pra, ta largonte mendjen prej andej, Ema nuk donte të shihte gjë tjetër në këtë ripërtëritje të dhimbjeve të saj, veçse një fantazi plastike për të zbavitur sytë, dhe bile buzëqeshte përbrenda saj me një ndjenjë mëshire përbuzëse, kur u duk në fund të skenës, nën portën prej kadifeje, një burrë i veshur me pallto të zezë.

Kapela e madhe sipas modës spanjolle i ra gjatë një lëvizjeje që bëri; dhe menjëherë instrumentet dhe këngëtarët filluan sekstuorin. Edgari që shkreptinte nga tërbimi; i mbyste të gjithë me zërin e tij më të kthjellët. Ashtoni, duke nxjerrë nga fyti nota të trasha, i bënte provokime për vrasje, Luçia lëshonte një vajtim të mprehtë, Arturi përdridhte zërin në kufijtë e tingujve të mesëm, dhe basi i thellë i priftit gërhiste si ndonjë organo; ndërsa zërat e femrave, që përsërisnin fjalët e tij, këndonin gjithë ëmbëlsi në kor. Të gjithë ishin vënë në një rresht dhe bënin lëvizje të shumta me duar; kurse nga gojët e tyre gjysmë të hapura dilte njëkohësisht inati, hakmarrja, xhelozia, tmerri, mëshira dhe shtangia. Dashnori i fyer vringëllinte shpatën e zhveshur, qaforja prej dantelle i ngrihej herë pas here, sipas lëvizjeve të kraharorit dhe vetë shkonte sa më të djathtë e në të majtë, me hapa të mëdhenj, duke kërcitur mbi dërrasa mamuzet e praruara të çizmeve të tij të buta, që i zgjeroheshin te syri i këmbës. Ai duhej të kishte, mendonte ajo, një dashuri të pashtershme aq sa e derdhte mbi turmë me gjithë atë afsh. Tërë dëshirat e mekura të saj për t'u treguar mospërfillëse, shuheshin përpara poezisë së rolit që e pushtonte të tërën dhe, e magjepsur prej atij njeriu skenik, që e bëri për vete me vegullinë e personazhit që luante, ajo u përpoq të përfytyronte jetën e saj, atë jetë të bujshme, të jashtëzakonshme, të shkëlqyer, të cilën edhe ajo, në fund të fundit, mund ta kishte bërë, po të kishte dashur fati. Ata do të ishin njohur, do ta kishin dashur njëri-tjetrin! Ajo do të kishte udhëtuar bashkë me të, nëpër gjithë mbretëritë e Evropës, kryeqytet më kryeqytet, duke marrë pjesë si në lodhjet dhe në krenarinë e tij, duke mbledhur lulet që do t'i hidhnin atij, duke ia qëndisur vetë kostumet; pastaj, çdo mbrëmje, ulur në fund të një lozhe me thuri më të lartë, do të priste me gojë hapur, shfrehjet e atij shiriti, që do të këndonte vetëm për të; ai do ta shihte që nga skena ndërsa ishte duke luajtur. Por befas sa s'u marros; ai po e shihte kjo ishte me siguri! Asaj i vinte të vraponte e të hidhej drejt e në krahët e tij, që ta mbronte fuqia e tij, si në mishërimin e vetë dashurisë, dhe t'i thoshte, t'i bërtiste: "Rrëmbemë, merrmë me vete, e t'ia mbathim! Për ty, për ty e kam gjithë afshin e shpirtit dhe gjithë ëndrrat e mia!". Perdja u ul.

Era e gazit përzihej me frymën e spektatorëve; freskoret me lëvizjet e tyre e bënin edhe më mbytës ajrin. Ema deshi të dilte, turma i kishte zënë korridoret, kështu që ajo u lëshua përsëri në kolltuk me rrahje zemre që i merrnin frymën.

Sharli nga frika se mos i binte të fikët, vrapoi në bar t'i merrte një gotë arançatë.

Mezi u kthye përsëri në vendin e tij, në çdo hap sepse ia shtynin bërrylat, ngaqë ai e mbante gotën me të dy duart, dhe bile treçerekun e saj e derdhi mbi supin e një ruanezeje me mëngë të shkurtra, e cila, duke ndier lëngun e ftohtë që i rrodhi nëpër shpinë, lëshoi ca klithma palloi, sikur po e vrisnin. I shoqi i saj, që ishte pronar filature, u nxeh me këtë të humburin dhe, ndërsa ajo fshinte me shami njollat mbi fustanin të bukur tafta ngjyrë qershie, ai thoshte nëpër dhëmbë me një ton të vrazhdë fjalë për dëmshpërblimin, shpenzime, shpagesë. Më në fund Sharli arriti tek e shoqja, dhe it ha duke gulçuar:

- Thashë se s'kisha për të dalë gjallë! Pupu ç'njerëz!... Ç'njerëz!... Pastaj shtoi:
- E gjen dot se kë takova aty? Zotin Leon!
- Leonin!
- Atë vetë! Do të vijë të të përshëndesë.

Dhe, sa po mbaronte këto fjalë, hyri në lozhë sekretari i dikurshëm i Jonvilit.

Ai ia shtriu dorën me një lirshmëri fisniku, ndërsa Ema nderi vetvetiu përpara të sajën, duke iu bindur, pa dyshim, forcës së një vullneti më të fuqishëm. Ajo nuk e kishte ndier dorën e tij qysh nga ajo mbrëmje pranverore, kur ata i thanë njëritjetrit lamtumirë, në këmbë, në anë të dritares, ndërsa mbi fletët e blerta binte shi. Mirëpo, duke sjellë ndër mend me të shpejt rregullat e mirësjelljes që kërkonte një rast i tillë, ajo u përpoq të dilte nga topitja e kujtimeve të saj dhe nisi të belbëzonte me ngut disa fjalë:

- Ah! Mirëmbrëma... Si! Ju këtu?
- Qetësi! - thirri një zë nga plateja, - sepse po fillon akti i tretë.
- Domethënë qenkeni në Ruan kështu?
- Po.
- Po qysh kur?
- Jashtë! Jashtë!

Njerëzit kthyen kokën drejt tyre; ata heshtën.

Mirëpo, që nga ai çast, ajo nuk dëgjoi më; dhe kori i të ftuarve, skena midis Ashtonit dhe shërbëtorit të tij, dueti i madh në re maxhor, për të, kaluan të gjitha në largësi, sikur veglave muzikore t'u ishte fashitur tingulli dhe personazhet të ishin rrasur në thellësi; ajo sillte ndër mend lojërat me letra te farmacisti dhe shëtitjen te taja, leximet nën tendë, bisedat kokë më kokë pranë zjarrit, gjithë atë dashuri të mjerë, aq të qetë dhe aq të gjatë, aq të fshehtë, aq të dhimbshur dhe që, megjithatë, ajo e kishte harruar. Përse po kthehej ai përsëri! Ç'kombinim rrethanash po e fuste atë sërish në jetën e saj? Ai qëndronte mbrapa saj, duke u mbështetur me shpatulla mbi çatmë; dhe, herë pas here, ajo fërgëllonte nga fryma e ngrohtë që nxirrte ai nga hunda dhe që arrinte deri te flokët e saj.

- Ju pëlqen shfaqja? - i tha ai duke u përkulur mbi të aq afër, saqë i fshiku faqen me majën e mustaqeve.

Ajo iu përgjigj me plogështi:

- Oh! për zotin, jo, jo aq shumë.

Atëherë ai propozoi të dilnin nga teatri, që të shkonin gjëkundi për të ngrënë akullore.

- Ah! Jo që tani! Rrimë edhe pak! - tha Bovariu. - Asaj i janë shpleksur flokët: me sa duket ka për të ndodhur ndonjë gjë tragjike.

Mirëpo skena e marrëzisë, nuk e tërhiqte fare Emën, dhe loja e këngëtares iu duk e tepruar.

- Bërtet jashtë mase, - tha ajo duke u kthyer nga Sharli, që po dëgjonte.

- Po... ndofta... pak, - iu përgjigj ai, duke ngurruar midis çiltërsisë të kënaqësisë që ndiente dhe respektit që kishte për mendimet e së shoqes.

Pastaj Leoni tha duke psherëtirë: - Është aq nxehtë sa...

- S'durohet! Vërtet.

- Mos ke gjë siklet? - e pyeti Bovariu.

- Po, po më zihet fryma, eja të ikim.

Zoti Leon i vuri me delikatesë mbi shpatulla shallin e saj të gjatë me dantella dhe që të tre shkuan të uleshin në port, në ajër të pastër, përpara xhamave të një kafeneje.

Në fillim biseduam për sëmundjen e Emës, megjithëse ajo, herë pas here, ia ndërpriste fjalën Sharlit, nga frika, siç thoshte, se mos mërziste zotin Leon; dhe ky u tregoi se kishte ardhur në Ruan për të kaluar dy vjet në një zyrë noteri në zë, që të stërvitej në çështje të ndryshme, të cilat në Normandi ndryshonin nga ato që trajtoheshin në Paris. Pastaj pyeti për

Bertën, për familjen Ome, për teto Lëfransuain dhe, meqë, në prani të të shoqit, s'kishin më gjë për t'i thënë njëritjetrit, biseda pushoi.

Njerëzit që dilnin nga shfaqja kaluan nga trotuari duke kënduar me zë të ulët ose sa u hante fyti: "O ëngjëll i bukur, Luçia ime!" Atëherë Leoni, për t'u treguar si njohës arti, zuri të fliste për muzikën. Ai kishte parë Tamburinin, Rubinin., Persianin, Grisin ; dhe në krahasim me ta, Lagardi, me gjithë zërin buçitës që kishte, s'kishte gjë fare.

- Sidoqoftë, - ia preu fjalën Sharli, që e kafshonte çikë e nga një çikë akulloren e tij me rum, - thonë që në aktin e fundit është me të vërtetë i mahnitshëm: më vjen keq që ika para mbarimit, se mua filloi të më pëlqente shfaqja.

- S'ka gjë, - e mori fjalën sekretari, - së shpejti ka për të dhënë një shfaqje tjetër.

Mirëpo Sharli iu përgjigj se do të iknin që të nesërmen.

- Veç në mos daç, shpirti im, - shtoi ai duke u kthyer nga e shoqja, - të rrish vetëm!

Dhe, duke ndërruar taktikë përpara këtij rasti të papritur që i përgjigjej shpresës së tij, djaloshi nisi të lavdëronte Lagardin në pjesën e fundit. Ishte një gjë e shkëlqyer, e jashtëzakonshme! Atëherë Sharli ngulmoi:

- Të dielën ke për t'u kthyer! Hajde tani, vendos! Gabim e ke, në e ndien sado pak se kjo të bën mirë.

Ndërkohë tryezat rreth e rrotull po boshatiseshin; pranë tyre u afrua dhe qëndroi pa u vënë re një kamerier; Sharli e kuptoi dhe nxori qesen, sekretari i mbajti krahun, dhe bile, nuk harroi të linte, veç llogarisë, dy monedha të bardha, që i tringëlloi mbi mermerin e tryezës.

- Po më vjen keq, me të vërtetë, - pëshpëriti Bovariu, - për paratë që ju...

Mirëpo tjetri bëri një gjest mospërfilljeje gjithë përzemërsi dhe, duke marrë kapelën, pyeti:

- Kështu e lamë, apo jo, nesër në orën gjashtë?

Sharli përsëriti dhe një herë se ai vetë s'mund të rrinte më gjatë; mirëpo Emën s'e pengonte gjë...

- Puna është se..., - belbëzoi ajo me një buzëqeshje të çuditshme, - as vetë s'e di tamam...

- Mirë, pra! Do të mendohesh akoma. Këtu jemi, nata të jep këshilla.

Pastaj duke u kthyer nga Leoni që i shoqëronte, i tha:
- Tani që jeni këtu në anët tona, besoj se do të na vini, herë pas here, për darkë?

Sekretari iu përgjigj se nuk do të rrinte pa i ardhur, meqenëse kishte bile nevojë të shkonte në Jonvil për një çështje të zyrës së tij! Dhe u ndanë para vendkalimit të Shën Herblandit, në çastin kur në katedrale po binte ora njëmbëdhjetë e gjysmë.

PJESA E TRETË

I

Zoti Leon, gjatë kohës që studionte për drejtësi, kishte shkuar shpesh herë në Shomjer, ku kishte pasur sukses të madh me të rejat punëtore lozonjare, të cilave u dukej njeri me pamje fisnike. Binte në sy midis tërë studentëve të tjerë: flokët nuk i mbante as shumë të gjatë, as shumë të shkurtër, nuk i hante që ditën e parë parat e gjithë tremujorit, dhe kishte marrëdhënie të mira me profesorët. Dhe nuk e teptronte kurrë, ca nga frika e ca nga kujdesi për veten.

Shpesh, kur rrinte lexonte në dhomë, ose ulej nën bliret e kopshtit të Luksemburgut, e hidhte Kodin përtokë dhe i kujtohej Ema. Mirëpo, pak nga pak kjo ndjenjë iu fashit dhe iu ndezën sipër saj dëshira të tjera të zjarrta, megjithëse ai ngulmoi ta mbante atë gjallë midis tyre; sepse Leoni nuk i kishte humbur të gjitha shpresat, dhe i mbetej njëfarë premtimi i vagëlluar që luhatej në të ardhmen si ndonjë frut i artë i varur në ndonjë gjethnajë fantastike.

Prandaj, kur e pa atë pas tri vjetësh larg njëri-tjetrit, iu ngjall dashuria e vjetër. Duhej të vendoste, mendonte ai, që këtë radhë më në fund ta shtinte në dorë tamam. Për më tepër që tani ishte bërë më pak i druajtur se më parë nga që kishte ndenjur në shoqëri gazmore, dhe në provincë kthehej me një ndjenjë mospërfilljeje ndaj kujtdo që nuk i shkelte këmba, si ai, me këpucë lustrafine, në asfaltin e bulevardit. Po të kishte qenë me ndonjë pariziane me dantella, në sallonin e ndonjë doktori të famshëm, me dekorata e karrocë, sekretari i shkretë kishte për t'u dridhur si ndonjë fëmijë; mirëpo këtu, në Ruan, në atë kafene të portit, përpara së shoqes të një mjeku të përvuajtur, e ndiente veten si jo më mirë, i sigurt që më parë se do të shkëlqente. Vetëbesimi varet nga ambienti ku ndodhesh; nuk mund të flitet njëlloj në katin e parë si në të pestin, pastaj femra e pasur duket sikur e mbron nderin duke mbajtur rreth e rrotull vetes gjithë kartëmonedhat që ka, si ndonjë pancir i futur në korsenë e saj.

Kur u nda mbrëmjen e kaluar nga zoti dhe zonja Bovari, Leoni i ndoqi për së largu në rrugë; pastaj, si i pa që ata u ndalën te Kryqi i Kuq, ai u kthye mbrapsht dhe e kaloi tërë natën duke bluar në mendje një plan.

Kështu të nesërmen, rreth orës pesë, ai hyri në kuzhinën e hanit, fytin e kishte të shtrënguar nga ankthi, faqet të zbehta, dhe kishte një vendosmëri frikacakësh që s'ka gjë që t'i ndalë.

- Zotëria s'është aty, - i tha një shërbëtor.

Kjo iu duk si ogur i mbarë. U ngjit lart.

Ajo nuk u turbullua fare nga ardhja e tij; përkundrazi, i kërkoi të falur që kishte harruar t'i thoshte se ku kishin zënë vend. - Oh! E gjeta vetë, - ia pati Leoni.

- Si kështu?

I tha se vetë instinkti e kishte drejtuar, kuturu, drejt e tek ajo. Ajo vuri buzën në gaz, ndërsa Leoni, për të ndrequr budallallëkun që bëri, i tregoi menjëherë se tërë mëngjesin e kishte kaluar duke i marrë gjithë hotelet e qytetit me radhë në kërkim të saj.

- Paskeni vendosur pra të rrini? - shtoi ai.

- Po, - i tha ajo, - po bëra gabim. Nuk duhet të mësohesh me kënaqësi të paarritshme, kur ke rreth vetes një mijë kërkesa të ngutshme... - Oh! E marr me mend...

- Ah! Jo! Ju s'kuptoni dot gjë, sepse nuk jeni grua.

Mirëpo dhe burrat kishin brengat e tyre, dhe biseda nisi me disa mendime filozofike. Ema foli gjerësisht për mjerimin e dashurive tokësore dhe për vetminë e përjetshme në të cilën varrosej zemra.

Duke dashur të dukej, ose duke kujtuar se shprehte po atë trishtim që e kishte kapur dhe atë vetë, djaloshi i tha se ishte mërzitur jashtëzakonisht shumë gjatë gjithë kohës që kishte vazhduar studimet. Procedura e drejtësisë i ngrinte nervat përpjetë, e tërhiqnin prirje të tjera, dhe e ëma ia hante shpirtin pareshtur në çdo letër që i shkruante. Meqë të dy po i përcaktonin gjithmonë e më saktë arsyet e dhimbjes së tyre, secili, sa më shumë fliste, ndizej nga pak në atë rrëfim të fshehtash që vinte duke u thelluar. Mirëpo nganjëherë ndaleshin para se të parashtronin plotësisht mendimin e tyre, dhe sakaq kërkonin mos të gjenin fjalinë më të përshtatshme për ta shprehur atë. Ajo nuk iu hap fare për dashurinë e zjarrtë që kishte pasur për një tjetër, ai nuk i tha se e kishte harruar.

Ndoshta atij nuk i binin më ndër mend darkat pas ballos, me femra të maskuara si punëtore ngarkim-shkarkimi; as asaj me sa dukej nuk i kujtoheshin takimet e njëhershme, kur vraponte mëngjeseve nëpër bar, drejt kështjellës së dashnorit të saj. Zhurmat e qytetit mezi arrinin deri tek ata; dhe dhoma dukej e vogël, tamam sa duhej për ta bërë edhe më intime vetminë e tyre. Ema, e veshur me peshtamall i kishte mbështetur flokët e mbledhur topuz mbi shpinën e kolltukut të vjetër; veshja prej letre të verdhë e murit krijonte një si sfond të artë mbrapa saj; dhe koka e zbuluar përsëritej në pasqyrë me vijën e bardhë në mes, ndërsa majat e veshëve i dilnin mbi flokë.

- Megjithatë të më falni, - i tha ajo, - po gabim është! Ju mërzita me ankesat e mia të përjetshme!

- Jo, jo, hiç fare!

- Ta dinit ju, - vazhdoi ajo duke ngritur nga tavani sytë e saj të bukur, ku i dridhej një pikë loti, - gjithë ato gjëra që kam ëndërruar!

- Po edhe unë ama! Oh! aq kam vuajtur! Shpesh herë dilja jashtë, ecja në këmbë, endesha buzë lumit, i trullosur nga zhurma e turmës, pa mundur ta largoja prej vetes atë që më qe ngulur në mend e s'më shqitej. Te një tregtar gravurash që e ka dyqanin në bulevard ka një gravurë italiane që tregon një Zanë. Ajo është e mbuluar me një tunikë dhe sodit hënën, ndërsa mbi flokët e lëshuar ka lule "mos më harro". Aty më shtynte pareshtur diçka, me orë të tëra kam qëndruar në atë vend.

Pastaj shtoi me një zë të dridhur: - Ajo ju ngjante pak juve.

Zonja Bovari ktheu kokën nga ana tjetër, që ai mos t'ia pikaste gazin e papërmbajtshëm që ndiente se po i ngjitej në buzë.

- Shpesh herë, - shtoi ai, - u shkruaja letra dhe pastaj i grisja.

Ajo nuk përgjigjej. Ai vazhdoi:

- Nganjëherë përfytyroja sikur ju sillte aty ndonjë rastësi. Më dukej sikur ju shihja në qoshe të rrugëve, dhe vrapoja mbrapa gjithë karrocave që u valëvitej në portë ndonjë shall,

ndonjë vel si juaji...
Ajo dukej se e kishte vendosur ta linte të fliste pa ia prerë asnjëherë fjalën. Duarkryq dhe kokulur, i kishte ngulur sytë te fjongoja e pantoflave të saj, dhe herë pas here ua lëvizte nga pak satenin me gishtat e këmbës. Megjithatë ajo tha duke psherëtirë:
- Ama s'ka më lemeri sesa ta shtysh si unë, me një jetë të kotë, apo jo? Po t'i hynin njeriu në punë këto dhimbjet tona, do të ngushëlloheshim të paktën me mendimin që u flijuam për diçka!
Ai filloi të lavdëronte virtytin, detyrën dhe flijimet e heshtura, ngaqë dhe si ai vetë e ndiente jashtëzakonisht shumë nevojën e përkushtimit, të cilën s'arrinte dot ta plotësonte.
- Do të kisha shumë dëshirë, - tha ajo, që të bëhesha murgeshë spitali.
- Për fat të keq, - u përgjigj ai, - burrat nuk kanë fare nga këto misione të shenjta, dhe s'di të ketë ndonjë profesion..., me përjashtim ndofta të atij të mjekut...
Ema me një të ngritur të lehtë të supeve ia preu fjalën që të ankohej për sëmundjen e saj nga e cila gati sa s'vdiq; çfarë tersi që s'kishte ndodhur ashtu! Tani nuk do të vuante më. Leonit iu ngjall në çast dëshira për të shijuar qetësinë e varrit, dhe bile, një mbrëmje, kishte shkruar testamentin e tij, duke lënë porosi që ta varrosnin të mbështjellë me atë mbulesën e bukur të krevatit, me shirita kadifeje, që ia kishte falur ajo; sepse të dyve ua kishte ënda që të ishte ashtu, meqenëse si njëri dhe tjetra ndërtonin një ideal mbi të cilin përshtatnin tani të kaluarën e tyre.
Veç kësaj, fjala është si makinë petëzimi që i zgjat gjithmonë ndjenjat.
Mirëpo kur ajo dëgjoi këtë sajim lidhur me mbulesën e krevatit, e pyeti: - Përse kështu?
- Përse?
Ai ngurronte.
- Sepse ju kam dashur shumë!
Dhe, duke u kënaqur me veten që e kapërceu vështirësinë, Leoni me bisht të syrit vërejti fizionominë e saj.
Ndodhi tamam si me qiellin kur një erë të fryjë, spastrohet nga retë. Grumbullimi i mendimeve të trishtuara që ia

errësonte sytë e kaltër, u duk sikur u fshi prej tyre; asaj i ndriti gjithë fytyra.

Ai ishte në pritje. Më në fund ajo u përgjigj:

-Vazhdimisht e kam marrë me mend një gjë të tillë...

Atëherë, i treguan njëri-tjetrit ngjarje të imëta të asaj pjese të largët të jetës së tyre, së cilës sapo ia kishin përmbledhur, me një fjalë të vetme, si kënaqësitë dhe melankolitë. Ai kujtonte tendën e kulprës, fustanet që kishte pasë veshur ajo, orenditë e dhomës, gjithë shtëpinë e saj.

- Po kaktuset tanë të shkreta, ç'u bënë? - I thau të ftohtët këtë dimër.

- Ah! Sikur ta dinit sa shumë kam menduar për ta! Shpesh i sillja parasysh si njëherë e një kohë, kur dielli, binte mëngjeseve verore mbi grilat e dritareve... dhe unë u shikoja krahët e zbuluar që futeshin nëpër lule.

- I gjori mik! - ia bëri ajo duke i nderur dorën.

Leoni, i ngjiti menjëherë buzët mbi të. Pastaj, si mori frymë thellë, vazhdoi:

- Në atë kohë, ju ishit për mua, as vetë s'e di se ç'forcë e pakuptueshme që më zaptuat gjithë jetën. Një herë për shembull, erdha te ju, por ju me siguri nuk ju kujtohet?

- Posi, më kujtohet, - i tha ajo, - vazhdoni.

- Ju ishit poshtë, në paradhomë, gati për të dalë, në shkallën e fundit, kishit bile edhe një kapelë me lulka të kaltra, dhe, pa më ftuar fare ju, unë s'e mbajta dot veten dhe ju shoqërova. Megjithatë, në çdo çast, e kuptoja gjithnjë e më mirë budallallëkun që kisha bërë, dhe vazhdoja të ecja pranë jush, pa guxuar t'ju ndiqja hap pas hapi, por dhe pa dashur që të ndahesha prej jush. Kur ju hynit në ndonjë dyqan unë rrija në rrugë, ju vështroja nga xhami tek hiqnit dorashkat dhe numëronit paratë mbi banak. Pastaj i ratë ziles së derës së shtëpisë së zonjës Tyvazh, ua hapën, dhe unë ndenja si ndonjë hajvan përpara portës së madhe e të rëndë që u mbyll sa hytë ju brenda.

Zonja Bovari, duke e dëgjuar, çuditej me vete që ishte plakur aq shumë, gjithë këto gjëra që i rishfaqeshin tani, i dukeshin sikur po i zgjeronin hapësirën e jetës dhe sikur hapnin para saj pafundësi ndjenjash ku i zhytej shpirti; dhe, herë pas here thoshte me vete, me zë të ulët dhe me qepalla gjysmë të mbyllura:

- Po, është e vërtetë!... Është e vërtetë!... Është e vërtetë...
Dëgjuan që ra ora tetë në sahatet e ndryshëm të lagjes Bovuazinë, e cila është e mbushur me pensione, kisha dhe hotele të mëdha të braktisura. Ata nuk flisnin më, mirëpo, duke vështruar njëri-tjetrin, ndienin në kokë një fëshfëritje, sikur nga bebëzat e syve të palëvizur t'u ishte shkëputur ndonjë gjë e zëshme. Ata ishin kapur prej duarsh; dhe atëherë si e kaluara e ardhmja, kujtimet e zbehta dhe ëndrrat u shkrinë të gjitha në ëmbëlsinë e kësaj ekstaze. Errësira po i përpinte tashmë muret, ku shkëlqenin akoma, gjysmë të venitura në terr, ngjyrat e ndezura të katër gravurave që tregonin katër skena të "Kullës së Nelit" , me shpjegime poshtë, në spanjisht dhe frëngjisht. Nga dritarja që hapej nga poshtë-lart, dukej një copë qiell i zi, midis çative me majë.

Ajo u ngrit e ndezi dy qirinj mbi komo, pastaj erdhi e u ul përsëri.

- Ah, kështu, po... - ia bëri Leoni.
- Po, po kështu! - iu përgjigj ajo.

Dhe ai vriste mendjen si ta rifillonte bisedën e ndërprerë, kur ajo i tha:

- Si shpjegohet që deri tani asnjeri nuk më ka shprehur kurrë ndjenja të tilla?

Sekretari ia dha me zë të lartë si për të protestuar që natyra ideale janë të vështira për t'u kuptuar me njëra-tjetrën. Ai vetë sa e kishte parë për herë të parë, e kishte dashuruar në vend, e kapte dëshpërimi kur mendonte për lumturinë që do të kishin për t'u lidhur me njëri-tjetrin për jetë të jetëve.

- Dhe unë e kam menduar një gjë të tillë, - i tha ajo.
- Ç'ëndërr e bukur! - pëshpëriti Leoni.

Dhe, duke prekur lehtë e lehtë me dorë shiritin e kaltër të brezit të saj të bardhë, ai shtoi:

- Po tani kush na pengon t'ia nisim nga e para?...
- Jo, miku im, - iu përgjigj ajo. - Jam tepër e moshuar... ju jeni tepër i ri...

harromëni! Kanë për t'ju dashur të tjera..., dhe ju keni për t'i dashur. - Jo si ju! - bërtiti ai.

- Sa kalama që bëheni! T'i lëmë këto, duhet të tregohemi me mend! Kështu dua unë!

Ajo i radhiti gjithë arsyet që e bënin të pamundur dashurinë e tyre dhe i tha se duhej të qëndronin, ashtu si më parë, brenda kufijve të miqësisë vëllazërore.

Me gjithë mend i nxirrte ajo këto fjalë nga goja? Siç dukej Ema që s'dinte as vetë se ç'thoshte ngaqë ndiente njëkohësisht kënaqësinë e magjepsjes që ushtronte dhe nevojën për t'u përmbajtur dhe, duke soditur djaloshin me sy të mallëngjyer, i sprapste me të butë ledhatimet e druajtura që orvatej t'i bënte ai me duar të dridhura.

- Ah! Më falni, - i tha ai duke u zmbrapsur.

Dhe Emën e pushtoi një tmerr i pakuptueshëm, përpara kësaj druajtje, e cila për të ishte më e rrezikshme sesa guximi burrëror i Rodolfit, kur ky i afrohej krahëhapur. Asnjë mashkull s'i ishte dukur kurrë ndonjëherë aq i hijshëm. Në sjelljen e tij spikaste një çiltërsi e shkëlqyer. Ai i ulte qerpikët e gjatë dhe të hollë, që i ktheheshin. Faqet me atë cipë të ëmbël nisën të skuqeshin, mendonte ajo, nga epshi që i ngjallej prej saj, dhe Ema ndiente një dëshirë të papërmbajtshme t'ia ngjiste buzët mbi to. Atëherë, duke u përkulur nga sahati sikur donte të shikonte orën, i tha:

- O zot, sa vonë është! Sa shumë paskemi llomotitur!

Ai e kuptoi se ku e hidhte fjalën ajo dhe kërkoi kapelën.

- Le që më doli fare nga mendja shfaqja! I shkreti Bovari që më la këtu posaçërisht për të! Do të më çonte aty bashkë me të shoqen e tij zoti Lormo, që banon në rrugën Gran-Pon.

Dhe e humbi rastin sepse do të largohej që të nesërmen.

- Vërtet? - tha Leoni. - Po.

- Sidoqoftë, unë duhet t'ju takoj përsëri, - vazhdoi ai, - kisha për t'ju thënë... - Çfarë?

- Diçka... të rëndësishme, serioze. Eh! Le që s'keni për të ikur, është e pamundur! Ta dinit ju... Dëgjomëni mua... Domethënë s'më paskeni kuptuar? S'paskeni marrë gjë me mend?...

- Megjithatë ju flisni bukur, - i tha Ema.

- Ah! Llafe koti! Boll, boll! Më jepni mundësinë, për mëshirë, t'ju shoh përsëri..., edhe një herë..., vetëm një herë.

- Po mirë!...

Ajo u ndal, pastaj, sikur po ndryshonte mendim, i tha:

- Oh! Jo këtu!

- Ku të doni ju.

- Doni...

Ajo u duk sikur po mendohej, dhe, me një ton të prerë, i

propozoi:
- Nesër, në orën njëmbëdhjetë, në katedrale.
- Aty do të më keni! - bërtiti ai duke i kapur duart, që ajo i tërhoqi.

Dhe, meqenëse të dy ndodheshin në këmbë, ai mbrapa saj dhe Ema me kokë ulur, ai u përkul nga ana e qafës dhe e puthi gjatë e gjatë në zverk.
- Po ju qenkeni fare! Oh! U marrosët! - i thoshte ajo, duke u kakarisur, ndërkohë që ai sa vinte dhe e puthte më dendur.

Pastaj, si ia afroi kokën përmbi supin e tij u duk sikur kërkonte pëlqimin nga sytë e saj. Shikimi i tyre ra mbi të plot me madhështi të akullt.

Leoni bëri tri hapa mbrapa për të dalë. Qëndroi te pragu i derës. Pastaj me një zë të dridhur, pëshpëriti:
- Mirupafshim nesër!

Ajo iu përgjigj me një shenjë koke dhe u zhduk si zog në dhomën përbri.

Në mbrëmje, Ema i shkroi sekretarit një letër jashtëzakonisht të gjatë, nëpërmjet së cilës i thoshte se nuk do ta mbante premtimin që kishte bërë për takimin: tashmë gjithçka kishte marrë fund, dhe, për hir të lumturisë së tyre, ata s'duhej të takoheshin më. Mirëpo kur e mbylli letrën, ajo u ndodh ngushtë, ngaqë nuk e dinte adresën e Leonit.
- Kam për t'ia dhënë vetë me dorën time, - tha ajo me vete; - ai do të vijë.

Të nesërmen, Leoni, me dritare hapur dhe duke kënduar lehtë e lehtë majë ballkonit, i lustroi vetë këpucët, dhe u dha disa duar. Veshi një palë pantallona të bardha, çorape të holla, një frak të blertë, hodhi në shami gjithë parfumet që kishte, pastaj, meqë kishte përdredhur flokët, i drejtoi në floktore që t'u jepte më shumë hijeshi natyrore.
- Qenka akoma shumë herët! - mendoi ai, duke shikuar sahatin e parukierit, që tregonte orën nëntë.

Lexoi një gazetë të vjetër mode, doli, piu një puro, u ra poshtë e lart tri rrugëve, dhe kur kujtoi se kishte ardhur koha u drejtua me ngadalë nga Sheshi i Shën Mërisë.

Ishte një mëngjes i bukur vere. Nëpër dyqanet e argjendarëve shndrisnin argjendurinat, dhe drita që binte pjerrtazi mbi katedrale hidhte vezullime në boshllëqet midis gurëve të përhirtë; në qiellin e kaltër, po vinte vërdallë si vorbull, rreth kambanave të vogla me tërfil të skalitur përsipër, një turmë zogjsh; sheshi që ushtonte nga britmat, kundërmonte erë lulesh si trëndafila, jaseminë, karafil, bathër dhe zhardhokë që zinin vend përreth kalldrëmit dhe që kishin midis tyre hapësira të pabarabarta të mbuluara me blerim të njomë bar zemre dhe çumize për zogjtë; në mes gurgullonte shatrivani, dhe nën çadra, midis pjeprave të vendosur njëri mbi tjetrin si piramida, shitëset kokëmbuluara mbështillnin me letër buqeta manushaqesh.

Djaloshi mori një prej tyre. Ishte hera e parë që ai blinte lule për një femër; dhe si u mori erë, kraharori iu mbush me krenari sikur ky nderim që e mendonte për dikë tjetër, t'i bëhej atij vetë.

Mirëpo kishte frikë se mos e shihnin, prandaj hyri pa ngurruar drejt e në kishë.

Në ato çaste mu te pragu, në mes të portës në të majtë, poshtë Marianës Vallëzuese qëndronte shërbyesi i kishës, me pendë në kokë, me shpatë varur deri mbi pulpë, me shkop shtrënguar në dorë, më madhështor se një kardinal dhe i shndritshëm si ndonjë putir i shenjtë.

Ai iu afrua Leonit dhe, me atë buzëqeshje dashamirëse mikluese që përdorin klerikët kur pyesin fëmijët, i tha:

- Zotëria juaj me siguri është i ardhur! Dëshiron gjë zotëria juaj të shohë kuriozitetet e kishës? - Jo, - ia preu ai.

Dhe në fillim u soll nëpër anijet anësore. Pastaj doli të shikonte te sheshi. Ema nuk po vinte. Ai u ngjit deri lart në vendin e korit.

Navata bashkë me anën e përparme të kubeve gotike dhe me disa pjesë të xhamtinës pasqyrohej në enët e mbushura me ujë të bekuar. Ndërsa refleksi i pikturave, që thyhej në buzë të mermerit, shtrihej më larg, mbi pllakat e dyshemesë, si ndonjë qilim i larmë. Nga të tri portat e hapura shtrihej brenda kishës në tri rreze të mëdha drita e jashtme. Herë pas here, në fund, kalonte ndonjë kandilonaft duke përthyer gjunjët pjerrtas para altarit, si besimtarët që nxitohen. Llambadarët e kristaltë rrinin varur pa lëvizur. Në vendin e korit digjej një llambë e argjendtë; dhe, nga kapelat anësore, dilnin nganjëherë ca si afshe psherëtimash, bashkë me zhurmën e thatë të një grile që ulej, duke jehuar nën kubetë e larta.

Leoni ecte me hapa të rëndë anës mureve. Kurrë ndonjëherë jeta nuk i ishte dukur aq e bukur. Pas pak do t'i vinte ajo, gjithë nur, e shqetësuar, duke përgjuar nga mbrapa vetes shikimet që e ndiqnin - dhe me fustanin me fruta, me syzat e arta, me këpucët e holla me qafa, me lloj-lloj stoli fisnikësh, që ai nuk i kishte shijuar ndonjëherë dhe me atë ngashënjim të pafundmë të nderit që dorëzohet. Kisha si një sallon intim zonjash, jashtë mase i madh, ishte gati ta priste atë; kubetë përkuleshin për të thithur në errësirë rrëfimin e dashurisë së saj: xhamatinat ngjyrangjyra shkëlqenin për të ndriçuar fytyrën e saj dhe temjanicat do të ndizeshin që ajo të dukej porsi një engjëll, në tymin e erërave të këndshme.

Megjithatë ajo nuk po vinte. Ai zuri vend në një karrige dhe sytë i ndeshën në një xham të kaltër mbi të cilin ishin pikturuar peshkatarë të ngarkuar me shporta. Ai e pa një copë herë të mirë me vëmendje, dhe numëronte luspat e peshqve dhe vrimat e kopsave të bluzave, ndërsa mendja i endej sa andej-këndej në kërkim të Emës.

Shërbyesi i kishës, i cili rrinte mënjanë, ziente nga përbrenda që ky njeri kishte marrë guximin ta sodiste vetë katedralen. I dukej sikur sillej tmerrësisht keq, sikur po e vidhte në njëfarë mënyre, dhe sikur gati po kryente ndonjë përdhosje.

Mirëpo ja një fëshfërimë mëndafshi mbi pllaka, strehë kapele, një mantel i zi... Ishte ajo; Leoni u çua dhe i doli me vrap përpara.

Ema ishte e zbehtë. Ajo ecte shpejt.

- Lexojeni! - it ha ajo duke i dhënë një fije letër... - Oh, jo!

Dhe tërhoqi përnjëherësh dorën, hyri në kishëzën e Shën Mërisë ku, si u ul në gjunjë pranë një karrigeje, nisi të lutej.

Djaloshi u zemërua nga kjo tekë fanatizmi fetar të tepruar pastaj ndjeu, megjithatë, njëfarë kënaqësie tek e shihte, në mes të takimit të dashurisë, të përhumbur nëpër lutje si ndonjë markezë andaluziane; por s'kaloi shumë dhe ai u mërzit, sepse ajo s'kishte të mbaruar.

Ema lutej, ose më saktë përpiqej të lutej, me shpresë se do t'i binte nga qielli ndonjë vendim i papritur dhe, që të siguronte ndihmën hyjnore, ngopte sytë me shkëlqimet e tabernakulit, thithte erën e shebojave të bardha që kishin çelur nëpër saksitë e mëdha, dhe dëgjonte gjithë vëmendje heshtjen e kishës, që vetëm sa ia shtonte më keq trazirën e zemrës.

Ajo po çohej, dhe që të dy po mateshin të dilnin, kur iu afrua me vrull shërbyesi i kishës, duke i thënë:

- Me siguri zonja është e ardhur? Dëshiron gjë zonja të shohë kuriozitetet e kishës?
- Epo jo! - bërtiti sekretari.
- Përse jo? - ndërhyri ajo.

Se ajo me nderin e saj të lëkundshëm kapej tani pas shën Mërisë, pas skulpturave, pas varreve, pas gjithfarë rastesh të mundshme.

Atëherë, shërbyesi, që t'i merrnin të gjitha sipas radhës, i çoi deri te hyrja, pranë sheshit, ku u tregoi me shkopin e tij, një rreth të madh me gurë të zinj, pa mbishkrime e skalitje.

- Ja, - tha ai me madhështi, - ky është qarku i kambanës së bukur të Ambuazës. Ajo peshonte dyzet mijë livra, S'e kishte shoqen në tërë Evropën.

Punëtori që e kishte derdhur, vdiq nga gëzimi...

- Hajde të ikim, - tha Leoni.

Shërbyesi nisi të ecte përsëri, pastaj si i arriti në kapelën e shën Mërisë, shtriu krahët me një gjest përmbledhës demonstrimi dhe, më krenar se ndonjë pronar tokash që të tregon pemët frutore, tha:

- Kjo pllakë e thjeshtë mbulon Pier dë Brezenë, zotërinë e Varenës dhe të Brisakut, mareshal i madh i Puatusë dhe governator i Normandisë, rënë në betejën e Monlerit më 16 korrik 1465.

Leoni kafshonte buzët, përplaste këmbët përdhe nga padurimi.

- Ndërsa në të djathtë, fisniku që shihni i mbuluar i tëri me hekur, hipur mbi atë kalë të ngritur arithi, është nipi i tij, Luigj dë Brezei, zotëria i Brëvalit dhe i Manshovesë, kont i Malëvriesë, baron i Monisë, shambelan i mbretit, kalorës i Urdhrit të Maltës, gjithashtu dhe ai guvernator i Normandisë, i cili vdiq më 23 korrik 1531, një të diel, siç thotë dhe mbishkrimi dhe, më poshtë, tabloja e këtij njeriu që gati për t'u futur në varr, tregon pikërisht po atë. Është e pamundur, apo jo, të shohësh një pasqyrim më të përsosur të hiçit?

Zonja Bovari vuri syzat. Leoni, pa lëvizur vendit, e

vështronte, pa u munduar më, bile, as t'i thoshte qoftë edhe një fjalë të vetme, të bënte qoftë edhe një lëvizje të vetme, aq shumë e ndiente veten të dëshpëruar përpara këtij qëndrimi të dyfishtë llafesh të pafundme dhe mospërfilljeje.

Ciceroni i pashqitshëm vazhdonte:

- Pranë tij, kjo grua që qan ulur në gjunjë, është bashkëshortja e tij, Diana dë Puatie, konteshë e Brezesë, dukeshë e Valantinuasë, që ka lindur në 1499 dhe ka vdekur më 1566, dhe, në të majtë, ajo që mban një fëmijë, është shën Mëria. Tani kthehuni nga kjo anë: Këto janë varret e Ambuazëve. Që të dy kanë qenë kardinalë dhe arkipeshkvë të Ruanit. Ai aty ishte ministër i mbretit Luigj XII. Ai i ka bërë shumë të mira katedrales. Tridhjetë mijë skude ari ka lënë me testament për të varfrit.

Dhe, pa u ndalur, e pa pushuar së foluri, ai i futi në një kapelë të mbushur deng me parmakë, largoi disa prej tyre, dhe zbuloi një si bllok, që mund të kishte qenë me siguri ndonjë shtatore e skalitur dosido.

- Ajo zbukuronte dikur, - tha ai me një ofshamë të gjatë, - varrin e Rikard Zemërluanit, mbret i Anglisë dhe dukë i Normandisë. Në këtë gjendje e katandisën, zotëri, kalvinistët. Nga shpirtligësia që kishin, e kishin futur nën dhe, poshtë fronit ipeshkvnor të imzotit. Ja kjo është dera nga ku hyn imzoti në banesën e tij. Le të shkojmë të shohim tani xhamtinat me fytyrën e dragoit.

Mirëpo Leoni nxori në çast një monedhë të bardhë nga xhepi dhe e kapi Emën prej krahu. Shërbyesi i kishës shtangu fare ngaqë nuk e kuptonte fare gjithë atë bujari të parakohshme, atëherë kur vizitorit i ngeleshin akoma gjithë ato gjëra për të parë. Prandaj, duke i thërritur të kthehej, i tha:

- Ej, zotëri! Shigjetën e majës!...
- Faleminderit! - ia ktheu Leoni.
- Zotëri, e keni gabim! Është katërqind e dyzet këmbë e lartë, nëntë më pak se sa piramida e madhe e Egjiptit. Është e derdhur e tëra në gizë, është...

Leoni po largohej; arsyeja ishte se i dukej sikur dashuria e tij, që, qysh prej gati dy orësh, kishte ngelur në vend pa lëvizur në kishë, si gurët, do të avullohej si ndonjë tym, nëpërmjet atij lloj qyngu të cunguar, kafazi stërgjatsh, oxhaku vrimavrima, që ngrihet mbi katedrale, si përpjekje e

marrë e ndonjë llamarinisti të fandaksur.
- Ku po shkojmë kështu? - i thoshte ajo.
Ai, pa iu përgjigjur, vazhdonte të ecte me hap të shpejtë dhe, ndërsa ajo po ngjyente gishtin në ujë të bekuar, dëgjuan nga mbrapa tyre një frymë gulçuese, që e ndërpriste rregullisht trokitja e një bastimi.
Leoni u kthye nga mbrapa.
- Zotëri!
- Çfarë?
Dhe dalloi shërbyesin e kishës që mbante nën krah dhe drejt mbi bark njërin sipër tjetrit nja njëzet libra të trashë të lidhur. Ishin vepra që flisnin për katedralen.
- Hajvan! - tha nëpër dhëmbë Leoni duke dalë fluturimthi nga kisha.
Te sheshi po luante një çunak.
- Shko më gjej një karrocë!
Kalamani u nis si shigjetë nëpër rrugën Katr-Van; atëherë ata ndenjën vetëm një copë herë, ballë për ballë dhe pak të sikletosur.
- Ah! Leon!... Me gjithë mend... s'e di... në duhet që unë...!
Ajo bënte naze. Pastaj, duke marrë një pamje më serioze, i tha:
- S'na ka hije fare, e dini apo jo?
- Në ç'drejtim? - i tha sekretari. - Kështu bëhet në Paris!
Dhe kjo fjalë, si një argument i pathyeshëm, e bëri të vendoste.
Ndërkaq, karroca nuk po vinte. Leoni kishte frikë se mos ajo kthehej në kishë. Më së fundi u duk karroca.
- Dilni së paku nga porta e veriut! - u thirri atyre shërbyesi, që kishte ndenjur te pragu, për të parë Ringjalljen, Gjyqin e fundit, Parajsën, Mbretin David, dhe të Mallkuarit në flakët e ferrit.
- Ku do të shkoni, zotëri? - pyeti karrocieri.
- Ku të doni ju! - i tha Leoni duke e shtyrë Emën në karrocë.
Dhe karroca e rëndë u nis.
Ajo zbriti nëpër rrugën Gran-Pon, përshkoi Sheshin e Arteve, Moli e Napoleonit, urën Nëf dhe u ndal mu përpara shtatores së Pier Kornejit.
- Vazhdoni! - bërtiti një zë që nga brenda.
Karroca u nis përsëri, dhe, duke u rrëmbyer, që në

udhëkryqin Lafajetë, nga e tatëpjeta, hyri me revan të madh në stacionin hekurudhor.
- Jo këtu, vazhdoni drejt përpara! - bërtiti i njëjti zë.
Karroca doli jashtë kangjellave, dhe pas pak, si mbërriti në Kur, eci me trok të lehtë, mes vidheve të mëdha. Karrocieri fshiu ballin, futi kapelën prej lëkure midis këmbëve dhe e nxori karrocën jashtë rrugëkalimeve, në buzë të lumit, në bar.
Ajo ecte anës lumit mbi shtegun e shtruar me çakëll ku tërhiqnin barkat dhe, vazhdoi kështu gjatë, nga ana e Uaselit, matanë ishujve.
Mirëpo papritmas, ajo kaloi vetëtimthi nëpër Katrëmari, Satëvilë, GrandShose, rrugën D'Elbëf dhe ndaloi për herë të tretë para kopshtit botanik.
- Ecni pra! - thërriste zëri më me tërbim.
Dhe menjëherë, si ia mori vrapit, ajo kaloi nëpër Sen-Sever, nga moli i Kyrandierëve, nga moli i Mëlit, edhe një herë tjetër nga ura, nëpër sheshin Shan dë mars dhe nga mbrapa kopshteve të spitalit, ku shëtisnin në diell, gjatë një tarrace të bleruar fund e krye nga lerthat, disa pleq të veshur me xhaketa të zeza. Ajo i ra përsëri bulevardit Bufrëj, përshkoi bulevardin Koshuaz, pastaj gjithë MonRibudenë deri në kodrën e Devilit.
Pastaj u kthye mbrapsht, dhe atëherë pa ndonjë plan e drejtim të caktuar, u end kuturu poshtë e lart. E panë në Sen-Pol, në Leskyrnë Mon-Gargan, në Ruzhe-Marë, dhe në sheshin Gajar-bua, në rrugën Maladreri, në rrugën Dinandëri, përpara Sen-Romenit, Sen-Vivienit, Sen-Maklusë, Sen-Nikezit, - përpara Doganës, - në Viej-Turën e poshtme, në Trua-Pipat dhe në Varrezën Monumentale. Herë pas here karrocieri, ulur mbi ndenjëse u hidhte kabareve nga një vështrim të dëshpëruar. Ai nuk e kuptonte se ç'qe ajo dalldisje për t'u vërdallisur që nuk i linte këta njerëz të ndaleshin gjëkundi. Nganjëherë ai bënte ndonjë provë, dhe në çast dëgjonte nga mbrapa britma zemërimi. Atëherë i fshikullonte edhe më keq të dy gërdallat e mbytura në djersë, pa ua vënë veshin lëkundjeve, duke e përplasur karrocën herë këtu e herë aty, pa pyetur fare i dëshpëruar dhe gati sa s'qante nga etja, lodhja dhe trishtimi.
Ndërsa në port, në mes të karrocave dhe fuçive, si dhe nëpër

rrugë e nëpër udhëkryqe njerëzit shqyenin sytë të habitur duke parë këtë gjë aq të pazakontë në provincë, një karrocë me perde të puthitura mirë dhe që kalonte vazhdimisht, më e mbyllur se një varr duke u lëkundur sa andej-këndej si ndonjë anije.

Për një çast, në mes të ditës, në fushë të hapur, atëherë kur dielli i hidhte rrezet më fort mbi fenerët e vjetër ngjyrë argjendi, që nën perdet e vogla prej bezeje të verdhë doli një dorë lakuriq dhe hodhi disa copa letrash, që u shpërndanë në erë dhe u lëshuan përdhe më larg, si flutura të bardha, mbi një fushë gjithë tërfila të kuq të çelur.

Pastaj, rreth orës gjashtë, karroca u ndal në një rrugicë të lagjes Bovuazinë, dhe zbriti një grua që ecte me vel të lëshuar mbi fytyrë, pa e kthyer kokën.

II

Kur mbërriti në han, zonja Bovari u çudit që nuk e pa karrocën e postës. Iveri që e kishte pritur pesëdhjetë e tri minuta, më në fund kishte ikur.

Megjithatë asgjë nuk e shtrëngonte që të nisej; mirëpo kishte dhënë fjalën që do të kthehej atë mbrëmje. Për më tepër e priste edhe Sharli dhe tashmë ndiente në zemër atë përulje të fëlliqur që, për shumë gra, është njëkohësisht si ndëshkim dhe shpërblesë e shkeljes së kurorës.

Shpejt e shpejt bëri gati valixhen, pagoi llogarinë, mori me qira një kaloshinë dhe, duke e nxitur karrocierin, duke i dhënë atij zemër, duke e pyetur në çdo çast për orën dhe kilometrat e bëra, arriti ta kapte Dallëndyshen aty te shtëpitë e para të Kinkapmuasë.

Sa zuri vend në një qoshe, mbylli sytë dhe i hapi rrëzë kodrës, ku dalloi nga larg Felisitenë, e cila kishte dalë në plan të parë përpara shtëpisë së nallbanit. Iveri i mbajti kuajt dhe kuzhinierja, duke u ngritur me majë të gishtërinjve deri te dritarja, i tha tinës:

- Zonjë, duhet të shkoni menjëherë te zoti Ome. Është fjala për një punë.

Fshati ishte i qetë si zakonisht. Në qoshe të rrugëve, kishte pirgje të vogla ngjyrë trëndafili që nxirrnin avull, sepse ishte koha e reçelrave dhe të gjithë në Jonvil, e përgatisnin zahirenë e tyre në të njëjtën ditë. Mirëpo përpara dyqanit të farmacistit, të binte në sy një pirg shumë më i madh, që ua kalonte gjithë të tjerëve, ashtu si një laborator që del mbi kuzhinat shtëpiake, si nevoja e përgjithshme që vihet mbi tekat vetjake.

Ajo hyri. Kolltuku i madh ishte kthyer përmbys, bile dhe "Feneri i Ruanit" ishte lënë përdhe, midis dy havanëve. Ajo shtyu derën e korridorit dhe, mu në mes të kuzhinës, midis qypave të murrmë, plot me rrush frëngu të shkërmoqur, me sheqer të shtypur, me sheqer me kokërr, midis peshoreve mbi tryezë, tasave në zjarr, asaj i zunë sytë të gjithë Ometë, të mëdhenj e të vegjël, me përparëse që u vinin deri në fyt dhe me pirunj në duar. Justini që qëndronte në këmbë, e mbante kokën ulur, kurse farmacisti i bërtiste:

- Kush të tha ta marrësh në kafarnaum.
- Po pse? Çfarë ka?
- Çfarë ka? - u përgjigj farmacisti. - Ja po bëjmë reçelra; ato po vlojnë; mirëpo ishin gati duke u derdhur dhe unë urdhërova të më sillnin një enë tjetër. Ndërsa ai nga plogështia, nga përtacia, ka shkuar e ka marrë, në laboratorin tim, varur në gozhdë, çelësin e kafarnaumit!

Kështu e quante farmacisti një depo, nën çati, të mbushur plot me enë dhe me sende të zanatit të tij. Shpesh herë ai rrinte vetëm aty për orë të tëra duke ngjitur etiketa, duke hedhur lëngje nga një enë në tjetrën, duke paketuar; dhe e mbante atë jo si ndonjë magazinë të thjeshtë, por si ndonjë vend me të vërtetë të shenjtë, prej të cilit dilnin pastaj, të përpunuara nga duart e tij gjithfarë hapesh, kokrrash të mëdha vezake, çajra bimësh, locionesh e shurupesh, që do t'ia hapnin famën rreth e përqark. S'linte njeri të fuste këmbët aty brenda; madje aq shumë e nderonte ai atë zgëq sa e pastronte vetë me fshesë në dorë. Në fund të fundit, nëse farmacia që i kishte dyert të hapura për këdo, ishte vendi ku ai nxirrte sheshit krenarinë e tij, kafarnaumi ishte streha, ku Omeu, duke u përqendruar vetë shkrihej i tëri nga kënaqësia që i jepte kryerja e punëve më të çmuara; prandaj hutimi i Justinit i dukej kulmi i mungesës së respektit; dhe më i kuq në fytyrë se rrushi i frëngut, ai e ngrinte e ulte:

- Po, atë të kafarnaumit! Çelësin që mbyll acidet dhe alkalet

kaustike! Të marrë tjetri një tas që e mbaj rezervë! Një tas me kapak, dhe që ndofta s'kam për ta përdorur kurrë! Çdo gjë ka rëndësinë e vet në veprimet delikate të mjeshtërisë sonë! Po dreqi e mori! Ja që duhen bërë dallime dhe mos përdoren për nevoja thuajse shtëpiake ato që janë të caktuara për nevoja farmaceutike. Është njësoj si të presësh copa-copa një pulë me skalpel, me bisturi, njësoj si gjykatësi të...
- Po qetësohu tani! - i thoshte zonja Ome.
Ndërsa Atalia, duke e tërhequr nga redingota, e thërriste:
- Babi! Babi!
- Jo, lërmëni! - vazhdoi farmacisti, - lërmëni! Dreqi ta hajë! Më mirë të bëhesh bakall, për fjalë të nderit! Hajde, jepi kështu! Mos përfill asgjë! Thyej! Sakato! Le të ikin shushunjat! Digj mullagat! Vër kastraveca turshi nëpër enë qelqi! Gris fashat!
- Por ju kishit për të...? - i tha Ema.
- Pastaj? E di ti ç'rrezik të kanosej?... S'të zunë gjë sytë, në qoshe, në të majtë, në raftin e tretë? Fol, përgjigju, nxirr një fjalë nga goja!
- Nuk... e di, - belbëzoi djaloshi.
- Ah! Nuk e ditke! Mirë pra, e di unë atëherë! E pe një shishe qelqi të kaltër, të vulosur me dyllë të verdhë, që ka brenda pluhur të bardhë, mbi të cilën kam shkruar: I rrezikshëm! dhe e di ti se ç'ka aty? arsenik! dhe ti shkove dhe e preke, more një enë që ishte ngjitur me të!
- Ngjitur me të, - bërtiti zonja Ome duke lidhur duart, - arsenik? do të na helmojë të gjithëve!
Dhe fëmijët filluan të lëshonin ca klithma sikur të ndienin në bark dhimbje të llahtarshme.
- Ose do të helmoje ndonjë të sëmurë! - vazhdonte farmacisti. - Doje që unë të shkoja në bankën e të akuzuarve si kriminel në gjyq? Të më shihje që më hiqnin zvarrë për në gijotinë? Pse s'e dije ti se me sa kujdes i ambalazhoj e magazinoj unë gjërat, ndonëse kësaj pune ia kam marrë dorën si jo më mirë? Shpesh herë më zë tmerri edhe mua vetë, kur mendoj për përgjegjësinë që kam përsipër! Sepse na merr shpirtin qeveria, dhe ligjet absurde që janë shkruar për ne na qëndrojnë mbi kokë si shpata e Damokleut!
Emës nuk i shkonte më mendja të pyeste se përse e donin, ndërsa farmacisti s'pushonte me fjalët e tij të rrëmbyera:

- Ja sa mirënjohës je për të mirat që të kemi bërë! Ja si ma shpërblen kujdesin atëror fund e krye që s'ta kam kursyer asnjëherë! Sepse ku do të ishe pa mua? Ç'do të bëje? Kush të ushqen, të edukon, të vesh e t'i siguron të gjitha që të zësh dhe ti një ditë, me nder, një vend në shoqëri? Mirëpo që të arrish këtë, duhet të të rrjedhë djersa çurg ta kapësh lopatën e lundrës e të mos lëshosh, dhe të të bëhen, si i thonë fjalës, duart kallo: Fabricando fit faber, age quad agis.

Aq i pezmatuar ishte sa thoshte citate latine. Kishte për të thënë dhe në kinezçe e në groenlandisht po t'i kishte njohur këto dy gjuhë; sepse e kishte zënë një nga ato kriza gjatë të cilave tërë shpirti nxjerr pa dallim gjithë ç'mban përbrenda, si oqeani që, në stuhi, hapet që nga leshterikët e brigjeve deri në rërën e humnerave të tij.

Dhe vazhdoi:

- Kam filluar të pendohem si dreqi që të mora ty përsëri! S'do mend që do të kisha bërë më mirë të të lija qysh atëherë të qelbeshe në mjerimin dhe zhulin ku linde! S'ke për të vlejtur kurrë për gjë tjetër ti, veçse për të ruajtur bagëtitë me brirë! Për shkencat s'ta pret fare. Edhe një etiketë mezi e ngjit! Dhe prapëseprapë këtu, tek unë jeton, pallë ariu bën, porsi veshka në mes të dhjamit je, ha e pi si ta ka qejfi!

Mirëpo Ema, duke u kthyer nga zonja Ome pyeti: - Më njoftuan të vij...

- Oh! O zot! - e ndërpreu atë, ajo zonjë grua e trishtuar në fytyrë, si t'ju them?... Kjo është fatkeqësi! Ajo s'e mbaroi fjalën. Farmacisti sokëllinte:

- Zbraze! Laje! Çoje në vend! Nxito të them!

Dhe duke tundur e shkundur prej jakës së bluzës Justinin, këtij i ra nga xhepi një libër.

Djali u përkul. Mirëpo Omeu u tregua më i shpejtë dhe, si e mori librin, nisi ta shikonte gjithë vëmendje, me sy të çakërryer dhe me gojë hapur.

- Dashuria... bashkëshortore! - tha ai duke i ndarë me ngadalë këta dy fjalë. - Ah! shumë mirë! bukur fort! Paska edhe ilustrime! Ah! Kjo na qenka, ç'na qenka!

Zonja Ome iu afrua.

- Jo, mos e prek!

Fëmijët deshën të shihnin figurat.

- Dilni jashtë! - i urdhëroi ai prerazi.

Dhe ata dolën.

Në fillim i ra dhomës kryq e tërthor me hapa të mëdhenj, librin e mbante të hapur në duar, sytë i vërtiste rreth e rrotull, frymë mezi merrte, fytyra i ishte buhavitur gati sa s'i binte pika. Pastaj shkoi drejt e te çiraku dhe, si u ngul pincë mu para tij, me duar kryq, i tha:

- Po s'paske lënë ves pa marrë, mor fatzi e punëzi?... Ki kujdes se po merr rrokullimën!... Si s'ta preu mendja që ky libër i ndyrë, mund t'u binte në dorë fëmijëve, të m'u fuste xixën në tru, t'm'i cenonte pastërtinë. Atalisë, të më prishte Napoleonin! Ai është burrë tani. Të paktën, a je i sigurt që nuk e kanë lexuar? Ma vërteton dot këtë?...

- Po hë, zotëri, - ia bëri Ema, - kishit gjë për të më thënë?...

- Po, tamam, zonjë... Ju ka vdekur vjehrri!

Dhe me të vërtetë, xha Bovariu kishte vdekur para dy ditësh, papritmas, nga apopleksia, kur po ngrihej nga tryeza, ndërsa Sharli, nga kujdesi i tepërt për Emën si e ndjeshme që qe, i ishte lutur zotit Ome t'ia thoshte me kujdes këtë lajm të tmerrshëm.

Dhe ai e kishte rrahur me mendje mirë e mirë fjalinë, e kishte rrumbullakosur, limuar, i kishte futur ritëm; ishte një kryevepër urtësie dhe parashtrimi të shkallëshkallshëm, shprehjesh të holla dhe takti; mirëpo inati doli mbi retorikën.

Ema, që s'kërkoi të mësonte më tej ndonjë hollësi, doli më në fund nga farmacia; sepse Omeu ia nisi përsëri nga qortimet. Megjithatë, filloi të binte, dhe, tashmë murmuriste me një ton atëror:

- Jo se e hedh poshtë krejtësisht këtë vepër! Autori i saj ka qenë mjek. Aty ka disa anë shkencore që burri s'bën keq t'i dijë, dhe, do të thosha, duhet t'i dijë. Por më vonë, më vonë! Prit të paktën të bëhesh njëherë vetë burrë dhe të piqesh si karakter.

Kur Ema i ra çokut të derës të shtëpisë, Sharli që e priste i doli përpara me krahëhapur dhe i tha me zë të përvajshëm:

- Ah! Moj e dashur...

Dhe u përkul me ngadalë për ta puthur. Mirëpo sa i ndjeu buzët e tij, atë e pushtoi kujtimi i atij tjetrit, dhe vuri dorën mbi fytyrë duke u dridhur e tëra. Megjithatë, i ktheu një përgjigje.

- Po, e di... e di.

Ai i tregoi letrën, me anën e së cilës e ëma i tregonte ndodhinë, pa kurrfarë hipokrizie sentimentale. Vetëm se i vinte keq që të shoqit nuk iu bënë shërbimet fetare, ngaqë vdekja e rrëmbeu në Dudvilë, mu në mes të rrugës, në pragun e një lokali, pas një dreke patriotike me ca ish-oficerë.

Ema ia ktheu letrën, pastaj në darkë, për njerëzi, u shtir sikur i vinte vështirë të hante. Mirëpo, meqë ai e nxiste, nisi të hante përsëri mbarë, ndërsa Sharli, përballë saj, rrinte pa lëvizur, i dërrmuar shpirtërisht.

Herë pas here, si ngrinte kokën, i hidhte asaj një vështrim të gjatë me sytë gjithë pikëllim. Në një çast i tha duke psherëtirë:

-Doja, ta shihja edhe njëherë!

Ajo heshtte. Më në fund, si e kuptoi që duhej të fliste, e pyeti:

- Ç'moshë kishte babai yt? - Pesëdhjetë e tetë!
- Ah!

Dhe kjo qe e gjitha.

Pas një çerek ore, ai shtoi:

- Po e shkreta nënë?... Si do të vejë halli i saj tani? Ajo bëri një gjest për t'i thënë se nuk e dinte.

Duke e parë aq të heshtur, Sharli kujtonte se ajo ishte e pikëlluar dhe e shtrëngonte veten të mos nxirrte fjalë nga goja, që të mos ia acaronte më keq atë dhimbje që e kishte prekur thellë. Megjithatë, duke mposhtur të vetën, e pyeti: - U kënaqe dje?

- Po.

Kur ngritën mbulesën, as Bovariu, as Ema nuk u çuan nga tryeza dhe sa më shumë e shikonte të shoqin në fytyrë, monotonia e asaj pamjeje po i fshinte ca nga ca nga zemra çdo ndjenjë mëshire. I dukej ngordhalaq, i dobët, një zero, me një fjalë një i mjerë nga të gjitha anët. Si të shpëtonte prej tij? S'kishte të mbaruar ajo mbrëmje! Po e mpinte të tërën diçka topitëse si të ishte avull opiumi.

Dëgjuan në korridor trokitjen e thatë të një bastuni mbi dërrasa. Ishte Hipoliti që po sillte plaçkat e zonjës. Për t'i lënë ato, përshkoi me mundim të madh një çerek rrethi e këmbën e tij të drunjtë.

"As që i vete më mendja!" - thoshte me vete ajo duke vështruar atë të gjorin, që i kullonin pika djerse nga flokët e dendur kuqalashë.

Bovariu kërkonte në fund të qeses së vet ndonjë kacidhe, dhe, pa e bërë veten se e ndiente se sa poshtëruese ishte për të edhe vetëm prania e atij njeriu që qëndronte aty në këmbë, si qortim i gjallë ndaj marrëzisë së tij të pashërueshme, sa vuri re mbi oxhak manushaqet e Leonit, tha:

— Pa shih! Paske një alamet buqete të bukur!

— Po, — u përgjigj ajo me mospërfillje, — i bleva qëparë... te një lypsare.

Sharli i mori manushaqet dhe, duke freskuar me to sytë e skuqur nga lotët, u merrte erë lehtë-lehtë. Ajo ia rrëmbeu nga dora, dhe shkoi t'i vendoste në një gotë me ujë.

Të nesërmen, mbërriti zonja Bovari, nëna. Ajo bashkë me të birin qanë shumë. Ema, duke nxjerrë si shkak se do të bënte disa porosi, u zhduk.

Ditën tjetër, vranë mendjen së bashku për punët e zisë. Shkuan e u ulën, me gjithë kutinë e punëdores, në anë të lumit, nën tendë.

Sharli mendonte për të atin dhe çuditej me vete që ndiente gjithë atë dashuri për atë njeri, të cilin kishte kujtuar se deri atëherë e kishte dashur fare pak. Zonja Bovari, nëna mendonte për të shoqin. Edhe ditët më të këqija të shkuara i dukeshin tani se ishin për t'i pasur zili. Gjithçka po shuhej përballë dhimbjes instinktive që ndiente, ngaqë ia kishin kaluar aq gjatë bashkë të mësuar me njëri-tjetrin; dhe, herë pas here, ndërsa shtynte gjilpërën, i zbriste një pikë e madhe loti gjatë hundës dhe i qëndronte aty e varur për një çast. Ema mendonte se s'kishte as dyzet e tetë orë që ata të dy kishin qenë bashkë, larg syve të botës, të dalldisur, që s'kishin të ngopur së sodituri njëri-tjetrin. Përpiqej të sillte ndër mend hollësitë më të imëta të asaj dite të shkuar. Mirëpo e turbullonte prania e vjehrrës dhe e të shoqit. Qejfi ia kishte të mos dëgjonte më asgjë, të mos shihte asgjë, që të mos shqetësohej gjatë prehjes shpirtërore që ndiente duke përjetuar çaste nga ajo dashuri e cila, sido që të bënte ajo, vinte duke u fikur, prej ndijimeve të jashtme.

Ajo shqepte astarin e një fustani, fijet e të cilit përhapeshin rreth saj; nëna Bovari, pa i ngritur sytë, kërciste gërshërët, ndërsa Sharli, me pantoflat prej cohe të trashë dhe me redingotën e vjetër të murrme që e mbante si petk dhome, rrinte me duar në xhepa dhe nuk fliste as ai; aty pranë tyre, Berta, me përparëse të vogël të bardhë, gërryente me lopatë rërën e udhëkalimeve.

Papritmas, panë të hynte nga trina zotin Lërë, tregtarin e stofrave.

Kishte ardhur t'u shprehte gatishmërinë për t'i ndihmuar me shërbimet e tij, duke pasur parasysh gjëmën që i gjeti. Ema i tha se s'kishte nevojë për gjë. Tregtari nuk e quajti veten të mundur.

- Ju kërkoj një mijë herë të falur, - iu përgjigj ai, - kisha dëshirë të bisedoja veças me ju.

Pastaj, me zë të ulët shtoi:

- Lidhur me atë çështjen..., a e dini?

Sharli u bë flakë i kuq deri në majë të veshëve.

- Ah! po..., vërtet.

Dhe, i turbulluar siç ishte, u kthye nga e shoqja:

- Nuk do të mundje dot... e dashur...?

Ajo u duk që e kuptoi, sepse u ngrit, dhe Sharli i tha së ëmës:

-S'është gjë fare! Me siguri është fjala për ndonjë vogëlsi shtëpiake.

Ai s'donte kurrsesi që ajo ta merrte vesh punën e kambialit, sepse i ruhej qortimeve të saj.

Porsa u ndodhën vetëm për vetëm, zoti Lërë, nisi ta përgëzonte Emën, me fjalë mjaft të drejtpërdrejta, për trashëgiminë, pastaj zuri të fliste për gjëra të parëndësishme, për pemët frutore, për vjeljet dhe për shëndetin e tij, që i shkonte gjithmonë ja ashtu herë mirë e herë keq. Dhe me të vërtetë atij po i binte bretku duke punuar, ndonëse, pavarësisht se ç'thoshin të tjerët, s'nxirrte fitim as sa të lyente bukën me gjalpë.

Ema e linte të fliste. Kishte dy ditë që po mërzitej jashtëzakonisht shumë!

- Dhe ja tani jeni shëruar plotësisht? - vazhdoi ai. - Për besë, i shkreti burri juaj, e pashë vetë që u trondit rëndë atëherë! Është njeri shumë i mirë, megjithëse bashkë kemi bërë fjalë.

Ajo e pyeti se për çfarë kishin bërë fjalë, sepse Sharli nuk i kishte treguar që kishte kundërshtuar ta furnizonte atë me mallrat e tij.

- Po ju e dini mirë! - i tha Lërëi. E kishim për ato kërkesat tuaja të vogla, për çantat e udhëtimit.

Ai e kishte ulur kapelën mbi sy, dhe, me duart lidhur mbrapa shpine, duke buzëqeshur e fërshëllyer lehtë e lehtë, e vështronte atë mu në sy, në mënyrë të padurueshme. T'i kishte rënë në erë ndonjë gjëje? Ajo u hallakat në gjithfarë dyshimesh. Megjithatë, më në fund, ai e mori fjalën përsëri:

- Tani jemi pajtuar, dhe erdha prapë t'i propozoj një ujdi.

Gjithë puna ishte ta përsëriste kambialin e nënshkruar nga Bovariu. Zotëria, tek e fundit, do të vepronte si t'i vinte për mbarë; s'kishte pse ta prishte gjakun, sidomos tani që do të kishte një mal me telashe.

- Madje, do të bënte më mirë, t'ia linte këtë barrë ndonjë tjetri, juve, për shembull, me një prokurë, do të ishte e udhës, dhe atëherë ne të dy së bashku do të bënim tregtira të vogla...

Ajo s'kuptonte gjë. Ai heshti. Pastaj, duke kaluar në tregtinë e ti, Lërëi tha se zonja s'duhej të rrinte pa marrë diçka. Ai do t'i dërgonte një stof të bukur leshi të zi, dymbëdhjetë metra, sa për të bërë një fustan.

- Ky që keni është i mirë për në shtëpi. Ju duhet një tjetër për vizita. E pikasa unë me të parën, kur hyra brenda. Kam sy amerikani unë.

Stofin nuk e dërgoi me njeri, por erdhi e solli vetë. Pastaj u duk përsëri për ta matur; erdhi sërish kaq e kaq herë me shkaqe të tjera në majë të gjuhës, duke u përpjekur, në çdo rast, të tregohej dashamirës, i gjindshëm, duke u vetëkthyer në vasal, siç do të kishte thënë Omeu, dhe vazhdimisht duke i futur kalimthi në vesh Emës këshilla lidhur me prokurën. Kambialin s'e zinte fare në gojë. Ajo as që mendonte për të; Sharli, kur ajo filloi ta merrte veten pas sëmundjes, diçka i kishte përmendur për këtë çështje; mirëpo asaj ia kishin tronditur mendjen aq shumë tallaze, saqë nuk i kujtohej më gjë për të. Bile ajo iu shmang çdo bisede për punë parash; nëna Bovari u çudit dhe e shpjegoi këtë ndryshim të gjendjes së saj me ndjenjat fetare që kishte fituar gjatë sëmundjes.

Mirëpo, sapo iku ajo, Ema e mahniti Bovariun me arsyetimin e saj të shëndoshë praktik. Lindte nevoja për të marrë të dhëna, për të verifikuar hipotekat, për të parë nëse ishte rasti për ndonjë shitje në ankand apo për ndonjë likuidim.

Ajo përdorte terma teknike, si t'i vinte për mbarë, shqiptonte fjalë të mëdha për rregull, për të ardhmen, për parashikime dhe i frynte vazhdimisht telashet e trashëgimisë: deri sa një ditë, i tregoi atij modelin e një prokure të përgjithshme "për të drejtuar dhe qeverisur çështjet e tij tregtare, për të rregulluar gjithë huatë, për të nënshkruar dhe xhiruar gjithë kambialet, për të paguar gjithë shumat e parave, etj."

Ajo kishte përfituar nga mësimet e Lërëit.

Sharli, e pyeti pa djallëzi nga vinte ai dokument.

- Nga zoti Gijomen.

Dhe, me gjakftohtësinë më të madhe, ajo shtoi:

- Nuk i zë shumë besë, atij. Sa të keq e kanë namin noterët! Ndofta të këshilloheshim... Njohim vetëm... Oh! Asnjeri.

- Vetëm në qoftë se Leoni..., - u përgjigj Sharli, që po vriste mendjen.

Mirëpo ishte e vështirë të merreshin vesh me letra. Atëherë ajo u tregua e gatshme ta bënte këtë udhëtim. Ai gjithë mirësjellje i tha se s'ishte punë për të. Ajo ngulmoi. U ndeshën kush e kush të tregohej më dashamirës ndaj tjetrit. Më në fund, ajo bërtiti me një zë kundërshtues të shtirur:

- Jo, të lutem, jam për të shkuar unë.

- Sa e mirë që je! - i tha ai, duke e puthur në ballë.

Që të nesërmen, ajo ia hipi Dallëndyshes, për në Ruan që të këshillohej me zotin Leon; dhe qëndroi aty tri ditë.

III

Ishin tri ditë të mbushura plot e përplot, të mrekullueshme, të shkëlqyera, një muaj mjalti i vërtetë.

Ndenjën në Hotel Bulonja, në port. Dhe jetonin aty, me grila të ulura me dyer të mbyllura, me lule përdhe dhe me shurupe me akull, që ua sillnin që në mëngjes.

Rreth mbrëmjes, merrnin një barkë të mbuluar dhe shkonin hanin darkë në një ishull.

Ishte koha kur pranë kantiereve, dëgjohej oshtima e çekiçëve prej druri që i binin skafit të anijeve. Tymi i ziftit dilte midis pemëve dhe mbi lumë dukeshin pika të mëdha vajore, që valëzoheshin në përmasa të pabarabarta nën dritëngjyrën e purpurt të diellit, si pllaka lundruese bronzi fiorentinas.

Ata zbrisnin midis barkave të lidhura me ballamarë, kavot e gjata e të përkulura të të cilave ciknin paksa pjesën e sipërme të barkës së tyre.

Dalëngadalë fashiteshin gjithë zhurmat e qytetit, si rrakezhdraket e karrocave, gumëzhitja e zërave, hamullitjet e qenve mbi kuvertat e anijeve. Ajo hiqte kapelën dhe dilnin të dy në ishullin e tyre.

Zinin vend në sallën e ulët të një mejhaneje që kishte varur në derë rrjeta të zeza. Hanin salmon të fërguar, krem dhe qershi. Shtriheshin në bar, putheshin mënjanë nën plepa; dhe qejfi ua kishte të jetonin përgjithmonë, si dy Robinsonë, në këtë vend të vogël që u dukej, në lumturim e sipër, më i mrekullueshmi në rruzullin tokësor. S'ishte hera e parë që shihnin pemë, qiell të kaltër, bar të njomë, që dëgjonin gurgullimën e ujit dhe flladin që frynte në gjethnajë; mirëpo me siguri, kurrë ndonjëherë nuk i kishin soditur të gjitha këto, sikur të mos kishte ekzistuar natyra më përpara, ose sikur të kishte filluar të bëhej e bukur vetëm qysh nga nginja e epsheve të tyre.

Kur binte nata, ata ktheheshin. Barka kalonte bregut të ishujve. Ata rrinin që të dy në fund, të fshehur në errësirë, në heshtje të plotë. Rremat katrore kërcisnin mes unazave të hekurta; dhe e thyenin qetësinë si ndonjë rënie ritmike metronomi, ndërkohë që nga mbrapa maja e timonit që hiqej zvarrë nuk e pushonte pllaquritjen e lehtë dhe të ëmbël në ujë.

Një herë doli hëna; dhe ata nuk e humbën rastin për të thurur fjalë të bukura duke thënë se ai trup qiellor u dukej melankolik dhe plot poezi; bile ajo nisi të këndonte:

Një mbrëmje, a të kujtohet? ne lundronim, etj.

Zëri i saj i harmonishëm dhe i dobët shuhej nëpër valë, dhe era i merrte me vete dridhjet zanore që Leoni i dëgjonte tek kalonin, si përplasje krahësh rreth tij.

Ajo i rrinte përballë, mbështetur në një nga çatmat ndarëse të barkës, ku drita e hënës hynte nëpërmjet njërit prej kanateve të hapura. Fustani i zi, palat e të cilit vinin duke u zgjeruar në trajtë freskoreje, e tregonte më të hollë dhe më të gjatë. Kokën e mbante ngritur, duart të lidhura, dhe sytë lart nga qielli. Nganjëherë hija e shelgjeve e fshihte të tërën, pastaj dukej papritmas përsëri, si ndonjë vegim, në dritën e hënës. Leoni, ulur përdhe pranë saj, ndeshi nën dorë një shirit mëndafshi të kuq. Varkëtari e vërejti mirë e mirë dhe më në fund tha:

— Ah! Duhet ta kenë lënë ata që shëtita një ditë më parë. Ishin një dorë e mirë shakatarësh, zotërinj e zonja, që erdhën këtu me ëmbëlsira, me shampanjë, me bori të vogla, me dreq e shejtan! Pale njëri, një shtatlartë dhe i bukur, me ca mustaqe të vogla sa i lezetshëm që ishte! Të gjithë i thoshin: "Hajde, tani na trego ndonjë gjë..., Adolf...; Dodolf..." më duket. Asaj i hipi një dridhmë.

— Mos je pa qejf? — e pyeti Leoni duke iu afruar.

— Oh! S'kam gjë. Me siguri e ka fajin ajri i freskët i natës.

— ...dhe që s'duhet t'i ecte keq dhe me femrat, — shtoi me ngadalë lundërtari plak, duke kujtuar se po i thoshte ndonjë gjë të hijshme të panjohurit.

Pastaj, si pështyu duart, i rroku rremat përsëri.

Por ja që duhej të ndaheshin! Përshëndetjet ishin të trishtueshme. Letrat ai duhej t'i dërgonte te teto Roleja dhe udhëzimet që i dha ajo për zarfin e dyfishtë ishin aq të përpikta saqë ai ngeli pa mend fare nga dinakëria e saj në dashuri.

— Kështu pra, ti thua se gjithçka është në rregull? — i tha ajo kur u puthën për herë të fundit.

— Po, sigurisht! Po pse vallë, — mendoi ai me vete më pas, kur po kthehej vetëm nëpër rrugë, — t'i japi gjithë atë rëndësi kësaj prokure?

IV

S'kaloi shumë kohë dhe Leoni filloi të mbahej mbi shokët, i shmangej shoqërisë me ta, dhe i la krejt pas dore dosjet.

Letrat e saj i priste, i lexonte dhe i rilexonte. I shkruante asaj. E sillte atë ndër mend me gjithë ofshin e epsheve dhe kujtimeve të tij. Në vend që dëshira për ta parë sërish t'i zbehej, meqë e kishte larg, i shtohej më keq, aq sa një të shtunë në mëngjes iku nga zyra.

Kur nga maja e kodrës shqoi në luginë kambanën e kishës me flamurin e saj prej llamarine që vërtitej nga era, ndjeu atë lloj kënaqësie të përzier me fryrje ngadhënjyese dhe me përmallim egoist që duhet të shijojnë edhe milionerët kur vijnë të vizitojnë fshatin e tyre.

U soll vërdallë shtëpisë së saj. Në kuzhinë ndriçonte një dritë. Përgjoi se mos i zinin sytë hijen e saj mbrapa perdeve. Nuk u duk asgjë.

Teto Lëfransuai kur e pa, lëshoi gjithë ato britma habie, dhe iu duk "i rritur dhe i holluar", ndërsa, Artemizës, përkundrazi iu duk "i shëndoshur dhe i nxirë".

Darkë hëngri në sallën e vogël si dikur, por këtë radhë vetëm, pa tagrambledhësin; në të vërtetë Bineu, i lodhur më në fund së prituri Dallëndyshen, kishte vendosur njëherë e përgjithmonë ta hante darkën një orë më herët, dhe, tani, shtrohej në tryezë në orën pesë fiks dhe, megjithatë, në shumicën e rasteve vazhdonte të thoshte se karakatina vinte me vonesë.

Më në fund Leoni vendosi; shkoi e trokiti në derën e shtëpisë së mjekut. Zonja ndodhej në dhomën e saj dhe zbriti pas një çerek ore. Zotëria u duk shumë i gëzuar që e shihte atë përsëri; mirëpo gjithë mbrëmjen s'luajti vendit, bile as të nesërmen gjithë ditën e ditës.

Vetëm për vetëm, ai e takoi në mbrëmje, shumë vonë, mbrapa kopshtit, në rrugicë; - po në rrugicë, ashtu siç bënte ajo dhe me atë tjetrin! Binte shi me suferinë dhe ata bisedonin nën një çadër, në dritën e vetëtimave.

E kishin shumë të vështirë të ndaheshin nga njëri-tjetri.

- Më mirë të vdes! - i thoshte Ema.

Ajo përdridhej në krahun e tij, duke qarë.

- Mirupafshim!... mirupafshim!... kur do të të shoh përsëri?

U kthyen të dy mbrapsht që të putheshin edhe një herë; dhe pikërisht në këtë rrethanë ai i premtoi se së shpejti do të gjente vazhdimisht rastin, duke bërë ç'është e mundur, që të shiheshin lirisht, të paktën një herë në javë. Ema nuk e vinte në dyshim. Bile ishte gjithë shpresa. Priste t'i vinin edhe para.

Kështu, ajo bleu për dhomën e saj një palë perde të verdha me vija të gjera, që ia kishte lavdëruar zoti Lërë për lirësinë; kishte dëshirë të blinte edhe një qilim, dhe Lërëi, si i tha "që s'bëhej kiameti për një qilim" mori përsipër, gjithë mirësjellje, që t'ia gjente. Ajo s'bënte dot më pa shërbimet e tij. Çonte dhe e thërriste njëzet herë në ditë, dhe ai i linte në vend punët e tij, pa bërë zë. Po kështu s'e merrte njeri me mend se pse teto Roleja hante tek ajo drekë ditë për ditë dhe i shkonte për vizitë fill vetëm.

Pikërisht në atë kohë, domethënë nga fillimi i dimrit, u duk që asaj i lindi një dëshirë e zjarrtë për muzikë.

Një mbrëmje kur Sharli po e dëgjonte, ajo i ra me pahir katër herë rresht të njëjtës pjesë, dhe të katërta herët, i hipi inati me veten, ndërsa ai, pa vënë re ndonjë ndryshim, bërtiste:

- Të lumtë!... shumë mirë!... S'ke pse ta ndërpresësh! Jepi, vazhdo!

- Jo! jo! Kjo është e tmerrshme! Më kanë zënë gishtërinjtë ndryshk. Të nesërmen, ai iu lut t'i luante edhe ndonjë pjesë tjetër. - Prishur mos qoftë, sa për të bërë ty qejfin!

Dhe vetë Sharli e pranoi që kishte pësuar njëfarë rënie në krahasim me përpara. Ajo u binte notave gabim, ngatërronte kohët; pastaj, si u ndal në çast, i tha:

- Ah! Kam marrë fund! Kam nevojë për disa mësime, mirëpo...

Ajo kafshoi buzët dhe shtoi:

- Njëzet franga ora, është shumë shtrenjtë!

- Po, vërtet..., është ca..., - i tha Sharli duke u zgërdhirë si budalla. - Sidoqoftë, ma do mendja se ndofta mund të gjejmë më lirë, sepse ka artistë pa emër, që ia vlejnë më tepër se ata që janë në zë.

- Po hajde m'i gjej se! - i tha Ema.

Të nesërmen, kur u kthye në shtëpi, ai i hodhi një vështrim plot dhelpëri dhe më në fund s'iu durua dot pa i thënë:

- Sa kokëfortë tregohesh nganjëherë! Isha në Barfësher sot! Dhe ja! Zonja Liezhar më siguroi se tri vajzat e saj, që janë në manastirinMëshira, marrin mësime me pesëdhjetë groshë orën, dhe nga një mjeshtre e përmendur, pale!

Ajo ngriti supet dhe nuk e hapi më veglën e saj muzikore.

Mirëpo kur i kalonte pranë (në rast se Bovariu ndodhej aty), ajo psherëtinte:

- Ah! Pianoja ime e shkretë!

Dhe kur i vinte njeri, nuk rrinte pa i thënë se e kishte lënë fare muzikën dhe se tani s'i hynte dot më, për arsye madhore. Atëherë njerëzit i qanin hallin. Ishte me të vërtetë për të ardhur keq për të që kishte gjithë atë talent! I folën bile dhe Bovariu. E bënin me turp, dhe sidomos farmacisti, që i tha:

- Gabim e keni! Kurrë s'duhen lënë djerrë prirjet që të jep natyra. Pastaj, pa mendoni njëherë, i dashur, se po e futët zonjën të studiojë, më vonë keni për të kursyer shpenzimet për përgatitjen muzikore të fëmijës suaj! Mua më duket se nënat duhet t'i mësojnë vetë fëmijët e tyre. Është ideja e Rusoit kjo, ndofta pak si tepër e re, por ama do të vijë koha dhe do të ngadhmojë, jam i sigurt, njëlloj si të ushqyerit e foshnjës me qumështin e nënës dhe vaksinimi.

Kështu pra, Sharli ia zuri në gojë dhe njëherë çështjen e pianos. Ema iu përgjigj vrazhdë se do të qe më mirë që ta shisnin. Të ndahej prej kësaj pianoje të shkretë që i kishte dhënë gjithë ato kënaqësi në sqimën e saj, ishte për zonjën Bovari si vetëvrasje e papërcaktuar e një pjese të vetes së saj.

- Po të duash..., - i thoshte ai, - ndonjë mësim, herë pas here, ma do mendja se, në fund të fundit nuk do të na kushtojë aq sa të rrënohemi keq.

- Mirëpo mësimet - ia kthente ajo, - po s'u ndoqën rregullisht, s'ke ç'i do.

Ja pra si ia arriti ajo të merrte leje nga i shoqi për të shkuar në qytet, një herë në javë, të takonte dashnorin e saj. Bile pas një muaji flitej se ajo kishte bërë përparime të mëdha.

V

Ajo shkonte aty çdo të enjte. Ngrihej dhe vishej pa u ndier që të mos zgjonte Sharlin, i cili do ta qortonte që bëhej gati aq herët. Pastaj sillej poshtë e lart nëpër dhomë; rrinte nëpër dritare dhe shikonte sheshin. Të gdhirët vërtitej midis shtyllave të tregut, dhe në shtëpinë e farmacistit, që i kishte kanatet të mbyllura, shquheshin në refleksin e zbehtë të agimit shkronjat e mëdha të tabelës të dyqanit të tij.

Kur sahati i murit shënonte orën shtatë e çerek, ajo shkonte te Luani i artë, portën e të cilit vinte ia hapte duke gogësitur, Artemiza. Kj nxirrte për zonjën prushin e mbuluar me hi. Ema rrinte vetëm në kuzhinë. Herë pas here dilte. Iveri mbrehte kuajt pa u nxituar, bile dëgjonte dhe teto Lëfransuain e cila, si nxirrte kokën me kapuç pambuku nga sporteli, e ngarkonte me aq porosi dhe i bënte aq sqarime saqë kushdo tjetër do të ngatërrohej. Ema, nga të ftohtët përplaste këmbët e mbathura me këpucë me qafa në kalldrëmin e oborrit.

Më në fund ai, si mbaronte së ngrëni supën, vishte gunën, ndizte llullën dhe rrokte kamxhikun, ulej qetë-qetë në ndenjësen e karrocës.

Dallëndyshja nisej me trok të ngadalshëm dhe, gjatë tri të katërtave të legës së parë, ndalej vende-vende për të marrë udhëtarët, që e prisnin në këmbë, në anë të rrugës, përpara trinës së oborreve. Ata që kishin rezervuar vend një ditë më përpara, ajo i priste; bile kishte disa prej tyre që ishin ende duke fjetur në shtëpi. Iveri thërriste, bërtiste, shante, zbriste nga ndenjësja dhe shkonte u binte fort dyerve. Era frynte brenda karrocës nga të çarat e dritareve.

Ndërkaq katër stolat plotësoheshin me njerëz, karroca nisej, pemët e mollëve të mbjella në një rresht kalonin njëra pas tjetrës; dhe rruga, midis dy hendeqesh të gjata plot ujë të verdhë, vinte gjithmonë duke u ngushtuar në drejtim të horizontit.

Ema e njihte atë cep më cep; e dinte që pas një barnaje vinte një shtyllë, pastaj një vidh, një hangar ose një kasolle mirëmbajtësish rrugësh, bile nganjëherë, me shpresë se mos gjente ndonjë të papritur, mbyllte sytë. Mirëpo asnjëherë nuk e humbiste nocionin e saktë të largësisë që mbetej për t'u përshkuar.

Më në fund, u afroheshin shtëpive me tulla, dheu ushtonte nën rrota, Dallëndyshja rrëshqiste midis kopshteve, ku dukeshin nga gardhi shtatore, një vreshtë e vogël, bush i prerë dhe një kolovajzë. Pastaj, përnjëherësh, dukej qyteti.

Si vinte duke zbritur tamam si amfiteatër dhe i zhytur i tëri në mjegull, ai shtrihej matanë urave në mënyrë të parregullt. Fusha e hapët ngjitej pastaj monotone, deri sa prekte larg vijën e paqartë të qiellit të zbehtë. I parë kështu nga lart, gjithë peizazhi dukej fund e krye i palëvizshëm si ndonjë pikturë; anijet e ankoruara rrinin grumbull në një cep lumi e rrumbullakoste barkun që bënte rrëzë kodrave të blerta, dhe ishujt, në formë stërgjatëshe, ngjanin mbi ujë si peshq gjigantë të zinj, që kishin ngelur në vend. Oxhakët e fabrikave nxirrnin shtëllunga shumë të mëdha e të murrme, të cilat lart në majë humbisnin në ajër. Dëgjohej rënkimi i fonderive bashkë me tingëllimat e qarta të kambanave të kishave që ngriheshin lart mes mjegullës. Nëpër bulevarde, pemët pa gjethe, dukeshin si shkurre ngjyrë vjollcë midis shtëpive, dhe çatitë, që shndrisnin cep më cep nga shiu, lëshonin vezullime të ndryshme sipas lartësisë së lagjeve ku ndodheshin. Nganjëherë era i çonte retë nga bregu i Shën Katerinës si dallgë ajrore që thyheshin pa u ndier pas ndonjë shkëmbishteje.

Nga gjithë ky grumbull njerëzish të gjallë shpërthente për të diçka maramendëse dhe që ia mbushte zemrën plot, sikur të njëqind e njëzet mijë shpirtrat që regëtinin aty t'i kishin dërguar të gjithë njëherësh afshin e pasioneve që ajo e mirrte me mend që kishin.

Dashuria i rritej në gjithë atë hapësirë, dhe i mbushej me zallahi nga gumëzhitjet e turbullta që i futeshin në vesh. Ajo e derdhte atë jashtë, në sheshe, në shëtitore, në rrugë, dhe qyteti i vjetër normand shtrihej para syve të saj si ndonjë kryeqytet tepër i madh si ndonjë Babiloni, ku hynte ajo. Përkulej me të dy duart mbi dritarëz, duke thithur flladin; të tre kuajt ecnin me revan, gurët rrëshqisnin në baltë, karroca e postës lëkundej dhe Iveri u thërriste që nga larg karrocave të vogla që i zinin rrugën, ndërsa borgjezët që e kishin kaluar natën në Pyllin-Gijon zbrisnin qetë-qetë shpatit me kaloshinat e tyre familjare.

Karroca e postës ndalonte te caku i hyrjes; Ema zgjidhte galloshet, ndërronte dorashkat, rregullonte shallin dhe, njëzet hapa më tej, zbriste nga Dallëndyshja.

Qyteti në atë kohë zgjohej. Çirakët, me kapuçë të rrafshët fshin vitrinat e dyqaneve, dhe gratë që mbanin shporta në ije, nxirrnin herë mbas here, britma kumbuese, në qoshet e rrugëve. Ajo ecte me sy përdhe, rrëzë mureve dhe, duke buzëqeshur nga kënaqësia nën velin e zi të ulur.

Nga frika se mos e shihnim ajo zakonisht nuk i binte nga rruga më e shkurtër. Futej nëpër rrugica të errëta, dhe dilte, ujë në djersë, nga ana e poshtme e rrugës Kombëtare, pranë çezmës që ndodhej aty. kjo është lagja e teatrit, e kabareve dhe e prostitutave. Shpeshherë pranë saj kalonte ndonjë qerre ngarkuar me ndonjë dekor që tundej. Kamerierët me përparëse hidhnin rërë mbi pllakat e kalldrëmit midis kaçubave të blerta. Ndihej era e absentit, e purove dhe midhjeve.

Ajo kthehej në një rrugë; atë e dallonte nga flokët kaçurrelë që i dilnin nga kapela.

Leoni vazhdonte të ecte në trotuar. Ajo i shkonte mbrapa deri në hotel; ai ngjitej, hapte derën, hynte brenda... Çfarë përqafimi i fortë!

Pastaj, pas puthjeve, fillonte rrebeshi i fjalëve. I tregonin njeri-tjetrit brengat e javës, parandjenjat, ankthet në pritje të letrave; mirëpo tani i harronte të gjitha, dhe shiheshin sy ndër sy, me të qeshura epshore dhe me fjalë dashurie.

Krevati prej mogani, vinte i gjerë në trajtë lundre. Perdet prej cohe të kuqe, që vareshin që nga tavani, formonin një hark fare poshtë aty pranë kokës së gjerë të shtratit: dhe s'kish gjë më të bukur se sa flokët e saj të zinj dhe lëkura e saj e bardhë që spikatnin në atë ngjyrë të purpurt, kur ajo nga turpi, i mbyllte të dy krahët lakuriq, duke mbuluar fytyrën me duar.

Dhoma e ngrohtë me qilimin e bukur, me zbukurime gazmore dhe me dritën e qetë, dukej ideale për shfaqjen intime të dashurisë. Shulat e perdeve që vinin në majë në trajtë shigjete, varëset prej bakri dhe globet e mëdha të demiroxhakut shndrisnin përnjëherësh porsa hynte dielli. Mbi oxhak, midis shandanëve, kishte nga ato guaskat e mëdha ngjyrë trëndafili ku dëgjohet zhurma e detit kur i vë në vesh.

Sa e donin këtë dhomë të dashur, gazplote, ndonëse i ishte venitur paksa shkëlqimi! Gjithmonë orenditë i gjenin në vendin e tyre, bile nganjëherë edhe kapëset e saj të flokëve që i kishte harruar të enjten e kaluar, poshtë mbajtëses së sahatit të murit. Drekë hanin pranë zjarrit, mbi një tryezë të rrumbullakët të larzuar me dru palisandre. Ema ia priste dhe vinte copat mbi pjatë duke i bërë gjithfarë dhelkash dhe, kur i derdhej shkuma e shampanjës nga gota e lehtë mbi unazat që mbante nëpër gishta, ajo ia plaste një të qeshuri kumbues dhe të shfrenuar. Aq shumë e kishin humbur mendjen nga ndjenja e të zotëruarit fizik dhe shpirtëror të njëri-tjetrit, saqë u dukej se ishin në shtëpinë e tyre, dhe se do të jetonin aty deri sa të vdisnin, si dy bashkëshortë të rinj të përjetshëm. "Dhoma jonë, qilimi ynë, kolltukët tanë", thoshin ata; bile ajo, dhe një dhuratë që i kishte bërë Leoni, për t'i plotësuar një tekë, e quante "pantoflat e mia". Këto ishin prej sateni ngjyrë rozë, me pendla mjellme anash. Kur i ulej mbi gjunjë, këmba që s'i arrinte dot përtokë i varej në ajër dhe sheshkën e saj të lezetshme, pa thembër, ia mbanin vetëm gishtërinjtë e këmbës lakuriq.

Ai po shijonte për herë të parë bukurinë e pashprehshme të hijeshive femërore. Kurrë ndonjëherë s'kishte ndeshur atë hir në të folur, atë kujdes në të veshur, ato poza si të ndonjë pëllumbeshe të përgjumur. Ai ia admironte afshin shpirtëror dhe dantellat e fundit. Pastaj, a nuk ishte ajo grua e shoqërisë së lartë, dhe grua e martuar! Me një fjalë, një dashnore e vërtetë?

Me natyrën e saj të larmishme, herë mistike, herë gazmore, herë fjalëshumë, herë e heshtur herë e rrëmbyer herë e plogët, ajo i ngjallte atij një mijë dëshira, i zgjonte instinkte ose kujtime të turbullta. Ajo ishte e dashuruara e të gjithë romaneve, heroina e të gjitha dramave, e papërcaktuara ajo e të gjithë librave me vargje. Ai shihte në shpatullat e saj ngjyrën e qelibartë të Gruas së haremit në banjë ; shtatin e kishte të gjatë si kështjelltaret feudale; ngjante edhe me Gruan e zbehtë nga Barcelona ; por mbi të gjitha ishte Engjëll!

Shpesh, kur rrinte dhe e vështronte, i dukej sikur shpirti i vërshonte drejt saj, i përhapej si ndonjë valë rreth kokës, dhe zbriste pastaj me rrëmbim në bardhësinë e gjoksit të saj.

Ulej përdhe, përpara saj dhe, si i vinte bërrylat mbi gjunjë, e sodiste buzagaz dhe me ballin e tendosur. Ajo përkulej mbi të dhe si t'i zihej fryma nga dehja, i pëshpëriste:

- Oh! Mos lëviz! Mos fol! Më vështro mua! Nga sytë e tu del një si ëmbëlsi aq e madhe që ma kënaq shpirtin sa s'thuhet! Ajo e thërriste fëmijë:

- Fëmijë më do ti mua?

Dhe as që e dëgjonte fare përgjigjen në atë ngut të afshit të buzëve të tij që i ngjiteshin asaj në gojë.

Mbi sahatin e murit kishte një Kupidon bronzi, që spërdridhej duke lidhur krahët kular poshtë një kurore lulesh të praruara. Sa e sa herë kishin qeshur me të; mirëpo kur të vinte koha për t'u ndarë atyre u dukej se gjithçka mbulohej nga një hije e rëndë.

Dhe pa lëvizur, njëri përballë tjetrit, përsëritnin:

- Mirupafshim të enjten!... Të enjten!

Pastaj, ajo menjëherë i kapte kokën me të dy duart, e

puthte shpejt në ballë duke thirrur: "Mbetsh me shëndet!" dhe fluturonte shkallëve.

Shkonte në rrugën e Komedisë, te një floktor, që t'i rregullonte flokët. Nata po binte. Në dyqan ndizej llamba me gaz.

Ajo dëgjonte zilen e teatrit që thërriste komedianët të fillonin shfaqjen; dhe shihte përballë të kalonin burra fytyrëzbehtë dhe gra me fustane të vjetruara, që hynin nga dera e prapaskenës.

Në atë dyqan të vogël dhe tepër të ulët, me një sobë që zukaste mes parukave dhe kremrave, bënte nxehtë. S'kalonte shumë dhe ajo trullosej nga era e hekurave të skuqur dhe nga duart e kremosura që i fërkonin kokën, bile dremiste paksa ashtu e mbështjellë me penjuar. Shpesh herë floktari, duke i rregulluar flokët, i propozonte bileta për në ballo me maska.

Pastaj ajo dilte! Ngjitej rrugëve, shkonte te Kryqi i Kuq merrte galloshet, që i kishte fshehur në mëngjes poshtë një stoli, dhe rrasej në vendin e saj, midis udhëtarëve durimhumbur. Nganjëherë ata zbrisnin rrëzë kodrës. Ajo ngelej vetëm në karrocë.

Pas çdo kthese, dukeshin sa vinte e më shumë ndriçimet e qytetit që formonin një masë të madhe avulli ndriçues mbi grumbullin e ngatërruar të shtëpive. Ema ulej në gjunjë mbi ndenjëset dhe përhumbte sytë në atë vezullim. Ngashërehej, thërriste Leonin, dhe i dërgonte atij fjalë dashurie dhe puthje që shuheshin në erë.

Në kodër kishte një të gjorë që endej me shkop në dorë, midis karrocave postare. Shpatullat ia mbulonin një pirg me zhele, ndërsa mbi fytyrë mbante një kapelë të vjetër kastori pa fund, që vinte e rrumbullakët si legen; por kur e hiqte, në vend të qepallave, i dukeshin dy gropa të hapura gjithë gjak. Mishi i bëhej fije-fije të kuqe, dhe prej tyre rridhnin lëngje që ngrinin si kore të blerta deri në hundë, vrimat e zeza të së cilës thithnin ajër me vështirësi. Kur donte të fliste, e çonte kokën mbrapa, me një të qeshur idioti; atëherë bebëzat e tij kaltëroshe që silleshin rrotull pa ndërprerje, qëndronin pranë tëmthave, në anë të plagës së hapur. Këndonte një këngë të shkurtër, duke shkuar pas karrocave:

Shpesh ditëve të bukura gjithë nxehtësi
Vashat ëndërrojnë veç dashuri.

Dhe gjithë pjesa tjetër e këngës, vazhdonte me zogj, me diell dhe me gjethe.

Nganjëherë, i dilte Emës befas, nga mbrapa, kokëzbuluar. Ajo hiqej mënjanë duke lëshuar një klithmë. Iveri tallej me të. E këshillonte të shkonte të zinte vend në ndonjë stendë në panairin e Shën Romenit, ose e pyeste, me shaka, si ia çonte me shëndet dashnorja e tij.

Shpesh, kur karroca ishte duke ecur, papritur, kapela e tij hynte brenda nga dritareza, ndërsa ai kapej me dorën tjetër, pas shkallëzës, ku e stërpiknin me baltë rrotat. Zëri i tij i mekur në fillim dhe rënkues më pas, bëhej pastaj rrëqethës. Ai zvargej në errësirën e natës; si vajtim i turbullt i ndonjë fatkeqësie të papërcaktuar; dhe duke çarë mes tringëllimës së zilkave, fëshfërimës së pemëve dhe gërgërimës së kabinës të boshatisur të karrocës, kishte një tingull të largët që e trondiste Emën. I futej kësaj në thellësi të shpirtit si ndonjë vorbull në humnerë dhe e vërviste nëpër hapësira melankolie të pafundme. Mirëpo Iveri, që vinte re një peshë të re nga mbrapa, godiste kuturu fort me kamxhik. Maja e tij e fshikullonte atë mu në plagë, dhe ai binte në baltë, duke ulëritur.

Pastaj udhëtarët e Dallëndyshes më në fund i zinte gjumi, disa me gojë hapur, të tjerët me kokë ulur, të mbështetur mbi supin e atyre që kishin pranë ose me krahë futur poshtë rripit, duke u tundur sipas lëkundjes së karrocës, ndërsa refleksi i dritës së fenerit që luhatej jashtë, mbi vithet e kuajve, si depërtonte brenda nëpërmjet perdeve prej baze ngjyrë çokollate, hidhte hije ngjyrë gjaku mbi gjithë ata njerëz të palëvizshëm. Ema e dërrmuar nga trishtimi, fërgëllonte nën petkat e saj, dhe ndiente gjithmonë e më shumë të ftohët në këmbë dhe një plagë në zemër.

Sharli rrinte në shtëpi duke pritur atë; Dallëndyshja të enjteve vinte gjithmonë me vonesë. Më në fund zonja mbërrinte! Mezi sa arrinte të puthte vogëlushen! Darka nuk ishte gati, asaj aq i bënte. Ia falte edhe kuzhinieres. Tani çdo gjë mund t'i lejohej kësaj vajze.

Shpesh i shoqi, si vinte re çehren e saj të zbehtë, e pyeste se mos ishte gjë e sëmurë.

- Jo, - i thoshte Ema.

- Po ti sonte sesi më dukesh, tjetërsoj, - reagonte ai.

- Eh! S'kam gjë! S'kam gjë!

Bile, kishte raste që, sa kthehej në shtëpi, ngjitej drejt e në dhomën e saj; dhe Justini që ndodhej aty rrotull, shkonte sa andej-këndej me hapa të qetë, duke i shërbyer më me shkathtësi sesa një shërbëtore e përsosur. I vinte në vendin e duhur shkrepësen, shandanin e vogël, një libër, i nxirrte këmishën e natës, i bënte gat shtratin.

"Hajde mirë është, - i thoshte ajo, - ik tani", sepse ai qëndronte në këmbë, me duar lëshuar dhe me sy të habitur, sikur të ishte pleksur me fijet e panumërta të një ëndërrimi të papritur.

Dita e nesërme ishte e tmerrshme, bile dhe të tjerat pas saj ishin akoma më të padurueshme ngaqë Ema mezi ç'priste të kapte përsëri me dorë lumturinë e saj - epsh i pangopur, i ndezur me përfytyrime të gjalla dhe që, ditën e shtatë, shpërthente i tëri lirshëm nga ledhatimet e Leonit. Afshet e tij, fshiheshin nën shfrime mrekullimi dhe mirënjohjeje. Ema e shijonte këtë dashuri, e matur dhe e përpirë e tëra, e ushqente me të gjitha zjarret e ndjenjave të saj, dhe i dridhej trupi nga frika se mos i shuhej më vonë.

Shpeshherë ajo i thoshte me një zë të ëmbël melankolik:

- Ah! Ti ke për të më lënë mua!... Ti do të martohesh!... Si gjithë të tjerët ke për të qenë dhe ti.

Ai e pyeste:

- Kush të tjerët?

- Po burrat, pra, - i përgjigjej ajo.

Pastaj, duke e shtyrë me një shprehje lënguese në fytyrë, shtonte:

- Të gjithë ju të poshtër jeni!

Një ditë kur po filozofonin për zhgënjimet në këtë botë, ajo i tha (për të vënë në provë xhelozinë e tij ose ngaqë kishte nevojë të tmerrshme t'i hapte zemrën) se dikur kishte dashur, para tij, një tjetër "jo si ti!" i tha ajo menjëherë, duke iu betuar për kokë të së bijës se midis tyre s'kishte ndodhur asgjë. Djaloshi e besoi, por megjithatë e pyeti se ç'punë bënte ai. - Ishte kapiten anijeje, i dashur.

Nuk ishte kjo një mënyrë për të shmangur çdo interesim të mëtejshëm, dhe për t'i dhënë njëkohësisht vetes rëndësi të madhe, duke u hequr sikur ia kishte marë mendtë një njeriu që duhej të ishte me karakter luftarak dhe i nderuar në jetë?

Atëherë sekretari e ndjeu sesa e ulët ishte pozita e tij, i lindi një dëshirë e zjarrtë të kishte spaleta, dekorata, tituj. Të gjitha këto kishin për t'i pëlqyer asaj: këtë e merrte me mend ngaqë ajo e kishte zakon të shpenzonte jashtë mase.

Dhe megjithatë ajo nuk ia shfaqte shumë nga marrëzitë e saj si për shembull dëshirën që, për të ardhur në Ruan, të kishte një kaloshin të kaltër, me një kalë anglez dhe me një karrocier me çizme të përveshura. Këtë tekë ia kishte ngulur në mend Justini, i cili i lutej vazhdimisht ta bënte shërbyesin e saj, dhe, në qoftë se mungesa e kësaj karroce nuk ia zbehte kënaqësinë e vajtjes çdo të enjte në takim, me siguri që hidhërimin në kthim ia shtonte.

Shpesh, kur bisedonin së bashku për Parisin, ajo si përfundim i pëshpëriste:

- Ah! Sa mirë do të ishte të jetonim aty!
- Pse s'jemi të lumtur këtu? - e pyeste ëmbëlsisht djaloshi, duke i ledhatuar flokët.
- Po, ke të drejtë, - i thoshte ajo, - jam e marrë, puthmë!

Për të shoqin ajo ishte bërë më e këndshme se kurrë ndonjëherë, i përgatiste atij kremra me fëstëk dhe pas darke, luante në piano valse. Atij i dukej vetja pra si njeriu më fatmadh në botë, po dhe Ema ama jetonte gjakpaprishur, kur, një mbrëmje, papritur e pa kujtuar, ai e pyeti:

- Ty të jep mësime zonjusha Lamprër, apo jo?
- Po.
- Çudi, e takova qëparë, - vazhdoi Sharli, - te zonja Liezhar. I fola për ty; s'të njihte.

Kjo i ra si rrufe. Megjithatë reagoi natyrshëm:
- Ah! Me siguri, do të ma ketë harruar emrin!
- Ose ndoshta në Ruan, - i tha mjeku, - mos ka disa zonjusha Lemprër që janë mësuese pianoje?
- Ka mundësi!

Pastaj, duke marrë zjarr shtoi:
- Sidoqoftë, ja këtu i kam dëftesat e saj! Shiko.

Dhe shkoi te tryeza e shkrimit, rrëmoi nëpër gjithë sirtarët, i ngatërroi të tëra letrat dhe më në fund i humbi mendja aq keq, saqë Sharli ngulmoi që të mos mundohej aq shumë për ato dreq dëftesa.

- Oh! kam për t'i gjetur, - i tha ajo.

Dhe me të vërtetë, që të premten tjetër, Sharli, duke

mbathur çizmet në dhomën e errët ku mbanin rrobat e tij, ndjeu një fije letre midis çizmes dhe çorapes, e mori atë dhe lexoi:

Kam marrë, për tre muaj mësim, si dhe për pajisje me mjete të ndryshme muzikore, shumën prej gjashtëdhjetë e pesë frangash."
Felisi Lamprër
Mësuese muzike

- Si dreqin është futur në çizmen time?
- Do të ketë rënë patjetër, - iu përgjigj ajo, - nga kutia e faturave, që është në buzë të raftit.

Qysh nga ai çast jeta e saj u shndërrua në një koleksion gënjeshtrash, me të cilat ajo mbështillte dashurinë e saj si në pëlhura, për ta fshehur.

Gënjeshtra ishte bërë për të nevojë, mani, kënaqësi, aq sa, po të thoshte se kishte kaluar, dje, nga ana e djathtë e ndonjë rruge, kishte shumë mundësi t'i kishte rënë nga e majta.

Një mëngjes kur ajo sapo ishte nisur, e veshur, siç e kishte zakon, me rroba të lehta, papritmas nisi të binte borë; dhe Sharli, që po shihte motin nga dritarja, vuri re zotin Burnizien hipur në kaloshinin e zotit Tyvazh, që po e çonte në Ruan.

Atëherë zbriti dhe i dha në mirëbesim priftit një shall të madh për t'ia dhënë në dorë zonjës, kur të mbërrinte te Kryqi i Kuq. Me të arritur në bujtinë Burnizieni pyeti ku ishte gruaja e mjekut të Jonvilit. Hanxhesha i tha se ajo vinte shumë rrallë aty. kështu pra, në mbrëmje kur e pa zonjën Bovari hipur nëDallëndyshe, famullitari i tregoi sikletin që pati, por pa i dhënë në fund të fundit shumë rëndësi, sepse zuri t'i lavdëronte një predikues që në atë kohë bënte namin në katedrale, dhe të gjitha zonjat vraponin ta dëgjonin.

Mirëpo, edhe pse nuk i kishte kërkuar ndonjë sqarim ai, mbase më vonë të tjerët mund të mos tregoheshin aq të matur. Prandaj e pa me vend të dukej në çdo rast nga Kryqi i Kuq, kështu që njerëzit e ndershëm të fshatit që e shihnin nëpër shkallë nuk dyshonin për asgjë.

Megjithatë një ditë, zoti Lërë e ndeshi kur po dilte nga Hotel Bulonja, kapur prej krahu me Leonin; dhe atë e zuri frika, duke kujtuar se ai do të llapte. Mirëpo ai s'ishte aq budalla.

Pas tri ditësh, ai i hyri në dhomë, mbylli derën dhe i tha:
- Kam nevojë për para.
Ajo i bëri të ditur se nuk mund t'i jepte. Lërëi ia nxori sheshit ankesat që kishte, dhe i kujtoi gjithë të mirat që i kishte bërë.
Dhe me të vërtet, nga dy kambialet që kishte nënshkruar Sharli, Ema deri tani i kishte shlyer vetëm një. Sa për tjetrin, tregtari, meqë i ishte lutur ajo, kishte pranuar ta zëvendësonte me dy të tjerë, të cilët bile ishin përsëritur me afat pagimi shumë të gjatë. Pastaj ai nxori nga xhepi një listë plaçkash të papaguara: perde, qilim, stof për kolltukë, disa fustane dhe artikuj të ndryshëm tualeti, vlefta e të cilave kapte shumën prej rreth dy mijë frangash.
Ajo uli kokën; ai vazhdoi:
- Po në qoftë se nuk keni të holla në dorë, keni pasuri të patundshme.
Dhe i përmendi një shtëpi karakatinë në Barnëvil, afër Omalit, që nuk i siguronte ndonjë të ardhur kushedi se çfarë. Dikur ajo bënte pjesë në një çiflig të vogël që e kishte shitur zoti Bovari, babai; sepse Lërëit s'i shpëtonte gjë, i dinte të gjitha që nga numri i hektarëve e deri tek emrat e fqinjëve.
- Po të isha unë në vendin tuaj, - i thoshte ai, - do të çlirohesha nga borxhet, dhe do të më ngelej bile dhe një tepricë parash.
Ajo nxori vështirësinë e gjetjes së blerësit; ai i dha shpresë se do t'ia siguronte ai vetë; mirëpo ajo e pyeti se ç'duhej të bënte që ta shiste. - Nuk e keni prokurën? - i tha Lërëi.
Kjo fjalë i erdhi si fllad i freskët.
- Ma lini mua faturën, - i tha Ema.
- Oh! S'është nevoja! - ia preu Lërëi.
Ai erdhi përsëri javën tjetër, dhe u mburr që, pas shumë e shumë përçapjesh, kishte gjetur më në fund njëfarë Langluai, i cili, ia kishte vënë syrin prej kohësh pronës, pa bërë të ditur se sa jepte për të.
- Le të japë sa të dojë! - bërtiti ajo.
Mirëpo duhej pritur sa t'i blinin mendjen atij qerratai. Për një çështje të tillë ia vlente të bëhej një udhëtim, dhe, meqë ajo s'e merrte dot vetë këtë rrugë, ai u tregua i gatshëm të shkonte në vend të bisedonte goja gojës me Langluain. Sa u kthye prej tij, ai i tha se blerësi jepte katër mijë franga.
Ema u ngazëllye nga ky lajm.

- Të thuash atë që është, - shtoi ai, - goxha mirë e paguan.
Gjysmën e shumës ajo e mori menjëherë, dhe në çastin kur do t'i kthente atij borxhin, tregtari i tha:
- Po më vjen keq, për fjalë të nderit, që ju ikën përnjëherësh nga dora një shumë kaq e majme.
Atëherë, ajo vështroi kartëmonedhat; dhe duke menduar për takimet e panumërta që mund të bënte me këto dy mijë franga në Ruan me dashnorin, belbëzoi:
- Si! si!
- Oh! - Vazhdoi ai duke qeshur si babaxhan. - Llogaritë mund të bëhen si të duash. Pse s'i di unë hallet familjare?
Dhe e vështronte ngultas, duke mbajtur në dorë dy fije të gjata letre që i rrëshqiste nëpër gishtërinj. Më në fund, si hapi portofolin, shpalosi mbi tryezë katër kambiale, me nga një mijë franga secilin.
- Pa m'i firmosni këto, dhe pastaj mbajini të gjitha ju. Ajo bërtiti e skandalizuar.
- Po, po t'ju jap tepricën, - iu kthye pa pikë turpi zoti Lërë, - nuk ju bëj dhe juve një nder?
Dhe, si mori penën, shkroi në fund të faturës: "Kam marrë nga zonja Bovari katër mijë franga."
- Pse shqetësoheni, përderisa pas gjashtë muajsh keni për të marrë të prapambeturat e gërmadhës suaj, dhe unë po ua shtyj afatin e kambialit të fundit pasi t'ju jenë paguar paratë?
Ema po ngatërrohej disi në llogaritë që bënte, dhe në vesh ndiente një tingëllim sikur të binin rreth e rrotull saj mbi dysheme monedha ari që derdheshin nga qeset. Së fundi Lërëi i sqaroi se kishte një mikun e tij, Vensarin, bankier në Ruan, i cili do t'ia zbriste këto katër kambiale, pastaj ai do t'ia dorëzonte vetë zonjës tepricën e huasë reale.
Mirëpo, në vend të dy mijë frangave, ai i solli një mijë e tetëqind, sepse miku i tij Vensar (siç i takonte me hak) kishte mbajtur dyqind franga, për shpenzime komisioni dhe skontimi.
Pastaj i kërkoi si pa të keq një dëftesë.
- Ju e kuptoni..., në tregti..., nganjëherë... Vini dhe datën, ju lutem, datën.
Atëherë Emës iu shfaq përpara një horizont i tërë me teka të arritshme. Megjithatë ajo u tregua aq e mençme sa vuri mënjanë tri mijë skude, me të cilat u shlyen, në afatin e

duhur tri kambialet e para, mirëpo i katërti, qëlloi që erdhi në shtëpi një të enjte, dhe Sharli, i tronditur, priti me durim sa t'i kthehej e shoqja, që t'i jepte sqarime.

Edhe në s'e kishte vënë në dijeni për këtë kambial, ajo e kishte pasur vetëm e vetëm nga meraku që mos ta shqetësonte me hallet e shtëpisë; iu ul mbi gjunjë, e ledhatoi, i tha fjalë përkëdhelëse dhe ia numëroi një për një të gjitha ato gjëra të domosdoshme, të blera me kredi.

- Në fund të fundit duhet ta pranosh edhe vetë se, po të kesh parasysh sasinë e tyre, nuk kanë kushtuar edhe aq shtrenjtë.

Sharli, ngaqë s'dinte nga t'ia mbante, s'kaloi shumë dhe iu drejtua të pashmangshmit Lërë, që u zotua se do t'i ujdiste të gjitha, në qoftë se zotëria i nënshkruante dy kambiale, njëra prej të cilave ishte shtatëqind frangëshe. Për të përballuar këtë detyrim, ai i shkroi një letër prekëse së ëmës. Në vend që t'i dërgonte përgjigje, ajo erdhi vetë, dhe, kur Ema deshi të merrte vesh në kishte shtënë gjë në dorë prej saj, ai iu përgjigj:

- Po. Mirëpo ja që do të shohë faturën.

Të nesërmen, ndaj të gdhirë, Ema vrapoi te zoti Lërë për t'iu lutur t'i bënte një faturë tjetër, që të mos i kalonte të një mijë frangat; sepse po të tregonte atë të katër mijëve, duhej të thoshte se i kishte shlyer dy të tretat, të pohonte, për pasojë, shitjen e pasurisë së patundshme, pazarllëk ky i bërë më së miri nga tregtari, dhe që në të vërtetë u mor vesh më vonë.

Sidoqoftë çmimi i çdo njërit prej artikujve ishte shumë i ulët, zonjës Bovari, nënës, s'iu ndenj pa thënë se kishin bërë shpenzime të tepruara.

- S'rrinit dot pa qilim ju? Përse u dashkësh zëvendësuar stofi i kolltukëve? Në kohën time, vetëm një kolltuk tek mbahej në shtëpi, për të moshuarit - të paktën kështu ishte te nëna ime, që ishte grua për së mbari, të më besoni. - S'mund të jenë të gjithë të kamur! S'ka pasuri të përballojë shpenzimet e kota! Do të më skuqej faqja nga turpi mua, po ta merrja veten me pekule siç bëni ju! E megjithatë, unë jam grua plakë, kam nevojë për kujdesje... Pa shih? pa shih, ç'janë gjithë këto salltanete e tangërllëqe! Si, të paguash dy franga për mëndafsh astari!... kur mund të gjesh me dhjetë groshë? bile dhe me tetë beze që e bën punën për bukuri.

Ema e shtrirë në shpinë mbi kanapenë e vogël, i përgjigjej

me të qetë sa mundej:
- Ehu! Moj zonjë, boll! Boll tani!...
Mirëpo ajo vazhdonte t'i jepte këshilla, duke i thënë se kështu siç e kishte nisur do të përfundonin në spital. Bile fajin e kishte Bovariu. Për fat të mirë ai i kishte premtuar se do ta zhdukte nga faqja e dheut atë prokurë...
- Si?
- Ah! M'u betua, - vazhdo e shkreta grua.
Ema hapi dritaren, thërriti Sharlin, dhe i gjori burrë u detyrua të pohonte fjalën e dhënë që ia kishte shkulur nga goja e ëma.
Ema doli, dhe u kthye shpejt duke i zgjatur gjithë madhështi një fletë të trashë letre.
- Ju falemnderit, - i tha plaka.
Dhe e hodhi në zjarr prokurën.
Ema ia nisi një të qeshure çjerrëse, buçitëse, të pareshtur: e kishte kapur një krizë nervash.
- Ah! O zot! - bërtiti Sharli, - Edhe ti ke fajin tënd, që vjen e bën sherre e shamata!...
E ëma, duke ngritur supet, donte t'i mbushte mendjen se i kishte naze të gjitha ato që bënte.
Mirëpo Sharli, si iu kundërvu për herë të parë, mori anën e së shoqes, kështu që zonjës Bovari, nënës, iu shkrep të ikte. Ajo u nis që të nesërmen dhe, te pragu i derës, kur ai po përpiqej që ta mbante, iu përvesh:
- Lëri, lëri kto! Ti më shumë do atë se mua, dhe të drejtë, ke, kështu je në rregull. Fundja dëm kokës i bën! Ke për ta parë!... Mbeç me shëndet!... se s'jam duke ardhur, siç thua zotrote, t'i bëj asaj sherre e shamata.
Sharli u vu në siklet të madh dhe me Emën, sepse kjo i mbante mëri hapur për mosbesimin që kishte treguar ndaj saj; atij iu desh t'i lutej e stërlutej që ajo të pranonte ta merrte përsëri prokurën, dhe bile e çoi vetë te zoti Gijomen që t'i bënte një tjetër, njëlloj si të parën.
- E kuptoj, - tha noteri, - një njeri i shkencës s'mund të humbasë mendjen pas hollësive të zakonshme të jetës.
Dhe Sharlin e lehtësoi në vetvete ky mendim i sheqerosur, i cili ia vishte pikën e dobët me një paraqitje mikluese si të ishte njeri që merrej me gjëra të larta.
Çfarë shpërthim ndjenjash pati të enjten tjetër, në hotel,

në dhomën e tyre, bashkë me Leonin! Ajo qeshi, qau, këndoi, porositi shumë shurupe, deshi të pinte cigare, atij iu duk e tjetërsojshme, por e adhurueshme, mrekullia vetë.

Ai nuk e dinte se ç'ishte gjithë ai reagim i brendshëm i tërë qenies së saj që e shtynte edhe më të lëshohej drejt qejfeve të jetës. Ajo po bëhej gjaknxehtë, e babëzitur dhe epshore; dhe bile shëtiste me të nëpër rrugë, me kokë përpjetë, pa pasur pikë frike, siç thoshte vetë, se mos i dilte nami. Megjithatë, nganjëherë, Emës i kalonin të dridhura nëpër trup, kur befas mendonte se mos ndeshej me Rodolfin; sepse i dukej, ndonëse ishin ndarë njëherë e përgjithmonë, se nuk ishte çliruar plotësisht nga vartësia e tij.

Një mbrëmje, ajo s'u kthye fare në Jonvil. Sharlit po i ikte mendja, dhe Berta e vogël, që s'donte të flinte pa të ëmën, qante me dënesë sa s'i plaste zemra. Justini kishte dalë rrugëve kuturu ta kërkonte. Omeu gjithashtu kishte dalë nga farmacia. Më në fund, Sharli, që s'duronte dot më, në orën njëmbëdhjetë, bëri gati kaloshinin, ia hipi, i ra me kamxhik kalit dhe rreth orës dy të mëngjesit mbërriti te Kryqi i Kuq. S'gjeti gjë aty. me vete mendoi se ndoshta e kishte parë sekretari, po ku banonte ai? Për fat, Sharlit i ra ndër mend adresa e padronit të tij. Vrapoi tek ai.

Dita po fillonte të agonte. Ai shqoi një tabelë sipër një porte; trokiti. Dikush, pa ia hapur, ia tha me të bërtitur të dhënën që kërkonte, duke shtuar më pas gjithë ato sharje kundrejt atyre që vijnë e shqetësojnë të tjerët natën.

Shtëpia ku banonte sekretari nuk kishte as zile, as trokitës, as portier. Sharli u ra fort me grusht kanateve. Rastisi që në atë çast kaloi aty një polic; atëherë atë e zuri frika dhe u largua.

"Qenkam i marrë, - thoshte ai me vete, - me siguri duhet ta kenë mbajtur për darkë te zoti Larmo."

Familja Larmo nuk banonte më në Ruan.

"Do të ketë ndenjur të kujdeset për zonjën Dybrëj. Po, jo! Zonja Dybrëj ka dhjetë muaj që ka vdekur!... Ku të jetë vallë?"

Kur papritmas i lindi në kokë një mendim. Kërkoi një një kafene librin e adresave dhe pa aty me të shpejtë të gjente emrin e zonjushës Lamprër, e cila banonte në rrugën Rëneldes-Marokinie, Nr.74.

Kur po futej në këtë rrugë, në cepin tjetër të saj u shfaq

Ema; më tepër u hodh mbi të se sa e përqafoi, duke bërtitur:
- Kush të mbajti dje?
- Isha sëmurë.
- Po nga se?... Ku?... Si?...
Ajo preku ballin me dorë, dhe iu përgjigj:
- Te zonjusha Lamprër.

Isha i sigurt për këtë! Aty po shkoja.
- Mos u mundo kot, - i tha Ema. - Sapo doli nga shtëpia, por, këtej e tutje, mos u bëj merak. Unë s'mund ta ndiej veten të qetë, më kupton, po ta di se vonesa më e vogël të shqetëson kaq shumë.
Kjo ishte një lloj leje që ajo i jepte vetes për të mos hasur asnjë pengesë në ikjet e saj. Kështu pra, e shfrytëzoi atë si i vinte për mbarë, pa masë. Kur i hipte dëshira për të takuar Leonin, nisej duke nxjerrë një arsye e aq, dhe, meqë atë ditë ai nuk e priste, ajo shkonte e kërkonte në zyrë.
Në fillim ai gëzohej mjaft, mirëpo s'kaloi shumë dhe nuk ia fshehu më të vërtetën: padroni i tij ankohej me të madhe nga këto shqetësime.
- Ehu! Hajde pra tani, - i thoshte ajo.
Dhe ai ia mbathte jashtë.
Ema deshi që ai të vishej krejt me të zeza dhe të linte një mjekër me majë, që t'i ngjante portreteve të Luigjit XIII. Shfaqi dëshirën t'i shihte banesën, e cila iu duk kot më kot; ai u skuq nga turpi, po ajo s'ia vuri veshin, pastaj e këshilloi të blinte perde si ato të sajat dhe, meqë ai nuk pranonte të shpenzonte për to, ajo i tha me të qeshur: - Aha! T'u dhimbskan skudet.
Çdo herë që rrinin bashkë, Leoni duhej t'i tregonte asaj me hollësi gjithçka që kishte bërë qysh nga takimi i tyre i fundit. Ajo i kërkoi vargje, vargje për veten e saj, një vjershë dashurie për nder të saj, por ai s'arriti dot kurrë ta rimonte vargun e dytë, dhe si përfundim kopjoi një sonet nga një album me poezi dhe ilustrime.
Këtë e bënte jo aq për mburrje, se sa nga dëshira që vetëm e vetëm t'i pëlqente asaj. Mendimet as që ia vinte në diskutim; shijet ia mirëpriste të gjitha; më tepër bëhej ai dashnorja e saj se sa ajo e tij. Ajo ia rrëmbente shpirtin fare me ato fjalë të ëmbla dhe me ato puthje që i bënte. Ku vallë ta kishte

mësuar tërë këtë shthurje thuajse ideale që ishte aq e thellë dhe e maskuar saqë s'mund të ta merrte dot mendja?

VI

Gjatë udhëtimeve që bënte për të takuar atë, shpesh herë Leoni hante darkë nga farmacisti, dhe e ndiente veten të detyruar, për njerëzi, ta ftonte dhe ai nga ana e tij.
- Me gjithë dëshirë! - i ishte përgjigjur zoti Ome. - Edhe unë duhet të vihem në lëvizje për të marrë disi fuqi, se këtu po zë myk. Do të shkojmë në shfaqje, në restorant, kemi për të bërë qejf sa t'i luajmë fenë!
- Oh! I dashur! - pëshpëriti me dhembshuri zonja Ome, e frikësuar nga rreziqet e papërcaktuara që po përgatitej të përballonte.
Epo, ç'të keqe ka? Pse mos kujton ti se pak e shkatërroj shëndetin unë, duke jetuar vazhdimisht mes avujve të farmacisë? Po ja që kështu janë gratë: bëhen xheloze për shkencën, pastaj na bëhen pengesë dhe kur duam të kalojmë argëtimet që na takojnë më se me të drejtë. Punë e madhe, lëmani në dorë mua këtë; një nga këto ditë aty më keni në Ruan dhe kemi ç'kemi byk do t'i bëjmë.
Njëherë e një kohë farmacisti nuk kishte për të përdorur një gjuhë të tillë; mirëpo tani ishte dhënë pas stilit gazmor dhe parisian që i dukej më me shije, dhe ai gjithashtu, si zonja Bovari, fqinja e tij, e pyeste sekretarin gjithë kureshtje për zakonet e kryeqytetit, bile fliste argo që të mahniste... banorët e Jonvilit, duke thënë për shembull karakatinë, rrangullinë, cigarinë, gërnjar, Breda-strit, ose po avullojnë vend të: po iki.
Kështu pra, Ema, një të enjte, u çudit që takoi, në kuzhinën e Luanit të artë, zotin Ome, të veshur me rroba udhëtimi, domethënë me një pallto të vjetër që s'ia kishte parë njeri ndonjëherë, ndërsa në njërën dorë mbante një valixhe dhe në tjetrën, ngrohësen e këmbëve, të farmacisë. Askujt nuk i kishte treguar për këtë projekt të vetin, nga frika se mos shqetësoheshin njerëzit me mungesën e tij.
Vetëm mendimi që do t'i shihte përsëri vende ku kishte kaluar rininë me siguri që ia çonte zemrën peshë, sepse

gjatë gjithë rrugës s'i pushoi goja; pastaj, sa mbërriti, u hodh përnjëherësh nga karroca që të kërkonte Leonin, dhe sido që sekretari u përpoq të shkëputej, zoti Ome e mori me vete në Kafen e madhe Normandia, ku hyri gjithë madhështi, pa e hequr kapelën, duke e quajtur si diçka tepër katundarçe të zbulonte kokën në një vend publik.

Ema e priti Leonin treçerek ore. Më në fund, vrapoi në zyrën e tij, dhe, mendjeprishur nga gjithfarë gjasash, duke ia veshur fajin atij që s'e kishte përfillur dhe duke e qortuar veten për dobësinë që kishte, e kaloi mbasditen me balli ngjitur pas xhamit të dritares.

Deri në orën dy ata ishin ende të ulur në tryezë njëri përballë tjetrit. Salla e madhe po boshatisej; tubi i sobës në formë palme, hidhte rrathë-rrathë mbi tavanin e bardhë, gjethnajën e tij të praruar; dhe aty pranë tyre, mbrapa xhamtinës, në mes të diellit, gurgullonte një shatrivan i vogël në një hauz mermeri, ku, midis lakërishtes dhe shpargujve zgjateshin deri te një pirg shkurtëzash të shtrira të tëra mbi ije njëra sipër tjetrës, tre karkalecë të mëdhenj deti të mpirë.

Omeu po shkrihej nga kënaqësia. Ndonëse më tepër e dehte luksi sesa të ngrënët e shijshëm, vera e Pamarit po e ndizte disi, dhe, kur erdhi omëleta me rum, ai ia nisi nga teoritë e pamoralshme për femrat. Gjëja që e magjepste mbi të gjitha, ishte eleganca. E adhuronte veshjen e hijshme në një apartament të mobiluar bukur dhe, sa për cilësitë trupore, i pëlqenin ato të mbushurat mirë...

Leoni shikonte nga sahati me dëshpërim. Farmacisti vazhdonte të pinte, të hante, të fliste.

Besoj se këtu në Ruan, - i tha ai papritmas, - ju ndiheni i vetmuar, po fundja, dashnorja nuk ju banon larg.

Dhe, meqë atij po i hipte një i skuqur në fytyrë, shtoi:

- Hajde tani, tregohuni i çiltër! Mua do të ma mohonit ju që në Jonvil...?

Djaloshi belbëzoi:

- Nuk i vinit rrotull ju te zonja Bovari?...

- Kujt pra?

- Shërbëtores!

Ai nuk e kishte me shaka; mirëpo duke qenë se mburrja s'pyet për asnjë lloj maturie, Leoni pa dashur as vetë, e kundërshtoi. Pastaj atij i pëlqenin vetëm zeshkanet.

- Me ju jam edhe unë, - i tha farmacisti, - janë më me temperament ato.
Dhe, duke iu përkulur mikut në vesh, i tregoi shenjat nga njihet një femër me temperament. Bile u hallakat dhe nëpër vlerësime etnografike; gjermanet ishin si vegim, francezet të shthurura, italianet të përvëluara. - Po zezaket? - e pyeti sekretari.
- Duhet të jesh artist që t'i shijosh ato, - i tha Omeu. - Kamerier! Na sill dy kafe!
- Do të ikim! - ia pati më në fund Leoni që po e humbiste durimin.
- Jes.
-Mirëpo, përpara se të largohej, ai deshi të takonte të zotin e lokalit dhe i bëri atij disa përgëzime.
Atëherë djaloshi, që të mbetej vetëm, i tha se kishte punë:
- Ah! Po ju shoqëroj! - i propozoi Omeu.
Dhe, duke zbritur nëpër rrugë me të, i foli për të shoqen, fëmijët, për të ardhmen e tyre dhe farmacinë e tij, i tregonte se si ishte katandisur ajo dikur, dhe se në ç'shkallë përsosmërie e kishte ngritur ai vetë.
Si arriti përpara Hotel Bulonjës, Leoni u shkëput prej tij përnjëherësh, u ngjit shkallëve, dhe e gjeti dashnoren shumë të tronditur.
Sa dëgjoi emrin e farmacistit, ajo shpërtheu nga tërbimi. Megjithatë ai i solli një sërë arsyesh të forta; pse kishte faj ai, pse s'e njihte ajo zotin Ome? Si mund të besonte ajo që atij mund t'i pëlqekësh më shumë të rrinte me farmacistin se sa me të? Mirëpo ajo po bënte të ikte, ai e mbajti dhe, si i ra në gjunjë, e kapi për beli me të dy krahët, në një pozë lënguese gjithë epsh e lutje.
Ajo rrinte në këmbë; sytë e ndezur flakë ia kishte ngulur atij rëndë-rëndë dhe gati-gati si me tmerr. Pastaj iu errësuan nga lotët, uli qepallat ngjyrëtrëndafil, i lëshoi duart dhe Leoni po i çonte te buzët e tij kur në atë çast u shfaq në shërbyes, që lajmëroi se zotërinë e kërkonin.
- Do të kthehesh përsëri? - i tha ajo.
Po.
- Po kur?
- Menjëherë.
- Më ra ndër mend një marifet, - tha farmacisti kur pa

Leonin. - Doja ta ndërprisja këtë vizitë që më dukej se ju bezdiste. Hajde shkojmë te Briduja të pimë nga një gotë garys.
Leoni iu betua se duhej të kthehej në zyrë. Atëherë farmacisti nisi të tallej me shkresurinat, me procedurën.
- Lërini një çikë mënjanë Kyzhasin me Bartolin, dreqi e mori! Kush ju pengon? Bëhuni burrë! Hajde të shkojmë të Briduja; keni për të parë edhe qenin e tij. Është shumë interesant.
Dhe, meqë sekretari ngulmonte gjithnjë në të tijën, ai shtoi:
- Po vij fundja edhe unë me ju. Do të lexoj ndonjë gazetë duke ju pritur ju, ose do të shfletoj ndonjë kod.
Leoni, i hutuar nga zemërimi i Emës, nga dërdëllisja e zotit Ome dhe ndoshta ngaqë i kishte rënë rëndë edhe dreka, rrinte i pavendosur dhe si i magjepsur prej farmacistit që s'pushonte.
- Hajde të shkojmë te Briduja! Ja mu këtu afër e ka shtëpinë, në rrugën Malpaly.
Atëherë, nga dobësia, nga budallallëku, nga ajo ndjenjë e papërcaktueshme që të shtyn të bësh veprimet më antipatike, ai pranoi të shkonte të Briduja, të cilin e gjetën në oborrin e vogël, ku po mbikëqyrte tre çuna të cilët gulçonin duke rrotulluar rrotën e madhe të një makine që gazonte ujë Selci. Omeu u dha ca këshilla dhe përqafoi Bridunë, pinë garys. Leoni u mat kaq herë të ikte, mirëpo farmacisti e mbante nga krahu duke i thënë:
- Ja dhe pak! Po dal edhe unë. Do të shkojmë bashkë te Feneri i Kuq, të takohemi me ata zotërinjtë. Do t'ju prezantoj me Tamasenin.
Megjithatë ai e hoqi qafe dhe vrapoi vetëtimthi drejt e në hotel. Ema s'ishte më aty.
Ajo sapo ishte nisur, e pezmatuar. Ajo e urrente atë tani. Mosmbajtja e fjalës për takim i dukej një fyerje, dhe kërkonte akoma arsye të tjera që të shkëputej prej tij; ai ishte i paaftë për heroizma, i dobët, i rëndomtë, më i mefshët se një grua, koprac, bile, dhe frikacak.
Pastaj, si u qetësua, e kuptoi dhe vetë më në fund se me siguri kishte shpifur për të. Mirëpo përçmimi ndaj atyre që duam gjithmonë na largon disi prej tyre. Idhujt s'duhen prekur: prarimi i tyre të mbetet në duar.

Me kalimin e kohës filluan të flisnin më shpesh për gjëra që s'kishin të bënin me dashurinë e tyre; dhe, në letrat që i dërgonte Ema, bëhej fjalë për lule, për vargje, për hënën dhe për yje, burime naive këto të një pasioni të venitur, që përpiqej të ndizej me të gjitha mjetet e jashtme. Vazhdimisht shpresonte në vetvete se në udhëtimin e ardhshëm do të gjente një lumturi të madhe, pastaj në vetvete e pranonte se nuk ndiente asgjë të jashtëzakonshme. Ky zhgënjim i zhdukej shpejt nga një shpresë e re, dhe Ema vinte tek ai më e ndezur, më e pangopur. Zhvishej menjëherë, duke tërhequr me forcë lidhësen e hollë të korsesë, që fishkëllente rreth ijeve të saj si ndonjë bollë që rrëshqet. Zbathur, në majë të gishtërinjve shkonte të shikonte dhe një herë nëse ishte dera mbyllur, pastaj me një lëvizje të vetme i hidhte përdhe njëherësh të gjitha rrobat që kishte në trup - dhe e zbehtë, pa folur, hijerëndë, i hidhej atij në kraharor, me një dritherimë të gjatë që i përshkonte tërë trupin lakuriq.

Megjithatë, mbi atë ballë të mbuluar me pika djerse të ftohta, të zhvishej menjëherë, duke tërhequr me forcë lidhësen e hollë të korsesë, që fishkëllente rreth ijeve të saj si ndonjë bollë që rrëshqet. Zbathur, në majë të gishtërinjve shkonte të shikonte dhe një herë nëse ishte dera mbyllur, pastaj me një lëvizje të vetme i hidhte përdhe njëherësh të gjitha rrobat që kishte në trup - dhe e zbehtë, pa folur, hijerëndë, i hidhej atij në kraharor, me një dritherimë të gjatë që i përshkonte tërë trupin lakuriq.

Megjithatë, mbi atë ballë të mbuluar me pika djerse të ftohta, mbi ato buzë belbëzuese, në ato bebe sysh të përhumbura, në shtrëngimin e atyre krahëve, kishte diçka të pamasë, të papërcaktuar dhe të zymtë, që Leonit i dukej se rrëshqiste midis tyre pa u ndier, sikur do t'i ndante njërin nga tjetri.

Ai s'guxonte t'i bënte pyetje, mirëpo, duke vënë re që ajo ishte me aq përvojë, thoshte me vete, se duhej t'i kishte kaluar të gjitha provat e vuajtjes dhe të qejfit. Ajo që më përpara e magjepste tani e frikësonte disi. Nga ana tjetër, i vinte plasje që çdo ditë e më tepër personalitetin e tij sikur e thëthinte diçka. Inatin e kishte me Emën për këtë fitore të përhershme. Bile përpiqej që të mos përgjërohej për të; mirëpo, sa dëgjonte kërcitjen e këpucëve të saj me qafa, e ndiente veten të dobët, si pijanecët kur shohin pije të forta alkoolike.

Ajo, në të vërtetë, s'linte përkujdesje pa i kushtuar, që nga gatimet e zgjedhura deri te veshjet e saj me shije dhe shikimet zemërcopëtuese. Sillte nga Jonvili trëndafila që i mbante në gji dhe që ia hidhte atij në fytyrë, tregohej e shqetësuar për shëndetin e tij, i jepte këshilla për sjelljen dhe, që ta bënte më shumë pas vetes, me shpresë se ndoshta dhe zoti do të vinte dorë në këtë drejtim, i vari në qafë një medaljon të shën Mërisë. Si ndonjë nënë e virtytshme, i kërkonte të dhëna për shokët. Pastaj i thoshte:

- Mos rri me ta, mos dil, mendo vetëm për veten tonë; më duaj mua!

Dëshira ia kishte ta mbikëqyrte jetën e tij, dhe iu shkrep ndër mend t'i vinte njeri që ta ndiqte nëpër rrugë. Aty pranë hotelit gjendej gjithmonë njëfarë endacaku që kapte udhëtarët dhe që kishte për të pranuar... Mirëpo s'e la krenaria.

"Ehu! Punë e madhe! Le të më tradhtojë, s'më bëhet vonë! Pse ta vras mendjen?"

Një ditë që ishin ndarë herët nga njëri-tjetri dhe ajo po kthehej vetëm bulevardit, i zunë sytë muret e manastirit të saj; atëherë u ul mbi një stol, në hijen e vidheve. Çfarë qetësie në atë kohë! Sa zili i kishte ndjenjat e patregueshme të dashurisë që përpiqej t'i parafytyronte sipas librave!

Muajt e parë të martesës, shëtitjet me kalë në pyll, viskonti që kërcente vals, dhe Lagardi që këndonte të gjitha këto iu shfaqën para syve... Dhe Leoni papritmas iu duk po aq i largët sa edhe të tjerët.

"Megjithatë e dua!" - thoshte ajo me vete.

Po ç'rëndësi kish! Ajo e lumtur nuk ishte, as kishte qenë ndonjëherë. Nga t'i vinte vallë kjo zbrazësi e jetës, ky kalbëzim i menjëhershëm i gjërave mbi të cilat mbështetej ajo?... Mirëpo në qoftë se kishte diku një njeri të fuqishëm dhe të hijshëm, burrë të vërtetë plot afsh dhe sqimë njëkohësisht, me zemër poeti si engjëll i lirë me korda tunxhi, që ngre lart në qiell tingujt e një poeme elegjiake të vajtueshme, përse rastësisht të mos e gjente ajo? Oh! sa e pamundur që ishte! Madje nuk ia vlente të kërkoje asgjë! Gjithçka ishte gënjeshtër! Ç'do buzëqeshje fshihte një gogësimë mërzitjeje, çdo gëzim një mallkim, çdo kënaqësi neverinë e vet, dhe puthjet më të zjarrta të linin mbi buzë një dëshirë të ndezur të parealizueshme për të shuar një epsh edhe më të përvëluar.

Në ajër u zvarg një rënkim metalik dhe në kambanën e manastirit u dëgjuan katër të rëna. Ora katër! Dhe asaj i dukej se kishte qenë aty, mbi atë stol, tërë jetën e jetëve. Mirëpo një minutë mund të nxërë një pafundësi pasionesh, si një hapësirë e vogël një turmë të tërë njerëzish. Ema jetonte e dhënë plotësisht pas atyre të sajave, ndërsa për para në sa mund ta vriste mendjen një akridukeshë aq e vriste dhe ajo.

Megjithatë, një ditë, i erdhi një burrë i pakët, fytyrëkuq dhe tullac, i cili i tha se e kishte dërguar zoti Vensar nga Ruani. Ai hoqi karficat që i mbanin mbyllur xhepin anësor të redingotës së gjatë të gjelbër, i nguli në mëngë dhe i zgjati asaj me mirësjellje një letër.

Ishte një kambial pesëqindfrangësh, i nënshkruar prej saj dhe që Lërëi, me gjithë kundërshtimet që kishte bërë ajo, e kishte kaluar në emër të Vensarit. Ajo dërgoi shërbëtoren ta thërriste në shtëpi. Ai s'mund të vinte.

Atëherë, i panjohuri, që kishte ngelur në këmbë, duke hedhur djathtas-majtas shikime kureshtari që ia fshihnin vetullat e trasha të verdha, pyeti si pa të keq:

- Ç'përgjigje t'i jap zotit Vensar?
- Mirë, pra, - iu përgjigj Ema, - thuajini... që s'kam... javën që vjen... Le të presë... po, po, javën që vjen.

Dhe burri i shkretë u largua pa nxjerrë fjalë nga goja.

Mirëpo të nesërmen, në mesditë, ajo mori një akt proteste, dhe sa pa letrën e vulosur, mbi të cilën ishte shënuar disa herë dhe me gërma të mëdha: "Zoti Aran, ftues gjyqi në Byshi", u frikësua aq shumë, sa vrapoi në çast te tregtari i stofave.

E gjeti në dyqanin e tij, duke lidhur një pako.

- Jam në shërbimin tuaj, - i tha ai, - urdhëroni.

Lërëi, megjithatë, vazhdoi të bënte punën e vet, i ndihmuar nga një vajzë e vogël rreth të trembëdhjetave, paksa gungaçe, dhe që i shërbente njëkohësisht edhe si çirake edhe si kuzhiniere.

Pastaj, ai, duke kërcitur nallanet mbi dërrasat e dyshemesë së dyqanit, i paprapriu zonjës nëpër shkallë për t'u ngjitur në katin e dytë, dhe e futi atë në një dhomë të vogël e të ngushtë, ku mbi një tryezë të madhe prej bredhi ishin vendosur disa regjistra, që ruheshin nga një cep te tjetri me një shufër hekuri me dry. Pas murit, nën disa copa basmeje, dukej një kasafortë, por që kishte përmasa aq të mëdha, saqë duhej të kishte brenda dhe gjëra të tjera, përveç kambialeve dhe parave. Zoti Lërë, me të vërtetë, jepte hua duke mbajtur pengje, dhe pikërisht aty kishte futur zinxhirin e artë të zonjës Bovari, bashkë me vathët e të gjorit xha Telie, i cili, si u detyrua më në fund të shiste gjithë katandinë, kishte blerë në Kenkampua një dyqan të vobektë bakalli, ku po fikej pak nga pak nga katarri, mes qirinjve që s'ishin aq të verdhë nga ç'e kishte fytyrën ai.

Lërëi u ul në kolltukun e gjerë prej kashte, duke thënë:
- Ç'kemi ndonjë të re? - Ja, shikojeni.
Dhe ajo i tregoi letrën. - Mirë pra, po unë ç'mund të bëj?
Atëherë, ajo u zemërua dhe i përmendi fjalën e dhënë se nuk do t'i vinte në qarkullim kambialet e saj; ai e pranonte dhe vetë.
- Po as unë s'kisha nga t'ia mbaja, e kisha thikën në fyt.
- Dhe ç'do të bëhet tani? - vazhdoi ajo.
- Oh! është shumë e thjeshtë: një vendim gjyqi dhe pastaj vjen konfiskimi... Çudi e madhe!

Ema e mbante veten që të mos e rrihte. E pyeti me të butë mos kishte ndonjë mënyrë si ta qetësonte zotin Vensar.
- Ama i keni rënë në të! Të qetësosh Vensarin; duket që s'e njihni fare; ai është më i egër se një arab.

Megjithatë duhej që zoti Lërë të ndërmjetësonte për këtë çështje.
- Dëgjoni këtu! Mua më duket se deri tani jam treguar goxha i mirë me ju. Dhe duke hapur një nga regjistrat e tij, i tha:
- Shikoni!
Pastaj duke kaluar faqen nga poshtë-lart me gisht, shtoi:
- Ja të shohim..., të shohim... Më 3 gusht dyqind franga... më 17 qershor, njëqind e pesëdhjetë... më 25 mars, dyzet e gjashtë... Në prill...

Aty u ndal sikur të kishte frikë se mos bënte ndonjë marrëzi.
- Dhe s'po them gjë për kambialet e nënshkruara nga zotëria, njëri shtatëqind frangësh, tjetri treqind frangësh! Sa për paradhëniet tuaja të vogla, kamatat, at s'kanë të sosur, ngatërrohesh keq aty. s'dua më të përzihem me to!

Ajo qante, e thirri atë bile "zoti i mirë Lërë". Mirëpo si ia hidhte gjithnjë fajin atij "dreq Vensari". Pastaj ai s'kishte asnjë dysh, tani nuk e paguante njeri, po e nxirrnin me gisht në gojë, një copë shitësi si ai, s'kishte se si të jepte hua.

Ema nuk e hapte gojën; ndërsa zoti Lërë, që kafshonte nga pakëz fije te një pende, me siguri e shqetësoi heshtja e saj, prandaj vazhdoi:

- Po të kisha të paktën këto ditë ndonjë të ardhur... edhe mund...

- Fundja, - i tha ajo, - sapo të vijë pagesa e prapambetur e Barnvilit...

- Si?...

Dhe, kur mori vesh se Langluai nuk kishte paguar akoma, ai u duk shumë i habitur. Pastaj, me një zë miklues, shtoi:

- Domethënë do të biem në ujdi, kështu thoni ju... - Oh, për çfarë të doni ju!

Atëherë, ai mbylli sytë për t'u menduar, shkroi disa shifra, dhe, pasi tha se do të hiqte keq, se ishte punë me spec dhe se porrënohej, ai përgatiti katër kambiale nga dyqind e pesëdhjetë franga secili, me afat pagese prej një muaji njëri nga tjetri.

- Vetëm në dashtë të më mbajë vesh Vensari. Tek e fundit, këtë e vendosëm, nuk sorollatem kot unë, s'jam i dallavereve, atë që them s'e luan topi.

Pastaj i tregoi si pa qëllim disa mallra të reja, mirëpo asnjëra prej tyre, sipas mendimit të tij, nuk ishte për zonjën.

- Pale kur mendoj që kam këtu fustane si ky me shtatë grosh metri, dhe të garantuara që nuk u del boja! Blerësit i hanë të gjitha këto! Kush ju thotë se ç'mall janë në të vërtetë, e merrni me mend vetë, duke dashur në këtë mënyrë që ajo të bindej plotësisht për ndershmërinë e tij ndaj saj, përderisa ai e pranonte dhe vetë që ua hidhte të tjerëve.

Pastaj e thirri, për t'i treguar tri pashë dantellë që i kishte gjetur kohët e fundit "në një ankand".

- Me të vërtetë e bukur! - i thoshte Lërëi, tani e përdorin shumë, si mbulesë për kokat e kolltukëve, është fjala e fundit e modës.

Dhe, më i shpejtë se një prestidigjitator, e mbështolli dantellën me letër të kaltër dhe ia vuri Emës në duar.

- Po më thoni të vërtetën?...

- Ah, më vonë! - iu përgjigj ai, duke i kthyer shpinën.
Që atë mbrëmje, ajo e shtyu Bovariun t'i shkruante së ëmës që t'u dërgonte sa më parë gjithë pagesën e prapambetur të trashëgimisë. Vjehrra u përgjigj se nuk kishte ngelur më gjë; likuidimi ishte bërë, dhe atyre u mbeteshin, përveç Barnvilit, gjashtëqind livra të ardhura, të cilat do t'ua paguante kokërr më kokërr.
Atëherë zonja u nisi fatura nja dy a tre klientëve, dhe pas pak kohësh e përdori në stil të gjerë këtë metodë, që i dilte për mbarë. Ajo kishte gjithmonë kujdes të shtonte në fund: "Mos ia zini fare në gojë këtë tim shoqi, ju e dini sesa krenar është ai... Ju kërkoj ndjesë... E juaja..." Pati disa ankesa; asaj i ranë në dorë para se të shkonin aty ku ishin nisur.
Që të siguronte para, ajo filloi të shiste dorashkat, kapelat e saj të vjetra, hekurishtet e mbetura, dhe në Pazar tregohej lakmitare e madhe - e shtynte drejt fitimit gjaku i saj prej fshatareje. Pastaj, sa herë që shkonte në qytet, merrte çiklamikla, të cilat zoti Lërë, nga e keqja, do t'ia pranonte me siguri. Për vete bleu pendë struci, enë porcelani kinez dhe baule, borxh merrte nga Felisiteja, nga zonja Lëfransua, nga zonja e hotelit Kryqi i Kuq,nga çdo njeri, ku të mundej. Me paratë që i erdhën më në fund nga Barnvili, bleu dy kambiale, ndërsa një mijë e pesëqind frangat e tjera u tretën. U fut përsëri në borxh, dhe kështu vazhdoi gjithmonë!
Nganjëherë, ç'është e vërteta, ajo përpiqej të bënte llogari, mirëpo zbulonte gjëra aq të jashtmasshme, saqë nuk i besoheshin. Atëherë fillonte nga e para, ngatërrohej shpejt, i plaste të gjitha në vend dhe s'mendonte më për to.
Tani shtëpinë e kishte mbuluar një trishtim i madh! Furnitorët dilnin prej saj të xhindosur në fytyrë. Shamitë hidheshin sa andej-këndej mbi stufa; dhe Berta e vogël mbante çorape të grisura, sa zonja Ome ngelej pa mend. Po të guxonte Sharli t'i bënte gjithë druajtje ndonjë vërejtje, ajo i përgjigjej me të egër se s'ishte aspak faji i saj!
Ç't'i kishte këto gjaknxehje? Ai gjithçka e shpjegonte me sëmundjen e saj të dikurshme të nervave dhe, duke qortuar veten që i kishte marrë dobësitë e saj shëndetësore për të meta, vetëakuzohej për egoizëm dhe i vinte t'i hidhej ta puthte. "Oh! Jo, - thoshte ai me vete, - kam për ta mërzitur!" Dhe s'lëvizte nga vendi.

Pas darke, shëtiste vetëm nëpër kopsht, merrte Bertën e vogël mbi gjunjë dhe, pasi hapte gazetën e mjekësisë, përpiqej ta mësonte të lexonte. Fëmija, të cilës s'i kishte dhënë kurrë njeri mësime, pas pak shqyente sytë me trishtim dhe ia plaste të qarit. Atëherë ai e merrte me të mirë; shkonte i mbushte ujë në vaditëse që të bënte lumenj mbi rërë, soe thyente degë vashtrash që të mbillte pemë në lehe, gjë që s'ia prishte dhe aq bukurinë kopshtit, të cilin e kishin zaptuar krejtësisht barërat e gjata; sa ditë pune u kishin ngelur pa paguar Letibuduasit! Pastaj fëmija mërdhinte dhe kërkonte të ëmën.

- Thirre shërbëtoren, - i thoshte Sharli, - Ti e di mirë, shpirt i vogël, se mami nuk do t'i prishet qetësia.

Vjeshta kishte hyrë dhe tashmë gjethet po binin - si para dy vjetësh, kur ajo ishte e sëmurë! - Kur do të merrte fund e gjithë kjo?... Dhe ai vazhdonte të ecte, me duar mbrapa shpinës.

Zonja rrinte në dhomën e vet. Aty s'i shkonte njeri. gjithë ditën e ditës qëndronte brenda, e mpirë, gati-gati e zhveshur, dhe, herë pas here, digjte pastilje aromatike, që i kishte blerë në Ruan, në dyqanin e një algjeriani. Për mos e pasur natën pranë atë burrë të shtrirë që flinte, ajo, arriti më në fund, me ngërdheshje pas ngërdheshjesh, ta degdiste në kat të tretë; dhe vetë lexonte deri në mëngjes libra të allasojshëm që përshkruanin skena me orgjira dhe ngjarje të përgjakshme. Shpesh e pushtonte tmerri, nxirrte ndonjë klithmë dhe Sharli vraponte drejt saj.

- Oh! Largohuni! - i thoshte ajo.

Ose, herë të tjera, e djegur dhe më keq nga zjarri i brendshëm që ia shtonte dëshira për të bërë dashuri jashtë martese, ajo me gulçima, të dridhura dhe gjithë epsh, hapte dritaren, thithte ajrin e freskët, lëshonte në erë floknajën e saj shumë të rëndë, dhe, duke soditur yjet, uronte t'i jepej ndonjë princi. Mendonte për atë, Leonin. Në ato kushte ishte gati të jepte gjithçka për një takim të vetëm dashurie nga ata që e ngopnin.

Ato ishin ditët e qejfit të saj të vërtetë. I donte të ishin të shkëlqyera! ehe, atëherë kur ai s'mund t'i përballonte gjithë shpenzimet vetëm, ajo e plotësonte pa u kursyer fare pjesën që ngelej, gjë që ndodhte pothuajse në të tëra rastet. Ai u mundua t'i mbushte mendjen se do t'ia kalonin po aq mirë dhe gjetkë, në ndonjë hotel tjetër më të thjeshtë, mirëpo ajo me kundërshtimet e saj s'deshi të luante vendit.

Një ditë, nxori nga çanta e saj gjashtë lugë të vogla prej argjendi të praruar (ishin dhurata që i kishte bërë xha Ruoi për martesë), dhe iu lut të shkonte menjëherë t'i linte, për llogari të saj, në degën e pengjeve, dhe Leoni iu bind, ndonëse nuk i pëlqente një veprim i tillë. Kishte frikë se mos komprometohej.

Pastaj, si u mendua mirë, arriti në përfundimin se dashnorja e tij po merrte kot, dhe se ndoshta nuk e kishin gabim ata që donin ta shkëpusnin prej saj.

Në fakt, dikush i kishte dërguar së ëmës një letër të gjatë anonime, për t'i bërë ët ditur se ai po humbte jetën e vet pas një gruaje të martuar; dhe menjëherë zonja e shkretë, si e solli ndër mend gogolin e përjetshëm të familjeve, domethënë atë qenien e mjegullt dhe të rrezikshme, sirenën, përbindëshin, që jeton si në ëndrrat e këqija në thellësitë e errëta të dashurisë, i shkroi mjeshtër Dybokazhit, padronit të tij, i cili u tregua njeri i përkryer në këtë çështje. Ai i foli treçerek ore të mira, duke u përpjekur t'i hapte sytë, ta paralajmëronte se ç'humnerë e priste. Këto lloj marrëdhëniesh kishin për ta dëmtuar më vonë në pozitën e tij të ardhshme. Iu lut që t'i ndërpriste, dhe, në mos e bënte këtë sakrificë për interesin e vet le ta bënte të paktën për hir të tij, Dybokazhit!

Më në fund Leoni u betua se nuk do ta takonte më Emën, dhe i vinte inat që nuk e kishte mbajtur fjalën, duke menduar gjithë telashet dhe llafet që mund t'i sillte ende kjo grua, pa llogaritur talljet e shokëve në mëngjes rreth stufës. Veç të tjerash, ai së shpejti do të bëhej sekretar i parë: ishte tamam koha të tregohej serioz në jetë. Prandaj po hiqte dorë nga flauti, nga ndjenjat e zjarrta, nga fantazia, - sepse çdo borgjezi të vogël, në afshin e rinisë, i është dukur vetja, qoftë edhe një ditë, një minutë, i zoti të përballojë pasione të pafundme, ndërmarrje fisnike. Dhe ai i shthururi më i rëndomtë ka ëndërruar për sulltanesha; çdo noter përmban në vetvete mbeturinat e një poeti.

Tani mërzitej kur Ema papritur e pa kuptuar ngashërehej mbi kraharorin e tij, dhe zemra, si ata njerëzit që mund të durojnë vetëm njëfarë doze muzike, i dremiste nga mospërfillja ndaj zhuzhurimës së një dashurie tek e cila nuk i dallonte dot më ndjenjat e holla.

E njihnin aq shumë njëri-tjetrin sa s'mund të shijonin më nga ato mahnitje të zotërimit dashuror që njëqindfishojnë kënaqësinë. Prej tij ajo ishte neveritur po aq sa ç'ishte lodhur ai prej saj. Dhe në këto marrëdhënie jashtë martesës ajo gjente të gjitha ato bajati si brenda saj.

Po si mund ta hiqte qafe? Pastaj, sado që ajo e ndiente veten të poshtëruar nga një lumturi aq e zvetënuar, pa të s'bënte dot, sepse i ishte bërë ves dhe ishte përlyer me të; dhe, jepej çdo ditë e më shumë pas saj, duke shteruar çdo kënaqësi, si e si që ta bënte sa më të fortë. Ajo ia hidhte fajin Leonit se kish mbetur shpresëzhgënjyer, sikur ai ta kishte tradhtuar, dhe bile uronte ndonjë gjëmë që të çonte në ndarjen e tyre, meqë ajo vetë s'kishte guxim të vendoste për një gjë të tillë.

Megjithatë ajo vazhdonte t'i shkruante letra dashurie në bazë të atij koncepti, sipas të cilit është gruaja ajo që duhet t'i shkruajë gjithmonë dashnorit të vet.

Mirëpo, gjatë kohës që shkruante, asaj i dilte parasysh një tjetër njeri, një fantazmë e përbërë nga kujtimet e saj më të zjarrta, nga leximet e saj më të bukura, nga epshet e saj më të afshta, dhe më në fund i bëhej aq i vërtetë dhe aq i kapshëm, saqë ajo dridhej e mahnitur, pa arritur, prapëseprapë, ta përfytyronte qartë, ngaqë ai tretej aq shumë, si ndonjë perëndi, në morinë e vlerave që i vishte ajo. Ai rrinte në një vend të kaltërremë ku lëkunden shkallë të mëndafshta varur ballkoneve, në erën e luleve, në dritën e hënës. Ajo e ndiente pranë, ai do të vinte dhe do ta rrëmbente të tërën me një të puthur. Pastaj ajo binte përsëri përtokë, e dërrmuar fare, sepse këta vrunduj dashurie të mjegullt e rraskapitnin më keq se sa orgjitë më të tërbuara.

Ajo ndiente tani një këputje të vazhdueshme dhe të gjithanshme. Shpesh herë bile, Emës i vinin thirrje dhe letra me akte zyrtare të cilave pothuajse s'ua hidhte sytë fare. Dëshira ia kishte mos të jetonte më, ose të flinte pa pushim.

Të enjten e javës së tretë të kreshmëve, ajo s'u kthye fare në Jonvil, në mbrëmje shkoi në ballon me maska. Veshi një pantallon kadifeje, çorape të gjata të kuqe, në kokë vuri një parukë me gërshet si dhe një kapelë trecepëshe që e mbante të kthyer mënjanë. Tërë natën kërceu nën tingujt e furishëm të tromponeve; gjatë vallëzimit atë e vinin në mes dhe të nesërmen në mëngjes ajo u gjend në peristilin e teatrit midis ca të maskuarve si hamej porti dhe marinarë, shokë të Leonit, të cilët bisedonin se ku do të hanin.

Lokalet rreth e përqark ishin plot e përplot. Më në fund gjetën në port një restorant nga më të rëndomtët, i zoti i të cilit u hapi, në katin e pestë, një dhomë të vogël.

Burrat pëshpërisnin në një qoshe, me siguri po diskutonin për shpenzimet. Aty ishin një sekretar, dy studentë mjekësie dhe një shitës; çfarë shoqërie për të! Sa për femrat, Ema e vuri re menjëherë, nga timbri i zërit të tyre, se duhej të ishin, pothuajse të gjitha të shtresës më të ulët. Atëherë i hipi një frikë, zmbrapsi karrigen dhe uli sytë.

Të tjerët nisën të hanin. Ajo s'vuri gjë në gojë; balli i ishte ndezur zjarr, qepallat i cuksnin, ndërsa në lëkurë ndiente një të ftohtë akull. Në kokë i gumëzhinte dyshemeja e ballos, që kërcente akoma përpjetë nga të rrahurat ritmike të mijëra këmbëve vallëzuese. Pastaj u trullos fare nga era e ponçit e përzier me tymin e purove. Po i binte të fikët e morën e çuan pranë dritares.

Dita po fillonte të agonte, dhe në qiellin e zbehtë, nga ana e Shën Katerinës sa vinte e zgjerohej një njollë e madhe me ngjyrë të purpurt. Lumi i irun dridhej nga era; mbi urë s'kishte këmbë njeriu; fenerët po fikeshin.

Ndërkaq ajo erdhi në vete, dhe mendja i shkoi te Berta, që flinte atje larg, në dhomën e shërbëtores. Mirëpo në atë çast kaloi një qerre e ngarkuar deng me shufra të gjata hekuri, duke shkaktuar mbi muret e shtëpive një dridhje metalike shurdhuese.

Ajo u largua përnjëherësh pa u vënë re, hoqi veshjet që kishte, i tha Leonit se duhej të kthehej në shtëpi dhe, si përfundim, mbeti vetëm në Hotel

Bulonja. S'duronte dot më asgjë, bile as lëkurën e vet. I vinte të fluturonte si zog, të shkonte të rinohej diku, sa më larg, nëpër hapësira të virgjëra.

Doli jashtë, kaloi bulevardin, sheshin Koshuaz dhe lagjen e jashtme, pastaj u fut në një rrugë të hapur, përmbi kopshte. Ecte shpejt, ajri i freskët po e qetësonte dhe pak nga pak, fytyrat e turmës, maskat, kadrilet, llambadarët, ato gratë, të gjitha me radhë i fshiheshin nga mendja si ato mjegullnajat që i merr era. Pastaj, si u kthye te Kryqi i Kuq, u hodh mbi krevat, në dhomën e vogël të katit të tretë, ku kishte figura të Kullës së Nelit. Në orën katër mbasdite, erdhi e zgjoi Iveri.

Kur u kthye në shtëpi, Felisiteja i tregoi mbrapa orës së murit një letër ngjyrë hiri. Ajo lexoi: "Në bazë të njoftimit noterial, për zbatimin e vendimit..."

Çfarë vendimi? Me të vërtetë, një ditë më parë kishin sjellë një letër tjetër për të cilën ajo s'kishte më dijeni; prandaj u shtang nga këto fjalë:

"Në emër të mbretit, të ligjit dhe të drejtësisë, zonjës Bovari..." Atëherë, pasi kapërceu disa rreshta, sytë i ngelën te:

"Brenda njëzet e katër orëve afat i prerë." - Çfarë pra? "Të paguhet shuma e përgjithshme prej tetë mijë frangash". Dhe bile më poshtë shkruhej: "Për këtë do të detyrohet me të gjitha mjetet ligjore, dhe në mënyrë të veçantë nëpërmjet sekuestrimit të mobilieve dhe sendeve të tjera të saj..."

Çfarë të bënte?... Afati ishte njëzet e katër orë, nesër! Lërëi, mendoi se ajo me vete, me sa dukej donte ta frikësonte edhe një herë sepse i mori përnjëherësh me mend të gjitha manovrat e tij, synimin e mirësjelljeve të tij. Në të vërtetë u qetësua nga vetë zmadhimi i tepruar i shumës.

Megjithatë, ajo, pasi ngeli tërë kohën duke blerë, duke mos paguar, duke marrë borxhe, duke nënshkruar kambiale, pastaj duke i përsëritur këto kambiale, që pas çdo afati të ri, vinin e shtoheshin, si përfundim, s'kishte bërë gjë tjetër veçse i kishte gatitur zotit Lërë një kapital, që ai e priste me padurim për spekulimet e tij. Ajo u paraqit tek ai e lirshme.

- E dini se ç'më ka gjetur. Me siguri është ndonjë shaka!
- Jo.
- Si kështu?

Ai u kthye me ngadalë dhe, si lidhi duart, i tha:
- Mos kujtoni gjë, zonjë e dashur, se do të isha për jetë të jetëve furnitori dhe bankieri juaj vetëm për mëshirë? Të flasim copë, tani mua më duhet t'i hedh në dorë paratë e mia!

Ajo protestoi për shumën e borxhit.
- Ah! s'kam ç'të bëj! E ka pranuar gjyqi! Është vendimi! Ju është komunikuar! Pastaj, s'jam unë në këtë mes, po Vensari.
- S'do të kishit mundësi ju...? - Oh! Absolutisht asgjë.
- Po... sidoqoftë..., le të arsyetojmë. Dhe nisi të fliste përçart;

s'kishte ditur asgjë... kjo ishte një e papritur për të...
- Kush ua ka fajin? - i tha Lërëi me një përshëndetje qesëndisëse. - Unë rropatem si zezak, ndërsa ju ma kaloni kohën qejfe më qejfe. - Ah! Mos na shitni moral tani!
- S'ju bën kurrë dëm, - ia ktheu ai.
Ajo u tregua e dobët, iu lut e iu stërlut; bile vuri dhe dorën e saj, të bukur, të bardhë e të gjatë mbi gjunjët e tregtarit.
- Lërmëni rehat tani! Duket që doni të më prishni mendjen!
- Ju jeni maskara! - bërtiti ajo.
- Oh! Oh! Sa bukur folkeni! - i tha duke qeshur.
- Do t'ia kallëzoj të gjithëve se cili jeni ju. Do t'i them tim shoqi...
- Epo mirë, dhe unë do t'i tregoj diçka tët shoqi!
Dhe Lërëi nxori nga kasaforta dëftesën prej një mijë e tetëqind frangash, që i kishte dhënë ajo kur i kishte bërë Vensari zbritjen nga kambialet.
- Mos pandehni, - shtoi ai, - se nuk e kupton dot, këtë vjedhje të vogël ai burrë i gjorë?
Këto fjalë e dërrmuan më keq se sa po ta kishin goditur me vare në kokë. Ai bënte ecejake nga dritarja te tryeza, duke përsëritur:
- Ah! do t'ia tregoj që ç'ke me të... do t'ia tregoj që ç'ke me të... Pastaj iu afrua asaj, dhe me një zë të butë i tha:
- E di që s'ju vjen mirë, po, në fund të fundit, s'ka vdekur njeri prej dëftesave, dhe, përderisa është e vetmja rrugë që ju mbetet për të më kthyer paratë...
- Po ku t'i gjej unë? - i tha Ema duke përdredhur duart.
- Ehu! Kur ke miq siç keni ju!
Dhe ai i kishte ngulur një vështrim kaq depërtues dhe kaq të tmerrshëm saqë ajo u drodh e tëra deri në palcë.
- Ju jap fjalën, - i tha ajo, se do të firmos...
- Jam ngopur deri në fyt me firmat tuaja!
- Do të shes edhe...
- Lërini këto! - iu përgjigj ai duke ngritur supet, - ju s'keni më gjë.
Dhe bërtiti nga dritareza që binte mbi dyqan: - Anetë, mos harro tre kuponat e Nr.14.
- Shërbyesja hyri. Ema e kuptoi, dhe pyeti "sa para duheshin për të ndaluar gjithë ndjekjet ligjore".
- Është tepër vonë!

- Po sikur t'ju sillja disa mijëra franga, një të katërtën, një të tretën e shumës, pothuajse të tërën?
- Eh! Jo, është e kotë!
Ai e shtynte me ngadalë drejt shkallës.
- Aman, zoti Lërë, prisni dhe ca ditë! Ajo qante me ngashërim.
- Hajde tani! Edhe lotët na duheshin!
- Më dëshpëruat fare!
- Aq më bën! - tha ai duke i mbyllur derën.

VII

Të nesërmen ajo u tregua stoike kur iu paraqit mjeshtër Arani, nëpunësi përmbarues, bashkë me dy dëshmitarë, për të bërë procesverbalin e sekuestrimit të pasurisë.

Ata ia nisën nga dhoma e vizitave të Bovariut dhe nuk e regjistruan fare kafkën frenologjike, të cilën e quajtën si mjet të profesionit të tij; mirëpo në kuzhinë i numëruan që nga pjatat, tenxheret, karriget, shandanët, dhe në dhomën e saj të gjumit, s'lanë çikërrimë nga të raftit pa futur. I panë një nga një të gjitha fustanet, ndërresat, kthinën e tualetit; dhe tërë jeta e saj deri në skutat më të fshehta u duk si ndonjë kufomë së cilës po i bëhej autopsia mu para syve të këtyre tre burrave.

Zoti Aran, veshur e ngjeshur me një frak të zi të hollë, të kopsitur mirë, me një kravatë të bardhë, dhe me dollakë të tendosur fort, përsëriste herë pas here:

- Me leje, zonjë? Me leje?

Shpesh, nxirrte britma habie:

- E mrekullueshme!... sa e bukur!

Pastaj fillonte sërish të shënonte, duke ngjyer penën në shishen e bojës prej briri që e mbante në dorën e majtë.

Si mbaruan me dhomat, u ngjitën lart në papafingo.

Aty ajo mbante një komodinë të vogël ku kishte mbyllur letrat e Rodolfit. Duhej hapur edhe ajo.

- Ah! Korrespondencë! - tha zoti Aran me një buzëqeshje nën hundë. - Po më lejoni të shoh! Sepse duhet të sigurohem që s'ka gjë tjetër.

Dhe i ktheu letrat, lehtas, sikur donte të shkundte prej

tyre napoleonat. Atëherë asaj i kërcyen nervat përpjetë, tek shihte atë dorë të trashë, me gishtërinj të kuq e të qulltë si kërmij, që prekte ato faqe letrash mbi të cilat kishte rrahur dikur zemra e saj.

Më në fund ata ikën! Felisiteja u kthye. E kishte dërguar të përgjonte dhe të kthente nga rruga për në shtëpi Bovariun; dhe që të dyja e fshehën shpejt e shpejt në papafingo rojën e sekuestrimit, i cili u betua se s'do të lëvizte vendit.

Gjatë mbrëmjes Sharli asaj iu duk i brengosur. Ema e vëzhgonte me një vështrim gjithë ankth, sikur të shihte në rrudhat e fytyrës së tij akuza kundër saj. Pastaj, kur i shkonin sytë mbi oxhakun me zjarrpritëse kineze, mbi perdet e gjera, mbi kolltukët, me një fjalë mbi të gjitha gjërat që ia kishin zbutur hidhërimin e jetës, ndiente brejtje të ndërgjegjes, ose më saktë një keqardhje shumë të madhe, që jo vetëm s'ia shuante, por ia ndizte edhe më keq pasionin. Sharli trazonte zjarrin me gjakftohtësi, duke mbajtur këmbët mbështetur mbi demiroxhak.

Erdhi një çast kur roja, si u mërzit, me sa dukej, në strukën e tij, bëri pakëz zhurmë.

- Mos ecën njeri aty lart? - tha Sharli.
- Jo! - u përgjigj Ema. - Ka mbetur hapur një bazhë që e tund era.

Të nesërmen, që ishte ditë e diel, ajo u nis për Ruan, me qëllim që të takonte gjithë bankierët që ua dinte emrin. Ata kishin ikur në fshat ose ishin në udhëtim. Ajo nuk u shkurajua; dhe të gjithëve sa gjeti, u kërkoi para, duke u thënë se i nevojiteshin dhe se do t'ua kthente. Disa u tallën haptas me të; asnjeri s'pranoi.

Në orën dy, vrapoi te Leoni dhe i trokiti në derë. S'ia hapi njeri. Më në fund ai doli.

- Ç'të solli këtu?
- Po të shqetësoj. - Jo..., po...

Dhe i tha se i zoti i shtëpisë nuk donte në asnjë mënyrë që të fuste "femra" brenda.

- Dua të bisedoj me ty, - vazhdoi ajo.

Atëherë ai vuri dorën te çelësi. Ajo nuk e la.

- Oh! Jo këtu, po atje te vendi ynë.

Dhe shkuan në dhomën e tyre, në Hotel Bulonja.

Kur u futën, ajo piu një gotë të madhe me ujë. Ishte zbehur

shumë në fytyrë.
Ajo i tha:
- Leon, ti do të më bësh një nder.
Dhe duke e tundur nga duart që ia shtrëngonte fort, shtoi:
- Dëgjo këtu, kam nevojë për tetë mijë franga!
- Po ti paske luajtur mendsh!
- Akoma jo.

Dhe, menjëherë, duke i treguar për çështjen e sekuestrimit, i foli dhe për hallin e saj të madh, sepse Sharli nuk dinte asgjë, vjehrra e urrente, plaku Ruo s'e ndihmonte dot; ndërsa ai, Leoni, duhej të vihej në lëvizje për t'ia gjetur këtë shumë të domosdoshme...

- Po si të bëj unë...?
- Sa i poshtër bëhesh! - i bërtiti ajo.

Atëherë ai tha si budalla:
- Ti e zmadhon të keqen që të ka zënë. Ndofta me një mijë skude ai huadhënësi yt do të qetësohej.

Kjo ishte një arsye më tepër për të bërë ndonjë përçapje; s'ishte e pamundur që të gjendeshin tre mijë franga. Për më tepër, Leoni mund të hynte dorëzanë për të.

-Shko! Provoje! Duhen gjetur patjetër! Vrapo... Oh! Përpiqu! Do të të dua shumë!

Ai doli, u kthye pas një ore, dhe i tha me fytyrë të vrenjtur:
- Isha te tri veta... po më kot.

Pastaj ndenjën të dy ulur, përballë njëri-tjetrit, në të dy anët e oxhakut, pa lëvizur, pa bërë zë. Ema ngrinte supet, duke përplasur këmbët përtokë. Ai e dëgjoi tek pëshpëriste:
- Të isha unë në vendin tënd, do t'i gjeja që ç'ke me të!
- Ku pra?
- Në zyrën tënde!

Dhe e vështroi në sy.

Nga bebet e syve të ndezura flakë i shpërthente një guxim skëterre, dhe qepallat i mbylleshin në një mënyrë epshndjellëse dhe zemërdhënëse; - kështu që djaloshi ndjeu se si po i bënte kuraja përpara vullnetit të heshtur të kësaj gruaje që e shtynte drejt krimit. Atëherë e zuri frika dhe, që t'i shmangej çdo sqarimi, i ra ballit me dorë duke bërtitur:
- Sonte duhet të kthehet Moreli! Shpresoj se nuk do të më kthejë mbrapsht (ai ishte një mik i tij, i biri i një tregtari shumë të pasur), dhe do të t'i sjell nesër, - shtoi ai.

Ema u duk qartë që nuk e priti këtë shpresë me aq gëzim saç e kishte përfytyruar ai. Mos dyshonte se po e gënjente? Ai vazhdoi duke u skuqur në fytyrë:
- Megjithatë, po s'erdha deri në orën tre, mos më prit më, e dashur. Tani duhet të iki, më fal, mbeç me shëndet!
I shtrëngoi dorën, por e ndjeu që ajo s'kishte pikë jete. Ema s'kishte më fuqi për asnjë lloj ndjenje.
Ra ora katër, dhe ajo u ngrit për t'u kthyer në Jonvil, duke iu bindur shtytjes së shprehive si ndonjë automat.
Koha ishte e bukur; ishte një nga ato ditët e kthjellëta dhe të ftohta të marsit, kur dielli shkëlqente në një qiell gjithë të bardhë. Nëpër rrugë shëtisnin ruane të të veshur si për ndonjë rast të veçantë dhe të lumturuar në fytyrë. Ajo arriti te sheshi para katedrales. Njerëzit po dilnin nga lutjet e mbrëmjes, turma vërshente nga të tri portat, si ndonjë lumë nën tri harqet e një ure, dhe, mu në mes, qëndronte, më i palëvizur se një shkëmb, shërbyesi i kishës.
Atëherë ajo solli ndër mend ditën kur, gjithë ankth dhe plot shpresë, hyri nën atë navatë të madhe që i shtrihej përpara, jo aq e thellë sa dashuria e saj, dhe vazhdoi të ecte duke qarë nën vel, e shastisur, me këmbët që i merreshin, gati për t'i rënë të fikët.
- Ruhu! - i bërtiti një zë që dilte nga një portë e madhe që po hapej.
Ajo u ndal që të kalonte një kalë i zi, që çkërmonte, midis bigave të një kaloshini të cilin e ngiste një xhentëlmen i veshur me një qyrk zibelini. Kush të ishte vallë? Ajo e njihte... Karroca u lëshua përpara dhe u zhduk.
Po, ishte ai, viskonti! Ajo ktheu kokën, rruga ishte e shkretë. Dhe ajo e ndiente veten të humbur, duke u rrokullisur kuturu nëpër humnera të papërshkrueshme dhe, kur mbërriti te Kryqi i Kuq, e pa pothuajse me gëzim atë Omeun shpirtmirë që vështronte si ngarkonin te Dallëndyshja një arkë të madhe plot me mallra farmaceutike! Ai mbante në dorë, mbështjellë në një shami, gjashtë simite për të shoqen.
Zonjës Ome i pëlqenin shumë këto bukë të vogla të rënda, në trajtë çallme, që haheshin gjatë kreshmës të lyera me gjalpë të kripur: ishin mostra e fundit e gatimeve mesjetare, që kishte mbetur ndoshta që nga shekulli i kryqëzatave, dhe që ngopnin dikur normandët e fuqishëm, të cilët kujtonin se

shihnin mbi tryezë, në dritën e pishtarëve të verdhë, midis kënaçeve me verë të sheqerosur aromatike dhe sallameve gjigantë, koka saraçenësh që duheshin gëlltitur. Dhe gruaja e farmacistit i kullufiste si ata, heroikisht, megjithëse dhëmbët i kishte përtokë; pranaj, sa herë që zoti Ome shkonte në qytet, nuk rrinte pa i sjellë nga ato bukë, që i blinte gjithmonë te një furrtar me emër, në rrugën Masakrë.

- Gëzohem shumë që ju shoh! - i tha ai duke i dhënë dorën Emës për ta ndihmuar të hipte te Dallëndyshja.

Pastaj i vuri simitet në rripat e rrjetës, dhe ndenji kokëzbuluar e duarkryq, me një qëndrim të menduar dhe napoleonian.

Mirëpo kur doli i Verbri, si zakonisht, rrëzë kodrës, ai bërtiti:

- Nuk e kuptoj sesi i duron akoma qeveria këto maskarallëqe kaq të mëdha!

Këta fatzinj duhen mbyllur brenda dhe duhen detyruar të bëjnë ndonjë punë! Përparimi, për fjalë të nderit, po ecën si breshka! Kemi ngecur në barbarizëm të plotë!

I Verbri zgjati kapelën që tundej në anë të derës, si ndonjë cep tapicerie e shqitur.

- Ja, - tha farmacisti, - një sëmundje skrofuloze. - Dhe, ndonëse e njihte atë të mjerë; bëri sikur e shihte për herë të parë, pëshpëriti fjalët: kornea, kornea e marrtë, sklerotike, facies, pastaj e pyeti me një ton atëror:

- Ke shumë kohë, or mik, me këtë sakatllëk të llahtarshëm? Për ty më mirë do të ishte të mbaje regjim se sa të dehesh në pijetore.

E këshilloi të pinte verë të mirë, birrë të mirë, të hante mishra të mira të pjekura. I Verbri s'pushonte së kënduari këngën e tij; madje dukej pothuajse si budalla. Më në fund, zoti Ome hapi kuletën.

- Na, merre këtë grosh, më kthe gjysmën; dhe mos harro porositë që të dhashë, kanë për të të bërë mirë.

Iveri pati guximin të shprehte me zë të lartë njëfarë dyshimi për efektin e tyre. Mirëpo farmacisti tha me siguri se do ta shëronte vetë me një pomadë me përbërje antiflogjistike, dhe i dha adresën:

- Zoti Ome, afër pazarit, më njohin të gjithë.

- Dhe tani, për mundimin që bëmë, - i tha Iveri, ti do të na luash atë numrin tënd:

I Verbri u ul me gjunjë përthyer, dhe, me kokën hedhur mbrapa, duke rrotulluar sytë gjelbëroshë dhe duke qitur gjuhën, fërkonte barkun me të dy duart, ndërsa nga goja nxirrte një lloj hungërime të mbytur, si ndonjë qen i uritur. Ema, e neveritur, i hodhi, që përmbi sup, një monedhë pesëfrangëshe. Kjo ishte gjithë pasuria e saj. I dukej gjë e bukur ta flakte në këtë mënyrë.

Karroca ishte nisur, kur papritur, zoti Ome u përkul jashtë dritares dhe bërtiti:

- Brumëra dhe bulmet mos vër në gojë! Mbaj të leshta në mish dhe pjesët e sëmura tymosi me tym kokrrash dëllinje!

Pamja e atyre gjërave të njohura që i kalonin para syve, e bëri Emën ta harronte pak nga pak brengën që e kishte pushtuar. Atë e dërrmonte një lodhje e padurueshme, dhe në shtëpi erdhi e trullosur, e shkurajuar, gati e përgjumur.

- Le të behet ç'të dojë! - thoshte ajo me vete.

Pastaj, kushedi? Pse s'mund të ndodhte, nga çasti në çast, ndonjë ngjarje e jashtëzakonshme? Madje dhe Lërëi vetë mund të vdiste.

Në orën nëntë të mëngjesit u zgjua nga një gumëzhitje zërash që vinte nga sheshi. Në Pazar ishin grumbulluar njerëz për të lexuar një shpallje të madhe, ngjitur në shtyllë, dhe asaj i zunë sytë Justinin, i cili hipte mbi një gur dhe e griste atë. Mirëpo, në atë çast, e kapi pojaku prej jake. Zoti Ome doli nga farmacia, dhe teto Lëfransuai, në mes të turmës, dukej sikur po mbante ndonjë fjalim.

- Zonjë! Zonjë, - bërtiti Felisiteja duke hyrë. - Kjo është e tmerrshme!

Dhe vajza e gjorë, e tronditur, i nxori përpara një letër të verdhë që sapo e kishte shqitur nga dera. Ema e përpiu njëherësh lajmin që gjithë pasuria e saj e tundshme do të shitej.

Atëherë ato shikuan njëra-tjetrën në heshtje. Të dyja: shërbëtorja me zonjën, nuk kishin asnjë të fshehtë midis tyre. Më në fund Felisiteja psherëtiu: - Po të isha në vendin tuaj, zonjë, do të shkoja te zoti Gijomen.

- A thua?

Dhe kjo pyetje donte të thoshte:

- Ti që e njeh shtëpinë nëpërmjet shërbëtorit të tij, a di gjë

në më ka zënë ndonjëherë në gojë zotëria?
- Po, po shkoni tek ai, mirë do të bënit.

Ajo veshi fustanin e zi, pallton me kapuç me kokrra gagati; dhe, që të mos e shikonte njeri (te sheshi kishte ende shumë njerëz), mori rrugën jashtë fshatit, nëpër shtegun buzë lumit.

Mbërriti pa frymë para kangjellave të noterit; qielli ishte i errët dhe binte pak borë.

Si ra zilja, në krye të shkallëve doli Teodori me jelek të kuq; ai ia hapi portën gati si një njeriu të shtëpisë, si ndonjë miku, dhe e futi në sallën e ngrënies.

Poshtë një kaktusi që zinte gjithë kamaren, zukaste një stufë e madhe porcelani, dhe, në kornizat prej druri të zi, mbi murin e veshur me letër ahu, ishte Esmeralda e Shtëbenit dhe Putifari i Shopenit. Tryeza e shtruar, dy furnelat e argjendta, dorezat e kristalta të dyerve, parketi dhe orenditë, të gjitha shndrinin nga pastërtia e përsosur angleze, dritaret ishin të zbukuruara në çdo kënd me xhama me ngjyra.

"Kjo është sallë ngrënieje, - mendoi Ema me vete, - ashtu siç e desha unë."

Noteri hyri, duke shtrënguar pas trupit me dorën e majtë petkun e dhomës, ndërsa me dorën tjetër hiqte e vinte shpejt mbi kokë kapuçin prej kadifeje ngjyrë gështenje, që e mbante për t'u dukur, nga ana e djathtë, ku i vareshin majat e tri tufave flokësh të verdhë, të cilat, ai i merrte nga pjesa e poshtme mbrapa kokës, i vinte rreth kafkës tullace.

Pasi i dha asaj një karrige, u ul edhe vetë të hante mëngjes, duke i kërkuar shumë herë falje për atë sjellje të panjerëzishme.

- Zotëri, - i tha ajo, - do t'ju lutesha... - Për çfarë, zonjë? Po ju dëgjoj. Ajo nisi t'i parashtronte gjendjen.

Mjeshtër Gijomeni ishte në dijeni të gjithçkaje pasi ishte lidhur fshehtas me tregtarin e stofrave, tek cili gjente gjithmonë para për huatë me peng që ia kërkonin.

Kështu pra, ai e dinte edhe më mirë se ajo historinë e gjatë të atyre kambialeve, fillimisht shumë të vogla, me emra të ndryshëm xhiruesish, me afate të gjata dhe që erdhën duke u përsëritur vazhdimisht, deri ditën kur, tregtari, si mblodhi të gjitha protestimet, ngarkoi mikun e tij Vensar të bënte në emrin e vet ndjekjet e duhura ligjore, meqë ai vetë nuk donte të dukej si tigër në sytë e bashkëfshatarëve.

Ajo e ndërthuri rrëfenjën e saj me ankesa kundrejt Lërëit, ankesa të cilave noteri iu përgjigjej herë pas here me ndonjë fjalë sa për të thënë. Duke ngrënë bërxollën dhe duke pirë çaj, ai ulte mjekrën mbi kravatën bojë qielli, mbi të cilën ishin ngulur dy karfica me diamante të lidhura me zinxhir ari, dhe bëhej me gaz me një buzëqeshje të çuditshme, ëmbëlake dhe të dykuptimshme. Por, si vuri re që ajo i kishte këmbët të lagura, i tha:

- Afrohuni te stufa pra... ngjitini këmbët më lart..., mbi porcelan. Ajo kishte frikë se mos e fëlliqte. Noteri shtoi me një ton pushti:

- Gjërat e bukura s'prishin kurrgjë.

Atëherë ajo u përpoq ta prekte dhe, duke u mallëngjyer vetë, i tregoi se sa ngushtë kishte rënë familja, i foli për grindjet, nevojat e saj. Të gjitha këto ai i kuptonte: një grua aq e hijshme! Dhe, pa pushuar së ngrëni, u kthye plotësisht nga ajo, saqë i prekte me gju këpucën me qafa, sholla e së cilës po tkurrej, duke nxjerrë avull pranë tufës.

Mirëpo, kur ajo i kërkoi një mijë skude, ai shtrëngoi buzët, pastaj i tha se i vinte shumë keq që s'e kishte pasur më parë në dorë drejtimin e pasurisë së saj, sepse kishte njëqind mënyra tepër të volitshme, bile dhe për një zonjë, që t'i shtonte paratë e saj. Mund të kishte ndërmarrë, pothuajse pa asnjë rrezik, spekulime të shkëlqyera qoftë në turboret e Grymenilit, qoftë në tokat e Havrës; dhe e la të hante veten me dhëmbë nga tërbimi, duke menduar për shumat fantastike që do të kishte fituar me siguri.

- Si shpjegohet, - vazhdoi ai, - që s'erdhët tek unë.

- As vetë s'e di, - i tha ajo.

- Përse, ëë?... Kaq shumë ju frikësoja unë? Bile, përkundrazi, mua më takonte të ankohesha! Ne akoma s'njihemi mirë! Megjithatë jam gati të bëj gjithçka për ju. Besoj, se s'e vini në dyshim, apo jo?

Zgjati dorën, i kapi të sajën, ia puthi gjithë epsh, pastaj ia mbajti mbi gjurin e tij; dhe luante lehtë e lehtë me gishtërinjtë e saj, duke i thënë gjithfarë fjalësh të ëmbla.

Zëri i tij i shpëlarë shushuriste si ndonjë përrua me ujë; mes vezullimit të syzave i shpërthente një shkëndijë nga bebet e syrit, dhe duart po i fuste nën mëngën e Emës, që t'i prekte krahun. Ajo ndiente mbi faqe afshin e një frymëmarrjeje

dihatëse. Ky njeri po e bezdiste në kulm.
Ajo u çua përnjëherësh dhe i tha:
- Zotëri, unë po pres!
- Çfarë pra? - e pyeti noteri, që u bë përnjëherësh dyll i verdhë në fytyrë.
- Ato paratë.
- Po..
Pastaj, duke u rrëmbyer nga shpërthimi i epsheve të papërmbajtura, i tha:
- Eh, mirë, pra mirë!...
U zvarrit në gjunjë drejt saj, pa e vrarë mendjen për petkun e dhomës.
- Aman, rrini këtu! Unë ju dua!
Ai e kapi për beli. Zonjës Bovari i hipi përnjëherë të kuqtë në fytyrë. Ajo u zmbraps e tmerruar, duke bërtitur:
- Po përfitoni paturpësisht nga e keqja që më ka zënë, zotëri! Jam për të qarë hallin, por jo për t'u shitur! Dhe doli.
Noteri ngeli i shtangur, me sy ngulur mbi pantoflat e tij të bukura me qëndisma. Ato ishin dhuratë dashurie. Më në fund pamja e tyre e ngushëlloi. Veç të tjerash, që po mendonte ai me vete, një aventurë e tillë mund ta çonte shumë larg. "Ç'maskara! Ç'zuzar!..." - thoshte ajo me vete, duke ecur shpejt me nervozizëm nën plepat e rrugës. Zhgënjimi që pësoi nga ky dështim ia shtonte edhe më tepër pezmin si e poshtëruar në sedër që ishte i dukej sikur i qe qepur nga pas e s'i shqitej providenca, dhe, duke u mbushur, për këtë arsye, me krenari, kurrë ndonjëherë s'e kishte çmuar aq shumë veten, as kishte ndier aq shumë përbuzje për të tjerët. Shpirti i ngrihej peshë nga diçka luftënxitëse. I vinte t'i rrihte burrat, t'i pështynte në fytyrë, t'i bënte të gjithë copë e thërrime; ajo vazhdonte të ecte me hapa të shpejtë përpara, e zbehtë, trupdridhëruar, e tërbuar nga zemërimi, duke këqyrur me sy të përlotur horizontin e zbehtë, dhe sikur po shkrihej nga kënaqësia e urrejtjes që i zinte frymën.
Kur pa shtëpinë, ajo u mpi e tëra. S'i bënin këmbët më tej, megjithatë duhej të ecte; po ku t'ia mbathte?
Felisiteja e priste te porta.
- Hë pra, ç'u bë?
- Hiç, asgjë! - i tha Ema.
Dhe, që të dyja, një çerek ore të mirë, vranë mendjen për

të gjetur njerëz të ndryshëm nga Jonvili, që ndoshta mund të tregoheshin të gatshëm për ta ndihmuar. Mirëpo, sa herë që Felisiteja përmendte emrin e ndokujt, Ema ia kthente:
- S'ka mundësi! S'kanë për të pranuar! - Po zotëria, që do të vijë tani!
- E di, e di... Lërmë vetëm.
I kishte provuar të gjitha. Tani s'i ngelej më gjë për të bërë; dhe, kur të vinte Sharli, ajo kishte për t'i thënë:
- Largohu. Ky qilim që po shkel ti me këmbë nuk është më yni. Nga shtëpia jote, s'të përket më asnjë orendi, asnjë gjilpërë, asnjë fije kashte, dhe ajo që të rrënoi ty, mor i shkretë, jam unë!

Atëherë ai do të ngashërehej me të madhe, pastaj do të shkrihej në lot dhe më në fund, me të kaluar e papritura, ai do t'ia falte.
- Po, - murmuriste ajo, duke kërcitur dhëmbët, - do të ma falë ai që edhe sikur të më jepte një milion franga, edhe më shumë, s'kisha për t'ia falur që erdhi e u njoh me mua... Jo! Kurrën e kurrës!

Ideja që Bovariu tani qëndronte sipër saj e mbushte me pezm. Pastaj, si t'ia thoshte, si mos t'ia thoshte të vërtetën, ai, pas pak, mbas dite, nesër, do ta merrte vesh gjëmën; kështu pra, ajo duhej të priste atë skenë të tmerrshme dhe t'i përkulej shpirtmadhësisë së tij. I erdhi të shkonte përsëri te Lërëi: po përse? t'i shkruante të atit: ishte tepër vonë; ndoshta tani ishte penduar që s'i ishte nënshtruar noterit, kur befas dëgjoi trokun e një kali në udhë. Ishte ai, e hapi trinën, në fytyrë ishte bërë meit, më i bardhë sesa muri i lyer me gëlqere. Ajo, duke kërcyer shkallëve, doli me të shpejtë nga sheshi dhe, kur hyri te tagrambledhësi, e pa e shoqja e kryetarit të bashkisë, që po bisedonte përpara kishës me Letibuduain.

Kjo vrapoi t'i thoshte zonjës Karon. Të dyja këto zonja u ngjitën në papafingo dhe, të fshehura mbrapa ndërresave të nderuara mbi purteka, ato zunë vend rehatrehat që të shihnin ç'po ndodhte brenda shtëpisë së Bineut.

Ai ishte vetëm, në dhomën e vogël poshtë çatisë, duke imituar në dru një nga ato punimet e papërshkrueshme prej fildishi, me gjysmëhëna, me globa të futur njëri te tjetri, të gjitha këto qëndronin në këmbë drejt si ndonjë obelisk dhe nuk hynin në punë për asgjë; tani po niste pjesën e fundit, dhe ishte afër mbarimit! Në gjysmerrësirën e punishtes, pluhuri i verdhë përhapej nga vegla e tij furishëm si tufë shkëndijash nga patkonjtë e kalit që vrapon me të katra; të dyja rrotat rrotulloheshin, gumëzhinin; Bineu vinte buzën në gaz, ikulur, me vrima të hundës hapur, dhe dukej, me një fjalë, i zhytur në një nga ato lumturitë e plota, që u takojnë, pa dyshim, vetëm punëve të kota, të cilat e argëtojnë mendjen e njeriut me ca vështirësi të lehta, dhe e kënaqin me një arritje, matanë së cilës s'i ngelet më gjë tjetër për të ëndërruar.

- Ah! Ja ajo! - tha zonja Tyvazh. Mirëpo, nga zhurma e tornos, ishte e pamundur të dëgjohej se ç'thoshte.

Më në fund këtyre zonjave iu duk sikur u kapën veshët fjalën frangë, dhe teto Tyvazhi pëshpëriti krejt mbyturazi: - Po i lutet t'i shtyjë afatin e taksave. - Ashtu duket! - tha tjetra.

E ndoqën me sy tek ecte poshtë e përpjetë, duke këqyrur nëpër mure hallkat e pecetave, shandanët, mollëzat e parmakëve, ndërsa Bineu ledhatonte mjekrën i kënaqur.

- Mos ka shkuar për të porositur ndonjë gjë? - pyeti zonja Tyvazhd.

- Po ai s'shet asgjë! - Vërejti fqinja e saj.

Tagrambledhësi dukej sikur e dëgjonte me vëmendje, duke zgurdulluar sytë, sikur nuk kuptonte. Ajo vazhdonte t'i fliste me të butë, me të lutur. Iu afrua, kraharori i dihaste; s'bisedonin më.

- Mos i bën gjë shenja për dashuri? - pyeti zonja Tyvazhd. Bineu ishte skuqur deri te veshët. Ajo i kapi duart.

Oh! Ky ishte kulmi!

Dhe me siguri që ajo po i propozonte ndonjë gjë të ndyrë; kjo u ndje ngaqë tagrambledhësi - ai, sidoqoftë ishte njeri i mirë, kishte luftuar në Boxen dhe në Lyxen , kishte marrë pjesë në fushatën e Francës, dhe bile ishte propozuar për medaljen e kryqit - papritmas, sikur të kishte parë ndonjë gjarpër, u zmbraps tutje, duke bërtitur:

- Zonjë! Çfarë keni ndër mend?...

- Gratë si kjo, duhen rrahur me kamxhik! - tha zonja Tyvazh.

- Ku është futur tani? - pyeti zonja Karon.

Sepse në këto fjalë e sipër, ajo ishte zhdukur; pastaj, si e vunë re që kishte hyrë në Rrugën e Madhe dhe po kthehej në të djathtë, sikur donte të shkonte në varreza, ato u hutuan me hamendjet e tyre.

- Teto Role, - tha ajo kur mbërriti te taja, - po më zihet fryma!... Më shkopsitni.

Ra mbi shtrat; qante me dënesë. Teto Roleja e mbuloi me një këmishë grash dhe qëndroi në këmbë pranë saj. Pastaj, meqë ajo nuk po i përgjigjej, mori qerthullin dhe nisi të tirrte li.

- Oh! Mjaft më, - pëshpëriti ajo, duke kujtuar se po dëgjonte tornon e Bineut. "Çfarë e shqetëson vallë? pyeste me vete taja. - Përse erdhi këtu."

Ajo kishte vrapuar atje, e shtyrë nga një lloj tmerri që e ndiqte nga shtëpia.

Shtrirë në shpinë, pa lëvizur dhe me sy të ngulur, ajo i dallonte turbull gjërat, megjithëse përqendronte në të gjithë vëmendjen me një ngulmim prej idioti. Sodiste ciflosjet e murit, dy ura zjarri puq majë më majë që nxirrnin tym, një rrjetë merimange të gjatë që endej mbi kokë të saj, në të çarën e trarit. Më në fund e mblodhi veten. I kujtohej... një ditë, me Leonin... oh! sa e largët ishte ajo ditë... Dielli shkëlqente mbi lumin e vogël dhe kulprat kundërmonin... Atëherë, e rrëmbyer nga kujtimet si nga ndonjë përrua që gufon, ajo arriti pas pak të sillte ndër mend ditën e djeshme.

- Sa është ora? - pyeti ajo.

Teto Roleja doli, ngriti gishtat e dorës së djathtë andej nga ishte më i kthjellët qielli, dhe hyri ngadalë duke thënë:

- Gati tre.

- Ah! Faleminderit! Faleminderit!

Sepse ai do të vinte! Ishte e sigurt! Do t'i kishte gjetur paratë. Mirëpo ndoshta do të shkonte atje, pa i rënë ndër mend se ajo ndodhej aty; dhe e urdhëroi tajën të nisej vrap drejt e në shtëpinë e saj për ta sjellë me vete.

- Nxitoni!

- Po, po shkoj, e dashur zonjë, po shkoj!

Ajo çuditej tani që s'i kishte shkuar mendja qysh në fillim tek ai; dje, ai ia kishte dhënë fjalën, s'kishte për ta shkelur; dhe e shihte tashmë veten te Lërëi, duke i numëruar mbi tryezë tri kartëmonedhat. Pastaj duhej të trillonte një histori që të sqaronte Bovariun. Ç'histori?

Ndërkaq taja po vonohej shumë. Mirëpo, meqë s'kishte orë

në kasolle, Ema dyshonte se mos e zmadhonte në mendjen e saj masën e kohës. Nisi të vinte ngadalë vërdallë nëpër kopsht; shkoi te shtegu anës gardhit, dhe u kthye përnjëherësh, me shpresë se mos e shkreta grua kishte ardhur nga ndonjë rrugë tjetër. Më në fund, si u lodh së prituri, e sfilitur nga dyshimet që mundohej t'i largonte, duke mos ditur në ishte aty qysh prej një shekulli apo prej një minute, u ul në një qoshe dhe mbylli sytë, zuri veshët. Trina kërciti: ajo u hodh përpjetë; përpara se të hapte gojën, teto Roleja i tha:
- S'ka njeri në shtëpinë tuaj! - Si?
- Oh! Asnjeri! Dhe zotëria po qan. Ju thërret ju. Po ju kërkojnë.
Ema nuk u përgjigj fare. Gulonte, duke rrotulluar sytë rreth e përqark vetes, ndërsa fshatarja e tmerruar nga fytyra e saj, zmbrapsej instinktivisht, duke kujtuar se ajo ishte çmendur. Papritmas ajo i ra ballit me dorë, lëshoi një klithmë, sepse i vezulloi në shpirt si ndonjë vetëtimë e madhe në një natë të errët, kujtimi i Rodolfit. Ai ishte aq i mirë, aq i njerëzishëm, aq bujar! Dhe, bile, po të ngurronte t'i bënte këtë nder, ajo do të dinte si ta shtrëngonte duke i kujtuar me një të shkelur të syrit dashurinë e tyre të perënduar. Kështu pra, ajo u nis për në La Yshet, pa u kujtuar se po vraponte t'i nënshtrohej asaj gjëje që pak më parë e kishte pezmatuar aq shumë, dhe pa i shkuar aspak mendja te kurvërimi i saj.

VIII

Rrugës Ema pyeste veten: "Ç'do t'i them? Nga t'ia nis?" Dhe sa më shumë bënte përpara - njihte kaçubat, pemët, kallamat e ujit mbi kodër, kështjellën atje tutje. Iu ngjallën përsëri ndjenjat e dashurisë së parë, dhe e mjera zemra e saj e ndrydhur, i çelej në to me afsh. Në fytyrë i frynte një erë e ngrohtë; bora, që ishte duke u shkrirë, binte pikë-pikë nga sythat mbi bar.
Ajo hyri, si dikur, nga dera e vogël e parkut, pastaj arriti te oborri i madh, i rrethuar me dy rreshta bliresh të dendura. Degët e tyre të gjata lëkundeshin, duke fishkëllyer. Qentë në kolibe lehën të gjithë dhe buçima e zërit të tyre ushtonte, megjithatë askush s'po dilte.

Ajo ngjiti shkallët e gjera e të drejta me parmakë druri, që të çonin në korridorin e shtruar me pllaka të pluhurosura ku rreshtoheshin njëra pas tjetrës disa dhoma, si nëpër manastire apo bujtina. Ajo e tij ishte në cep, në fund fare, në të majtë. Kur po vinte dorën te brava, papritmas e lanë fuqitë. Kishte frikë se mos ai nuk ishte aty, pothuajse e uronte një gjë të tillë, dhe megjithatë, kjo ishte e vetmja shpresë e saj, mundësia e fundit për të shpëtuar. E përmblodhi veten për një çast dhe, duke marrë guxim nga ndjenja e nevojës së ngutshme, hyri brenda.

Ai rrinte para zjarrit, me këmbë mbështetur mbi kornizën e oxhakut, duke pirë duhan me llullë.

- Aha! Qenkeni ju! - tha ai duke u ngritur përnjëherësh. - Po, unë jam!... Rodolf, kam ardhur, t'ju lutem për një këshillë.

Dhe, sido që u përpoq, e kishte të pamundur të hapte gojën.

- S'paskeni ndryshuar, qenkeni e hirshme si përpara!

- Oh! - ia priti ajo me hidhërim, i kam hire të trishtuara, përderisa ju i përbuzët.

Atëherë ai nisi ta sqaronte për qëndrimin e tij, duke kërkuar të falur me fjalë të turbullta, në pamundësi për të sajuar të tjera më të bukura.

Ajo u magjeps pas llafeve, dhe akoma më shumë pas zërit dhe pamjes së tij; kështu që bëri gjoja sikur e besoi, ose ndoshta besoi shkakun e ndarjes së tyre; kjo ishte e fshehta prej së cilës varej nderi, bile dhe jeta e një njeriu të tretë.

- S'ka gjë! - i tha ajo duke e vështruar trishtueshëm, - unë vuajtja shumë! Ai iu përgjigj me një ton filozofi:

- Kështu e ka jeta!

- Po të paktën ka qenë e mirë për ju kur jemi ndarë bashkë, - ndërhyri Ema.

- Oh! As e mirë... as e keqe.

- Ndofta do të kishte qenë më mirë të mos ishim ndarë kurrë.

- Po..., ndofta!

- A thua? - e pyeti ajo duke iu afruar.

Dhe psherëtiu.

- O Rodolf! Ta dije ti!... Se sa të kam dashur!

Në atë çast ajo i kapi dorën dhe ndejtën një copë herë me gishta të kapërthyer, - si ditën e parë, në Panairin bujqësor! Ai, për krenari, përpiqej t'i shpëtonte mallëngjimit. Mirëpo

ajo, duke u lëshuar mbi kraharorin e tij, i tha:
- Si të shkonte mendja, që unë mund të jetoja pa ty? Është e pamundur që njeriu të çmësohet me lumturinë! Isha e dëshpëruar! Gati sa s'vdiqa! Do të t'i tregoj të gjitha, ke për të parë. Dhe ti... u largove prej meje!...

Sepse kishte tre vjet që ai i shmangej asaj me mjaft kujdes, për arsye të asaj dobësie natyrore që karakterizon seksin mashkull; dhe Ema me lëvizje të këndshme koke, më ledhatuese se sa një mace e rënë në dashuri vazhdonte:
- Ti do të tjera, pranoje! Oh! I kuptoj unë ato, more që ç'ke me të! Dhe ua fal; do t'i kesh magjepsur ti, siç më magjepse mua. Ti ja mashkull i vërtetë! I ke të gjitha ato që duhen për të rënë femrat përmbys pas teje. Po ne do t'ia fillojmë përsëri, apo jo? do ta duam njëri-tjetrin? Ja, unë po qesh, jam e lumtur!... Fol pra!

Dhe të kënaqej shpirti ta shihje, me atë vështrimin e syve të saj, ku i dridhej një pikë loti, si uji i stuhisë në kupën e kaltër të luleve.

Ai e tërhoqi mbi gjunjë dhe me shpinën e dorës i ledhatonte flokët e lëmuar, ku, në dritën e muzgut, vezullonte si shigjetë e artë një rreze e fundit dielli. Ajo e ulte ballin më në fund ai e puthi mbi qepalla, fare lehtë, me majë të buzëve.
- Po ti paske qarë! - i tha ai. - Përse?

Ajo u shkreh në dënesë. Rodolfi kujtoi se ishte shpërthim dashurie; meqë ajo vazhdonte të mos fliste, ai e mori heshtjen e saj si shprehje të turpit që i kishte ngelur, dhe atëherë ai tha me zë të lartë:
- Ah! Më fal! Ti je e vetmja që më pëlqen. Jam treguar budalla dhe i keq! Të dua, do të të dua gjithmonë!. Çfarë ke? Ma thuaj pra!

Ai u ul në gjunjë.
- Ta them unë!... jam rrënuar krejtësisht, Rodolf! Ti do të më japësh hua tri mijë franga!

-Por..., por..., - tha ai duke u ngritur pak nga pak, ndërsa në fytyrë po i binte një hije e rëndë.
- Ti e di, - vazhdoi ajo, - që im shoq ia kishte lënë gjithë pasurinë e tij një noteri; ky kërciti e iku. Ne morëm borxh; të sëmurët nuk paguanin. Le që shlyerja nuk ka borxh; të sëmurët nuk paguanin. Le që shlyerja nuk ka mbaruar; më vonë do të kemi para. Mirëpo sot, ngaqë s'i kemi të tri mijë

frangat, po na sekuestrojnë plaçkat, ja tani, në këtë çast që bisedojmë bashkë; dhe, unë, duke u mbështetur në miqësinë tënde, erdha te ti.

"Aha! - mendoi Rodolfi, i cili, përnjëherë, u zbeh keq në fytyrë, - prandaj na paska ardhur kjo!"

Më në fund ai i tha, pa e prishur gjakun:

- Nuk kam, zonjë e dashur.

Nuk gënjente aspak. Po t'i kishte pasur, me siguri do t'ia kishte dhënë, ndonëse në përgjithësi nuk është fort e pëlqyeshme të bësh veprime të tilla kaq fisnike: kërkesa për para është më e ftohta dhe më shkatërruesja nga të gjitha stuhitë që bien mbi dashurinë.

Fillimisht ndenji e vështroi disa minuta.

- S'paske ti!

Përsëriti disa herë:

- S'paske ti!... Duhej ta kisha ruajtur veten nga ky turp i fundit. Ti s'më ke dashur kurrë! Dhe ti s'je më i mirë se të tjerët! - Ajo po e tradhtonte veten, po e humbiste toruan. Rodolfi ia preu fjalën, duke i thënë se edhe ai vetë ishte "hollë". - Aha! Po ta qaj hallin! - i tha Ema. - Po, ta qaj goxha!...

Dhe, duke ndalur sytë mbi një pushkë larzuar me fije argjendi që shkëlqente mes koleksionit të armëve të vendosura bukur, shtoi:

- Po kur je kaq i varfër, nuk vë argjend në kondak të pushkës! Nuk blen orë muri të stolisur me guaj, - vazhdonte ajo duke treguar sahatin e Bulit, - as doreza të praruara për kamxhikë, - dhe i prekte me dorë, - as stolira për orën e dorës! Oh! s'të mungon gjë! Deri te takëmi i pijeve që ke në dhomë; se e do veten ti, rron mirë, ke kështjellë, ferma, pyje; bën gjueti me kalë, shkon në Paris!... Ehu! se mos janë vetëm këto, - bërtiti ajo duke marrë mbi oxhak kopsat e mëngëve, - edhe më e vogla nga këta xhinglamingla mund të kthehet në para... Oh! nuk t'i dua! mbaji për vete.

Dhe i vërviti larg të dy kopsat, të cilave iu këput zinxhiri artë, kur u përplasën pas murit.

- Ndërsa unë, do të kisha dhënë gjithçka, do t'i kisha shitur të gjitha, me duart e mia do të kisha punuar, rrugëve do të kisha dalë të lypja, për një buzëqeshjen tënde, për një shikimin tënd, që të të dëgjoja të thoshte: "Falemnderit!" Dhe ti më rri këtu i qetë, në kolltuk, sikur pak më pate bërë të vuaj atëherë! Pa ty, e di mirë ti, do të kisha jetuar e lumtur! Ç'të shtrëngonte? Mos kishe vënë gjë bast me njeri? megjithatë ti më doje, vetë më thoshe... Bile dhe pak më parë... Ah! Më mirë të më kishe dëbuar! Akoma i kam duart të ngrohta nga puthjet e tua, ja dhe vendi mbi qilim ku më betoheshe ulur në gjunjë për dashuri të përjetshme. Dhe më bëre ta besoja: dy vjet me radhë më mbajte me ëndrrat më madhështore dhe më të këndshme!..... Hë! Të kujtohen planet që thurnim për udhëtim? Oh! Ajo letra jote, ajo letra jote! Ajo më copëtoi zemrën!... Dhe pastaj, kur kthehem tek ai, tek ai, që është i pasur, i lumtur, i lirë! Kur kthehem tek ai, tek ai, që është i pasur, i lumtur, i lirë! Për t'iu lutur për një ndihmë që kishte për ta dhënë kushdo, unë me dorë në zemër dhe me gjithë dashurinë time, ai më shtyn tutje, për tri mijë franga të qelbura!

- Po nuk kam! - u përgjigj Rodolfi me atë gjakftohtësinë e përsosur që fsheh mbrapa saj si të jetë mburojë, inatin e tërbuar.

Ajo doli. Muret dridheshin, tavani e shtypte; dhe i ra përsëri udhës së gjatë, duke iu marrë këmbët nëpër grumbujt e gjetheve të thata që i përhapte era. Më në fund arriti te hendeku rrethues përpara gardhit; aq shumë nxitonte të hapte portën sa theu thoin te brava. Pastaj, njëqind hapa më tej, si iu mor fryma, sa ishte gati të rrëzohej për dhé, u ndal në vend. Dhe atëherë, duke u kthyer, e pa edhe një herë kështjellën e qetë, me parkun, kopshtet, tri oborret, dhe të gjitha dritaret nga ana e përparme.

Ajo mbeti si e humbur nga shtangia, dhe e ndiente se ishte e gjallë mbi dhe vetëm nga rrahja e dejeve, që i dukej sikur dilte prej saj si ndonjë muzikë shurdhuese që mbushte fushën. Toka, nën këmbët e saj, ishte më e butë se valët e ujit, dhe brazdat iu dukën si dallgë të murrme jashtëzakonisht të mëdha, që shpërthenin me furi. Gjithë kujtimet e turbullta, gjithë mendimet që i kishin mbetur në kokë, i dilnin njëkohësisht, përnjëherësh si mori shkëndijash fishekzjarri. Solli para syve të atin, zyrën e Lërëit, dhomën e tyre aty tutje, një peizazh tjetër. Po luante mendsh, e kapi frika, dhe më në fund arriti ta mblidhte veten, si nëpër tym, vërtet; sepse nuk i kujtohej fare shkaku i gjendjes së saj të tmerrshme, domethënë çështja e parave. Vuante vetëm nga dashura dhe, duke e kujtuar këtë, ndiente se po e linte shpirti, si ata të plagosurit që, kur janë në agoni, e ndiejnë sesi u ikën jeta nga plaga që nxjerr gjak.

Po binte nata, fluturonin korbat.

Papritmas iu duk sikur shkrepnin në ajër rruaza të zjarrta si plumba plasës që rrotulloheshin e rrotulloheshin deri sa shkonin e shkriheshin në borë, nëpër degët e pemëve. Në mes të secilës prej tyre i shfaqej fytyra e Rodolfit. Ato shumëfishoheshin dhe i afroheshin, i depërtonin brenda në trup; gjithçka u zhduk. Ajo dalloi dritat e shtëpive, që rrezatonin së largu nëpër mjegull.

Atëherë gjendja ku ndodhej iu përfytyrua si ndonjë humnerë. Gulçonte sa s'i shpërthente kraharori. Pastaj, e rrëmbyer nga një vrundull heroizmi që e bënte gatigati të gëzuar, zbriti të tatëpjetën duke vrapuar, kaloi urën e lopëve, shtegun, udhën, pazarin dhe arriti përpara dyqanit të farmacistit.

Aty s'kishte njeri. ajo kishte për të hyrë; mirëpo, po të binte zilja, mund të dilte ndokush; dhe, si u fut tinës nga gardhi, duke mbajtur frymën, duke prekur muret me dorë, shkoi deri te pragu i kuzhinës, ku digjej një qiri mbi një stufë.

Justini, në këmishë, po çonte një pjatë.

- Ah! Po hanë darkë. Të pres.

Ai u kthye përsëri. Ajo i ra xhamit. Ai doli.

- Çelësin! Atë të katit të sipërm, ku janë...

- Si!

Dhe ai e vështronte, krejt i habitur nga zbehtësia e fytyrës së saj, që spikaste si një njollë e bardhë në sfondin e errët të natës. Iu duk jashtëzakonisht e bukur, dhe e madhërishme si ndonjë fantazmë; pa e kuptuar se ç'donte, ai parandiente diçka të tmerrshme.

Mirëpo ajo përsëriti me rrëmbim, me zë të ulët, me zë të ëmbël endjeprishës:

- E dua! Ma jep.

Meqë çarma ishte e hollë, dëgjohej tringëllima e pirunëve mbi pjata në sallën e ngrënies. I tha se duhej të helmonte minjtë që s'e linin të flinte. - Duhet njoftuar zotëria.

- Jo! Rri!

Pastaj, me mospërfillje shtoi:

- Ehu! S'ka nevojë, do t'i them vetë pas pak. Hajde, më bëj dritë!
Ajo hyri në korridor, ku ndodhej dera e laboratorit. Në mur varej çelësi me etiketën, kafarnaum.
- Justin! - bërtiti farmacisti, që po e humbiste durimin.
- Ngjitemi!
Dhe ai i shkoi nga pas.
Çelësi u rrotullua në bravë, dhe ajo shkoi drejt e te rafti i tretë, e prirur saktë nga kujtesa, mori kavanozin e kaltër, ia hoqi kapakun, futi dorën brenda, dhe, si e nxori plot me një pluhur të bardhë, filloi ta hante menjëherë.
- Mos! - i bërtiti ai duke u sulur drejt saj.
- Pusho! Se vjen njeri...
Ai po e humbte fare, donte të thërriste.
- Mos i thuaj gjë njeriu, përndryshe gjithë faji do të binte mbi zotërinë tënd.
Pastaj ajo u kthye menjëherë në shtëpi e qetësuar, dhe pothuajse me atë gjakftohtësinë e njeriut që e ka kryer detyrën e tij.

Kur Sharli, i tronditur nga lajmi i sekuestrimit të pasurisë, po kthehej në shtëpi, Ema sapo kishte dalë jashtë. Ai klithi, qau, i ra të fikët, por ajo nuk erdhi. Ku mund të ishte? dërgoi Felisitenë te Omeu, te zoti Tyvazh, te Lërëit, te Luani i artë, kudo; dhe, sa herë që brenga e linte për një çast, mendonte famën e tij të shuar, pasurinë e humbur, të ardhmen e Bertës të shkatërruar! Cili ishte shkaku?...
s'kishte asnjë gjysmë fjale ta shpjegonte! Priti deri në orën gjashtë të mbrëmjes. Më në fund, duke mos duruar dot më, dhe duke menduar se ajo do të ishte nisur për Ruan, doli në rrugën kryesore, bëri një gjysmë milje, s'hasi njeri, priti dhe pak pastaj erdhi përsëri në shtëpi. Ajo ishte kthyer.
- Ç'ka ndodhur?... Përse?... Shpjegoma?...
Ajo u ul në tryezë dhe shkroi një letër, të cilën e mbylli ngadalë, pasi shënoi datën dhe orën. Pastaj, me një ton solemn, i tha:
- Do ta lexosh nesër; deri atëherë, të lutem, mos më bëj asnjë pyetje!... Jo, asnjë të vetme!
- Por...
- Oh! Lërmë!

Dhe u lëshua e tëra për së gjati në shtratin e saj. E zgjoi një athtësi që ndiente në gojë. Shqoi Sharlin dhe i mbylli përsëri sytë. Ajo vëzhgonte veten me kureshtje se mos i fillonte ndonjë dhimbje. Por jo! Ende asgjë. Dëgjonte të rënët e orës së murit, kërcitjet e zjarrit, si dhe Sharlin, që merrte frymë, në këmbë, aty pranë shtratit të saj.

"Ah! S'qenka ndonjë gjë e madhe, vdekja! - mendonte ajo me vete, - do të më zërë gjumi, dhe gjithçka do të marrë fund!"

Piu një gllënjkë ujë dhe u kthye nga muri. Nuk i shqitej nga goja shija e tmerrshme e bojës së shkrimit.

- Kam etje!... Oh! kam shumë etje! - psherëtiu ajo.
- Ç'ke kështu? - e pyeti Sharli, që i dha një gotë me ujë.
- S'kam gjë!... Hape dritaren... m'u zu fryma.

Dhe i erdhi për të vjellë aq papritmas sa mezi pati kohë të merrte shaminë nën jastëk.

- Hiqma! - i tha ajo me rrëmbim, - hidhe!

Ai e pyeti, ajo s'iu përgjigj. Rrinte pa lëvizur, nga frika se mos tronditja më e vogël i shkaktonte të vjella. Ndërkaq, po ndiente një të ftohtë akulli që i ngjitej nga këmbët deri në zemër.

- Ah! Ja ku filloi! - murmuriti ajo.
- Ç'thua?

Ajo rrotullonte kokën me një lëvizje të ëmbël plot ankth, dhe duke hapur vazhdimisht nofullat, sikur të mbante mbi gjuhë diçka shumë të rëndë. Në orën tetë, iu shkrepën përsëri të vjellat.

Sharli vuri re se në fund të legenit kishte një si rërë të bardhë, ngjitur në anë të porcelanit.

- Kjo është e jashtëzakonshme! E çuditshme! - përsëriti ai.

Mirëpo ajo i tha me një zë të fuqishëm:

- Jo, gabohesh!

Atëherë, butë-butë dhe gati duke e ledhatuar, ai i vuri dorën mbi stomak. Ajo nxori një klithmë të mprehtë. Ai u zmbraps krejtësisht i tmerruar.

Pastaj ajo zuri të rënkonte, në fillim mbyturazi. Supet i tundeshin nga një drithmë e fortë, dhe po bëhej më e bardhë se sa çarçafi, ku zhyteshin gishtërinjtë e saj të mbledhur. Pulsi i çrregullt pothuajse nuk i dëgjohej fare tani.

Në fytyrën e kaltërreme, që dukej si e ngrirë nga shpërthimi i ndonjë avulli metalik, i dilnin pika djerse. Dhëmbët i kërcisnin, me sytë e zmadhuar shikonte turbull rreth vetes, dhe të gjitha pyetjeve, u përgjigjej duke tundur kokën; bile vuri buzën në gaz dy a tri herë. Pak nga pak, rënkimet e saj u bënë më të forta. I doli një ulërimë e shurdhët nga shpirti; tha se ishte më mirë dhe se pas pak do të ngrihej.

Mirëpo e kapën të dridhurat e forta; ajo bërtiti:
- Ah! Qenka e tmerrshme, o zot!
Ai ra në gjunjë pranë shtratit të saj. - Fol! Ç'ke ngrënë? Përgjigju, pashë zotin!

Dhe e vështronte me ca sy aq të dhimbsur sa ajo s'kishte parë kurrë ndonjëherë në jetë të saj.
- Mirë, ja atje..., atje!... - tha ajo me një zë të këputur.
Ai u sul drejt e te tryeza, grisi zarfin dhe lexoi me zë të lartë: Të mos paditet njeri... U ndal, vuri dorën mbi sy, dhe e lexoi edhe një herë.
- Si!... Ndihmë! Ndihmë!

Dhe s'mund të përsëriste veçse këtë fjalë:
"Është helmuar, është helmuar!" Felisiteja vrapoi te Omeu, që dha kujën në mes të sheshit; Zonja Lëfransua e dëgjoi që nga Luani i artë, disa u ngritën për t'u dhënë lajmin fqinjëve të tyre, dhe gjithë natën fshati ndenji zgjuar.

I hutuar, duke belbëzuar, gati për t'u rrëzuar, Sharli sillej vërdallë nëpër dhomë. Përplasej me mobiljet, shkulte flokët, dhe farmacistit as që i kishte shkuar mendja ndonjëherë se mund të kishte pamje kaq të llahtarshme mbi dhé.

U kthye në shtëpinë e vet, për t'i shkruar zotit Kanive dhe doktor Larivierit. E kishte humbur fare; bëri më se pesëmbëdhjetë kopje të papastra. Hipoliti u nis për Nëfshatel, dhe Justini i ra aq keq me mamuze kalit të Bovariut, sa e la në të përpjetën e Pyllit-Gijom, të sfilitur dhe gati pa frymë.

Sharli deshi të shfletonte fjalorin e vet të mjekësisë; s'shihte dot gjë aty, rreshtat i kërcenin përpjetë para syve.
- Qetësohuni! - i tha farmacisti. - Është puna vetëm t'i jepet ndonjë kundërhelm i fuqishëm. Çfarë helmi ka pirë?

Sharli i tregoi letrën. Ishte arsenik.
- Mirë pra! - vazhdoi Omeu, duhet bërë analiza.

Sepse ai e dinte që në çdo rast helmimi duhet bërë analiza; dhe tjetri që s'kuptonte gjë, iu përgjigj:
- Ah! Bëjeni! Bëjeni! Shpëtojeni...

Pastaj, si u kthye pranë saj, u lëshua përtokë mbi qilim, dhe i rrinte me kokë mbështetur në anë të shtratit, duke u ngashëryer.
- Mos qaj! - i tha ajo. - Ja dhe pak dhe do të të lë rehat!
- Përse e bëre këtë? Kush të detyroi? Ajo ia ktheu:
- Ishte për t'u bërë, i dashur.
- S'ishe e lumtur? Mos është faji im? Sidoqoftë, unë kam bërë ç'kam mundur! - Po..., është e vërtetë..., ti je i mirë!
Dhe ajo i fuste dorën ngadalë nëpër flokë. Ëmbëlsia që i jepte atij ky ledhatim, ia shtonte edhe më tepër hidhërimin; e ndiente që gjithë qënia e vet po i shembej nga dëshpërimi kur mendonte se do ta humbte, pikërisht në një kohë kur ajo, po tregonte ndaj tij më tepër dashuri se kurrë; dhe ai s'gjente asnjë rrugë shpëtimi; s'dinte ç'të bënte, s'guxonte, ngaqë, si përfundim, e humbi toruan fare prej ngutjes së marrjes të një vendimi të menjëhershëm.

Ajo u kishte dhënë fund, mendonte me vete, gjithë tradhtive, gjithë poshtërsive dhe morisë së panumërt të dëshirave të zjarrta që ia mundonin shpirtin. Tani nuk urrente asnjeri; mbi mendimet po i binte një shtjellë muzgu, dhe nga gjithë zhurmat e mbidheut Ema s'dëgjonte më gjë, veçse vajtimin e herëpashershëm të asaj zemre të shkretë, që i vinte i ëmbël dhe i turbullt si jehona e fundit e ndonjë simfonie që po largohej.

- Më sillni vajzën, - tha ajo duke u ngritur mbi bërryl.
- Je më mirë, apo jo? - e pyeti Sharli.
- Po! Po.

Fëmijën ia solli shërbëtorja në krahë, të veshur me këmishën e saj të gjatë të natës, prej nga i dilnin këmbët e zbathura; ajo ishte fytyrëngrysur dhe pothuajse ende në gjumë. E shikonte me habi dhomën që e kishte zaptuar rrëmuja fund e krye, dhe i kapsiste sytë, e verbuar nga qirinjtë që digjeshin mbi orendi. Këta me siguri i sillnin ndër mend mëngjeset e Vitit të Ri ose të javës së tretë të kreshmëve kur, si zgjohej herët në dritën e qirinjve, vinte në krevatin e së ëmës për të marrë dhurata, sepse zuri të thoshte:

- Ku e ke pra, mami?

Dhe pasi të gjithë heshtnin, ajo vazhdonte:

- Po s'po e shoh këpucën time të vogël!

Felisiteja e përkulte mbi shtrat, ndërsa ajo i mbante

gjithmonë sytë nga oxhaku.
- Mos e ka marrë gjë taja? - pyeti ajo.
Dhe, sa dëgjoi këtë emër, që e çonte në kujtimet e tradhtive bashkëshortore dhe të bëmave të saj, zonja Bovari ktheu kokën nga ana tjetër, si e neveritur nga një helm tjetër më i fortë që i ngjitej lart në gojë. Megjithatë Berta i rrinte mbi shtrat.
- Oh! Sa të mëdhenj i ke sytë, mami, sa e bardhë që je! sa djersin ti!...
E ëma e vështronte.
- Kam frikë! - tha vogëlushja duke u zmbrapsur. Ema ia mori dorën për t'ia puthur; ajo përpiqej t'i shpëtonte.
- Mjaft! Merre tani! - bërtiti Sharli, që qante me dënesë në krevatin me perde.
Pastaj simptomat iu ndërprenë për një çast; ajo dukej më pak e turbulluar dhe, pas çdo fjale të pakuptimtë që thoshte, pas çdo frymëmarrjeje pak të qetë të saj, atij i ringjallej shpresa. Më në fund, kur hyri Kanivei, ai iu hodh në krahë duke qarë.
- Ah! Qenkeni ju! Falemnderit! Sa njeri i mirë jeni! Po ajo është më mirë tani. Ja, shikojeni...
Kolegu s'ishte aspak i atij mendimi, dhe duke i rënë shkurt, siç thoshte vetë, porositi ilaç vjelljendjellës, që t'i zbrazej plotësisht stomaku.
S'kaloi shumë dhe ajo volli gjak. Buzët iu shtrënguan më keq. Gjymtyrët i kishte të tkurrura, trupi i ishte mbushur me njolla të murrme, dhe pulsi i rrëshqiste nën gishta si tel i tendosur, si kordë harpe gati për t'u këputur.
Pastaj nisi të bërtiste në mënyrë të llahtarshme. Mallkonte helmin, e shante, i lutej me gjithë shpirt të vepronte shpejt, dhe shtynte me duart e saj të ngrira të gjitha ato që Sharli, i bërë për vdekje më keq se sa ajo, përpiqej t'ia jepte t'i pinte. Ai qëndronte në këmbë, me shami mbi buzë, duke rënkuar, duke qarë, ndërsa fryma i zihej nga ngashërimat që e tundnin të tërin; Felisiteja vraponte sa andejkëndej nëpër dhomë; Omeu, pa luajtur vendit, nxirrte psherëtima të thella, edhe zoti Kanive, që e ruante gjithmonë gjakftohtësinë, aty filloi ta humbiste toruan.
Si dreqin!... duke qenë se... ajo është pastruar plotësisht, dhe, përderisa shkaku ndërpritet...

- Duhet të ndërpritet dhe pasoja, - tha Omeu, - është e qartë.
- Aman, shpëtojeni! - bërtiste Bovariu.

Dhe, pa ia vënë veshin farmacistit që vazhdonte të parashtronte hamendjen: "Mos është ndofta një krizë shpëtimtare", Kaniveja ishte gati duke i dhënë një kundërhelm, kur u dëgjua fishkëllima e një kamxhiku; të gjitha xhamet u drodhën dhe, në cep të pazarit doli përnjëherë një karrocë poste që e tërhiqnin me revan të madh tre kuaj, të fëlliqur me baltë deri te veshët. Ishte doktor Larivieri.

Dhe perëndia vetë të kishte ardhur, s'do të ishte ndier aq shumë. Bovariu ngriti duart lart. Kanivei ngriu në vend; dhe Omeu hoqi kapuçin e tij të sheshtë shumë më përpara se sa të hynte doktori.

Ai i përkiste shkollës së madhe kirurgjike, të krijuar nga Bishaji, atij brezi, tashmë të vdekur, mjekësh filozofë që, duke e dashur me fanatizëm artin e tyre, e ushtronin me dëshirë të zjarrtë dhe me aftësi! Kur inatosej ai dridhej gjithë spitali, dhe studentët e adhuronin aq shumë, saqë me të dalë mjekë, përpiqeshin ta imitonin sa të mundnin më shumë, prandaj në qytetet përreth, ata i gjeje të veshur si ai, me atë pallton e gjatë të veshur me lesh merinosi dhe me atë frakun e gjerë e të zi, mëngët e zbërthyera të të cilit ia mbulonin paksa duart e tulta, duart aq të bukura, dhe që nuk mbanin kurrë dorashka, si të ishin më të gatshme për t'iu futur vuajtjeve të njerëzve. Mospërfillës ndaj dekoratave, titujve dhe akademive, mikpritës bujar, i dashur me të varfrit, i virtytshëm pa bindje, atë do ta kishin mbajtur pothuajse si shenjtor, sikur të mos i trembeshin si djallit mprehtësisë së mendjes që kishte. Vështrimi i tij më therës se bisturitë që përdorte, të depërtonte drejt e në shpirt dhe zbulonte çdo gënjeshtër përmes pohimeve dhe ngurrimeve. Dhe kështu vazhdonte ai, me gjithë atë madhështi dashamirëse që vjen nga vetëdija e një talenti të madh, nga pasuria dhe nga dyzet vjet jete të ngarkuar me punë që s'kish të sharë.

Ai ngrysi vetullat që te dera, kur pa fytyrën prej meiti të Emës, të shtrirë në shpinë, me gojë hapur. Pastaj, duke bërë sikur dëgjonte Kanivein, vinte gishtin tregues nën hundë dhe përsëriste:
- Mirë, mirë.

Mirëpo supet i tundi ngadalë. Bovariu e vuri re; u vështruan sy në sy dhe, ai burrë, megjithëse i mësuar aq shumë me vuajtje, nuk e mbajti dot një pikë loti që i ra mbi grykore.
Deshi të futej me Kanivein nga dhoma tjetër. Sharli i ndoqi nga pas.
- Është shumë keq, apo jo? sikur t'i vinim llapa me sinap a ku ta di unë! Gjeni, ju lutem diçka, ju që keni shpëtuar kaq raste si ky!
Sharli i kishte hedhur të dy krahët rreth trupit, dhe e sodiste si i shastisur, i përlutur, gjysmë i mekur mbi kraharorin e tij.
- Hajde, mor bir, bëhu i fortë tani! S'kemi ç'bëjmë më. Dhe doktor Larivieri u kthye nga ana tjetër.
- Do ikni?
- Do të vij prapë.
Ai doli jashtë qëllimisht si për t'i dhënë një urdhër karrocierit bashkë me Kanivein, i cili, gjithashtu, nuk donte që Ema t'i vdiste në duar.
Farmacisti u bashkua me ta te sheshi. Për nga vetë temperamenti që kishte, s'mund të ndahej nga njerëzit e shquar. Prandaj iu përshpirt zotit Larivier t'i bënte nderin e madh të pranonte të hante drekë tek ai.
Dërgoi shpejt e shpejt të merrnin pëllumba te Luani i artë, gjithë bërxollat që i ndodheshin kasapit, vezë te Letibuduai, dhe vetë ndihmonte në përgatitje, ndërsa zonja Ome, duke tërhequr lidhëset e jelekut, thoshte:
- Do të na falni zotëri, sepse këtu në fshatin tonë të shkretë, po nuk lajmërove një ditë përpara...
- Gotat me fron! - i pëshpëriti Omeu në vesh.
- Të paktën, po të ishim në qytet, do të kishim mundësi të gjenim ca këmbë bagëtish të mbushura.
- Pusho!... Urdhëroni në tryezë, doktor!
Pasi hëngri kafshatat e para, ai e pa të udhës të jepte ca hollësi lidhur me gjëmën.
- Në fillim vumë re se e kishte faringun të thatë, pastaj dhimbje të padurueshme në epigastër, pati superpurgacion dhe koma. - Po si u helmua?
- Këtë s'e di doktor, bile as e kam idenë se ku mundi ta gjente atë acid arsenor.
Justinit, që po sillte në atë çast një stivë me pjata, i hipi një e dridhur.

- Ç'ke kështu? - i tha farmacisti.
Sa dëgjoi këtë pyetje, djaloshi i lëshoi të gjitha përtokë, duke bërë një zhurmë të madhe.
- Hajvan! - i bërtiti Omeu, - duartharë! Kokëtrashë! Gomar i madh!
Por, papritur, si mblodhi veten, shtoi:
- Desha, doktor, të provoja një analizë, dhe, pikësëpari, i futa me ngadalë një tub...
- Do të kishte qenë më mirë, - i tha kirurgu, - t'i kishit kallur gishtërinjtë në fyt.
Kolegu i tij nuk e hapte gojën, ngaqë pak përpara e kishte marrë vetëm për vetëm, një qortim të rëndë për ilaçin vjellndjellës, kështu që i shkreti Kanive, aq mendjemadh dhe llafazan në kohën e operacionit të këmbës së gjymtë, sot tregohej shumë modest; buzëqeshte pa pushim në shenjë miratimi.
Omeu shkrihej i tëri në endjen e tij si zot shtëpie me miq të ftuar dhe kur kujtonte gjendjen e pikëlluar të Bovariut i shtohej ashtu mugët edhe më kjo kënaqësi për nga vetë krahasimi egoist që bënte me veten. Pastaj prania e doktorit e dalldiste fare. Ai vinte në dukje gjithë mburrje diturité e tij, përmendte lëmshazi kantaridet, upaset, mansëniljet, nepërkat :
- Madje kam lexuar se janë intoksikuar persona të ndryshëm, doktor, dhe kanë ngelur si të goditur nga rrufeja prej suxhukëve të tymosur jashtë mase! Të paktën kështu thuhet në një raport të hatashëm, të shkruar nga një ndër figurat tona më të shquara të farmaceutikës, një nga mjeshtrit tanë, i famshmi Kade dë Gasikur!
Zonja Ome erdhi përsëri, duke sjellë një nga ato mjetet e lëkundshme që ngrohin me alkool vere; sepse Omeu dëshironte ta bënte kafenë mbi tryezë, meqë dhe shërbimet e tjera, pjekjen, bluarjen, përzierjen, i kishte bërë vetë.
- Saccharum, doktor, - i tha ai duke i dhënë sheqerin.
Pastaj, me porositë e tij, i zbritën poshtë të gjithë fëmijët, sepse ishte kureshtar të dinte mendimin e kirurgut për fizikun e tyre.
Më në fund, zoti Larivier po bëhej gati të ikte, kur zonja Ome i kërkoi disa këshilla për të shoqin. Atij i trashej gjaku sa çdo mbrëmje, pas darke, e zinte gjumi. - Oh! S'e ka trurin

aq të trashë ai.

Dhe, duke buzëqeshur disi me këtë lojë fjalësh që kaloi pa u vënë re, doktori hapi derën. Mirëpo farmacia ishte plot e përplot me njerëz, dhe ai mezi hoqi qafe zotin Tyvazh, i cili kishte frikë se mos e shoqja vuante nga ndonjë inflamacion pulmonar, sepse e kishte zakon të pështynte në hi; pastaj zotin Bine, që e merrte, nga njëherë, papritur e pa kujtuar, një uri e tmerrshme, dhe zonjën Karon që ndiente çuksje; zotin Lërë që i merreshin mendtë; Letibuduain që vuante nga reumatizma; zonjën Lëfransua që kishte thartira. Më në fund të tre kuajt ia dhanë vrapit, dhe mendimi i përgjithshëm qe se ai nuk u tregua aspak i njerëzishëm.

Të gjithëve u tërhoqi vëmendjen zoti Burnizien, që po kalonte pazarit me vajra të shenjta.

Omeu, me ato parimet e tij, i krahasoi priftërinjtë me korbat që i tërheq era e të vdekurve; atij për vete nuk i pëlqente të shikonte klerikë, sepse veladoni i kujtonte qefinin, dhe e urrente të parin ngaqë kishte disi frikë tjetrin.

Megjithatë, pa u tërhequr nga ajo që ai e quante misionin e tij, shkoi përsëri te Bovariu, bashkë me Kanivein, të cilin zoti Larivier, përpara se të nisej, e kishte porositur me të madhe të kthehej aty; dhe bile, po të mos e kishte kundërshtuar e shoqja, ai kishte për të marrë me vete të dy djemtë, që t'i mësonte skena të rënda, me qëllim që më vonë t'u ngelej në mendje si mësim, si shembull, si tablo solemne.

Kur hynë ata, dhoma ishte krejtësisht e mbushur me një solemnitet të përmortshëm. Mbi tryezën e punës me mbulesë të bardhë, kishte pesë a gjashtë lëmshe pambuku të vendosura në një pjatë argjendi, pranë një kryqi të madh, mes dy shandanëve të ndezur. Ema, me kokë varur mbi gjoks, po shqyente qepallat; dhe duart e saj të shkreta zvarriteshin mbi çarçafë, me atë lëvizjen e llahtarshme dhe të qetë të atyre që janë në gramat e fundit, të cilët duket sikur duan më në fund të mbulohen vetë me qefin. I zbehtë si shtatore, dhe me sytë e kuq prush, Sharli qëndronte pa qarë përballë saj, te këmbët e krevatit, ndërsa prifti, i mbështetur mbi njërin gju, thoshte nëpër dhëmbë disa fjalë me zë të ulët.

Ajo ktheu fytyrën me ngadalë, dhe u duk sikur papritmas e kish pushtuar gëzimi që pa stolën ngjyrë vjollcë të priftit, duke gjetur përsëri, pa dyshim, mes kësaj fashitjeje të jashtëzakonshme, mahnitjen e humbur të vrundujve të saj të parë mistikë, bashkë me disa vegime prehjeje të përjetshme që fillonin t'i shfaqeshin para syve.

Prifti u ngrit për të marrë kryqin, atëherë ajo shtriu qafën si ai që ka etje dhe, duke ngjitur buzët mbi trupin e njeriut-zot, i dha me gjithë fuqinë e saj regëtitëse puthjen më të plotë që mund të kishte falur ndonjëherë. Pastaj, ai recitoi Misereatur dhe indulgentiam, ngjeu gishtin e madh të dorës së djathtë në vaj dhe filloi mirosjen: në fillim i leu sytë, që kishin lakmuar aq shumë gjithë salltanetet e kësaj bote; pastaj vrimat e hundës, që s'kishin pasur të ngopur me flladet e ngrohta dhe me aromat e dashurisë; pastaj gojën, që ishte hapur për të gënjyer, që kishte rënkuar nga krenaria dhe bërtitur gjatë kënaqjeve të epsheve; pastaj duart, që shkriheshin nga ëndja prej prekjeve të këndshme, dhe së fundi, shputat e këmbëve, aq të shpejta njëherë e një kohë kur ajo vraponte që të shuante afshet e saj dashurore dhe që tani nuk do të ecnin më.

Famullitari fshiu gishtërinjtë, hodhi në zjarr fijet e pambukut të njomura me vaj, dhe erdhi u ul pranë shpirtdhënëses, që t'i thoshte se tani duhej t'i bënte vuajtjet e saj njësh me ato të Jezu Krishtit dhe ta linte veten në mëshirën hyjnore. Si ia dha të gjitha porositë e tij, ai u përpoq t'i vinte në dorë një qiri të bekuar, simbol i lavdive qiellore që do ta rrethonin së shpejti. Ema, e pafuqi, s'mundi t'i mbyllte gishtërinjtë, dhe qiriu, po të mos ishte zoti Burnizien, kishte për të rënë përtokë.

Megjithatë ajo nuk ishte më aq e zbehtë, dhe fytyra i kishte marrë një shprehje të qetë dhe të kthjellët, sikur ta kishte shëruar mirosja.

Priftit nuk i shpëtoi, ky ndryshim; ai i shpjegoi bile Bovariut se zoti, ndonjëherë, ua zgjaste jetën njerëzve, kur e gjykonte me vend për shpëtimin e tyre; dhe Sharlit iu kujtua dita kur ajo ishte po kështu, gati duke dhënë shpirt, dhe kishte marrë kungimin.

"Ndofta nuk duhet humbur akoma shpresa", - mendoi ai.

Dhe me të vërtetë, ajo vështroi rreth e rrotull vetes, me ngadalë si ndonjë e porsazgjuar nga ëndrra; pastaj, me një zë të qartë, kërkoi pasqyrën dhe ndenji përkulur mbi të një copë herë, derisa i rrodhën lot të mëdhenj nga sytë. Atëherë

hodhi kokën mbrapa me ofshamë dhe ra përsëri mbi jastëk.
Menjëherë kraharori nisi t'i dihaste me shpejtësi. Gjuha i doli e tëra nga goja, sytë, duke u rrotulluar, po i veniteshin si dy globe llambe që shuheshin, aq sa mund të kujtoje se tashmë kishte vdekur, po të mos i lëviznin me atë përshpejtim të tmerrshëm brinjët, që tundeshin nga një frymëmarrje e furishme, sikur i hidhej shpirti përpjetë duke u përpjekur të shkëputej prej saj. Felisiteja u ul në gjunjë para kryqit, dhe vetë farmacisti bëri një përthyerje të lehtë gjunjësh, ndërsa zoti Kanive vështronte përhumburazi nga sheshi. Burnizieni kishte filluar përsëri nga lutjet me fytyrë të përkulur mbi anën e shtratit, me rasën e zezë që i varej nga mbrapa në dyshemenë e dhomës. Sharli rrinte nga ana tjetër, në gjunjë, me krahë të shtrirë nga Ema. I kishte kapur duart dhe ia shtrëngonte, duke u dridhur në çdo të rrahur të zemrës së saj, si nga tundja e një gërmadhe që është duke u shembur. Sa më e rëndë bëhej grahma, aq më tepër i shpejtonte prifti lutjet: këto përziheshin me ngashërimat e mbytura të Bovariut, dhe nganjëherë gjithçka dukej sikur shuhej në murmuritjen e shurdhët të rrokjeve latine, që tingëllonin si kambanat e vdekjes.

Papritmas, u dëgjua në trotuar një zhurmë këpucësh të rënda druri dhe fërkimtrokitja e një shkopi; dhe lart u çua një zë, një zë i vrazhdë që këndonte:

Shpesh ditëve të bukura gjithë nxehtësi Vashat mendojnë veç dashuri.

Ema u ngrit si ndonjë kufomë që çohet peshë papritur e pa kujtuar, me flokë lëshuar, me sy të ngulur, të zgurdulluar.

Për të mbledhë pa përtuar Kallinjt' që drapri pret, Naneta ime përkulet shtruar Buzë brazdës që u dha jetë.

- I Verbëri! - bërtiti ajo.
Dhe Ema zuri të qeshte, me një gaz të llahtarshëm, të shfrenuar, të dëshpëruar, duke kujtuar se po shihte fytyrën e neveritshme të të mjerit, që ngrihej në errësirën e përjetshme si lugat.

Fryu erë me tërbim atë ditë
Dhe fundi i fustanit lart asaj iu ngrit!

Atë e rrëzoi mbi dyshek një përpëlitje e fortë. Të gjithë u afruan. Ajo s'jetonte më.

IX

Gjithmonë, pas vdekjes të dikujt, të shkaktohet njëfarë shtangieje, kaq të vështirë e ke ta kuptosh këtë shfaqje të papritur të hiçit dhe ta mbledhësh mendjen, që ta besosh atë.
Mirëpo Sharli kur vuri re se ajo nuk lëvizte më, iu hodh përsipër, duke bërtitur:
- Lamtumirë! Lamtumirë!
Omeu dhe Kaniveu e tërhoqën jashtë dhomës. - Mbajeni veten!
- Po, - thoshte ai, duke u përpjekur t'u shpëtonte nga duart, - do të tregohem i arsyeshëm, s'kam për të bërë asgjë të keqe. Po lërmëni tani! Dua ta shoh! Është gruaja ime!
Dhe qante.
- Qani, qani, - ndërhyri farmacisti, - shfreni lirshëm, kështu keni për t'u lehtësuar!
Sharli, që u bë më i dobët se një fëmijë, e la veten ta zbrisnin poshtë, në sallën e ngrënies, dhe zoti Ome, pas pak, u kthye në shtëpinë e tij.
Te sheshi e kapi i Verbri, i cili, si kishte mbërritur osh e osh deri në Jonvil, me shpresën e pomadës antiflagjistike, pyeste çdo kalimtar ku banonte farmacisti.
- Hajde, hajde, mirë e paske gjetur kohën edhe ti se pak halle të tjera kam unë! Ehu! S'kam ç'të të bëj, eja më vonë!
Dhe hyri nxitimthi në farmaci.
I duhej të shkruante dy letra, të përgatiste një lëng qetësues për Bovariun, të sajonte një gënjeshtër që ta mbulonte helmimin dhe ta bartonte si artikull për "Fenerin", pa llogaritur pastaj njerëzit që e prisnin, për të marrë prej tij të dhëna; dhe, pasi jonvlasit dëgjuan të gjithë, i madh e i vogël, trillimin e tij për arsenikun që ajo e kishte marrë për sheqer, kur po përgatiste krem me vanilje, Omeu shkoi edhe një herë tjetër te Bovariu.

E gjeti vetëm (zoti Kanive sapo kishte ikur) ulur në kolltuk, pranë dritares, duke soditur me një vështrim prej idioti pllakat e sallës së ngrënies.

- Tani duhet, - i tha farmacisti, - që ta caktoni ju vetë orën e varrimit.
- Përse? Ç'varrim?

Pastaj, me një zë belbëzues dhe të trembur, shtoi:
- Oh! Jo, ç'është ajo punë? Jo, dua ta mbaj.

Omeu, që të mos e humbte toruan, mori në raft një kanë që të vadiste barbarozat.
- Ah! Falemnderit, - i tha Sharli, - sa njeri i mirë jeni!

Dhe s'mbaroi dot fjalën, se i ngeci në fyt nga një mori kujtimesh që i vinin ndër mend prej kësaj sjelljeje të farmacistit.

Atëherë, Omeu, për të hequr mërzinë, e pa me vend t'i fliste pak për kopshtari; bimët kishin nevojë për lagështi. Sharli uli kokën në shenjë miratimi.

- Le që ditët e bukura tani do të vijnë. - Aha! - ia bëri Bovariu.

Farmacisti, ngaqë s'dinte ç'të thoshte më, filloi të hapte me ngadalë perdet e vogla të dritareve.
- Shiko, po kalon në rrugë zoti Tyvazh.

Sharli përsëriti mekanikisht:
- Po kalon në rrugë zoti Tyvazh.

Omeu nuk guxoi t'ia zinte përsëri në gojë masat paraprake për ceremoninë e përmortshme, vetëm prifti arriti t'ia mbushte mendjen të vendoste për to.

Ai u mbyll në dhomën e tij të punës, mori një penë, dhe, pasi u ngashërye një copë herë, shkroi:

"Dua që të varroset me fustanin e nusërisë, me këpucë të bardha dhe me kurorë. Flokët t'i hidhen mbi supe; tri arkivole, një prej lisi, një prej bakëmi, një prej plumbi. S'dua të më thotë njeri asnjë fjalë, kam për të mbajtur veten. T'i hidhet një mbulesë e madhe kadifeje të gjelbër. Kështu dua vetë. Kështu të bëni."

Zotërinjtë e pranishëm u çuditën shumë me mendimet romantike të Bovariut, dhe farmacisti shkoi menjëherë t'i thoshte:

- Më duket se kadifeja është gjë e tepërt. Po shpenzimet, pastaj...

- Ç'ju duhet juve? - bërtiti Sharli. Lërmëni tani! Se mos e donit ju! Pa ikni!
Prifti i futi krahun që ta nxirrte një shëtitje nëpër oborr. I mbante llogje për zbrazësinë e gjërave tokësore. Zoti është shumë i madh, shumë i mirë; duhej t'u nënshtroheshe, pa bërë asnjë pëshpëritje, vendimeve të tij, bile, t'i faleshe nderit të atij.
Sharli shpërtheu në sharje antifetare.
- Unë e urrej me neveri, atë zotin tuaj!
- E keni akoma shpirtin e kundërshtimit, - psherëtiu prifti.
Bovariu ishte tashmë larg. Ai ecte me hapa të mëdhenj, anës murit, pranë pemëve, dhe kërcëllinte dhëmbët, ngrinte sytë nga qielli gjithë mallkim; mirëpo, megjithatë s'lëvizi asnjë gjethe.
Po binte një shi i imët. Sharli, që e kishte kraharorin lakuriq, filloi të dridhej; u kthye dhe u ul në kuzhinë.
Në orën gjashtë, u dëgjua një zhurmë hekurash te sheshi: po vinte Dallëndyshja; dhe ai ndenji me ballë ngjitur pas xhamit të dritares duke parë udhëtarët që zbrisnin të tërë njëri pas tjetrit. Felisiteja i shtroi një dyshek në sallon, ai u hodh mbi të dhe e zuri gjumi.
Ndonëse filozof, zoti Ome i nderonte të vdekurit. Prandaj, pa i mbajtur mëri Sharlit të gjorë, ai erdhi sërish në mbrëmje për të gdhirë të vdekurin, duke sjellë me vete tre libra si dhe një bllok për të mbajtur shënime.
Aty ndodhej dhe zoti Burnizien, dhe në krye të shtratit po digjeshin dy qirinj që i kishin nxjerrë jashtë alkovës.
Farmacisti, i cili s'po e duronte këtë qetësi, s'ndenji shumë dhe lidhi disa fjalë për t'i qarë hallin kësaj "nuseje fatkeqe"; ndërsa prifti u përgjigj që tashmë s'ngelej gjë tjetër veçse të luteshin për të.
- Megjithatë, - ndërhyri Omeu, - një nga të dyja; ose ajo ka vdekur pa mëkate
(siç shprehet kisha), dhe atëherë s'ka aspak nevojë për lutjet tona, ose ka ndërruar jetë pa u penduar (kjo është, më duket, shprehja kishtare), dhe atëherë...
Burnizieni ia preu fjalën, duke ia kthyer me një ton të ashpër se sido që të ishte puna duhej të luteshin.
- Mirëpo, - e kundërshtoi farmacisti, - përderisa zoti, i di të gjitha nevojat tona, përse shërben lutja?

- Si! - reagoi kleriku, - lutja! Domethënë ju s'qenkeni i krishterë?
- Më falni! - i tha Omeu unë e adhuroj krishterimin. Ai, në radhë të parë, çliroi skllevërit, i futi botës një moral...
- S'është fjala për këtë! Gjithë shkrimet e shenjta...
- Oh! Oh! Sa për shkrimet e shenjta hapni historinë; dihet që ato i kanë falsifikuar jezuitët.

Hyri Sharli, dhe, duke iu afruar shtratit, hapi me ngadalë perdet.

Ema e kishte kokën të përkulur mbi supin e djathtë. Cepi i gojës, që kish ngelur hapur, dukej si vrimë e zezë në fund të fytyrës; të dy gishtat e mëdhenj i rrinin të përthyer mbi shuplakën e duarve; qepallat i ishin mbuluar vende-vende nga një lloj pluhuri i bardhë, dhe sytë po fillonin t'i zhyteshin në një zbehtësi veshtullore që i ngjante një rrjete të hollë, sikur të kishin endur përsipër merimangat. Çarçafi vinte duke u ulur si gropë që nga gjinjtë deri te gjunjët, pastaj ngrihej deri te maja e gishtërinjve të këmbës dhe Sharlit i dukej sikur mbi të rëndonin dengje të paana e fund, një peshë tepër e madhe.

Në sahatin e kishës, ra ora dy. Gurgullima e rëndë e lumit që rridhte në errësirë rrëzë tarracës dëgjohej deri në dhomë. Herë pas here, zoti Burnizien, shfrynte hundët gjithë zhurmë, dhe Omeu kërciste pendën mbi letër.

- Hajde, miku im, - tha ai, - largohuni prej këndej, kjo pamje ua copëtoi shpirtin fare.

Sa iku Sharli, farmacisti dhe famullitari ia nisën përsëri diskutimeve. - Lexoni Volterin! - thoshte njeri. - Lexoni d'Olbahun, lexoni Enciklopedinë!

- Lexoni Letrat e disa çifutëve portugezë! - ia priste tjetri.
- Lexoni Frymën e krishterimit, të shkruar nga Nikolla, ish-gjykatës.

Ata merrnin zjarr, skuqeshin, flisnin njëherësh pa e dëgjuar njëri-tjetrin; Burnizieni skandalizohej me gjithë atë paturpësi të atij; Omeu habitej me gjithë atë budallallëk të këtij; dhe desh u shanë, kur, papritmas, hyri përsëri Sharli. Atë e tërhiqte një si magjepsje, ua hipte e ua zbriste shkallëve pa pushim.

Rrinte përballë saj që ta shihte më mirë, dhe humbiste i tëri në atë soditje, që s'bëhej më e dhimbshme, ngaqë ishte aq e thellë.

Sillte ndër mend histori katalepsie, mrekullitë e magnetizmit; dhe me vete thoshte se, duke dashur me gjithë zemër me vullnetin e tij, ndoshta do të arrinte ta ngjallte. Bile një herë u përkul mbi të, dhe i thirri me zë fare të ulët: "Ema! Ema!" Fryma e tij që doli fuqishëm, e luhati flakën e qirinjve mbi mur.

Në të gdhirë, mbërriti zonja Bovari, nëna; Sharli duke e përqafuar, ia shkrepi përsëri të qarit. Ajo u përpoq, ashtu siç kishte provuar edhe farmacisti, t'i bënte disa vërejtje lidhur me shpenzimet e varrimit. Ai u inatos aq shumë saqë ajo e mbylli gojën, dhe bile ai e ngarkoi të shkonte menjëherë në qytet të blinte ato që duheshin.

Sharli ndenji vetëm gjithë pasditen; Bertën e kishin çuar te zonja Ome; Felisiteja rrinte lart, në dhomë, me teto Lëfransuain.

Në mbrëmje, ai priti vizita. Ngrihej, u shtrëngonte dorën njerëzve pa mundur të fliste, pastaj këta uleshin pranë të tjerëve, që formonin një gjysmë rrethi të madh para oxhakut. Kokulur dhe gju mbi gju, ata tundnin këmbën e hedhur sipër, duke nxjerrë herë pas here nga një psherëtimë të thellë; dhe secili prej tyre ishte mërzitur jashtë mase; megjithatë asnjeri nuk donte të ikte i pari.

Omeu, kur erdhi në orën nëntë (ato dy ditë vetëm ai shihej te sheshi), po sillte një sasi kampari, rrëshire dhe barërash aromatike. Në duar mbante gjithashtu një vazo plot me klor, për të larguar erën e kufomës. Në atë çast, shërbëtorja, zonja Lëfransua dhe nëna Bovari vërtiteshin rreth Emës, duke i përfunduar veshjen; dhe pastaj i lëshuan velin e gjatë të ngrirë, që e mbuloi deri te këpucët prej sateni.

Felisiteja ngashërehej.

- Ah! E shkreta zonja ime! E shkreta zonja ime!

- Shikojeni, - thoshte duke psherëtirë hanxhesha, - sa e lezetshme është akoma! Hajde mos thuaj po deshe që ka për t'u çuar në çast.

Pastaj ato u përkulën, që t'i vinin kurorën.

U desh t'ia ngrinin pakëz kokën, dhe asaj i doli nga goja një shkulm lëngjesh të zeza, si e vjellur.

- Ah! O zot! Fustani, kini kujdes! - bërtiti zonja Lëfransua. - Na ndihmoni pra! - i tha ajo farmacistit. - Mos kini gjë frikë

kështu:
- Unë frikë? - ia ktheu ai duke ngritur supet. - Ah, po tamam! Sa më kanë parë sytë mua në spital kur studioja për farmaci! Ne përgatisnim ponç në sallën e autopsisë! Hiçi nuk e tmerron dot një filozof; dhe bile, unë e them shpesh, kam ndër mend t'ua lë me testament trupin tim spitaleve, që t'i shërbejë më vonë shkencës.

Kur erdhi, famullitari pyeti se si mbahej zotëria; dhe, sa dëgjoi përgjigjen e farmacistit, tha:
- Ju e kuptoni, ai e ka plagën akoma të hapur.

Atëherë Omeu e përgëzoi që ai vetë s'kishte rrezik, si gjithë të tjerët, të humbiste bashkëshorten e dashur, prej këndej u hap një diskutim lidhur me beqarinë e priftërinjve.

- Sepse, - tha farmacisti, - s'është e natyrshme që një mashkull të bëjë dot pa femra! Janë vënë re krime...
- Por, pashë zotin! - bërtiti kleriku, - si paska mundësi që njeriu që martohet të ruajë, për shembull, të fshehtën e rrëfimit?

Omeu sulmoi rrëfimin. Burnizieni e mbrojti; i parashtroi gjerë e gjatë vlerat edukuese që sillte ai. Solli raste të ndryshme hajdutësh që ishin bërë menjëherë njerëz të ndershëm. Ushtarakët që duke iu afruar gjyqit të pendesës, u ishin hapur sytë. Në Friburg kishte pasur një ministër...

Shoku i tij po flinte. Pastaj, meqenëse ajri tepër i rëndë i dhomës ia zinte disi frymën, ai hapi dritaren, çka e zgjoi nga gjumi farmacistin.
- Hajde, merrni pak burnot! - i tha ai. - Mos ma ktheni, ka për t'ju kthjelluar. Diku larg, zvargeshin të lehura të njëpasnjëshme.
- E dëgjoni një qen që ulërin? - i tha farmacisti.
- Thonë se ata i ndiejnë të vdekurit, - iu përgjigj kleriku. - E kanë si bletët; ato dalin nga kosheret dhe shkojnë drejt e te të vdekurit.

Omeu nuk bëri vërejtje për këto paragjykime, sepse e kishte zënë sërish gjumi.

Zoti Burnizien, më i fuqishëm se ai, vazhdoi t'u jepte dhe një copë herë buzëve me zë fare të ulët; pastaj, pa e ndier as vetë, uli kokën, lëshoi librin e madh të zi dhe filloi të gërhiste.

Të dy ishin përballë njëri-tjetrit, me bark përpjetë, me fytyrë të buhavitur, të vrenjtur, duke u puqur më në fund pas kaq mosmarrëveshjesh, në të njëjtën dobësi njerëzore; dhe më sa pipëtinte kufoma pranë tyre, që dukej sikur flinte, aq lëviznin dhe ata.

Sharli kur hyri brenda, nuk ua prishi aspak gjumin, ai vinte për herë të fundit. Do t'i linte asaj lamtumirën.

Barërat aromatike nxirrnin akoma tym, dhe në anë të dritares po përziheshin vorbuj avulli kaltërosh me mjegullën që hynte brenda. Në qiell kishte disa yje, dhe nata ishte e qetë.

Dylli i qirinjve binte si pika loti të mëdha mbi çarçafët e shtratit. Sharli i shkonte si digjeshin, duke lodhur sytë me rrezatimin e flakës së tyre të verdhë.

Mbi fustanin e atllasit të bardhë, si dritë hëne, dridheshin tallazet. Ema humbiste nën të; dhe atij i dukej se ajo, duke u derdhur jashtë vetvetes, tretej turbull nëpër sendet që e rrethonin, në qetësinë, në errësirën e natës, në erën që frynte, në kundërmimet e lagështa që ngjiteshin lart.

Pastaj, papritmas, e shihte në kopshtin e Totit, në stol, pranë gardhit me driza, ose në Ruan, nëpër rrugë, te pragu i derës së shtëpisë së tyre, në oborrin e Bertosë. Dëgjonte akoma të qeshurat e djemve të gëzuar, që vallëzonin nën pemët e mollëve; ajri i dhomës ishte ngopur me parfumin e flokëve të saj, dhe fustani i dridhej në krahë me një fëshfëritje të pakapshme aq sa mund të dëgjohen xixëllonjat. Ishte po ai fustan!

Ndenji kështu një kohë të gjatë duke sjellë ndër mend të gjitha gëzimet e perënduara, qëndrimet, lëvizjet, timbrin e zërit të saj. Pas një dëshpërimi vinte tjetri, dhe kështu me radhë pareshtur si valët e baticës në vërshim.

E pushtoi një kureshtje e tmerrshme: ai, me ngadalë, me majë të gishtërinjve, duke u dridhur i tëri, i ngriti velin. Mirëpo aty për aty lëshoi një klithmë llahtarë që i zgjoi dy të tjerët. Ata e zbritën poshtë, në sallën e ngrënies.

Pastaj Felisiteja erdhi e u tha se ai donte ca fije flokësh nga të sajat.

- Prijini një tufë! - u përgjigj farmacisti.

Dhe, meqë ajo nuk guxonte, ai u afrua vetë, me gërshërë në dorë. Dridhej aq shumë, sa ia shpoi lëkurën mbi tëmtha në disa vende. Më në fund, duke e mbledhur veten nga emocionet. Omeu preu dy-tri herë kuturu sa i hëngri gërshëra, duke lënë shenja të bardha në atë floknajë të bukur, të zezë.

Farmacisti dhe famullitari u zhytën përsëri në punët e tyre, pa e lënë herë pas here gjumin mangët, për të cilin ia vishnin fajin njëri-tjetrit pas çdo dremitjeje që bënin. Atëherë zoti Burnizien spërkaste dhomën me ujë të bekuar, ndërsa Omeu hidhte nga pak klor përdhé.

Felisiteja ishte treguar e kujdesshme duke vënë për ta në dollap një shishe raki, djathë dhe një simite të madhe. Kështu farmacisti, që s'duronte dot më, aty nga ora katër e mëngjesit, psherëtiu:

- Besa, kisha për t'u ushqyer me gjithë qejf!

Kleriku nuk priti ta lusnin, doli të thoshte meshën dhe u kthye, pastaj që të dy hëngrën e pinë, duke u ngërdheshur nga pak, të shtyrë nga ai gëzim i papërcaktuar që të pushton pas seancave të trishtimit; dhe kur hodhën teken e fundit, prifti i tha farmacistit, duke i rënë në shpatull:

- Në fund të fundit kemi për t'u marrë vesh!

Poshtë, në korridor, ndeshën punëtorët që po vinin. Atëherë Sharlit iu desh të duronte dy orë të tëra torturë prej çekiçit që ushtonte mbi dërrasa. Pastaj të vdekurën e futën në arkivolin prej lisi, të cilin e mbërthyen brenda dy të tjerëve; mirëpo, meqë qivuri ishte tepër i gjerë, u desh që boshllëqet të mbusheshin me leshin e një dysheku. Më në fund, pasi e zdrukthuan, u gozhduan dhe u puqën cep më cep të tre kapakët, e nxorën përpara portës; u hap shtëpia, dhe njerëzia e Jonvilit filloi të vërshonte.

Mbërriti xha Ruoi. Atij i ra të fikët mu te sheshi sa pa cohën e zezë.

X

Letrën e farmacistit ai e kishte marrë tridhjetë e gjashtë orë pas ndodhisë; dhe, zoti Ome, duke pasur parasysh, se ai ishte njeri i ndjeshëm, e kishte hartuar në mënyrë të tillë që ishte e pamundur të merrje vesh se ç'kishte ngjarë me të vërtetë. Në fillim plaku i shkretë kish rënë përdhé si t'i kishte rënë pika. Pastaj mendoi se ajo nuk kishte vdekur. Po ndoshta edhe kishte vdekur... Më në fund kishte veshur bluzën, kishte vënë kapelën, kishte vendosur mamuzet në këpucë dhe ishte nisur me shpejtësi sa i hani këmbët kalit; dhe, gjatë gjithë rrugës, xha Ruoit, duke gulçuar, iu bë shpirti copë nga ankthi. Bile një herë, u detyrua të zbriste. Sytë nuk i shikonin më gjë, rreth vetes dëgjonte zëra, i dukej sikur po luante mendsh.

Dita agoi. Mbi një pemë vuri re tri pula të zeza që po flinin, u drodh i tëri, i tmerruar nga ky ogur. Atëherë i premtoi shën Mërisë tri rosa për kishën, dhe se do të shkonte këmbëzbathur nga varrezat e Bertosë deri te kapela e Vasanvilit.

Hyri në Maromë duke thirrur ata të hanit, hapi portën me një të shtyrë supi, kapi përnjëherësh thesin e tërshërës, hodhi në vedër një shishe me musht molle të ëmbël dhe ia hipi përsëri kalit, që nxirrte shkëndija nga të katër patkonjtë.

Me vete thoshte se s'kishte dyshim që do ta shpëtonin; mjekët me siguri do të gjenin ndonjë shpëtim. Solli ndër mend gjithë shërimet mrekullibërëse që i kishin treguar.

Pastaj ajo i dilte parasysh të vdekur. Ajo ishte aty, mu para tij, e shtrirë në shpinë, në mes të rrugës. Ai tërhiqte frerin dhe vegullia i zhdukej. Në Kenkampua, për t'i dhënë zemër vetes, piu tri kafe njërën pas tjetrës.

I tha mendja njëherë, se mos kushedi i kishin ngatërruar emrin kur ia kishin shkruar. Kërkoi letrën në xhep, e ndjeu aty me të prekur, por nuk guxoi ta hapte.

Më në fund arriti deri aty sa të kujtonte se e gjithë kjo ishte ndonjë lojë, hakmarrje e ndokujt, trill i ndonjë të ardhuri çakërrqejf nga të pirët, se, tek e fundit, po të kishte vdekur, do të ishte marrë vesh! Mirëpo ja që jo! në fushë s'ndihej asgjë e pazakontë: qielli ishte i kaltër, pemët lëkundeshin, kaloi një tufë dhensh. Ai shqoi fshatin; njerëzit e panë tek vraponte i shtrirë rrafsh mbi kalë, të cilit ia vishte me shkop sa i hante krahu dhe nga qingla pikonte gjak.

Kur erdhi në vete, u shkreh i tëri në të qara në krahët e Bovariut.

- Bija ime! Moj Emë!... Fëmija ime! Më kallëzoni si?...

Dhe tjetri i përgjigjej me ngashërima:

- Nuk e di, nuk e di! Ky është mallkim! Farmacisti i ndau njërin nga tjetri.

Këto hollësi të tmerrshme janë të kota. Do t'ia tregoj unë të gjitha zotërisë tuaj. Po vijnë njerëz. Hajde tani, tregohuni të denjë, të mençëm!

I gjori burrë deshi të mbante veten e të tregohej i fortë, dhe

përsëriti disa herë:
- Po..., duhet kurajë!
- Eh po! - bërtiti plaku i shkretë, - do të kem aq kurajë, që më vraftë rrufeja e zotit! Kam për ta përcjellë deri në fund.
Filloi të binte kambana. Të gjitha ishin gati. Tani duhej të niseshin.
Dhe, ulur në një stol të korit, njëri pranë tjetrit, ata panë tek venin e vinin pareshtur tre psaltët që psalnin. Borizani i frynte me gjithë frymën veglës së tij të spërdredhur. Zoti Burnizien, i veshur me uniformën e ceremonisë, këndonte me një zë të mprehtë; përshëndeste tabernakullin, ngrinte duart, shtrinte krahët. Letibuduai vinte vërdallë nëpër kishë me atë kockë balene në dorë; pranë këmbalkës të librave të meshës ishte shtrirë arkivoli midis katër rreshtave me qirinj. Sharlit i vinte të ngrihej e t'i fikte.
Megjithatë përpiqej të rrëmbehej pas përshpirtjes, t'i përkushtohej shpresës për një jetë të ardhme ku do ta shihte atë përsëri. Përfytyronte që ishte nisur në udhëtim, shumë larg, qysh prej kohësh. Mirëpo kur mendonte se ajo ndodhej aty poshtë, dhe se gjithçka kishte marrë fund, se do ta fusnin nën dhé, i hipte një tërbim i egër, i zymtë, i dëshpëruar. Ngandonjëherë, i dukej sikur nuk ndiente më asgjë; dhe këtë zbutje të dhimbjes së tij e shijonte, duke qortuar njëkohësisht veten që ishte i poshtër.
Mbi pllaka u dëgjua një si zhurmë e thatë shkopi me majë hekuri që trokiste me ritëm të rregullt. Ajo vinte nga fundi, dhe pushoi në vend në navatën anësore të kishës. U ul në gjunjë me mundim një njeri i veshur me një pallto të trashë të murrme. Ishte Hipoliti, shërbyesi i Luanit të artë. Kishte vënë këmbë të re.
Njëri nga psaltët u soll rreth e qark navatës për të kërkuar të holla, dhe groshët e mëdhenj, tingëllonin njëra pas tjetrës mbi pjatën e argjendtë.
- Nxitoni pra! Po më plas shpirti, - bërtiti Bovariu, duke i hedhur gjithë inat një monedhë pesëfrangëshe.
Njeriu i kishës e falënderoi me një përkulje të thellë.
Të kënduarit, të gjunjëzuarit, të ngrititurit, s'kishin të mbaruar! Atij iu kujtua se njëherë, në fillimet e jetës bashkëshortore, kishin qenë të dy bashkë në meshë, dhe kishin zënë vend në anën tjetër, në të djathtë, pranë murit.

Kambana filloi të binte përsëri. U bë një lëvizje e madhe karrigesh. Hamenjtë futën tri hunjtë e tyre nën arkivol, dhe të gjithë dolën nga kisha.

Justini atëherë u shfaq te pragu i farmacisë. Hyri prapë menjëherë, i zbehur, duke iu marrë këmbët.

Nëpër dritare kishin dalë njerëz për të parë përcjellën që kalonte. Sharli, në krye të saj, ecte duke drejtuar trupin. Mbahej sikur ishte njeri i fortë dhe përshëndeste me kokë ata që dilnin nga rrugicat e nga dyert dhe viheshin në rresht me turmën.

Të gjashtë burrat, tre nga çdo anë ecnin me hapa të vegjël dhe duke gulçuar nga pak. Priftërinjtë, psaltët dhe dy djem të korit recitonin De profundis ; dhe zërat e tyre përhapeshin nëpër fushë, duke u ngritur e duke u ulur me dridhje. Nganjëherë ata nuk dukeshin më në kthesat e udhës, mirëpo kryqi i argjendtë qëndronte gjithmonë përpjetë midis pemëve.

Gratë vinin nga mbrapa, të mbuluara me mantele të zeza, me kapuçe të hedhura përmbrapa; në dorë mbanin nga një qiri të trashë që digjej, dhe Sharli e ndiente se po e linin fuqitë prej atyre lutjeve dhe pishtarëve që vinin një pas një sa s'kishin të mbaruar, prej atyre erërave neveritëse dylli dhe rasash. Frynte një flladi freskët, thekra dhe kalza gjelbëronin, anës rrugës, mbi gardhet me gjemba dridheshin pikëla vese. Horizontin e mbushnin gjithfarë zhurmash të gëzuara; rrapëllima e një qerreje që ecte diku larg në vraga, kikirikia e një gjeli që përsëritej apo rraptima e revanit të një mëzi që ia mbathte nën pemët e mollëve. Qielli i kthjellët ishte me njolla-njolla resh ngjyrë trëndafili; mbi kasollet e mbuluara me shpatore dukeshin sikur binte refleksi i kandilave të kaltërremë; Sharli, duke kaluar, i dallonte oborret. I kujtoheshin mëngjeset si ky, kur, pasi kishte vizituar ndonjë të sëmurë, dilte prej andej dhe kthehej tek ajo.

Coha e zezë, me pikëla-pikëla të bardha, ngrihej herë pas here duke zbuluar arkivolin. Hamenjtë e lodhur e ngadalësonin hapin, dhe qivuri shkonte përpara me hope të vazhdueshme, si ndonjë barkë që lëkundet nga çdo valë.

Mbërritën.

Burrat vazhduan të ecnin deri poshtë, te një shesh me bar ku ishte hapur gropa.

U grumbulluan rreth e qark saj dhe, ndërsa prifti fliste, dheu i kuq, i hedhur anëve, binte nëpër qoshe, pa zhurmë, pa pushim.

Pastaj, si u vendosën të katër litarët e kaluan arkivolin mbi të. Ai e pa tek zbriste. Zbriste gjithmonë e më thellë.

Më në fund, u dëgjua një goditje; litarët u tërhoqën sipër duke kërcitur. Atëherë Burnizieni kapi belin që i zgjaste Letibuduai, me dorën e majtë, duke spërkatur njëkohësisht me të djathtën, shtyu fuqishëm një lopatë të mirë dhé, dhe druri i arkivolit i goditur nga gurëzat, i bëri atë zhurmë të hatashme që na duket si kumbimi i përjetësisë.

Prifti ia kaloi spërkatësen me ujë të bekuar atij që kishte pranë. Ky ishte zoti Ome. Ai e tundi rëndë, pastaj ia zgjati Sharlit, që u zhyt deri në gjunjë në dhé dhe hidhte nga ky me të dy duart, duke bërtitur: "Lamtumirë!" I dërgonte asaj të puthura; u zvarrit drejt gropës që të mbulohej brenda bashkë me të.

E hoqën prej andej; dhe pas pak ai u qetësua, duke ndier ndoshta, si gjithë të tjerët, atë farë lehtësimi që kjo punë kishte mbaruar.

Xha Ruoi, gjatë kthimit, nisi të pinte qetë-qetë duhan me llullë, gjë kjo që

Omeut, në brendësi të vetvetes iu duk se nuk shkonte. Ai vërejti gjithashtu se zoti

Bine nuk ishte dukur fare, se Tyvazhi "kishte avulluar" pas meshës, dhe se Teodori, shërbëtori i noterit, kishte veshur frak të kaltër "sikur s'mund të gjendej një frak i zi, meqë kështu e do zakoni, dreqi ta marrë!" Dhe për të kumtuar vërejtjet e tij, ai shkonte sa nga një grup te tjetri. Ata vajtonin vdekjen e Emës, dhe sidomos

Lërëi, i cili s'mund të rrinte në asnjë mënyrë pa ardhur në varrim.

- E zeza ajo zonjë e shkretë! Ç'dhimbje për të shoqin! Farmacisti ia priste:

- Po mos të isha unë, të më besoni, ai do të kishte bërë ndonjë hata!

- Një njeri aq i mirë si ajo! Pale që e kam mu përpara syve se më erdhi në dyqan të shtunën që shkoi.

- S'pata dot nge, - tha Omeu, - t'i thurja disa fjalë që t'ia thosha mbi varr.

Si u kthyen, Sharli u zhvesh, dhe xha Ruoi veshi bluzën e kaltër. Ajo ishte e re, dhe, meqë ai, rrugës, kishte fshirë shpeshherë sytë me mëngë, i kishte lëshuar bojë mbi fytyrë; ndërsa gjurmët e lotëve kishin bërë vlarë në shtresën e pluhurit që i kishte rënë përsipër.

Zonja Bovari, nëna, ishte bashkë me ta. Që të tre heshtnin. Më në fund plaku psherëtiu:

- Ju kujtohet, o miku im, që erdh një herë në Tot, kur sapo ju kishte vdekur, e ndjera e parë. Unë ju ngushëlloja në atë kohë! Kisha ç't'ju thosha; mirëpo tani... Pastaj, me një ofshamë që ia ngriti përpjetë gjithë kraharorin, shtoi:

- Oh! Ky ishte fundi im, më kuptoni besoj! Jetova vdekjen e gruas..., të im biri.., dhe ja sot atë të sime bije!

Deshi të kthehej menjëherë në Berto, duke thënë se s'mund të flinte dot në atë shtëpi. Bile s'pranoi të shihte as mbesën.

- Jo! do të pikëllohem edhe më keq. Vetëm putheni fort për mua!

Lamtumirë!... Ju jeni njeri i mirë! Dhe bile kurë s'kam për ta harruar këtë, - i tha ai, duke i rënë kofshës së këmbës, - mos kini frikë! Keni për ta marrë gjithmonë si më parë, pulën e detit.

Mirëpo, kur hipi në majë të kodrës, ktheu kokën, si dikur që ishte kthyer mbrapsht në rrugën e Shën Viktorit, duke u ndarë prej saj. Dritaret e fshatit ishin përflakur nga rrezet e pjerrëta të diellit, që po perëndonte në lëndinë. Ai vuri dorën mbi sy, dhe vërejti në horizont një vend të rrethuar me mure në të cilin ca pemë, aty-këtu, formonin tufa të zeza midis gurëve të bardhë, pastaj vazhdoi rrugën, me trok të ngadaltë, sepse i çalonte kali.

Sharli me të ëmën, ndonëse të lodhur, ndenjën në mbrëmje deri vonë duke biseduar së bashku. Folën për ditët e dikurshme dhe për të ardhmen. Ajo do të vinte të banonte në Jonvil, do t'i mbante shtëpinë, nuk do të ndaheshin më. Ajo u tregua mendjehollë dhe ledhatare, duke u gëzuar nga përbrenda që po rifitonte atë dhembshuri, e cila i largohej qysh prej kaq vjetësh. Ra ora dymbëdhjetë. Fshati, si zakonisht, kishte rënë në heshtje, dhe Sharli, që rrinte zgjuar, mendonte vazhdimisht për atë.

Rodolfi që kishte bredhur gjithë ditën e ditës nëpër pyll, për t'u argëtuar, flinte tani i qetë në kështjellë; dhe Leoni, po

ashtu, atje larg.
Dikush tjetër nuk flinte në atë arë.

Mbi varr, midis bredhave, po qante një fëmijë i ulur në gjunjë, dhe kraharori, i bërë copë nga ngashërimat, i gulçonte në errësirë, nga rëndesa e një hidhërimi të pafundmë, më i ëmbël se drita e hënës dhe më i padepërtueshëm sesa nata. Papritmas kërciti gardhi. Ishte Letibuduai; kishte ardhur të merrte belin që e kishte harruar që parë. E njohu Justinin që po kapërcente murin, dhe më në fund e zbuloi se kush ishte keqbërësi që i vidhte patatet.

XI

Sharlit, të nesërmen, me kërkesë të tij, ia sollën vajzën në shtëpi. Ajo kërkoi mamin. I thanë se nuk ishte aty, se do t'i binte lodra. Berta e përmendi disa herë; pastaj, me kalimin e kohës, nuk u kujtua më për të. Gëzimi i kësaj fëmije ia mbushte shpirtin vrer Bovariut dhe, veç kësaj duhej të përballonte edhe ngushëllimet e padurueshme të farmacistit.

S'kaloi shumë dhe telashet e parave filluan përsëri, sepse Lërëi e shtynte përsëri mikun e tij Vensar, dhe Sharli mori përsipër detyrime për shuma të jashtëzakonshme; sepse nuk deshi kurrsesi të pranonte t'i shitej as orendia më e vogël nga ato që kishin qenë të sajat. E ëma iu zemërua shumë. Ai mori inat edhe më keq se ajo. Ai kishte ndryshuar fund e krye. Ajo iku nga shtëpia.

Atëherë secili nisi të përfitonte. Zonjusha Lamprër kërkoi t'i paguheshin gjashtë muaj mësim, ndonëse Ema s'kishte bërë asnjë për be (pavarësisht nga ajo fatura e shlyer që i kishte treguar Bovariut); ajo kishte qenë një marrëveshje midis atyre të dyjave; Libraqiradhënësi kërkoi shlyerjen për tre vjet pajtime; teto Roleja kërkoi t'i jepeshin para për dërgimin e rreth njëzet letrave; dhe, meqë Sharli i kërkoi sqarime, ajo iu përgjigj me marifet:

- Ah! S'di gjë unë. I dërgonte për punët e saj tregtare.

Pas çdo huaje që lante, Sharli kujtonte se s'kishte për të paguar më. Por ja që ato pasonin të tjera, pareshtur.

Kërkoi pagesat e prapambetura për vizitat që kishte bërë. I treguan letrat që kishte dërguar e shoqja. Atëherë, iu desh të kërkonte të falur.

Felisiteja vishte tani fustanet e zonjës, jo të gjitha, sepse disa prej tyre i kishte mbajtur ai, dhe shkonte e i shihte në dhomën e tualetit, ku mbyllej vetëm; ajo kishte thuajse shtatin e saj, dhe shpesh herë Sharlit, kur e shihte nga mbrapa, i shfaqej një vegim, dhe bërtiste:

- Oh! Rri! Rri!

Mirëpo, ditën e rrëshajave, ajo, si e rrëmbeu Teodori, ia mbathi nga Jonvili, pasi përlau gjithë rrobat që kishin ngelur në dollap.

Pothuajse në atë kohë e veja Dypyi, pati nderin ta lajmëronte për martesën e të birit zotit Leon Dypyi, noter në Ivtoto, me zonjushën Leokadi Lëbëf nga Bondvili. Sharli, ndër urimet që i dërgoi, i shkroi dhe këto fjalë:

"Sa do të gëzohej e mjera ime shoqe!"

Një ditë, kur ishte duke u endur kot nëpër shtëpi u ngjit deri lart në papafingo dhe ndjeu aty nën pantofël një topth letre të hollë. E hapi dhe lexoi: "Kurajë, Ema! Kurajo! Nuk dua të bëhem unë shkak për prishjen e jetës suaj". Ishte letra e Rodolfit, që, si kishte rënë përdhe midis arkave, kishte ngelur aty, dhe era e baxhës porsa e kishte shtyrë nga dera. Dhe Sharli mbeti i shtangur e gojëhapur po në atë vend ku dikur, Ema, akoma më e zbehtë se ai, e dëshpëruar, kishte dashur t'i jepte fund jetës. Më në fund, zbuloi një R të vogël poshtë faqes së dytë. Kush ishte ky? I ranë ndër mend vizitat e shpeshta të Rodolfit, largimi i papritur i tij dhe sikleti që kishte pasur më pas ai, kur e kishte ndeshur nja dy a tri herë. Mirëpo iu gënjye mendja nga toni gjithë nderime i letrës.

"Ndofta janë dashuruar në mënyrë platonike", - tha ai me vete.

Veç kësaj, Sharli nuk ishte nga ata që u shkojnë gjërave deri në fund; u zmbraps para provave dhe xhelozia e turbullt që kishte iu tret në pafundësinë e dhimbjes.

"Duhet ta kenë adhuruar, - mendonte ai. - Me siguri që e kanë lakmuar të gjithë meshkujt". Prandaj ajo iu duk edhe më e bukur; dhe iu ngjall për të një epsh i pareshtur, i tërbuar, që ia ndizte dëshpërimin flakë dhe që s'kishte anë e kufi, ngaqë tani nuk kishte si ta shuante.

Që t'i pëlqente asaj, sikur të ishte ende gjallë, i bëri të vetat dobësitë, mendimet e saj; bleu çizme me vernik, iu bë zakon të mbante kravata të bardha. Lyente mustaqet, nënshkruante si ajo kambiale. Ajo po e zvetënonte që nga varri.

U detyrua të shiste gjithë enët e argjendta një nga një, pastaj shiti orenditë e sallonit. Të gjitha dhomat u zhveshën; mirëpo ajo e saj, kishte mbetur ashtu si dikur. Pasi hante darkë, Sharli ngjitej aty. E shtynte pranë zjarrit tryezën e rrumbullakët, dhe afronte kolltukun e saj. Pastaj ulej përballë. Në njërin nga shandanët e praruar digjej një qiri. Berta, pranë tij, ngjyroste gravura.

I dhembte shpirti, të shkretit burrë, tek e shihte të veshur aq keq, me këpucë me qafa pa lidhëse dhe me bluza të grisura nga sqetulla deri në ije, sepse shërbëtorja as që kujdesej fare për të. Mirëpo aq e ëmbël, aq e mirë ishte, dhe kokën e vogël e përkulte aq këndshëm, duke iu derdhur mbi faqet ngjyrë trëndafili floknaja e bukur e verdhë, saqë atij i hipte një ëndje e pafundme, një kënaqësi e përzier e tëra me hidhërim si ato verërat e goditura keq që vijnë erë rrëshirë. Ai ia ndreqte lodrat, i sajonte palaço prej kartoni, ose i qepte barkun e shqyer të kukullave. Pastaj, po t'i hasnin sytë kutinë e punëdores, ndonjë kordele të hedhur përdhe ose bile dhe ndonjë gjilpërë të ngelur në një të çarë të tryezës, ai fillonte të ëndërronte, dhe dukej aq i trishtuar në fytyrë saqë edhe ajo trishtohej si ai.

Tani s'vinte më njeri t'i shihte; sepse Justini kishte ikur në Ruan, ku kishte hyrë shërbyes te një bakall, dhe fëmijët e farmacistit vinin të rrinin gjithmonë e më rrallë me vajzën e vogël, ngaqë zoti Ome, duke pasur parasysh ndryshimi në pozitën e tyre shoqërore, nuk e vriste më mendjen që lidhjet e tyre të ngushta të zgjatnin më tej.

I Verbri, të cilin farmacisti s'kishte mundur ta shëronte me pomadën e tij, ishte kthyer në kodrën e Bua-Gijomit, ku s'linte udhëtar pa i treguar për përpjekjen e kotë të farmacistit, aq sa Omeu, kur shkonte në qytet, fshihej mbrapa perdeve të Dallëndyshes, që të mos ndeshej me të. E urrente për vdekje, dhe, duke dashur ta hiqte qafe me çdo kusht, për të ruajtur famën e tij, ndezi kundër tij një bateri të fshehtë, që nxirrte sheshit sa të thellë e kishte mendjen dhe ku shkonte poshtërsia e tij si njeri që donte të dukej. Gjashtë muaj me radhë te "Feneri i Ruanit" mund të lexoje artikuj të shkurtër si këta:

"Të gjithë njerëzve që udhëtojnë drejt viseve pjellore të Pikardisë do t'u ketë rënë në sy, me siguri, në kodrën e Bua-Gijomit, një qelbësirë njeri me një plagë të llahtarshme në fytyrë. Ai të bezdis, të ngjitet e s'të shqitet dhe u merr udhëtarëve taksë në kuptimin e vërtetë të fjalës. Mos vallë po jetojmë akoma në ato kohët e tmerrshme të mesjetës, kur u lejohej endacakëve të tregonin sheshit lebrën dhe stërkungujt që kishin sjellë nga kryqëzatat!"
Ose:
"Me gjithë ligjet kundër endacakëve, rrethinat e qyteteve tona të mëdha vazhdojnë edhe sot e kësaj dite të gëlojnë nga banda varfanjakësh. Ka ndër ta që qarkullojnë veçmas dhe që, ndofta nuk janë më pak të rrezikshëm. Ç'mendojnë magjistratët tanë bashkiakë?"

Pastaj Omeu sajonte nga mendja ndodhi të ndryshme:
"Dje, në kodrën e Bua-Gijomit, një kalë që kishte frikë nga hija..." Dhe më poshtë vazhdonte përshkrimi i një aksidenti të shkaktuar nga prania e të Verbrit.

Ai trillonte aq bukur sa atë e futën brenda. Mirëpo e liruan përsëri. Ai filloi përsëri nga e veta, dhe Omeu po ashtu. Midis tyre nisi një luftë e vërtetë. E fitoi ky i fundit; sepse armiku i tij u dënua me izolim të përjetshëm në një strehë vorfënore. Ky sukses e bëri trim të madh; dhe qysh atëherë s'kishte në rreth qen të shtypur, hangar të djegur, grua të rrahur, që mos t'ia bënte të ditur publikut ai, i prirur gjithmonë nga dashuria për të përparuarën dhe nga urrejtja kundër priftërinjve. Bënte krahasime midis shkollave fillore dhe shkollave klerikale, në dëm të këtyre të fundit, përmendte masakrën e Natës së shën Bartolemeut lidhur me dhënien e një ndihme njëqindfrangëshe kishës, dhe denonconte shpërdorimet, hidhte thumba. Tashmë e kishte ai fjalën. Omeu godiste fort; ai po bëhej i rrezikshëm.

Megjithatë brenda kornizave të ngushta të publicistikës s'merrte dot frymë lirisht, dhe s'kaloi shumë dhe e ndjeu nevojën të dilte me një libër, me një vepër! Atëherë përpiloi një statistikë të përgjithshme të kantonit të Jonvilit, e pajisur me vrojtime klimatologjike, dhe statistika e shtyu drejt filozofisë. U morr me çështje të mëdha si: probleme shoqërore, edukim moral të klasave të varfra, pisikulturë, kauçujk, hekurudha etj. Filloi t'i vinte turp që ishte njeri i zakonshëm. E mbante veten si tip artisti, pinte duhan. Bleu dhe dy statujka chictë stilit Pompadur, për të zbukuruar sallonin.

Por farmacinë s'e linte kurrsesi; përkundrazi, ishte në dijeni të zbulimeve të reja. Ndiqte lëvizjen e madhe të çokollatave. Ai ishte i pari që solli në Senën e Poshtme kakaon dhe revalentian. Dalldisi pas rripave hidroelektrikë Pulvermarshe; mbante edhe vetë një; dhe, në mbrëmje, kur hiqte jelekun prej fanelle, zonja Ome mahnitej krejt përpara spirales së artë që e mbulonte atë, dhe ndiente që i dyfishohej afshi i dashurisë për këtë njeri të mbërthyer fort si ndonjë skit dhe madhështor si ndonjë mag.

I lindën idera të bukura për ngritjen e varrit të Emës. Në fillim propozoi t'i vihej një pjesë kolone me një cohë të trashë me pala, pastaj një piramidë, më vonë një tempull të Vestës , një si kullë... ose "një grumbull gërmadhash". Dhe, në të gjitha projektet, Omeu, nuk hiqte dorë kurrsesi nga shelgu lotues, të cilin e mbante si simbol të padiskutueshëm trishtimi.

Sharli dhe ai shkuan bashkë në Ruan, për të parë varre, te një ndërmarrës varrezash, - të shoqëruar nga një piktor, i quajtur Vafrilar, mik i Bridusë, dhe që, gjithë kohën bëri lodra fjalësh. Më në fund, pasi shqyrtoi nja njëqind projekte, porositi preventivin përkatës dhe shkoi edhe një herë tjetër në Ruan, Sharli vendosi t'i bënte një mauzole që do të kishte në të dy faqet kryesore "një engjëll me një pishtar të shuar në dorë."

Sa për mbishkrimin, Omeu s'gjente asgjë më të bukur se Sta viator, dhe nuk shkonte dot më tej; vriste mendjen, përsëriste pa pushim: Sta viator... Më në fund, iu kujtua vazhdimi amabilem conjugem calcas! , citat ky që ia pranuan.

Për çudi Bovariu, duke menduar vazhdimisht për Emën, e harronte atë më keq; dhe ai dëshpërohej tek e ndiente se fytyra e saj i dilte nga kujtesa, me gjithë përpjekjet që bënte për ta mbajtur mend. Megjithatë, përnatë e shihte në ëndërr; gjithmonë po ajo ëndërr i bëhej në gjumë; i afrohej; mirëpo, kur ishte gati duke e shtrënguar në kraharor, ajo i shpërbëhej si kalbësirë në krah.

Një javë rresht e panë që hynte në mbrëmje në kishë. Madje i bëri dy a tri vizita dhe zoti Burnizien, pastaj nuk i shkoi më. Veç kësaj, prifti plak po bëhej i papajtueshëm, fanatik, thoshte Omeu; shfrynte kundër frymës së kohës, dhe nuk rrinte pa folur, një herë në pesëmbëdhjetë ditë në predikime, për agoninë e Volterit, i cili, siç e dinë të gjithë, vdiq duke ngrënë jashtëqitjet e tij.

Me gjithë jetën e kursyer që bënte, Bovariu s'mundte dot t'i shlyente borxhet e tij të vjetra. Lërëi nuk pranoi t'i përtërinte asnjë kambial. Sekuestrimi u bë më se i afërt. Atëherë ai iu drejtua për ndihmë së ëmës, e cila pranoi t'ia hipotekonte pasurinë, duke mos lënë ankesë pa bërë ndaj Emës; dhe si shpërblim për këtë sakrificë, ajo kërkoi një shall që kishte shpëtuar nga plaçkitjet e Felisitesë. Sharli nuk ia dha. Ata u zunë.

Hapat e para për pajtim i bëri ajo, duke i propozuar t'ia merrte vajzën, që t'ia lehtësonte barrën e shtëpisë. Sharli pranoi. Mirëpo, në çastin e nisjes, ai e humbi kurajën fare. Atëherë marrëdhëniet e tyre u prishën fare, njëherë e përgjithmonë.

Sa më shumë i venitej dhembshuria për të tjerët, aq më ngushtë lidhej me dashurinë e tij pas fëmijës. Megjithatë, ajo i shkaktonte brenga; sepse kollitej nganjëherë, dhe kishte njolla të kuqe mbi mollëzat e faqeve.

Përballë tij jetonte në lulëzim të plotë dhe gëzim, familja e farmacistit, për të cilin që të gjithë bënin çmos që ta kënaqnin. Napoleoni e ndihmonte në laborator, Atalia i qëndiste kapuçin, Irma priste copa të rrumbullakëta letrash për të mbuluar reçelrat, dhe Franklini thoshte përmendsh me një frymë tabelën e Pitagorës. Ai ishte babai më i lumtur, njeriu më me fat ndër gjithë të tjerët.

S'ishte ashtu! E gërryente nga përbrenda një dëshirë e shurdhët: Omeut iu zhurit shpirti për Kryqin e Nderit. Se mos ishte mangët me tituj.

10. Jam dalluar gjatë epidemisë së kolerës për vetëmohim të pakufishëm. 20 Kam botuar, dhe bile me shpenzimet e mia, vepra të ndryshme për dobinë e përgjithshme, si... (dhe përmendte Promemorien e tij të titulluar. Mbi mushtin e mollës, prodhimin dhe efektet e tij; përveç kësaj, vëzhgimet mbi morrin e gjetheve, dërguar Akademisë; vëllimin e

statistikës e deri te teza e vet në fushën e farmaceutikës); pa llogaritur pastaj se jam dhe anëtar i disa shoqatave dijetarësh (vetëm i njërës ishte).

- Me një fjalë, - bërtiste ai, duke bërë një rrotullim mbi majën e këmbës, - jo për gjë por edhe vetëm për atë që jam shquar me kontributin tim në shuarje zjarresh!

Atëherë Omeu u kthye nga qeveria. Zotit prefekt i kreu fshehtas shërbime të mëdha gjatë zgjedhjeve. U shit domethënë e poshtëroi veten. Bile i dërgoi sovranit një kërkesë me anën e të cilës i përshpirtej t'i vinte të drejtën në vend: e quante mbreti ynë dhe e krahasonte me Henrikun IV.

Dhe, çdo mëngjes farmacisti turrej të merrte gazetën se mos gjente gjë njoftimin për dekorimin e tij; ai nuk po i vinte. Më në fund, ngaqë s'duronte dot më, me porosi të tij, i bënë në kopshtin e vet me bar, yllin e nderit, me dy rripa të vegjël të lartë që vareshin poshtë majës si shëmbëlltyrë e kordeles. Ai sillej rreth tij, duarkryq, duke menduar thellë-thellë për idiotësinë e qeverisë dhe mosmirënjohjen e njerëzve.

Sharli, për respekt, apo nga një lloj sensualizmi që e bënte të ngadaltë në hulumtimet e veta, akoma nuk e kishte hapur sirtarin sekret të tryezës prej druri palisandër, të cilin e përdorte Ema zakonisht. Një ditë, më në fund, ai u ul aty pranë, ktheu çelësin dhe shtyu sustën. Brenda ndodheshin gjithë letrat e Leonit. Këtë radhë s'kishte më pikë dyshimi! I përpiu së lexuari të tëra një për një deri tek e fundit, rrëmoi skutë më skutë, nëpër të gjitha mobiliet, sirtarët mbrapa mureve, duke qarë me dënesë, duke ulëritur. Iu plas mu përpara syve portreti i Rodolfit, mes letrave të dashurisë të bëra lëmsh.

Të gjithë u çuditën me rënien e tij shpirtërore. As s'dilte më, as priste njeri, bile as pranonte të shkonte të vizitonte të sëmurët. Atëherë thanë se mbyllej brenda për të pirë.

Megjithatë, nganjëherë ndonjë kureshtar hipte majë gardhit të kopshtit, dhe me habi shihte atë njeri me mjekër të gjatë, të veshur me rroba të neveritshme me fytyrë të egër dhe që qante me zë duke ecur.

Në mbrëmje, verës, merrte me vete vajzën e vogël dhe e çonte në varreza.

Ktheheshin pasi kishte rënë nata, kur te sheshi s'kishte

dritë tjetër veç asaj të baxhës së Bineut.

Megjithatë kënaqësinë e dhimbjes nuk e kishte të plotë, sepse s'kishte se me kë ta ndante; dhe i bënte vizita Lëfransuasë që të kish mundësi të fliste për atë. Mirëpo hanxhesha e dëgjonte sa për të thënë, ngaqë kishte edhe ajo, si ai, hallet e saj, sepse zoti Lërë sapo kishte hapur bujtinën e vetë Kanakaret e tregtisë dhe Iveri të cilit i kishte dalë nam i madh që i kryente me përpikëri porositë e ndryshme, kërkonte një shtresë page dhe bënte paralajmërime kërcënuese për të kaluar "nga krahu tjetër".

Një ditë kur kishte shkuar në pazarin e Argëjit për të shitur kalin, - pasurinë e fundit, - ai takoi Rodolfin.

Që të dy u prenë kur panë njëri-tjetrin. Rodolfi, që kishte dërguar vetëm kartëvizitën e tij, në fillim kërkoi belbëzishëm ndjesë, pastaj e mblodhi veten dhe me paturpësinë e tij shkoi deri aty (bënte shumë vapë, ishte muaji gusht) sa e ftoi të pinin një shishe birrë në pijetore. Ulur, me bërryla mbështetur mbi tryezë, përballë tij, ai kafshonte puron duke biseduar, dhe Sharli e humbte mendjen nëpër ëndërrime përpara kësaj fytyre që kishte dashuruar ajo. I dukej sikur shihte një pjesë të saj. Po mahnitej. Do të kishte dashur të kishte qenë në vend të këtij njeriu.

Ky vazhdonte të fliste për bujqësinë, për bagëtinë, për plehrat duke plotësuar me fjalë të rëndomta gjithë ndërprerjet ku mund të rrëshqiste ndonjë fjalë e hedhur rreth saj. Sharli nuk e dëgjonte; Rodolfi e vinte re këtë gjë, dhe në lëvizjen e fytyrës së tij ndiqte kujtimet e njëpasnjëshme që i shfaqeshin ndër mend. Ajo i vinte duke iu skuqur pak nga pak, flegrat e hundës i rrihnin shpejt, buzët i dridheshin; erdhi bile një çast kur Sharli, i mbytur nga një dallgë tërbimi të errët, ia nguli sytë Rodolfit i cili, i pushtuar nga njëfarë tmerri, e la fjalën përgjysmë. Por pas pak, në fytyrën e tij u shfaq përsëri po ajo mërzi e kobshme. - Unë s'ju kam inat, - i tha ai.

Rodolfi s'e hapte gojën. Dhe Sharli, me kokë ndër duar, vazhdoi me një zë të mekur dhe me atë theksin e shkrehur që shpreh dhimbjet e pafundme:

- Jo, nuk ju kam më inat!

Bile shtoi dhe një fjalë të madhe, të vetmen që kishte thënë ndonjëherë:

- E ka fajin fataliteti!

Rodolfi, që kishte prirur këtë fatalitet, iu duk njeri shumë babaxhan për pozitën që kishte, bile qesharak dhe disi i vogël.

Të nesërmen Sharli shkoi e u ul mbi stol, nën tendë. Rrezet depërtonin nëpër thurimë; gjethet e rrushit lëshonin mbi rërë hijet e tyre, jasemini mbushte ajrin me aromën e tij, qielli ishte i kaltër rreth zambakëve të lulëzuar zukasnin zhuzhinat; dhe Sharli mezi merrte frymë si ndonjë djalosh mes valëve të turbullta të dashurisë që vërshonin në zemrën e tij të brengosur.

Në orën shtatë, Berta e vogël, që nuk e kishte parë gjithë mbasditen, erdhi ta thërriste për të ngrënë darkë.

Ai rrinte me kokë mbështetur mbi mur, me sy mbyllur, me gojë hapur, dhe në duar mbante një tufë flokësh të zinj.

- Babi, eja pra! - i tha ajo.

Dhe, duke kujtuar se ai donte të luante me të, ajo e shtyu lehtas. Ai u rrëzua përtokë. Kishte vdekur.

Pas tridhjetë e gjashtë orësh, me kërkesën e farmacistit, erdhi me vrap zoti Kanive. E hapi dhe s'gjeti asgjë.

Pasi u shitën të gjitha, mbetën dymbëdhjetë franga dhe shtatëdhjetë e pesë qindarka, që shërbyen për t'i paguar rrugën zonjushës Bovari deri te gjyshja e vet. E shkreta plakë vdiq po atë vit; meqë xha Ruoi ishte i paralizuar, jetimen e mori përsipër një kushërirë. Ajo ishte e varfër dhe e dërgoi në një filaturë pambuku për të fituar bukën e gojës.

Që nga vdekja e Bovariut, erdhën njëri pas tjetrit tri mjekë nga Jonvil, por asnjëri s'mundi t'i dilte punës mbanë, sepse përnjëherë i vuri keqas përpara Omeu. Klientelën e ka mizëri; e ruajnë autoritetet zyrtare dhe e mbron opinioni publik. Sapo është dekoruar me Kryqin e Nderit.

www.ingramcontent.com/pod-product-compliance
Lightning Source LLC
LaVergne TN
LVHW032004070526
838202LV00058B/6285